Ellis
Peters

ZWEI MITTELALTERLICHE KRIMINALROMANE

CADFAEL
Detektiv in der Mönchskutte

Lösegeld für einen Toten
Pilger des Hasses

WILHELM HEYNE VERLAG
MÜNCHEN

HEYNE TIP DES MONATS
Nr. 23/121

Umwelthinweis:
Dieses Buch wurde auf
chlor- und säurefreiem Papier gedruckt.

5. Auflage

Copyright © dieser Ausgabe 1995
by Wilhelm Heyne Verlag GmbH & Co. KG, München
Printed in Germany 2000
Umschlaggestaltung: Atelier Ingrid Schütz, München
Umschlagillustration: Andreas Reiner, Fischbachau
Autorenfoto: William Haddock
Satz: Schaber Satz- und Datentechnik, Wels
Druck und Bindung: Elsnerdruck, Berlin

ISBN 3-453-09182-5

Tip des Monats

In derselben Reihe
erschienen außerdem als Heyne-Taschenbücher:

Marie Louise Fischer ·
Band 23/33
Johanna Lindsey · Band 23/34
Robert Ludlum · Band 23/41
Johanna Lindsey · Band 23/43
Marie Louise Fischer ·
Band 23/45
John Saul · Band 23/50
Eric van Lustbader · Band 23/54
Barbara Cartland · Band 23/55
Mary Westmacott · Band 23/56
Pearl S. Buck · Band 23/58
Marie Louise Fischer ·
Band 23/63
Daphne Du Maurier ·
Band 23/64
Evelyn Sanders · Band 23/66
Philippa Carr · Band 23/67
Robert Ludlum · Band 23/68
Peter Straub · Band 23/70
Jackie Collins · Band 23/71
Marc Olden · Band 23/72
Mary Westmacott ·
Band 23/73
Dean Koontz · Band 23/76
Johanna Lindsey · Band 23/78
Marion Zimmer-Bradley ·
Band 23/79
Philippa Carr · Band 23/83
Evelyn Sanders · Band 23/84
Dean Koontz · Band 23/85
Marie Louise Fischer ·
Band 23/88
Eric van Lustbader · Band 23/89
Robert Ludlum · Band 23/90
Johanna Lindsey · Band 23/91

Ellis Peters · Band 23/92
Karen Robards · Band 23/93
Noel Barber · Band 23/94
Utta Danella · Band 23/95
Heinz G. Konsalik · Band 23/96
Ellen Tanner Marsh ·
Band 23/97
Marion Zimmer-Bradley ·
Band 23/98
Eric van Lustbader · Band 23/99
Catherine Coulter · Band 23/100
Dean Koontz · Band 23/101
Charlotte Link · Band 23/102
Johanna Lindsey · Band 23/103
Ellis Peters · Band 23/104
Philippa Carr · Band 23/105
Robert Ludlum · Band 23/106
Marie Louise Fischer ·
Band 23/107
Heinz G. Konsalik ·
Band 23/108
Jean Plaidy · Band 23/109
Ellis Peters · Band 23/110
Utta Danella · Band 23/111
Dean Koontz · Band 23/112
Marie Louise Fischer ·
Band 23/113
Ellis Peters · Band 23/114
Johanna Lindsey · Band 23/115
Sarah Harrison · Band 23/116
Terry Pratchett · Band 23/117
Catherine Coulter · Band 23/118
Dean Koontz · Band 23/119
Catherine Cookson · Band 23/120
Ellis Peters · Band 23/121

Inhalt

Lösegeld für einen Toten

Pilger des Hasses

Lösegeld
für einen Toten

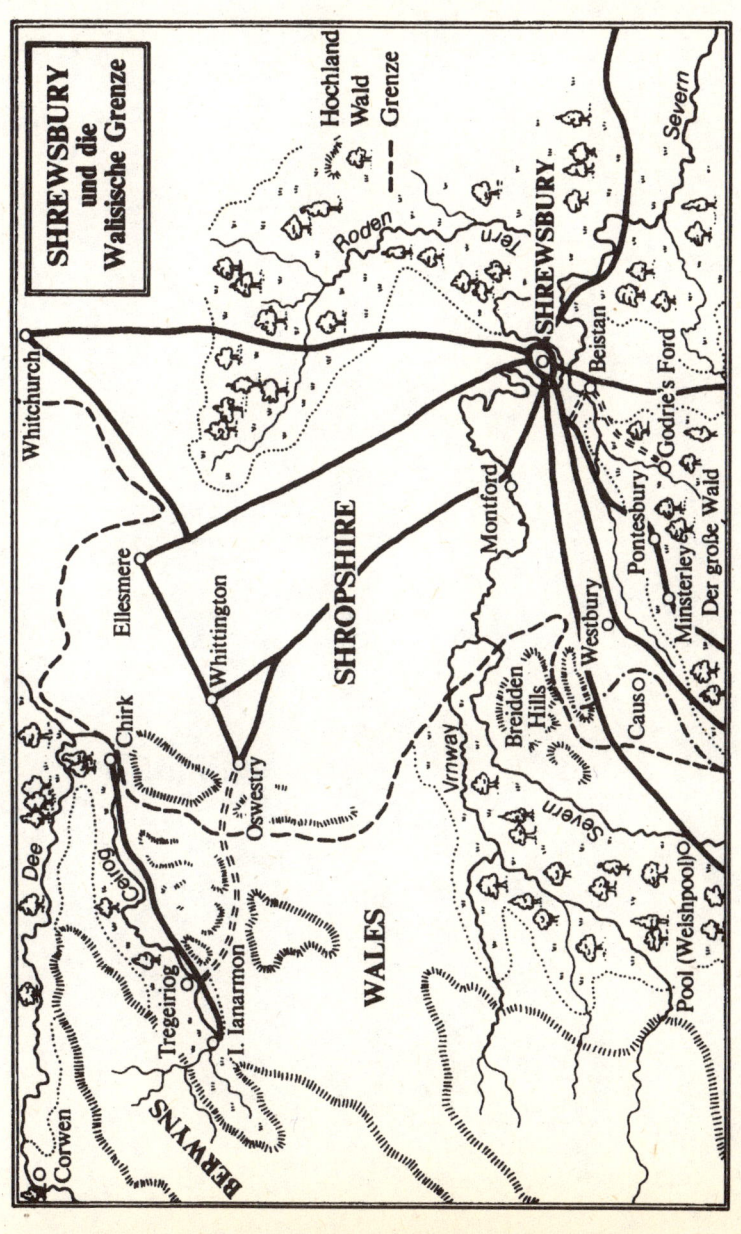

SHREWSBURY
und die
Walisische Grenze

Hochland
Wald
Grenze

Severn

Roden

Tern

SHREWSBURY

Whitchurch

Beistan

Godrie's Ford

Montford

Pontesbury

Ellesmere

Whittington

SHROPSHIRE

Minsterley

Der große Wald

Chirk

Oswestry

Westbury

Breidden
Hills

Causo

Dee

Vrnway

Severn

Ceirog

Tregeiriog

I. Ianarmon

WALES

Pool (Welshpool)

Corwen

BERWYNS

1

An jenem Tage, es war der siebte Februar im Jahre unseres Herrn 1141, hatte man bei jedem Gottesdienst besondere Gebete gesprochen – nicht etwa für den Sieg der einen oder die Niederlage der anderen Partei auf den Schlachtfeldern im Norden, sondern um Beistand und Trost, um das Ende des Blutvergießens und um die Achtung vor dem Leben zwischen den Bewohnern ein und desselben Landes. Äußerst begrüßenswerte Anliegen waren das, seufzte Bruder Cadfael innerlich beim Gebet, aber in diesem zerrütteten und zerworfenen Land würden die Gebete kaum auf einen Widerhall stoßen. Selbst Gott braucht die Mitwirkung seiner Geschöpfe, um aus Menschen vernunftbegabte und wohlwollende Wesen zu machen.

Shrewsbury hatte König Stephen eine recht ansehnliche Streitmacht zur Verfügung gestellt, die mit ihm zusammen gegen den Norden zog, wo die Grafen von Chester und Lincoln, die ehrgeizigen Halbbrüder, die Gnade des Königs verhöhnten und sich daran machten, ein eigenes Reich zu errichten; und tatsächlich sprach vieles zu ihren Gunsten. Die Bänke im Gemeindeteil der großen Kirche waren selbst bei den mönchischen Gottesdiensten voller als üblich: ängstliche Frauen, Mütter und Großeltern beteten eifrig für ihre Mannsleute. Nicht jeder Mann, der mit Sheriff Gilbert Prestcote und seinem Stellvertreter Hugh Beringar marschiert war, würde unversehrt nach Shrewsbury zurückkehren. Es gab reichlich Gerüchte, doch kaum wirkliche Neuigkeiten. Allerdings hatte man vernommen, daß Chester und Lincoln, die sich gegenüber den um den Thron streitenden Parteien lange Zeit neutral verhalten hatten, mittlerweile ganz eigene, ehrgeizige Pläne verfolgten; als König Stephens Annäherung sie bedrohte, verbündeten sie sich kurz entschlossen mit seiner wichtigsten Gegenspielerin, der Kaiserin Maud. Damit hatten sie sich für die Zukunft so klar festgelegt, daß sie es womöglich eines Tages bereuen würden.

Cadfael verließ den Vespergottesdienst voller trübseliger Zweifel an der Kraft und sogar der Aufrichtigkeit seiner eigenen Gebete, so sehr er sich auch gemüht hatte, sie mit dem Herzen zu sprechen. Von Ehrgeiz und Macht trunkene Männer lassen nicht so einfach die Waffen sinken, noch halten sie inne und besinnen sich auf die Menschlichkeit der Brüder, die sie erschlagen wollen. Nicht hier – noch nicht. Stephen war gen Norden gezogen, eine große, tapfere, schlichte und wankelmütige Seele, deren Zorn durch Chesters Undankbarkeit, durch seinen Verrat aufgestachelt war, und mit ihm zogen viele andere, die nicht selten klüger und ausgeglichener waren als er und die ihm gute Ratschläge hätten erteilen können, wenn sie zu Wort gekommen wären. Die Angelegenheit stand auf Messers Schneide, und die braven Männer von Shropshire hatten sich ihrem Herrn verpflichtet. Unter ihnen war Cadfaels enger Freund, Hugh Beringar aus Maesbury, der stellvertretende Sheriff der Grafschaft, dessen Frau unten in der Stadt voller Sorge auf Nachrichten wartete. Hughs Sohn, inzwischen ein Jahr alt, war Cadfaels Patenkind, und Cadfael bekam, wann immer er es wünschte, Urlaub, um ihn zu besuchen, denn die Pflichten eines Paten waren wichtig und heilig.

Cadfael verzichtete auf das Abendbrot im Refektorium und machte sich auf den Weg durch das Tor der Abtei. Er ging über die Hauptstraße zwischen der Mühle der Abtei und dem Mühlteich zur Linken und dem Streifen Waldland, der die großen Gärten der Abtei in der Gaye zu seiner Rechten schützte. Dann kam die Brücke über den Severn, der im winterlichen, sternenhellen Reif glänzte, und dahinter das große Stadttor des Ortes.

Vor der Tür von Hughs Haus, nahe bei der St. Mary's Church, brannten Fackeln, und es schien Cadfael, als wären dahinter am High Cross weitaus mehr Menschen unruhig auf den Beinen, als man zu dieser Stunde an einem Winterabend erwarten konnte. Seltsame Unruhe lag in der Luft, und als er den Fuß auf die Türschwelle setzte, kam Aline ihm durch die offene Tür mit ausgebreiteten Armen entgegengestürzt. Als sie ihn erkannte, blieb ihr Gesicht zwar erfreut und willkommenheißend, verlor aber doch gleich das ganz besondere, begeisterte Strahlen.

»Es ist nicht Hugh!« sagte Cadfael mitfühlend, denn er wußte natürlich, für wen die Tür so weit aufgerissen worden war. »Noch nicht. Aber wie steht es – gibt es Neuigkeiten? Kommen sie heim?«

»Will Warden gab vor einer Stunde im letzten Tageslicht Bescheid. Von den Türmen konnte man Stahl blinken sehen, noch ein gutes Stück entfernt zwar, doch mittlerweile müssen sie schon in der Vorstadt sein. Das Tor ist für sie geöffnet. Kommt doch ans Feuer, Cadfael, und wartet mit mir auf ihn.«

Sie zog ihn bei den Händen herein und schloß die Tür so resolut hinter ihm, als wolle sie die Nacht und ihre schmerzende Ungeduld aussperren.

»Er ist es bestimmt«, sagte sie, als sie in Cadfaels Gesicht den Widerschein ihrer eigenen ergebenen Liebe und ihrer Furcht sah. »Man hat seine Farben erkannt. Und die Truppe marschiert wohlgeordnet. Aber eines weiß ich – nämlich, daß sie nicht mehr ganz so stark sein wird, wie sie auszog.«

Das gewiß nicht. Wer in die Schlacht zieht, kehrt nie ohne klaffende Wunden in den eigenen Reihen zurück. Eine wahre Schande ist es, daß die Anführer meist nichts dazulernen und daß die wenigen klugen Männer unter den Geführten kaum jemals in die Lage kommen, etwas von ihrer Weisheit weiterzugeben. Doch unverbrüchlicher Glaube und Treueschwüre wiegen schwerer als jede Furcht, dachte Cadfael, und dies ist vielleicht, selbst im Angesicht des Todes, die wahre Tugend. Denn schließlich ist der Tod das, was jeder von Geburt an erwarten kann. Kein Held und kein Feigling kann ihm entgehen.

»Hat er denn keine Boten vorausgeschickt, um zu verkünden, wie es ausging?« fragte er.

»Nein. Aber wie man hört, steht es nicht zum besten.« Sie sagte es fest und frei heraus und strich sich mit ihrer kleinen Hand das helle Goldhaar aus der Stirn. Ein schlankes Mädchen, einundzwanzig Jahre jung, Mutter eines einjährigen Sohnes und so hell, wie ihr Gatte dunkelhäutig war. Aus dem schüchternen Mädchen war eine junge Frau mit sanfter Würde geworden.

»Es ist eine ganz und gar unberechenbare Woge, die uns alle hier in England treibt und trägt«, sagte sie. »Sie kann nicht ewig in die gleiche Richtung strömen, es muß auch eine Ebbe geben.« Sie sprach feurig und gleichzeitig realistisch; es schien sie nicht zu kümmern, was sie diese Aufrichtigkeit kosten konnte. »Ihr habt sicher noch nicht gegessen, sondern das Abendbrot ausgelassen«, fuhr sie dann fort, ganz Hausfrau. »Setzt Euch und hütet eine Weile Euer Patenkind. Ich will Euch gleich Fleisch und Dünnbier bringen.«

Der kleine Giles, mit einem Jahr schon recht groß, hielt sich an Bänken, Gestellen oder Schränken aufrecht, um nicht das Gleichgewicht zu verlieren. Er bewegte sich vorsichtig, doch mit erstaunlicher Geschwindigkeit durch das Zimmer zum Schemel am Kamin, um ohne Hilfe auf Cadfaels Schoß zu klettern. Munter schnatterte er Worte, die er zumeist selbst erfunden hatte, wenn auch hin und wieder ein Laut den Erwachsenen verständlich war. Seine Mutter und ihre Zofe Constance, ihre ergebene Dienerin, sprachen viel mit ihm, und dieser vornehme Sprößling lauschte und gab alles zungenfertig zurück. Adlige Schreibkundige, dachte Cadfael, während er das stämmige Bürschlein behaglich in den Armen wiegte, können wir gar nicht genug haben. Ob er sich für die Kirche oder das Schwert entscheidet, mit einem behenden und geschulten Geist ist er in jedem Falle gut gerüstet. Wie ein junger Hund verströmte Hughs Nachkomme eine glühende Wärme auf seinem Schoß und den an frischgebackenes Brot erinnernden Geruch junger, makelloser Haut.

»Er wird nicht schlafen«, sagte Aline, als sie zurückkam und ein Holztablett auf die Kommode neben dem Kamin setzte, »denn er weiß, daß etwas in der Luft liegt. Fragt mich nicht wie, ich habe ihm kein Wort verraten, aber er weiß es. So, nun gebt ihn mir und langt zu. Vielleicht müssen wir lange warten, denn auf der Burg gibt es wohl allerhand zu erledigen, bevor Hugh zu mir kommen kann.«

Es dauerte mehr als eine Stunde, bis Hugh eintraf. Constance hatte unterdessen die Überbleibsel von Cadfaels Abendbrot abgeräumt und den schläfrigen Stammhalter hinausgetragen, der allen seinen Bemühungen zum Trotz die Augen nicht mehr aufhalten konnte und in ihren Armen in entspannter Selbstvergessenheit weiterschlummerte, als sie ihn hochnahm.

Trotz Cadfaels scharfer Ohren war es Aline, die als erste den Kopf hob, als sie die leichten Schritte vor der Tür hörte. Ihr strahlendes Lächeln verblaßte plötzlich, denn die Füße bewegten sich zögernd.

»Er ist verletzt!«

»Nur steif vom langen Ritt«, sagte Cadfael rasch. »Seine Beine werden ihm noch lange dienen. Er kann laufen und rennen, und was wirklich nicht ganz in Ordnung ist, wird heilen.«

Sie stürzte hinaus, und Hugh zog sie in seine Arme. Sobald sie ihren müden, wettergegerbten Mann von Kopf bis Fuß gemustert hatte und wußte, daß er nicht verletzt war, wurde sie ruhig, zuversichtlich und gelassen und zeigte keine besondere Angst mehr, wenn auch immer wieder heimliche Sorge die schöne Maske ihres zarten Gesichts durchbrach. Er war ein kleiner Mann, fast zierlich gebaut, nicht viel größer als seine Frau, schwarzhaarig und mit schwarzen Brauen. Seinen Bewegungen fehlte die gewohnte fließende Leichtigkeit – kein Wunder nach einem langen Tag im Sattel, sein Lächeln war knapp und schief, als er seine Frau küßte und Cadfael freundlich mit der Faust auf die Schulter klopfte. Er ließ sich mit einem tiefen, heiseren Seufzen auf die gepolsterte Ofenbank sinken und streckte behaglich die bestiefelten Beine aus, das rechte eindeutig unter Schmerzen. Cadfael kniete nieder und zog ihm die steifen, eisüberkrusteten Stiefel herunter, von denen schmelzende Rinnsale auf die Dielenbretter liefen.

»Um aller Christenseelen willen!« sagte Hugh, indem er sich vorbeugte und seinem Freund über die Tonsur strich. »Das hätte ich nicht mehr geschafft. Mein Gott, bin ich müde! Aber egal …, denn nun ist das Wichtigste geschafft – die Männer sind daheim und ich auch.«

Constance eilte mit Essen und einem Becher warmem Wein herbei, Aline kam mit seinem Hauskleid und befreite ihn aus dem Ledermantel. Die letzten Etappen war er leicht bekleidet geritten, ohne den schweren Kettenpanzer. Er rieb sich mit beiden Händen über die vor Kälte steifen Wangen, dehnte in der Wärme des Feuers wohlig die Schultern und atmete tief und erleichtert auf. Sogar die Stimme wird nach langen Entbehrungen und großer Mühsal rauh und unsicher. Wenn er sich erholt hatte, würden die Worte wieder ohne Krächzen herauskommen.

»Dein Stammhalter«, sagte Aline fröhlich, während sie jede seiner Bewegungen beobachtete, als er aß und sich aufwärmte, »hat die Augen aufgehalten, bis es nicht mehr ging. Er ist wohlauf und selbst in dieser kurzen Zeit gewachsen – Cadfael wird es dir erzählen. Er läuft schon tüchtig und macht sich nichts daraus, wenn er ab und zu mal stürzt.« Sie erbot sich nicht, ihn zu wecken und herzubringen, denn es war klar, daß es an diesem Abend keinen Raum für Kinder gab, wie heiß geliebt sie auch sein mochten.

Hugh lehnte sich nach seinem Mahl zurück, gähnte gewaltig, schaute plötzlich lächelnd zu seiner Frau auf und zog sie zu sich herunter. Constance trug das Tablett hinaus, füllte seinen Becher nach und schloß leise die Tür des Zimmers, in dem der Kleine schlief.

»Mach dir keine Sorgen um mich, Liebste«, sagte Hugh, indem er Aline an sich drückte. »Ich bin müde und zerschlagen vom Reiten, aber es ist nichts Schlimmes. Nun, den einen oder anderen Verlust haben wir natürlich zu beklagen, und das ist nicht schön. Doch habe ich die meisten Männer, die mit uns gen Norden ritten, zurückgebracht, wenn auch nicht alle – nicht alle! Den Anführer nicht – Gilbert Prestcote ist fort. Nur gefangengenommen und nicht tot, so hoffe und glaube ich, aber ob von Robert von Gloucester oder den Walisern ... Ich wünschte, ich wüßte es.«

»Die Waliser?« fragte Cadfael und spitzte die Ohren. »Wie das? Owain Gwynedd hat doch noch nie für die Kaiserin die Hand ins Feuer gelegt. Nachdem er sich so lange heraushielt und so viel dabei gewann? So ein Narr kann er nicht sein! Warum sollte er einem seiner Feinde helfen? Es sähe ihm ähnlicher, zuzusehen, wie sie sich gegenseitig die Kehlen durchschneiden.«

»Ihr sprecht wie ein wahrer Christenmensch«, erwiderte Hugh mit einem knappen, düsteren Lächeln und schien erfreut, als Cadfael schnaufte und errötete. »Nein, Owain besitzt Urteilsvermögen und Verstand, doch zu seinem Unglück hat er einen Bruder. Cadwaladr war mit einem Trupp Bogenschützen da, und Madog ap Meredith aus Powys war bei ihm, ganz versessen aufs Plündern. Sie sind über Lincoln hergefallen und haben jeden gefangengenommen, von dem man sich Lösegeld versprach, sogar die Halbtoten. Aber ich bezweifle, daß Gilbert darunter ist.« Er bewegte sich etwas und brachte seinen steifen, geschundenen Körper auf den Kissen in eine bequemere Position. »Doch sind es nicht die Waliser«, fuhr er grimmig fort, »welche die größte Beute erwischt haben. Robert von Gloucester ist heute abend wohl schon auf halbem Wege zu seiner Stadt – um den einen Gefangenen, der ein ganzes Königreich wert ist, an die Kaiserin Maud zu übergeben. Gott weiß, was jetzt kommen mag, aber ich weiß, was ich zu tun habe. Mein Sheriff ist außer Reichweite, und niemand ist hier, der einen Nachfolger benennen könnte. Also muß ich, so gut ich es vermag, diese Grafschaft beschützen, und das werde ich tun, bis sich das Blatt wieder wendet. König Stephen nämlich wurde in Lincoln bezwungen und als Gefangener nach Gloucester verschleppt.«

Als seine Zunge gelöst war, wollte er sogleich die ganze Geschichte erzählen, sowohl um sich selbst noch einmal Klarheit zu verschaffen als auch um seine Zuhörer zu unterrichten. Er war jetzt Herr eines ganzen Landes, das er im Auftrag eines unglücklichen Königs halten und schützen mußte, und es war seine Aufgabe, das Land so zu hüten, daß es in seinen Grenzen unverletzt blieb, bis wieder ein wirklicher Herrscher an der Spitze stand.

»Ranulf von Chester stahl sich aus der Burg von Lincoln und schaffte es, die ihm feindliche Stadt zu verlassen, ehe wir in die

Nähe kamen. Er wandte sich in großer Eile an Robert von Gloucester und versicherte der Kaiserin seine Treue im Kampf gegen uns. Chesters Frau ist schließlich Roberts Tochter, und der hatte sie beim Herzog von Lincoln im Schloß gelassen. Die ganze Stadt stand unter Waffen und brodelte um sie herum. Das gab ein Willkommen, als Stephen mit seinem Aufgebot eintraf – die Stadt lag ihm zu Füßen. Arme Hunde, sie haben danach schwer dafür gebüßt. Nun denn, da waren wir, die Stadt war unser und die Burg unter Belagerung, und mit dem Winter auf unserer Seite und der Entfernung, die Robert zu überwinden hatte und bei all dem widrigen Schnee und den Überschwemmungen hätte jeder gesagt, daß alle Vorteile auf unserer Seite lagen. Doch ein Robert läßt sich nicht so leicht beirren.«

»Ich war noch nie im Norden«, sagte Cadfael mit einem Glitzern im Auge und einer Unruhe im Blut, die er nur mühsam unterdrücken konnte. Die Zeit seiner Waffengänge war vorbei, er hatte alledem abgeschworen, doch er sehnte sich immer noch nach dem Prickeln des Kampfes, in den seine Freunde sich wagen durften. »Lincoln soll eine hügelige Stadt sein, und die Garnison sehr beengt. Robert oder nicht, die Stadt sollte leicht zu halten sein. Was kam dazwischen?«

»Nun, zwar unterschätzten wir Robert wie immer, aber das allein wäre noch nicht verhängnisvoll gewesen. Nach dem Regen, den es da oben gegeben hatte, war die Flußbiegung im Süden und Westen der Stadt überschwemmt, die Brücke war bewacht und die Furt unpassierbar. Aber Robert passierte sie dennoch. Er stürzte sich in die Flut, und was konnten seine Männer tun, außer ihm zu folgen? ›Der Weg führt nach vorn, niemals zurück!‹ rief er – das hat uns ein Gefangener erzählt. Und da sie dichtgedrängt das Wasser durchquerten, kamen sie fast ohne Verlust hinüber. Oh, natürlich hätten sie bergauf gemußt, aus den überschwemmten Niederungen zu uns auf den Hügel – wenn Stephen nicht eben Stephen wäre! Der größte Teil ihrer Truppe lagerte unten in den feuchten Feldern, und bei der Messe hatten alle heiligen Zeichen gegen sie gesprochen – Ihr wißt ja, daß Stephen mitunter auf solche Zeichen etwas gibt –, ja, und was meint ihr, was er tat? Mit dieser wahnwitzigen Ritterlichkeit, Gott weiß, ich liebe ihn dafür genauso, wie ich ihn verfluche, führt er doch seine Truppen vom Hügel herunter in die Ebene, um sich dem Feind unter ausgeglichenen Bedingungen zu stellen.«

Hugh ließ die Schultern gegen die massive Wand sinken, hob die Augenbrauen und grinste, zwischen Bewunderung und Verzweiflung schwankend.

»Sie hatten sich auf das höchste und trockenste Stück Land zurückgezogen, das sie finden konnten, und das war eine halb gefrorene Marsch. Robert hatte alle Enteigneten – Mauds Lehnsmänner, die in ihrem Dienst im Osten Land verloren hatten – mit Pferden versorgt und sie in die erste Reihe gestellt, da sie nichts zu verlieren und alles zu gewinnen hatten und zuallererst Rache nehmen wollten. Und unsere Ritter hatten alles zu verlieren und nichts zu gewinnen und waren weit von ihren Burgen und Ländereien entfernt; sie sehnten sich danach, zurückzukehren und ihre Verteidigungsanlagen zu befestigen. Und dann waren da die walisischen Horden, die auf Plünderungen aus waren und die ihr Hab und Gut wohlbehalten und sicher im Westen wußten, völlig unbedroht. Was hatten wir zu erwarten? Als die Enteigneten unsere Reiter angriffen, verloren fünf Grafen die Nerven und flohen. Links trieben Stephens Flamen die Waliser zurück, aber Ihr wißt ja, wie die sind – sie zogen sich gerade weit genug zurück, um sich ohne Verluste neu sammeln zu können, und dann waren sie wieder da, auf jeden unserer Männer kam ein Bogenschütze, und sie konnten nach Belieben ihre Ziele auswählen. Als die flämischen Soldaten schließlich davonliefen, rannten ihre Hauptleute hinterher – William von Ypres und Ten Eyck und alle anderen. Stephen blieb unberitten bei uns, und seine dezimierte Schar, beritten und zu Fuß, schloß sich uns an. Der Feind überrollte uns einfach, und schließlich verlor ich Gilbert aus den Augen. Kein Wunder, denn es war ein schlimmes Durcheinander, und niemand konnte weiter als bis zur Spitze seines Schwertes oder Dolches sehen, je nachdem, womit er seinen Kopf zu schützen suchte. Stephen hatte noch sein Schwert. Cadfael, ich schwöre Euch, Ihr habt noch nie einen Mann in der Schlacht so wild gesehen, denn wild wird Stephen, wenn sein freundliches Wesen einmal aufgestachelt ist. Es war eher die Belagerung einer Burg als die Überwindung eines einzigen Mannes. Um ihn lag ein Wall von Männern, die er erschlagen hatte, und wer ihn angreifen wollte, mußte darüberklettern und blieb schließlich doch als oberster auf den Toten liegen. Chester ging ihn an – und er setzte ihm zu, denn es gibt nicht viel, was Ranulf schrecken kann –, doch wäre das Schwert des Königs nicht gebrochen, dann wäre er ein Stein in dem Schutzwall aus Leibern geworden. Irgend jemand, der in seiner Nähe war, drückte Stephen eine dänische Axt in die Hand, doch Chester hatte sich schon durch einen Sprung in Sicherheit gebracht. Und dann klaubte jemand, der am Handgemenge nicht direkt beteiligt war, einen großen Stein vom Boden und traf Stephen damit von der Seite. Es fällte ihn wie einen Baum, er verlor sofort das Bewußtsein, und dann fielen sie über ihn her und hielten den Bewußtlosen an Händen und Füßen fest. Ich wurde von einer anderen Woge überspült«, sagte Hugh traurig, »wurde niedergetrampelt und lag zwischen den toten Männern. Als ich wieder zu mir kam, hatten sie den König fortgeschleppt und waren in die Stadt geschwärmt, um sie auszuplündern. Sie würden später zurückkommen, um das Schlachtfeld nach allem abzusuchen, was des Mitnehmens wert war. Ich sammelte alle aus unserer Stadt, die noch lebten, es waren mehr, als ich gehofft hatte, schaffte sie außer Reichweite und suchte mit einem oder zweien meiner Männer nach Gilbert. Wir fanden ihn nicht, und als die Feinde befriedigt aus der Stadt zurückkamen, um auch das Schlachtfeld zu plündern, zogen wir ab, um wenigstens das heimzubringen, was wir noch hatten. Was sonst hätten wir tun können?«

»Nichts weiter, wie ich es sehe«, sagte Cadfael fest. »Und ich danke Gott, daß Ihr unversehrt davonkamt und noch so viel tun konntet. Wenn es einen Ort gibt, an dem Stephen Euch jetzt braucht, dann ist es diese Grafschaft, die Ihr für ihn schützen müßt.«

Das verstand sich von selbst. Hugh hätte sich sonst nie aus Lincoln zurückgezogen. Über das Gemetzel dort wurde also kein weiteres Wort verloren. Natürlich war es besser gewesen, den größten Teil der Überlebenden aus Shrewsbury, die seinem Befehl unterstellt gewesen waren, zurückzubringen, und das hatte er ja auch getan.

»Stephens Königin ist in Kent, und als Herrin von Kent hält sie mit einer starken Armee den ganzen Süden und Osten«, sagte Hugh. »Sie wird zwischen hier und London jeden Stein umdrehen, und irgendwie wird sie Stephen befreien können. Dies ist nicht das Ende. Eine Wende kann wieder umgewendet, ein Gefangener kann aus dem Gefängnis befreit werden.«

»Oder ausgetauscht«, entgegnete Cadfael, wenn auch zweifelnd. »Hat denn die Seite des Königs keine wichtigen Gefangenen gemacht? Allerdings glaube ich, daß die Kaiserin Stephen nicht einmal für drei ihrer liebsten Grafen gehen ließe, selbst wenn es Robert wäre, ohne den sie doch völlig hilflos ist. Nein, sie wird ihren Gefangenen sicher verwahren und versuchen, den Thron zu erringen. Glaubt Ihr, die Prinzen der Kirche würden ihr den Weg versperren?«

»Nun«, sagte Hugh, während er sich unter Schmerzen reckte und dabei neue Prellungen entdeckte, »eines weiß ich jedenfalls: Es ist meine Pflicht dafür zu sorgen, daß hier in Shropshire alles nach dem Willen des Königs geschieht. Wenigstens diese Grafschaft muß dem König erhalten bleiben.«

Hugh kam zwei Tage später in die Abtei herunter, um der Messe beizuwohnen, die Abt Radulfus für die Seelen all jener, die in Lincoln auf beiden Seiten gestorben waren, und zur Heilung von Englands offenen, schwärenden Wunden abhalten wollte. Ganz besonders wollte man für die unglücklichen Bewohner der Stadt im Norden beten, die eine leichte Beute der feindlichen Armeen geworden waren. Man hatte ihnen alles geraubt, was sie besaßen, vielen sogar das Leben, und viele waren in die Wildnis des winterlichen Landes geflohen. Jetzt wurde näher an Shropshire gekämpft als noch vor drei Jahren, denn man hatte einen Grafen von Chester zum Nachbarn, der sich vom Erfolg beflügelt fühlte und nach neuen Eroberungen gierte. Jede einzelne von Hughs ausgelaugten Garnisonen stand unter Waffen und war bereit, das bedrohte Land zu verteidigen.

Nach der Messe, als Hugh im großen Hof mit dem Abt plauderte, entstand im Bogengang des Torhauses plötzlich Unruhe, und aus der Klostersiedlung kam eine kleine Prozession herein. Vier stämmige Landbewohner in selbstgewirkten Kleidern schritten energisch durchs Tor. Zwei hatten sich ihre Bogen so über die Schulter gelegt, daß sie jederzeit danach greifen konnten, einer trug eine Hippe auf der Schulter, und der vierte schwenkte eine langstielige Mistgabel. Zwischen ihnen ritt eine füllige Frau in mittleren Jahren, die die schwarze Tracht einer Benediktinernonne trug, auf einem schmächtigen Maultier. Die weißen Bänder ihrer Haube umrahmten ein rundes, rosiges Gesicht, gutgenährt und mit kräftigen Zügen, in dem hellbraune Augen strahlten. Sie trug Stiefel wie ein Mann und hatte die Tracht zum Reiten hochgerafft, doch als sie abstieg, löste sie das Gewand mit einer raschen Bewegung ihrer kräftigen Hand. Sie blieb wachsam und besonnen stehen und sah sich gelassen nach jemand um, der hier die Befehlsgewalt hatte.

»Eine Schwester besucht uns«, sagte der Abt freundlich, während er sie interessiert betrachtete, »aber es ist keine, die ich kenne.«

Bruder Cadfael, der auf dem Weg zum Garten und seinem Herbarium gemächlich den Hof durchquerte, hatte ebenfalls die plötzliche Unruhe am Tor bemerkt und beim Anblick der ihm offensichtlich vertrauten Gestalt einen Augenblick innegehalten. Er war dieser Dame schon einmal begegnet und fand sie durchaus erinnernswert. Und es schien, als erinnerte auch sie sich erfreut an die Begegnung, denn sobald ihr Blick auf ihn fiel und ein Funke des Wiedererkennens in ihren Augen aufflammte, schritt sie auf ihn zu. Er ging ihr entgegen und begrüßte sie freudig. Ihre stämmigen Leibwächter, zufrieden, sie sicher dort abgeliefert zu haben, wo sie hinwollte, standen gelassen auf dem Pflaster am Torhaus und waren anscheinend in keiner Weise von der Umgebung eingeschüchtert oder beeindruckt.

»Ich dachte doch, daß ich diesen Gang kenne«, sagte die Dame befriedigt. »Ihr seid Bruder Cadfael, der einmal geschäftlich zu unserer Klause gekommen ist. Ich bin froh, Euch hier anzutreffen, denn ich kenne sonst niemand. Wollt Ihr mich Eurem Abt vorstellen?«

»Sehr gern«, sagte Cadfael, »und tatsächlich beobachtet er Euch schon von der Ecke des Klosters aus. Es ist jetzt zwei Jahre her … Darf ich ihm sagen, daß er die Ehre hat, Schwester Avice zu empfangen?«

»Schwester Magdalena«, entgegnete sie bescheiden und lächelte leicht, und so kurz und artig das Lächeln auch war, blitzte dabei doch das verschmitzte Grübchen, an das er sich erinnerte, wie ein Stern auf ihrer wettergegerbten Wange auf. Er hatte sich damals gefragt, ob sie bei ihrer Berufung als Braut Christi nicht besser dieses Lächeln hätte irgendwie ausmerzen sollen; vielleicht war es eben die stärkste Waffe in ihrem Arsenal. Unwillkürlich zwinkerte er ihr zu, und sie bemerkte es. Avice von Thornbury hatte eine verschwörerische Art, die jeden Mann glauben machte, er sei der einzige, dem sie vertraute.

»Mein Auftrag«, begann sie sachlich, »gilt Hugh Beringar, denn wie ich hörte, ist Gilbert Prestcote nicht aus Lincoln zurückgekehrt. In der Vorstadt erfuhren wir, daß Hugh Beringar hier zu finden sei, sonst hätten wir erwartet, ihn oben auf der Burg zu treffen.«

»Er ist da«, sagte Cadfael. »Gerade aus der Messe gekommen, und nun redet er mit Abt Radulfus. Dort hinten seht Ihr die beiden.«

Sie blickte in die angegebene Richtung, und ihrem Gesichtsausdruck war zu entnehmen, daß ihr gefiel, was sie sah. Abt Radulfus war überdurchschnittlich groß, aufrecht wie eine Lanze und sehnig, mit einem Adlergesicht und einem ruhigen, abwägenden Blick; und auch Hugh, einen ganzen Kopf kleiner und eher ein Leichtgewicht, war kaum zu übersehen, obwohl er stets ruhig sprach und sich nur selten in den Mittelpunkt drängte.

Schwester Magdalena musterte ihn mit einem raschen Blick aus ihren braunen Augen von Kopf bis Fuß. Sie wußte Männer einzuschätzen, und sie erkannte einen guten Mann auf den ersten Blick.

»Sehr gut denn!« sagte sie nickend. »Kommt mit, ich will meine Aufwartung machen.«

Abt Radulfus merkte auf, als sie sich ihm näherten, und er und Hugh kamen den beiden entgegen.

»Ehrwürdiger Vater«, sagte Cadfael, »Schwester Magdalena aus unserem Orden ist aus der Klause von Polesworth gekommen, die einige Meilen im Südwesten im Wald bei Godric's Ford liegt. Ihr Auftrag gilt Hugh Beringar als dem Sheriff dieser Grafschaft.«

Sie machte eine sehr anmutige Ehrenbezeugung und beugte sich über die Hand des Abtes. »In Wirklichkeit betrifft das, was ich zu sagen habe, alle, die hier mit Ordnung und Frieden zu tun haben, Vater. Bruder Cadfael hat unsere Klause besucht und weiß, wie es uns in diesen unruhigen Zeiten ergeht, so einsam und so nahe an Wales. Er kann erklären und ergänzen, was ich versäume.«

»Seid willkommen, Schwester«, sagte Radulfus, indem er sie ebenso genau abschätzte, wie sie ihn abgeschätzt hatte. »Bruder Cadfael soll unser Berater sein. Seid zum Mittagessen mein Gast. Und ich werde Befehl geben, daß Eure Wächter – die, wie ich sehe, ergeben auf Euch warten – angemessen untergebracht werden. Und da Ihr Euch noch nicht kennt – hier an meiner Seite ist Hugh Beringar, der Mann, den Ihr sucht.«

Obwohl diese Seite ihres Gesichts von ihm abgewandt war, war Cadfael sicher, daß das Grübchen auf der Wange sichtbar wurde, als sie sich an Hugh wandte und ihn förmlich begrüßte: »Mein Herr, ich hatte noch nie das Glück«, sagte sie – wobei in Frage stand, ob dies ausgesuchte Höflichkeit oder eine Schelmerei war –, »Euch zu begegnen, denn bisher wechselte ich nur einige Worte mit Eurem Sheriff. Wie ich hörte, kehrte er nicht mit Euch zurück und wurde womöglich gefangen genommen, was mir für ihn sehr leid tut.«

»Mir auch«, sagte Hugh. »Allerdings hoffe ich, ihn zu befreien, sobald sich eine Gelegenheit dazu bietet. Da Ihr mit einer Eskorte kamt, Schwester, nehme ich an, daß Ihr Grund hattet, Euch vorsichtig durch den Wald zu bewegen. Ich denke, dies ist nun, da ich zurück bin, ebenfalls meine Angelegenheit.«

»Laßt uns in mein Sprechzimmer gehen«, sagte der Abt, »und hören, was Schwester Magdalena zu erzählen hat. Und Ihr, Bruder Cadfael, wollt unterdessen bitte Bruder Denis Bescheid geben, daß den Wächtern unserer Schwester das Beste aufgetischt wird, was das Haus zu bieten hat. Und dann gesellt Euch zu uns, denn Euer Wissen mag von Nutzen sein.«

Sie saß ein Stück vom Feuer entfernt, als Cadfael einige Minuten später das Sprechzimmer des Abtes betrat. Die Füße sittsam unter den Saum ihres Gewandes gezogen, saß sie aufrecht an der holzvertäfelten Wand. Je länger und genauer er sie musterte, desto wärmer wurden seine Erinnerungen an sie. Sie war viele Jahre lang, seit ihre Schönheit in der Jugend aufgeblüht war, die Geliebte eines Barons gewesen und hatte diese Situation als faire Geschäftsvereinbarung betrachtet, denn die Gegenleistung für die Hingabe ihres Körpers war die Möglichkeit gewesen, aus der Armut zu entkommen und ihren Geist zu bilden. Sie hatte sich loyal und sogar liebevoll an diesen Handel gehalten, solange ihr Herr lebte. Sein Tod hatte beachtliche Talente in ihr geweckt. Mit Entschlossenheit machte sie sich in einem Alter, in dem derlei Offenbarungen höchst selten sind, auf die Suche nach neuen lohnenden Aufgaben. Die Priorin von Godric's Ford und später die Priorin von Polesworth, zunächst erstaunt, als sie mit einer solchen Postulantin konfrontiert waren, hatten in Avice von Thornbury anscheinend etwas gesehen, das sie würdig machte, in den Orden aufgenommen zu werden. Eine Frau, die ohne Murren zu einer jetzt erloschenen Verpflichtung gestanden hatte, würde ebenso fest zu dem Wort stehen, das sie nun geben wollte. Ob man es tatsächlich eine Berufung nennen konnte, schien äußerst zweifelhaft, doch mit Hingabe und Geduld würde es gewiß eine werden.

»Als diese Angelegenheit in Lincoln im Januar so plötzlich für Unruhe sorgte«, begann sie, »vernahmen wir Gerüchte, daß einige Waliser bereit wären, die Waffen zu erheben. Wie ich glaube wohl nicht aus Treue zu einer der Parteien, sondern um unbehelligt plündern zu können, wenn diese beiden Mächte aneinander gerieten. Prinz Cadwaladr von Gwynedd sammelte eine Streitmacht, und die Waliser aus Powys erhoben sich und schlossen sich ihm an; man hörte, daß sie marschieren wollten, um dem Grafen von Chester zur Hilfe zu kommen. So erhielten wir schon vor der Schlacht eine Warnung.«

Sie hatte natürlich alles vorausgeahnt. Wer sonst in diesem kleinen Nest frommer Frauen hätte spüren können, woher der Wind wehte, wie die Lage zwischen den Konkurrenten um die Krone, zwischen Walisern und Engländern, zwischen ehrgeizigen Grafen und gierigen Stammesangehörigen tatsächlich war.

»Und deshalb, Vater, überraschte es uns nicht, als vor etwa vier Tagen ein Junge von einem Gut im Westen Hals über Kopf zu uns gerannt kam und uns erzählte, daß die Kate und das Land seines Vaters verwüstet und seine Familie nach Osten geflohen sei, während walisische Plünderer sich zwischen den Trümmern seines Heims betranken und damit prahlten, als nächstes die Nonnen in Godric's Ford aufzuschlitzen. Ein Jäger auf dem Heimweg verschmäht keineswegs ein paar zusätzliche Stücke Wild. Wir wußten da noch nichts von der Niederlage bei Lincoln«, sagte sie, indem sie Hughs aufmerksamem Blick begegnete, »doch wir schätzten die Lage ein, so gut wir es vermochten, und ließen Vorsicht walten. Wenn Cadwaladr auf dem Heimweg zu seiner Burg in Aberystwyth den kürzesten Weg wählt, kommt er nahe an Shrewsbury vorbei. Anscheinend fürchtete er sich, der Stadt zu nahe zu kommen, obwohl die Garnison, wie er wußte, unterbesetzt war. Bei uns im Wald fühlte er sich da sicherer, und da er es bei uns nur mit einer Handvoll Frauen zu tun hatte, war es ihm die Sache wert, einen Tag dem Vergnügen zu widmen und uns auszurauben.«

»Und das war vor vier Tagen?« fragte Hugh scharf.

»Vor vier Tagen kam der Junge. Er ist in Sicherheit, und

ebenso sein Vater, doch ihr Vieh ist fort, nach Westen davongetrieben. Vor drei Tagen kamen sie zu uns. Uns blieb ein Tag für die Vorbereitungen.«

»Das war eine verabscheuungswürdige Tat«, sagte Radulfus voller Zorn und Widerwillen, »sich wie ein Feigling auf ein Haus voller schutzloser Frauen zu stürzen. Schande über die Waliser oder jeden anderen, der solche Greueltaten begeht. Und wir hier wußten nichts von eurer Not!«

»Keine Sorge, Vater, wir haben diesen Sturm gut überstanden. Unser Haus steht noch und ist nicht geplündert und keiner unserer Frauen wurde ein Härchen gekrümmt, und auch die Waldarbeiter haben kaum mehr als einen Kratzer abbekommen. Wir waren nicht ganz ohne Verteidigung. Sie kamen von Westen, so daß unser Bach sie von uns abhielt. Bruder Cadfael kennt die Gegend dort.«

»Der Bach ist für den größten Teil des Jahres kein großes Hindernis«, sagte Cadfael zweifelnd. »Wir hatten in diesem Winter zwar schwere Regenfälle, doch es blieben immer noch die Furt und die Brücke zu bewachen.«

»Wohl wahr, doch unter guten Nachbarn ist es nicht schwer, in Kürze ein stattliches Aufgebot zusammenzubekommen. Wir sind bei den Waldleuten gut gelitten, und es sind kräftige Männer.«

Vier kräftige Männer ihrer Armee labten sich gerade im Torhaus an Fleisch und Brot und Dünnbier, stolz und zufrieden und in ihrem Selbstbewußtsein gestärkt; und mit Recht, da sie aus eigener Kraft gesiegt hatten.

»Der Bach führte Hochwasser, doch für alle Fälle hoben wir die Furt aus, falls sie es dennoch versuchen sollten, und dann öffnete John Miller seine Schleusen, um das Wasser noch weiter anschwellen zu lassen. Was die Brücke angeht – nun, wir sägten die Tragbalken an, bis sie nur noch von einem Span gehalten wurden, und legten von ihnen aus Seile in die Büsche. Ihr werdet Euch erinnern, daß dort an beiden Ufern dichter Wald steht, so konnten wir aus guter Deckung heraus jederzeit die Tragbalken niederreißen. Außerdem kamen die Waldleute mit Äxten,

Mistgabeln und Bogen und besetzten unser Ufer, um sich jeden vorzunehmen, der den Übergang schaffte.«

Es war keine Frage, wer dieses prächtige Empfangskomitee befehligt hatte. Und da saß sie nun, stämmig, gelassen und gewinnend wie eine gottgesegnete Dorfälteste, die liebevoll und zärtlich über das Betragen und das rasche Heranwachsen ihrer Kinder und Enkelkinder spricht.

»Die Waldleute sind die besten Bogenschützen weit und breit«, fuhr sie fort. »Wir verteilten sie an unserem Ufer zwischen den Bäumen. Und die Männer an dem anderen Ufer hielten sich abseits in der Deckung, um dem Feind die Peitsche zu geben, wenn er davonrannte.«

Der Abt beobachtete sie mit besorgtem, respektvollem Gesicht und hob schließlich die Augen, um seiner verhaltenen Verwunderung Ausdruck zu geben. »Ich erinnere mich, daß Mutter Mariana alt und gebrechlich ist«, sagte er. »Dieser Angriff muß sie in große Verzweiflung und Furcht versetzt haben. Nur gut, daß sie Euch hatte und ihre Amtsgewalt einer so beherzten und fähigen Vertreterin übergeben konnte.«

Schwester Magdalenas wohlwollendes Lächeln, dachte Cadfael, konnte sehr gut eine diskrete Tarnung ihrer Erinnerung an Mutter Mariana sein, die angesichts der Bedrohung verzweifelt und hilflos vor Furcht gewesen war. Doch sie sagte nur: »Unsere Oberin war zu jener Zeit nicht wohlauf, doch, dem Himmel sei Dank, sie hat sich inzwischen erholt. Wir überredeten sie, die älteren Schwestern mit sich in die Kapelle zu nehmen und sich dort mit ihnen und allen heiligen Wertgegenständen, die wir haben, einzuschließen und darum zu beten, daß wir diese Prüfung sicher überstehen. Und zweifellos half uns das noch mehr als Äxte und Bogen, denn wir kamen ohne jeden Kratzer davon.«

»Und dennoch konnten ihre Gebete die Waliser nicht bewegen, vom Angriff abzusehen«, sagte Hugh, der lächelnd ihren arglosen Blick erwiderte. »Was kam dann? Ihr sagtet, alles ging gut aus. Habt Ihr denn eure Seile benutzt?«

»Das haben wir. Sie kamen rasch und eng gedrängt, und wir

ließen sie fast ganz herüberkommen, ehe wir die Tragbalken niederrissen. Die erste Angriffswelle stürzte ins Wasser, und ein paar, die es an der Furt versuchten, verloren den Halt und wurden fortgeschwemmt. Nachdem unsere Bogenschützen die ersten Pfeile abgeschossen hatten, gaben die Waliser Fersengeld. Die jungen Burschen, die auf der anderen Seite in Deckung lagen, setzten ihnen nach und scheuchten sie fort. John Miller hat seine Schleusen wieder geschlossen. Gebt uns ein paar Wochen ohne Regen, und wir haben auch die Brücke wieder aufgebaut. Die Waliser ließen drei tote Männer zurück, die im Bach ertranken; die anderen zogen sie wie nasse Katzen heraus und schleppten sie mit, als sie flohen. Alle bis auf einen, und er ist der Anlaß für diese meine Reise. Ein sehr braver junger Mann«, sagte sie, »wurde stromab gespült und wir zogen ihn halb ertrunken wieder heraus. Er wäre gestorben, wenn wir nicht das Wasser aus ihm herausgeschüttelt und ihn mit Klapsen ermuntert hätten, uns seine Geschichte zu erzählen. Ihr könnt jederzeit nach ihm schicken und ihn zu Euch transportieren lassen. Denn wie die Dinge stehen, mag es sein, daß Ihr ihn brauchen könnt.«

»Ich kann jeden walisischen Gefangenen gebrauchen«, sagte Hugh erregt. »Wo haltet Ihr ihn eingesperrt?«

»John Miller hat ihn hinter Schloß und Riegel gesetzt und läßt ihn bewachen. Ihr werdet verstehen, daß ich es nicht wagte, ihn gleich mitzubringen. Er ist unberechenbar wie ein Eisvogel und schlüpfrig wie ein Fisch, und ohne ihn an Händen und Füßen zu fesseln, hätten wir ihn wohl kaum herbringen können.«

»Wir werden versuchen, ihn wohlbehalten herzuschaffen«, sagte Hugh munter. »Für was für einen Mann haltet Ihr ihn? Und hat er Euch seinen Namen genannt?«

»Er will nur walisisch sprechen, und keine von uns beherrscht diese Sprache. Aber er ist jung, angezogen wie ein Prinz und benimmt sich überheblich genug, um tatsächlich ein Prinz zu sein und nicht von gewöhnlicher Abstammung. Er mag wertvoll sein, wenn es zu einem Austausch kommt.«

»Ich will ihn gleich morgen holen, und ich danke Euch herzlich für ihn«, versprach Hugh. »Morgen früh will ich ein Fähnlein Reiter aufstellen, und ich will auch gleich nach der Grenze sehen. Wenn Ihr über Nacht bleiben könnt, Schwester, dann können wir Euch sicher nach Hause geleiten.«

»Damit wärt Ihr tatsächlich gut beraten«, sagte der Abt. »Unser Gästehaus und alles, was wir haben, steht Euch zur Verfügung. Natürlich sind auch Eure Nachbarn, die Euch so tapfer geholfen haben, willkommen wie Ihr. Es ist gewiß besser, in der Sicherheit einer großen bewaffneten Gruppe heimzukehren. Wer weiß, ob nicht irgendwo im Wald noch Marodeure lauern, wenn die Feinde schon so kühn geworden sind.«

»Ich bezweifle es«, gab sie zurück. »Auf dem Weg hierher sahen wir keine Anzeichen dafür. Nun, die Männer würden mich nicht allein ziehen lassen, und ich will gern Eure Gastfreundschaft annehmen, Vater. Außerdem freue ich mich darauf, mit Euch heimzureisen, mein Herr«, sagte sie, indem sie Hugh verschmitzt anlächelte.

»Wenn ich ehrlich bin«, sagte Hugh zu Cadfael, als sie gemeinsam den Hof durchquerten, während Schwester Magdalena am Tisch des Abtes zu Gast war, »dann würde ich ihr eher das Oberkommando über den ganzen Wald übergeben, als ihr meinen Schutz anzubieten. Wir hätten sie in Lincoln haben sollen, wo unsere Feinde die Fluten überquerten, während ihre Gegner das nicht vermochten. Morgen mit ihr nach Süden zu reiten, wird gewiß ebenso eine Freude sein, wie es sich als nützlich erweisen könnte. Ich werde mit gespitzten Ohren auf jeden Rat hören, den diese Dame etwa zu geben hat.«

»Ihr werdet genausoviel Freude geben wie empfangen«, entgegnete Cadfael lächelnd. »Sie mag Enthaltsamkeit geschworen haben, und was sie schwört, das hält sie auch. Doch hat sie nicht geschworen, sich nicht an der Plauderei und an der Gesellschaft eines stattlichen Mannes zu erfreuen. Ich bezweifle, ob man ihr so etwas jemals verbieten könnte, denn sie hält es gewiß für eine Verschwendung und eine Schande, Gottes Geschenke nicht anzunehmen.«

Die Reisegefährten fanden sich am nächsten Morgen nach der Prim zusammen: Schwester Magdalena und ihre vier Knappen, Hugh und sein halbes Dutzend bewaffneter Wachleute aus der Burggarnison. Bruder Cadfael sah zu, wie sie sich sammelten und die Pferde bestiegen. Er verabschiedete sich warm und liebevoll von der Schwester.

»Ich glaube, es wird mir schwerfallen, Euch ganz selbstverständlich bei Eurem neuen Namen zu rufen«, gab er zu.

Und ihr Grübchen formte sich und blitzte auf und verschwand wieder. »Ach, das! Ihr glaubt wohl, ich hätte noch nie etwas bereut, was ich getan habe – und ich gestehe, daß ich mich an nichts dieser Art erinnern kann. Nun, es war den Nonnen ein solcher Trost und eine solche Befriedigung, mich aufzunehmen. Sie schlossen mich so freudig in ihre Herzen, die guten Frauen, hatten sie doch eine gefallene Schwester zurückgewonnen. Ich konnte nicht anders als ihnen zu geben, was sie wollten und für richtig hielten. Ich bin ihr ganzer Stolz, sie brüsten sich mit mir.«

»Nun, dazu haben sie allen Grund, nachdem Ihr gerade Plünderung, Verwüstung und wahrscheinlich Mord von ihrem Heim abgewendet habt«, sagte Cadfael.

»Ah, das halten sie eigentlich für recht unschicklich für eine Frau, wenn sie auch über das Ergebnis sehr froh sind. Die Tauben flatterten wild durcheinander – aber ich war ja schließlich noch nie eine Taube, und nur die Männer können den Falken in mir wirklich bewundern.«

Und sie lächelte, stieg auf ihr kleines Maultier und ritt in Richtung Heimat davon, umgeben von Männern, die sie bereits bewunderten und die mehr als bereit waren, ihre Bewunderung zu zeigen. Ob bei Hofe oder im Kloster, Avice von Thornbury konnte keinen Schritt tun, ohne daß sich Männerköpfe nach ihr umdrehten.

2

Hugh kehrte vor Einbruch der Dunkelheit mit seinem Gefangenen zurück, nachdem er den Saum des großen Waldes inspiziert
und weder plündernde Waliser noch herrenlos umherstreifende
Männer gefunden hatte. Bruder Cadfael sah die Gruppe auf
dem Weg zur Burg über der Stadt am Torhaus der Abtei vorbei-
ziehen. Der möglicherweise wertvolle walisische Bursche würde
in der Burg sicher eingesperrt werden, und da man ihm nicht
trauen konnte, wahrscheinlich hinter Schloß und Riegel in einer
mehr oder weniger ausbruchsicheren Zelle. Hugh konnte es sich
nicht leisten, ihn zu verlieren.

Cadfael konnte nur einen flüchtigen Blick auf ihn werfen, als
der Trupp in der beginnenden Dämmerung vorbeiritt. Anscheinend hatte er unterwegs Schwierigkeiten gemacht, denn seine
Hände waren gebunden und sein Pferd wurde an der Leine geführt. Die Füße waren an die Steigbügel gefesselt, und ein Bogenschütze ritt drohend nahe hinter ihm. Wenn die Vorsichts-
maßnahmen gedacht waren, um ihn sicher herzubringen, dann
waren sie erfolgreich gewesen; sollten sie ihn aber einschüchtern, wie der junge Mann selbst zu vermuten schien, dann
waren sie offenbar fehlgeschlagen, denn er gab sich überheblich,
herablassend und unverschämt, ritt aufrecht und pfeifend vorbei und wandte sich gelegentlich mit einem Schwall walisischer
Worte an den Bogenschützen, der diese Ausbrüche gewiß nicht
so stoisch hingenommen hätte, wenn er ihren Sinn ebenso gut
verstanden hätte wie Cadfael. Dieser Gefangene war tatsächlich
ein sehr mutiger und edler junger Bursche, wenn er auch etwas
übertrieb.

Und er war ein sehr gutaussehender junger Mann, hoch aufgeschossen für einen Waliser und mit den vorspringenden Wangenknochen und dem Kinn und der rötlichen Gesichtsfarbe seines Schlages. Ein dichtes Gewirr schwarzer Locken fiel anmutig
über seine Stirn und seine Ohren und wurde, da er keine Mütze
trug, immer wieder vom Südwestwind gezaust. Die gebunde-
nen Hände und Füße hinderten ihn nicht, wie ein Zentaur zu

reiten, und die Stimme, die seine Wächter mit unverschämten walisischen Worten beleidigte, war hell und klar. Schwester Magdalena hatte mit Recht gesagt, daß sein Gehabe das eines Prinzen war. Wie er sich aufführte, war er gewiß von stolzer Sinnesart, und wahrscheinlich, dachte Cadfael, ziemlich verzogen. Keine besonders seltene Eigenschaft bei einem hübschen, stattlichen und höchstwahrscheinlich einzigen Sohn.

Sie ritten vorbei, und das laute, trotzige Pfeifen des Gefangenen verlor sich allmählich in der Klostersiedlung und auf der Brücke. Cadfael ging wieder in seine Hütte im Kräutergarten und blies die Kohlenpfanne an, um aus Weißem Schlehdorn ein neues Elixier für die winterlichen Hustenanfälle und Erkältungen zu brauen.

Hugh kam am nächsten Morgen von der Burg herunter und bat darum, Bruder Cadfael ausleihen zu dürfen, denn anscheinend hatte sich der Junge einen bösen Riß im Schenkel zugezogen, als er im Wildwasser gegen einen Stein geschlagen war. Es hatte ihn einige Mühe gekostet, die Verletzung vor den Nonnen zu verbergen.

»Wenn Ihr mich fragt«, erklärte Hugh grinsend, »dann wäre er lieber gestorben, als vor den Nonnen seine Beine zu entblößen und sich versorgen zu lassen. Und ich muß ihm hoch anrechnen, daß er, obgleich der Riß wohl nicht so schlimm ist, die paar Meilen, die er gestern ritt, unter beträchtlichen Schmerzen ertrug, ohne sich zu verraten. Er errötete wie ein Mädchen, als wir bemerkten, daß er das angeschlagene Bein schonte und ihn aufforderten, sich zu entkleiden.«

»Ihr habt die Wunde über Nacht unbedeckt gelassen? Was Ihr nicht sagt? Aber wozu braucht Ihr mich nun noch?« fragte Cadfael listig.

»Weil Ihr gut Walisisch sprecht und aus dem Norden von Wales kommt, und er ist als einer von Cadwaladrs Jungen gewiß aus Gwynedd – aber wenn Ihr schon einmal dabei seid, könnt Ihr auch gleich die Wunden des Jungen versorgen. Wir sprechen Englisch mit ihm, und er schüttelt den Kopf und antwortet nur auf Walisisch, aber trotzdem hat er so einen verschlagenen Blick, der mir sagt, daß er uns sehr wohl versteht und nur seinen Schabernack mit uns treibt. Also kommt und sprecht Englisch mit ihm und ertappt den jungen Hüpfer auf frischer Tat, wenn er denkt, seine walisischen Beleidigungen könnten als Höflichkeiten durchgehen.«

»Wahrscheinlich hätte Schwester Magdalena kurzen Prozeß gemacht, wenn sie von seiner Verletzung gewußt hätte«, erwiderte Cadfael nachdenklich. »Da hätte ihm sein ganzes Erröten nichts genutzt.« Damit ging er bereitwillig davon, um Bruder Oswin einzuweisen, was im Herbarium in der Zwischenzeit zu versorgen war, bevor er sich mit Hugh auf den Weg zur Burg machte. Eine mitunter starke Neugierde und ein gewisser Übereifer gehörten zu den regelmäßigen Punkten seiner Beichten. Aber schließlich war er Waliser; irgendwo in den verworrenen Abstammungslinien seines Landes konnte dieser rätselhafte Junge sogar ein entfernter Verwandter sein.

Sie hatten einen gesunden Respekt vor der Kraft, der Schläue und der Gewitztheit ihres Gefangenen und hielten ihn in einer fensterlosen Zelle, wenn auch mit allem Nötigen versorgt. Cadfael ging allein zu ihm hinein und hörte, wie hinter ihm die Tür versperrt wurde. Es gab eine Lampe, nicht mehr als ein schwimmender Docht in einer Ölschale, die aber völlig ausreichte, da die hellen Steinwände das Licht von allen Seiten reflektierten. Der Gefangene betrachtete scheel die Benediktinertracht und war unsicher, was dieser Besuch zu bedeuten hatte. Auf eine eindeutig freundliche Begrüßung in Englisch gab er eine ebenso höfliche Erwiderung auf Walisisch, doch zur Antwort auf alles andere schüttelte er entschuldigend den dunklen Kopf und gab vor, kein Wort zu verstehen. Er reagierte jedoch sehr bereitwillig, als Cadfael seinen Ranzen auspackte und seine Salben, Reinigungstinkturen und Medizinen bereitlegte. Vielleicht hatte er über Nacht erkannt, wie gut es gewesen war, seine Wunde versorgen zu lassen, denn diesmal entkleidete er sich bereitwillig und ließ Cadfael einen Verband anlegen. Der Ritt hatte seine

Verletzung verschlimmert, doch mit etwas Ruhe würde sie bald heilen. Er hatte eine reine, glatte Haut, geschmeidig und fest. Die Muskeln unter der Haut spannten sich jugendlich fest.

»Ihr wart närrisch, dies für Euch zu behalten, wo es schon lange geheilt und vergessen sein könnte«, plauderte Cadfael auf Englisch. »Seid Ihr wirklich so dumm? In Eurer Situation solltet Ihr Euch bemühen, Besonnenheit zu lernen.«

»Von den Engländern«, erwiderte der Junge auf Walisisch, während er wieder den Kopf schüttelte, um zu zeigen, daß er kein Wort verstanden hätte, »habe ich überhaupt nichts zu lernen. Und nein, ich bin kein Dummkopf, denn sonst wäre ich sicher so geschwätzig wie Ihr, alter Glatzkopf.«

»Man hätte Euch in Godric's Ford gut versorgt«, fuhr Cadfael unschuldig fort. »Ihr habt Eure Tage dort verschwendet.«

»Eine Herde dummer Frauen«, sagte der Junge mit versteinertem Gesicht, »und alt und häßlich noch dazu.«

Nun war es aber genug. »Eine Herde Frauen«, sagte Cadfael laut und empört auf Walisisch, »die Euch aus den Fluten zog und Euer Hochwohlgeboren trockenlegte und Euch mit Klapsen ins Leben zurückholte. Und wenn Ihr nicht in einer Sprache, die sie verstehen, anständige Worte des Dankes für sie findet, dann seid Ihr der undankbarste Balg, der jemals Wales entehrte. Und daß Ihr es wißt, mein junger Ritter, es gibt nichts Schlimmeres und nichts Häßlicheres als Undankbarkeit. Und auch nichts Dümmeres, denn ich bekomme Lust, Euch die Verbände abzureißen und Euch mit Euren Schmerzen und Eurer Undankbarkeit allein zu lassen.«

Der junge Mann war bei diesen Worten von seiner Steinbank aufgefahren und sperrte den Mund auf. Sein unreifes, hübsches Gesicht gab ihm das Aussehen eines kleinen Jungen. Er starrte und schluckte und errötete langsam bis über beide Ohren.

»Idiot, ich bin dreimal so walisisch wie Ihr«, sagte Cadfael ruhiger. »Denn ich bin schätzungsweise dreimal so alt wie Ihr. Und jetzt holt Luft und sprecht – und sprecht Englisch, denn ich schwöre Euch, wenn Ihr, abgesehen von äußerster Not, je wieder Walisisch mit mir sprecht, dann werde ich verschwinden und Euch Eurer Dummheit überlassen, und Ihr werdet sehen, wie ungemütlich diese Gesellschaft ist. Haben wir uns jetzt verstanden?«

Der Junge schwankte einen Augenblick zwischen Verlegenheit und Zorn, da er anscheinend an solche Peinlichkeiten nicht gewöhnt war. Dann faßte er sich plötzlich wieder, warf den Kopf zurück, platzte laut heraus und lachte zugleich über seine eigene Dummheit und anerkennend über die Falle, in die er so tolpatschig getappt war. Glücklicherweise besaß er den Humor seiner Landsleute und war anscheinend doch noch nicht ganz verdorben.

»Schon besser«, sagte Cadfael freundlicher. »Es ist in Ordnung, zu pfeifen und Scherze zu machen, um den Mut nicht zu verlieren – aber warum habt Ihr vorgegeben, kein Englisch zu verstehen? Es war ein gefährliches Spiel, und es konnte nicht lange gutgehen.«

»Nur ein oder zwei Tage«, seufzte der junge Mann resigniert, »und ich hätte vielleicht herausgefunden, was mir bevorsteht.« Nachdem er sich einmal entschlossen hatte, die Sprache zu wechseln, war sein Englisch recht flüssig. »Das ist mir alles neu. Ich wollte mich orientieren.«

»Und mit Unverschämtheit die Muskeln stählen, vermute ich. Eine Schande ist es, die frommen Frauen zu beschimpfen, die Euer armseliges Leben retteten.«

»Niemand sollte es hören oder verstehen«, protestierte der Gefangene und räumte mit dem nächsten Atemzug großzügig ein: »Aber ich bin auch nicht stolz darauf. Wie ein Vogel im Netz war ich, der in jede Richtung pickt, ebenso aus Trotz wie um zu fliehen. Und ich wollte nichts über mich verraten, bis ich meine Häscher eingeschätzt hatte.«

»Und erst recht nicht Euren Wert eingestehen«, bohrte Cadfael verschlagen, »aus Angst, man könnte ein hohes Lösegeld für Euch verlangen. Kein Name, kein Rang, keine Möglichkeit, einen Preis für Euch festzusetzen.«

Der junge Mann nickte. Er beäugte Cadfael und rang selbst jetzt noch, da er durchschaut war, offenbar mit sich, wieviel er eingestehen sollte. Und dann stieß er impulsiv die Tore auf und ließ die Worte heraussprudeln: »Um die Wahrheit zu sagen, war mir schon lange vor dem Angriff auf das Nonnenkloster die ganze wilde Angelegenheit nicht mehr geheuer. Owain Gwynedd wußte nichts vom Aufgebot seines Bruders, und er wird auf uns alle zornig sein, und wenn Owain zornig ist, dann verhalte ich mich lieber vorsichtig. Und gerade das habe ich *nicht* getan, als ich mit Cadwaladr mitzog. Ich wünsche von Herzen, ich hätte mich herausgehalten. Ich wollte Euren Damen nichts zuleide tun, aber wie sollte ich mich heraushalten, da ich schon mittendrin war? Und mich dann auch noch gefangennehmen lassen! Von einer Handvoll alter Frauen und Bauern! Man wird mich daheim verachten, ich werde als Hanswurst dastehen.« Das klang eher angewidert als niedergeschlagen, und dann zuckte er die Schultern und grinste sogar belustigt, als er daran dachte, wie man ihn auslachen würde; trotzdem war diese Aussicht schmerzlich. »Und wenn ich Owain viel koste, dann spricht wieder etwas gegen mich. Er ist kein Mann, der gerne Gold bezahlt, um Idioten zurückzukaufen.«

Der junge Mann machte auf den zweiten Blick einen erheblich besseren Eindruck. Er gab es aufrichtig und mit männlicher Würde zu, verloren zu haben, und erkannte an, daß daran nur er selbst schuld war. Cadfaels Herz flog ihm zu.

»Ich will Euch etwas verraten. Je höher Euer Wert ist, desto willkommener seid Ihr Hugh Beringar, der Euch hier festhält. Und es geht dabei nicht um Gold. Ein Herr, der Sheriff dieser Grafschaft, wird höchstwahrscheinlich in Wales gefangengehalten, wie Ihr hier, und Hugh Beringar will ihn zurückbekommen. Wenn Ihr ihn aufwiegen könnt und wenn er lebend dort gefunden wird, dann seid Ihr schon so gut wie zu Hause. Und ohne daß es Owain Gwynedd, der eigentlich nie die Finger in diese Angelegenheit stecken wollte, etwas kostet; er wird froh sein, dies beweisen zu können, indem er uns Gilbert Prestcote zurückgibt.«

»Ist das Euer Ernst?« Der Junge war wieder lebhafter und riß erregt die Augen auf. »Dann sollte ich also reden? Ich habe gute

Aussichten, freigelassen zu werden und sowohl den Walisern als auch den Engländern zu Gefallen zu sein? Das wäre ein besserer Ausgang, als ich je erwartet hätte.«

»Und als ihr verdient habt!« sagte Cadfael unverblümt und sah, wie sich der glatte braune Hals versteifte. Dann entspannte er sich plötzlich wieder, die schwarzen Locken wirbelten herum und das breite Grinsen erschien. »Aha, Ihr seid also bereit«, fuhr Cadfael fort, »dann erzählt jetzt gleich Eure Geschichte, solange ich hier bin, denn ich bin äußerst neugierig. Aber Ihr sollt sie nur einmal erzählen; laßt mich Hugh Beringar holen, damit wir vorankommen. Warum hier auf Steinen im Dunkeln liegen, wenn Ihr Euch auf den Burgwällen die Beine vertreten könntet?«

»Ihr habt mich überzeugt!« sagte der Junge und strahlte hoffnungsvoll. »Bringt mich zur Beichte, und ich werde nichts verschweigen.«

Nachdem er sich einmal entschlossen hatte, sprach er freudig und wortreich; er war von Natur eine nach außen gewandte Seele und schwieg nur ungern. Seine Zurückhaltung mußte eine unglaubliche Selbstkontrolle erfordert haben. Hugh hörte ihm mit unbewegtem Gesicht zu, doch Cadfael kannte ihn inzwischen gut genug, um jedes winzige Zucken der schmalen, ausdrucksvollen Augenbrauen und jedes Glitzern in den schwarzen Augen deuten zu können.

»Mein Name ist Elis ap Cynan, meine Mutter war eine Cousine von Owain Gwynedd. Er ist mein Oberlehnsherr, und er ließ mich von meinem Ziehvater erziehen, zu dem er mich nach dem Tode meines Vaters gab. Das ist mein Onkel Griffith ap Meilyr, bei dem ich mit meinem Vetter Eliud aufwuchs, als wäre er mein Bruder. Griffiths Frau ist eine entfernte Verwandte des Prinzen, und Griffith ist unter seinen Offizieren sehr geachtet. Owain schätzt uns. Er wird mich gewiß nicht in Gefangenschaft darben lassen«, sagte der junge Mann selbstbewußt.

»Und das, obwohl Ihr Euch mit seinem Bruder in eine

Schlacht gestürzt habt, aus der er sich heraushalten wollte?«
fragte Hugh ohne zu lächeln, doch mit milder Stimme.

»Ganz bestimmt«, beharrte Elis fest. »Aber um die Wahrheit
zu sagen, wünsche ich, ich hätte nie mitgetan, und wahrscheinlich werde ich es noch aufrichtiger wünschen, wenn ich zurückgehen und ihm unter die Augen treten muß. Er wird mir wahrscheinlich das Fell über die Ohren ziehen.« Doch er schien nicht
besonders deprimiert, als er diesen Gedanken äußerte, und sein
plötzliches Grinsen, das in Hughs ungewohnter Gegenwart allerdings etwas unsicher blieb, brach dennoch einen Augenblick
durch. »Ich war ein Narr. Nicht zum erstenmal – und ich würde
meinen, nicht zum letztenmal. Eliud war vernünftiger. Er ist
ernsthaft und vorsichtig, er denkt wie Owain. Es war das erste
Mal, daß unsere Wege sich trennten. Ich wünschte jetzt, ich
hätte auf ihn gehört. Soweit ich mich erinnere, hat er sich noch
nie geirrt. Aber ich brannte darauf zu handeln, war störrisch
wie ein Esel und ging allein los.«

»Und hat Euch dann gefallen, was Euer Handeln mit sich
brachte?« fragte Hugh trocken.

Elis kaute nachdenklich an der Unterlippe. »Die Schlacht –
das war ein guter Kampf, beide Seiten bis an die Zähne bewaffnet. Ihr wart dabei? Dann wißt Ihr ja selbst, daß wir Großes ge-
leistet haben, als wir den überfluteten Fluß überquerten und
uns in der gefrorenen Marsch aufbauten, wie wir waren, durch-
näßt und schaudernd…« Diese prächtige Erinnerung weckte
plötzlich eine andere Erinnerung, nämlich die an den zweiten
Versuch, ein Gewässer zu überqueren und an das ganz und gar
nicht heldenhafte Ende, das genaue Gegenteil eines Traumes
vom Ruhm. Herausgefischt wie ein ertrunkenes Kätzchen, mit
dem Gesicht im schlammigen Boden ins Leben zurückgeprü-
gelt, das Wasser ausspuckend, das er geschluckt hatte, gehalten
von den Händen eines stämmigen Wäldlers. Er bemerkte
Hughs Blick, sah seine eigene Erinnerung in Hughs Augen reflektiert und besaß den Mut zu grinsen. »Nun, bei Überschwemmungen ist das Wasser auf niemandes Seite – es ver-
schlingt Waliser genauso schnell wie Engländer. Aber es hat mir

nicht leid getan, jedenfalls nicht das bei Lincoln; das war ein guter Kampf. Aber danach – nein. Was in der Stadt geschah, drehte mir den Magen um. Wenn ich es vorher gewußt hätte, wäre ich nicht dabei gewesen. Aber ich war dabei, und ich konnte es nicht ungeschehen machen.«

»Euch wurde elend als Ihr saht, was in Lincoln geschah«, erwiderte Hugh verständig. »Und dennoch seid Ihr bei den Räubern geblieben, um auch noch Godric's Ford einzusacken.«

»Was sollte ich tun? Mich allein gegen den ganzen Haufen stellen, gegen meine Freunde und Kameraden, und die Nase in die Luft recken und ihnen sagen, daß sie dabei wären, eine Sünde zu begehen? Ein so großer Held bin ich doch nicht!« entgegnete Elis schlicht und offen. »Trotzdem, Ihr müßt mir glauben, daß ich niemand etwas zuleide tat, denn ich wurde gefangengenommen, und wenn Ihr nun sagt, das geschieht mir recht, dann werde ich nicht beleidigt sein. Das Ende vom Liede ist jedenfalls, daß ich hier bin und Ihr über mich verfügen könnt. Gut, ich bin mit Owain verwandt, und wenn er erfährt, daß ich noch lebe, wird er mich ganz bestimmt zurückhaben wollen.«

»Dann könnten wir zwei sehr leicht eine vernünftige Übereinkunft finden«, sagte Hugh, »denn ich halte es für möglich, daß mein Sheriff, den ich ebenso dringend zurückhaben will, in Wales gefangen ist, wie Ihr hier gefangen seid, und wenn dies wahr sein sollte, dann dürfte ein Austausch kein großes Problem sein. Ich habe nicht den Wunsch, Euch hinter Schloß und Riegel in einer Zelle zu halten, solange Ihr Euch anständig benehmt und den Ausgang der Geschichte ruhig abwartet. So kommt ihr am raschesten wieder nach Hause. Gebt mir Euer Wort, daß Ihr nicht zu fliehen versucht oder die Burg verlaßt, und Ihr habt innerhalb der Burg alle Freiheit.«

»Von ganzem Herzen gern!« sagte Elis bereitwillig. »Ich gebe Euch mein Wort, nichts zu versuchen und keinen Fuß vor die Tore zu setzen, bis Ihr Eueren Mann zurückhabt und mich freilaßt.«

Cadfael kam am nächsten Tag wieder, um sich zu vergewissern, daß sein Verband dem zackigen Kratzer des walisischen Jungen gutgetan und daß sich die Wunde nicht entzündet hatte; das gesunde junge Fleisch fand zusammen wie die Lippen von Liebenden, und der Riß würde fast ohne Narbe abheilen.

Er war ein netter Junge, dieser Elis ap Cynan, man konnte in ihm lesen wie in einem Buch, er war offen wie ein Gänseblümchen in der Mittagssonne. Cadfael blieb lange bei ihm, um ihn auszuhorchen, was kein großes Problem war und eine reiche Ernte brachte. Da er nun nichts mehr zu verlieren hatte und nur ein mitfühlender älterer Mann seines eigenen Schlages zuhörte, entfaltete er seine Blätter in schwatzhafter Unschuld.

»Ich überwarf mich mit Eliud wegen dieses Beutezuges«, erzählte er traurig. »Er meinte, das sei keine gute Politik für Wales, und die Beute, die wir zurückbrächten, würde den angerichteten Schaden bei weitem nicht aufwiegen. Ich hätte wissen sollen, daß er recht behalten würde – wie immer. Und ich bin ihm nicht einmal böse, das ist das Wunder! Auf ihn kann man einfach nicht böse sein – ich jedenfalls nicht.«

»Die Bande zu einem Ziehbruder können ebenso eng sein wie die zwischen Blutsbrüdern«, sagte Cadfael.

»Noch enger als bei den meisten Brüdern. Wir sind wie Zwillinge, die wir auch fast hätten sein können. Eliud kam eine halbe Stunde vor mir auf die Welt und hat sich seitdem verhalten wie ein älterer Bruder. Er wird meinetwegen inzwischen vor Sorge fast umgekommen sein, denn er weiß ja nur, daß ich im Bach fortgeschwemmt wurde. Ich wünschte, wir könnten diesen Austausch beschleunigen, damit er erfährt, daß ich noch lebe und ihn weiter ärgern kann.«

»Zweifellos gibt es außer Eurem Freund und Vetter noch andere«, sagte Cadfael, »die sich wegen Eures Verschwindens Sorgen machen. Ihr seid noch nicht verheiratet?«

Elis grinste wie ein frecher Junge. »Höchstens leicht bedroht. Meine Ahnen versprachen mich schon vor langer Zeit als Kind, aber ich habe es nicht eilig. Es ist das übliche Schicksal eines Mannes, wenn er heranwächst. Man muß schließlich an die

Ländereien und an Bündnisse denken.« Er sprach, als spürte er die Bürde langer Jahre, die er akzeptierte, doch nicht freudig begrüßte. Ganz gewiß aber liebte er die Dame nicht. Wahrscheinlich war sie eine alte Spielgefährtin aus seinen Kindertagen, an die er heute kaum noch einen Gedanken verschwendete.

»Dennoch macht sie sich womöglich weit mehr Sorgen um Euch, als Ihr Euch um sie«, meinte Cadfael.

»Ha!« rief Elis und lachte kurz und bellend. »Die doch nicht! Wenn ich im Bach ertrunken wäre, hätte man sie mit einem anderen jungen Mann von Stand zusammengebracht, und das wäre genausogut gewesen. Sie hat mich nicht gewählt und ich sie auch nicht. Nun, sie macht keine Einwände, nicht mehr als ich jedenfalls, denn wir könnten es beide schlimmer treffen.«

»Wer ist denn die Glückliche?« erkundigte Cadfael sich trocken.

»Nun beginnt Ihr zu sticheln, obwohl ich so ehrlich bin«, gab Elis vorwurfsvoll zurück. »Habe ich denn je behauptet, ich wäre ein Haupttreffer? Das Mädchen ist im Grunde nicht schlecht, ein kleines, kluges, dunkles Ding, auf ihre Art recht hübsch, und wenn es sein muß, dann wird sie mir genügen. Ihr Vater ist Tudur ap Rhys, der Herr von Tregeiriog in Cynllaith – ein Mann aus Powys, aber ein enger Freund von Owain, der denkt wie er. Ihre Mutter war eine Frau aus Gwynedd. Das Mädchen heißt Cristina. Ihre Hand wird für ein großes Geschenk gehalten«, sagte der versprochene Stammhalter wenig begeistert. »So ist es, aber ich komme sicher noch eine ganze Weile ohne sie zurecht.«

Sie wanderten über die Burgmauer, um sich warm zu machen, denn das Wetter war gut, aber kalt, und der Junge haßte es, nach drinnen zu gehen, wenn er es eben vermeiden konnte. Er hob das Gesicht zum klaren Himmel über den Türmen, und sein Schritt war leicht und federnd, als ginge er auf weicher Erde.

»Wir könnten Euch Euer Schicksal noch eine Weile ersparen«, schlug Cadfael hinterlistig vor, »wenn wir die Suche nach unserem Sheriff etwas verzögern und Euch hier gefangenhalten, solange es Euch gefällt.«

»Oh, nein!« platzte Elis lachend heraus. »Alles, nur das nicht! Lieber eine Frau in Wales als die Art von Freiheit, die ich hier bekomme. Am besten wäre natürlich Wales ohne Ehefrau«, gab der widerspenstige Verlobte zu, während er über sich selbst lachte. »Verheiratet oder nicht, wahrscheinlich ist am Ende alles dasselbe. Es wird immer Jagden und Waffen und Freunde geben.«

Das kleine, kluge, dunkle Geschöpf mit Namen Cristina, die Tochter von Tudur, hat schlechte Aussichten, dachte Cadfael kopfschüttelnd, wenn sie von ihrem Mann mehr erwartet als einen gutmütigen Jungen, der zwar bereit war, sie zu tolerieren und anzunehmen, der von Liebe aber nichts wissen will. Andererseits hatten viele letztlich gute Ehen auf ähnlich unsicherem Grund begonnen, um später doch einiges Feuer zu entfachen.

Sie hatten bei ihrer Runde den Bogengang zur Innenmauer erreicht, und das Sonnenlicht fiel in schrägen Strahlen kalt und grell auf ihren Weg. Gilbert Prestcote hatte es vorgezogen, seiner Familie dort drinnen hoch im Eckturm eine Wohnung einzurichten, anstatt ein Haus im Ort zu unterhalten. Zwischen den Zinnen der Burgmauer erreichten die Sonnenstrahlen gerade den schmalen Durchgang, der zu den Privatgemächern hinüberführte, und sie erreichten auch das Mädchen, das jetzt aus der Tür ins Licht heraustrat. Sie war das genaue Gegenteil eines kleinen, klugen und dunklen Geschöpfs, denn sie war groß und schlank wie eine Silberpappel, hatte ein zartes, ovales Gesicht und eine blendend helle Haut. Die Sonne glitzerte in ihrem unbedeckten, wogenden Haar, als sie einen Augenblick auf der Türschwelle zögerte und in der Umarmung der Winterluft leicht schauderte.

Elis, der den Lichtschimmer auf ihrer hellen Haut gesehen hatte, war wie angewurzelt stehengeblieben und starrte gebannt, mit aufgerissenen Augen und offenem Mund, durch den Bogengang. Das Mädchen zog ihren Mantel eng um sich, schloß die Tür hinter sich und schritt energisch über den Wall zum Bogengang, um in die Stadt hinunter zu gehen. Cadfael mußte Elis am Ärmel zupfen, um ihn aus seiner Benommenheit zu wecken.

Er zog ihn zur Seite und erinnerte ihn daran, daß er sie mit peinlicher Aufdringlichkeit anstarrte, was sie, wenn sie es bemerkte, durchaus als Beleidigung auffassen konnte. Elis folgte gehorsam, doch nach wenigen Schritten fuhr sein Kopf wieder herum, und er hielt abermals inne und ließ sich nicht weiter drängen.

Sie kam durch den Bogengang und schien sich lächelnd über den schönen Morgen zu freuen, zugleich aber wirkte ihre Haltung ernst und besorgt. Elis hatte sich nicht weit genug zurückgezogen, um unbemerkt zu bleiben, sie spürte seine Gegenwart und wandte ihm abrupt den Kopf zu. Ihre Blicke begegneten sich einen Moment; ihre Augen waren dunkelblau wie Vergißmeinnichtblüten. Der Rhythmus ihrer Schritte brach ab, sie hielt bei seinem Blick inne und fast schien es, als lächelte sie ihn zögernd an wie jemand, den sie wiedererkannte. Ein zartes Rosenrot breitete sich sacht auf ihrem Gesicht aus, bevor sie sich faßte, den Blick abwandte und mit beschleunigten Schritten zum Wachtturm eilte.

Elis stand stocksteif da und sah ihr nach, bis sie durchs Tor gegangen und verschwunden war. Sein Gesicht war tiefrot.

»Wer war diese Dame?« fragte er zugleich drängend und eingeschüchtert.

»Diese Dame«, entgegnete Cadfael, »ist die Tochter des Sheriffs, eben jenes Mannes, den wir lebendig irgendwo in walisischer Gefangenschaft zu finden hoffen und den wir gegen Euch austauschen wollen. Prestcotes Frau ist just in dieser Angelegenheit nach Shrewsbury gekommen und brachte ihre Stieftochter und ihren kleinen Sohn mit, in der Hoffnung, ihren Herrn hier wiederzusehen. Sie ist seine zweite Frau; die Mutter des Mädchens starb, ohne ihm einen Sohn zu schenken.«

»Kennt Ihr ihren Namen? Den Namen des Mädchens?«

»Ihr Name ist Melicent«, sagte Cadfael.

›Melicent...‹, formten die Lippen des Jungen stumm. Und laut, eher an Himmel und Sonne als an Cadfael gewandt, sagte er: »Habt Ihr schon einmal solches Haar gesehen? Wie gesponnenes Silber und feiner als Spinnenfäden! Und das Gesicht wie Milch und Rosen… Wie alt mag sie sein?«

»Woher soll ich das wissen? Dem Aussehen nach etwa achtzehn Jahre. Ungefähr im gleichen Alter wie Eure Cristina, würde ich meinen«, erwiderte Bruder Cadfael, ihn etwas unsanft in die Realität zurückreißend. »Ihr würdet ihr einen großen Dienst und Gefallen tun, wenn Ihr ihr den Vater zurückgeben könntet. Und wie ich weiß, brennt Ihr ja auch selbst darauf, nach Hause zurückzukehren«, fuhr er nachdrücklich fort.

Elis wandte den Blick mühsam von der Ecke ab, um die Melicent Prestcote verschwunden war, und blinzelte verständnislos, als wäre er gerade aus einem tiefen Schlaf gerissen worden. »Ja«, sagte er unsicher und ging benommen weiter.

Am Nachmittag, als Cadfael in seinem Verschlag im Kräutergarten damit beschäftigt war, den Vorrat von Stärkungsmitteln für den Winter zu ergänzen, kam Hugh herein und brachte einen Schwall kalte Zugluft mit sich, bevor er die Tür vor dem Ostwind verschließen konnte. Er wärmte sich über der Kohlenpfanne die Hände, nahm sich ungebeten einen Becher Wein aus Cadfaels Flasche und setzte sich auf die breite Bank an der Wand. Er fühlte sich in dieser halbdunklen, nach Holz duftenden Miniaturwelt, in der Cadfael so viel Zeit verbrachte und unter Kräuterrascheln seine besten Gedanken fand, wie zu Hause.

»Ich komme gerade vom Abt«, sagte Hugh, »und habe mir Euch für ein paar Tage ausgeborgt.«

»Und er war bereit, mich auszuleihen?« fragte Cadfael interessiert, während er einen noch warmen Krug zustöpselte.

»Um einer guten Sache willen und aus guten Gründen, ja. Soweit es nämlich darum geht, Gilbert zu finden und zurückzuholen, ist es ihm so ernst wie mir. Und je eher wir wissen, ob ein solcher Austausch möglich ist, desto besser für alle.«

Cadfael konnte ihm nur beipflichten. Er dachte unbehaglich, aber noch nicht besonders besorgt über die Heimsuchung des Morgens nach. Ein solcher Anblick, weit von allem Walisischen und Vertrauten entfernt, mochte junge, leicht zu beeindruckende Augen wohl blenden, doch ein älteres Eheversprechen war zu bedenken, auch die Kompliziertheit des walisischen Ehrenkodex und die bittere Tatsache, daß Gilbert Prestcote einen alten Haß gegen die Waliser nährte, der von gewissen Angehörigen jenes Menschenschlages von Herzen erwidert wurde.

»Ich muß die Grenze bewachen und die Garnison besetzen«, sagte Hugh, während er seinen Becher Wein mit beiden Händen wärmte, »und hinter der Grenze habe ich Nachbarn, die von ihrer Kühnheit trunken sind und geradezu darauf brennen, neue Eroberungen zu machen. Owain Gwynedd eine Nachricht zu schicken ist, wie wir alle wissen, ein gefährliches Unterfangen. Ich würde nur ungern einen Hauptmann, der nicht Walisisch spricht, auf diese Mission schicken, denn er könnte auf Nimmerwiedersehn verschwinden. Sogar eine gutbewaffnete Gruppe von fünf oder sechs Männern könnte sich in Luft auflösen. Ihr aber seid Waliser, Eure Kutte ist so gut wie ein Kettenhemd, und jenseits der Grenze habt Ihr überall Verwandte. Mit Euch stehen die Chancen günstiger als mit jeder Truppe von Kriegern. Eine kleine Eskorte als Schutz vor herrenlosem Gesindel, dazu Eure walisischen Sprachkenntnisse und Eure Verwandtschaftsbeziehungen als Schutz bei allen anderen Begegnungen. Was sagt Ihr dazu?«

»Ich müßte mich meiner walisischen Abstammung schämen«, sagte Cadfael freundlich, »wenn ich nicht mindestens die letzten sechzehn Generationen meiner Ahnenlinie hersagen könnte. Laßt mich also wohlgemut nach Gwynedd aufbrechen.«

»Oh, aber wir haben gehört, daß Owain sich vielleicht gar nicht in der weit entfernten Wildnis von Gwynedd aufhält. Da Ranulf von Chester so glorreich siegte und da es ihn nach mehr gelüstet, ist der Prinz nach Osten gezogen, um seine Grenzen zu bewachen. So sagen jedenfalls die Gerüchte. Man munkelt sogar, er sei auf unserer Seite der Berwyn Hills in Cynllaith oder Glyn Ceiriog, um Chester und Wrexham im Auge zu behalten.«

»Das sähe ihm ähnlich«, stimmte Cadfael zu. »Er denkt in

großem Maßstab und sehr vorausschauend. Wie lautet nun der Auftrag? Laßt mich hören.«

»Er lautet, Owain Gwynedd zu fragen, ob er meinen Sheriff, der in Lincoln gefangen wurde, selbst in Gewahrsam hat oder ob er ihn von seinem Bruder übernehmen kann. Und wenn er ihn hat oder ihn finden und in seine Gewalt bringen kann, ob er dann bereit ist, ihn gegen seinen jungen Stammesgenossen Elis ap Cynan auszutauschen. Ihr könnt aus eigenem Wissen berichten, daß der Junge wohlauf und gesund ist. Owain kann alle Sicherheiten bekommen, die er fordert, denn jeder weiß, daß er zu seinem Wort steht, während er vielleicht in bezug auf mich sich dessen nicht so sicher ist. Mag sein, daß er nicht einmal meinen Namen kennt. Aber er wird mich kennenlernen, wenn wir in dieser Angelegenheit verhandeln. Werdet Ihr gehen?«

»Wie bald?« fragte Cadfael, indem er einen Krug zum Abkühlen beiseite stellte und sich neben seinen Freund setzte.

»Morgen schon, falls Ihr Eure Arbeiten hier delegieren könnt.«

»Ein Sterblicher sollte jederzeit willens und bereit sein, seine Aufgaben zu delegieren«, sagte Cadfael nüchtern, »da er ja nur sterblich ist. Oswin ist inzwischen äußerst kundig und geschickt mit den Kräutern; mehr als ich damals zu hoffen wagte, als er zu mir kam. Und Bruder Edmund ist ein Meister seines eigenen Reiches und wird gut ohne mich zurechtkommen. Wenn der Vater Abt mich freigibt, bin ich Euer. Ich will tun, was ich tun kann.«

»Dann kommt gleich morgen nach der Prim zur Burg, wo man Euch ein gutes Pferd geben wird.« Er wußte, daß dies eine besondere Verlockung und Freude für den Mönch war und lächelte, als er sah, wie das Angebot aufgenommen wurde. »Und ein paar ausgewählte Männer als Eskorte. Alles andere bleibt Eurer walisischen Zunge überlassen.«

»Wie wahr«, sagte Cadfael selbstzufrieden. »Ein rasches Wort auf Walisisch ist besser als ein Schild. Ich werde kommen. Aber laßt Eure Bedingungen ordentlich auf Pergament schreiben.

Owain hält sehr auf Formen und schätzt es, wenn ein Vertrag sauber aufgesetzt ist.«

Am nächsten Morgen nach der Prim – der Morgen war grauer als der des letzten Tages – zog Cadfael sich Stiefel und Mantel an und ging durch die Stadt zu den Burgwällen hinauf, wo die Pferde seiner Eskorte gesattelt bereitstanden. Die Männer erwarteten ihn schon. Er kannte sie alle, sogar den Jungen, den Hugh als vorläufige Geisel für den gewünschten Gefangenen vorgesehen hatte, falls alles gutging. Er nahm sich einen Augenblick Zeit, um sich von Elis zu verabschieden, der zu dieser frühen Stunde verschlafen und etwas mürrisch in seiner Zelle hockte.

»Wünscht mir Glück, mein Junge, denn ich reite fort, um zu sehen, ob ein Austausch möglich ist. Mit etwas gutem Willen und einem Quentchen Glück könnt Ihr in wenigen Wochen schon auf dem Heimweg sein. Ihr werdet sicher mächtig froh sein, wenn Ihr als freier Mann in Euer Heimatland zurückkehrt.«

Elis pflichtete ihm bei, da dies offensichtlich erwartet wurde, doch die Zustimmung klang halbherzig. »Aber es ist doch noch nicht sicher, ob Euer Sheriff wirklich dort ist und befreit werden kann? Und selbst wenn er dort ist, könnte es einige Zeit dauern, bis er gefunden und aus Cadwaladrs Händen genommen wird.«

»In diesem Falle«, erwiderte Cadfael, »müßt Ihr Eure Seele in Geduld üben und eine Weile unser Gefangener bleiben.«

»Wenn ich muß, dann kann ich auch«, stimmte Elis zu, was für einen jungen Mann, der bisher nicht allzu erfolgreich darin gewesen war, seine Seele in Geduld zu üben, etwas zu freudig und bereitwillig klang. »Ich hoffe sehr, daß Ihr sicher reist und gut zurückkehrt«, fügte er pflichtbewußt hinzu.

»Und benehmt Euch, während ich in Euren Angelegenheiten unterwegs bin«, riet Cadfael ihm resigniert und wandte sich zum Gehen. »Falls ich ihm begegne, werde ich Eurem Ziehbruder Eliud Eure Grüße übermitteln und ihm sagen, daß Ihr nicht zu Schaden gekommen seid.«

Elis nahm dieses Angebot freudig an, versäumte es jedoch gröblich, einen weiteren Namen zu erwähnen, der angemessenerweise mit dieser Botschaft hätte verbunden werden müssen. Und Cadfael vermied es, ihn von sich aus zu erwähnen. Er war schon an der Tür, als Elis ihm plötzlich noch nachrief: »Bruder Cadfael ...«

»Ja?« sagte Cadfael und wandte sich um.

»Diese Dame ... die wir gestern sahen, des Sheriffs Tochter ...«

»Was ist mit ihr?«

»Ist sie schon versprochen?«

Also ..., dachte Cadfael, während er, sich seines Auftrags bewußt, aufs Pferd stieg und seinen Trupp leichtbewaffneter Männer um sich sammelte. Aus den Augen, aus dem Sinn; so wird es zweifellos sein. Und sie hat kein Wort mit ihm gesprochen und wird es vermutlich auch niemals tun. Sobald er zu Hause ist, wird er sie vergessen. Hätte sie nicht dieses silberhelle Haar, so ganz anders als die schlanken, dunklen walisischen Mädchen, hätte er sie vielleicht nicht einmal bemerkt.

Cadfael hatte die Frage Elis' vorsichtshalber ausweichend beantwortet und gesagt, daß er nicht wisse, welche Pläne der Sheriff für seine Tochter habe; er verkniff sich gerade noch die ernste Warnung, die ihm auf der Zunge lag. Energiegeladen, wie der Junge war, hätte ihn jede Behinderung nur entschlossener gemacht. Doch ohne große Widerstände würde er vielleicht das Interesse verlieren. Gewiß besaß das Mädchen eine fast überirdische Schönheit, die um so anziehender wirkte, da sie nun mit dem Kummer und der Sorge um das Schicksal ihres Vaters verbunden war. Wenn die Mission nur erfolgreich verlief ..., und je eher, desto besser!

Sie verließen Shrewsbury über die Walisische Brücke und kamen auf den ersten Etappen ihres Weges in nordwestlicher Richtung nach Oswestry rasch voran.

Sybilla, Lady Prestcote, war zwanzig Jahre jünger als ihr Gatte und eine hübsche, einfache Frau mit rundum den allerbesten Absichten. Sie war vor allem deshalb bemerkenswert, weil sie getan hatte, was die erste Frau des Sheriffs versäumt hatte: Sie hatte ihm einen Sohn geboren. Der junge Gilbert, Augapfel seines Vaters und Herzblatt seiner Mutter, war jetzt sieben Jahre alt. Melicent fühlte sich geduldet, aber vernachlässigt, doch die Liebe zu ihrem ausgesprochen hübschen kleinen Bruder ließ keine Abneigung zu. Ein Stammhalter ist eben ein Stammhalter, und eine Tochter steht in seinem Schatten.

Obwohl mit viel Umsicht behaglich eingerichtet, blieben die Gemächer im Burgturm kalt, zugig und klamm und waren nicht der rechte Ort für eine junge Familie; in der Tat war es außergewöhnlich, daß Sybilla mit ihrem Sohn nach Shrewsbury gezogen war, obwohl ihr sechs weitaus angenehmere Häuser zur Verfügung standen. Hugh hätte ihr angesichts der kummervollen Umstände gern die Gastfreundschaft seines eigenen Stadthauses angeboten, doch die Dame hatte zu viele Bedienstete, um dort bequem unterzukommen und zog die Strenge ihrer kalten, doch geräumigen Gemächer im Turm vor. Ihr Gatte war daran gewöhnt, sie allein zu benutzen, wenn seine Pflichten ihn zwangen, in der Garnison zu bleiben. Sie sehnte sich nach ihm und sorgte sich um ihn und gab sich damit zufrieden, an dem Ort auszuharren, der ihm gehörte, so ungemütlich er auch war.

Melicent liebte ihren kleinen Bruder und haderte nicht mit den Gesetzen, auf Grund derer ihr Bruder den ganzen Besitz ihres Vaters erben würde, während ihr nur eine bescheidene Aussteuer blieb. Sie hatte sogar schon ernsthaft erwogen, den Nonnenschleier anzulegen und ganz auf das Prestcote-Erbe zu verzichten, es zog sie zu Altären, sie liebte Reliquien und Opferkerzen, und sie war klug genug, um zu wissen, daß sie beinahe eine Berufene war. Allerdings kam die Offenbarung nicht mit jener überwältigenden Kraft, mit der sie eigentlich hätte kommen müssen.

Zum Beispiel die schockierende Verwunderung, die Freude und Neugier, die sie innehalten und im Schritt zögern ließ, als sie durch den Bogengang zum Außenwall ging und instinktiv zur Seite sah, wo sie jemand in ihrer Nähe spürte, der sie aufmerksam beobachtete: der walisische Gefangene, dessen verblüfften Blick sie erwiderte. Es war nicht seine Jugend und sein gutes Aussehen, sondern der gebannt auf sie gerichtete Blick, der ihr bis ins Herz drang.

Sie hatte sich die Waliser stets voller Furcht und Mißtrauen als barbarische Wilde vorgestellt, und plötzlich stand da dieser schmucke und ansehnliche junge Mann, dessen Augen sie blendeten und dessen Wangen brannten, als er ihren Blick erwiderte. Sie dachte viel an ihn. Sie erkundigte sich nach ihm, vorsichtig nur, um das Ausmaß ihres Interesses zu verschleiern. Und am Tag, als Cadfael sich zu seiner Suche nach Owain Gwynedd aufmachte, sah sie Elis aus einem Fenster ihrer Gemächer. Er war unter den jungen Männern der Garnison schon fast akzeptiert, hatte sich bis zur Hüfte entkleidet und stellte sich einem Ringkampf mit einem der besten Schüler des Waffenmeisters im Innenhof. Für den jungen Engländer, der ihm an Gewicht und Reichweite überlegen war, stellte er keinen Gegner dar und schlug so schwer auf den Boden, daß sie in verzweifeltem Mitgefühl den Atem anhielt. Aber er kam lachend und atemlos wieder auf die Füße und klopfte dem Sieger freundlich auf die Schulter.

Nichts war an ihm – keine Bewegung und kein Blick –, das sie nicht edel und anmutig gefunden hätte.

Sie nahm ihren Mantel und huschte über die Steintreppe hinunter in den Bogengang, durch den er auf dem Weg zu seiner Kammer im Außenwall kommen mußte. Es dämmerte bereits, und alle stellten ihre Arbeit und ihre Übungen ein, um sich für das Abendessen in der Halle bereit zu machen. Elis kam, leicht humpelnd wegen einiger neuer Prellungen, aber pfeifend durch den Bogengang – und der gleiche köstliche Schauder, der sie neulich veranlaßt hatte, den Kopf zu wenden, bewirkte bei ihm eine ähnliche Verzauberung.

Die Melodie erstarb zwischen seinen geöffneten Lippen. Er blieb wie angewurzelt stehen und hielt den Atem an. Ihre Blicke verflochten sich, sie konnten sie nicht mehr voneinander lösen – allerdings versuchten sie es auch gar nicht.

»Mein Herr«, sagte sie, da sie den unregelmäßigen Klang seiner Schritte richtig gedeutet hatte, »ich fürchte, Ihr seid verletzt.«

Als er wieder atmete, durchlief ihn ein erneuter Schauder vom Kopf bis zu den Füßen. »Nein«, sagte er zögernd, wie im Traum. »Nein – nicht bis zu diesem Augenblick. Aber jetzt bin ich tödlich verwundet.«

»Ich glaube«, sagte sie erschüttert und schüchtern, »Ihr kennt mich noch gar nicht…«

»Ich kenne Euch«, sagte er. »Ihr seid Melicent. Und ich muß Euren Vater für Euch zurückkaufen – um einen Preis…«

Um einen Preis, um einen schrecklichen Preis, um den Preis, diese Vermählung der Blicke zu zerreißen, die sie aufeinander zutrieb, bis sie sich an den Händen nahmen…

3

Cadwaladr mochte auf dem Rückweg zu seiner Burg in Aberystwyth mit seiner Beute und seinem Gefangenen über die Stränge schlagen, doch nördlich davon hielt Owain Gwynedd streng auf Ordnung.

Cadfael und seine Eskorte hatten ein- oder zweimal Schwierigkeiten, nachdem sie Oswestry rechts liegengelassen und sich nach Wales vorgewagt hatten, doch beim erstenmal überlegten es sich die drei herrenlosen Männer, die Pfeile auf sie abgeschossen hatten, anders, als sie sahen, daß sie eine größere Gruppe herausgefordert hatten, und verschwanden schleunigst im Unterholz; beim zweitenmal tauchte plötzlich eine wilde Patrouille hitzköpfiger Waliser auf, doch als Cadfael sie mit groben walisischen Worten begrüßte, teilten sie ihm schließlich sogar die letzten Neuigkeiten über den Aufenthaltsort des Prinzen mit. Cadfaels zahlreiche Verwandte, Vettern ersten und zweiten Grades, und die gemeinsamen Ahnen waren tatsächlich Schutz genug, als sie durch Clwyd und einen Teil von Gwynedd zogen.

Owain, berichtete die Patrouille, war aus seinem Adlerhorst nach Osten gekommen, um Ranulf von Chester genau im Auge zu behalten, der von seinem Erfolg möglicherweise so geblendet war, daß er den Fehler beging, sich mit dem Prinzen von Gwynedd anzulegen. Owain patrouillierte an den Grenzen von Chester und hielt sich inzwischen in Corwen am Dee auf. Dies berichteten die ersten Informanten. Die zweiten, denen sie in der Nähe von Rhiwlas begegneten, waren sicher, daß er die Berwyns überschritten hatte und nach Glyn Ceiriog heruntergekommen sei; möglicherweise kampierte er im Augenblick in der Nähe von Llanarmon. Wenn nicht, sei er gewiß bei seinem Verbündeten und Freund Tudur ap Rhys auf dessen Landsitz in Tregeiriog. Und da es Winter war, so milde er sich auch im Augenblick zeigte, und da Owain Gwynedd offensichtlich gescheiter war als die meisten Waliser, entschied Cadfael sich für Tregeiriog. Warum kampieren, wenn ganz in der Nähe ein treuer Verbündeter wohnte, der ein festes Dach über dem Kopf und eine volle Vorratskammer bieten konnte und dessen Heim zwischen den öden Bergen in einem relativ heimeligen, gemütlichen Tal lag?

Tudur ap Rhys' Landsitz befand sich in einer Klamm, durch die ein Gebirgsbach zum Ceiriog hinunterströmte; die Grenzen waren in diesen unsicheren Zeiten gut, doch unaufdringlich gesichert: Zwei Männer kamen, von jeder Seite einer, auf den Weg heraus, bevor Cadfaels Gruppe den dichten Wald über dem Tal verlassen hatte. Erfahrene Augen schätzten die müde Gesellschaft ein, und der Verstand hinter den Augen hatte schon entschieden, daß sie harmlos waren, noch ehe Cadfael seine walisische Begrüßung herausbekommen hatte. Das und seine Tracht waren Sicherheit genug. Der jüngere der beiden schickte seinen Gefährten voraus, um Tudur die Gäste anzukündigen, während er sie selbst gemächlich über das restliche Wegstück führte. Hinter dem Fluß und seinen vereisten Ufern, den wenigen steinigen Feldern und den in den Wald gekauerten Katen vor dem Landsitz stiegen die Hügel wieder auf – braun und öde drunten, weiß und öde droben, hinauf bis zu einem schneebedeckten Gipfel unter einem bleiernen Himmel.

Tudur ap Rhys kam heraus, um sie zu begrüßen und die erforderlichen Artigkeiten auszutauschen; er war ein kleiner, vierschrötiger Mann von großen Körperkräften mit einer dichten braunen Haarmähne, die kaum ergraut war, und einer lauten, melodischen Stimme, die lieber die Tonleitern eines Liedes erkletterte als normal zu sprechen. Ein walisischer Benediktiner war ihm neu, noch dazu ein walisischer Benediktiner, der als Verhandlungsführer aus England zu einem walisischen Prinzen geschickt wurde, doch er unterdrückte höflich seine Neugierde und ließ den Gast im Haupthaus zu einer Kammer führen, wo ein Mädchen sogleich wie üblich das Wasser für die Fußwaschung brachte. Dessen Annahme oder Zurückweisung würde dem Gastgeber anzeigen, ob der Gast beabsichtigte, die Nacht in seinem Haus zu verbringen.

Erst als das Mädchen eintrat erinnerte Cadfael sich, daß Elis just diesen Herrn von Tregeiriog gemeint hatte, als er die Geschichte von seiner Verlobung mit einem kleinen, dunklen und klugen Geschöpf erzählte, die auf ihre Art recht hübsch sei und die ihm, falls er heiraten mußte, genügen würde. Und nun stand sie, die leicht dampfende Schüssel in den Händen, bescheiden vor dem Gast ihres Vaters und war an Kleid und Betragen unschwer als Tudurs Tochter zu erkennen. Klein gewachsen war sie gewiß, doch adrett herausgeputzt und von stolzer Haltung. Klug? Sie bewegte sich energisch und zielstrebig, und obwohl sie mit angemessener Demut eintrat, lag ein selbstsicheres Funkeln in ihren Augen. Natürlich waren es nachtdunkle Augen, und Augen und Haar wurden nur durch einen schwachen, warmen Stich Rot davor bewahrt, rabenschwarz genannt zu werden. Und ein hübsches Gesicht? Nicht außergewöhnlich, wenn es kein Mienenspiel zeigte, sondern eher etwas unregelmäßig mit weitstehenden Augen und zum markanten Kinn hin spitz zulaufend; doch wenn sie sprach oder erregt war, zeigte sich eine so strahlende Lebendigkeit in diesem Antlitz, daß es keine Schönheit mehr brauchte.

»Ich nehme Eure Dienste sehr dankbar an«, sagte Cadfael. »Ihr müßt Cristina sein, Tudurs Tochter. Und wenn Ihr es seid, dann habe ich für Euch wie für Owain Gwynedd eine Botschaft, die Euch beiden gewiß sehr willkommen sein wird.«

»Ich bin Cristina«, antwortete sie, und ihr Gesicht erwachte in strahlender Lebhaftigkeit. »Aber woher weiß ein Bruder aus Shrewsbury meinen Namen?«

»Von einem jungen Mann mit Namen Elis ap Cynan, den Ihr vielleicht schon als verloren betrauert, während er in Wirklichkeit in diesem Augenblick sicher und wohlbehalten in der Burg von Shrewsbury sitzt. Was habt Ihr denn von ihm gehört, seit des Prinzen Bruder mit Aufgebot und Beute aus Lincoln heimkehrte?«

Ihr hellwacher Ausdruck änderte sich nicht, doch sie riß die Augen auf und strahlte. »Man berichtete meinem Vater, er sei mit einigen zurückgelassen worden, die in der Nähe der Grenze ertranken«, antwortete sie. »Aber niemand wußte, wie es ihm wirklich erging. Ist das wahr? Er lebt? Und ist gefangen?«

»Seid nur beruhigt«, sagte Cadfael, »denn genauso ist es. Weder in der Schlacht noch im Bach ist ihm Schlimmes widerfahren, und er kann recht einfach freigekauft werden, damit er zu Euch zurückkehren und, wie ich hoffe, einen guten Ehemann abgeben kann.«

Hier kannst du deinen Köder noch so weit auswerfen, sagte er sich, während er ihr Gesicht beobachtete, das zugleich beredt und verschlossen war, als dächte sie in einer fremden Sprache, hier wirst du doch keinen Fisch fangen. Dieses Mädchen kann ihre Gedanken für sich behalten und weiß die Dinge selbst in die Hand zu nehmen. Was sie für sich behalten will, bekommst du gegen ihren Willen nie aus ihr heraus. Und dann sah sie ihm voll in die Augen und sagte: »Eliud wird sich freuen. Sprach er auch von ihm?« Aber sie wußte die Antwort schon.

»Es wurde ein gewisser Eliud erwähnt«, räumte Cadfael vorsichtig ein, da er spürte, wie unsicher der Grund war, auf dem er sich bewegte. »Ein Vetter, soviel ich erfuhr, mit dem er aber wie ein Bruder aufwuchs.«

»Enger noch als Brüder«, sagte das Mädchen. »Darf ich ihm diese Neuigkeit überbringen? Oder muß ich damit warten, bis

Ihr mit meinem Vater zu Abend gegessen und ihm Eure Botschaft übermittelt habt?«

»Ist Eliud denn hier?«

»Im Augenblick nicht. Er ist mit dem Prinzen irgendwo im Norden an der Grenze unterwegs. Sie werden am Abend zurückkommen, denn sie wohnen hier, und Owains Truppen lagern ebenfalls ganz in der Nähe.«

»Das ist gut, denn mein Auftrag gilt dem Prinzen, und er betrifft den Austausch von Elis ap Cynan für einen, der für uns von beträchtlichem Wert ist und der, wie wir glauben, von Prinz Cadwaladr in Lincoln gefangengenommen wurde. Wenn dies für Eliud eine ebensogute Botschaft ist wie für Euch, dann ist es Eure Christenpflicht, seine Sorge um seinen Vetter sobald wie möglich zu besänftigen.«

Sie sah ihn einen Augenblick erfreut an und sagte schließlich: »Ich will es ihm berichten, sobald er aus dem Sattel steigt. Es wäre sehr schade, eine so kameradschaftliche Liebe länger als unbedingt nötig beschattet zu sehen.« Doch in der Süße lag auch Säure, und ihre Augen brannten. Sie empfahl sich höflich und ließ ihn für seine Fußwaschung vor dem Abendmahl allein. Er sah ihr nach; sie ging erhobenen Kopfes und festen Schrittes, aber geräuschlos wie eine jagende Katze davon.

So war das also in dieser Ecke von Wales! Ein versprochenes Mädchen, das mit scharfem Blick ihre Rechte und Privilegien erkannte, während der Junge, noch ein Kind gegen ihre reifende Fraulichkeit, pfeifend und dumm herumstrolchte und lieber den Arm um die Schultern eines anderen Jungen legte, mit dem er sich von Kindheit an verschworen hatte, als seiner zukünftigen Frau ein Kompliment zu schenken. Und sie haßte mit all ihren beträchtlichen Kräften des Verstandes und des Herzens die Liebe, bei der sie nur die dritte im Bunde und höchstens halb willkommen war.

Dabei hätte sie nichts zu beklagen brauchen. Ein Mädchen wird zur Frau, lange bevor ein Junge zum Manne reift, läßt man das bloße Wachstum der Armmuskeln aus dem Spiel. Sie brauchte nur noch etwas zu warten und ihre Klugheit zu nutzen; eines Tages wäre sie dann nicht mehr die vernachlässigte Dritte im Bunde. Doch sie war stolz und wild entschlossen und nicht zum Warten geschaffen.

Cadfael machte sich zurecht und ging zum reich, doch einfach gedeckten Tisch von Tudur ap Rhys. In der Dämmerung flackerten Fackeln an der Hallentür, und von Norden, aus der Richtung von Llansantffraid, kam ein munterer Trupp Reiter von der Patrouille zurück. In der Halle standen die Tische verteilt, der zentrale Kamin brannte hell und schickte duftenden Holzrauch zur geschwärzten Decke, während Owain Gwynedd, der Herr von Nordwales und ausgedehnten Ländereien, zufrieden und hungrig seinen Platz an der Haupttafel einnahm.

Cadfael war ihm vor einigen Jahren schon einmal begegnet. Er war kein Mann, den man leicht vergaß, denn obgleich er sehr wenig von Status und Zeremonien hielt, kam seine königliche Abstammung unübersehbar in seiner Person zum Ausdruck. Gerade siebenunddreißig Jahre alt, stand er in voller Mannesblüte; für einen Waliser war er recht groß gewachsen. Er hatte helles Haar, denn seine Großmutter war Ragnhild aus dem dänischen Königreich von Dublin und seine Mutter Angharag, die unter den dunklen Frauen des Südens wegen ihres flachsfarbenen Haares bekannt war. Seine jungen Gefolgsleute traten wie er ruhig und selbstbewußt auf, wenn auch mit einem prahlerischen Unterton, den ihr Prinz nicht nötig hatte. Cadfael fragte sich, welcher dieser stürmischen Jungen Eliud ap Griffith war, und ob Cristina ihm schon vom Überleben seines Vetters berichtet hatte und in welchen Worten und mit welch eifersüchtiger Bitterkeit, da sie nach wie vor als kaum beachtetes Anhängsel des eingeschworenen Paares galt.

»Und hier haben wir Bruder Cadfael von den Benediktinern in Shrewsbury«, sagte Tudur herzlich, während er Cadfael dicht beim Kopfende des Tisches einen Platz anwies, »mit einer Nachricht für Euch, mein Herr, aus jener Stadt und Grafschaft.«

Owain taxierte die stämmige Gestalt und das verwitterte Gesicht mit vorsichtigen blauen Augen und streichelte seinen kurzgeschnittenen hellblonden Bart. »Bruder Cadfael ist willkommen und ebenso jeder Beweis der Freundschaft aus jener Gegend, denn mir liegt viel an einem sicheren Frieden.«

»Einige Eurer und meiner Stammesgenossen«, sagte Cadfael unverblümt, »statteten vor kurzem mit nicht besonders freundlichen Absichten Shropshires Grenzen einen Besuch ab und ließen unseren Frieden noch bedeutend weniger sicher erscheinen, als er nach Lincoln ohnehin schon war. Ihr habt gewiß davon gehört. Euer hochgeborener Bruder führte den Überfall nicht an, und es mag sogar sein, daß er die Entgleisung nie gutgeheißen hätte, doch er ließ uns in einem überfluteten Bach ein paar Ertrunkene zurück, die wir ordentlich begraben haben. Unter ihnen war einer, den die braven Schwestern lebend aus dem Wasser zogen und den Euer Gnaden gewiß zurückhaben wollen, weil er nach seinen eigenen Worten mit Euch verwandt ist.«

»Was Ihr nicht sagt!« Die blauen Augen hatten sich geweitet und strahlten nun. »Ich war nicht so damit beschäftigt, den Grafen von Chester im Zaum zu halten, daß ich es versäumt hätte, ein ernstes Wort mit meinem Bruder zu reden. Auf dem Heimweg von Lincoln war dies nicht die einzige Entgleisung, und jede dieser Verrücktheiten wird mich einiges an Wiedergutmachung kosten. Nennt mir den Namen Eures Gefangenen.«

»Sein Name«, sagte Cadfael, »ist Elis ap Cynan.«

»Ah!« sagte Owain und atmete tief und befriedigt aus. Er setzte seinen Becher klirrend auf den Tisch. »Dann lebt der dumme Junge noch und konnte Euch seine Geschichte erzählen. Ich freue mich sehr, dies zu hören, und ich danke Gott für diesen Ausgang und Euch, Bruder, für die Botschaft. Unter dem Gefolge meines Bruders war kein einziger Mann, der beschwören konnte, wie er verlorenging oder was ihm zustieß.«

»Sie rannten viel zu schnell, um sich umzusehen«, sagte Cadfael lächelnd.

»Von einem Mann unseres eigenen Blutes«, entgegnete Owain grinsend, »nehme ich dies so, wie es gemeint ist. Also lebt Elis noch und ist gefangen! Ist er schwer verletzt?«

»Kaum ein Kratzer. Und er mag dabei ein wenig zu Sinnen

gekommen sein. Gesund und munter ist er, das kann ich Euch versichern, und mein Auftrag ist es, Euch einen Austausch anzubieten, falls Euer Bruder zufällig einen unter seinen Gefangenen hat, der für uns so wichtig ist wie Elis für Euch. Hugh Beringar von Maesbury, der für Shropshire spricht, schickt mich mit der Bitte, seinen Vorgesetzten und Sheriff Gilbert Prestcote freizugeben. Dazu alle angemessenen Grüße und Empfehlungen an Euer Gnaden und die ernsthafte Versicherung unserer Absicht, wie bisher mit Euch Frieden zu halten.«

»Die Zeit ist reif dafür«, sagte Owain trocken und anerkennend, »und es gereicht uns beiden zum Vorteil, wie die Dinge jetzt stehen. Wo ist Elis?«

»In der Burg von Shrewsbury, und er hat auf Ehrenwort Ausgang bis zum Wall.«

»Und Ihr wollt ihn schnell loswerden?«

»Das eilt nicht«, sagte Cadfael. »Wir schätzen ihn genug, um ihn noch eine Weile zu behalten. Allerdings wollen wir den Sheriff, so er noch lebt und Ihr ihn habt. Hugh suchte ihn nach der Schlacht und fand keine Spur von ihm, und es waren die Waliser Eures Bruders, die den Ort, an dem er kämpfte, überrannten.«

»Bleibt ein oder zwei Tage hier«, erwiderte der Prinz. »Ich will Boten nach Cadwaladr schicken und anfragen, ob mein Bruder Euren Mann gefangenhält. Wenn es so ist, dann sollt Ihr ihn bekommen.«

Nach dem Abendessen wurden Harfen gespielt, man sang und trank noch lange guten Wein, nachdem der Bote des Prinzen sich auf die erste Etappe seiner langen Reise nach Aberystwyth gemacht hatte. Außerdem gab es zwischen Owains jungen Rittern und den Männern von Cadfaels Eskorte einige Ringwettkämpfe und Reitspiele. Hugh hatte mit Bedacht nur Männer ausgewählt, die sich durch walisische Verwandte empfahlen, was bei den Bewohnern von Shrewsbury nicht schwierig gewesen war.

»Wer von all diesen Männern«, fragte Cadfael, indem er die

Halle überblickte, durch die hin und wieder Qualm vom Feuer und den Fackeln zog und in der laute Stimmen hallten, »ist Eliud ap Griffith?«

»Wie ich sehe, hat Elis so freimütig mit Euch geschwatzt, wie es eben seine Art ist«, sagte Owain lächelnd, »Gefangener hin, Gefangener her. Sein Vetter und Ziehbruder hockt in diesem Augenblick am Ende unseres Nachbartisches und mustert Euch gründlich. Er wartet wohl auf seine Gelegenheit, ein Wort mit Euch zu wechseln, sobald ich mich zurückziehe. Der hochgewachsene Bursche im blauen Mantel.«

Hatte man ihn einmal bemerkt, war er nicht mehr zu verwechseln, wenn er auch das genaue Gegenteil seines Vetters schien. Seine Augen sahen Cadfael eindringlich an, sein Körper war gleichzeitig ruhig und gespannt und konnte wohl auf den kleinsten Impuls hin ungestüm reagieren. Owain erbarmte sich seiner, gab ihm einen Fingerzeig und der Junge kam zitternd wie eine abgeworfene Lanze herübergeschossen. Groß gewachsen war er, schmal und doch kräftig, mit strahlenden Nußaugen in einem ernsten, ovalen Gesicht, dessen Züge so fein waren wie die einer Frau. Ein Teil seiner Ergebenheit galt in diesem Augenblick sicher Elis ap Cynan, doch ein anderer Teil galt gewiß auch Wales, galt seinem Prinzen und eines Tages zweifellos auch einer Frau. Wie auch immer, man hatte den Eindruck, daß dieser junge Mann nie ganz zur Ruhe kommen würde.

Er kniete artig vor Owain nieder, der ihm freundlich auf die Schulter klopfte und ihn anredete: »Setzt Euch hier zu Bruder Cadfael und fragt ihn alles, was Ihr wissen wollt. Allerdings ist Euch das Wichtigste bereits bekannt: Euer zweites Selbst ist am Leben und kann Euch für einen bestimmten Preis zurückgegeben werden.« Damit ließ er sie allein und entfernte sich, um sich mit Tudur zu beraten.

Eliud setzte sich, stemmte die Ellbogen auf die Tafel und beugte sich begierig vor. »Bruder, ist es wirklich wahr, was Cristina mir erzählte? Ihr habt Elis sicher in Shrewsbury? Die Männer kamen ohne ihn zurück … Ich habe Boten ausgeschickt, aber niemand konnte mir erklären, wo und wie er verlorenging. Wie der Prinz, habe auch ich überall geforscht und nachgefragt, wenn der die Angelegenheit auch leichter nimmt. Elis ist das Ziehkind meines Vaters ... Ihr seid ja selbst Waliser – Ihr wißt Bescheid. Wir sind von klein auf zusammen erzogen worden und haben beide keine weiteren Brüder ...«

»Ich weiß«, stimmte Cadfael zu, »und ich sage Euch abermals, wie Cristina Euch bereits berichtete, daß er völlig sicher, quicklebendig und so gut wie neu ist.«

»Dann habt Ihr ihn gesehen und mit ihm gesprochen? Seid Ihr sicher, daß es Elis ist und kein anderer? Ein gutaussehender Mann seiner Truppe«, erklärte Eliud entschuldigend, »könnte sich, so er gefangen wird, einen Namen zulegen, der ihm mehr Vorteile verschafft als sein eigener ...«

Cadfael beschrieb geduldig, wie Elis aussah und erzählte dem ganzen Tisch von der Rettung aus dem überfluteten Bach und von Elis störrischer Selbstbeschränkung auf die walisische Sprache, bis ein anderer Waliser ihn entlarvte. Eliud lauschte mit offenem Mund und brennenden Augen und war schließlich sichtlich erleichtert.

»Und er war wirklich so ungesittet zu diesen Damen, die ihn retteten? Oh, daran erkenne ich ihn! Wie muß er sich geschämt haben, von solchen Händen ins Leben zurückgeholt zu werden – wie ein Baby, das man mit Klapsen zum Atmen bewegen will!« Tatsächlich, dieser ernste Junge konnte lachen, und das Lachen erhellte sein ganzes Gesicht und ließ die Augen funkeln. Es war keine blinde Liebe, die er für seinen Zwillingsbruder, der dies ja gar nicht war, empfand, denn er kannte ihn gut genug – er hatte ihn gescholten, kritisiert und sich mit ihm geprügelt und liebte ihn dennoch kein bißchen weniger. Cristina hatte einen schweren Kampf vor sich. »Und Ihr habt ihn dann von den Nonnen bekommen? Und als er ausgewrungen war, stellten sich keine weiteren Verletzungen heraus?«

»Nichts Schlimmeres als einen Riß im Schenkel, den er einem scharfen Felsen in dem Bach zu verdanken hat, in dem er fast ertrunken wäre. Und dieser Riß ist eingesalbt und gut verheilt. Seine größte Sorge war, daß Ihr ihn als tot beklagen würdet, doch meine Reise zu Euch nahm ihm diese Angst, wie sie Euch die Eure nimmt. Es besteht kein Grund, sich um Elis ap Cynan zu sorgen. Obwohl im Augenblick noch auf einer englischen Burg, wird er bald wohlbehalten daheim sein.«

»Das sieht ihm ähnlich«, stimmte Eliud mit leiser, nachdenklicher Stimme voll Zuneigung zu. »So war er, und so wird er immer sein. Er hat gute Eigenschaften. Aber er geht so frei damit um, daß ich mich manchmal wirklich um ihn sorge!«

Wohl eher immer als manchmal, dachte Cadfael, nachdem der junge Mann ihn verlassen hatte und die Menschen in der Halle sich endlich still um das niederbrennende Feuer setzten. Selbst jetzt noch, da er seinen Freund wohlauf und in Sicherheit weiß und sich maßlos darüber freut, selbst jetzt noch zieht er die Augenbrauen zusammen und hält den Blick nach innen gekehrt. Cadfael hatte eine beunruhigende Vision dieser drei jungen Geschöpfe, deren Schicksale miteinander verknüpft schienen: die beiden Jungen, einander seit der Kindheit verschworen, noch inniger verbunden durch die schwerblütige Art des einen und die unschuldige Unbesonnenheit des anderen, das Mädchen, schon früh der einen Hälfte des unzertrennlichen Paares versprochen. Von allen dreien schien ihm der Gefangene in Shrewsbury bei weitem der Glücklichste, da er in den Tag hineinlebte, sich in der Sonne wärmte, vor Stürmen Schutz suchte und in jedem Fall mit Hilfe seines Instinkts einen behaglichen Winkel und erbauliche Zerstreuungen fand. Die anderen beiden brannten wie Kerzen, verzehrten sich selbst und warfen ein unruhiges, flackerndes Licht.

Vor dem Einschlafen sprach er für alle drei ein Gebet, doch in der Nacht wachte er mit dem unbehaglichen Gedanken auf, daß es irgendwo, bisher noch im Schatten, auch einen vierten geben könnte, an den man denken und für den man beten mußte.

Der nächste Tag war klar und schön und brachte einen leichten Reif, der seinen pulvrigen Glanz verlor, sobald die Sonne aufging; es war eine Freude, guten Gewissens und in angenehmer Gesellschaft einen ganzen Tag in der walisischen Heimat verbringen zu können. Owain Gwynedd ritt abermals mit einem halben Dutzend junger Männer zu einer Patrouille nach Osten aus und kam am Abend zufrieden zurück. Ranulf von Chester hielt sich im Augenblick anscheinend bedeckt und verdaute seine Beute.

Da kaum zu erwarten war, daß vor Ablauf des folgenden Tages eine Antwort aus Aberystwyth kam, nahm Cadfael freudig die Einladung des Prinzen an, mit ihnen zu reiten und mit eigenen Augen die Wachsamkeit in den Grenzdörfern zu sehen, die gegen England auf Posten waren. Sie kehrten in der frühen Dämmerung in den Hof von Tudurs Landsitz zurück, und hinter dem Hasten und Eilen der Burschen und Diener flog die Tür der Halle auf, und scharf umrissen und dunkel vor dem Feuerschein und den Fackeln stand Cristina klein und aufrecht in der Tür und überblickte die heimkehrenden Gäste, um für das Abendmahl die nötige Vorsorge zu treffen. Sie verschwand einige Augenblicke im Haus und tauchte mit ihrem Vater wieder auf, um die Gruppe beim Absatteln zu beobachten.

Cristinas Blicke waren nicht auf den Prinzen gerichtet. Als Cadfael ins Haus ging, kam er dicht an ihr vorbei und sah im schrägen Fackelschein ihre Miene: die Lippen schmal und ohne Lächeln, die brennenden Augen auf Eliud gerichtet, der gerade abstieg und sein Pferd dem wartenden Burschen überließ. Der dunkelrote Schimmer, der im schwarzen Haar und den Augen glomm, schien unter diesem Licht zu tiefer Wut und Abneigung entflammt.

Und nicht weniger bemerkenswert war die Art, in der Eliud sich der Tür näherte und ohne Lächeln und mit einem knappen Wort und niedergeschlagenen Augen an ihr vorbeiging. Denn war sie nicht für ihn ein ebenso spitzer Dorn im Fleisch wie er für sie?

Je eher die Heirat, desto geringer das Unglück und desto größer die Aussichten auf Heilung, dachte Cadfael, während er sich zum Vespergottesdienst aufmachte; und sogleich begann er sich zu fragen, ob er damit nicht eine derart aufrührende Angelegenheit zwischen drei Menschen, von denen nur einer eine schlichte Seele war, zu stark vereinfachte.

Der Bote des Prinzen kam am Spätnachmittag des folgenden Tages zurück und berichtete seinem Herrn, der sofort Cadfael hinzuzog, damit dieser die Antwort auf die Anfrage erfuhr.

»Mein Mann berichtet, daß Gilbert Prestcote tatsächlich in Gefangenschaft meines Bruders ist und im Austausch gegen Elis angeboten werden kann. Es mag noch eine kleine Verzögerung geben, denn wie es scheint wurde er beim Kampf in Lincoln schwer verwundet und erholt sich nur langsam. Wenn Ihr aber direkt mit mir verhandeln wollt, dann will ich ihn in meine Obhut nehmen, sobald er sich bewegen kann; später könnte man ihn in kleinen Etappen nach Shrewsbury bringen. In der letzten Nacht sollte man ihn dann in Montford unterbringen, wo sich früher walisische Prinzen und englische Grafen zu Verhandlungen trafen, und Hugh Beringar einen Boten schicken, bevor wir ihn in die Stadt eskortieren. Und dort kann Euer Befehlshaber uns Elis zum Austausch übergeben.«

»Damit bin ich mehr als einverstanden!« entgegnete Cadfael von Herzen. »Und Hugh Beringar wird mir beipflichten.«

»Ich werde allerdings Sicherheiten verlangen«, sagte Owain, »und bin meinerseits bereit, Sicherheiten zu geben.«

»Euer Ehrenwort wird niemand hier in Wales oder in meiner neuen Heimat England in Frage stellen. Doch Ihr kennt meinen Herrn noch nicht, weshalb er bereit ist, Euch eine Geisel als Garantie zu überlassen, bis Elis wohlbehalten bei Euch angekommen ist. Von Euch dagegen verlangt er keine Sicherheit. Schickt ihm Gilbert Prestcote, und Ihr sollt Elis ap Cynan bekommen und danach die Geisel entlassen.«

»Nein«, sagte Owain entschlossen. »Die Garantie, die ich von einem Mann verlange, will ich ihm auch geben. Laßt mir, wenn Ihr wollt, Euern Mann gleich hier, wenn er seine Befehle hat und willens und bereit ist. Sobald meine Männer dann Gilbert Prestcote heimbringen, werde ich Eliud mit ihm schicken, damit er als Pfand der Ehre seines Vetters und der meinen bei Euch bleibt, bis wir abermals die Geiseln auf halbem Wege austauschen – sollen wir sagen auf dem Grenzwall bei Oswestry, falls ich noch in dieser Gegend bin? –, und dann wird der Handel abgeschlossen sein. Manchmal ist es eine Tugend, auf die Form zu achten. Und außerdem würde ich gern Euren Hugh Beringar kennenlernen, denn ihn und mich verbindet, daß wir, wie Ihr wißt, wachsam gegenüber anderen sein müssen.«

»Hugh kam schon mehr als einmal der gleiche Gedanke«, stimmte Cadfael eifrig zu, »und glaubt mir, er wird mit Freuden kommen, um Euch zu treffen, wann immer es Euch beliebt. Er wird Euch Eliud zurückbringen, und Ihr werdet ihm den jungen Mann zurückgeben, der sein Vetter mütterlicherseits ist, mit Namen John Marchmain. Ihr habt ihn heute morgen gewiß bemerkt, er ist der größte unter uns. John kam mit mir und ist bereit zu bleiben, wenn alles gut verläuft.«

»Es soll gut für ihn gesorgt werden«, sagte Owain.

»Offen gestanden hat er sich sogar darauf gefreut, wenn auch seine Kenntnis des Walisischen begrenzt ist. Und da wir einig sind«, meinte Cadfael, »werde ich ihn heute abend in seine Pflichten einweisen und gleich morgen früh mit meiner Gesellschaft nach Shrewsbury zurückreisen.«

Bevor er sich an diesem Abend zu Bett legte, floh er vor dem Qualm und der Wärme der Halle nach draußen, um zu erkunden, wie das Wetter würde. Die Luft war beinahe mild, und kein Lüftchen regte sich. Der Himmel war klar und voller Sterne, doch sie hatten nicht den Glanz und die Pracht, die große Kälte verkündet. Es war ein wundervoller Abend, und obwohl er seinen Mantel nicht umgelegt hatte, sah er sich versucht, bis zum Rande des Anwesens zu laufen, wo ein Hain aus Büschen und Bäumen das Tor schützte. Er atmete tief die kühle Luft ein, die nach Holz duftete und nach der Nacht und der geheimnisvollen Süße von Erdreich und Blättern, die schlafen, ohne tot zu sein.

Gerade wollte er sich umwenden und seinen Geist für die Nachtgebete sammeln, als die von Fackeln erhellte Dunkelheit dichter wurde und zwei Menschen aus den schattigen Ställen leise und geschwind zur Halle hinübergingen, wobei sie jedoch mehrmals abrupt innehielten. Sie redeten beim Gehen gerade etwas lauter als das verräterische Zischen eines Flüsterns, und ihr Gespräch verriet eine Schärfe und Dringlichkeit, die Cadfael wie angewurzelt stehenbleiben ließ, vom massigen Schatten der Bäume gedeckt. Inzwischen war ihm klar, daß sie zwischen ihm und seiner Nachtruhe standen, und als sie nahe genug heran waren, konnte er nicht anders als lauschen. Aber da der Mensch nun einmal ist, wie er ist, kann nicht beschworen werden, daß Cadfael nicht auch dann gelauscht hätte, wenn er hätte ausweichen können.

»…mir nicht leid«, hauchte der eine verbittert und leise. »Und tust du mir nicht auch weh, indem du mir mit jedem Atemzug raubst, was mir von Rechts wegen zusteht? Und jetzt wirst du zu ihm reisen, sobald der englische Edelmann auf den Beinen ist …«

»Habe ich denn eine Wahl«, protestierte der andere, »wenn der Prinz mich schickt? Und kannst du etwas daran ändern, daß er mein Ziehbruder ist? Warum läßt du ihn nicht in Ruhe?«

»Weil es nicht gut ist, weil es sehr, sehr falsch ist! Vom Prinzen geschickt!« zischte das Mädchen böse. »Ha! Und dabei weißt du genau, daß du jeden umbringen würdest, der dir den Auftrag abnehmen wollte. Und ich muß hier herumsitzen! Während ihr wieder beisammen seid und du ihm den Arm um die Schultern legst und niemand an mich denkt!«

Die beiden Schatten hoben sich vor dem gedämpften Schein des ersterbenden Feuers in der Halle schwarz im Türrahmen ab. Eliuds Stimme wurde verräterisch laut: »Um Gottes Liebe willen, Frau, schweig still und laß mich!«

Er befreite sich grob von ihr und verschwand im vielfältigen Gemurmel und Getriebe der Halle. Cristina zupfte wütend ihre Röcke zurecht und folgte ihm langsam, um sich für die Nachtruhe zurückzuziehen.

Und dies tat auch Cadfael, sobald er sicher war, daß er niemand mehr in Verlegenheit brachte. Bei diesem hintergründigen

Geplänkel hatte es zwei Verlierer gegeben. Und wenn es einen Gewinner gab, dann schlief er in kindlicher Selbstvergessenheit, wie es seine Gewohnheit zu sein schien, in einer steinernen Zelle, die kein Gefängnis war, in der Burg von Shrewsbury. Er würde immer auf die Füße fallen. Und es gab zwei, die wahrscheinlich immer wieder über ihre Füße stolperten, weil sie zu gespannt nach vorn blickten und zu wenig darauf achteten, wo sie auftraten.

Dennoch betete er an diesem Abend nicht für sie. Vielmehr lag er lange wach und grübelte, wie ein so komplizierter Knoten entwirrt werden konnte.

Am frühen Morgen stiegen er und der Rest seiner Begleitung auf die Pferde und ritten davon. Es überraschte ihn nicht, daß der ergebene Vetter und Ziehbruder ihn verabschiedete und ihm alle möglichen Botschaften an seinen gefangenen Freund auftrug, um ihn bis zu seiner Entlassung aufzuheitern. Es war nur recht, daß der Ältere und Klügere zur Rettung des Jüngeren und Dümmeren bereitstand. Aber läßt sich Dummheit auf diese Weise messen?

»Ich war nicht sehr klug«, räumte Eliud reumütig ein, als er Cadfael zum Aufsteigen das Zaumzeug hielt und sich an die warme Flanke des Pferdes lehnte, als Cadfael im Sattel saß. »Ich habe zu sehr darauf gedrungen, daß er nicht mit Cadwaladr gehen solle. Ich fürchte, ich trieb ihn gerade dadurch zu ihm. Aber ich weiß, daß es verrückt war!«

»Ihr solltet ihm seine Launen gewähren«, sagte Cadfael tröstend. »Nun muß er's ertragen und weiß genausogut wie Ihr, was für eine Dummheit es war. Er wird in Zukunft nicht mehr so heißblütig sein. Und außerdem«, fuhr er fort, während er das ernste, ovale Gesicht aufmerksam betrachtete, »bin ich sicher, daß er, sobald er wieder zu Hause ist, noch weitere Gründe finden wird, weiser zu handeln. Er wird doch heiraten, oder?«

Eliud betrachtete ihn einen Augenblick mit großen Haselnußaugen, die leuchteten wie Laternen. »Ja!« sagte er knapp zum Abschied und wandte sich ab.

4

Die Neuigkeit machte in Shrewsbury rasch die Runde – in der Abtei, auf der Burg und im Ort –, und dies noch bevor Cadfael Abt Radulfus über seine Verhandlungen Rechenschaft abgelegt und Hugh seinen Erfolg berichtet hatte. Der Sheriff lebte, und seine Rückkehr im Austausch gegen den Waliser, der bei Godric's Ford gefangengenommen worden war, stand unmittelbar bevor. Lady Prestcote freute sich in ihren hochgelegenen Gemächern in der Burg und tat lebhaft ihre Erleichterung kund. Hugh freute sich nicht nur darüber, daß sein Herr gefunden und auf dem Wege der Genesung war, sondern auch über die Aussicht, das Bündnis mit Owain Gwynedd zu bekräftigen, dessen Hilfe im Norden der Grafschaft, falls Ranulf von Chester sich je zu einem Angriff entschloß, das Blatt sehr wohl wenden konnte. Auch der Stadtvorsteher und die Zunftmeister zeigten sich sehr erfreut. Prestcote war zwar kein Mann, der schnell enge Freundschaften schloß, aber Shrewsbury hatte in ihm einen bisweilen zwar schwerfälligen, aber gerechten und wohlmeinenden Vertreter der Krone gefunden, und man war sich wohl bewußt, daß man es hätte weitaus schlimmer treffen können. Doch nicht alle fühlten die gleiche aufrichtige Freude. Auch gerechte Männer machen sich Feinde.

Cadfael kehrte zufrieden zu seinen Alltagspflichten zurück, und nachdem er die Arbeit seines Vertreters Bruder Oswin im Herbarium begutachtet und alles in bester Ordnung gefunden hatte, bestand seine nächste Aufgabe darin, die Krankenstation zu besuchen und das Medizinschränkchen nachzufüllen.

»Keine neuen Kranken, seit ich aufbrach?«

»Keine. Und zwei konnten wieder ins Dormitorium entlassen werden, Bruder Adam und Bruder Everard. Sie besitzen beide trotz ihres Alters eine starke Konstitution, und sie hatten nichts Schlimmeres als eine Erkältung, die sie rasch auskurierten. Kommt und seht, wie sie alle genesen. Wenn wir nur Bruder Maurice mit der gleichen Befriedigung entlassen könnten wie jene beiden«, sagte Edmund traurig. »Er ist acht Jahre jünger, stark und gewandt, noch keine sechzig. Wäre er nur im Geist genauso gesund wie im Körper! Aber ich bezweifle, daß wir ihn je entlassen können. Seine Verstörtheit hat sich zum Schlimmeren gewendet. Eine Schande, daß er sich nach einem Leben voll makelloser Hingabe nur an die Widrigkeiten erinnert und für niemand mehr Liebe empfindet. Hohes Alter ist kein Segen, Cadfael, wenn die Körperkräfte den Verstand überdauern.«

»Wie ertragen ihn seine Nachbarn?« fragte Cadfael mitfühlend.

»Mit christlicher Geduld! Und die brauchen sie auch. Er glaubt jetzt, jedermann hecke Böses gegen ihn aus. Und er sagt es geradeheraus, und dazu all die wirklichen alten Verfehlungen, an die er sich nur zu gut erinnert.«

Sie betraten das große, kahle Krankenzimmer direkt neben der kleinen Kapelle, in der die Kranken einen Ersatz für die Gottesdienste fanden. Die, die aufstehen und das Tageslicht genießen konnten, saßen an einem großen Kaminfeuer, wärmten sich die alten Knochen und schwatzten aufgeregt, während sie auf die nächste Mahlzeit, den nächsten Gottesdienst oder die nächste Zerstreuung warteten. Von den überwiegend betagten Kranken war nur Bruder Rhys ans Bett gefesselt, in dem er die meiste Zeit verbrachte. Eine Generation von Brüdern, die sich voller Begeisterung der Gründung einer Abtei verschrieben hat, erreicht eben auch zusammen das Greisenalter und überläßt den jüngeren Postulanten das Feld, die nach der ersten Generation einzeln und zu zweit zugelassen wurden. Nie wieder, dachte Cadfael, während er zwischen ihnen umherging, würde ein ganzes Kapitel der Abteigeschichte auf diese Weise dem Ruhestand und der Senilität anheim fallen. Von nun an würden sie einer nach dem anderen kommen, so daß jeder ein gut bewachtes Totenbett finden konnte, für sich allein in würdevoller Einsamkeit. Hier aber waren vier oder fünf, die fast gleichzeitig dahinscheiden und die Brüder, die sie pflegten, sehr müde und die Welt sehr gleichgültig zurücklassen würden.

Bruder Maurice saß gemütlich am Feuer, ein großer, hagerer, wachsbleicher alter Mann mit einem schmalen Patriziergesicht und einem reizbaren Gemüt. Er war von adeliger Abstammung und bereits als Jugendlicher ins Kloster gegeben worden. Vor etwa zwei Jahren hatte man ihn in die Krankenstation verlegt, nachdem er Prior Robert nach einem nichtigen Streit plötzlich zu einem Duell auf Leben und Tod gefordert und sich beharrlich geweigert hatte, abgelenkt oder versöhnt zu werden. In seinen lichteren Momenten war er charmant, gewinnend und höflich, doch sobald er seinen Familienstolz und seine Ehre gekränkt sah, erwies er sich als unerbittlicher Feind. Und nun, im hohen Alter, verteidigte er sich so lebhaft wie damals gegen Angriffe jeder Art, die weit zurück in seiner Vergangenheit lagen; ja, er beschäftigte sich mit Streitereien, die noch vor seiner Geburt stattgefunden hatten und brütete über alles, was ungerächt geblieben war.

Vielleicht war es ein Fehler, ihn zu fragen, wie es ihm ginge, doch wie er da hoheitlich auf seinem Thron saß, schien er genau das zu erwarten. Er hob den Kopf mit der schmalen Hakennase und preßte die bläulichen Lippen zusammen. »Nicht besonders gut, nach dem, was ich höre und wenn ich ehrlich sein soll. Man sagt, Gilbert Prestcote lebte noch und würde bald hierher zurückkehren. Ist das wahr?«

»Das ist es«, sagte Cadfael. »Owain Gwynedd schickt ihn im Austausch gegen einen Waliser, der vor einiger Zeit im großen Wald gefangen wurde, nach Hause. Aber warum geht es Euch nicht gut, wenn Ihr gute Nachrichten über einen anständigen Christenmenschen hört?«

»Ich hätte gedacht, daß endlich Gerechtigkeit geschehen sollte«, sagte Maurice überheblich, »nach all den langen Jahren. Doch wie lang die Zeit auch ist, am Ende wird das göttliche Urteil stehen. Leider hat Gott aber auch dieses Mal den Blick abgewandt und den Missetäter verschont.« In seinen Augen glitzerte es grau wie Stahl.

»Die göttliche Gerechtigkeit solltet Ihr besser sich selbst überlassen«, sagte Cadfael milde, »denn sie braucht unsere Hilfe nicht. Und ich wollte ja nur fragen, wie es *Euch* geht, mein Freund, also kommt mir nicht mit anderen. Was macht denn

Eure Brust in diesem Winterwetter? Soll ich Euch einen Likör zum Wärmen bringen?«

Es war nicht schwer, ihn abzulenken, denn obwohl er sich kaum über seine Gesundheit beklagte, war er offen für die Schmeicheleien mitfühlender und aufmerksamer Brüder und genoß es, verhätschelt zu werden. Sie ließen ihn beschäftigt und zufrieden zurück und traten sehr nachdenklich auf die Terrasse.

»Ich wußte, daß er diese Unruhe in sich trägt«, sagte Cadfael, als die Tür hinter ihnen geschlossen war, »aber nicht, daß er einen solchen Zorn auf die Prestcotes nährt. Was hat er denn gegen den Sheriff?«

Edmund zuckte die Schultern und schnaufte resigniert. »Das geschah schon zu Lebzeiten seines Vaters, Maurice war gerade erst geboren! Es gab einen Prozeß um ein Stück Land und lange Streitereien auf beiden Seiten, und schließlich ging alles zu Prestcotes Gunsten aus. Soweit ich weiß, war das Urteil gerecht wie nur irgendeines, und Maurice lag noch in der Wiege, während Gilberts Vater, guter Gott, noch nicht einmal ein ausgewachsener Mann war; doch der arme Alte hat es als Todsünde wieder ausgegraben. Und das ist nur eine von einem guten Dutzend, die er in seiner Erinnerung hegt und pflegt, und für alle will er Blut sehen. Kaum zu glauben, daß er dem Sheriff nie begegnet ist. Wie kann man denn einen Mann hassen, den man nie gesehen und mit dem man nie gesprochen hat, nur weil sein Großvater gegen den eigenen Vater einen Prozeß gewann? Warum muß denn hohes Alter dazu führen, daß man alles außer dem allgegenwärtigen Bösen vergißt?«

Eine schwierige Frage. Und doch war es manchmal gerade andersherum: Das Gute blieb in Erinnerung, und alles Böse und aller Trotz wurde fortgeschwemmt. Aber warum dem einen Mann diese Gnade gewährt wurde, während den anderen ein so schlimmer Fluch heimsuchte, das konnte Cadfael nicht ergründen. Gewiß mußte irgendwo ein Gleichgewicht hergestellt werden.

»Ich weiß«, sagte Cadfael traurig, »daß nicht jeder Gilbert Prestcote liebt. Gute Männer bieten ihren Feinden genauso ein

Ziel wie schlechte. Und bei der Durchsetzung der Gesetze war er nicht immer geschickt und gnädig, wenn auch nie bestechlich oder grausam.«

»Bei uns lebt einer, der einen erheblich besseren Grund hat als Maurice, einen Groll gegen ihn zu hegen«, sagte Edmund. »Ich bin sicher, Ihr kennt Anions Geschichte genausogut wie ich. Wie Ihr vor Eurer Abreise gesehen habt, geht er auf Krücken, und er behilft sich ganz gut damit und wir lassen ihn gern hinausgehen, wenn es nicht gefroren und der Boden fest und trocken ist, aber er ist immer noch bei uns hier einquartiert. Während Maurice zu viel sagt, spricht er fast nichts, aber Ihr seid Waliser und wißt, was in einem Waliser vorgeht. Und ein Mann wie Anion, halb Waliser und halb Engländer – wie könnte man ihn verstehen?«

»Am besten«, erwiderte Cadfael, »indem Ihr nicht vergeßt, daß beide Rassen Menschen sind.«

Er kannte Anion, obwohl er ihm nie sehr nahe gekommen war; Anion hatte sich als Laienbruder um das Vieh gekümmert, bis er im Spätherbst mit einem gebrochenen Bein, das schwer zu heilen war, von einem Hof der Abtei in die Krankenstation gebracht worden war. Seine Abstammung war in der Gegend von Shrewsbury nicht ungewöhnlich – das Ergebnis der kurzen Vereinigung eines walisischen Wollhändlers mit einer englischen Magd. Und wie viele andere seiner Art war er mit seinen Verwandten jenseits der Grenze in Verbindung geblieben, wo sein Vater eine Ehefrau hatte, die ihm kurz nach Anions Zeugung einen rechtmäßigen Erben schenkte.

»Jetzt erinnere ich mich«, sagte Cadfael, als es ihm einfiel. »Da waren einmal zwei junge Burschen, die herkamen, um ihre Wolle zu verkaufen. Sie tranken zu viel und gerieten in einen Streit, einer der Torhüter auf der Brücke wurde dabei getötet. Prestcote hängte sie dafür auf. Ich hörte damals, daß einer der beiden einen Halbbruder auf dieser Seite der Grenze hätte.«

»Griffri ap Griffri, so hieß der junge Mann. Anion hatte seinen Halbbruder bei den Gelegenheiten, als er in die Stadt kam, kennengelernt, und sie standen auf gutem Fuße. Als es geschah, war er gerade mit seinen Schafen im Norden, denn sonst hätte er vielleicht seinen Bruder ohne ein solches Unglück ins Bett bekommen. Anion ist ein guter, ehrlicher Arbeiter, nur etwas sauertöpfisch und schweigsam, und er vergißt nie eine Wohltat oder eine Beleidigung.«

Cadfael seufzte, denn er hatte in seinem Leben als Folge eines gewaltsamen Todes viele anständige Männer in immer wieder aufflammenden Wutausbrüchen sterben gesehen. Die Blutfehde konnte in Wales eine heilige Pflicht sein.

»Ah, nun, es steht zu hoffen, daß die englische Hälfte in ihm seine Erinnerungen dämpft. Das muß jetzt zwei Jahre her sein. Niemand kann ewig grollen.«

In der engen, steinkalten Kapelle der Burg wartete Elis beim dürftigen Licht der Altarlampe in der beginnenden Dämmerung. Er hockte, in seinen Mantel gehüllt, in der dunkelsten Ecke, draußen beißender Frost und drinnen zehrendes Feuer. Für zwei, die sonst nie allein zusammensein konnten, war dies ein sicherer Treffpunkt. Der Kaplan des Sheriffs war in gewissen Grenzen seinem Herrn treu ergeben, zog aber, nachdem der Vespergottesdienst abgehalten war, die Wärme der Halle und die Gemütlichkeit bei Tisch seinem kalten und zugigen Gotteshaus vor.

Melicents Schritt auf der Schwelle war kaum hörbar, doch Elis bemerkte sie und drehte sich eilig um, um sie bei den Händen hereinzuziehen und die schweren Türen zu schließen, damit der Rest der Welt ausgesperrt bliebe.

»Hast du es schon gehört?« fragte sie hastig und leise. »Man hat ihn gefunden, er wird hergebracht. Owain Gwynedd hat es versprochen ...«

»Ich weiß!« sagte Elis und zog sie näher, um den Mantel um sie beide zu legen; eine Geste, die zugleich ihre Einigkeit demonstrierte und sie vor der Kälte und der Zugluft schützte. Trotzdem fühlte er, wie sie fortglitt wie eine Nebelfahne. »Ich bin froh, daß du deinen Vater wohlbehalten zurückbekommen sollst.« Aber es gelang ihm nicht, erfreut zu wirken, so mannhaft er auch log. »Wir wußten, daß es so kommen würde, wenn er noch lebte...« Seine Stimme versagte, denn es sollte nicht so klingen, als wünschte er ihrem Vater den Tod, als wäre er am liebsten ein Gefangener, für den kein Lösegeld geboten wurde. Ihr Gefangener, solange sie wollte, lange genug, um das nötige Wunder zu bewirken, um die eine Verbindung zu lösen und eine andere möglich zu machen, die inzwischen fast außer Reichweite schien.

»Wenn er zurückkommt«, sagte sie, die kalte Stirn gegen seine Wange gelehnt, »dann mußt du gehen. Wie sollen wir das ertragen?«

»Wenn ich das wüßte! Ich kann an nichts anderes denken. Es wird alles vergebens sein, und ich werde dich nie wieder sehen. Das kann und will ich nicht hinnehmen. Es *muß* doch eine Möglichkeit geben...«

»Wenn du gehst«, sagte sie, »dann muß ich sterben.«

»Aber ich muß gehen, das wissen wir beide. Wie sonst könnte ich diese wichtige Sache für dich tun – nämlich dir deinen Vater zurückzugeben?« Aber genausowenig konnte er den Schmerz ertragen. Wenn er sie jetzt losließ, war er für immer verloren, es würde keine andere geben, die ihren Platz einnehmen konnte. Das kleine dunkle Geschöpf in Wales, in seiner Erinnerung so verblaßt, daß er kaum noch ihr Gesicht sah, sie war nichts, sie hatte keinen Anspruch auf ihn. Wenn er nicht Melicent haben konnte, würde er das Leben eines Einsiedlers vorziehen.

»*Willst* du ihn denn nicht zurück?«

»Doch!« sagte sie energisch, zitternd und schaudernd, um das Wort sogleich wieder zurückzunehmen: »Nein! Nicht, wenn ich dich dabei verliere! O Gott, wie soll ich wissen, was ich will? Ich will euch beide, dich und ihn – *aber vor allem dich.* Ich liebe meinen Vater von Herzen – aber eben nur wie einen Vater. Ich muß ihn lieben, wie es sich in einer Familie gehört, aber... oh, Elis, ich kenne ihn kaum, er kam mir nie nahe genug, um geliebt zu werden. Immer war er in Pflichten und Aufträgen unterwegs, und meine Mutter und ich saßen einsam daheim und dann starb meine Mutter... Er war nie unfreundlich und hat immer für mich gesorgt, aber er war immer fort. Sicher liebe ich ihn, aber nicht so wie ... nicht wie ich dich liebe! Es ist kein gerechter Tausch ...«

Sie sagte nicht: ›Wenn er nun gestorben wäre ...‹, aber der Gedanke lauerte in ihrem Hinterkopf und erschreckte sie. Wenn er gar nicht oder tot gefunden worden wäre, dann hätte sie um ihn geweint, ja, aber ihre Stiefmutter hätte nicht allzu viele Gedanken daran verschwendet, wen sie zum Ehemann erwählte. Was für Sybilla allein gezählt hätte, wäre ihr Sohn gewesen, der alles geerbt hätte, während die Tochter ihres Mannes mit einer bescheidenen Mitgift abgefunden worden wäre.

»Aber das muß doch nicht das Ende sein!« stöhnte Elis wütend. »Warum sollen wir klein beigeben? Ich will dich nicht aufgeben, ich kann nicht, ich will nicht von dir scheiden.«

»Oh, du Narr!« sagte sie, während ihre Tränen über seine Wange rannen. »Die Eskorte, die ihn heimbringt, wird dich mitnehmen. Man hat ein Abkommen geschlossen, das eingehalten werden muß. Du mußt gehen und ich muß bleiben, und das wird das Ende sein. Oh, wenn er doch nur nie hier ankäme ...« Sie erschrak, als sie ihre eigene Stimme so etwas sagen hörte und verbarg die Lippen an seiner Schulter, um die unverzeihlichen Worte zu unterdrücken.

»Nein, aber hör mir zu, mein Herz, meine Geliebte! Ich kann doch zu ihm gehen und um deine Hand anhalten. Warum sollte er mich abweisen? Ich bin der Nachkomme eines Prinzen, ich besitze Ländereien, ich bin ihm ebenbürtig – warum sollte er sich weigern, dich mir zu geben? Ich kann dich gut versorgen, und kein Mann könnte dich mehr lieben als ich.«

Er hatte ihr noch nicht verraten, was er so unumwunden Bruder Cadfael erzählt hatte, nämlich daß er von Kindheit an mit einem Mädchen in Wales verlobt war. Aber diese Übereinkunft war über ihre Köpfe hinweg von anderen getroffen worden, und mit Geduld und gutem Willen konnte man sie zur allseitigen Zufriedenheit ehrenhaft auflösen. Eine solche Abkehr mochte in Gwynedd zwar eine Seltenheit sein, aber es war nicht gänzlich ausgeschlossen. Er hatte Cristina kein Leid zugefügt, und es war nicht zu spät, um einen Rückzieher zu machen.

»Du unschuldiger süßer Narr«, sagte sie, zwischen Lachen und Zorn hin- und hergerissen. »Du kennst ihn nicht! Der wichtigste Besitz für ihn ist das Land an der Grenze; er mußte viele Male dafür kämpfen. Siehst du denn nicht, daß nach der Kaiserin Wales sein nächster Feind ist? Und er haßt die Waliser! Er würde seine Tochter lieber einem blinden Aussätzigen in St. Giles geben als einem Waliser, und wenn es der Prinz von Gwynedd selbst wäre. Komm ihm ja nicht in die Nähe, denn er wird sich nur verhärten und dich in Stücke reißen. Oh, glaube mir, wir haben keine Hoffnung.«

»Und doch will ich nicht von dir lassen«, schwor Elis in ihr duftiges helles Haar, das sich vor seinem Gesicht regte und ihn streichelte wie ein Büschel feiner Federn, als besäße es ein Eigenleben. »Irgendwie, irgendwie... Ich schwöre, ich werde dich behalten, egal, was ich dafür tun muß, egal, wie viele ich bekämpfen oder aus dem Weg räumen muß. Ich werde jeden töten, der sich uns entgegenstellt, meine Geliebte, mein Schatz...«

»Oh, schweig!« sagte sie. »Sag nicht so etwas. Das ist nicht deine Art. Es muß einfach einen anderen Weg für uns geben...«

Aber sie konnte keinen Weg erkennen. Sie waren Gefangene eines unaufhaltsamen Schicksals, das Gilbert Prestcote heimbringen und Elis ap Cynan fortwehen würde.

»Wir haben noch ein wenig Zeit«, flüsterte sie, um ihm nach Kräften Mut zu machen. »Man sagt, er sei noch nicht wohlauf, seine Wunden noch kaum verheilt. Eine oder zwei Wochen bleiben uns noch.«

»Und du wirst trotzdem kommen? Du wirst kommen? Jeden Tag? Wie könnte ich's ertragen, dich nicht mehr zu sehen!«

»Ich werde kommen«, sagte sie, »denn für diese Augenblicke würde auch ich mein Leben geben. Wer weiß, vielleicht geschieht noch etwas, das uns rettet.«

»Mein Gott, wenn wir nur die Zeit anhalten könnten! Wenn

wir die Tage festhalten könnten, damit er ewig für die Reise braucht und niemals, niemals Shrewsbury erreicht!«

Es dauerte zehn Tage, bis die Nachricht von Owain Gwynedd eintraf. Auf Befehl von Einon ab Ithel, der nur Owains eigenem *penteulu* untergeben war, dem Hauptmann seiner Leibwache, kam ein Bote zu Fuß. Er wurde am frühen Nachmittag zu Hugh in den Wachraum der Burg gebracht, ein Mann aus dem Grenzland, der geschäftliche Verbindungen nach England hatte und die Sprache gut beherrschte.

»Mein Herr, ich überbringe Grüße von Owain Gwynedd durch den Mund seines Hauptmannes Einon ab Ithel. Ich soll Euch ausrichten, daß die Gruppe heute nacht in Montford lagert. Morgen werden wir Euch unseren Gefangenen, den Herrn Gilbert Prestcote, bringen. Aber es gibt noch mehr zu sagen: Der Herr Gilbert ist immer noch sehr schwach von seinen Verletzungen und Entbehrungen, und wir mußten ihn den größten Teil des Weges auf einer Bahre tragen. Bis heute morgen ging alles gut; da hofften wir noch, die Stadt in einem Tagesmarsch zu erreichen und den Gefangenen gleich zu übergeben. Aus diesem Grund wollte der Herr Gilbert die letzten Meilen reiten und sich nicht wie ein kranker Mann in seine eigene Stadt tragen lassen.«

Die Waliser hatten dies verstanden, wußten es zu schätzen und versuchten nicht, ihn davon abzuhalten. Das Gesicht eines Mannes ist seine halbe Rüstung, und Prestcote würde jede Unbequemlichkeit und jede Gefahr auf sich nehmen, um aufrecht nach Shrewsbury einzureiten, als Mann, der selbst in Gefangenschaft sein eigener Herr geblieben war.

»Das sieht ihm ähnlich und entspricht seinem Ehrgefühl«, sagte Hugh, der schon ahnte, was nun kommen würde. »Und er hat sich übernommen. Was ist geschehen?«

»Bevor wir noch eine Meile geritten waren, verlor er das Bewußtsein und stürzte. Kein schwerer Sturz, aber eine geheilte Wunde an seiner Seite brach wieder auf, und er verlor etwas Blut. Vielleicht bekam er auch eine Art von Anfall, der die Belastung noch verschlimmerte, denn als wir ihn aufrichteten und versorgten, war er sehr bleich und kalt. Wir wickelten ihn gut ein – Einon ab Ithel warf ihm sogar den eigenen Mantel um die Schultern – und legten ihn wieder auf die Bahre, um ihn nach Montford zurückzutragen.«

»Ist er wieder bei Bewußtsein? Hat er gesprochen?« fragte Hugh besorgt.

»Als er die Augen öffnete, sprach er klar und schien so gut bei Verstand, wie ein Mann nur sein kann, mein Herr. Wir würden ihn, wenn nötig, noch eine Weile in Montford ruhen lassen, doch da er so nahe ist, hat er sich entschlossen, Shrewsbury so bald wie möglich zu erreichen. Wir aber glauben, er könnte zu Schaden kommen, wenn wir ihn, wie er es wünscht, schon morgen hertragen.«

Das dachte auch Hugh, und während er überlegte, was am besten zu tun sei, biß er sich nervös auf die Fingerknöchel. »Glaubt Ihr, dieser Rückfall könnte gefährlich sein? Womöglich sogar tödlich?«

Der Mann schüttelte entschieden den Kopf. »Mein Herr, obwohl Ihr ihn als kranken und gealterten Mann wiedersehen werdet, braucht er, so glaube ich, nur Ruhe, Zeit und gute Pflege, um wieder zu Kräften zu kommen. Aber es wird keine rasche und leichte Genesung werden.«

»Dann soll er hier gesund werden, wenn er herzukommen wünscht«, entschied Hugh, »allerdings nicht in diese kalten, öden Kammern. Ich würde ihn mit Freuden in mein eigenes Haus aufnehmen, aber die beste Pflege kann er in der Abtei bekommen, und Ihr könnt ihn genauso gut dort hintragen, damit es ihm erspart bleibt, hilflos durch die Stadt geschleppt zu werden. Ich will in den Krankenzimmern der Abtei ein Bett für ihn aufstellen lassen und dafür sorgen, daß seine Frau und seine Kinder im Gästehaus untergebracht werden, damit sie in seiner Nähe sind. Kehrt jetzt mit besten Grüßen und meinem Dank zu Einon ab Ithel zurück und bittet ihn, den Schutzbefohlenen direkt zur Abtei zu bringen. Ich will sehen, daß Bruder Edmund und Bruder Cadfael bereit sind, um ihn aufzunehmen und für seine Genesung zu sorgen. Zu welcher Stunde können wir mit Eurer Ankunft rechnen? Abt Radulfus wird Eure Hauptleute als Gäste aufnehmen wollen, bevor sie sich auf den Rückweg begeben.«

»Wir müßten die Abtei noch vor Mittag erreichen«, sagte der Bote.

»Gut! Dann soll für alle ein Platz zum Mittagstisch vorbereitet werden, ehe Ihr Euch mit Elis ap Cynan im Austausch gegen meinen Sheriff auf den Rückweg macht.«

Hugh übermittelte persönlich die Nachricht an Lady Prestcote, die ihn erleichtert und freudig in den Turmgemächern empfing; die Freude wurde allerdings durch einige Sorgen getrübt, als sie vom Zusammenbruch ihres Gatten hörte. Sie rief rasch ihren Sohn und ihre Magd herbei und machte sich bereit, in das bequemere Gästehaus der Abtei umzuziehen, um ihren Herrn empfangen zu können. Hugh begleitete sie dorthin und beriet sich dann mit dem Abt über den Besuch, der am Mittag kommen sollte. Und wenn er bemerkte, daß ein Mädchen in seiner Begleitung stumm und bleich war, mit Augen, die ebenso vor Tränen wie vor Sehnsucht glänzten, dann dachte er sich nichts dabei. Die Tochter der ersten Frau, verdrängt durch den Sohn der zweiten, mochte durchaus die sein, die den Vater am meisten vermißt hatte; vielleicht war ihr Mut durch den Kummer des Wartens so schwer geprüft worden, daß sich ihre Erschöpfung noch nicht in Freude hatte verwandeln können.

Unterdessen gab es viel Getriebe und Geschäftigkeit im großen Hof. Abt Radulfus gab Befehle und kümmerte sich darum, daß sein Tisch für die Bewirtung der Abgesandten des Prinzen von Gwynedd hergerichtet wurde. Prior Robert beriet sich mit den Köchen, die der Eskorte für den Rückweg reichlich Vorräte mitgeben sollten, und er reservierte Plätze in den Ställen, wo ihre Pferde gefüttert und gepflegt werden konnten. Bruder Edmund bereitete die ruhigste, abgeschiedenste Kammer im Krankenquartier vor und ließ warme, leichte Decken und eine Kohlenpfanne bringen, um die Luft vorzuwärmen, während

Bruder Cadfael, an die aufgebrochene Wunde und die Möglichkeit von etwas Schlimmerem als einem Schwindel denkend, die Schätze seines Herbariums durchsah. Die Abtei hatte manchmal schon größere Gruppen bewirtet, sogar königlichen Geblütes, doch nun kehrte ein Mann aus der Gefangenschaft zurück, und die Waliser, die ihn so höflich und pünktlich freigegeben und sicher hergeführt hatten, mußten wie Prinzen empfangen werden, und schließlich waren sie auch die Abgesandten eines Prinzen.

Elis ap Cynan lag in seiner Zelle in der Burg auf dem Bauch, das Gesicht in die Decken gepreßt, das Herz in der Brust so drückend wie ein heißer, schwerer Stein. Er hatte Melicent gehen gesehen, doch nur heimlich, um ihr das Leid und die Verzweiflung zu ersparen, die er selbst spürte. Sollte sie lieber ohne eine letzte Erinnerung gehen, damit sie wenigstens all ihre Gedanken auf den Vater richten und den Geliebten aus dem Bewußtsein tilgen konnte. Er hatte ihr angestrengt nachgestarrt, bis sie über die Rampe vor dem Torhaus verschwunden war, und ihr silbrig-goldenes Haar war der einzige helle Fleck an diesem trüben Tag gewesen. Sie war fort, und die Vernunft sagte ihm, daß er nun höchstens noch darauf hoffen konnte, sie am Morgen ein letztes Mal flüchtig zu sehen, wenn er aus der Burg freigegeben und zur Abtei hinunter geführt wurde, wo er an Einon ab Ithel übergeben werden sollte; und danach, wenn nicht noch ein Wunder geschah, würde er sie niemals wiedersehen.

5

Bruder Cadfael stand mit Bruder Edmund auf der Terrasse der Krankenstation bereit, als die Männer am Spätvormittag kurz nach dem Hochamt einritten. Owains vertrauenswürdiger Hauptmann hatte mit Eliud ap Griffith, der sehr feierlich dreinblickte, die Spitze übernommen, und dicht hinter den beiden folgten ein Schildknappe und zwei ältere Offiziere. Hinter diesen kam die Bahre, die sicher zwischen zwei kräftigen Hochlandponys festgebunden worden war. Neben den Pferden liefen

Krankenwärter, die jedes Rütteln zu verhindern suchten. Die lange Gestalt auf der Bahre war so dick eingewickelt und eingehüllt, daß sie unförmig wirkte, doch die Ponys schritten mühelos und sicher aus, als wäre die Last sehr leicht.

Einon ab Ithel war ein großer, muskulöser Mann von über vierzig Jahren, bärtig, mit langem Schnurrbart und einer braunen Haarmähne. Seine Kleidung und das Geschirr des guten Pferdes, das er ritt, verrieten seinen Reichtum und seine Bedeutung. Eliud sprang aus dem Sattel, um das Zaumzeug seines Herrn zu nehmen, und führte das Pferd beiseite, als Hugh Beringar vortrat, um die Ankömmlinge zu begrüßen. Hinter ihm folgte mit freundlicher Würde Abt Radulfus. Für Einon und die älteren Offiziere seiner Gruppe sollte es in den Gemächern des Abtes ein gemütliches Willkommensmahl geben, an dem auch Lady Prestcote, ihre Tochter und Hugh teilnehmen würden – wie es sich geziemte, wenn zwei Mächte zu einem vernünftigen Abkommen gefunden hatten. Die dringendsten Aufgaben blieben jedoch Bruder Edmund und seinen Helfern vorbehalten.

Die Bahre wurde abgeschnallt und sofort in den Raum der Krankenstation getragen, der zum Empfang des Verletzten vorgewärmt worden war. Edmund ließ sogar Lady Prestcote nicht herein, die glücklicherweise durch die Höflichkeitsbezeugungen etwas aufgehalten wurde. Er bat sie zu warten, bis der Kranke ausgewickelt, entkleidet und ins Bett gesteckt war und man sich ein Bild von seinem Zustand verschafft hatte.

Zunächst zogen die Helfer eine lange Nadel mit einem großen ziselierten Goldkopf, von der eine schmale Goldkette herabhing, aus dem hohen, enganliegenden Kragen des Schafsfellmantels, in den der Kranke gehüllt war. Jedermann wußte, daß es in Gwynedd Goldschmiede gab, und wahrscheinlich stammte dieses Schmuckstück aus Einons Vaterland, denn gewiß mußte dies sein Mantel sein, den er hergegeben hatte, um seinen Schutzbefohlenen zu wärmen. Edmund legte das Kleidungsstück zusammengefaltet auf einen niedrigen Schrank neben dem Bett, und zwar so, daß die große Nadel deutlich zu sehen war, damit sich niemand stach, wie es leicht hätte geschehen können, wenn sie verborgen gewesen wäre. Sie befreiten Gilbert Prestcote von den Kleiderschichten, in die er gewickelt war, und dabei schlug er langsam die Augen auf, ja, schien ihnen mit einigen schwachen Bewegungen helfen zu wollen. Er war sehr vom Fleisch gefallen und hatte mehrere Narben, die verheilt, aber entzündet waren, und natürlich die offene, blutige Wunde an der Seite, die bei seinem Sturz wieder aufgerissen war. Cadfael legte vorsichtig einen Verband auf die Verletzung. Selbst diese passive Hinnahme der Behandlung erschöpfte den Kranken. Als sie ihn endlich ins gewärmte Bett gehoben und zugedeckt hatten, waren seine Augen schon wieder geschlossen. Er hatte bisher noch kein Wort gesprochen.

Es war ein Wunder, wie er es geschafft hatte, vor seinem Sturz überhaupt eine Meile zu reiten, dachte Cadfael, als er die unter den Laken ausgestreckte Gestalt und das ausgemergelte, aschfahle Gesicht betrachtete – die dunklen Augenhöhlen und spitzen Wangenknochen. Das dunkle Haupthaar und der Bart waren stark von Grau durchsetzt und wirkten ungepflegt und leblos. Nur sein eherner Wille, der keine Schwäche duldete, am allerwenigsten bei sich selbst, hatte ihm in den Sattel geholfen, und als auch der versagte, war er gestürzt.

Aber er atmete, und er hatte sich, wie schwach auch immer, bewegt, um die Gewalt über seinen eigenen Körper zu behaupten. Nun öffnete er noch einmal die getrübten und eingesunkenen Augen und starrte zu Cadfaels Gesicht hinauf. Seine grauen Lippen formten kaum hörbar die Worte: »Mein Sohn?« Nicht: ›Meine Frau?‹ Und auch nicht: ›Meine Tochter?‹ Cadfael betrachtete ihn mit wehmütigem Mitgefühl und beugte sich über ihn, um ihn zu beruhigen: »Der junge Gilbert ist hier, wohlbehalten und sicher.« Er blickte zu Edmund hinüber, der sich mit einer Geste einverstanden erklärte. »Ich werde ihn zu Euch bringen.«

Kleine Jungen sind eigentlich kaum zu erschüttern, aber Cadfael sprach trotzdem zur Mutter und zum Kind einige warnende und beruhigende Worte ehe er die beiden hereinbrachte und sich in eine Ecke zurückzog, um sie ungestört reden zu lassen. Hugh trat mit ihnen ans Bett. Prestcotes erster Gedanke galt natürlich seinem Sohn, und der zweite, nicht weniger natürlich, seiner Grafschaft. Und alles in allem war seine Grafschaft in gutem Zustand, und das sollte ihn ermuntern zu leben, gesund zu werden und selbst die Führung wieder zu übernehmen.

Sybilla weinte leise. Der kleine Junge starrte den Vater, den er kaum erkannte, verwundert an, doch er ließ sich von einer hageren, kalten Hand heranziehen und von hungrigen Augen anblicken, die aussahen wie von flackernden Lichtern beleuchtete Höhlen. Seine Mutter beugte sich über ihn und flüsterte ihm etwas ins Ohr, und er senkte gehorsam das rosige, runde Gesicht und küßte eine knochige Wange. Er war ein angenehmes Kind, verwirrt, doch willig, und überhaupt nicht ängstlich. Prestcotes Augen wanderten weiter und fanden Hugh Beringar.

»Ruht Euch nur aus«, sagte Hugh, indem er sich niederbeugte und beantwortete, was nicht gefragt werden mußte. »Eure Grenzen sind unversehrt und bewacht. Der einzige Übergriff hat uns die Geisel für Euch verschafft, und auch dort war der Sieg unser. Owain Gwynedd ist unser Verbündeter. Was Euch zum Schutz anvertraut wurde, ist in bester Ordnung.«

Die getrübten Augen wurden von schweren Lidern bedeckt, und kein Blick fiel auf das Mädchen, das reglos und schweigend bei der Tür im Schatten stand. Cadfael hatte sie aus seiner Ecke beobachtet und gesehen, wie das Licht aus der Kohlenpfanne und der Lampe in den Tränen glitzerte, die ungehemmt und stumm ihre Wangen herunterströmten. Sie gab kein Geräusch von sich, sie atmete kaum. Ihre großen Augen ruhten wie gebannt, mit kummervollem, verzweifeltem Starren auf dem veränderten, gealterten Gesicht des Vaters.

Der Sheriff hatte verstanden, was Hugh gesagt hatte. Sein Kopf regte sich leicht in einem zufriedenen Nicken. Seine Lippen bewegten sich und brachten recht deutlich ein Wort hervor: »Gut!« Dann wandte er sich an den Jungen, der eingeschüchtert, doch neugierig über ihn gebeugt stand: »Braver Junge! Paß… auf deine Mutter auf…«

Er seufzte leise, und die Augen fielen ihm zu. Die Besucher

verhielten sich eine Weile still, beobachteten das Heben und Senken der Decken über der eingefallenen Brust und lauschten den kurzen, rauhen Atemzügen, bevor Bruder Edmund leise vortrat und verhalten flüsterte: »Er schläft jetzt. Lassen wir ihn ruhen. Niemand kann noch etwas Besseres oder Wichtigeres für ihn tun.«

Hugh berührte Sybillas Arm, und sie erhob sich gehorsam und zog ihren Sohn an sich. »Wie Ihr seht, ist er in besten Händen«, sagte Hugh sanft. »Kommt mit zum Essen und laßt ihn schlafen.«

Die Tränen des Mädchens waren getrocknet; mit bleichen Wangen, doch ruhig folgte sie ihnen in den großen Hof hinaus, den sie überqueren mußten, um die Gemächer des Abtes zu erreichen. Dort wollten sie alle den Gästen aus Wales mit der schicklichen Anmut und Dankbarkeit begegnen, bevor diese wieder nach Montford und Oswestry aufbrachen.

Beim Mittagsmahl in der Krankenstation, das dort serviert wurde, bevor die Brüder im Refektorium aßen, steckten die Insassen die gealterten, doch neugierigen Köpfe zusammen, um zu ergründen, was die ungewohnte Unruhe in ihrem Reich zu bedeuten hatte. Das Schweigegebot brauchte von Alten und Kranken nicht besonders streng beachtet zu werden, und das war auch gut so, denn aus Mangel an anderen Beschäftigungen neigten sie ohnehin zu unverbesserlicher Geschwätzigkeit.

Bruder Rhys, ans Bett gefesselt und schon sehr alt, besaß noch einen scharfen Verstand, obwohl sein Augenlicht getrübt war. Sein Bett stand direkt am Flur und in der Nähe des entlegenen Zimmers, in dem am Morgen unter ungewöhnlicher Unruhe und Feierlichkeit ein Neuankömmling einquartiert worden war. Bruder Rhys freute sich darüber, der einzige zu sein, der genau Bescheid wußte. Unter den wenigen Freuden, die ihm geblieben waren, war seine Beobachtungsgabe die größte, die nicht leichtsinnig verschwendet werden durfte. Er lag da und lauschte. Diejenigen, die am Tisch saßen wie einst im Refektorium und sich in der Krankenstation, und manchmal, wenn das Wetter es erlaubte, auch im großen Hof bewegen durften, waren häufig dennoch gezwungen, sich bei ihm zu erkundigen.

»Wer sollte es schon sein«, sagte Bruder Rhys überheblich, »außer dem Sheriff selbst, der aus der Gefangenschaft in Wales zurückgekehrt ist.«

»Prestcote?« fragte Bruder Maurice, indem er seinen sehnigen Hals reckte wie ein Ganter, der sich zum Kampf bereit macht. »Hier? In unserer Krankenstation? Warum hat man ihn nur hierher gebracht?«

»Weil er ein kranker Mann ist, warum sonst? Er wurde in der Schlacht verwundet, und er ist nicht in der Verfassung, für sich selbst zu sorgen oder sich einem anderen Mann zu widersetzen. Ich hörte ihre Stimmen da drinnen – Edmund, Cadfael und Hugh Beringar –, und die Lady auch und das Kind. Glaubt mir, es ist Gilbert Prestcote.«

»Dann gibt es doch noch Gerechtigkeit«, sagte Maurice mit wilder Genugtuung und einem rachsüchtigen Funkeln in den Augen, »wenn sie auch mit großer Verzögerung kommt. Also liegt Prestcote darnieder und ist ein Nachbar von uns Unglücklichen. Und so werden schließlich doch noch die Missetaten an meinem Geschlecht gesühnt, und ich bereue, daß ich je daran zweifelte.«

Sie ließen es ihm durchgehen, denn sie hatten sich schon lange an seine Besessenheit gewöhnt. Dann gab es ein vielfältiges Gemurmel, denn die meisten sagten mit Recht, daß die Grafschaft unter Prestcotes Obhut nicht schlecht gefahren war. Zwar machten einige irgendeinem alten Groll Luft und äußerten Vorurteile über Sheriffs im allgemeinen, auch wenn der ihre keinesfalls der Schlimmste seines Schlages sei; insgesamt aber wünschten sie ihm alles Gute. Nur Bruder Maurice war unversöhnlich.

»Ein Unrecht wurde begangen«, sagte er unerbittlich, »das nicht einmal jetzt gänzlich gesühnt ist. Ich sage, laßt den Sünder bis zum bitteren Ende für seine Sünden zahlen.«

Anion, der Bruder, der an Krücken ging, saß am Ende des Tisches und sprach kein Wort; er hielt den Blick auf den Tisch gesenkt und hatte die Krücke, die er wohl bald nicht mehr brauchen würde, an die Hüfte gepreßt, als müßte er mit der Realität seiner Situation in engem Kontakt bleiben und brauchte die Beruhigung einer griffbereiten Waffe, um sich einem plötzlich aufgetauchten Feind stellen zu können. Der junge Griffri hatte getötet, ja, aber im Rausch und heißblütig und in einem fairen Kampf, Mann gegen Mann. Er war einen schlimmen Tod gestorben, einfach beseitigt, als hätte man einem Huhn den Hals umgedreht. Und der Mann, der ihn so einfach beseitigt hatte, lag jetzt keine zwanzig Meter entfernt! Schon der Klang seines Namens ließ jeden Blutstropfen in Anion walisisch kochen, und jeder Tropfen erinnerte ihn an die heilige Pflicht der *galanas*, der Blutrache für seinen Bruder.

Eliud führte Einons und sein eigenes Pferd über den großen Hof zu den Ställen; die Männer der Eskorte folgten mit ihren eigenen Reittieren und den zottigen Hochlandponys, welche die Bahre getragen hatten.

Wenn Einon ab Ithel bei offiziellen Anlässen seinen Prinzen repräsentierte, brauchte er einen Schildknappen, und Eliud übernahm es selbst, den großen Rotbraunen zu striegeln. Sehr bald schon würde er mit Elis die Plätze tauschen und sich hier die Haare raufen, während sein Vetter in Freiheit nach Wales zurückritt. Er nahm schweigend den schweren Sattel vom Pferd, zog das kunstvolle Zaumzeug ab und legte sich die Satteldecke über den Arm. Der Rotbraune warf, ob dieser Freiheit erfreut, den Kopf herum und schnaubte gewaltig. Eliud liebkoste ihn abwesend; er war nicht ganz bei der Sache, und seine Gefährten hatten ihn schon den ganzen Tag ungewöhnlich schweigsam und verschlossen gefunden. Sie beäugten ihn vorsichtig und ließen ihn in Ruhe. Es war keine große Überraschung für sie, als er sich plötzlich umdrehte und aus dem Stall in den offenen Hof hinausstampfte.

»Er will wohl nachsehen, ob sein Vetter schon da ist«, sagte sein Gefährte mitfühlend, während er eines der zottigen Ponys abrieb. »Seit der weg ist, war er ein halber Mensch und nicht mehr im Gleichgewicht. Er kann es kaum glauben, daß er ihn hier ohne Kratzer wiederfinden soll.«

»Da sollte er seinen Elis aber besser kennen«, grunzte der Mann neben ihm. »Der ist doch noch nie anders als auf seine Füße gefallen.«

Eliud blieb etwa zehn Minuten fort, lange genug für den ganzen Weg zum Torhaus, um besorgt durch die Klostersiedlung zum Ort hinunterzustarren; dann kam er starrsinnig schweigend zurück, legte die Satteldecke beiseite, die er noch trug, und machte sich ohne ein Wort und ohne Seitenblick wieder an die Arbeit.

»Noch nicht da?« fragte sein Nachbar mit vorsichtigem Mitgefühl.

»Nein«, sagte Eliud knapp und fuhr fort, mit kräftigen Bewegungen das helle Fell des Pferdes zu bearbeiten.

»Die Burg ist auf der anderen Seite der Stadt, und sie wollten ihn wohl dort behalten, bis unser Gefangener gut hier untergebracht war. Sie werden ihn schon bringen. Er wird sicher mit uns zu Mittag essen.«

Eliud entgegnete nichts. Zu dieser Stunde nahmen die Mönche im Refektorium ihr eigenes Mittagsmahl ein, und die Gäste des Abtes saßen mit ihm in seinen Gemächern bei Tisch. Es war die stillste Stunde des Tages; selbst das Kommen und Gehen im Gästehaus ließ zu dieser Zeit meist nach.

»Zeigt ihm nur nicht dieses düstere Gesicht«, meinte der Waliser grinsend. »Selbst wenn Ihr an seiner Stelle hierbleiben müßt. Höchstens zehn Tage, und Owain und der Stellvertreter des Sheriffs werden sich an der Grenze die Hände reichen; dann werdet auch ihr bald auf dem Heimweg sein.«

Eliud murmelte einige zustimmende Worte und wandte dem Mann den Rücken, um das Gespräch abzubrechen. Er hatte Einons Pferd versorgt, gestriegelt und getränkt, als Bruder Denis, der für die Gäste verantwortlich war, kam, um sie ins Refektorium zu bitten. Man hatte für sie neu gedeckt, nachdem die Brüder ihr Mahl beendet und sich zu einer kurzen Ruhe zurückgezogen hatten, bevor die Nachmittagsarbeit begann. Die

Vorräte des Hauses standen ihnen zur Verfügung, im Waschraum wurde warmes Wasser für ihre Hände bereitgestellt, auf ihrer Tafel waren Handtücher ausgelegt, und als sie das Refektorium betraten, glänzte der Tisch mit mehr Gerichten, als die Brüder selbst genossen hatten. Und dort erwartete sie auch, ein wenig in der Art eines nervösen Gastgebers, Elis ap Cynan, der für diesen Anlaß frisch gebürstet und herausgeputzt worden war und der sie steif und förmlich begrüßte.

Die Peinlichkeit des Austausches, zu dem er selbst so unklug den Grund gegeben hatte, vielleicht auch eine Maßregelung wegen seiner Unvorsichtigkeit oder etwas anderes von ähnlichem Gewicht hatten bei Elis ihre Wirkung getan, denn er kam ihnen mit steifen Bewegungen und sehr verschlossenem Gesicht entgegen, obwohl er sonst eher für seine unverwüstliche, herzliche Fröhlichkeit bekannt war. Natürlich strahlten seine Augen, als er Eliud eintreten sah. Er ging ihm mit ausgebreiteten Armen entgegen, um ihn zu umarmen, machte sich dann aber sofort wieder frei. Der Druck seiner Hand verriet eine unerklärliche Spannung, und obwohl er bei Tisch direkt neben seinem Vetter saß, blieb das Tischgespräch allgemein und zurückhaltend. Die Reisegefährten konnten sich nur wundern. Da hatten sich diese beiden Unzertrennlichen nach langer, beängstigender Trennung wiedergefunden, und beide waren stumm wie Steine und bleich und ernst wie Männer, die ihr Leben verwirkt hatten.

Das änderte sich, als das Mahl vorbei, das Dankgebet gesprochen und die beiden frei waren, in den Hof hinauszugehen. Elis nahm seinen Vetter am Arm und schleppte ihn in den Kreuzgang, wo sie sich in eine der Lesenischen zurückziehen konnten, in der kein Mönch arbeitete oder studierte. Dort kauerten sie nieder wie gejagte Füchse, Schulter an Schulter, um es warm zu haben wie damals als Jungen, als sie nach einer aufgedeckten Missetat in die Kirche geflohen waren. Und nun erkannte Eliud seinen Ziehbruder wieder als den, der er immer gewesen war und der er immer sein würde und fragte sich zärtlich besorgt, welche Verfehlung oder welches Unglück er ihm hier anzuver-

trauen hatte, nachdem er vorher so überheblich seine Zurückhaltung demonstriert hatte.

»Oh, Eliud!« platzte Elis heraus und nahm ihn noch einmal in
die Arme, die gewiß nichts von ihrer unbekümmerten Kraft verloren hatten. »Um Himmels willen, was soll ich nur tun? Wie
soll ich es dir nur erklären? Ich kann nicht zurückgehen! Wenn
ich gehe, habe ich alles verloren. Oh, Eliud, ich muß sie haben!
Wenn ich sie verliere, muß ich sterben! Hast du sie noch nicht
gesehen? Prestcotes Tochter?«

»Seine Tochter?« flüsterte Eliud wie vom Donner gerührt.
»Ich sah eine Dame mit einem erwachsenen Mädchen und
einem kleinen Jungen…, ich habe kaum hingesehen.«

»Um Himmels willen, Mann, wie konntest du sie übersehen?
Elfenbein und Rosen, ihr Haar ganz hell, wie gesponnenes Silber… Ich liebe sie!« erklärte Elis fiebrig. »Sie ist bereit, mir zu
gehören, das schwöre ich, und wir haben uns einander versprochen. Oh, Eliud, wenn ich jetzt gehe, werde ich sie nie bekommen. Wenn ich sie jetzt zurücklasse, bin ich verloren. Und ihr
Vater ist mein Feind, sie hat mich gewarnt, er haßt die Waliser.
Komm ihm nur nicht zu nahe, hat sie gesagt…«

Eliud, der verblüfft und verwundert neben ihm saß, erhob
sich, um den Freund bei den Schultern zu fassen und ihn heftig
zu schütteln, bis er aus Atemnot schweigen mußte und ihn erstaunt anstarrte.

»*Was* erzählst du mir da? Du hast hier ein Mädchen gefunden? Du *liebst* sie? Du willst Cristina nicht mehr? Ist es *das*, was
du mir sagst?«

»Hast du denn nicht zugehört?« Elis machte sich unbeein-
druckt und unerschüttert frei und packte nun ihn am Arm.
»Höre, laß mich dir erzählen, wie es kam. Welches Versprechen
gab ich denn Cristina von mir aus? Ist es ihre oder meine
Schuld, daß wir wie Vieh aneinandergekettet sind? Sie macht
sich ebensowenig aus mir, wie ich mir aus ihr. Ich empfinde für
sie wie ein Bruder, ich könnte auf ihrer Hochzeit tanzen und ihr
einen Kuß geben und ihr alles Gute wünschen, aber dies… dies
ist etwas anderes! Oh, Eliud, schweig und hör mir zu!«

Und es sprudelte aus ihm heraus wie Musik, die ganze Geschichte von ihrer ersten Begegnung, von dem Mädchen mit dem Silberhaar und den magischen blauen Augen. Das Geschlecht, dem Elis angehörte, hatte viele Barden hervorgebracht, und auch er besaß die Gabe, wortgewandt und melodisch zu reden. Eliud saß benommen und stumm neben ihm, starrte ihn bleich und erstaunt und in seltsamer Bestürzung an, bis seine Hände schließlich Eliuds gestikulierende Hände packten.

»Und ich war zornig auf dich!« sagte er leise und langsam, fast zu sich selbst. »Wenn ich es nur gewußt hätte...«

»Aber Eliud, er ist hier!« Elis packte seine Arme und sah ihm begierig in die Augen. »Er *ist* doch hier? Du hast ihn hergebracht, du mußt es wissen. Sie sagt, ich soll nicht mit ihm reden, aber wie könnte ich diese Chance verspielen? Ich bin von adeliger Geburt, ich verspreche dem Mädchen mein ganzes Herz, all mein Hab und Gut, wie sollte er einen besseren Schwiegersohn finden? Und sie ist nicht versprochen. Ich kann, ich muß ihn gewinnen, er muß mich anhören..., und warum sollte er sich weigern?« Er warf einen flüchtigen Blick zum fast leeren Hof hinaus. »Sie sind noch nicht bereit, sie haben uns noch nicht gerufen. Eliud, du weißt, in welchem Zimmer er liegt. Ich muß zu ihm! Ich muß, ich will! Zeig mir sein Zimmer!«

»Er ist in der Krankenstation.« Eliud starrte ihn mit offenem Mund und großen, erschrockenen Augen an. »Aber du kannst nicht, du darfst nicht... Er ist krank und müde, du darfst ihn jetzt nicht belästigen.«

»Ich werde sanft sein, demütig, ich werde vor ihm knien, ich werde mein Leben in seine Hände geben. Wo ist die Krankenstation? Ich war vorher noch nie in diesen Mauern. Welche Tür ist es?« Er packte Eliud am Arm und zerrte ihn zum Bogengang, der in den Hof führte. »Zeig es mir, rasch!«

»Nein! Geh nicht! Laß ihn in Ruhe! Es wäre eine Sünde, ihn jetzt zu stören...«

»*Welche Tür?*« Elis schüttelte ihn wild. »Du hast ihn hergebracht, du hast es gesehen!«

»Dort! Das Gebäude dort rechts neben dem Torhaus, das etwas zurückversetzt an der Außenmauer steht. Aber tu es nicht! Das Mädchen muß doch ihren Vater am besten kennen. Warte, dränge ihn jetzt nicht – einen schwerkranken Mann!«

»Glaubst du denn, ich könnte ihrem Vater das Leben schwermachen? Ich will ihm nur mein Herz eröffnen und ihm sagen, daß ich ihre Gunst gewonnen habe. Wenn er mich verflucht, werde ich es ertragen. Aber ich muß es einfach versuchen. Denn ich werde nie wieder eine Chance dazu bekommen.« Er wollte sich losreißen, und Eliud hielt ihn verzweifelt fest, bis er schließlich schwer seufzte und seinen Griff löste.

»Dann geh und versuche dein Glück! Ich kann dich nicht zurückhalten.«

Elis war schon fort. Ohne die geringste Umsicht und auf dem direktesten Wege stürzte er in den Hof hinaus und pfeilgerade hinüber zum Eingang der Krankenstation. Eliud blieb im Schatten stehen und sah ihn im Haus verschwinden. Er lehnte die Stirn an den Stein und wartete eine Weile mit geschlossenen Augen, bevor er den Blick wieder hob.

Die Gäste des Abtes tauchten gerade aus der Tür seiner Gemächer auf. Der Mann, der jetzt das Amt des Sheriffs versah, ging mit der Dame und ihrer Tochter, um sie zur Terrasse des Gästehauses zu führen. Einon ab Ithel schritt plaudernd neben dem Abt, und seine beiden Gefährten, die das Englische nicht beherrschten, warteten höflich etwas abseits. Bald schon würde er befehlen, die Pferde zu satteln, und der förmliche Abschied würde beginnen.

In der Tür der Krankenstation tauchten zwei Gestalten auf: zuerst Elis, steif und aufrecht, und hinter ihm einer der Brüder. Am Kopf der kurzen Steintreppe blieb der Mönch stehen und sah Elis nach, der ungelenk über den großen Hof lief, angespannt, fast erstickend an seiner Verzweiflung.

»Er schläft«, sagte Elis entmutigt zu seinem Ziehbruder. »Ich durfte nicht mit ihm sprechen, der Krankenwärter hat mich abgewiesen.«

Nur noch knapp eine halbe Stunde, und dann waren sie auf dem Rückweg nach Montford, wo sie auf der Rückreise nach Wales die erste Nacht verbringen würden. Eliud führte Einons großen Rotbraunen aus den Ställen, sattelte ihn und zäumte ihn auf, bevor er sich um das Pferd kümmerte, das er selbst geritten hatte und das nun Elis reiten würde, während er selbst hier zurückblieb.

Die Brüder hatten sich nach der gewohnten Mittagsruhe wieder erhoben und tummelten sich im Hof, auf dem Weg zu den ihnen jeweils übertragenen Arbeiten. Der März war schon ins Land gezogen, und in Feld und Garten gab es immer etwas zu tun, ganz abgesehen von den Handwerkern, die im Kreuzgang und im Skriptorium ihre Werkstätten hatten. Bruder Cadfael, der gemächlich zum Garten und seinem Herbarium ging, wurde plötzlich von einem jungen Mann namens Eliud angesprochen, der offenbar eine Auskunft suchte und sich freute, ein bekanntes Gesicht zu sehen.

»Bruder, wenn ich Euch bemühen dürfte – ich habe meine Pflicht versäumt, ich habe etwas vergessen. Mein Herr Einon gab dem Herrn Gilbert seinen Mantel als zusätzliche Decke auf die Bahre. Der Mantel ist aus geschorenen Schafsfellen – habt Ihr ihn gesehen? Ich muß ihn zurückhaben, aber ich will den Herrn Gilbert nicht stören. Wenn Ihr mir sein Zimmer zeigen und mir den Mantel geben wollt...«

»Sehr gern«, sagte Cadfael und übernahm die Führung. Während sie nebeneinander hergingen, beäugte er heimlich den jungen Mann. Dieses leidenschaftlich gespannte Gesicht war verschlossen und versiegelt, doch in den Augen war Sorge zu erkennen. Er würde immer an den Schwierigkeiten mit seinem leichtfüßigen Ziehbruder zu tragen haben, der sich so unbekümmert in der Welt bewegte. Und nun stand ein neuer Abschied bevor, nachdem sie so kurz vereint gewesen waren – wobei die bevorstehende Heirat von Elis die Trennung wohl zu einer lebenslangen machen würde. »Ihr kennt den Weg«, sagte Cadfael, »wenn auch nicht das Zimmer. Als wir ihn verließen, hat er tief geschlafen, und ich hoffe, er schläft noch. Er schläft in seiner Heimatstadt, seine Familie ist in der Nähe und sein Land wird gut verwaltet; so hat er alles, was er braucht.«

»Dann war er nicht tödlich verletzt?« fragte Eliud leise.

»Er hat nichts, was die Zeit nicht heilen könnte. Doch da sind wir schon. Kommt nur mit mir herein. Ich erinnere mich an den Mantel. Ich sah, wie Bruder Edmund ihn zusammengefaltet auf den Schrank legte.«

Man hatte die Tür der kleinen Kammer einen Spalt offengelassen, damit das Eisenscharnier nicht quietschte; doch als sie nun die Tür weit genug aufzogen, um eintreten zu können, quietschte sie doch wie zum Trotz. Cadfael schob sich schräg durch die Öffnung und hielt einen Augenblick inne, um aufmerksam die große, reglose Gestalt im Bett zu betrachten, die ohne Bewegung und ohne aufzumerken liegenblieb. Die Kohlenpfanne sah aus wie ein kleines, glühendes Auge im halbdunklen Raum. Cadfael ging zum Schrank, auf dem die zusammengefalteten Kleider lagen, und nahm den Schafsfellmantel an sich. Fraglos war es genau der, den Eliud suchte, und doch war Cadfael sich sofort bewußt, daß er sich nicht ganz so anfühlte, wie er sich hätte anfühlen müssen; doch er blieb nicht stehen, um herauszufinden, was verändert war. Er hatte sich gerade wieder zur Tür umgewendet, an der der junge Mann, halb drinnen und halb draußen, ängstlich starrend wartete, als Eliud einen Schritt zur Seite machte, um Cadfael den Vortritt zu lassen, und dabei den Stuhl umwarf, der vor der Tür stand. Er fiel mit einem lauten, hölzernen Klappern um, und Eliud bückte sich, um ihn vom Kachelboden aufzuheben. Cadfael, der ihm mit einer schnellen Handbewegung Schweigen gebot, fuhr herum, um zu sehen, ob der Lärm den Schläfer aufgeschreckt hatte.

Keine Bewegung, kein tieferer Atemzug, kein Seufzen. Der langgestreckte Körper, der sich unter den Bettlaken kaum abzeichnete, lag reglos wie zuvor. Zu reglos. Cadfael trat näher und streckte eine Hand aus, um das Mundtuch fortzuziehen, das den grauen Bart bedeckte und den Mund verbarg. Die bläulichen Augenlider in den eingesunkenen Höhlen starrten ihn an wie die geschnitzten Augen einer Grabskulptur. Die Lippen waren halb geöffnet und ein wenig von den zusammengebissenen Zähnen zurückgezogen, als litte der Mann an einem beständigen, gewohnten Schmerz. Die hagere Brust bewegte sich nicht mehr. Gilbert Prestcotes Schlaf konnte durch keinen Lärm dieser Welt mehr gestört werden.

»Was ist denn?« flüsterte Eliud, der sich nähergeschlichen hatte.

»Nehmt dies«, befahl Cadfael und drückte dem Jungen den zusammengefalteten Mantel in die Hände. »Kommt mit zu Eurem Herrn und Hugh Beringar, und gebe Gott, daß die Frauen wohlbehalten im Haus sind!«

Als er, mit Eliud stumm und schaudernd auf den Fersen, auf den Hof trat, sah er, daß er sich um die Frauen keine unmittelbaren Sorgen zu machen brauchte. Es war kalt draußen, und nun, da man die Höflichkeiten hinter sich gebracht hatte, war der Rest reine Männersache. Lady Prestcote hatte Lebewohl gesagt und sich mit Melicent ins Gästehaus zurückgezogen. Die walisischen Gäste warteten in einer lockeren Gruppe zusammen mit Hugh vor dem Torhaus, bereit aufzusteigen und davonzureiten. Die Pferde waren bereits gesattelt und trappelten mit klingenden Hufen auf dem Pflaster herum. Elis stand fügsam und pflichtbewußt an Einons Steigbügel, doch er wirkte bei der Aussicht, den Heimweg zu beginnen, nicht besonders erfreut. Sein Gesicht war so bewölkt wie der Himmel. Als Cadfaels rasche Schritte näherkamen und den Männern sein Gesichtsausdruck auffiel, wandten sie sich ihm aufmerksam zu.

»Ich komme mit schlimmen Nachrichten«, sagte Cadfael unumwunden. »Mein Herr, Eure Mühe war verschwendet, und ich fürchte, Euer Aufbruch muß eine Weile verschoben werden. Wir kommen gerade aus der Krankenstation. Gilbert Prestcote ist tot.«

6

Sie kamen beide mit ihm, Hugh Beringar und Einon ab Ithel, da sie gemeinsam für den Gefangenenaustausch verantwortlich waren, der sich so plötzlich ihrer Kontrolle entzogen hatte. Nebeneinander standen sie in dem düsteren, stillen Zimmer neben dem Bett. Die kleine Lampe in einer Ecke blinzelte wie ein sanftes gelbes Auge, die Kohlenpfanne wie ein hellrotes in der anderen. Sie starrten und tasteten und hielten eine glattpolierte Klinge vor Mund und Nase, fanden jedoch keine Spur von Atem. Der Körper war noch warm und biegsam, der Mann also noch nicht lange tot – aber tot war er.

»Verwundet und geschwächt und erschöpft vom Reisen«, sagte Hugh traurig. »Euch trifft keine Schuld, mein Herr, wenn er nicht mehr die Kraft hatte, weiterzuleben.«

»Dennoch hatte ich einen Auftrag«, entgegnete Einon. »Es war meine Pflicht, Euch einen Mann zu bringen und im Austausch einen anderen von Euch mitzunehmen. Jetzt ist die Angelegenheit hinfällig, sie kann nicht zum Abschluß gebracht werden.«

»Ihr habt ihn aber lebend gebracht und ihn lebend übergeben. Erst als er in unseren Händen war, ereilte ihn der Tod. Nichts spricht dagegen, daß Ihr Euren Mann nehmt und wie vereinbart geht. Euren Teil habt Ihr getan, und Ihr habt ihn gut getan.«

»Nicht gut genug. Der Mann ist tot. Mein Prinz ist nicht willens, einen toten Mann gegen einen lebenden auszutauschen«, sagte Einon hochmütig. »Ich spalte keine Haare, und ich will auch nicht, daß welche zu meinen Gunsten gespalten werden. Auch Owain Gwynedd wünscht dies nicht. Wir haben Euch, wenn auch ohne unsre Schuld, einen toten Mann gebracht. Ich werde keinen lebenden für ihn nehmen. Der Austausch kann nicht stattfinden. Er ist null und nichtig.«

Bruder Cadfael, der mit einem Ohr diesem Disput lauschte, der in etwa so verlief, wie er es erwartet hatte, nahm die kleine Lampe auf, schützte sie mit der freien Hand vor der Zugluft und hielt sie dicht über das tote Gesicht. Es war kein quälender, grausamer Tod gewesen. Der Mann hatte fest geschlafen und war im Zustand tiefer Erschöpfung wohl leicht über die Schwelle getreten. Oder war diese Schwelle schlüpfrig und trügerisch? Dieses stumme, reglose Gesicht, das unter seinen Blicken immer grauer wurde, war ihm einige Jahre lang vertraut gewesen, wenn es nun auch verfallen und gealtert aussah. Er musterte es genau und bewegte die Lampe, um jedes Stück Haut zu beleuchten. Die eingesunkenen Stellen lagen in bläulichen Schatten, aber die vollen Lippen, die ein wenig zurückgezogen waren, hätten nicht diese lebhafte Färbung haben sollen und auch nicht den Abdruck der großen, kräftigen Zähne auf der Innenseite – und die aufgeblähten Nasenflügel hätten nicht so weit aufklaffen und seltsame Quetschmale zeigen dürfen.

»Dann tut, was Euch richtig erscheint«, sagte Hugh hinter ihm, »aber ich für meinen Teil will klarstellen, daß Ihr frei seid, mit Eurer Gruppe heimzukehren und beide junge Männer mit Euch zu nehmen. Schickt mir meinen zurück, und ich werde die Bedingungen als getreulich erfüllt betrachten. Wenn aber Owain Gwynedd mich treffen will, nun, um so besser – dann werde ich ihm zur Grenze entgegengehen, an jeden Ort, den er bestimmt, und dort meine Geisel von ihm übernehmen.«

»Owain wird entscheiden«, erwiderte Einon, »sobald ich ihm berichtet habe, was geschehen ist. Aber ohne sein Wort muß ich Elis ap Cynan in Gefangenschaft lassen und Eliud muß mit mir zurückreiten. Für Elis wurde nicht der angemessene Preis bezahlt, ich bin es nicht zufrieden. Er bleibt hier.«

»Ich fürchte«, sagte Cadfael, indem er sich abrupt vom Bett abwandte, »Elis wird nicht der einzige sein, der gezwungen ist hierzubleiben.« Und als sie ihn verständnislos und fragend anstarrten, fuhr er fort: »Hier ist mehr geschehen, als Ihr wißt. Dieser Mann hier war nicht tödlich verletzt, und alles, was er brauchte, waren Zeit, Ruhe und Seelenfrieden, dann wäre er wieder zu Kräften gekommen. Vielleicht um einiges gealtert, aber er hätte sich erholt. Der Sheriff ist nicht einfach seiner eigenen Schwäche und Müdigkeit erlegen. Es gab eine Hand, die ihn auf den Weg in die Ewigkeit schickte.«

»Dann wollt Ihr sagen«, fragte Hugh nach einem schrecklichen Schweigen voller Entsetzen und Zweifel, »daß er ermordet wurde?«

»Genau das. Die Zeichen an ihm sprechen eine deutliche Sprache.«

»Zeigt sie uns«, verlangte Hugh.

Er zeigte es ihnen, und auf jeder Seite des Bettes beugte sich ein angespanntes Gesicht herunter, um den Hinweisen seiner Finger zu folgen. »Es brauchte nicht viel Gewalt, es wird nicht einmal einen richtigen Kampf gegeben haben. Aber betrachtet die Male dort – diese Male rund um Nase und Mund, so schwach man sie auch sieht, sind Quetschungen, die er noch nicht hatte, als wir ihn ins Bett brachten. Seine Lippen weisen deutliche Blutergüsse auf, und wenn Ihr genau hinseht, erkennt Ihr die Abdrücke der Zähne in der Oberlippe. Ihm wurde eine Hand über das Gesicht gelegt, um ihn zu ersticken. Ich bezweifle, ob er dabei erwachte, und bei seinem tiefen Schlaf und seinem erschöpften Zustand hat es gewiß nicht lange gedauert.«

Einon betrachtete das Kopfteil des Bettes und fragte mit leiser Stimme: »Was wurde denn benutzt, um Mund und Nase zu verschließen? Seine Decken?«

»Das kann man noch nicht sagen. Ich brauche besseres Licht und etwas Zeit. Aber so sicher wie Gott uns sieht, wurde dieser Mann ermordet.«

Die beiden anderen Männer schwiegen, niemand fragte weiter. Einon hatte viele Arten des Sterbens gesehen, und Hugh kannte Bruder Cadfael gut genug, um seinem Urteil zu vertrauen. Sie sahen einander eine lange Weile schweigend und nachdenklich an.

»Der Bruder hier hat recht«, sagte Einon. »Ich kann keinen meiner Männer abziehen, solange auch nur der leiseste Verdacht besteht, daß einer von ihnen an diesem Mord beteiligt war. Erst wenn die Wahrheit völlig ergründet ist, können sie heimkehren.«

»Von allen Männern Eurer Gruppe«, sagte Hugh, »seid Ihr, mein Herr, und Eure beiden Hauptleute absolut frei von jedem

Verdacht. Ihr habt jetzt gerade das Krankenzimmer zum erstenmal betreten, und die beiden überhaupt nicht. Ihr alle drei wart in jeder Minute dieses Besuches in meiner eigenen und der Gesellschaft des Abtes, und außerdem haben Euch die Frauen gesehen. Niemand könnte Euch festhalten, und es ist nur recht, daß Ihr zu Owain Gwynedd zurückkehrt und ihn wissen laßt, was hier geschehen ist – in der Hoffnung, daß die Wahrheit bald ans Licht kommt und alle Schuldlosen freigegeben werden können.«

»Dann werde ich zurückkehren, und sie sollen mit mir kommen. Aber wer von den anderen ...«

Sie dachten darüber nach und erinnerten sich daran, wie sich die Gruppe in verschiedene Richtungen verstreut hatte: die Gäste des Abtes mit dem Gastgeber in seine Gemächer, die anderen in die Ställe, um die Pferde zu versorgen und danach nach Belieben herumzuwandern und zu plaudern, bis sie zum Mittagessen ins Refektorium gerufen wurden. Und in der halben Stunde vor dem Mahl war der Hof fast leer gewesen.

»Unter ihnen ist kein einziger«, sagte Einon, »der nicht hätte hier hereinkommen können. Sechs meiner Männer und Eliud. Es sei denn, einige von ihnen waren in Gesellschaft von Männern dieses Hauses oder die ganze Zeit in ihrer Sichtweite. Das bezweifle ich zwar, aber man könnte nachforschen.«

»Auch an jene, die hier leben, muß man denken. An uns alle. Gewiß hattet ihr Waliser am allerwenigsten Grund, ihm den Tod zu wünschen, nachdem ihr ihn über einen so langen Weg getragen und versorgt habt. Es wäre widersinnig, auch nur daran zu denken. Hier sind die Mönche, das fahrende Volk, das in diesem Bezirk lebt, die Laienbrüder, ich selbst, obwohl ich die ganze Zeit mit Euch zusammen war, die Männer, die Elis von der Burg herbrachten ... Elis selbst ...«

»Er wurde geradewegs ins Refektorium geführt«, sagte Einon. »Aber vor allem er muß hierbleiben. Wir sollten vielleicht damit beginnen, unter meinen Männern jene zu suchen, für die ohne Unterbrechung garantiert werden kann, wo sie sich aufhielten, und wenn es solche gibt, dann will ich sie mit mir nehmen, denn je eher Owain Gwynedd von dieser Sache erfährt, desto besser.«

»Und ich«, sagte Hugh traurig, »muß nun seiner Witwe und seiner Tochter die Nachricht überbringen und dem Herrn Abt berichten. Es wird ein schlimmer Botengang werden. Ein Mord in seiner eigenen Enklave!«

Abt Radulfus kam mit grimmiger Miene, betrachtete lange und bekümmert den Toten, hörte sich an, was Cadfael zu sagen hatte, und bedeckte das markante Antlitz mit einem Leinentuch. Auch Prior Robert kam, aus seiner aristokratischen Ruhe gerissen, und schüttelte ob der Ungerechtigkeit der Welt und der Entweihung eines heiligen Ortes den silbergrauen Kopf. Man mußte die Räume in aller Form neu weihen, um sie wieder rein zu machen, und das konnte erst geschehen, wenn die Wahrheit gefunden und Gerechtigkeit geübt worden war. Bruder Edmund zeigte sich über alle Maßen verzweifelt, daß so etwas in seinem Reich und unter seiner hingebungsvollen und umsichtigen Regentschaft geschehen konnte, als hätte die Schuld seine eigenen Hände besudelt und einen großen schwarzen Fleck auf seine Seele gezeichnet. Es war schwer, ihn zu beruhigen. Immer wieder lamentierte er darüber, daß er keine ständige Wache am Bett des Sheriffs aufgestellt hatte, aber wie hätte man vorher wissen können, daß das nötig wäre? Er hatte zweimal hineingeschaut und alles still und ruhig gefunden und es dabei belassen. Stille und Ruhe, Zeit und Muße, das war das, was der kranke Mann am dringendsten brauchte. Die Tür war einen Spalt offengelassen worden, damit jeder Bruder, der zufällig vorbeikam, es hören konnte, wenn der Schläfer erwachte und eines kleinen Dienstes bedurfte.

»Schweigt jetzt!« sagte Cadfael seufzend. »Nehmt keine größere Schuld auf Euch, als Euch zusteht, denn Eure Schuld ist nicht der Rede wert. Wie Ihr sehr wohl wißt, gibt es keinen Mann, der sich besser um seine Gefährten kümmert. Bleibt im Gleichgewicht, denn Ihr und ich, wir werden alle hier in unseren Mauern befragen müssen; ob sie etwas Außergewöhnliches gehört oder gesehen haben.«

Einon ab Ithel war unterdessen mit seinen beiden Hauptmännern und den Hochlandponys, die an einem Seil geführt wurden, nach Montford aufgebrochen, wo er die Nacht verbringen wollte, und am nächsten Tag so schnell wie möglich Owain Gwynedd zu suchen, der irgendwo im Norden seine Grenze bewachte. Keiner seiner Männer konnte über jeden Augenblick in den Klostermauern Rechenschaft ablegen und Zeugen zum Beweis vorbringen. Sie mußten hier oder in den Mauen der Burg bleiben, bis Prestcotes Mörder gefunden und gestellt war.

Hugh war klugerweise zuerst zum Abt gegangen, und erst nach dem eiligen Aufbruch der Waliser begab er sich auf den schwierigeren Botengang.

Edmund und Cadfael wollten gerade das Totenbett verlassen, als die beiden Frauen weinend aus dem Gästehaus hereinkamen. Sybilla stolperte blind an Hughs Arm. Den kleinen Jungen hatten sie in glücklicher Unwissenheit bei Sybillas Magd zurücklassen können. Es würde einen besseren Augenblick geben, ihm zu sagen, daß er den Vater verloren hatte.

Als Cadfael leise die Tür hinter sich zuzog, hörte er die Witwe erneut schmerzlich weinen und ihre Seufzer in den Bettdecken ihres Mannes ersticken. Das Mädchen gab kein Geräusch von sich. Sie hatte steif, mit bleichem, eisigem Gesicht und vor Schreck leeren Augen das Zimmer betreten.

Die Waliser standen unbehaglich in einer kleinen Gruppe mitten auf dem Hof beisammen; Hughs Wächter hielten sich unaufdringlich, doch wachsam in ihrer Nähe und besonders zwischen ihnen und der jetzt geschlossenen Pforte im Tor auf. Elis und Eliud, die die schreckliche Neuigkeit schweigend und hilflos hingenommen hatten, standen, ohne sich zu berühren und ohne sich anzusehen, ein wenig abseits. Erst jetzt konnte Cadfael eine gewisse Ähnlichkeit zwischen ihnen feststellen, die jedoch so schwach war, da sie normalerweise nicht aufgefallen wäre. Der eine war ernst und nachdenklich, während der andere sonst so lebhaft und sorglos wie ein Vogel schien. Jetzt aber zeigten beide den gleichen schockierten Gesichtsausdruck, der eine so benommen wie der andere, und hätten fast Zwillingsbrüder sein können.

Sie standen im Hof und warteten darauf, daß über sie verfügt würde. Schweigend traten sie von einem Bein aufs andere, als Hugh mit den beiden Frauen vorbeiging. Sybilla hatte ihre Tränen einigermaßen unter Kontrolle bekommen und zeigte mehr Haltung, als Cadfael erwartet hätte. Höchstwahrscheinlich hatte sie bereits einen Teil ihres Bewußtseins und ihrer Energie auf die Einschätzung dieser neuen Situation gerichtet und darauf, was dies für ihren Sohn bedeutete, der nun der Herr von sechs wertvollen Anwesen war, die allerdings allesamt im gefährdeten Grenzland lagen. Er brauchte entweder einen sehr fähigen Verwalter oder einen starken, gutgestellten Stiefvater. Ihr Herr war tot, sein Oberherr, der König, ein Gefangener; niemand konnte sie zu einer unwillkommenen Verbindung zwingen. Sie war viele Jahre jünger als ihr verstorbener Mann und besaß eine stattliche Mitgift und ein ansprechendes Äußeres, was sie zu einer guten Partie machte. Sie würde weiterleben, und es würde ihr an nichts mangeln.

Das Mädchen war ein anderes Kapitel. In ihrer frostigen Ruhe war wieder ein schwaches Feuer aufgeflammt, und tief in den verschleierten Augen sprühten Funken. Sie warf Elis einen verstohlenen Blick zu und sah dann vor sich hin.

Hugh hielt einen Augenblick inne, um die Waliser aus der Eskorte an seine Männer zu übergeben und sie in die sichere Burg abführen zu lassen, natürlich mit aller gebotenen Höflichkeit, denn möglicherweise hatte sich keiner von ihnen etwas zu Schulden kommen lassen. Dennoch würde man sie genau und unermüdlich bewachen. Hugh wollte schon weitergehen, um die Frauen zu ihren Gemächern zu begleiten, bevor er die Untersuchungen fortsetzte, doch Melicent legte ihm plötzlich eine Hand auf den Arm.

»Mein Herr, darf ich, da Bruder Edmund gerade hier ist, ihm eine Frage stellen, bevor wir die Angelegenheit Euch überlassen?« Sie war sehr still, doch das Feuer in ihr begann durchzubrechen und unter ihrer Blässe waren scharfe, stählerne Züge zu sehen. »Bruder Edmund, Ihr kennt ja Euer Reich am besten, und ich weiß, wie gut Ihr darüber wacht – Euch trifft kein Vorwurf. Aber sagt uns, ob jemand das Zimmer meines Vaters betrat, nachdem er schlafend zurückgelassen wurde.«

»Ich war nicht ständig in der Nähe«, entgegnete Edmund unglücklich. »Gott vergebe mir, ich hätte mir nicht träumen lassen, daß es nötig sein könnte. Jeder hätte zu ihm hineingehen können.«

»Aber Ihr wißt von einem, der ganz gewiß hineinging?«

Sybilla hatte ihre Stieftochter verzweifelt und vorwurfsvoll am Ärmel gezupft, doch Melicent schüttelte sie ab, ohne sie anzusehen. »Und nur von einem?« fuhr sie scharf fort.

»Meines Wissens nach ja«, stimmte Edmund verständnislos zu. »Aber dabei ist gewiß nichts geschehen. Es war kurz bevor ihr alle aus den Gemächern des Abtes zurückkehrtet. Ich hatte Zeit gehabt, meine Runde zu machen und sah, daß die Tür des Sheriffs offen war. Vor dem Bett stand ein junger Mann, als wollte er seinen Schlaf stören. Das konnte ich nicht zulassen, und deshalb nahm ich ihn bei der Schulter, drehte ihn herum und wies ihn aus dem Zimmer. Und er ging gehorsam und ohne Protest. Es wurde kein Wort gesprochen«, sagte Edmund einfach, »und kein Schaden angerichtet. Der Patient war nicht erwacht.«

»Nein«, sagte Melicent, und endlich durchbrach ihre Stimme den Panzer ihrer äußeren Ruhe, »und er wachte auch später nicht auf und wird nie wieder aufwachen. Nennt mir seinen Namen, nennt ihn.«

Aber Edmund kannte nicht einmal den Namen des Jungen, so wenig hatte er mit ihm zu tun gehabt. Er deutete zögernd auf Elis. »Es war unser walisischer Gefangener.«

Melicent ließ einen seltsamen, bekümmerten Laut hören, eine Mischung aus Zorn, Schuld und Schmerz, und fuhr zu Elis herum. Ihre marmorne Bleichheit war hitzig und weißglühend geworden, und das Blau ihrer Augen glich dem blendenden Glanz, den die Sonne dem Eis entlockt. »Jawohl, *du!* Kein anderer als du! Niemand außer dir ging hinein. O Gott, was haben wir zwei nur angerichtet! Und ich, ich Närrin, ich Närrin, ich wollte nicht glauben, daß du es ernst meintest, als du mir so viele Male sagtest, daß du für mich töten würdest, daß du jeden töten würdest, der sich zwischen uns stellt. O Gott, und ich habe dich *geliebt!* Vielleicht habe ich dich sogar ermutigt und dich zu der Tat gedrängt. Du würdest alles tun, sagtest du, damit wir noch eine Weile beisammen bleiben könnten, du würdest alles tun, damit du nicht fortgeschickt würdest, zurück nach Wales. *Alles!* Du sagtest, du würdest töten, und nun hast du getötet, Gott vergib mir, ich bin durch dich schuldig geworden.«

Elis starrte sie an, so unglücklich und schutzlos wie ein Kind. Er starrte sie mit offenem Mund und verblüfftem, verwirrtem, erschrecktem Gesicht an, um Worte und Verstand gebracht und hilflos gegenüber jedem Angriff. Er schüttelte heftig den Kopf, als wollte er einen Alptraum abschütteln wie jene Schläfer, die sich mit den Fingern die Augenlider öffnen, wenn sie von einem unerträglichen Traum heimgesucht werden. Er konnte kein Wort sprechen und bekam keinen Ton heraus.

»Ich nehme jeden Liebesbeweis zurück«, fauchte Melicent, deren Stimme wie ein Schmerzschrei klang. »Ich hasse dich, ich verachte dich ... Ich hasse mich selbst, weil ich dich geliebt habe. Du hast mich getäuscht, du hast meinen Vater getötet.«

Nun riß er sich endlich aus seiner Betäubung und lief ungestüm auf sie zu. »Melicent! Um Himmels willen, was sagst du da?«

Sie brachte sich mit einem Satz aus seiner Reichweite. »Nein, rühr mich nicht an, komm nicht in meine Nähe, du Mörder!«

»Wir wollen dem ein Ende setzen«, sagte Hugh, indem er sie bei den Schultern faßte und sie in Sybillas Arme schob. »Meine Dame, ich hatte die Absicht, Euch für heute jeden weiteren Kummer zu ersparen, aber wie Ihr seht, kann dies nicht warten. Bringt sie mit! Ihr, Männer, schafft diese beiden ins Torhaus, wo wir ungestört sind. Edmund und Cadfael, kommt mit uns, vielleicht brauchen wir Euch.«

»Und nun«, sagte Hugh, nachdem er sie alle, Angeklagten, Anklägerin und Zeugen, aus der Kälte in den Vorraum des Torhauses gescheucht hatte, »nun laßt uns Klarheit schaffen. Bruder Edmund, Ihr sagt, Ihr hättet diesen Mann in der Kammer des Sheriffs neben dem Bett stehend gefunden. Was denkt Ihr Euch dabei? Glaubt Ihr, nach Eurem Augenschein, daß er schon lange drinnen war? Oder war er gerade erst gekommen?«

»Ich dachte, er wäre gerade erst hineingeschlichen«, erwiderte Edmund. »Er stand etwas vorgebeugt am Fußende des Bettes und sah den Schläfer an, als überlegte er, ob er ihn wecken solle.«

»Aber er könnte doch länger drinnen gewesen sein? Er könnte über dem Sheriff gestanden haben, den er erstickt hatte, um sich vielleicht gerade zu vergewissern, ob er auch wirklich tot war?«

»Man könnte es wohl so deuten«, stimmte Edmund zweifelnd zu, »doch kam es mir nicht in den Sinn. Denn hätte man es ihm nicht angemerkt, wenn er gerade eine so schreckliche Tat verübt hätte? Wohl fuhr er zusammen, als ich ihn berührte, und blickte schuldbewußt drein – aber eher wie ein Junge, der bei einem Streich ertappt wird. Und als ich es ihm befahl, ging er so willig hinaus wie ein Kind.«

»Habt Ihr, nachdem er fort war, noch einmal nach dem Kranken geschaut? Könnt Ihr sagen, ob der Sheriff da noch atmete? Und ob die Laken auf dem Bett in Unordnung waren?«

»Alles war in Ordnung und still wie zuvor, als ich ihn schlafend verließ. Aber ich habe nicht näher hingesehen«, sagte Edmund traurig. »Ich wünschte, ich hätte es getan.«

»Ihr hattet ja keinen Grund dazu, und die beste Medizin für ihn waren Ruhe und Schlaf. Noch eines – hatte Elis etwas in der Hand?«

»Nein, nichts. Und er trug auch nicht den Mantel, den er jetzt über den Arm gelegt hat.« Es war ein dunkelroter Mantel aus glattem, feingewebtem Tuch.

»Sehr gut denn. Und wißt Ihr noch von einem anderen, der sich vielleicht Zugang zum Krankenzimmer verschafft hat?«

»Nein, ich weiß nichts. Aber das wäre jederzeit möglich gewesen. Es mag auch andere gegeben haben.«

Melicent sagte mit tödlicher Verbitterung: »Einer war schon genug! Und diesen einen kennen wir.« Sie schüttelte Sybillas Hand von ihrem Arm. »Herr Beringar, hört mich an. Ich sage noch einmal, er hat meinen Vater getötet. Davon lasse ich mich nicht abbringen.«

»Dann sprecht«, sagte Hugh kurz angebunden.

»Mein Herr, Ihr müßt wissen, daß dieser Elis und ich uns auf Eurer Burg kennenlernten, als er dort gefangen war. Er hatte auf Ehrenwort Ausgang, und ich wartete mit meiner Mutter und meinem Bruder in den Turmgemächern auf Nachricht von meinem Vater. Wir sahen und berührten uns, und zu meiner bitteren Bekümmerung muß ich sagen, daß wir uns liebten. Es war nicht unser Fehler, es geschah uns einfach, und wir hatten keine Wahl. Wir fürchteten uns davor, getrennt zu werden, sobald mein Vater zurück wäre, denn dann mußte Elis im Austausch gegen ihn fortgehen. Und Ihr, mein Herr, der Ihr meinen Vater so gut kanntet, wißt, daß er der Verbindung mit einem Waliser nie zugestimmt hätte. Wir sprachen oft darüber, und ebenso oft verzweifelten wir. Und er sagte – ich schwöre, daß er es sagte, und er wird es nicht zu leugnen wagen! – er sagte, daß er für mich, wenn nötig, töten würde, daß er jeden Mann töten würde, der sich zwischen uns stellte. Alles würde er tun, sagte er, damit wir zusammenbleiben könnten, sogar morden. Nun, viele Männer sagen ungestüme Worte, und so dachte ich mir nichts Böses dabei, und doch gebührt mir die Schuld, denn ich sehnte mich ebenso verzweifelt nach Liebe wie er. Und nun hat er getan, womit er drohte, denn gewiß hat er meinen Vater getötet.«

Elis holte tief Luft und riß sich mit einem Ruck, der ihn fast aus den Stiefeln hob, aus seinem Elend. »Das habe ich nicht! Ich schwöre dir, daß ich nie Hand an ihn legte, daß ich kein einziges Wort mit ihm sprach. Ich hätte nie im Leben deinem Vater etwas angetan, auch wenn er mir den Weg zu dir versperrte. Irgendwie hätte ich dich schon erreicht, es hätte einen Weg gegeben … du tust mir bitteres Unrecht!«

»Und doch seid Ihr in das Zimmer gegangen, in dem er lag«, erinnerte Hugh ihn gleichmütig. »Warum?«

»Um mich ihm vorzustellen, um ihm mein Anliegen vorzutragen, warum sonst? Es war in diesem Augenblick die einzige Hoffnung, die ich hatte, und ich durfte mir die Gelegenheit nicht entgehen lassen. Ich wollte ihm sagen, daß ich Melicent liebe, daß ich ein ehrenhafter, wohlhabender Mann sei und nichts weiter wünschte, als ihr mit Hab und Gut zu dienen. Vielleicht hätte er mich angehört! Ich wußte, weil sie es mir gesagt hatte, daß er ein erbitterter Feind der Waliser war, ich wußte, daß kaum Hoffnung bestand, aber es war die einzige Hoffnung, die ich hatte. Aber ich kam gar nicht zum Sprechen. Er lag in tiefem Schlaf, und bevor ich ihn zu wecken wagte, kam der gute Bruder herein und schickte mich hinaus. Das ist die Wahrheit, und ich will sie vor dem Kreuz beschwören.«

»Es *ist* die Wahrheit!« setzte Eliud sich energisch für seinen Freund ein. Er stand, da Elis einen Sitzplatz ausgeschlagen hatte, mit der Schulter dicht an Elis Seite, um ihm Trost und Sicherheit zu bieten. Er war so bleich, als wäre die Beschuldigung gegen ihn vorgebracht worden, und seine Stimme klang belegt und leise. »Er war mit mir im Kreuzgang, wo er mir von seiner Liebe erzählte und sagte, daß er zum Herrn Gilbert gehen und von Mann zu Mann mit ihm sprechen wollte. Ich hielt es für unklug, aber er wollte unbedingt! Es dauerte nur wenige Minuten, bis er wieder herauskam, der Bruder Krankenwärter hatte ihn fortgeschickt. Sein Verhalten war ganz normal, er kam rasch und geradewegs über den Hof und kümmerte sich nicht darum, wer ihn etwa gesehen hatte.«

»Das mag wohl wahr sein«, stimmte Hugh nachdenklich zu, »aber trotz alledem, selbst wenn er ohne böse Absicht und ohne große Hoffnung zum Sheriff ging, mag es ihm, als er da am Bett stand, in den Sinn gekommen sein, wie leicht und wie endgültig das Hindernis zu beseitigen sei – ein Mann, der schlief und sehr erschöpft war.«

»Das würde er nie tun!« rief Eliud. »Das ist nicht seine Art.«

»Ich habe es nicht getan«, sagte Elis und blickte hilflos zu

Melicent, die seinen Blick mit versteinertem Gesicht erwiderte, ohne ihm zu helfen. »Um Himmels willen, so glaubt mir doch! Ich glaube, ich hätte ihn nicht einmal berühren und wecken können, selbst wenn niemand gekommen wäre, der mich fortschickte. Einen braven, starken Mann so… schutzlos zu sehen…«

»Und doch war niemand außer dir dort drinnen«, fuhr sie ihn erbarmungslos an.

»Das kann nicht bewiesen werden!« gab Eliud heftig zurück. »Der Bruder Krankenwärter sagte, die Tür sei offen gewesen und jeder hätte eintreten können.«

»Aber ebensowenig kann bewiesen werden, daß jemand anderer drinnen war«, sagte sie mit schmerzhafter Bitterkeit.

»Doch. Ich glaube, ich kann es beweisen«, sagte Bruder Cadfael.

Sogleich ruhten alle Blicke auf ihm. Die ganze Zeit hatte ihn ein Bröckchen seiner Erinnerung geplagt, das er nicht recht einordnen konnte. Er hatte den zusammengefalteten Schafsfellmantel von dem Schrank genommen, auf den Edmund ihn gelegt hatte, und etwas daran war anders gewesen, wenn er auch nicht ergründen konnte, was es war. Und dann hatte die Begegnung mit dem Tod die Angelegenheit aus seinem Bewußtsein verdrängt; doch sie war die ganze Zeit dagewesen und plötzlich fiel es ihm ein: Der Mantel war jetzt fort, mit Einon ab Ithel auf dem Rückweg nach Wales, aber Edmund war da und konnte bestätigen, was er sagen wollte. Und ebenso Eliud, der die Besitztümer seines Herrn kennen mußte.

»Als wir Gilbert Prestcote entkleideten und zu Bett brachten«, sagte er, »wurde der Mantel, in den er gehüllt war und der Einon ab Ithel gehörte, zusammengefaltet beiseite gelegt – Bruder Edmund wird sich daran erinnern –, und zwar dergestalt, daß am Kragen eine große goldene Nadel zu sehen war, die als Befestigung diente. Als Eliud hier hereinkam und mich bat, ihm die Kammer zu zeigen und ihm den Mantel seines Herrn zu übergeben, war der Mantel zwar gefaltet wie zuvor, aber die Nadel war verschwunden. Kein Wunder, daß wir sie vergaßen, nachdem wir den Sheriff tot fanden. Aber ich wußte, daß da etwas gewesen war, das ich im Kopf behalten mußte, und nun habe ich mich daran erinnert.«

»Es ist wahr!« rief Eliud, dessen Gesicht glühte. »Ich habe gar nicht daran gedacht! Und ich habe, ohne ein Wort zu sagen, meinen Herrn ohne die Nadel gehen lassen. Als wir ihn auf die Bahre legten, befestigte ich, weil der Wind so kalt blies, selbst den Mantelkragen mit ihr, aber in all der Aufregung habe ich vorher vergessen, sie zu suchen. Und hier steht Elis, der, seit er die Krankenstation verließ, nicht mehr allein war – Ihr könnt jeden fragen! Wenn er sie nahm, dann hat er sie noch. Und wenn er sie nicht hat, dann war jemand anderes dort drinnen und hat sie genommen. Mein Ziehbruder ist kein Dieb und kein Mörder!«

»Cadfael spricht die Wahrheit«, sagte Edmund. »Die Nadel war deutlich zu sehen. Wenn sie fort ist, dann ging jemand anders hinein und nahm sie.«

Trotz der unveränderten Bitterkeit und des Kummers in Melicents Gesicht funkelten Elis' Augen hoffnungsvoll. »Zieht mich aus!« verlangte er zornig. »Durchsucht mich! Ich ertrage es nicht, für einen Dieb und Mörder gehalten zu werden.«

Eher um ihm Gerechtigkeit zu tun, als weil er wirklich daran glaubte, nahm Hugh ihn beim Wort, ließ aber nur Cadfael und Edmund in der Zelle Zeugen sein. Elis riß sich die Kleider vom Leib und ließ sie zu Boden fallen, bis er nackt mit auseinander-gestellten Beinen und ausgebreiteten Armen in der Kammer stand. Verächtlich und schmerzhaft zog er die Finger durch die dicke Lockenmähne und schüttelte heftig den Kopf, um zu zeigen, daß auch dort nichts versteckt sei. Nun, da er Melicents an-klagenden Blicken entronnen war, stiegen die Tränen, die er trotzig unterdrückt hatte, verräterisch in seine Augen und er blinzelte sie stolz fort.

Hugh ließ ihn allmählich und in rücksichtsvollem Schweigen zur Ruhe kommen.

»Seid Ihr nun zufrieden?« fragte der Junge förmlich, als er seine Stimme wieder in der Gewalt hatte.

»Und *Ihr?*« erwiderte Hugh lächelnd.

Es gab ein kurzes, fast tröstliches Schweigen. Dann sagte Hugh milde: »Kleidet Euch wieder an. Laßt Euch nur Zeit.« Und während Elis sich mit Händen, die nun zu zittern begannen, wieder anzog, fuhr er fort: »Ihr versteht sicher, daß ich Euch, Euren Ziehbruder und die anderen Männer streng bewachen muß. Denn in diesem Augenblick seid Ihr nicht weniger in Verdacht als die vielen, die zu diesem Haus gehören, und Ihr werdet erst entlassen, wenn ich bis auf die Minute genau weiß, wo sie den Morgen bis zum Mittag verbrachten. Dies ist erst der Anfang, und Ihr seid nur einer von vielen.«

»Das verstehe ich«, sagte Elis mit schwankender Stimme. Er zögerte, ehe er um eine Gunst bat: »Muß ich denn von Eliud getrennt werden?«

»Ihr sollt Euren Eliud haben«, erwiderte Hugh.

Als sie wieder zu den anderen hinausgingen, die im Vorraum warteten, standen die beiden Frauen auf; sie sehnten sich anscheinend danach, sich zurückzuziehen. Sybilla hatte höchstens ihre halbe Geisteskraft zur Unterstützung ihrer Stieftochter aufgeboten. Die größere Hälfte war bei ihrem Sohn, und während sie zwar ihrem älteren Gatten, den sie auf ihre Weise wirklich betrauerte, eine treue und pflichtbewußte Frau gewesen war, so war doch Liebe ein viel zu großes Wort für das, was sie für ihn empfunden hatte, und ein fast zu geringes für das, was sie für den Jungen empfand, den sie ihm geschenkt hatte. Sybillas Gedanken galten der Zukunft und nicht der Vergangenheit.

»Mein Herr«, sagte sie, »Ihr wißt, wo wir in den nächsten Tagen zu finden sind. Laßt mich nun mit meiner Tochter gehen, denn wir haben viele Dinge zu erledigen.«

»Wie es Euch beliebt, meine Dame«, erwiderte Hugh. »Ihr sollt nicht mehr als unbedingt nötig belästigt werden.« Und er fügte noch hinzu: »Aber Ihr solltet wissen, daß die Frage nach der fehlenden Nadel noch nicht beantwortet ist. Es war nicht nur einer, der die Abgeschiedenheit Ihres Gatten störte. Vergeßt das nicht.«

»Das will ich gerne Euch überlassen«, sagte Sybilla entschieden. Und damit ging sie hinaus, die Hand gebieterisch um Melicents Ellbogen geschlossen. Sie kamen an der Tür dicht an Elis vorbei, und sein sehnsüchtiger Blick fiel auf das Gesicht des Mädchens. Sie glitt ohne einen Blick an ihm vorüber, ja sie zog sogar die Röcke an sich, als befürchtete sie, ihn beim Gehen zu berühren. Er war zu jung, zu offen, zu schlicht, um zu verstehen, daß mehr als die Hälfte des Hasses und des Abscheus, die sie fühlte, sich nicht gegen ihn, sondern gegen sie selbst richtete, weil sie viel zu weit gegangen war, als sie den Tod eines Mannes gewünscht hatte, den sie Vater nannte.

7

In der Totenkammer, deren Tür jetzt fest geschlossen war, standen Hugh Beringar und Bruder Cadfael neben Gilbert Prestcotes Leiche und schlugen Mundtuch und Decke auf die eingefallene Brust zurück. Sie hatten Lampen mitgebracht und in der Nähe abgestellt, wo sie ruhig brannten und das tote Gesicht gleichmäßig und stark ausleuchteten. Cadfael nahm die kleinere Lampenschale in die Hand und bewegte sie langsam über den Mund, die Nase und den ergrauten Bart, um jede Veränderung auszumachen und jedes Staubkörnchen und jedes Fädchen zu entdecken.

»Egal, wie schwach er ist, egal, wie tief er schläft, ein Mann wird immer nach Kräften um seinen Atem kämpfen, und was immer über sein Gesicht gepreßt wird, er wird atmen, solange es nicht so hart und glatt ist, daß es sich nicht dicht anlegen kann. Und er hat es getan.« In den geweiteten Nasenlöchern waren feine Härchen zu erkennen, in denen sich kleinste Partikel fangen konnten. »Seht Ihr die Farbe dort?«

In einem fast unmerklichen Lufthauch zitterte ein winziges Fädchen und reflektierte das Licht. »Blau«, sagte Hugh, indem er sich niederbeugte. Sein Atem ließ den wie in einem Spinnennetz gefangenen Faden tanzen. »Blau ist eine schwierig herzustellende und teure Farbe. Und diesen Farbton gibt es im Mundtuch nicht.«

»Wir wollen es herausholen«, sagte Cadfael und zückte seine kleine Pinzette, mit der er gewöhnlich Dornen und Splitter aus Bauernhänden zog. Er versuchte, das fast unsichtbare Fädchen zu packen. Doch als er es hatte, hing noch mehr daran, zwei oder drei andere Fädchen, die wie lebendig vibrierten.

»Haltet den Atem an«, sagte Cadfael, »bis ich den Faden sicher unter einem Deckel habe, wo er nicht mehr fortgeweht werden kann.« Er hatte einen der Behälter mitgebracht, in denen er seine Tabletten und Pillen aufbewahrte, nachdem sie in Formen gegossen und getrocknet worden waren. Es war ein kleines, fast schwarzes Holzkästchen, und vor der glänzenden dunklen Oberfläche strahlte das Wollfädchen in hellem, sattem Blau. Er schloß vorsichtig den Deckel und forschte abermals mit der Pinzette. Hugh drehte die Lampe, um das Licht aus einem neuen Winkel einfallen zu lassen, und nun war ein roter Glanz zu sehen, das weiche, blasse Rot von verblühten Spätsommerrosen. Es blinkte auf und verschwand wieder. Hugh bewegte die Lampe, um es wiederzufinden. Nur zwei winzige, geringelte Fädchen von den vielen, aus denen jenes Stück Tuch gewebt worden war; aber Wolle nimmt gut die Farbe an.

»Blau und Altrosa. Beides wertvolle Farben, viel zu kostbar für einen Bettbezug.« Cadfael fing das flüchtige Ding nach zwei oder drei Versuchen ein und sperrte es zu dem anderen. Das vorsichtig bewegte Licht erbrachte in den geweiteten Nasenlöchern keine weiteren derartigen Spuren. »Nun, er hat auch einen Bart. Wir wollen sehen.«

Im ergrauten Bart hing ein etwas größerer Faden des blauen Stoffs. Cadfael zog ihn heraus und kämmte vorsichtig die grauen Strähnen durch, um weitere Fäden zu finden. Als er den Staub und die Haare aus dem Kamm in seine Kiste schüttelte und strich, glommen zwei oder drei Lichtpunkte auf und verblaßten wieder wie Staubflocken in einem Streifen Sonnenlicht. Er kippte die Kiste hin und her, um sie wiederzufinden, und wurde mit dem Anblick eines goldenen Funkens belohnt. Zwischen den zusammengebissenen Zähnen fand er dann mehr von dem, was er suchte. Ein Faden war durch Alter oder häufigen Gebrauch wohl ausgefranst gewesen, und der Tote hatte ihn im Todeskampf mit den Zähnen gepackt und festgehalten. Cadfael zog ihn heraus und hielt ihn mit der Pinzette ins Licht. Ein spröder, heller Goldfaden, halb so lang wie ein Finger, glitzerte im Lampenlicht; von ihm waren die jetzt unsichtbaren funkelnden Teilchen abgefallen.

»Wirklich sehr kostbar«, sagte Cadfael, während er ihn vorsichtig in seine Schachtel gab. »Ein Tod, der einem Prinzen gebührt, unter einem Tuch aus feiner Wolle, das mit Goldfäden durchwirkt ist, erstickt zu werden. Ein Wandbehang? Ein Altartuch? Das Brokatkleid einer Dame? Gewiß nichts aus der Krankenstation, Hugh. Was auch immer es war, ein Mann brachte es von draußen herein.«

»So scheint es allerdings«, stimmte Hugh gedankenverloren zu.

Sie fanden nichts weiter, aber was sie gefunden hatten, war verwirrend genug.

»Wo ist nun das Tuch, das ihn erstickte?« grübelte Cadfael erbost. »Und wo ist die Goldnadel, die Einon ab Ithels Mantel hielt?«

»Sucht nach dem Tuch«, sagte Hugh, »denn es scheint so kostbar, daß es hier in der Abtei auffallen müßte. Und ich will nach der Nadel suchen. Ich habe noch sechs Waliser von der Eskorte und Eliud zu befragen; wenn dabei nichts herauskommt, werden wir nach Kräften die ganze Enklave absuchen. Ist die Nadel hier, dann werden wir sie finden.«

So suchten sie, Cadfael nach dem Tuch, nach irgendeinem Tuch mit kräftigen Farben und eingewirkten Goldfäden, und Hugh nach der Goldnadel. Mit Erlaubnis des Abtes und unterstützt von Prior Robert, der am besten über die Reichtümer des Klosters Bescheid wußte, die er stolz vorführte, untersuchte Cadfael jeden Wandteppich, jedes Stück Tuch und jede Altardecke, welche die Abtei besaß, doch nichts wollte zu den Fragmenten passen, die er zum Vergleich mitgebracht hatte. Farbschattierungen sind exakt und beständig. Dieses Altrosa und dieses Blau fanden hier nicht ihresgleichen.

Während Hugh die Kleidung und die Ausrüstung der Waliser gründlich durchsuchte, genehmigte Prior Robert, wenn auch mit deutlicher Mißbilligung, die Ausweitung der Suche auf die Zellen der Brüder und Novizen, und sogar die Besitztümer der Schüler wurden einbezogen, denn auch Kinder können durch ein glänzendes Ding in Versuchung kommen, ohne sich der Tragweite ihres Tuns bewußt zu sein. Doch nirgends fanden sie eine Spur der alten, schweren Goldnadel, mit welcher Einons Mantelkragen gehalten worden war, um Gilbert Prestcote auf seiner Heimreise vor der Kälte zu schützen.

Der Tag war fast vorbei und der Abend rückte näher, doch nach Vesper und Abendbrot machte Cadfael sich wieder auf die Suche. Die Insassen der Krankenstation waren mehr als bereit zu sprechen; sie hatten nur selten ein so ergiebiges Gesprächsthema. Doch weder Cadfael noch Edmund bekam viel aus ihnen heraus. Was auch immer geschehen war, hatte sich während der halben Stunde ereignet, als die Brüder beim Mittagsmahl im Refektorium saßen, und um diese Zeit hatten die Bewohner der Krankenstation bereits gespeist und schliefen wie gewöhnlich tief. Doch es gab einen, der, da er ans Bett gefesselt war, zu ganz anderen Zeiten schlief und so durchaus fähig war, sich wach zu halten, wenn etwas ungewöhnlich Interessantes vor sich ging.

»Was das Sehen angeht«, sagte Bruder Rhys wehmütig, »so kann ich Euch ebensowenig von Nutzen sein, Bruder, wie mir selbst. Ich bemerke es, wenn ein anderer Insasse an mir vorbeigeht, und ich kann Licht und Dunkelheit unterscheiden, aber nur wenig mehr. Meine Ohren jedoch, das könnt Ihr mir glauben, sind schärfer geworden, während meine Augen schwächer wurden. Und nun, da Ihr mich bittet, in meiner Erinnerung zu forschen … Ich hörte, wie die Tür der Kammer gegenüber, wo der Sheriff lag, zweimal geöffnet wurde. Ihr wißt ja, wie sie quietscht, wenn man sie aufmacht. Beim Schließen gibt sie kein Geräusch von sich.«

»Also ist jemand hineingegangen oder hat wenigstens die Tür geöffnet. Was habt Ihr sonst gehört? Hat jemand gesprochen?«

»Nein, aber ich hörte einen Stock gegen den Boden klopfen – sehr leicht nur –, und dann quietschte die Tür. Ich glaubte, es sei Bruder Wilfred, der hier aushilft, wenn es nötig ist, denn er ist der einzige Bruder, der am Stock geht, seit er als junger Mann lahm wurde.«

»Ist er hineingegangen?«

»Das fragt Ihr ihn besser selbst, denn das kann ich Euch nicht sagen. Es war eine Weile still, dann hörte ich ihn über den Flur zur Außentür tappen. Vielleicht hat er nur die Tür aufgestoßen und ins Zimmer geschaut und gelauscht, ob alles in Ordnung wäre.«

»Er muß die Tür hinter sich wieder zugezogen haben«, sagte Cadfael, »denn sonst hättet Ihr sie nicht ein zweites Mal quietschen gehört. Wann machte Bruder Wilfred seinen Besuch?«

Bruder Rhys wußte die Zeit nicht genau. Er schüttelte den Kopf und grübelte. »Ich habe nach dem Mittagessen eine Weile geschlummert. Woher soll ich wissen, wie lange? Aber die anderen Brüder waren danach gewiß noch eine Zeitlang im Refektorium, denn Bruder Edmund kam erst später zurück.«

»Und das zweite Mal?«

»Das muß noch später gewesen sein, vielleicht eine Viertelstunde danach. Die Tür quietschte noch einmal. Wer auch immer da kam, hatte einen leichten Schritt, denn ich hörte ihn nur auf der Türschwelle, danach vernahm ich nichts mehr. Und weil die Tür kein Geräusch macht, wenn sie zugezogen wird, weiß ich nicht, wie lange er da drinnen war, aber ich nehme an, daß er hineinging. Bruder Wilfred mochte einen guten Grund gehabt haben, dort drinnen nach dem Rechten zu sehen, aber dieser zweite hatte gewiß keinen.«

»Wie lange war er dort drinnen? Wie lange kann er drinnen gewesen sein?«

»Ich habe wieder geschlummert«, gab Rhys bedauernd zu,

»und kann es Euch nicht sagen. Und er ging sehr leise, der Schritt eines jungen Mannes.«

Also konnte der zweite Elis gewesen sein, denn als Edmund ihm ins Zimmer folgte und ihn hinauswies, wurde zunächst kein Wort gesprochen, und Edmund, der sich so lange unter Kranken aufgehalten hatte, bewegte sich leise wie eine Katze. Vielleicht war es auch jemand anderes gewesen, ein bisher Unbekannter, der unentdeckt gekommen und gegangen war, bevor Elis mit seinem sicherlich harmlosen Anliegen eintrat.

Unterdessen konnte man zumindest herausfinden, ob Bruder Wilfred tatsächlich auf der Krankenstation geblieben war, um zu wachen, denn Cadfael hatte beim Mittagsmahl im Refektorium die Brüder nicht gezählt und nicht darauf geachtet, wer anwesend war und wer fehlte. Dann fiel ihm noch etwas ein.

»Hat irgend jemand während der fraglichen Zeit dieses Zimmer hier verlassen? Bruder Maurice zum Beispiel schläft tagsüber kaum, und wenn die anderen schlafen, könnte er vielleicht ruhelos werden und Gesellschaft suchen.«

»Solange ich wach war, kam niemand an mir vorbei und ging hinaus«, sagte Rhys bestimmt. »Und ich habe nicht sehr tief geschlafen; ich glaube, ich wäre aufgewacht, wenn jemand vorbeigegangen wäre.«

Das mochte wohl wahr sein, aber man durfte es nicht als sicher annehmen. Doch was er gehört hatte, schien recht zuverlässig. Die Tür war zweimal quietschend so weit aufgegangen, daß jemand das Zimmer hatte betreten können.

Bruder Maurice hatte sich, sobald ihm der Tod des Sheriffs zu Ohren kam, ohne gefragt zu werden zu der Tat geäußert. Bruder Edmund berichtete Cadfael in der halben Stunde Freizeit vor der Schlafenszeit davon.

»Ich hatte Gebete für des Sheriffs Seele gesprochen und gesagt, daß wir morgen eine Messe für ihn lesen würden – für einen ehrenhaften Mann, der hier unter uns starb und dem Haus ein guter Patron gewesen war. Und da steht Maurice auf und sagt geradeheraus, daß er gern Gebete für die Erlösung des Mannes sprechen würde, da nun seine Schuld voll gesühnt und der göttlichen Gerechtigkeit Genüge getan sei. Ich fragte ihn, durch welche Hand dies wohl geschehen wäre, da er doch so viel wisse«, erzählte Edmund mit einer für ihn untypischen Bitterkeit und noch mehr Resignation, »und er schalt mich, weil ich zweifelte, daß es Gottes Hand gewesen sei. Manchmal frage ich mich, ob die Krankheit seines Geistes ein Unglück oder bloß Verschlagenheit ist. Aber wenn man versucht, ihn festzunageln, dann windet er sich immer heraus. Er ist gewiß sehr zufrieden über diesen Todesfall. Gott möge uns alle unsere Verirrungen vergeben, und besonders jene, in die wir unwissentlich geraten.«

»Amen!« sagte Cadfael inbrünstig. »Maurice ist ein starker, kräftiger Mann und sieht sich immer im Recht, selbst wenn es um Mord geht. Aber woher mag er ein Tuch bekommen haben, wie ich es mir vorstelle?« Und dann fiel ihm seine Frage ein: »Habt Ihr Bruder Wilfred dagelassen, um die Aufsicht zu führen, während Ihr im Refektorium Euer Mittagsmahl einnahmt?«

»Ich wünschte, ich hätte es getan«, gab Edmund traurig zu. »Vielleicht wäre diese Schandtat dann nicht geschehen. Nein, Wilfred war beim Mittagsmahl bei uns. Habt Ihr ihn denn nicht gesehen? Ich wünschte von ganzem Herzen, ich hätte eine Wache aufgestellt. Aber nun ist es zu spät. Wer konnte auch ahnen, daß ein Mörder eindringen und uns in Verzweiflung stürzen würde? Es gab keinen Hinweis darauf.«

»Nein, keinen«, stimmte Cadfael düster brütend zu. »Also kommt Wilfred nicht mehr in Betracht. Wer sonst geht am Stock? Ich kenne keinen.«

»Anion ist noch an die Krücke gefesselt«, sagte Edmund, »aber er wird sie bald ablegen können. Inzwischen rennt er fast mehr mit ihr als daß er humpelt, aber sie ist ihm zur lieben Gewohnheit geworden, nachdem er sie solange brauchte. Warum, sucht Ihr einen Mann mit einer Krücke?«

Nun, dachte Cadfael, als er endlich müde ins Bett ging, das ist aber seltsam. Bruder Rhys hört einen Stock tappen und vermutet den Urheber nur unter den Brüdern; und auch ich, als ich meine Runde in der Krankenstation machte, dachte keinen Augenblick an jemand anderes als an die Brüder. Bin ich denn blind und taub für das, was irgendein anderer in meiner Gegenwart tut? Denn erst jetzt fiel ihm wieder ein, daß, als er mit Bruder Edmund den langgestreckten Raum betreten hatte, wo man sich schon auf den Abend vorbereitete, ein jüngerer und aktiver Mann aus der Ecke, in der er gesessen hatte, aufgestanden und leise durch die Tür zur Kapelle hinausgegangen war; die in Leder gehüllte Spitze seiner Krücke tippte dabei so leicht auf den Stein, daß man glauben konnte, er brauchte sie kaum und hätte sie nur, wie Edmund gesagt hatte, aus Gewohnheit mitgenommen oder um sich nicht auffällig zu bewegen.

Nun, Anion konnte bis morgen warten. Es war zu spät, den Schlummer der Kranken noch zu stören.

Elis und Eliud teilten sich hinter Schloß und Riegel in einer Zelle der Burg ein Bett, das nicht härter war als viele, in denen sie früher wie Zwillingsbrüder, um die sich niemand sorgte, geschlafen hatten. Nun allerdings wurden sie reichlich umsorgt. Elis lag auf dem Bauch. Er war sicher, daß sein Leben verwirkt war, daß er nie wieder glücklich sein könne, daß ihm, selbst wenn er dieser Verwirrung lebendig entkam, nichts anderes übrigblieb, als auf eine Kreuzfahrt zu gehen oder die Kutte anzulegen oder barfuß ins Heilige Land zu pilgern, aus dem er gewiß nie wieder zurückkehren würde. Und Eliud lag geduldig und gequält neben ihm, einen Arm über die verkrampften Schultern des Bruders gelegt, und versuchte, Trost zu spenden, während er für sich selbst keinen fand. Sein Freund und Bruder klammerte sich viel zu fest ans Leben, um an Liebeskummer zu sterben oder in Trübsal zu verfallen, weil er einer Schandtat angeklagt wurde, die er nicht begangen hatte. Doch sein Schmerz, wie leicht er auch heilbar schien, war eben extrem, solange er andauerte.

»Sie hat mich nie geliebt«, lamentierte Elis, der sich unter dem behütenden Arm verkrampfte und zitterte. »Denn wenn sie mich lieben würde, dann hätte sie mir vertraut, sie müßte mich besser kennen. Wie kann sie nur glauben, daß ich einen Mord begehen könnte, wenn sie mich liebt?« Er sprach so empört, als hätte er nie in seiner Begeisterung geschworen, daß er alles und jedes tun würde, um sie für sich zu gewinnen.

»Sie ist durch den Tod ihres Vaters sehr erschüttert«, erwiderte Eliud ermutigend. »Wie kannst du da verlangen, daß sie gerecht zu dir ist? Warte nur ein wenig, gib ihr Zeit. Wenn sie dich geliebt hat, dann liebt sie dich immer noch. Das arme Mädchen, sie hat keine Wahl! Du solltest dich eher um sie sorgen. Sie fühlt sich für den Tod ihres Vaters verantwortlich, das hast du mir ja gesagt. Du hast keinen Fehler begangen, und das wird auch bewiesen werden.«

»Nein, ich habe sie verloren, sie wird mich nie wieder in ihre Nähe lassen und mir nie wieder ein Wort glauben.«

»Sie wird, wenn deine Unschuld bewiesen ist. Das schwöre ich dir! Die Wahrheit wird herauskommen, sie muß!«

»Wenn ich sie nicht zurückgewinne«, schwor Elis mit gedämpfter Stimme, »dann will ich sterben.«

»Du wirst nicht sterben, und du wirst sie schon zurückgewinnen«, versprach Eliud verzweifelt. »Schweig jetzt, schweig und schlafe!« Er streckte den Arm aus und löschte die kleine Flamme ihrer winzigen Lampe. Die Spannung und Entspannung dieses Körpers, neben dem er von klein auf geschlafen hatte, kannte er gut genug und wußte, daß der Schlaf schon bleischwer an Elis' schmerzenden Augenlidern zerrte. Es gibt Menschen, die wie neugeboren aufwachen und jeden Tag von neuem ihren Kummer entdecken müssen. Eliud war ein ganz anderer Mensch. Er hegte schlaflos seinen Kummer bis in den frühen Morgen, und der Grund dafür lag in tiefem Schlummer unter seinem schützenden Arm.

8

Anion, der Viehhirt, gewöhnt an die Kälber oder Lämmer der Abtei, um die er sich kümmerte, hatte viel Zeit in den Ställen verbracht, wo er wenigstens Pferde versorgen und sich an ihrem Anblick erfreuen konnte. Sehr bald schon würde man ihn auf den Bauernhof zurückschicken, auf dem er diente, doch er durfte erst gehen, wenn Bruder Edmund ihn entließ. Er konnte gut mit Tieren umgehen, und die Stallburschen kannten ihn und standen mit ihm auf gutem Fuße.

Bruder Cadfael näherte sich ihm auf eine indirekte Weise, weil er ihn nicht vorschnell erschrecken oder verwirren wollte. Das war nicht schwer. Pferde und Maultiere hatten genau wie Menschen ihre Krankheiten und Verletzungen und brauchten immer wieder die Medikamente aus Cadfaels Apotheke. Eines der Ponys, das die Laienbrüder als Packpferd benutzten, war lahm geworden und mußte mit Cadfaels Ölen eingerieben werden, um die Zerrung zu mildern. Cadfael brachte die Flasche selbst in die Ställe, weil er sicher war, Anion dort zu finden. Ohne weiteres konnte er den erfahrenen Viehhirten auch dazu bewegen, die Massage selbst auszuführen, so daß Cadfael bei ihm stehen und zusehen und die Art bewundern konnte, in der seine kräftigen, doch beweglichen Finger die schmerzenden Muskeln durcharbeiteten. Das Pony, das ihm völlig vertraute, blieb still stehen. Auch das war schon sehr bedeutsam.

»Ihr verbringt jetzt immer weniger Zeit in der Krankenstation«, sagte Cadfael, während er das strenge, dunkle Profil unter dem glatten schwarzen Haar betrachtete. »Wir werden Euch sehr bald schon verlieren. Ihr seid mit der Krücke so schnell wie viele von uns auf zwei gesunden Beinen, die nie gebrochen waren. Ich glaube, Ihr könntet die Krücke jederzeit fortwerfen, wenn Ihr es wolltet.«

»Ich soll aber noch warten«, sagte Anion kurz angebunden. »Ich tue hier, was mir befohlen wird. Es ist das Schicksal mancher Männer, Bruder, Befehle auszuführen.«

»Dann werdet Ihr gewiß froh sein, zu Eurem Vieh zurückzukehren, das zur Abwechslung einmal Euch gehorchen wird.«

»Ich pflege die Tiere und sorge für sie und meine es gut mit ihnen«, sagte Anion, »und das wißt Ihr.«

»Und Edmund tut mit Euch das gleiche, und Ihr wißt es auch.« Cadfael setzte sich neben den gebückten Mann auf einen Sattel, um auf gleicher Höhe mit ihm zu sein und ihm wie ein Gleichgestellter zu begegnen. Anion hatte keine Einwände, und auf seinen festgeschlossenen Lippen schien einen Augenblick der schwache Schatten eines Lächelns zu spielen. Er sah überhaupt nicht aus wie ein kranker Mann, er war ja auch kaum älter als siebenundzwanzig oder achtundzwanzig Jahre. »Ihr wißt, was in der Krankenstation geschah?« fragte Cadfael. »Zur Essenszeit wart Ihr dort drinnen sicher der beweglichste Mann. Aber ich bezweifle, daß Ihr nach dem Essen lange geblieben seid. Ihr seid zu jung, um mit den unpäßlichen Alten eingesperrt sein zu wollen. Ich habe sie alle gefragt, ob sie einen Mann verstohlen oder auf irgendeine andere Art ins Krankenzimmer gehen hörten, aber sie haben nach dem Essen geschlafen. Das aber gilt für die Alten, nicht für Euch. Ihr wart gewiß auf, während sie schlummerten.«

»Ich ließ sie schnarchen«, sagte Anion, indem er seine tiefliegenden Augen voll auf Cadfael richtete. Er langte nach einem Lumpen, um sich die Hände abzuwischen, und richtete sich steif auf, das verletzte Bein etwas hinter sich herziehend.

»Bevor wir alle das Refektorium verließen? Und bevor die Waliser zu ihrem Mahl geführt wurden?«

»Als alles still war. Ich nehme an, Ihr Brüder wart noch bei Eurem Mahl. Warum?« fragte Anion unumwunden.

»Weil Ihr vielleicht ein guter Zeuge seid, warum sonst? Wißt Ihr, ob irgend jemand etwa zu der Zeit, als Ihr sie verließt, die Krankenstation betrat? Saht oder hörtet Ihr irgend etwas, das Euch seltsam vorkam? Vielleicht ein herumschleichender Mann, der nicht dorthin gehörte? Der Sheriff hatte Feinde«, sagte Cadfael fest, »wie wir anderen Sterblichen auch, und einer von ihnen war ein Todfeind. Was auch immer er schuldig war, hat er jetzt bezahlt oder wird es zahlen. Möge Gott keinem von uns eine so schlimme Rechnung präsentieren.«

»Amen«, sagte Anion. »Bruder, als ich die Krankenstation verließ, traf ich keinen Mann, und ich sah keinen Mann, weder Freund noch Feind, in der Nähe jener Tür.«

»Wohin wolltet Ihr gehen? Hier herunter, um die walisischen Pferde zu betrachten? Wenn dies so ist«, erklärte Cadfael leichthin, indem er Anions scharfem Blick auswich, »dann könntet Ihr ein Zeuge sein, falls einer dieser Burschen sich entfernte und etwa zu dieser Zeit seine Gefährten alleinließ.«

Anion tat es mit einem geringschätzigen Achselzucken ab. »Ich war gar nicht in den Ställen, da noch nicht. Ich ging durch den Garten zum Bach hinunter. Bei Westwind kann man da unten die Berge riechen«, sagte er. »Mir wurde schlecht vom Geruch der eingesperrten alten Männer und von ihrem Gerede, das sich immer um dieselben Dinge dreht.«

»Genau wie meines!« entgegnete Cadfael mitfühlend und erhob sich vom Sattel. Sein Blick fiel auf die Krücke, die achtlos an der offenen Stalltür lehnte, gute fünfzig Schritte von ihrem Besitzer entfernt. »Ja, man kann sehen, daß Ihr die Krücke bald nicht mehr braucht. Ihr habt sie gestern noch benutzt, jedenfalls, wenn Bruder Rhys sich nicht geirrt hat. Er hörte Euch auf dem Weg zum Garten durch den Flur tappen, oder er glaubt es jedenfalls.«

»Das kann gut sein«, sagte Anion und schüttelte sich die zottige schwarze Mähne aus der gewölbten braunen Stirn. »Ich habe mich daran gewöhnt, nachdem ich sie so lange brauchte, auch wenn es jetzt nicht mehr nötig ist. Aber wenn es ein Tier zu versorgen gibt, dann vergesse ich sie und lasse sie hinter mir in der Ecke stehen.«

Er drehte sich demonstrativ um, legte dem Pony einen Arm um den Hals und führte es langsam auf dem Pflaster herum, um seinen Gang zu beobachten. Das Gespräch war beendet.

Bruder Cadfael war den ganzen Tag über mit seinen Alltagspflichten beschäftigt, doch dies hinderte ihn nicht daran, aus-

giebig über die Umstände von Gilbert Prestcotes Tod nachzudenken. Der Sheriff hatte sich schon vor langer Zeit eine Gruft
in der Kirche der Abtei, deren beständiger Patron und Wohltä-
ter er gewesen war, reservieren lassen, und am folgenden Tag
sollte er dort zur letzten Ruhe gebettet werden. Doch die Umstände seines Todes würden jenen, die zurückgeblieben waren,
keine Ruhe lassen. Von seiner verzweifelten Familie bis zu den
unglücklichen walisischen Verdächtigen und Gefangenen in der
Burg gab es keinen Menschen, der nicht sein eigenes Leben
durch diesen Todesfall erschüttert und verändert sah.

Die Neuigkeit machte inzwischen sicher schon überall im
Land die Runde, von Dorf zu Dorf und von Hof zu Hof in der
ganzen Grafschaft. Zweifellos waren die Männer und Frauen in
den Straßen von Shrewsbury eifrig damit beschäftigt, diesem
und jenem die Schuld zuzuschreiben, wobei Elis ap Cynan ihr
Lieblingsbösewicht war. Allerdings hatten sie nicht die winzigen Fädchen gesehen, die Cadfael in seiner kleinen Schachtel
verwahrte, und sie waren nicht vergeblich durch den ganzen
Bezirk geeilt, um ein Tuch zu finden, das aus den gleichen Farb-
tönen und einem gezwirbelten Goldfaden gewirkt war. Sie wußten auch nichts von der massiv goldenen Nadel, die aus Gilberts
Totenzimmer verschwunden und im ganzen Bezirk nicht mehr
aufzufinden war.

Cadfael hatte Lady Prestcote mehrmals im Hof zwischen der
Friedhofskapelle, wo ihr Gatte im Totengewand aufgebahrt lag,
und dem Gästehaus hin und her gehen gesehen. Nur das
Mädchen war nicht aufgetaucht. Gilbert, der jüngere Sohn, ein
wenig verstört, doch des Unglücks nicht gewahr, spielte mit den
Zöglingen und wurde dabei zärtlich von Bruder Paul, dem Novizenmeister, behütet. Mit seinen sieben Jahren betrachtete er
die Absonderlichkeiten der Erwachsenen mit unbesorgtem
Gleichmut und konnte sich heimisch fühlen, wo immer seine
Mutter ihn plötzlich unterbrachte. Sobald sein Vater beerdigt
war, würde sie ihn gewiß wieder von hier fortbringen, wahrscheinlich zu einem der Güter ihres Mannes, wo sein Leben un-
beschadet und angenehm weitergehen würde.

Einige enge Freunde des Sheriffs waren eingetroffen und hatten sich wohnlich eingerichtet. Cadfael sah ihnen müßig zu und verband edle Namen mit den trauernden Gesichtern. Er war gerade auf dem Weg zum Herbarium, als er einen unerwarteten, doch willkommenen Besuch entdeckte. Schwester Magdalena trat zu Fuß und allein energisch durch die Pforte und sah sich nach einem bekannten Gesicht um. Nach ihrem freudigen Blick und ihrem raschen Weiterschreiten zu schließen, war sie froh, Cadfael zu begegnen.

»Nun, nun!« sagte Cadfael und ging ihr entgegen, um sie ähnlich erfreut zu begrüßen. »Wir hätten nicht gedacht, Euch so bald schon wiederzusehen. Geht alles gut in Eurem Wald? Keine weiteren Überfälle?«

»Bisher nicht«, entgegnete Schwester Magdalena vorsichtig, »aber ich würde nicht behaupten, daß sie es nicht wieder versuchen werden, wenn sie bemerken, daß Hugh Beringar gerade nicht zur Stelle ist. Es muß Madog ap Meredith hart angekommen sein, von einer Handvoll Waldleuten und Bauern zurückgeschlagen zu werden, und er mag wohl auf Rache sinnen und auf einen günstigen Augenblick warten. Doch die Wäldler geben gut acht. Aber anscheinend sind nicht wir es, bei denen jetzt Aufregung herrscht. Was hörte ich da in der Stadt? Gilbert Prestcote tot und der walisische Bursche, den ich Euch schickte, der Tat beschuldigt?«

»Dann wart Ihr also in der Stadt? Und diesmal ohne kräftigen Begleitschutz?«

»Zwei sind bei mir«, sagte sie, »aber ich ließ sie bei dem Tuchhändler zurück, wo wir übernachten werden. Wenn es wahr ist, daß der Sheriff morgen begraben werden soll, dann muß ich bleiben, um ihm die letzte Ehre zu erweisen. Als wir heute morgen aufbrachen, habe ich an nichts Böses gedacht; ich kam in einer ganz anderen Angelegenheit. Eine Großnichte von Mutter Mariana, die Tochter eines Tuchhändlers hier aus Shrewsbury, will zu uns kommen und den Schleier anlegen. Ein einfaches Kind, nicht sehr klug, aber willig, und sie weiß, daß sie kaum Aussichten auf eine gute Partie hat. Besser, sie kommt zu uns, als daß sie wie ein schlechtgewachsenes Fohlen an den Erstbesten verkauft wird, der ein halbherziges Angebot für sie abgibt. Ich habe meine Männer und die Pferde auf ihrem Hof gelassen, wo ich erfuhr, was hier geschehen ist. Im übrigen will ich die ganze Wahrheit hören – da unten in den Straßen kursieren sehr verschiedene Versionen.«

»Wenn Ihr eine Stunde Zeit habt«, sagte Cadfael munter, »dann kommt und trinkt ein Gläschen Wein mit mir im Kräutergarten. Ich will Euch die ganze Wahrheit berichten, so weit sie jedenfalls bis jetzt bekannt ist. Wer weiß, vielleicht findet Ihr einen Fingerzeig, den ich übersehen habe.«

In dem nach Holz duftenden düsteren Verschlag im Herbarium erzählte er ihr gemütlich und ausführlich alles, was er über Gilbert Prestcotes Tod wußte oder gefolgert hatte, auch das, was er im Hinblick auf Elis ap Cynan wußte. Sie lauschte, breitbeinig und aufrecht auf der Bank gegen die Wand gelehnt, den Becher mit beiden Händen umschlossen, um den schweren Rotwein zu wärmen. Sie bemühte sich nicht mehr, anmutig zu wirken, falls sie das überhaupt jemals getan hatte, besaß ihre kräftige Gestalt doch eine ganz eigene Anmut.

»Ich würde nie behaupten, daß der Junge nicht töten *könnte*«, sagte sie schließlich. »Diese Jungen handeln ohne nachzudenken, und das Bedauern kommt erst hinterher. Aber ich glaube nicht, daß er den Vater seines Mädchens töten würde. Ihr sagt, es muß sehr leicht gewesen sein, den Mann aus der Welt zu schaffen, und ich glaube Euch; so könnte selbst einer, der gar keinen Mord begehen will, es tun, ohne zu bemerken, was er tut. Ja, aber die, welche ein Mann leichthin tötet, sind für gewöhnlich Fremde, die ihm nichts bedeuten. Doch dieser hier hatte eine klare Identität – er war ihr Vater, kein geringerer als der Mann, der sie zeugte. Und doch«, räumte sie kopfschüttelnd ein, »mag ich mich in ihm irren. Er mag einer sein, der tut, was jemand seiner Art eigentlich nicht tut. Es gibt immer eine Ausnahme.«

»Das Mädchen glaubt fest an seine Schuld«, sagte Cadfael

nachdenklich, »vielleicht, weil sie sich nur zu gut dessen bewußt ist, was sie für ihre eigene Schuld hält. Der Herr kehrt zurück, und die Liebenden werden auseinandergerissen – es ist kein großer Schritt davon zu träumen, daß er nicht zurückkehrt, und kein großer Sprung, seinen Tod als letztendliche Ursache des Ausbleibens herbeizuwünschen. Doch waren dies gewiß nur Träume, keine aufrichtigen Wünsche. Der Junge steht auf sicherem Boden, wenn er schwört, er wollte versuchen, ihren Vater zu gewinnen, damit er ihrer Verbindung freundlich zustimmte. Denn wenn ich jemals einen jungen Mann sah, der im Glanz der Sonne steht und von Natur aus gutgläubig ist, dann ist das Elis.«

»Und das Mädchen?« grübelte Schwester Magdalena, während sie den Weinbecher zwischen den Händen drehte. »Wenn sie auch im gleichen Alter sind, dann muß sie doch um Jahre reifer sein als er. So ist es eben! Ist es denn überhaupt möglich, daß *sie* ...?«

»Nein«, sagte Cadfael überzeugt. »Sie war die ganze Zeit mit ihrer Mutter und Hugh und den walisischen Abgesandten zusammen. Ich weiß, daß sie ihren Vater lebend verließ und erst nach seinem Tod zurückkam, und auch da war Hugh bei ihr. Nein, sie quält sich für nichts und wieder nichts. Wenn sie jetzt hier wäre, dann würdet Ihr sie recht bald als das einfache, unschuldige Kind erkennen, das sie ist.«

Schwester Magdalena wollte gerade philosophisch antworten: ›Diese Chance werde ich wohl kaum bekommen‹, als es an der Tür klopfte. Das Geräusch war so leise und unsicher und wurde doch so beharrlich wiederholt, daß sie verstummten, um sich zu vergewissern.

Cadfael erhob sich, um die Tür zu öffnen und durch einen schmalen Spalt nach draußen zu lugen, da er überzeugt war, daß niemand dort wäre; doch dort stand sie, die Hand erhoben, um abermals zu klopfen, bleich, elend und doch entschlossen. Sie war einen halben Kopf größer als er: dieses einfache, unschuldige Kind, das er beschrieben hatte, und das dennoch einen stahlharten Kern normannischen Adelsstolzes in sich hatte, der sie zwang, über sich hinauszuwachsen. Er riß hastig die Tür auf. »Kommt aus der Kälte herein. Wie kann ich Euch helfen?«

»Der Pförtner erzählte mir, daß die Schwester aus Godric's Ford vor einer Weile ankam«, erklärte Melicent, »und daß sie vielleicht hier ist, um Medizin aus Eurer Apotheke zu holen. Ich würde gerne mit ihr sprechen.«

»Schwester Magdalena ist hier«, sagte Cadfael. »Kommt, setzt Euch zu ihr an die Kohlenpfanne, und ich will Euch allein lassen, damit Ihr ungestört reden könnt.«

Sie trat etwas verschüchtert ein, als könne der kleine, unvertraute Raum schreckliche Geheimnisse bergen. Sie machte zierliche, ängstliche Schritte, kam fast trippelnd herein und war doch von einer Entschlossenheit getrieben, die sie weiterzwang. Tief und fasziniert sah sie Schwester Magdalena in die Augen, denn sie hatte zweifellos alte und neue Geschichten über sie gehört, die sie nur schwerlich miteinander in Einklang bringen konnte.

»Schwester«, begann Melicent, unvermittelt zur Sache kommend, »wollt Ihr mich mit Euch nehmen, wenn Ihr nach Godric's Ford zurückkehrt?«

Cadfael zog sich, seinem Wort getreu, leise zurück und schloß die Tür hinter sich, aber nicht schnell genug, um Schwester Magdalenas einfache und praktische Antwort zu überhören: »Warum?«

Sie tat und sagte nie, was man von ihr erwartete, und dies war eine gute Frage. Sie beließ Melicent im Irrglauben, sie wüßte wenig oder nichts über sie und müßte die ganze schreckliche Geschichte hören; und beim Wiedererzählen mochte die Geschichte eine neue Gestalt annehmen und es dem Mädchen erlauben, ihre Situation mit einer weniger verzweifelten Dringlichkeit zu betrachten. Dies hoffte Bruder Cadfael jedenfalls, als er durch den Garten trottete, um eine angenehme halbe Stunde mit Bruder Anselm, dem Vorsänger, in seiner Lesenische im Kreuzgang zu verbringen, wo er sicher gerade die Musikfolge für Gilbert Prestcotes Bestattung festlegte.

»Ich habe die Absicht«, erwiderte Melicent etwas überheblich, weil sie durch die unverblümte Frage recht erschüttert war, »den Schleier anzulegen, und ich möchte dies als Novizin bei den Benediktinerschwestern in Polesworth tun.«

»Setzt Euch hier zu mir«, sagte Schwester Magdalena besänftigend, »und erzählt mir, was Euch auf diesen Weg brachte, ob Ihr Eure Familie ins Vertrauen gezogen habt und ob sie Eure Entscheidung gutheißt. Ihr seid noch sehr jung und habt noch Euer ganzes Leben vor Euch ...«

»Ich bin fertig mit der Welt«, entgegnete Melicent.

»Mein Kind, solange Ihr lebt und atmet, seid Ihr noch nicht fertig mit der Welt. Wir im Kloster leben in der gleichen Welt wie all die armen Seelen draußen. Kommt, Ihr müßt gute Gründe haben, wenn Ihr wünscht, ins Klosterleben einzutreten. Setzt Euch und erzählt, laßt mich Eure Gründe hören. Ihr seid jung und schön und von adeliger Geburt, und doch wünscht Ihr, der Ehe zu entsagen, den Kindern, die Ihr haben könnt, der Stellung und der Ehre, alldem ... Warum?«

Melicent sank neben ihr auf die Bank, legte in der Wärme der Kohlenpfanne die Arme um sich und ließ die Barrieren ihrer Bitterkeit fallen, um die Flut ihrer Gefühle freizugeben. Was sie Sybillas voreingenommene Ohren hatte hören lassen, war nichts weiter als der Faden, an welchen dieses Geständnis geknüpft war. Und nun sprudelte der ganze vergangene Traum wie das Liebeslied eines Minnesängers aus ihr heraus.

»Selbst wenn Ihr recht daran tut, einen Mann abzuweisen«, sagte Magdalena schließlich milde, »dann seid Ihr äußerst ungerecht, wenn Ihr alle zurückweist. Ganz zu schweigen von der Möglichkeit, daß Ihr Euch in diesem Elis ap Cynan irrt. Denn solange nicht bewiesen ist, daß er lügt, müßt Ihr bedenken, daß er die Wahrheit sprechen könnte.«

»Er sagte, daß er für mich töten würde«, gab Melicent erbarmungslos zurück, »er ging ins Krankenzimmer meines Vaters, und mein Vater ist tot. Soweit bekannt ist, kam niemand sonst in seine Nähe. Was mich angeht, so habe ich keine Zweifel. Ich wünschte, ich hätte nie sein Gesicht gesehen und ich bete, daß ich es nie wieder sehen werde.«

»Und Ihr wollt nicht warten, bis endgültig festgestellt wurde, ob er Euch betrogen hat?«

»Zumindest weiß ich«, sagte Melicent verbittert, »daß Gott mich nicht betrügt. Mit Männern bin ich fertig.«

»Kind«, sagte Schwester Magdalena seufzend, »Ihr werdet bis zu Eurem Todestag mit Männern zu tun haben. Bischöfe, Äbte, Priester, Beichtväter – alle sind Männer und Blutsbrüder der gemeinsten, sündigsten Menschen. Solange Ihr lebt, könnt Ihr nicht vor Eurem Anteil an der Menschheit fliehen.«

»Nun, dann bin ich mit der Liebe fertig«, entgegnete Melicent um so heftiger, weil sie insgeheim wußte, daß sie log.

»Oh, mein liebes Mädchen, die Liebe ist das einzige, dessen Ihr Euch nie entsagen dürft. Denn was nützt Ihr uns oder irgendeinem anderen ohne Liebe? Natürlich gibt es verschiedene Arten zu lieben«, erläuterte die spät zu ihrem Zölibat berufene Nonne, während sie sich an die Zeit erinnerte, in der sie diesen Titel kaum verdient hätte; inzwischen erkannte sie ihr Vorleben als einen anderen Aspekt der Liebe. »Und für alle Arten braucht man Herzenswärme, und wenn dieses Feuer verlöscht, dann kann es nicht neu entfacht werden. Nun«, fuhr sie nachdenklich fort, »wenn Eure Stiefmutter Euren Entschluß, mit mir zu gehen, billigt, dann mögt Ihr mit mir kommen und willkommen sein. Bleibt eine Weile bei uns, dann werden wir weitersehen.«

»Werdet Ihr mit mir zu meiner Mutter kommen und anhören, wie ich sie um Erlaubnis bitte?«

»Das werde ich tun«, sagte Schwester Magdalena, indem sie sich erhob und ihr Gewand für den Weg hochraffte.

Sie berichtete Bruder Cadfael in groben Zügen, bevor sie in die Stadt zum Haus des Tuchhändlers zurückging, wo sie wohnte.

»Sie ist bei uns draußen, von dem Burschen entfernt, doch mit dem Bild von ihm, das sie mit sich trägt, gewiß gut aufgehoben. Zeit und Wahrheit sind das, was die beiden jetzt am meisten brauchen, und ich werde dafür sorgen, daß sie ihre Gelübde nicht ablegt, bevor nicht die ganze Angelegenheit aufgeklärt ist. Der Junge bleibt besser in Eurer Obhut, wenn Ihr nur ab und zu ein Auge auf ihn werfen könnt.«

»Ihr glaubt also auch nicht«, sagte Cadfael, »daß er ihrem Vater ein Leid antat?«

»Kann ich das wissen? Gibt es einen Mann oder eine Frau, die, ist die Not erst groß, nicht töten könnten? Ein stattlicher, aufrechter, unverschämter und offenherziger Junge ist er«, sagte Schwester Magdalena, »einer, der mir damals, als mir Männer noch gefielen, wohl selbst gefallen hätte.«

Cadfael ging zum Abendbrot ins Refektorium und dann zur Bibellesung in den Kapitelsaal, die er oft ausließ, wenn er in seinem Verschlag heilsame Tränke braute. Seine Grübeleien, seine Suche nach der Wahrheit hatten bisher zu nichts geführt, und es war angenehm, all dies beiseite zu schieben und mit Freude im Herzen den Geschichten aus dem Leben der Heiligen zu lauschen. Sie hatten die Mühsal der Welt abgeschüttelt, um die Verheißungen der jenseitigen Welt zu genießen, und sie betrachteten die irdische Gerechtigkeit als bloßes Schattenspiel, das die absolute Gerechtigkeit des Himmels verbarg, auf die kein Mensch länger warten muß, als seine sterbliche Lebensspanne währt.

Sankt Gregor war vorbei, und Sankt Eduard der Bekenner und Sankt Benedikt standen bevor – es war Mitte März, der Frühling nahte, und vor den Menschen lagen Hoffnung und Wachstum. Eine gute Zeit. Cadfael hatte die Stunden, bevor Schwester Magdalena gekommen war, mit Umgraben und Jäten der Hälfte seines Minzebeetes verbracht, um Raum für das Wachstum des neuen, jungen Grüns zu schaffen und das Alte und Verfallene zu entfernen. Er verließ den Kapitelsaal mit einem Gefühl der Erneuerung, und zunächst war es bestenfalls eine milde Überraschung, daß Bruder Edmund noch zu ihm kam und mit der Haltung eines Bischofs etwas präsentierte, das auf den ersten Blick wie ein Bischofsstab aussah, das aber auf den Boden gestellt nicht höher war als seine Schultern und sich eindeutig als Krücke erwies.

»Dies fand ich in einer Ecke der Ställe. Sie gehört Anion! Cadfael, er ist heute nicht zum Abendbrot gekommen, und er ist nirgends in der Krankenstation zu finden – nicht im Gemeinschaftsraum, nicht in seinem Bett und nicht in der Kapelle. Habt Ihr ihn heute irgendwo gesehen?«

»Nicht mehr seit heute morgen«, sagte Cadfael, indem er sich mühsam aus der friedlichen Stimmung der Bibellesung riß. »War er denn beim Mittagsmahl?«

»Das war er, aber ich kann niemand finden, der ihn danach noch gesehen hat. Ich habe überall nach ihm gesucht und nach ihm gefragt, aber nichts weiter von ihm gefunden als dies hier, achtlos fortgeworfen. Anion ist verschwunden! O Cadfael, ich befürchte fast, er ist vor seiner Todsünde geflohen. Warum sonst sollte er fortlaufen?«

Es war schon eine ganze Weile nach der Abendmesse, als Hugh Beringar sein eigenes Heim betrat, mit leeren Händen und unzufrieden nach den vergeblichen Befragungen der Waliser. Vor sich sah er Bruder Cadfael mit Aline am Kamin sitzen. Der Bruder erwartete ihn mit düsterem Gesicht.

»Was führt Euch so spät zu mir?« fragte Hugh verwundert. »Wieder einmal ohne Ausgang unterwegs?« Das war schon öfter geschehen, und die Erinnerung an eine solche Expedition, vor den Tagen des strengen Abt Radulfus, war ein alter, heimlicher Scherz zwischen ihnen.

»Das bin ich nicht«, erwiderte Cadfael fest. »Ich habe eine unerwartete Nachricht, die selbst Prior Robert für so wichtig hielt, daß sie Euch sofort erreichen mußte. Wir hatten in unserer Krankenstation einen Mann namens Anion, der sich das Bein gebrochen hatte, inzwischen jedoch fast wieder bereit war, uns zu verlassen. Ich glaube nicht, daß der Name Euch viel sagt, denn nicht Ihr hattet damals mit seinem Bruder zu tun. Aber Ihr erinnert Euch sicher an eine Prügelei in der Stadt, zwei Jahre ist es jetzt her, als ein Torhüter auf der Brücke ermordet wurde?

Prestcote ließ den Waliser, der es tat, erhängen. Ob er es nun war oder nicht, und natürlich sagte er, er hätte es nicht getan … Sicher ist, daß er an jenem Abend sturzbetrunken war und wahrscheinlich selbst die Wahrheit nicht mehr wußte. Wie auch immer es sich zugetragen hatte, er wurde erhängt. Es war ein junger Bursche, der irgendwo aus der Nähe von Mechain heruntergekommen war, um auf dem Markt Felle zu verkaufen. Nun, dieser Anion ist sein Bruder zur linken Hand, und zwischen den beiden gab es kein böses Blut, solange der Vater lebte. Sie lernten sich kennen und schätzen.«

»Wenn ich je davon wußte«, sagte Hugh, indem er sich ans Feuer setzte, »dann habe ich es vergessen.«

»Anion aber nicht. Er hat wenig geredet, aber man weiß, daß er seinen Groll genährt hat, und er ist Waliser genug, um Rache als seine Pflicht zu betrachten, sobald sich eine Gelegenheit dazu bietet.«

»Und was ist jetzt mit ihm?« Hugh musterte aufmerksam das Gesicht seines Freundes; er ahnte, was kommen würde. »Wollt Ihr mir sagen, dieser Mann sei im Kloster gewesen, als man den Sheriff hilflos gebracht hat?«

»Das war er, und zwischen ihm und seinem Feind war nichts als eine halboffene Tür – wenn er ihn für einen Feind hielt, wie die Gerüchte besagen. Allerdings war er nicht der einzige mit einem Groll, so daß es keinen weiteren Beweis als diesen gibt, daß nämlich die Gelegenheit für ihn gekommen war. Aber seit heute abend gibt es noch etwas, das gegen ihn spricht: Er ist verschwunden. Er kam nicht zum Abendbrot, er ist nicht in seinem Bett, seit dem Mittagsmahl hat ihn niemand mehr gesehen. Edmund vermißte ihn beim Abendbrot und hat ihn seither gesucht, doch ohne eine Spur von ihm zu finden. Und die Krücke, die er benutzte, wenn auch mehr aus Gewohnheit als aus Not, lag in den Ställen. Anion hat sich auf die Beine gemacht. Und die Schuld, falls es hier eine Schuld gibt«, sagte Cadfael aufrichtig, »trifft mich. Edmund und ich haben jeden Mann in der Krankenstation gefragt, ob er in der Kammer des Sheriffs etwas Bemerkenswertes sah oder hörte, ob jemand hinein- oder herausing. Ich stellte Anion die gleichen Fragen und war mit ihm, als ich heute morgen in den Ställen mit ihm sprach, sogar noch vorsichtiger als mit allen anderen. Aber trotz alledem habe ich ihn fraglos verschreckt.«

»Zu erschrecken und fortzurennen ist nicht unbedingt ein Schuldbeweis«, sagte Hugh vernünftig. »Männer ohne Privilegien neigen leicht zu dem Glauben, daß ihnen die Schuld für jede Missetat angelastet wird. Ist er denn ganz sicher verschwunden? Ein Mann, dessen gebrochenes Bein gerade geheilt ist? Hat er ein Pferd oder Maultier genommen? Ist etwas gestohlen?«

»Nichts. Aber es gibt noch mehr zu berichten. Bruder Rhys, dessen Bett an der Tür und dem Krankenzimmer des Sheriffs direkt gegenüber steht, hörte zweimal die Tür quietschen, und er sagt, beim erstenmal sei jemand eingetreten oder habe zumindest die Tür aufgedrückt, der eine Krücke benützte. Der zweite kam später, und das mag Elis gewesen sein. Rhys kann die Zeit nicht genau angeben, weil er vorher und nachher schlief, aber beide Besucher kamen, als es im Hof still war – er sagt, während wir Brüder im Refektorium saßen. Dies und die Tatsache, daß er fortlief, spricht für sich. Mittlerweile ist sogar Edmund davon überzeugt, daß Anion der Mörder ist. Morgen früh wird man sich in der Stadt über seine Schuld den Mund zerreißen.«

»Aber Ihr seid nicht so sicher«, sagte Hugh, der ihn unbewegt beobachtete.

»Er hatte gewiß etwas im Sinn, etwas, das er als Schuld betrachtete oder von dem er wußte, daß andere es so nennen würden, denn sonst wäre er nicht fortgelaufen. Aber ein Mord ...? Hugh, ich habe in meiner Pillenschachtel einige Beweisstücke, gefärbte Wollfäden und etwas Gold, das von dem Tuch stammt, mit dem der Mord begangen wurde. Und dies ist sicher, wogegen eine Flucht auch ein Beweis für die Angst eines Unschuldigen sein kann. Ihr wißt wie ich, daß es nirgends in jenem Raum oder in der Krankenstation oder im ganzen Kloster, soweit wir es erforschen konnten, ein so gewirktes Stück Tuch gibt. Der, der es benutzte, brachte es mit sich. Woher sollte Anion ein so kostbares Tuch haben? Er hat in seinem ganzen Leben nie etwas Besseres als einfarbiges selbstgewebtes und ungebleichtes Flachstuch in den Händen gehabt. Dies wirft starke Zweifel an seiner Schuld auf, wenn es sie auch nicht völlig ausschließt. Und deshalb habe ich ihn nicht zu sehr gedrängt – jedenfalls dachte ich das!« ergänzte er traurig.

Hugh stimmte vorsichtig nickend zu und hakte den Punkt im Geiste ab. »Aber trotzdem muß ich morgen früh Suchtruppen von hier bis zur walisischen Grenze ausschicken, denn das ist gewiß die Richtung, in die er sich wendet. Sein erster Gedanke wird es sein, eine Grenze zwischen sich und seine Furcht zu bringen. Wenn ich ihn fassen kann, dann muß und will ich es tun. Und dann können wir aus ihm herausbekommen, was immer er weiß. Ein lahmer Mann kann nicht weit kommen.«

»Aber vergeßt nicht das Tuch. Denn diese Fäden lügen nicht, während ein sterblicher Mensch, ob schuldig oder nicht, das sehr wohl tun mag. Wir müssen das Tuch finden, das der Mörder benützt hat.«

Die Jagd begann im Morgengrauen; kleine Gruppen zogen auf allen Wegen, die nach Wales führten, durch den Wald. Doch sie kehrten mit leeren Händen im Dunkeln zurück. Lahm oder nicht, Anion war es gelungen, binnen eines halben Tages spurlos zu verschwinden.

Inzwischen hatte die Geschichte in der Stadt und der Klostersiedlung die Runde gemacht, jede Werkstatt und jeder Kunde wußte Bescheid, in den Tavernen wurde lebhaft diskutiert, und die allgemeine Überzeugung war, daß weder Hugh Beringar noch irgend jemand sonst weiter nach dem Mörder des Sheriffs suchen mußte. Der mürrische Viehtreiber mit dem Groll gegen den Sheriff war gehört worden, als er das Todeszimmer betrat und wieder verließ, und war nach der Befragung geflohen. Nichts konnte einfacher sein.

An diesem Tag wurde Gilbert Prestcote in der Gruft, die er für sich in einem Seitenschiff der Abtei hatte reservieren lassen, bestattet. Die Hälfte der Adeligen aus der Grafschaft erwies ihm die letzte Ehre, Hugh Beringar kam mit einer Eskorte seiner Offiziere, und Geoffrey Corviser, der Ortsvorsteher von Shrewsbury, war mit seinem Sohn Philip und seiner Frau Emma da; auch die ehrbaren Handwerker der städtischen Gilden kamen. Die Witwe des Sheriffs war tief in Trauer, ihr kleiner Sohn hing mit großen Augen und eingeschüchtert an ihrem Arm. Die Musik und die Feierlichkeit, die gewaltige Kirchenkuppel, die Kerzen und Fackeln, all dies verzauberte und faszinierte ihn; er hielt sich während des Gottesdienstes völlig still.

Obwohl sich Gilbert Prestcote womöglich einige persönliche Feinde gemacht hatte, war er seiner Grafschaft im allgemeinen ein gerechter und vertrauenswürdiger Sheriff gewesen, und die großen Händler wußten sehr gut, welch relative Sicherheit und Gerechtigkeit sie unter ihm genossen hatten, während ein großer Teil Englands ein weitaus schlimmeres Schicksal erlitt.

So wurde Gilbert bei seinem Tod große Ehre zuteil, und sein Volk legte bei seinem Gott für ihn eine gewichtige und wohlverdiente Fürsprache ein.

»Nein«, sagte Hugh, der Cadfael erwartete, als die Brüder am Abend aus dem Vespergottesdienst kamen, »noch nichts. Lahm oder nicht, anscheinend hat sich Euer Anion in Luft aufgelöst. Ich habe längs der Grenze Wachen aufstellen lassen, falls er auf unserer Seite in Deckung bleiben will, bis die Jagd abgeblasen wird, aber ich bezweifle, daß er schon über den Grenzwall ist. Und ich weiß nicht recht, ob ich darüber fröhlich oder traurig sein soll. Ich habe auf meinem Gut auch Waliser, Cadfael, und ich weiß, was sie bewegt und kenne das Gesetz, dem sie folgen. Ich war mein ganzes Leben ein Grenzgänger und in zwei Ländern zu Hause.«

»Ihr müßt ihn weiter verfolgen«, sagte Cadfael mitfühlend. »Ihr habt keine Wahl.«

»Nein, keine. Gilbert war mein Vorgesetzter«, sagte Hugh, »und ich war ihm treu ergeben. Wir hatten sehr wenig gemeinsam, ich kann nicht einmal sagen, daß ich ihn besonders mochte. Aber Respekt – ja, den gab es zwischen uns. Seine Frau kommt mit dem kleinen Sohn und den wenigen Dingen, die sie hergebracht hat, auf die Burg zurück. Ich warte gerade auf sie, weil ich sie begleiten will.« Ihre Stieftochter war bereits mit Schwester Magdalena und der Tochter des Tuchhändlers in die Einsamkeit von Godric's Ford aufgebrochen. »Er wird seine Schwester vermissen«, sagte Hugh, der den kleinen Jungen ins Herz geschlossen hatte.

»Das wird noch einer«, sagte Cadfael, »wenn er hört, daß sie gegangen ist. Und die Nachricht von Anions Flucht konnte sie nicht umstimmen?«

»Nein, sie ist unerbittlich, sie hat Elis verdammt. Scheltet mich, wenn Ihr wollt«, sagte Hugh mit einem traurigen Lächeln, »aber ich habe ihm bereits eröffnet, daß sie fortgegangen ist, um das Leben einer Nonne zu führen. Soll er nur eine Weile schmoren – das ist das mindeste, was ich ihm gönne. Und ich habe sein Wort akzeptiert, seines und das des anderen Jungen, Eliud. Beide haben sich für sich selbst und den anderen verpfändet, keinen Fuß hinter den Wachtturm zu setzen und keinen Fluchtversuch zu machen, wenn ich ihnen Ausgang innerhalb der Wälle gewähre. Sie haben füreinander ihre Hälse verpfändet. Nicht, daß ich sie ihnen umdrehen will, aber andererseits konnte es nicht schaden, ihre Verpflichtung anzunehmen.«

»Und ich bezweifle nicht«, sagte Cadfael, indem er ihn aufmerksam ansah, »daß Ihr außerdem sehr scharfe Wachen an den Toren aufgestellt und äußerst wachsame Leute auf den Mauern postiert habt, um zu sehen, ob einer der beiden oder beide ausbrechen und fortlaufen.«

»Ich würde meiner Verantwortung nicht gerecht, wenn ich dies versäumt hätte«, erwiderte Hugh aufrichtig.

»Wissen sie inzwischen, daß ein halbwalisischer Viehhirte, der in den Diensten der Abtei stand, seine Krücke fortgeworfen hat und um sein Leben rennt?«

»Sie wissen es. Und was sagen sie? Sie sagen wie mit einer Stimme, Cadfael, daß eine solche arme Seele – Waliser noch dazu und ohne Verwandte oder Privilegien hier in England –

natürlich fortläuft, sobald das Auge des Gesetzes auf ihn fällt, da er sicher ist, beschuldigt zu werden, solange er nicht beweisen kann, daß er zur entscheidenden Zeit mindestens eine Meile entfernt war. Könnt Ihr daran etwas Falsches finden? Das habe ich mir ja auch selbst gesagt, als Ihr mir die Botschaft überbrachtet.«

»Daran ist nichts Falsches«, entgegnete Cadfael nachdenklich. »Und doch gibt es Stoff zum Grübeln, meint Ihr nicht auch? Wenn so etwas ein Bedrohter von einem anderen Bedrohten sagt, das ist schon sehr edelmütig.«

9

Owain Gwynedd schickte seine Antwort auf die Ereignisse in Shrewsbury am Tage nach Anions Flucht durch den Mund des jungen John Marchmain, der beim Gefangenenaustausch als Geisel in Wales zurückgeblieben war. Die sechs Waliser, die ihn auf dem Heimweg begleiteten, kamen nur bis zu den Stadttoren mit, wo sie salutierten und sich sofort wieder zurückzogen.

John, der Sohn der jüngeren Schwester von Hughs Mutter, ein hochaufgeschossener neunzehnjähriger Junge, ritt unter der Würde der Botschaft, die ihm anvertraut war, steif in die Burg ein und wandte sich förmlich an Hugh.

»Owain Gwynedd bittet mich zu sagen, daß durch einen derart herbeigeführten Tod seine Ehre auf dem Spiel steht. Er befiehlt seinen Männern, sich in Geduld zu üben und nach Kräften zu helfen, bis die Wahrheit gefunden und der Mörder entdeckt ist und sie für die Heimkehr freigegeben werden. Er schickt mich als durch das Schicksal befreit zurück. Er sagt, er hat keinen Gefangenen mehr gegen Elis ap Cynan auszutauschen und will keinen Finger rühren, ihn zu befreien, bis sowohl der Schuldige als auch die Unschuldigen entdeckt sind.«

Hugh, der ihn von Kindheit an kannte, hob beeindruckt die Augenbrauen unter dem dunklen Haar, pfiff leise und lachte.

»Du kannst wieder herunterkommen, du fliegst zu hoch für mich.«

»Ich spreche für einen hochfliegenden Falken«, entgegnete John, indem er laut schnaufte, das Gesicht zu einem Grinsen verzog und sich gegen die Wand des Wachzimmers zurücklehnte. »Nun, du hast ihn verstanden. Genauso hochgestochen klang es auch. Aber es gibt noch mehr zu berichten. Was weißt du Neues aus dem Süden? Ich glaube, Owain hat seine Augen und Ohren überall an der Grenze, weiter jedenfalls, als dein Einfluß reicht. Er sagt, die Kaiserin wird wahrscheinlich siegen und zur Königin gekrönt werden, denn Bischof Henry empfing sie in der Kathedrale von Winchester, wo Krone und Kronschatz bewacht werden, und der Erzbischof von Canterbury windet sich und vertröstet sie – er kann sie nicht anerkennen, ehe er nicht mit dem König gesprochen hat. Und, bei Gott, das hat er inzwischen getan, denn er war in Bristol und nahm ein Gefolge von Bischöfen mit sich und es wurde ihm auch erlaubt, mit dem Gefangenen Stephen zu sprechen.«

»Und was sagt König Stephen?« fragte Hugh.

»Er erklärte ihnen in seiner großartigen Redeweise, daß sie auf ihr Gewissen hören und natürlich das tun müßten, was ihnen als das Beste erschiene. Owain sagte, das würden sie tun, nämlich was ihnen für ihre eigene Haut am besten erscheint! Sie werden die Köpfe neigen und zum Sieger halten. Aber da gibt es noch etwas Wichtiges, das Owain bedacht hat. Ranulf von Chester ist genau im Bilde und weiß inzwischen, daß Gilbert Prestcote tot ist, so daß er unsere Grafschaft in tiefer Verwirrung glaubt. Die Folge davon ist, daß er nach Süden, gen Shropshire und weiter nach Wales vordringt, daß er Männer in seine vorgeschobenen Garnisonen schickt und sich in kleinen Etappen vortastet.«

»Und was erbittet Owain von uns?« fragte Hugh, der sofort erkannte, daß noch eine Bitte folgen würde.

»Er sagt, wenn du mit einer ansehnlichen Streitmacht nach Norden ziehst, dich an der Grenze von Cheshire zeigst und Oswestry und Whitchurch und alle anderen Festungen da oben verstärkst, dann hilfst du dir selbst und auch ihm, denn er will gegen den gemeinsamen Feind das gleiche tun. Und er läßt ausrichten, daß er in zwei Tagen bei Sonnenuntergang nach Rhyd-y-Croesau bei Oswestry zur Grenze kommen will, wenn du bereit bist, ihn dort zu Verhandlungen zu treffen.«

»Und wie ich entschlossen bin!« sagte Hugh energisch und erhob sich, um seinen vor Eifer glühenden Vetter zu umarmen und ihn weiter über das bevorstehende Treffen mit Owain zu befragen; er würde der Herausforderung mit der stärksten Kraft begegnen, die er in seiner belagerten Grafschaft nur aufbieten konnte.

Daß Owain ihnen nur zweieinhalb Tage gegeben hatte, um die Männer auszuheben, die Stadt und die Burg mit einer dezimierten Garnison zu besetzen und die Streitmacht in den Norden der Grafschaft zu verlegen, war eher ein Beweis für die Leichtigkeit und Raschheit, mit welcher Owain sich in einem eigenen Gebirgsland bewegen konnte, als ein Anzeichen für die Dringlichkeit der ganzen Sache. Hugh verbrachte den Rest des Tages damit, in Shrewsbury seine Vorkehrungen zu treffen und die Einberufungen an alle dienstverpflichteten Männer zu schicken. Im Morgengrauen des nächsten Tages würde seine Vorausabteilung aufbrechen, und er selbst hatte vor, mit der Haupttruppe am Mittag zu folgen. Binnen weniger Stunden war viel zu erledigen.

Lady Prestcote versammelte ihre Diener und ihre persönliche Habe in den hohen, öden Gemächern, um am nächsten Morgen für den Aufbruch zum östlichsten und friedlichsten ihrer Landgüter bereit zu sein. Sie hatte bereits eine Gruppe Packpferde mit dreien ihrer Diener vorausgeschickt. Da sie sich in der Stadt befand, war es nur vernünftig, solche Dinge einzukaufen, die in dem Gebiet, in das sie wollte, knapp waren; unter anderem hatte sie eine Anzahl getrockneter Kräuter aus Cadfaels Lager erbeten. Ihr Herr mochte nun tot in seiner Gruft liegen, so hatte sie doch immer noch ihre Pflichten zu erfüllen und für das Wohl ihres Sohnes zu sorgen. Männer mochten sterben, doch das

Fleisch, das die Lebenden brauchten, mußte mit Konservierungsmitteln, Salz und Gewürzen behandelt werden, damit es gut und bekömmlich blieb. Außerdem hatte der Junge im Frühlingsregen einen Husten bekommen, und sie bat Cadfael um ein Glas Salbe, mit der sie ihm die Brust einreiben konnte. Gilbert Prestcote der Jüngere und ihre häuslichen Pflichten würden bald schon die Lücke schließen, welche Gilbert Prestcotes des Älteren Tod gerissen hatte.

Es wäre nicht unbedingt nötig gewesen, daß Cadfael die Kräuter und Medizinen persönlich ablieferte, aber er ergriff freudig die Gelegenheit, um einerseits seine Neugierde zu befriedigen, und um andererseits den Spaziergang und die frische Luft an einem schönen, wenn auch stürmischen Märztag zu genießen. Durch die Klostersiedlung ging er, dann über die Brücke, die den vom Tauwetter in den Bergen verschlammten und schäumenden Severn überspannte, hinein durchs Stadttor und die lange, steile Straße der Wyle hinauf; dahinter wieder sanft bergab vom High Cross zum Torhaus der Burg. Er ging mit aufgesperrten Augen und Ohren und blieb viele Male stehen, um freundliche Worte und Grüße zu wechseln. Und überall sprachen die Männer über Anions Flucht und stritten, ob er davonkommen oder vor Einbruch der Nacht am Strick zurückgebracht würde.

Hughs Einberufungsbefehl war noch nicht überall in der Stadt bekannt, doch bis zum Abend wußten es sicher alle. Sobald aber Cadfael die Burg betrat, wurde durch das allgegenwärtige geschäftige Treiben sofort deutlich, daß etwas Wichtiges im Gange war. Der Schmied und die Waffenmeister waren eifrig bei der Arbeit, und ebenso die Stallburschen, die die Vorratswagen beluden, die gemächlicher den schnellen Reitern und Fußtruppen folgen sollten. Cadfael übergab die Kräuter der Dienstmagd, die ihn empfing, und begab sich auf die Suche nach Hugh. Er fand ihn bei den Ställen, wo er requirierte Pferde einwies.

»Dann zieht Ihr nach Norden?« fragte Cadfael ohne sonderliche Überraschung. »Und wie ich sehe, wird es ein großes Aufgebot.«

»Mit etwas Glück wird es nur eine Demonstration unserer Kräfte«, sagte Hugh, indem er seine konzentrierte Arbeit unterbrach und seinem Freund ein flüchtiges warmes Lächeln schenkte.

»Sticht Chester der Hafer?«

Hugh lachte und klärte ihn auf. »Mit Owain auf einer Seite der Grenze und mir auf der anderen wird er es sich zweimal überlegen. Er erprobt gerade erst seine Muskeln. Er weiß, daß Gilbert gefallen ist, aber mich kennt er nicht. Noch nicht!«

»Höchste Zeit, daß er dich und Owain kennenlernt«, bemerkte Cadfael. »Vernünftige Männer haben ihn schon vor langer Zeit richtig eingeschätzt und recht hoch bewertet. Ranulf ist kein Dummkopf, wenn ich auch nicht ausschließen würde, daß er, kühn geworden durch seine Erfolge, zu einer Dummheit fähig wäre. Auch der klügste Mann kann einen zu großen Schritt tun und aufs Gesicht fallen.« Und dann, während er auf all die Geräusche um ihn lauschte und die Schatten betrachtete, die sich auf dem Pflaster abzeichneten, fragte er: »Weiß Euer walisisches Zwillingspaar, wohin es geht und wer Euch warum eine Nachricht schickte?«

Er hatte bei der Frage die Stimme gesenkt, und Hugh tat es ihm ohne besonderen Grund gleich. »Nicht von mir. Ich konnte keine Zeit für Höflichkeiten erübrigen. Aber sie werden es wohl wissen. Warum?«

»Weil sie gerade zu uns kommen, die beiden. Und ängstlich sind sie.«

Hugh erleichterte ihnen die Annäherung, indem er den schwergebauten Grauen, den er beobachtet hatte, einem Burschen übergab und sich wie selbstverständlich von den Ställen abwandte, als hätte er diese Aufgabe für den Augenblick erledigt. Und da waren sie auch schon, Elis und Eliud, Schulter an Schulter gehend, als wären sie derart verbunden geboren worden, und wandten sich mit zusammengezogenen Augenbrauen und besorgten Blicken an ihn.

»Mein Herr Beringar...«, Eliud, der Stille, der Ernste, der

Dunklere, sprach für sie beide. »Ihr zieht zur Grenze? Droht ein Krieg? Etwa mit Wales?«

»Zur Grenze schon«, sagte Hugh leichthin, »aber zu einem Treffen mit dem Prinzen von Gwynedd. Mit eben jenem, der Euch und Eure Gefolgschaft bat, Eure Seelen in Geduld zu üben und mit mir zusammenzuarbeiten, um Gerechtigkeit in der Euch bekannten Angelegenheit zu finden. Nein, macht Euch keine Sorgen! Owain Gwynedd ließ mich wissen, daß er und ich im Norden dieser Grafschaft ein gemeinsames Interesse haben, daß nämlich ein gemeinsamer Feind dort sein Glück versucht. Wales droht von meiner Seite keine Gefahr, und ich glaube, auch meine Grafschaft wird von Wales nicht bedroht. Zumindest nicht«, fügte er, sich rasch besinnend hinzu, »von Gwynedd.«

Die beiden Vettern sahen sich groß an, die Schultern gegeneinander gelehnt, und dachten nach. Dann sagte Elis abrupt: »Mein Herr, behaltet Powys im Auge. Sie ... wir«, berichtigte er sich mit einem ablehnenden Schnaufen, »wir sind unter dem Banner von Chester nach Lincoln gezogen. Wenn Chester nun angreift, dann werden sie es in Caus wissen, sobald Ihr nach Norden zieht. Sie könnten glauben, daß es ... daß es nun möglich wäre ... die Damen dort in Godric's Ford ...«

»Eine Herde dummer Frauen«, sagte Cadfael nachdenklich, aber hörbar in seine Kapuze, »und alt und häßlich noch dazu.«

Das runde, offene Gesicht unter dem schwarzen, lockigen Haargewirr entflammte vom Hals bis zur Stirn, doch der Junge schlug weder die Augen nieder noch veränderte er seinen gespannten Gesichtsausdruck. »Ich habe alle möglichen Narrheiten gestanden und gebeichtet«, erwiderte Elis unbeirrt, »und diese gehört dazu. Bewacht sie nur gut! Ich meine es ernst! Der Fehlschlag wird an meinen Gefährten von damals nagen, und sie könnten es noch einmal versuchen.«

»Ich habe das bedacht«, sagte Hugh geduldig. »Ich hatte nicht die Absicht, die Grenze völlig von Männern zu entblößen.«

Die Röte des Jungen verblich und flammte erneut auf. »Verzeiht! Das ist Eure Aufgabe. Aber ich weiß genau … diese Abfuhr sitzt ihnen wie ein Stachel im Fleisch.«

Eliud zupfte seinen Vetter am Ärmel und zog ihn fort. Sie traten ein paar Schritte beiseite. An den Stalltoren bogen sie um die Ecke, nicht ohne einen letzten Blick über die Schultern zu werfen, und verschwanden, immer noch Schulter an Schulter, wie ein einziges tiefbetrübtes Wesen.

»Mein Gott!« sagte Hugh, ihnen nachblickend, mit einem Stoßseufzer. »Um die Wahrheit zu sagen, habe ich weniger Männer, als mir lieb ist, und dieser grüne Junge warnt mich auch noch! Als ob ich nicht wüßte, daß ich jetzt mit jedem Atemzug und jedem Bogenschützen, den ich abziehe, ein Risiko eingehe. Hätte ich ihn fragen sollen, wie man eine halbe Kompanie auf ein Gebiet verteilt, das für dreie noch zu groß wäre?«

»Ach, er wollte nur, daß Ihr Eure ganze Streitmacht zwischen Godric's Ford und seinen Landsleuten aufbaut«, meinte Cadfael verständnisvoll. »Dort ist das Mädchen, das er liebt. Ich bezweifle, ob ihm am Schicksal von Oswestry oder Whitchurch genausoviel gelegen ist. Nur der große Wald soll unbehelligt bleiben. Haben die beiden Euch bisher keine Schwierigkeiten gemacht?«

»Ganz und gar nicht! Sie sind nicht einmal in den Schatten des Tores getreten.« Die Worte wurden mit selbstverständlicher Gewißheit gesprochen. Hugh hatte jemand abgestellt, der jede Bewegung der beiden Gefangenen beobachtete, und wußte vom Morgengrauen bis zur Dämmerung alles, was sie taten, wenn auch nicht alles, was sie sagten; doch falls einer von den beiden je den Fuß über die Schwelle setzte, würde man ihm sogleich nachdrücklich auf die Zehen treten. Es sei denn, es wäre wichtiger, ihm zu folgen und herauszufinden, mit welcher Absicht er sein Ehrenwort brach. Aber wie konnte man wissen, ob der Stellvertreter dieselbe unaufdringliche Bewachung aufrechterhalten würde, wenn Hugh erst im Norden war?

»Wem überlaßt Ihr hier die Führung?«

»Dem jungen Alan Herbard. Aber Will Warden wird ihn im Auge behalten. Warum? Erwartet Ihr etwa einen Fluchtversuch, sobald ich ihnen den Rücken kehre?« Nach seinem Tonfall zu urteilen, machte sich Hugh keine großen Sorgen deswegen. »Wenn es darauf ankommt, kann man bei niemandem absolut sicher sein, aber diese beiden wurden bei Owain ausgebildet und messen sich an ihm, so vertraue ich im großen und ganzen ihrem Wort.«

So dachte auch Cadfael. Und doch war es möglich, daß jeder Mensch in eine außergewöhnliche Lage kommen, wider seine eigene Natur handeln und genau das Gegenteil tun mochte. Cadfael sah die beiden Vettern noch einmal, als er heimkehrte und durch den Außenwall trat. Sie waren droben auf dem Wachgang des Hauptwalls, wo sie in einer der weiten Lücken zwischen den Zinnen lehnten und über die geschäftigen Burghöfe zur dunstigen Ferne der Straße nach Wales hinter der Stadt hinausblickten. Eliud hatte den Arm um Elis' Schultern gelegt, damit sie bequem in die Lücke paßten, und ihre Gesichter waren einander zugewandt und schienen gleichermaßen gespannt und verschlossen. Cadfael wanderte mit diesem Doppelbild vor dem inneren Auge, das auf seltsame Weise einprägsam und aufwühlend war, durch die Stadt zurück. Mehr denn je erschienen sie ihm wie Spiegelbilder, bei denen Rechts und Links austauschbar waren: die helle und die dunkle Seite ein und desselben Geschöpfes.

Sybilla Prestcote reiste ab, den Sohn auf seinem stämmigen braunen Pony dicht an ihrer Seite. Der Geleitzug von Dienern und Packpferden wirbelte den Märzschlamm hoch, den die kürzlich aufgekommenen Ostwinde wieder zu feinem Staub trocknen würden. Hughs Vorausabteilung war bereits im Morgengrauen aufgebrochen, und er folgte mit dem Haupttrupp von Bogenschützen und Bewaffneten gegen Mittag. Die Nachschubwagen knirschten zwischen den beiden Gruppen über die Nordstraße; Hugh würde sie auf dem Weg nach Oswestry bald überholen und hinter sich lassen. In der Burg stellte ein etwas nervöser Alan Herbard, der ehrgeizige Sohn eines Ritters, gewissenhaft Wachposten auf und machte aus Angst, beim erstenmal etwas übersehen zu haben, jede Runde zweimal. Er war athletisch gebaut und im Umgang mit Waffen recht geschickt, doch besaß er bislang kaum Erfahrung und war sich wohl bewußt, daß einige Unterführer, die Hugh zurückgelassen hatte, für die anstehende Aufgabe besser gerüstet waren als er. Sie wußten es natürlich auch, aber sie ersparten ihm eine allzu offensichtliche Demonstration dessen.

Nachdem die Hälfte der Garnison ausgezogen war, senkte sich eine seltsame Stille über Stadt und Abtei, als könnte dort nichts Böses geschehen. Die walisischen Gefangenen waren in den Mauern zur Langeweile verdammt, die Suche nach Gilberts Mörder war in eine Sackgasse geraten, und außer der täglichen Routine von Arbeit, Freizeit und Gottesdiensten gab es nichts zu tun als zu warten.

Und nachzudenken, da das Handeln sich verbot. Cadfael fand nun Gelegenheit, beharrlich und tief über die beiden fehlenden Stücke im Mosaik nachzusinnen: Einon ab Ithels goldene Nadel, an die er sich ganz deutlich erinnerte, und das geheimnisvolle Tuch, das er nie gesehen und das dennoch einen Mann erstickt hatte.

Aber war es wirklich so sicher, daß er es nie gesehen hatte? Nicht bewußt jedenfalls, aber es war dagewesen, hier in der Enklave, in der Krankenstation, in jenem Raum. Es war dort gewesen, und nun war es nicht mehr da. Die Suche nach dem Tuch hatte noch am gleichen Tag begonnen, und das Tor war allen Männern verschlossen worden, die etwa versuchen wollten, sich direkt nach dem Todesfall zu entfernen. Wie groß aber mochte die verbliebene Zeitspanne für den Mörder gewesen sein? Zwischen dem Rückzug der Klosterbrüder ins Refektorium und dem Auffinden des toten Gilbert konnte der Mörder ungehindert durchs Tor gegangen sein. Es war eine Spanne von wohl zwei Stunden. Dies war eine Möglichkeit.

Die zweite, sinnierte Cadfael, ist die, daß sowohl Tuch als auch Nadel noch da waren – irgendwo in der Enklave, aber so gut versteckt, daß sie trotz der intensiven Suche nicht entdeckt worden waren.

Und die dritte ... er hatte den ganzen Tag über sie gegrübelt, und obwohl er sie immer wieder als sinnlose Verirrung abgetan hatte, ließ sie ihm keine Ruhe: fast schien sie ihm das einzige Schlupfloch zu sein. Zwar hatte Hugh von dem Augenblick an, als das Verbrechen bekanntgeworden war, einen Wächter am Tor aufgestellt, doch man hatte drei Leute hinausgelassen; nämlich jene drei, die auf keinen Fall getötet haben konnten, da sie die ganze Zeit über in Hughs und des Abtes Gesellschaft gewesen waren. Einon ab Ithel und seine beiden Hauptmänner waren zu Owain Gwynedd zurückgeritten. Sie schienen ohne jede Schuld, und doch konnten sie unwissentlich ein Beweisstück mitgenommen haben.

Drei Möglichkeiten, und gewiß lohnte es, selbst die dritte und am weitesten hergeholte zu prüfen. Er hatte sich mit den anderen beiden schon seit einigen Tagen herumgeschlagen und beständig über sie nachgegrübelt, ohne zu einem Ergebnis zu kommen. Aber für seine Landsleute, die in der Burg eingesperrt waren, für Abt und Prior und Brüder und für die Familie des toten Sheriffs würde es keinen wahren Seelenfrieden geben, solange die Wahrheit nicht bekannt war.

Vor dem Abendgebet ging Cadfael, wie er es schon so viele Male getan hatte, mit seinen Sorgen zu Abt Radulfus.

»Entweder das Tuch ist noch hier bei uns, Vater, aber so gut versteckt, daß wir es trotz all unseres Suchens nicht finden konnten, oder es wurde von jemand, der in der kurzen Spanne zwischen dem Mittagsmahl und der Entdeckung des toten Sheriffs unsere Mauern verließ, hinausgebracht. Es kann auch ein anderer gewesen sein, der nach der Entdeckung offen und mit Erlaubnis aufbrach. Von diesem Zeitpunkt an ließ Hugh Beringar alle beobachten, die die Enklave verließen. Ich glaube, bevor der Mord bekannt wurde, sind nur wenige Menschen durch das Tor getreten, denn die Zeitspanne war kurz, und der Pförtner konnte nur drei benennen; alles gute Leute aus der Klostersiedlung, die für uns unterwegs waren. Und alle wurden aufgesucht und sind eindeutig schuldlos. Ich räume ein, daß es noch andere gegeben haben mag, doch der Pförtner konnte sich an niemand mehr erinnern.«

»Wir wissen von dreien«, erwiderte der Abt nachdenklich, »die noch am gleichen Nachmittag aufbrachen, um nach Wales zurückzukehren, die jedoch durch einen absolut gültigen Beweis als unschuldig zu gelten haben. Und wir wissen von einem, nämlich Anion, der floh, nachdem er befragt worden war. Ihr wißt so gut wie ich, daß für die meisten Anion seine Schuld durch die Flucht bewiesen hat. Scheint es Euch nicht auch so?«

»Nein, Vater, zumindest nicht die Schuld dieser Todsünde. Gewiß weiß und fürchtet er etwas, und vielleicht hat er Grund zu fürchten. Aber nicht jene Tat. Er war einige Wochen in unserer Krankenstation, und allen anderen Insassen ist sein gesamter Besitz bekannt – er hat kaum etwas, die Liste ist nur klein –, und wenn er je ein solches Tuch, wie ich es suche, in den Händen gehabt hätte, dann wäre es bemerkt und er danach gefragt worden.«

Radulfus nickte zustimmend. »Ihr habt noch nicht die goldene Nadel aus Herrn Einons Mantel erwähnt, obwohl auch sie fehlt.«

»Das«, sagte Cadfael, der die Anspielung verstand, »ist möglich. Es würde Anions Flucht erklären. Und er wurde und wird gesucht. Aber wenn er das eine Ding nahm, dann brachte er doch nicht das andere mit. Wenn er nicht ein Tuch, wie ich es Euch beschrieb, in den Händen hatte, dann ist er kein Mörder. Und das Wenige, das er besaß, haben viele Männer hier gesehen und gekannt. Und soweit wir es erforschen konnten, hat dieses Haus noch nie ein solches Tuch in seinen Vorratskammern gehabt, das dann entwendet und mißbraucht wurde.«

»Wenn aber dieses Tuch am gleichen Tage auftauchte und wieder verschwand«, sagte Radulfus, »dann wollt Ihr wohl sagen, daß es mit den walisischen Herren kam und ging? Wir wissen, daß sie keine Missetat begangen haben. Wenn sie auf dem Rückweg auf die Idee gekommen wären, irgend etwas in ihrem Gepäck hätte mit dieser Angelegenheit zu tun, würden sie uns doch sicher eine Nachricht zukommen lassen.«

»Dafür gibt es keinen Grund, Vater, denn sie können nicht wissen, welche Bedeutung das Tuch für uns hat. Erst nach ihrer Abreise entdeckten wir jene winzigen Fädchen, die ich Euch zeigte. Woher sollten sie wissen, daß wir ein solches Tuch suchen? Und bisher kam überhaupt keine Nachricht von ihnen, nichts als die Nachricht von Owain Gwynedd an Hugh Beringar. Wenn Einon ab Ithel seinen Schmuck jetzt vermißt, dann ist ihm vielleicht gar nicht klar, daß er ihn hier verlor.«

»Und Ihr glaubt«, fragte der Abt nachdenklich, »daß es nützlich sein könnte, mit Einon und seinen Offizieren zu sprechen, um diese Dinge aufzuklären?«

»Nur, wenn Ihr es wollt«, erwiderte Cadfael. »Man kann nicht wissen, ob es zu mehr Erkenntnissen führt, als wir bereits besitzen. Nur, daß es so sein *könnte!* Ach, es gibt so viele Seelen, die zu ihrem Trost diese Angelegenheit geklärt wissen wollen. Sogar der Schuldige.«

»Der an erster Stelle«, sagte Radulfus und schwieg eine Weile. Das Licht in seinem Sprechzimmer begann gerade zu verblassen. An diesem bewölkten Tag war die Dämmerung früh gekommen. Etwa zu dieser Zeit, vielleicht ein wenig früher, wartete Hugh wahrscheinlich am großen Wall bei Rhyd-y-Croesau in der Nähe von Oswestry auf Owain Gwynedd. Es sei denn, Owain neigte wie er dazu, zu einem Treffen zu früh zu kommen. Diese beiden würden sich ohne viele Worte verstehen. »Laßt uns zum Abendgebet gehen«, sagte der Abt, indem er aufstand, »und um Erleuchtung beten. Morgen nach der Prim werden wir noch einmal darüber reden.«

Die Waliser aus Powys hatten bei ihrem Vorstoß nach Lincoln sehr gut abgeschnitten, denn sie führten ihn eher wegen der Beute aus, als aus dem Wunsch heraus, dem Grafen von Chester, der weit häufiger Feind als Verbündeter war, zu helfen. Madog ap Meredith war gern bereit, abermals gemeinsam mit Chester zu handeln, vorausgesetzt, für Madog war Profit herauszuschlagen, und die Nachricht von Ranulfs Vorstößen über die Grenzen von Gwynedd und Shropshire ließen ihn an erfreuliche Gelegenheiten denken. Es war schon einige Jahre her, daß die Männer aus Powys die Burg von Caus eingenommen und teilweise niedergebrannt hatten; dies war geschehen, nachdem William Corbett gestorben und sein Bruder und Erbe abwesend gewesen war; sie hatten diesen vorgeschobenen Außenposten seitdem als günstig gelegene Basis für weitere Übergriffe gehalten. Da Hugh Beringar nun mit der halben Garnison von Shrewsbury nach Norden gezogen war, schien die Zeit reif zum Handeln.

Das erste, was geschah, war ein Blitzüberfall von Caus aus durch das Tal in Richtung Minsterley, wo ein isoliertes Anwesen niedergebrannt und eine kleine Viehherde weggetrieben wurde. Die Räuber zogen sich so schnell zurück, wie sie gekommen waren, und als die Männer von Minsterley sich gegen sie sammelten, waren sie mit ihrer Beute schon durch die Hügel nach Caus geflohen. Aber es war ein deutlicher Hinweis darauf, daß man sie mit einem größeren Aufgebot noch einmal erwarten mußte, da dieser erste Überfall so mühelos und ohne Verluste gelungen war. Alan Herbard schwitzte, trieb noch ein paar Männer auf, um Minsterley zu verstärken, und wartete auf das Schlimmste.

Die Botschaft von diesem probeweisen Überfall erreichte die Abtei und die Stadt am nächsten Morgen. Die trügerische Ruhe, die darauf folgte, war zu schön, um wahr zu sein, aber die Männer aus dem Grenzland, die an Unsicherheit wie an eine Alltäglichkeit des Lebens gewöhnt waren, beseitigten gelassen die Trümmer und hielten ihre Hippen und Mistgabeln bereit.

»Es scheint mir jedoch«, sagte Abt Radulfus, als er die Situation ohne Überraschung oder Schrecken, doch mit Sorge um die von zwei Seiten bedrohte Grafschaft bedachte, »daß es für beide Parteien jener Konferenz im Norden gut wäre, wenn sie von diesem Überfall wüßten. Hier besteht ein beidseitiges Interesse. Wie kurzlebig es sich auch erweisen mag«, fügte er trocken hinzu und lächelte. Als Fremder unter den Walisern hatte er seit seiner Ernennung in Shrewsbury eine Menge dazugelernt. »Gwynedd ist ein enger Nachbar von Chester, Powys jedoch nicht, und ihre Interessen sind sehr unterschiedlich. Außerdem, scheint mir, kann man darauf vertrauen, daß er ehrbar und vernünftig ist. Der zweite aber – nein, nach unseren Maßstäben würde ich ihn weder für klug noch für zuverlässig halten. Ich will nicht, daß unsere Leute im Westen bedrängt und ausgeplündert werden, Cadfael. Ich habe über unser gestriges Gespräch nachgedacht. Wenn Ihr noch einmal nach Wales reist, um jene Herren zu finden, die uns besuchten, dann werdet Ihr auch in der Nähe des Ortes sein, an dem Hugh Beringar mit dem Prinzen berät.«

»Gewiß«, erwiderte Cadfael, »denn Einon ab Ithel ist in der Rangfolge nach Owain Gwynedds *penteulu*, dem Hauptmann seiner Leibwache, der zweite. Sie werden zusammen sein.«

»Wenn ich Euch denn also als meinen Gesandten zu Einon schicke, dann wäre es nur gut, wenn Ihr auch zur Burg gehen und dem jungen Stellvertreter erklären könntet, daß Ihr Euch auf diese Reise begeben wollt und nach seinem Belieben Botschaften an Hugh Beringar übermitteln könnt. Ich glaube, Ihr wißt selbst am besten«, sagte Radulfus mit seinem ernsten Lächeln, »wie Ihr einen solchen Kontakt diskret gestaltet. Der junge Mann ist neu in seinem Amt.«

»Ich muß in jedem Falle durch die Stadt«, entgegnete Cadfael leise, »und selbstverständlich muß ich die Befehlshaber in der Burg von meinem Auftrag unterrichten und sie um Erlaubnis bitten. Es ist eine gute Gelegenheit, denn es sind nur wenige Männer verfügbar.«

»Wohl wahr«, sagte Radulfus, der daran dachte, wie dringend die Männer vielleicht in Kürze unten an der Grenze gebraucht wurden. »Nun gut denn! Wählt Euch ein gutes Pferd aus. Ihr habt Erlaubnis, nach Eurem Gutdünken zu verfahren. Ich will, daß für diesen Tod gesühnt und gebüßt wird. Ich will Gottes Frieden für meine Krankenstation und innerhalb meiner Mauern haben, und die Schuld muß bezahlt werden. Geht und tut, was Ihr könnt.«

Auf der Burg gab es keine Schwierigkeiten. Herbard brauchte nur zu hören, daß ein Gesandter des Abtes nach Oswestry und weiter aufbrechen wollte, um ihm sofort eine Botschaft an den neuen Sheriff mitzugeben. So unbeholfen und sicher er sich auch fühlte, er war fest entschlossen und gewillt, allem zu begegnen, was da kam, und es lag ihm viel daran, seinen Vorgesetzten auf dem laufenden zu halten. Er war ängstlich, aber resolut; Cadfael glaubte, daß er sich gut machte und, sobald Blut floß, ein nützlicher Mann für Hugh wäre. Bis dahin mochte es nicht mehr lange dauern.

»Laßt den Herrn Beringar wissen«, sagte Herbard, »daß ich beabsichtige, die Grenze bei Caus genau zu überwachen. Ich wünsche, daß er erfährt, daß die Männer von Powys auf der Lauer liegen. Wenn es weitere Überfälle gibt, werde ich sofort einen Boten schicken.«

»Er soll es erfahren«, sagte Cadfael und ritt bald darauf ein kurzes Stück durch die Stadt, vom High Cross zur Waliser Brücke hinunter, und weiter nach Nordwesten gen Oswestry.

Zwei Tage später kam der nächste Schlag. Madog ap Meredith war mit seinem ersten Versuch sehr zufrieden gewesen und stellte jetzt eine größere Zahl von Männern zusammen, bevor er mit aller Gewalt angriff. Sie schwärmten durch das Rea-Tal nach Minsterley hinunter, brannten und plünderten, umkreisten Minsterley und zogen nach Pontesbury weiter.

In Shrewsbury wurden walisische wie englische Ohren gespitzt, jedermann lauschte zitternd und angestrengt auf jede Unruhe und jedes Gerücht.

»Sie sind losgezogen!« sagte Elis, als er in der Nacht gespannt und schlaflos neben seinem Vetter lag. »O Gott, wenn ich an Madog und seine Rachsucht denke! Und *sie* ist dort! Melicent ist in Godric's Ford. Oh, Eliud, wenn er es sich nun in den Kopf setzt, Rache zu üben?«

»Du machst dir Sorgen um nichts«, gab Eliud leidenschaftlich zurück. »Sie wissen dort, was sie tun, sie werden aufpassen und achtgeben, daß den Nonnen kein Schaden geschieht. Außerdem zieht Madog nicht in ihre Richtung, sondern durchs Tal, wo die Beute am fettesten ist. Und du hast ja selbst gesehen, wozu die Wäldler fähig sind. Warum sollte er das noch einmal versuchen? Es war ja nicht seine eigene Nase, die dort blutig geschlagen wurde; du hast mir doch erzählt, wer den Überfall anführte. Und was gibt es für einen wie Madog in Godric's Ford zu plündern, wenn man es mit den reichen Anwesen im Tal von Minsterley vergleicht? Nein, sie ist dort bestimmt sicher.«

»*Sicher!* Wie kannst du das nur sagen? Wo gibt es überhaupt noch Sicherheit? Man hätte sie nie gehen lassen dürfen.« Elis stieß wütend die Fäuste in das raschelnde Stroh ihrer Matratze und warf sich im Bett herum. »Oh, Eliud, wenn ich nur hier herauskönnte und frei wäre …«

»Aber das bist du nicht«, erwiderte Eliud mit der verzweifelten Schärfe eines Menschen, der vom gleichen Schmerz gequält wird, »genauso wenig wie ich. Wir sind gebunden, und wir können nichts daran ändern. Um Himmels willen, sei doch gerecht mit den Engländern. Sie sind weder Narren noch Feiglinge, und sie werden ihre Stadt und ihren Boden halten und auf ihre Frauen achtgeben, ohne dich oder mich rufen zu müssen. Welches Recht hast du, an ihnen zu zweifeln? Und ausgerechnet du, der selbst dort einfiel, mußt so reden!«

Elis ergab sich mit einem Seufzen und einem freudlosen Lächeln. »Und ich habe meine Quittung dafür bekommen! Warum bin ich überhaupt mit Cadwaladr gegangen? Gott weiß, wie oft und wie bitter ich es seitdem bereut habe.«

»Es ist schon gut«, sagte Eliud traurig, da er sich schämte, Salz in die Wunde gestreut zu haben. »Und nun sieh doch ein, daß sie dort in Sicherheit ist. Ihr und den Nonnen wird kein Härchen gekrümmt werden. Trau nur diesen Engländern, daß sie auf die ihren achtgeben werden. Sonst können wir nichts tun.«

»Wenn ich nur frei wäre«, quälte Elis sich weiter, »dann würde ich sie dort fortholen und an einen Ort bringen, an dem sie ganz außer Gefahr ist …«

»Sie würde nicht mit dir gehen«, erwiderte Eliud nun grob. »Mit dir bestimmt nicht! O Gott, wie sind wir nur in diesen Sumpf geraten und wie sollen wir je wieder herauskommen?«

»Wenn ich sie erreichen könnte, dann könnte ich sie auch überzeugen. Am Ende würde sie mir zuhören. Sie wird sich inzwischen besser an mich erinnern. Sie wird wissen, daß sie mir Unrecht tut. Sie würde mit mir gehen. Wenn ich sie nur erreichen könnte …«

»Aber du bist wie ich verpflichtet hierzubleiben«, sagte Eliud tonlos. »Wir haben unser Wort gegeben, und es wurde bereitwillig angenommen. Keiner von uns kann einen Fuß vor das Tor setzen, ohne seine Ehre zu verlieren.«

»Nein«, stimmte Elis elend zu, schwieg, lag still und starrte in der Dunkelheit zur niedrigen Decke hinauf.

10

Bruder Cadfael traf am Abend in Oswestry ein und fand Stadt und Burg wachsam und geschäftig, doch Hugh Beringar war bereits wieder fort. Er hatte sich nach seinem Treffen mit Owain Gwynedd nach Osten gewandt, erfuhr Cadfael, nach Whittington und Ellesmere, um die Nordgrenze zu verstärken und bis nach Whitchurch neue Truppen auszuheben. Währenddessen war Owain an der Grenze nach Norden gezogen, um sich mit dem Burgvogt von Chirk zu treffen und dafür zu sorgen, daß jene Ecke sicher und gut bemannt war. Es hatte einige kleinere Einfälle von Stoßtrupps aus Cheshire gegeben, doch nur zögernd. Ranulf wollte sich offenbar nur vorsichtig weitertasten und prüfen, wie gut seine Gegner organisiert waren. Bislang hatte er sich bei jeder Begegnung sofort zurückgezogen. Er hatte in Lincoln viel gewonnen und nicht die Absicht, das Gewonnene zu gefährden, sondern das sehr menschliche Bedürfnis, seinen Gewinn zu mehren, wenn die Gegner unvorbereitet waren.

»Und das werden wir nicht sein«, sagte der fröhliche Unterführer, der Cadfael in der Burg empfing, das Pferd in den Stall bringen und den Reiter versorgen ließ. »Der Graf ist kein Verrückter, der mit der Faust in ein Hornissennest schlägt. Wenn er nur eine Woche unbeobachtet bleibt, nagt er sich langsam herein – aber das lassen wir nicht zu. Er glaubte wohl, daß nun, da Prestcote tot sei, ihn niemand mehr aufhalten könne. Den neuen Mann hielt er für unerfahren und für einen leichten Gegner. Aber er wird eines besseren belehrt! Und wenn die Waliser aus Powys ihre Ohren richtig aufsperren, dann werden sie die Omen verstehen. Doch wer kann ergründen, was die Waliser tun? Dieser Owain, das ist ein Mann mit ganz eigenen Absichten. Strohblond wie ein Sachse und so groß! Was tut so einer in Wales?«

»Er war hier?« fragte Cadfael, der spürte, wie sich sein walisisches Blut freudig regte.

»Gestern abend zum Abendmahl mit Beringar, und im Morgengrauen ritt er nach Chirk. Waliser und Engländer werden die Festung dort gemeinsam bemannen, statt darum zu kämpfen. Es ist ein Wunder!«

Cadfael dachte über seine Aufträge nach und bedachte die Zeit. »Was glaubt Ihr denn, wo Hugh Beringar heute abend ist?«

»Höchstwahrscheinlich in Ellesmere. Und morgen in Whitchurch. Und am Tag danach können wir ihn wieder hier erwarten. Er will sich noch einmal mit Owain treffen, und später, wenn hier alles gut verläuft, an der Grenze entlang zurückreiten.«

»Und wenn Owain heute nacht in Chirk lagert, wohin wird er sich dann morgen wenden?«

»Er hat sein Hauptlager noch in Tregeiriog bei seinem Freund Tudur ap Rhys. Dort hat er auch die neuen Männer einberufen, die an der Grenze Dienst tun.«

Also mußte er immer wieder dorthin zurück, um nach dem Rechten zu sehen. Und wenn er am folgenden Abend nach Tregeiriog zurückkehrte, dann würde Einon ab Ithel wohl bei ihm sein.

»Ich werde über Nacht hierbleiben«, sagte Cadfael, »und morgen will ich mich ebenfalls auf den Weg nach Tregeiriog machen. Ich kenne das Anwesen und seinen Herrn. Dort werde ich Owain erwarten, und Ihr laßt Hugh Beringar wissen, daß die Waliser aus Powys wieder ins Feld gezogen sind, wie ich Euch berichtet habe. Bisher ist noch kein großer Schaden entstanden, und sollte es zu Schlimmerem kommen, wird Herbard einen Boten schicken. Aber wenn diese Grenze hält und Chester sich überall, wo er es versucht, eine blutige Nase holt, wird auch Madog ap Meredith zur Besinnung kommen.«

Die Grenzbefestigung von Oswestry und die Stadt gehörten dem König, doch das Anwesen von Maesbury war Hughs Geburtsort, und es gab hier keinen Mann, der nicht zu ihm hielt und ihm vertraute. Cadfael spürte die Kraft von Hughs Namen und einer doppelt loyalen Garnison um sich herum – man war gleichermaßen Stephen und Hugh verpflichtet. Es war ein gutes Gefühl, um so mehr, als Owain Gwynedd jetzt den Schatten einer wohlwollenden Hand über eine Grenze legte, die eigentlich zu Powys gehörte. Nach dem Besuch des Abendgebets in der Burgkapelle schlief Cadfael gut und tief. Er stand früh wieder auf, aß und trank etwas und überquerte dann den großen Wall nach Wales.

Er hatte beinahe zehn Meilen bis nach Tregeiriog vor sich, und der Weg wand sich die ganze Zeit durch näherrückende Hügel, mit bewaldeten Abhängen auf einer oder beiden Seiten und gelegentlichen freien Ausblicken über die kahlen, grasbewachsenen Gipfel. Über allem hing ein verhangener, stiller und milder Himmel. Es war kein Gebirgsland, nicht die stahlblauen Felsen des Nordwestens, sondern ein Hügelland, das nur begrenzte Ausblicke bot, mit abschüssigen Stücken Wald und engen Tälern, die sich erst im letzten Augenblick öffneten, nur um einen abermals versperrten Blick zu erlauben. Er erwartete, daß sich in der Nähe von Tregeiriog Wachtposten aus den niedrigen Büschen erheben würden, die ihn anrufen, ihn erkennen und passieren lassen würden. Seine walisische Muttersprache war dann der sicherste Geleitschutz, der ihm einen großen Vorteil verschaffte.

Die Farben hatten gewechselt, seit er das letztemal den steilen Hügel nach Tregeiriog hinuntergewandert war. Rings um das aus braunem, warmem Holz erbaute Anwesen und das Dorf am Fluß waren die schwarzen Skelette der Bäume jetzt mit zartgrünen, winzigen Knospen besetzt, und auf den hohen, runden Hügeln dahinter war der Schnee verschwunden. Das gebleichte alte Gras aus dem letzten Jahr zeigte denselben zarten Ton wie die Bäume. Im braunen, verfaulten Farn entrollten sich die ersten neuen Wedel. Hier war der Frühling schon gekommen.

Die Männer am Tor von Tudurs Anwesen erkannten ihn und kamen sofort herbei, um ihn hereinzuführen und sein Pferd zu versorgen. Es war nicht Tudur selbst, sondern sein Verwalter, der den Gast begrüßte und ihm die Ehre des Hauses erwies. Tudur war beim Prinzen, aber zu dieser Stunde zweifellos schon auf dem Rückweg von Chirk. Im kleinen Tal des Nebenflusses hinter dem Anwesen stiegen von den Lagerfeuern seiner Grenztruppen blaue Rauchwolken in die unbewegte Luft. Am Abend würde die Halle wieder Owains Hof sein, wo sich die wichtigsten Führer der Grenzpatrouillen an seiner Tafel versammelten.

Cadfael wurde in eine kleine Kammer im Haus geführt und erhielt die zeremonielle Wasserschale, um sich den Reisestaub von den Füßen zu waschen. Diesmal bediente ihn eine Magd, doch als er in den Hof trat, sah er Cristina in einem Wirbel von Röcken und mit hochfliegendem Haar aus der Küche zu ihm eilen.

»Bruder Cadfael … Ihr seid es! Man hat mir erzählt«, sagte sie, als sie atemlos und begierig vor ihm stehenblieb, »daß ein Bruder aus Shrewsbury gekommen sei, und ich hoffte, Ihr wärt es. Ihr wißt viel …, Ihr könnt mir die Wahrheit sagen … über Elis und Eliud …«

»Was hat man Euch bereits erzählt?« fragte Cadfael. »Kommt herein, damit wir ungestört sind, und ich werde Euch berichten, was ich weiß, denn mir ist klar, daß Ihr in großer Sorge sein müßt.« Und trotzdem, dachte er wehmütig, als sie sich umdrehte und ihm in die Halle vorausging, würde es sie kaum trösten, wenn er sein Wort einlöste und ihr alles sagte, was er wußte. Ihr Verlobter war nicht nur von ihr getrennt, bis seine Unschuld an dem Mord bewiesen war, sondern auch unglücklich in ein Mädchen verliebt, wie er noch nie in sie verliebt gewesen war. Was konnte man zu einer so enttäuschten Dame sagen? Es wäre ebenso niederträchtig, Cristina anzulügen, wie es grausam wäre, ihr die ungeschminkte Wahrheit aufzutischen. Er mußte seinen Weg irgendwo dazwischen suchen.

Sie zog ihn in eine Ecke der Halle, wo es um diese Stunde, da die meisten Männer ihrer Arbeit nachgingen, still und düster war. Sie setzten sich unter die verrußten Wandbehänge, und ihr schwarzes Haar streifte über seine Schulter, als sie aufgeregt erzählte, was sie wußte.

»Ich weiß wohl, daß der englische Herr gestorben ist, bevor Einon ab Ithel sich auf den Rückweg machte, und man sagt, er sei nicht einfach an seinen Verletzungen gestorben und alle, deren Unschuld nicht erwiesen ist, müßten als Gefangene und Mordverdächtige dort bleiben, bis die Schuld eines Mannes bewiesen ist – ob Engländer oder Waliser, Laie oder Bruder. Und wir hier müssen ebenfalls warten. Aber was wird getan, um sie freizubekommen? Wie wollt Ihr den Schuldigen finden? Ist das alles wahr? Ich weiß, daß Einon herkam und mit Owain Gwynedd sprach, und ich bin sicher, der Prinz wird seine Männer nicht zurückbeordern, solange ihre Unschuld nicht erwiesen ist. Er sagt, er hätte einen Toten zurückgeschickt, und mit einem Toten kann man keinen Lebenden freikaufen. Und weiterhin, daß das Lösegeld für Euren Toten ein Leben sein muß – das Leben seines Mörders. Glaubt Ihr denn, daß einer unserer Männer diese Schuld trägt?«

»Ich würde nicht behaupten, daß es irgendeinen Mann gibt, der nicht töten würde, wenn er einen gewaltigen, zwingenden Antrieb dazu verspürte«, sagte Cadfael aufrichtig.

»Und keine Frau«, erwiderte sie mit einem schweren, hilflosen Seufzer. »Aber bisher habt Ihr noch keinen Hauptverdächtigen? Gibt es keinen Fingerzeig?«

Nein, sie wußte es natürlich nicht. Einon war aufgebrochen, bevor Melicent ihre Liebe und ihren Haß hinausgeschrien hatte und Elis anklagte. Weitere Nachrichten hatten diese Gegend bisher nicht erreicht. Selbst wenn Hugh mit dem Prinzen über diese Angelegenheit gesprochen hatte, waren die Neuigkeiten noch nicht nach Tregeiriog gedrungen. Aber wenn Owain zurückkehrte, würde dies gewiß geschehen. Und am Ende würde sie hören, daß sich ihr Verlobter Hals über Kopf in eine andere Frau verliebt hatte, die ihn des Mordes an ihrem Vater beschuldigte, eines Mordes aus Liebe, welcher der Liebe ein Ende setzte. Und wo blieb nun Cristina? Vergessen wie ein gesunkener Stern? Aber immer verbunden mit einem Bräutigam, der sie nicht wollte und die Braut nicht bekommen konnte, die er wirklich liebte! Welch verwirrter Knoten, in dem alle diese vier unglücklichen Kinder verstrickt waren!

»Fingerzeige gab es in mehr als eine Richtung«, sagte Cadfael, »aber Beweise gegen den einen oder anderen Mann gibt es nicht. Bisher läuft niemand Gefahr, sein Leben zu verlieren, und alle sind gesund und werden gut behandelt, selbst wenn sie eingesperrt bleiben müssen. Man kann nichts weiter tun als zu warten und an die Gerechtigkeit zu glauben.«

»An die Gerechtigkeit zu glauben, ist nicht immer leicht«, gab sie scharf zurück. »Ihr sagt, sie sind wohlauf? Und Elis und Eliud sind zusammen?«

»Das sind sie. Diese Gunst wurde ihnen gewährt. Und innerhalb der Burgmauern dürfen sie sich frei bewegen. Sie haben ihr Wort gegeben, keinen Fluchtversuch zu machen, und ihr Wort wurde akzeptiert. Sie sind wohlauf, das könnt Ihr mir glauben.«

»Aber Ihr könnt mir keine Hoffnung geben, Ihr könnt mir keine Zeit nennen, wann er nach Hause kommen wird?« Sie sah Cadfael mit großen, ruhigen Augen an, und die Hände in ihrem Schoß waren so fest verschränkt, daß die Knöchel weiß hervortraten wie nackte Knochen. »Wenn er nur heimkehrt, lebendig und entlastet«, sagte sie.

»Das kann ich ebensowenig wissen wie Ihr«, mußte Cadfael traurig zugeben. »Aber ich will tun, was ich kann, um die Zeit zu verkürzen. Ich weiß, wie schwer Euch das Warten fällt.« Aber wieviel schwerer wäre die Rückkehr, wenn Elis entlastet käme, nur um eine Suche nach Melicent Prestcote wieder aufzunehmen und sich aus seiner walisischen Verlobung zu lösen. Es wäre besser, wenn sie jetzt schon eine Warnung bekäme, bevor der Schlag sie traf. Cadfael grübelte, was er am besten für sie tun könne, während er nur mit halbem Ohr auf ihre Worte hörte.

»Wenigstens habe ich meine Seele geläutert«, sagte sie ebenso zu sich selbst wie zu ihm. »Ich habe immer gewußt, wie sehr er mich liebt, wenn er nur nicht seinen Vetter genauso oder noch mehr lieben würde. Ziehbrüder sind eben so – Ihr seid Waliser, Ihr wißt das. Aber da er sich nicht überwinden konnte, abzuändern, was so schlecht begann, habe ich es jetzt für ihn getan. Ich war des Schweigens müde. Warum sollten wir ohne einen Laut verbluten? Ich habe getan, was getan werden mußte, ich habe mit meinem und mit seinem Vater gesprochen. Wißt Ihr, daß es nicht Elis – daß es Eliud ist, den ich liebe? Am Ende werde ich meinen Willen bekommen.«

Sie stand auf und schenkte ihm ein bleiches, doch entschlossenes Lächeln. »Wir werden noch einmal miteinander sprechen können, bevor Ihr uns verlaßt, Bruder. Ich muß nun in der Küche nach dem Rechten sehen; sie werden am Abend wieder hier sein.«

Er entbot ihr ein zerstreutes Lebewohl und sah ihr nach, wie sie mit dem freien Schritt eines Jungen und in aufrechter, stolzer Haltung die Halle durchmaß. Erst als sie die Tür erreicht hatte, begriff er die Bedeutung ihrer Worte. »Cristina!« rief er ihr verblüfft nach, als die Erkenntnis kam; aber die Tür war schon geschlossen, und sie war verschwunden.

Es gab keinen Irrtum, er hatte richtig gehört. *Sie wußte, wie sehr sie Eliud liebte, wenn er nur nicht seinen Vetter genauso oder noch mehr lieben würde, wie es Ziehbrüder eben tun!* Ja, alles das hatte er schon gewußt, er hatte es an ihren kämpferischen Worten bemerkt, und sie doch völlig mißverstanden.

Sie hatte mit ihrem Vater gesprochen – *und mit seinem!* Cadfael hörte im Geiste Elis ap Cynans fröhliche Stimme, als er kurz nach seiner Ankunft in Shrewsbury von sich erzählte. Owain Gwynedd war sein Oberherr, der ihm einen Ziehvater zugewiesen hatte, zu dem er ihn gab, als sein Vater starb …

»… bei meinem Onkel Griffith ap Meilyr, wo ich mit meinem Vetter Eliud wie ein Bruder aufwuchs …«

Zwei junge Männer, einander nahe wie Zwillinge, viel zu nahe, als daß Raum für die dem einen versprochene Braut blieb. Ja, und sie kämpfte heftig um das, was sie für ihr Recht hielt, und sie wußte genau, daß ihre Liebe tief und leidenschaftlich erwidert werden würde, wenn nur … wenn nur eine rücksichtslos in der Kindheit geschlossene Verbindung ehrenhaft aufgelöst werden konnte. Wenn diese beiden nur getrennt werden konnten, dieses Doppelwesen, von dem man nicht wußte, wer der eine, wer der andere war. Wie konnte es ein Fremder wissen?

Aber nun wußte er es, sie hatte gemeint, was sie gesagt hatte. Ein Onkel mag auch ein Ziehvater sein, aber nur ein leiblicher Vater ist ein Vater.

Wie damals kamen sie alle bei Einbruch der Dämmerung. Cadfael war immer noch benommen, als er ihre Ankunft hörte und sich erhob, um hinauszugehen und das von Fackeln erhellte Getümmel im Hof zu beobachten: das Funkeln auf den Pferdedecken, das Klingeln der Geschirre, das Klappern von Zaumzeug und Steigbügeln, das fröhliche Summen vielfältiger Stimmen, das Rufen und Schmeicheln der Stallburschen, das Trampeln von Hufen und das leise Schnauben der Pferde in der kalten, aber frostfreien Luft. Ein prächtiges, lebhaftes Muster aus Licht und Schatten, und dahinter die Tür der Halle, die zu einem warmen Willkommen offenstand. Tudur ap Rhys war als erster aus dem Sattel und ließ es sich nicht nehmen, seinem Prinzen selbst den Steigbügel zu halten. Owain Gwynedds helles Haar glänzte unbedeckt im rötlichen Fackellicht, als er vom Pferd sprang, einen Kopf größer als sein Gastgeber. Einer nach dem anderen kamen sie heran, Anführer auf Anführer, die Fürsten aus Gwynedds Lehnsgütern, die Nachbarn aus England. Cadfael betrachtete sie alle beim Absteigen und hielt sich in der Nähe, bis sie neben ihren Pferden standen, während ihr Gefolge sich zu den Lagern hinter dem Anwesen begab. Doch Einon ab Ithel, den er suchte, fand er nicht.

»Einon?« erwiderte Tudur, den er schließlich fragte. »Er folgt später nach, und vielleicht kommt er sogar zu spät zum Abendmahl. Er hatte in Llansantffraid, wo eine seiner Töchter verheiratet ist, einen Besuch zu machen; sein erster Enkel hat gerade das Licht der Welt erblickt. Aber er wird sich später am Abend zu uns gesellen. Seid unter meinem Dach herzlich willkommen, Bruder, und um so mehr, als Ihr dem Prinzen erfreuliche Nachrichten bringt. Es war schlimm, was dort bei Euch geschah, und er empfindet es als einen traurigen Makel auf einer sonst guten Beziehung.«

»Ich suche eher Erleuchtung, als daß ich sie bringe«, gestand Cadfael. »Doch vertraue ich darauf, daß die Missetat eines einzigen Mannes die Treffen zwischen Eurem Prinz und unserem Sheriff nicht überschatten kann. Owain Gwynedds guter Wille ist für uns in Shropshire nicht mit Gold aufzuwiegen, und dies um so mehr, seit Madog ap Meredith wieder seine Zähne zeigt.«

»Was sagt Ihr da? Owain wird das gewiß hören wollen, aber erst nach dem Abendessen wird der richtige Augenblick dafür sein. Ich will Euch einen Platz an der Haupttafel geben.«

Da er nun auf Einons Ankunft warten mußte, vertrieb Cadfael sich die Zeit damit, beim Abendessen die Versammlung in Tudurs Halle zu studieren und die Gesellschaft zu genießen, die Wärme des Hauptkamins, die Fackeln, den Wein und das Harfenspiel. Ein Mann von Tudurs Rang hatte das Privileg, zusätzlich zu seiner Pflicht, den reisenden Musikern ein großzügiger Gastgeber zu sein, eine Harfe zu besitzen und einen eigenen Harfner zu beschäftigen. Und da der Prinz als Held zu preisen war, entstand ein Wettkampf der Sänger, der die ganze Mahlzeit über dauerte. Im Hof herrschte immer noch reges Kommen und Gehen: Nachzügler ritten ein, Offiziere aus den Lagern, die an den Grenzen patrouillierten und Posten austauschten, und die Frauen waren da, die Dinge hin- und hertrugen und innehielten, um mit den Bogenschützen und Bewaffneten zu sprechen. Hier war nun eben der Hof von Gwynedd, zu dem alle kommen mußten, wo Bittsteller, Überbringer von Geschenken und junge Männer Dienst und Gunst suchten.

Die Tische waren abgedeckt und Met und Wein wurde schon reichlich ausgeschenkt, als Tudurs Hausverwalter in die Halle kam und sich zur Haupttafel wandte.

»Mein Herr, da ist einer gekommen, der um Erlaubnis bittet, Euch seinen leiblichen Sohn vorzustellen, den er erst vor zwei Tagen als seinen rechtmäßigen Nachkommen anerkannt hat. Es ist Griffri ap Llywarch aus dem nahegelegenen Meifod. Wollt Ihr ihn anhören?«

»Aber gern«, sagte Owain und hob den hellhaarigen Kopf, um mit einiger Neugierde durch Qualm und Schatten zum Eingang der Halle zu blicken. »Laßt Griffri ap Llywarch eintreten. Er soll willkommen sein.«

Cadfael hatte nicht auf den Namen gehört, und selbst wenn er das getan hätte, hätte er ihn sicher nicht erkannt. Der Neuankömmling folgte dem Hausverwalter in die Halle und zwischen den Tischen hindurch zur Haupttafel. Es war ein schlanker, sehniger Mann, etwa fünfzig Jahre alt, mit schütterem Haar und Bart, dem Gang eines Mannes aus den Bergen und dem verwitterten Gesicht und den faltigen, weitblickenden Augen eines Schäfers. Seine Kleidung war von schlichtem Braun, doch gutes, selbstgemachtes Tuch. Er kam geradewegs zum Podest und entbot dem Prinzen die höfliche, doch nicht unterwürfige Ehrerweisung der Waliser.

»Mein Herr Owain, ich habe Euch meinen Sohn gebracht, auf daß Ihr ihn kennenlernt und ihm Eure Gunst erweist. Denn der einzige Sohn, den meine Frau mir schenkte, ist seit mehr als zwei Jahren tot, und ich blieb dann kinderlos, bis dieser Sohn von einer anderen Frau, mit der ich früher etwas zu tun hatte, zu mir kam und sich als mein Sohn erklärte und mir das auch bewies. Ich habe ihn als den meinen anerkannt und ihn in meine Sippe aufgenommen und als meinen Sohn akzeptiert. Und nun erbitte ich auch Eure Zustimmung.«

Er hielt sich stolz und aufrecht, froh über das, was er zu sagen hatte, und erfreut über den jungen Mann, den er vorstellen wollte. Sein Weg durch die Halle war von höflichem Schweigen begleitet gewesen. Schatten und Rauch umhüllten die Gestalt, die ihm respektvoll in einigen Schritten Abstand gefolgt war. Das Geräusch der Schritte des jungen Mannes konnte man kaum hören; sie waren zögernd, unregelmäßig, einen Fuß schien er nachzuziehen. Cadfaels Blicke fielen auf den Sohn, als er zögernd ins Fackellicht vor die Haupttafel trat. Er kannte diesen Mann, wenn das schwarze Haar jetzt auch geschnitten und stolz aus einem Gesicht zurückgekämmt war, das nicht mehr düster und verschlossen, sondern offen, hoffnungsvoll und energisch wirkte – unter der Achsel war keine stützende Krücke mehr zu sehen.

Cadfael blickte zwischen Anion ap Griffri und Griffri ap Llywarch hin und her, dessen trostlose und kinderlose mittlere Lebensjahre durch diesen unerwarteten Sohn plötzlich mit Herzenswärme, Hoffnung und Zufriedenheit erfüllt worden waren. Das selbstgemachte Tuch hing lose auf Griffiths Schultern, gehalten von einer langen Nadel mit einem großen Kopf aus getriebenem Gold, die mit einer schmalen Goldkette gesichert war. Und auch dieses Ding hatte Cadfael schon einmal gesehen. Und kannte es nur zu gut.

Er war nicht der einzige. Einon ab Ithel war hereingekommen wie einer, der mit dem Haus vertraut ist und nicht wünscht, ungebührliche Unruhe zu schaffen. Er war aus den Privatgemächern durch die hohe Tür getreten und tauchte unbemerkt hinter dem Tisch des Prinzen auf. Der Mann, der im Mittelpunkt der Aufmerksamkeit stand, erregte natürlich auch die seine. Das rote Fackellicht blinkte auf dem Schmuck, der offen und stolz getragen wurde. Sein Besitzer hatte allen Grund zur Annahme, daß es nicht zwei davon gab, nicht zwei von genau dieser Größe und mit diesen Verzierungen.

»Im Namen Gottes!« fluchte Einon ab Ithel laut und empört.

»Was haben wir denn da für einen Dieb, der unter meinen Augen mein eigenes Gold trägt?«

Das Schweigen brach so unheildrohend herein wie ein Donnerschlag, und alle Köpfe fuhren vom Prinzen und dem Bittsteller herum zu diesem lauten Ankläger. Einon umrundete mit einigen langen Schritten die Haupttafel und kam vom Podest so weit herunter, daß Griffri erschrocken zurückwich. Er drückte einen harten braunen Finger auf die Nadel, die im dunklen Mantel funkelte, und sagte zu Owain: »Mein Herr, dies – dies gehört mir! Es ist Gold aus meiner Erde, ich ließ es schürfen, ich ließ den Schmuck für mich anfertigen, und in diesem oder einem anderen Land gibt es kein ähnliches Stück. Als ich von dem Auftrag, der allen bekannt ist, aus Shrewsbury zurückkam, war es nicht mehr an meinem Kragen, und ich habe es seitdem nicht mehr gesehen. Ich dachte, es sei irgendwo auf die Straße gefallen und kümmerte mich nicht weiter darum. Gold ist nicht etwas, um das man klagen sollte! Nun sehe ich es wieder und wundere mich. Mein Herr, es liegt in Euren Händen. Fragt diesen Mann, wie er dazu kommt zu tragen, was mir gehört.«

Die Hälfte der Menschen in der Halle war aufgesprungen, es gab drohendes Gemurmel, denn unabhängig von den Umständen war ein Diebstahl das schlimmste Verbrechen, das alle kannten, und der auf frischer Tat ertappte Dieb konnte auf der Stelle vom Bestohlenen getötet werden. Griffri stand wie betäubt da und starrte verwirrt drein. Anion stürzte mit ausgebreiteten Armen zwischen Einon und seinen Vater.

»Mein Herr, mein Herr, ich schenkte es ihm, ich gab es meinem Vater. Ich habe es nicht gestohlen … ich nahm es als Blutpreis! Gebt meinem Vater keine Schuld, wenn die Schuld nur die meine ist.«

Er schwitzte vor Angst, gewaltige Sturzbäche rannen ihm plötzlich über die Stirn und stauten sich in seinen dichten Augenbrauen. Wenn er auch ein wenig walisisch sprach, so half ihm das in dieser Notlage nicht, denn er hatte englisch gesprochen. Alle waren einen Augenblick überrascht. Owain gebot mit erhobener Hand der ganzen Halle Schweigen.

»Setzt Euch alle und haltet den Mund. Dies ist meine Angelegenheit. Ich will es hier still haben, und dann soll Recht gesprochen werden.«

Sie murmelten, aber sie gehorchten. Während des folgenden Schweigens erhob Bruder Cadfael sich unauffällig und umrundete den Tisch. So diskret seine Bewegungen auch waren, erregten sie doch die Aufmerksamkeit des Prinzen.

»Mein Herr«, sagte Cadfael flehend, »ich bin aus Shrewsbury, ich bin mit diesem Anion ap Griffri hier bekannt. Er wurde in England erzogen, was nicht sein Fehler ist. Sollte er einen Übersetzer brauchen, dann kann ich diesen Dienst leisten, damit er von allen hier verstanden wird.«

»Ein edles Angebot«, sagte Owain und musterte ihn nachdenklich. »Seid Ihr denn auch berechtigt, Bruder, für Shrewsbury zu sprechen? Denn es scheint, als reichte die Anklage in jene Stadt und bis zu der Angelegenheit, von der wir wissen, zurück. Und wenn dies so ist, sprecht Ihr dann für die Grafschaft und die Stadt oder nur für die Abtei?«

»Hier und jetzt«, erwiderte Cadfael kühn, »will ich für beide eintreten. Und falls daran später ein Makel gefunden wird, dann soll er allein auf mich fallen.«

»Ich vermute«, sagte Owain nachdenklich, »daß Ihr eben wegen dieser Angelegenheit hier seid.«

»So ist es. Teilweise, weil ich nach eben diesem Schmuckstück suche. Denn es verschwand am Tage des Todes von Gilbert Prestcote aus dessen Kammer in unserer Krankenstation. Der Mantel, der dem Kranken als Schutz mit auf die Bahre gegeben worden war, wurde Einon ab Ithel ohne das Schmuckstück zurückgegeben. Erst als er abgereist war, erinnerten wir uns an die Brosche und suchten nach ihr. Und erst jetzt sehe ich sie wieder.«

»Sie war in dem Zimmer, in dem ein Mann ermordet wurde?« fragte Einon. »Bruder, Ihr habt mehr als nur das Gold gefunden. Ihr mögt die anderen Verdächtigen heimschicken.«

Anion stand furchtsam, aber aufrecht zwischen seinem Vater und den anklagenden Blicken einer ganzen Halle voller Menschen. Er war weiß wie Eis und sah aus, als hätte alles Blut seine

Adern verlassen. »Ich habe nicht getötet«, sagte er heiser, während seine Brust sich schwer hob, damit er genug Luft zum Sprechen bekam. »Mein Herr, ich wußte nicht … Ich dachte, die Nadel sei seine, Prestcotes. Ich nahm sie aus dem Mantel, ja …«

»Nachdem Ihr ihn getötet hattet«, sagte Einon barsch.

»Nein! Ich schwöre es! Ich habe den Mann nicht angerührt.« Er drehte sich verzweifelt flehend zu Owain um, der leidenschaftslos lauschend am Tisch saß, die Finger leicht um den Stiel seines Weinglases gelegt, die Augen hellwach und aufmerksam. »Mein Herr, so hört mich an! Und haltet meinen Vater aus allem heraus, denn alles, was er weiß, habe ich ihm erzählt, und ich will Euch dasselbe sagen, und so wahr Gott mich sieht, ich lüge nicht.«

»Gebt mir die Nadel, die Ihr tragt«, sagte Owain. Und als Griffri sie hastig mit zitternden Fingern gelöst und dem Prinzen in die Hand gegeben hatte, fuhr er fort: »So! Ich kenne dieses Ding zu lange und habe es zu oft gesehen, um daran zu zweifeln, wessen Eigentum es ist. Von Euch, Bruder, und von Einon hier weiß ich, wie es offen am Bett des Sheriffs zu liegen kam. Nun mögt Ihr mir erklären, Anion, wie es in Euren Besitz kam. Ich bin des Englischen mächtig, macht Euch also keine Sorge, mißverstanden zu werden. Und Bruder Cadfael wird Eure Worte ins Walisische übersetzen, damit Euch auch die anderen verstehen.«

Anion schnappte nach Luft und begann mit einer heiseren Stimme, die an Kraft und Leidenschaft gewann, während er sprach. Schrecken und Angst hatten seine Kehle beengt, doch der Fluß der Worte spülte die Behinderung fort. »Mein Herr, bis vor ein paar Tagen hatte ich meinen Vater noch nie gesehen und er mich auch nicht, aber ich hatte, wie er bereits sagte, einen Bruder, den ich zufällig kennenlernte, als er nach Shrewsbury kam, um Wolle zu verkaufen. Ein Jahr lag zwischen uns, ich bin der Ältere. Er war mein Bruder, und ich schätzte ihn. Und einmal, als er die Stadt besuchte und ich nicht dort war, gab es einen Kampf, ein Mann wurde getötet und meinem Bruder wurde die Tat angelastet. Gilbert Prestcote ließ ihn hängen!«

Owain blickte zur Seite zu Cadfael und wartete, bis die Antwort ins Walisische übersetzt war. Dann fragte er: »Wißt Ihr von diesem Fall? Wurde er ordentlich verhandelt?«

»Wer weiß, durch welche Hand der Tod kam?« sagte Cadfael. »Es war eine Straßenschlägerei, die jungen Männer waren betrunken. Gilbert Prestcote war von Natur aus übereifrig, aber gerecht. Nur eines ist gewiß: Hier in Wales wäre der junge Mann nicht gehängt worden. Ein Blutpreis wäre für den Toten bezahlt worden.«

»Fahrt fort«, sagte Owain.

»Ich trug von diesem Tage an einen Groll im Herzen«, sagte Anion, dessen Leidenschaft jetzt immer mehr durchbrach. »Aber wann kam ich je in Reichweite des Sheriffs? Erst als Eure Männer ihn verwundet nach Shrewsbury schleppten und in der Krankenstation unterbrachten, war das der Fall. Und ich war also mit meinem fast verheilten gebrochenen Bein dort, dieser Mann nur zwanzig Schritte von mir entfernt, nur eine Wand war zwischen uns, mein Feind war mir auf Gedeih und Verderb ausgeliefert. Als alles still war und die Brüder beim Essen saßen, ging ich in sein Krankenzimmer. Er schuldete meinem Haus ein Leben – und auch wenn ich ein Mischling bin, in diesem Augenblick fühlte ich mich als Waliser und wollte Rache üben – ich wollte töten! Der einzige Bruder, den ich je hatte, ein fröhlicher, gutaussehender Mann, war für einen unglücklichen Schlag, als er betrunken gewesen war, gehängt worden! Ich ging hinein, um zu töten. Aber ich konnte es nicht tun! Als ich meinen Feind so geschwächt sah, so alt und müde mit kaum noch Blut und Atem im Leib … Ich stand neben ihm und beobachtete ihn, und alles, was ich fühlte, war Trauer. Es schien mir, daß hier Rache nicht mehr nötig sei, denn sie war bereits geschehen. So dachte ich an etwas anderes. Es gab kein Gericht, das einen Blutpreis festsetzen und die Zahlung bewirken konnte, aber im Mantel neben seinem Bett war jene Goldnadel. Ich hielt sie für seine. Woher sollte ich es anders wissen? So nahm ich sie als *galanas*, um die Schuld und den Groll zu sühnen. Aber am Ende jenes Tages wußte ich, wie wir jetzt alle wissen, daß Prestcote tot war, gestorben durch Mord, und als man auch mich zu befragen begann, wußte ich, man würde mir die Schuld an seinem Tod geben, wenn je herauskam, was ich getan hatte. Deshalb lief ich fort. Ich wollte sowieso eines Tages hierher kommen und meinen Vater suchen und ihm erzählen, daß der Tod meines Bruders gesühnt war, doch weil ich Angst hatte, mußte ich schnell laufen.«

»Und zu mir ist er gekommen«, sagte Griffri ernst, die Hand auf die Schulter seines Sohnes gelegt, »und er zeigte mir als Beweis den gelben Stein, den ich vor langer Zeit seiner Mutter schenkte. Doch ich erkannte ihn vor allem am Gesicht… Er sieht aus wie der Bruder, den er verlor. Und er gab mir dieses Ding, das Ihr jetzt haltet, Herr, und erklärte mir, der Tod des jungen Griffri sei gesühnt und dies sei der Preis für sein Blut, womit der Groll begraben sei, denn unser Feind war tot. Da verstand ich ihn noch nicht genau, und ich erklärte ihm, daß er kein Recht habe, auch noch einen Preis zu nehmen, wenn er Griffris Mörder erschlagen hatte. Aber er schwor mir mit feierlichen Eiden, daß nicht er den Mann getötet hätte, und ich glaube ihm. Und nun urteilt, ob ich das Glück haben soll, in meinen mittleren Lebensjahren einen Sohn zu finden, der mir im Alter eine Stütze ist. Um Himmels willen, Herr, nehmt ihn mir jetzt nicht fort!«

Im ängstlichen, nachdenklichen Schweigen, das auf Cadfaels Übersetzung von Anions Worten folgte, hatte der Bruder Gelegenheit, das unbewegliche Gesicht des Prinzen zu beobachten. Das Schweigen dauerte eine lange Minute, denn niemand wollte sprechen, solange Owain nicht die Erlaubnis dazu gegeben hatte. Und auch er selbst war nicht in Eile. Er betrachtete Vater und Sohn, die sich unter dem Podest ängstlich beisammenhielten, er betrachtete Einon, dessen Gesicht verschlossen war wie sein eigenes, und zuletzt Cadfael.

»Bruder, Ihr wißt besser als jeder andere hier, was in der Abtei von Shrewsbury vor sich ging. Ihr kennt diesen Mann. Was meint Ihr? Glaubt Ihr seine Geschichte?«

»Ja«, sagte Cadfael mit ernster und von Herzen kommender

Eindringlichkeit. »Ich glaube ihm. Es paßt zu allem, was ich weiß. Aber ich möchte Anion eine Frage stellen.«

»Dann stellt sie.«

»Ihr habt am Bett gestanden, Anion, und den Schläfer betrachtet. Seid Ihr sicher, daß er da noch lebte?«

»Aber gewiß«, sagte Anion verwundert. »Er atmete, er stöhnte sogar im Schlaf. Ich sah und hörte ihn. Er lebte.«

»Mein Herr«, sagte Cadfael, Owains fragendem Blick begegnend, »eine kleine Weile später wurde ein zweiter gehört, der den Raum betrat und verließ; jemand, der nicht zögernd ging wie Anion, sondern leicht. Dieser zweite nahm nichts, es sei denn ein Leben. Außerdem glaube ich, was Anion uns erzählte, weil ich noch ein zweites Ding finden muß, bevor ich Gilbert Prestcotes Mörder gefunden habe.«

Owain nickte verstehend und dachte eine Weile schweigend nach. Dann nahm er die Goldnadel mit einer raschen Bewegung in die Hand und hielt sie Einon hin. »Was sagt Ihr? War es ein Diebstahl?«

»Ich bin es zufrieden«, sagte Einon und lachte und löste damit die Spannung in der Halle. In der allgemeinen Unruhe und dem Murmeln, als die Menschen sich wieder beruhigten, wandte sich der Prinz an seinen Gastgeber.

»Dann schafft dort unten einen Platz, Tudur, für Griffri ap Llywarch und seinen Sohn Anion.«

11

Und nun ging Shrewsburys Hauptverdächtiger, der Mann, den der Klatsch bereits gehängt und begraben hatte, hinter seinem Vater die Halle hinunter und stolperte ein wenig, benommen wie ein Mann im Traum. Doch dann begann er zu strahlen, als wäre in ihm eine Fackel entzündet worden; er schritt mit seinem Vater zu ihren Plätzen an einem der Tische, ein gleicher unter gleichen. Gezeugt beim Fehltritt einer Dienstmagd ohne Besitz und Privilegien, war er plötzlich ein freier Mann geworden, der einen rechtmäßigen Platz in seiner Verwandtschaft besaß, Erbe eines geachteten Mannes war und von seinem Prinzen akzeptiert wurde. Die Gefahr, die ihn gezwungen hatte, Fersengeld zu geben, war zum größten Segen seines Lebens geworden und hatte ihn zu der einzigen Stellung geführt, die ihm nach walisischem Recht zustand: der wahre Sohn eines Vaters zu sein, der ihn stolz anerkannte. Hier war Anion kein Bastard.

Cadfael sah die beiden zu ihren Plätzen gehen und freute sich, daß aus dem Bösen wenigstens ein Gutes entstanden war. Wie sonst hätte der junge Mann den Mut gefaßt, seinen weit entfernten, unbekannten Vater zu suchen, der noch dazu eine fremde Sprache sprach, wenn ihn nicht die Angst getrieben und ihm den Sprung über die Grenze erleichtert hätte? Der Ausgang war gewiß den Schrecken wert, den er vorher durchgemacht hatte. Cadfael konnte Anion jetzt vergessen. Anions Hände waren sauber.

»Wenigstens habt Ihr mir«, bemerkte Owain nachdenklich, während die beiden ihre Plätze einnahmen, »im Austausch für meine acht, die noch gefangen sind, einen Mann geschickt. Und er ist kein schlechter Mann. Aber wohl nicht im Kampf erfahren.«

»Er ist ein ausgezeichneter Viehhirte«, erwiderte Cadfael. »Er hat eine gute Hand für alle Tiere. Ihr könnt beruhigt die Pferde seiner Obhut übergeben.«

»Und Ihr verliert damit, so nehme ich an, Euren Hauptanwärter auf den Strick. Kommen Euch nicht doch noch Zweifel?«

»Kein einziger. Ich bin sicher, daß es sich so verhielt, wie er sagte. Er träumte von der Rache an einem starken, rücksichtslosen Mann und fand einen Hinfälligen, den er nicht anders als bedauern konnte.«

»Kein schlechter Ausgang«, sagte Owain. »Und nun, glaube ich, sollten wir uns an einen ruhigeren Ort zurückziehen, damit Ihr uns berichten könnt, was immer Ihr uns zu berichten habt, und fragen könnt, was immer Ihr fragen wollt.«

In der Kammer des Prinzen saßen sie um die kleine, durch ein Drahtgeflecht geschützte Kohlenpfanne: Owain, Tudur, Einon ab Ithel und Cadfael. Cadfael hatte die Schachtel mitgebracht, in der er die Wollfetzen und den goldenen Faden aufbewahrte. Diese kostbaren Schattierungen von Dunkelblau und hellem Rosa konnte man nicht exakt im Gedächtnis behalten; man mußte sie immer wieder dem Auge vorhalten und mit dem vergleichen, was vielleicht gefunden wurde. Er hatte etwas Angst, die Schachtel zu öffnen, da schon ein schwacher Luftstrom die fast schwerelosen Fäden herauswehen konnte. Nur ein Hauch, und seine Schätze waren weg.

Er hatte mit sich gerungen, wieviel er erzählen sollte, doch im Licht von Cristinas Enthüllung und da ihr Vater an der Beratung teilnahm, erzählte er alles, was er wußte – wie der gefangene Elis sich unglücklich in Prestcotes Tochter verliebt hatte, wie die beiden keine Hoffnung gesehen hatten, für ihre Verbindung die Billigung des Sheriffs zu erlangen, so daß sich ein Grund für Elis ergab, die Ruhe des Verletzten zu stören – ob er nun das Hindernis vor seiner Liebe durch Mord beseitigen wollte, wie Melicent behauptete, oder um sein aussichtsloses Anliegen vorzubringen, wie Elis selbst eingewandt hatte.

»So war das also«, sagte Owain und wechselte mit Tudur einen geraden, harten Blick; der Blick war weder überrascht, noch zeugte er von Mitgefühl oder Vorwurf. Tudur war mit seinem Prinzen durch eine enge persönliche Freundschaft verbunden und hatte mit ihm gewiß über Cristinas Enthüllungen gesprochen. Hier zeigte sich die andere Seite der Münze. »Und das war, nachdem Einon Euch verlassen hatte?«

»Ganz genau. Es stellte sich heraus, daß der Junge versucht hatte, mit Gilbert zu sprechen, worauf Bruder Edmund ihn hinauswies. Als das Mädchen davon hörte, nannte sie ihn einen Mörder.«

»Aber Ihr seid nicht damit einverstanden. Und es scheint, als hätte auch Beringar es nicht akzeptiert.«

»Es gibt weiter keine Beweise dafür, außer dem, daß er sich

neben dem Bett aufhielt, als Edmund kam und ihm die Tür wies. Und dann, versteht Ihr, war da noch die goldene Nadel. Wir bemerkten erst, daß sie fehlte, als Ihr, mein Herr, schon auf dem Heimweg wart. Und offensichtlich hatte Elis sie nicht bei sich, noch hatte er eine Gelegenheit gehabt, sie irgendwo zu verstecken, bevor er durchsucht wurde. Deshalb war noch jemand anderes in dem Raum gewesen und hatte sie weggenommen.«

»Aber nun, da wir wissen, was mit meiner Nadel geschah«, sagte Einon, »und zufrieden sind, daß Anion nicht den Mord beging, gerät der Junge doch abermals in Gefahr, des Mordes an einem kranken und schlafenden Mann angeklagt zu werden. Allerdings«, fuhr er fort, »paßt das schlecht zu dem, was ich über ihn weiß.«

»Wer von uns«, sagte Owain düster, »hätte noch nie etwas Unehrenhaftes getan, das sehr schlecht zu dem paßt, was unsere Freunde über uns wissen? Ganz zu schweigen von dem, was wir über uns selbst wissen oder zu wissen glauben! Ich würde jedem Mann zutrauen, daß er einmal in seinem Leben eine schreckliche Schandtat begeht.« Er blickte zu Cadfael. »Bruder, ich erinnere mich an Eure Worte in der Halle, daß es noch etwas anderes gibt, das Ihr finden müßt, bevor Ihr Prestcotes Mörder gefunden habt. Was ist dieses Ding?«

»Es ist das Tuch, das benutzt wurde, um Gilbert zu ersticken. Es wurde ihm über Nase und Mund gepreßt, und er atmete Fäden in die Nasenlöcher und biß hinein, und einige Fäden fanden wir auch in seinem Bart. Es ist kein gewöhnliches Tuch. Elis besaß nichts in dieser Art und hielt auch nichts in den Händen, als er aus der Krankenstation herauskam. Als ich die Fädchen gefunden und verwahrt hatte, suchten wir auf dem ganzen Gelände der Abtei danach, denn es mochte ein Wandbehang oder ein Altartuch sein, aber wir haben nichts gefunden, was zu diesen Fädchen paßt. Solange wir nicht wissen, was es war und was mit ihm geschehen ist, wissen wir auch nicht, wer Gilbert Prestcote tötete.«

»Und das ist gewiß?« fragte Owain. »Ihr habt dem toten Mann die Fäden aus den Nasenlöchern und dem Mund gezogen? Und Ihr glaubt, Ihr könntet das Tuch erkennen, mit dem er erstickt wurde, wenn Ihr es seht?«

»Das glaube ich in der Tat, denn die Farben sind deutlich sichtbar und es sind keine gewöhnlichen Farbtöne. Ich habe die Schachtel hier. Aber öffnet sie mit Vorsicht. Was drinnen ist, ist fein wie Spinnweben.« Cadfael reichte sie über die Kohlenpfanne. »Aber nicht hier. Der Auftrieb der warmen Luft könnte die Fädchen fortwehen.«

Owain ging beiseite und hielt die Schachtel unter eine Lampe, damit das Licht hineinfallen konnte. Die winzigen Fädchen zitterten leicht und blieben ruhig liegen. »Da ist ein Goldfaden, das ist klar; ein gedrehter Faden. Der Rest – ich kann an den vielen Härchen und der lebendigen Beschaffenheit erkennen, daß es Wolle ist. Eine dunkle Farbe und eine hellere.« Er musterte sie von nahem, doch dann gab er kopfschüttelnd auf. »Ich könnte nicht sagen, was für Farbtöne das sind, nur daß das Tuch mit Goldfäden durchwirkt wurde. Und ich glaube auch, daß es ein schweres Tuch ist, dichtgewoben, denn die Wolle ringelt und kräuselt sich. Das Garn besteht wohl aus vielen solcher feinen Haare.«

»Laßt mich sehen«, sagte Einon und beugte sich mit zusammengekniffenen Augen über die Kiste. »Das Gold kann ich sehen, aber die Farben… nein, das sagt mir nichts.«

Tudur lugte hinein und schüttelte den Kopf. »Wir haben hier kein richtiges Licht, mein Herr. Am Tag würden die Fäden ganz anders aussehen.«

So war es, denn das sanfte Licht der Öllampen ließ das Haar des Prinzen wie tiefgoldenes Getreide zur Erntezeit erscheinen, fast schon braun. Bei Tageslicht hatte es das Gelb von Schlüsselblumen. »Es wird besser sein«, stimmte Cadfael zu, »diese Angelegenheit bis morgen ruhen zu lassen. Selbst wenn wir besser sehen könnten, um diese Zeit können wir nichts tun.«

»Das Licht trügt das Auge«, sagte Owain. Er klappte den Deckel über den hauchzarten Fädchen zu. »Warum glaubt Ihr, Ihr könntet hier finden, was Ihr sucht?«

»Weil wir das Tuch in der ganzen Abtei nicht finden konnten, mußten wir außerhalb suchen, bei allen Männern, welche die Abtei verlassen haben. Der Herr Einon und zwei Hauptmänner waren aufgebrochen, kurz bevor wir diese Fäden entdeckten. Es besteht die Möglichkeit, wie unwahrscheinlich auch immer, daß dieses Tuch unwissentlich mit ihnen gegangen ist. Bei Tageslicht werden die Farben als das zu sehen sein, was sie wirklich sind. Vielleicht könnt Ihr Euch dann auch erinnern, einen solchen Stoff gesehen zu haben.«

Cadfael nahm die Schachtel wieder an sich. Es war im besten Falle eine unsichere Hoffnung gewesen, und es blieb ja auch immer noch der nächste Tag. Das Leben eines Mannes und sein Seelenheil hingen von diesen paar zitternden Fädchen ab, deren Hüter Cadfael war.

»Morgen«, sagte der Prinz entschieden, »werden wir es im Lichte Gottes, da das unsere zu schwach ist, noch einmal versuchen.«

In den frühesten Morgenstunden der gleichen Nacht erwachte Elis in der dunklen Zelle in der Außenmauer der Burg von Shrewsbury. Er lag angespannt lauschend da, kämpfte sich aus der Benommenheit des Schlafes und fragte sich, was ihn aus einem so tiefen Schlummer gerissen haben mochte. Er hatte sich an die Alltagsgeräusche dieses Ortes und die normalerweise ungebrochene Stille der Nacht gewöhnt. Diese Nacht aber war anders, denn sonst wäre er nicht so grob aus der einzigen Zuflucht vor dem Elend seiner Tage gerissen worden. Etwas war nicht so, wie es sein sollte; jemand regte sich um eine Zeit, um die es sonst immer Schweigen und Stille gegeben hatte. Die Luft schien erfüllt von leichten Bewegungen und fernen Stimmen.

Sie waren nicht eingesperrt, ihr Wort war ohne Mißtrauen akzeptiert worden. Das war Band genug, um sie zu halten. Elis richtete sich vorsichtig auf einen Ellbogen auf und beugte sich zu Eliud hinüber, der neben ihm im Bett schlief. Sein Schlaf war tief, wenn auch nicht völlig friedlich. Er zuckte und wand sich ohne aufzuwachen, und die Geschwindigkeit seiner Atemzüge veränderte sich seltsam; sie wurden manchmal kürzer und flacher, um sich dann wieder zu beruhigen und lang und gleichmäßig zu kommen, was einer tieferen Ruhe entsprach. Elis wollte ihn nicht stören. Es lag nur an ihm, an seiner närrischen Torheit, sich Cadwaladr anzuschließen, daß Eliud jetzt als Gefangener neben ihm lag. Er durfte nicht noch tiefer in Verhöre und Gefahr hineingezogen werden, was auch immer mit Elis selbst geschah.

Da hatten sich eindeutig Stimmen erhoben, nicht allzuweit entfernt, leise und durch die dicken Steinwände stark gedämpft. Und obwohl er in seiner Zelle keine einzelnen Worte unterscheiden konnte, verriet das Hin und Her des Wortwechsels eine unerklärliche Aufregung, etwas wie Schrecken lag in der Luft. Elis glitt vorsichtig aus dem Bett, blieb stehen und hielt einen Augenblick den Atem an, um sich zu vergewissern, daß Eliud nicht aufgewacht war; er tastete nach seinem Mantel, dankbar, daß er in Hemd und Hose schlief und nicht im Dunkeln herumfummeln und sich ankleiden mußte. Trotz allen Kummers und aller Angst, die er bei Tag und Nacht mit sich trug, mußte er den Grund für diese unerwartete Unruhe herausfinden. Jede Abweichung vom Gewohnten war eine Bedrohung.

Die Tür war schwer, aber gut geschmiert, und schwang lautlos auf. Die Nacht draußen war mondlos, doch klar; über den Mauern und Türmen, die einen Bereich absoluter Dunkelheit schufen, funkelte das schwache Geflimmer von Sternenlicht. Er zog die Tür hinter sich zu. Nun war das Gemurmel deutlicher, und er konnte die Richtung bestimmen: es kam aus dem Wachzimmer im Torhaus. Und dieses scharfe, kurze Klappern, das sogar einen Funken aus dem Pflaster schlug, das war ein Pferd. Ein Reiter um diese Stunde?

Er tastete sich an der Wand entlang in Richtung der Geräusche und drückte sich immer wieder flach gegen den Stein, um zu lauschen. Das Pferd bewegte sich und schnaubte. Langsam schälten sich Umrisse aus der dichten Dunkelheit, die beiden Türme des Tores zeigten vor einem nur wenig helleren Himmel die Zähne, und die ebene Fläche des geschlossenen Tores darunter hatte einen hohen, schmalen und hellen Schlitz, gerade hoch und breit genug für einen Mann auf einem Pferd. Die Reiterpforte war offen. Sie war offen, weil erst vor Minuten jemand mit wichtigen Nachrichten gekommen war und bisher noch niemand daran gedacht hatte, sie wieder zu schließen.

Elis schob sich näher heran. Die Tür des Wachraumes stand einen Spaltbreit auf, ein langer Lichtkeil von den brennenden Fackeln im Raum lag zitternd auf dem dunklen Pflaster. Die Stimmen hoben und senkten sich, als hitzig gesprochen wurde, und ab und zu konnte er ein paar Worte deutlich verstehen.

»…westlich von Pontesbury eine Farm niedergebrannt«, berichtete der Bote, der vom eiligen Ritt noch atemlos war, »und sich nicht zurückgezogen… sie haben über Nacht kampiert… und eine andere Gruppe umrundet Minsterley, um sich ihnen anzuschließen.«

Eine andere Stimme, scharf und klar, höchstwahrscheinlich einer der älteren Unterführer: »Wie viele sind es?«

»Insgesamt… wenn sie sich sammeln… ich erfuhr, daß es gut hundertfünfzig sein mögen…«

»Bogenschützen? Lanzenreiter? Fußtruppen? Und wie viele zu Pferd?« Das war nicht der Unterführer, das war eine junge Stimme, vor Aufregung eine Winzigkeit höher, als sie hätte sein sollen. Sie hatten Alan Herbard aus dem Bett geholt, denn dies war eine ernste Angelegenheit.

»Mein Herr, der weitaus größte Teil ist zu Fuß. Sie haben aber auch sowohl Lanzenreiter als Bogenschützen und könnten versuchen, Pontesbury zu umzingeln… Sie wissen, daß Hugh Beringar im Norden ist…«

»Auf halbem Wege nach Shrewsbury!« war Herbards Stimme zu hören.

»Das werden sie nicht wagen«, sagte der Unterführer. »Sie wollen nur plündern. Die Gehöfte im Tal… da gibt es viele Lämmer…«

»Madog ap Meredith hat eine Rechnung zu begleichen«, gab der Bote, immer noch atemlos, zu bedenken, »für jenen Überfall im Februar. Sie sind nahe…, aber dort im Wald können sie nicht viel Beute machen… ich bezweifle…«

Auf halbem Wege nach Shrewsbury, das war auch mehr als der halbe Weg zu der Furt im Wald, wo dieser ganze Ärger entstanden war. Und die Beute… Elis drehte den Kopf gegen den kalten Stein, an dem er lehnte, und schluckte seine Angst hinunter. Eine Herde dummer Frauen! Er hatte mehr als genug für diese Bemerkung bezahlt, denn er hatte nun selbst eine Frau dort, um die er sich sorgen mußte, eine junge, wunderschöne Frau mit flachsblondem Haar, großgewachsen wie eine Weide. Die vierschrötigen dunklen Männer aus Powys würden sich auf sie stürzen und sich gegenseitig für sie umbringen, um auch sie zu töten, wenn sie mit ihr fertig waren.

Er hatte die schützende Wand schon verlassen, bevor er bemerkte, was er tat. Das mit gesenktem Kopf geduldig dastehende Pferd hätte ihn vielleicht verraten, doch es blieb stumm und ohne zu erschrecken stehen, als er sich vorbeischlich und eine Hand hob, um es zu streicheln, damit es ruhig bliebe. Er wagte nicht, es zu nehmen, denn beim ersten Hufklappern würden sie wie Hornissen herausschwärmen; aber zumindest ließ es ihn unbehelligt vorbei. Der große Leib dampfte leicht, er spürte seine Hitze, die Nüstern rieben sich in seiner Hand. Er zog die Finger mit verstohlener Sanftheit fort und glitt zu der schmalen Pforte hinaus, die ihm einen Fluchtweg in die Nacht bot.

Jetzt hatte er den Abstieg zur Vorstadt zu seiner Rechten und den Weg in die Stadt hinein zur Linken. Vor allem, er hatte die Burg verlassen, er, der sein Wort gegeben hatte, die Schwelle nicht zu überschreiten, er, der von diesem Augenblick an verloren war, weil er sein Wort gebrochen hatte. Ein Ausgestoßener! Nicht einmal Eliud würde für ihn sprechen, wenn er dies erfuhr.

Die Stadttore würden erst im Morgengrauen wieder geöffnet werden. Elis wandte sich nach links in die Stadt und tastete sich durch unbekannte Straßen und Gassen, um eine Ecke zu finden, in der er sich bis zum Morgen verbergen konnte. Er war noch nicht sicher, welches der beste Fluchtweg wäre, und er überlegte

sich keinen Augenblick, ob er überhaupt unbemerkt hinaus-
käme. Alles, was er wußte, war, daß er Godric's Ford erreichen
mußte, ehe seine Landsleute es erreichten. Er fand sich instinktiv zurecht und stolperte blind in Richtung der Osttore. Im
Friedhof von Saint Mary's, den er allerdings nicht als solchen
erkannte, sank er, um sich vor dem kalten Wind zu schützen, in
den Schutz eines Grabsteines. Er hatte Mantel und Ehre in seiner Zelle zurückgelassen, er war halb nackt, der Schande und
der Nacht ausgeliefert, aber er war frei und unterwegs, um sie
zu retten. Was war denn seine Ehre, was war sein Leben, verglichen mit ihrer Sicherheit?

Die Stadt erwachte früh. Händler und Reisende erhoben sich
und machten sich vor dem vollen Tageslicht zu den Toren auf,
um beizeiten hinauszukommen und ihren Geschäften nachzugehen. Dies tat auch Elis ap Cynan; er ging verstohlen mit
ihnen, mantel- und waffenlos, verzweifelt, heldenhaft und sinnlos, um seine Melicent zu retten.

Eliud streckte, noch bevor er ganz erwachte, die Hand aus, um
nach seinem Vetter zu tasten, und setzte sich abrupt und erschrocken auf, als er die andere Seite des Bettes leer und kalt
fand. Aber der dunkelrote Mantel war noch über das Fußende
des Lagers gelegt, und Eliud beruhigte sich. Warum sollte Elis
nicht früh aufstehen und auf die Wälle hinausgehen, bevor sein
Bettgefährte erwacht war? Ohne seinen Mantel konnte er nicht
weit weg sein. Aber trotzdem, und so kurz die Trennung auch
war, beunruhigte sie Eliud wie ein physischer Schmerz. Hier in
ihrem Gefängnis waren sie kaum einmal einen Augenblick getrennt gewesen, als hinge ihrer beider Glaube an einen glücklichen Ausgang von der Gegenwart des anderen ab. Eliud erhob
sich, zog sich an und ging zum Trog am Brunnen hinaus, um
sich zu waschen und mit Hilfe des eiskalten Wassers ganz wach
zu werden. In den Ställen und der Waffenkammer herrschte
eine ungewöhnliche Unruhe, aber nirgends sah er ein Zeichen
von Elis, nirgendwo stand Elis grübelnd an der Mauer und

blickte in Richtung Wales. Die Sehnsucht nach ihm begann wie ein verletztes Glied zu schmerzen.

Sie nahmen ihre Mahlzeiten in der Halle zusammen mit ihren englischen Gefährten ein, doch an diesem klaren Morgen kam Elis nicht zum Essen. Und inzwischen hatten auch andere seine Abwesenheit bemerkt. Ein Unterführer der Garnison hielt Eliud auf, als dieser die Halle verlassen wollte. »Wo ist Euer Vetter, ist er krank?«

»Ich weiß nicht mehr als Ihr«, erwiderte Eliud. »Ich habe ihn gesucht. Er war aufgestanden, bevor ich erwachte, und ich habe ihn seitdem nicht gesehen.« Und erschreckt und hastig, da der Mann die Stirn runzelte und ihn mißtrauisch anstarrte, fuhr er fort: »Aber er kann nicht weit sein. Sein Mantel ist noch in der Zelle. Überall ist es so unruhig, ich dachte, er wäre früh aufgestanden, um herauszufinden, was dort unten vor sich geht.«

»Er gab sein Wort, keinen Fuß vor die Tore zu setzen«, sagte der Unterführer. »Ihr wollt mir doch nicht einreden, daß er das Essen aufgegeben hat? Ihr müßt mehr wissen, als Ihr vorgebt.«

»Nein! Er ist hier in der Burg, er muß hier sein. Er würde sein Wort nicht brechen, das verspreche ich Euch.«

Der Mann sah ihn scharf an und wandte sich abrupt auf dem Absatz um, um zum Torhaus zu gehen und die Wächter zu befragen. Eliud hielt ihn am Ärmel fest. »Was braut sich hier zusammen? Gibt es Neuigkeiten? Soviel Betrieb in der Waffenkammer, und die Bogenschützen holen ihre Pfeile ... was ist über Nacht geschehen?«

»Was geschehen ist? Eure Landsleute schwärmen mit ihrer Streitmacht durch das Tal von Minsterley, wenn Ihr's schon wissen wollt. Sie brennen Höfe nieder und ziehen gegen Pontesbury. Vor drei Tagen war es eine Handvoll, jetzt sind es über hundert von Euch.« Dann drehte er sich plötzlich um und fragte: »Habt Ihr in der Nacht etwas gehört? Ist es das? Ist Euer Vetter fortgelaufen, um sich seinen zerlumpten Verwandten anzuschließen und beim Morden zu helfen? War der Sheriff nicht gut genug zu ihm?«

»Nein!« rief Eliud. »Das würde er nicht tun! Es ist unmöglich!«

»Als wir ihn das erstemal faßten, war er bei einer plündernden, mordenden Bande wie dieser. Damals gefiel es ihm, und jetzt kommt es ihm wohl recht. Den Hals aus der Schlinge ziehen und die Freunde in der Nähe, damit sie ihn sicher nach Hause bringen.«

»Das könnt Ihr nicht sagen! Ihr wißt doch nichts anderes, als daß er, seinem Wort getreu, hier in der Burg ist.«

»Nun, wir werden es bald herausfinden«, entgegnete der Unterführer grimmig und packte Eliud fest am Arm. »Geht in Eure Zelle und wartet. Der Herr Herbard muß davon erfahren.«

Er entfernte sich rasch, und Eliud trottete in verzweifeltem Gehorsam zu seiner Zelle zurück und setzte sich, nur mit Elis' Mantel als Gesellschaft, aufs Bett. Inzwischen war er sicher, wie die Suche enden würde. Das Tageslicht war erst eine oder zwei Stunden alt, und es gab unzählige Orte, an denen ein Mann sein konnte, wenn er weder auf Essen noch auf die Gesellschaft seiner Gefährten Lust hatte; außerdem fühlte Eliud eine Leere, als wäre Elis nicht mehr da – die Burg war kalt und fremd, als wäre er nie hiergewesen. In der Nacht war anscheinend ein Kurier mit der Nachricht gekommen, daß stärkere Truppen aus Powys nahe bei Shrewsbury plünderten – und damit waren sie noch näher am Waldhof der Abtei von Polesworth bei Godric's Ford. Dort, wo ihr schwerer Weg begonnen hatte und wo er vielleicht auch enden mußte. Wenn Elis diese nächtliche Unruhe gehört hatte und hinausgegangen war, um den Grund zu erforschen – ja, dann konnte er in seiner Verzweiflung Eid und Ehre und alles andere vergessen haben. Eliud wartete niedergeschlagen, bis Alan Herbard mit zwei Unterführern auf den Fersen zurückkam. Er hatte lange gewartet; wahrscheinlich hatten sie inzwischen schon die Burg durchsucht. Und ihre grimmigen Gesichter verrieten, daß sie Elis nicht gefunden hatten.

Eliud stand auf, um ihnen entgegenzutreten. Er würde seine ganze Kraft und seine ganze Würde brauchen, wenn er jetzt für Elis sprechen wollte. Dieser Alan Herbard war kaum ein oder zwei Jahre älter als er und wurde ebenso schwer geprüft wie er selbst.

»Wenn Ihr wißt, auf welche Weise Euer Vetter geflohen ist«, sagte Herbard unvermittelt, »dann wäre es klug, wenn Ihr redet. Ihr habt Euch diesen engen Raum geteilt. Wenn er des Nachts aufstand, so habt Ihr es gewiß bemerkt. Denn ich sage Euch offen, er ist fort. Er ist fortgelaufen. In der Nacht stand das Tor offen, nachdem ein Mann eingelassen worden war. Es ist jetzt kein Geheimnis mehr, daß auch ein Mann hinausging – ein Abtrünniger, der seinen Eid gebrochen und sich selbst zum Mörder gestempelt hat. Warum sonst sollte er diese Gelegenheit ergreifen?«

»Nein!« sagte Eliud. »Ihr tut ihm Unrecht, und am Ende wird sich zeigen, daß Ihr ihm Unrecht tut. Er ist kein Mörder. Und wenn er geflüchtet ist, dann ist dies nicht der Grund.«

»Es gibt kein *wenn*. Er ist verschwunden. Ihr wißt nichts davon? Ihr habt seine Flucht verschlafen?«

»Ich vermißte ihn, als ich erwachte«, sagte Eliud. »Ich weiß nicht, wie und wann er ging. Aber ich kenne ihn. Wenn er in der Nacht aufstand, weil er die Ankunft Eures Mannes hörte, und wenn er dabei belauschte – trifft dies zu? –, daß die Waliser von Powys und in großer Zahl nahe heranrücken, dann, so schwöre ich Euch, ist er nur aus Furcht um Gilbert Prestcotes Tochter geflohen. Sie ist bei den Schwestern in Godric's Ford, und Elis liebt sie. Ob sie ihn verschmäht oder nicht, er hat nicht aufgehört, sie zu lieben, und wenn sie in Gefahr ist, wird er sein Leben und sogar seine Ehre hingeben, um sie in Sicherheit zu bringen. Wenn er das getan hat«, fuhr Eliud leidenschaftlich fort, »dann wird er hierher zurückkehren, um sich dem Schicksal zu stellen, das ihn erwartet. Er ist kein Abtrünniger! Er hat seinen Eid nur für Melicent gebrochen – und er wird zurückkommen! Ich verpfände meine Ehre für ihn! Mein eigenes Leben!«

»Ich möchte Euch daran erinnern«, sagte Herbard grimmig, »daß Ihr das bereits getan habt. Jeder von Euch hat sein Wort für beide gegeben. In diesem Augenblick habt Ihr Eure Ehre verloren und seid die Sicherheit für seinen Verrat. Ich könnte Euch hängen lassen und wäre völlig im Recht.«

»Dann tut es!« entgegnete Eliud und wurde kreidebleich. Seine Augen weiteten sich und flackerten grün. »Hier bin ich, immer noch das Unterpfand für ihn. Ich sage Euch, dieser Hals gehört Euch, wenn ich mich in Elis irre. Ich gebe Euch selbst die Erlaubnis dazu. Wie ich sehe, bereitet Ihr Euch auf einen Ausritt vor. Ihr wollt gegen die Waliser von Powys ziehen. Nehmt mich mit Euch! Gebt mir ein Pferd und eine Waffe, und ich werde für Euch kämpfen, und Ihr könnt einen Bogenschützen in meinem Rücken postieren, der mich niederschießt, sobald ich eine falsche Bewegung mache. Und wenn Elis nicht bis aufs letzte Wort genau das tut, was ich sage, nun, Ihr könnt mir jetzt schon ein Seil um den Hals legen, um mich an den nächsten Baum zu knüpfen, sobald die Männer aus Powys zurückgeschlagen sind.«

Er zitterte vor Inbrunst, gespannt wie eine Bogensehne. Herbard riß angesichts solcher Leidenschaft die Augen weit auf und musterte ihn einen langen Augenblick in besorgter Überraschung. »So sei es!« sagte er schließlich abrupt und wandte sich an seine Männer. »Sorgt dafür! Gebt ihm ein Pferd und ein Schwert, legt ihm ein Seil um den Hals und laßt den besten Bogenschützen dichtauf folgen; er soll sich bereithalten, ihn zu erschießen, falls er uns hintergeht. Er sagt, er sei ein Mann, der zu seinem Wort steht, und sein entflohener Freund sei nicht anders wie er. Nun gut, wir wollen ihn bei seinem Wort nehmen.«

In der Tür drehte er sich noch einmal um. Eliud hatte Elis' roten Mantel aufgehoben und hielt ihn in den Armen. »Wenn Euer Vetter nur halb der Mann gewesen wäre, der Ihr seid«, sagte Herbard, »dann könntet Ihr Euch Eures Lebens völlig sicher sein.«

Eliud fuhr herum und drückte den zusammengefalteten Mantel an sich, als wolle er einen unerträglichen Schmerz mit Balsam lindern. »Habt Ihr es denn immer noch nicht verstanden? Er ist *besser* als ich, tausendmal besser!«

12

Auch in Tregeiriog stand man im ersten Morgengrauen auf, kaum zwei Stunden nach Elis' Flucht durch die Pforte in Shrewsbury, denn Hugh Beringar war die halbe Nacht durchgeritten und im taubengrauen Dämmerlicht des frühen Morgens eingetroffen. Schläfrige Burschen standen mit roten Augen da, um die Pferde ihrer englischen Gäste zu übernehmen; es war eine Truppe von zwanzig Männern. Hugh hatte die anderen gutbewaffnet und gutausgerüstet im Norden der Grafschaft verteilt, und bisher hatten sie den wenigen und zögernden Angriffen, denen sie ausgesetzt worden waren, leicht widerstanden.

Bruder Cadfael, der auf nächtliche Ankömmlinge ebenso empfindsam reagierte wie Elis, war aus dem Schlaf gefahren, als er die Geräusche und das Gemurmel hörte. Die Sitte, bis auf die Kapuze in voller Tracht zu schlafen, so daß er sofort aufstehen und gehen konnte, barfuß oder nachdem er die Sandalen angezogen hatte, wie mitten am Tag, hatte einiges für sich. Zweifellos war diese Sitte entstanden, als die Mönchsklausen an sehr gefährlichen Orten erbaut worden waren, und die Zeit hatte ihr den Segen der Tradition gegeben. Cadfael verließ das Zimmer und hatte schon die halbe Strecke zu den Ställen zurückgelegt, als er Hugh im perlmuttfarbenen Zwielicht begegnete; Tudur stand gleichermaßen hellwach und gespannt neben seinem Gast.

»Was bringt Euch so früh her?« fragte Cadfael. »Gibt es neue Nachrichten?«

»Für mich auf jeden Fall, aber soweit ich weiß, sind sie für Shrewsbury schon alt.« Hugh nahm ihn am Arm und kehrte mit ihm zur Halle zurück. »Ich muß dem Prinzen berichten, und dann wollen wir auf dem kürzesten Weg die Grenze entlangreiten. Madogs Burgvogt in Caus schickt immer mehr Männer in das Tal von Minsterley. Als wir nach Oswestry einritten, erwartete mich ein Bote; sonst wäre ich dort über Nacht geblieben.«

»Herbard hat aus Shrewsbury eine Nachricht geschickt?«

fragte Cadfael. »Als ich vor zwei Tagen aufbrach, war kaum mehr als eine Handvoll Räuber unterwegs.«

»Es ist jetzt eine Kriegertruppe von mehr als hundert Männern. Sie waren schon bis Minsterley vorgedrungen, als Herbard Wind von dem Aufmarsch bekam, und wenn sie eine so große Streitmacht aufgeboten haben, dann ist mit dem Schlimmsten zu rechnen. Ihr wißt besser als ich, daß sie keine Zeit vergeuden. Vielleicht sind sie jetzt an diesem Morgen schon weitergezogen.«

»Ihr braucht frische Pferde«, sagte Tudur praktisch.

»Wir haben erst in Oswestry neue bekommen, und sie werden den Rest des Weges durchstehen. Aber für die anderen will ich gerne Pferde von Euch borgen, und ich danke Euch dafür von Herzen. Ich habe jede Garnison im Norden alarmiert zurückgelassen, doch Ranulf hat anscheinend seine Voraustrupps bis Wrexham zurückgezogen. Er versuchte in Whitchurch einen Scheinangriff und holte sich eine blutige Nase; ich glaube, daß er sich für eine Weile die Hörner abgestoßen hat. Aber ob dies so ist oder nicht, ich muß aufbrechen und mich um Madog kümmern.«

»Macht Euch um Chirk keine Sorgen«, versicherte Tudur ihm. »Darum werden wir uns kümmern. Laßt Eure Männer wenigstens etwas essen und die Pferde verschnaufen. Ich werde die Frauen aus den Betten trommeln, damit sie Euch etwas zubereiten, und Einon soll Owain wecken, falls er nicht schon auf ist.«

»Was habt Ihr vor?« fragte Cadfael. »In welche Richtung wollt Ihr Euch wenden?«

»Nach Llansilin und weiter die Grenze hinunter. Wir werden östlich an den Breidden Hills vorbeireiten und über Westbury nach Minsterley vorstoßen, um ihnen, wenn möglich, den Weg abzuschneiden, wenn sie zu ihrem Lager in Caus zurückwollen. Ich bin es leid, daß Männer aus Powys auf dieser Burg hocken«, sagte Hugh und schob den Unterkiefer vor. »Wir müssen die Festung zurückgewinnen und bewohnbar machen und dort eine Garnison einrichten.«

»Für ein so großes Aufgebot, wie Ihr es erwähntet, seid Ihr zu wenige«, sagte Cadfael. »Warum geht Ihr nicht erst nach Shrewsbury und beruft neue Männer ein, und wendet euch dann nach Westen, um sie von dort aus zu stellen?«

»Die Zeit ist zu kurz. Und außerdem halte ich Alan Herbard für vernünftig und mutig genug, um aus eigenem Antrieb eine gute Streitmacht aufzustellen und die Stadt zu schützen. Wenn wir uns schnell genug bewegen, können wir sie vielleicht in die Zange nehmen und sie knacken wie eine Nuß.«

Sie hatten die Halle erreicht. Die Neuigkeit hatte bereits die Runde gemacht, denn die Schläfer rollten sich eilig aus dem Stroh, Diener deckten Tische, und die Mägde kamen mit frischen Brotlaiben aus der Bäckerei und großen Krügen Dünnbier gelaufen.

»Wenn ich meine Angelegenheiten hier abschließen kann«, sagte Cadfael, »dann werde ich mit Euch reiten, so Ihr mich haben wollt.«

»Ich will, und Ihr seid herzlich willkommen.«

»Dann kümmere ich mich am besten zuerst um das, was hier noch nicht erledigt ist, sobald Owain Gwynedd Zeit dazu hat. Während Ihr Euch mit ihm beratet, kann ich mein eigenes Pferd für die Reise bereitmachen.«

Er war so mit dem bevorstehenden Kampf und dem, was vielleicht gerade in Shrewsbury geschah, beschäftigt, daß er sich zu den Ställen wandte, ohne die leichten Schritte zu hören, die ihm aus Richtung der Küche nacheilten, bis eine Hand seinen Ärmel packte und er sich umdrehte. Cristina stand vor ihm und starrte ihn mit geweiteten, dunklen Augen an.

»Bruder Cadfael, ist es wahr, was mein Vater sagt? Er meint, ich brauchte mir keine Sorgen zu machen, weil Elis irgendwo in Shrewsbury ein Mädchen gefunden habe und mich lieber heute als morgen loswerden wolle. Er sagt, alles könne in beiderseitigem Einvernehmen gelöst werden. So daß ich frei bin und Eliud auch! Ist das wahr?« Sie war ernst, und doch glühte sie. Elis' Fahnenflucht war ihr Hoffnung und Hilfe. So konnte der verwirrte Knoten vielleicht ohne Groll gelöst werden.

»Es ist wahr«, sagte Cadfael. »Aber hütet Euch, jetzt schon zu sehr auf diese Aussichten zu bauen, denn es ist noch lange nicht sicher, daß er die Dame, die er begehrt, auch bekommt. Sagte Euch Tudur auch, daß sie es war, die Elis des Mordes an ihrem Vater anklagte? Das ist keine sehr hoffnungsvolle Art, eine Ehe zu beginnen.«

»Aber er meint es ernst! Er liebt das Mädchen! Dann wird er sich nicht wieder mir zuwenden, ob er sie nun gewinnt oder nicht. Er hat mich noch nie gewollt. Oh, ich wäre schon gut genug für ihn gewesen«, sagte sie, indem sie die Schultern hob und die Lippen schürzte. »So gut wie jedes Mädchen, das ihm an Alter und Stellung gleichkommt, aber ich war für ihn noch nie etwas anderes als ein Mädchen, mit dem er aufwuchs und das er in gewisser Weise mochte. Aber nun«, sagte sie mitfühlend, »nun weiß er, was es heißt, zu begehren. Gott weiß, ich wünsche ihm alles Glück, das ich auch für mich selbst erhoffe.«

»Geht mit mir zu den Ställen«, erwiderte Cadfael, »und leistet mir in den wenigen Minuten, die wir noch haben, Gesellschaft. Denn ich werde mit Hugh Beringar aufbrechen, sobald seine Männer gefrühstückt haben und ausgeruht sind und sobald ich noch einmal mit Owain Gwynedd und Einon ab Ithel gesprochen habe. Kommt und erzählt mir geradeheraus, wie die Dinge zwischen Euch und Eliud stehen, denn das eine Mal, als ich Euch zusammen sah, verstand ich Euch völlig falsch.«

Sie ging bereitwillig mit, ihr Gesicht war im Perlmuttlicht, das sich langsam rosa färbte, klar und rein. Und ihre Stimme war ruhig, als sie sagte:»Ich liebte Eliud schon, als ich noch gar nicht wußte, was Liebe war. Ich wußte nur, wie sehr sie schmerzen konnte. Ich ertrug es nicht, von ihm getrennt zu sein, ich folgte ihm und wollte bei ihm sein, und er wollte mich nicht sehen, wollte nicht mit mir sprechen und wies mich grob von seiner Seite, wenn ich mich an ihn klammerte. Ich war Elis versprochen, und Elis war mehr als die Hälfte von Eliuds Welt, und um keinen Preis hätte er etwas berührt oder begehrt, was seinem Ziehbruder gehörte. Ich war damals noch zu jung, um das Ausmaß seiner Zurückweisung als Maß seiner Liebe für mich zu begreifen. Aber als ich verstand, was mich da quälte, wußte ich, daß Eliud jeden Tag dieselben Qualen durchlitt.«

»Ihr seid Euch seiner recht sicher«, sagte Cadfael. Es war eine Feststellung, kein Zweifel.

»Ich bin sicher. Von dem Augenblick an, als ich es verstand, versuchte ich ihm deutlich zu machen, was ich weiß und was auch er als die Wahrheit erkannt haben muß. Doch je mehr ich dränge und bitte, desto mehr wendet er sich ab und will nicht sprechen und hören. Aber um so mehr will er mich. Ich sage Euch die Wahrheit. Als Elis fortging und eingesperrt wurde, begann ich zu glauben, ich hätte Eliud fast gewonnen, ich hätte ihn fast dazu gebracht, seine Liebe einzugestehen und sich mit mir zu verbinden, diese schreckliche Verlobung zu brechen und um mich anzuhalten. Dann wurde er als Geisel für diesen unglückseligen Austausch fortgeschickt, und alles war dahin. Und jetzt ist es Elis, der den Knoten durchschneidet und uns alle befreit.«

»Es ist zu früh, um schon von Befreiung zu sprechen«, warnte Cadfael sie ernst. »Bisher ist noch keiner der beiden aus den Schwierigkeiten heraus – keiner von uns ist es, solange nicht die Angelegenheit des toten Sheriffs zu einem gerechten Ende gebracht wurde.«

»Ich kann warten«, sagte Cristina.

Es war sinnlos, dachte Cadfael, irgendeinen Zweifel über ihre Hoffnung zu legen. Sie hatte zu lange im Schatten gelebt, um sich einschüchtern zu lassen. Was bedeutete ihr schon ein ungelöster Mordfall? Er bezweifelte, ob Schuld oder Unschuld für sie einen Unterschied machten. Sie hatte nur ein Ziel, von dem sie nichts abbringen würde. Keine Frage, daß sie von klein auf ihre Spielkameraden richtig verstanden hatte: der eine, der das Recht auf sie besaß, das er jedoch nicht wahrnahm, und der andere, an dem der Kummer nagte, sie zu lieben und zu wissen, daß sie dem Ziehbruder versprochen war, den er fast genauso liebte. Kleine Mädchen sind immer um Jahre älter als ihre Brüder, die nach Jahren genauso alt sind, und vor allem sind sie scharfsinniger und eifersüchtiger.

»Da Ihr nun zurückreist«, sagte Cristina, während sie mit einem freundlichen Lächeln zum Getriebe in den Ställen blickte, »werdet Ihr ihn wiedersehen. Sagt ihm, daß ich jetzt eine erwachsene Frau bin oder es bald sein werde und mich dem versprechen kann, den ich will. Und ich werde mich niemand außer ihm geben.«

»Das will ich ihm sagen«, versprach Cadfael.

Auf dem Hof sammelten sich Männer und Pferde. Das Morgenlicht erhob sich klar und bleich über den Holzgebäuden, und das Grün des Waldes im Tal war mit den blassen Punkten frischer Blattknospen durchsetzt, die wie zartgrüne Schleier zwischen den dunklen Stämmen leuchteten. Ein leichter Wind wehte, gerade stark genug, um zu erfrischen, ohne zu stören. Ein guter Tag für einen Ritt.

»Welches Pferd ist das Eure?« fragte sie.

Cadfael führte das Pferd heraus, damit sie es sah, und gab es an einen Burschen ab, der sofort herbeikam, um es aufzusatteln.

»Und wem gehört dieses große, grobknochige graue Vieh? Das habe ich noch nie hier gesehen. Der sollte schnell sein, selbst unter einem Gepanzerten.«

»Das ist Hugh Beringars Lieblingspferd«, sagte Cadfael, als er den Apfelschimmel freudig erkannte. »Und für alle anderen Reiter ist er ein schlechtgelauntes Biest. Hugh hat ihn wohl in Oswestry ausruhen lassen, sonst würde er ihn jetzt nicht reiten.«

»Wie ich sehe, wird auch für Einon ab Ithel gesattelt«, sagte sie. »Ich glaube, er will nach Chirk zurückreiten, um Beringars Nordgrenze zu bewachen, während dieser woanders zu tun hat.«

Ein Bursche war an ihnen vorbeigegangen; er trug Geschirr auf dem einen und eine Satteldecke auf dem anderen Arm und legte sie über ein Geländer, um dann zurückzugehen und das Pferd zu bringen, das beides tragen sollte. Es war ein sehr schönes Tier, ein großer Brauner, den Cadfael schon einmal im Klosterhof in Shrewsbury gesehen hatte. Er beobachtete erfreut seine lebhaften Bewegungen, als der Bursche die Satteldecke aufhob und über den breiten, glänzenden Rücken warf; ja, er war so von dem Pferd eingenommen, daß er kaum auf das Rüstzeug achtete. Am weichen Lederzügel hingen Fransen, das Stirnband war mit kleinen Goldknöpfen besetzt. In Einons Land gab es Gold, erinnerte er sich. Und die Satteldecke...

Er starrte und starrte sie reglos an und hielt einen Augenblick den Atem an. Ein dickes, weiches Tuch aus gefärbter Wolle, aus schwerem Garn zu einem komplizierten Blütenmuster gewebt, hellrote Rosen, deren Farbe schon etwas verblaßt war, und tiefblaue Iris. Durch die Blumen und rundherum liefen dicke Goldfäden. Das Tuch war nicht neu, es war schon häufig benutzt worden, und die Wolle war hier und dort zu dichten Knoten aufgerauht; einige Fäden waren ausgefranst, so daß kurze, feine Fädchen in der Luft zitterten.

Es war nicht einmal nötig, zum Vergleich die kleine Schachtel herauszuziehen, in welcher er die an dem Toten gefundenen Fäden aufbewahrte. Nun, da er diese Farben endlich sah, erkannte er sie ohne jeden Zweifel. Er betrachtete genau das Ding, das er suchte, und das hier viel zu gut bekannt, viel zu oft gesehen und zu wenig beachtet worden war, um irgend jemandes Erinnerung zu wecken.

Er erkannte außerdem augenblicklich und ohne Irrtum die Bedeutung dessen, was er sah.

Cristina hatte er von dem, was er nun wußte, kein Wort verraten, als sie zusammen zurückgingen. Warum auch? Besser, er behielt alles für sich, bis er eine klare Richtung erkannte und wußte, was zu tun war. Zu niemand ein Wort, außer zu Owain Gwynedd, mit dem er gleich darauf sprach.

»Mein Herr«, sagte er zu ihm, »ich habe gehört, Ihr hättet gesagt, die einzige Sühne für den ermordeten Mann, für Gilbert Prestcote, sei das Leben des Mörders. Wurde mir dies wahrheitsgetreu berichtet? Muß es denn einen weiteren Toten geben? Das walisische Gesetz erlaubt es, einen Blutpreis zu bezahlen, um ausgedehntes Blutvergießen bei einer Blutfehde zu vermeiden. Ich glaube nicht, daß Ihr das normannische mit dem walischen Recht verwechselt.«

»Gilbert Prestcote lebte nicht nach dem walisischen Gesetz«, sagte Owain, der ihn scharf musterte. »Und ich kann ihn nicht mehr bitten, nach diesem Gesetz zu sterben. Von welchem Wert wäre auch eine Bezahlung in Form von Gütern oder Vieh für seine Witwe und die Kinder?«

»Und doch glaube ich, die *galanas* kann auch in anderer Münze gezahlt werden«, sagte Cadfael. »Mit Buße, Kummer und Schande, was so hoch ist wie der höchste Preis, den ein Richter je festsetzen könnte. Was ist damit?«

»Ich bin kein Priester«, sagte Owain, »und niemandes Beichtvater. Buße und Absolution liegen nicht in meiner Gewalt. Gerechtigkeit schon.«

»Und Gnade auch«, sagte Cadfael.

»Gott verhüte, daß ich je willkürlich eine Hinrichtung befehle. Ein vermiedener Tod, ob durch Gut oder Kummer, durch Pilgerschaft oder Gefängnis, ist weitaus besser als viele Tode über lange Zeit. Ich würde alle am Leben lassen, die einen Wert für diese Welt und für die, mit denen sie in dieser Welt vereint sind, besitzen. Das Jenseits ist die Angelegenheit Gottes.« Der Prinz beugte sich vor, und das Morgenlicht, das durch eine Schießscharte fiel, fing sich in seinem flachsblonden Haar. »Bruder«, fuhr er leise fort, »hattet Ihr nicht etwas, das wir heute morgen bei besserem Licht noch einmal betrachten wollten? Wir sprachen gestern abend davon.«

»Das ist jetzt nur noch von geringer Bedeutung«, entgegnete Cadfael, »wenn Ihr Euch damit zufrieden geben wollt, es mir noch eine Weile zu überlassen. Ihr sollt bald ins Bild gesetzt werden.«

»So sei es!« sagte Owain Gwynedd und lächelte plötzlich. Die kleine Kammer war erfüllt von der Ausstrahlungskraft seiner Persönlichkeit. »Nur eine Bitte habe ich: Bewahrt es sorgfältig auf – um meinetwillen und zweifellos auch um anderer willen.«

13

Elis war so klug, nicht geradewegs zur Klause der Benediktinerschwestern zu hasten, erschöpft und schmutzig, wie er
nach dem Lauf war; außerdem dämmerte es gerade erst. Er war
nur wenige Meilen von Shrewsbury entfernt, und doch schien
alles hier so einsam und ungeschützt! Warum nur, hatte er sich
beim Rennen zornig gefragt, warum nur hatten sich diese
Frauen entschlossen, ihre kleine Kapelle an einem so gefährlichen Ort zu errichten? Das war eine Provokation! Man sollte die
Äbtissin in Polesworth dazu bringen, ihren Irrtum einzusehen
und die bedrohten Schwestern zurückzuziehen. Diese augen-
blickliche Gefahrensituation würde sich immer wiederholen, die
unruhige Grenze lag ja so nahe.

Er wandte sich stromauf zur Mühle am Bach, wo er in der
Obhut eines muskulösen Riesen namens John in jenen Tagen im
Februar gefangengehalten worden war. Widerwillig beäugte er
das Gewässer, das jetzt gefallen und gezähmt war und ruhig in
seinem gewundenen, steinigen Bett dahinfloß, das nicht mehr
die Wassermassen führte, an die er sich erinnerte. Wenn die
Männer nun kamen, konnten sie bequem durch den Fluß waten,
wo er sich zu einer leicht zu überwindenden Furt öffnete; sie
würden kaum bis übers Knie naß werden. Nun, diese flachen
Stellen konnte man ausheben und mit Stacheln oder Fußangeln
schützen. Und die bewaldeten Ufer boten auf jeden Fall gute
Deckung für Bogenschützen.

John Miller, der im Mühlhof Pfähle anspitzte, ließ sein Beil
fallen und langte nach der Mistgabel, als hastige, stolpernde
Füße über die Bretter polterten. Er fuhr mit einer für einen so
großen Mann erstaunlichen Geschwindigkeit herum und riß die
Augen auf, als er seinen ehemaligen Gefangenen mit leeren
Händen und zielstrebig auf sich zukommen sah. Und dann begrüßte ihn der ehemalige Gefangene auch noch mit lauten, for-
dernden englischen Worten, obwohl er noch vor wenigen Wochen völlige Unkenntnis dieser Sprache vorgespiegelt hatte.

»Die Waliser aus Powys – eine Kriegertruppe – sind keine

zwei Stunden entfernt! Wissen die Frauen davon? Könnte man sie noch in die Stadt bringen? Dort wird ein Aufgebot zusammengestellt, aber vielleicht ist es dafür schon zu spät...«

»Immer mit der Ruhe!« sagte der Müller, ließ seine Gabel fallen und wies auf einen Stapel gefährlich zugespitzter Pfähle. »Anscheinend habt Ihr Eure Zunge recht schnell wiedergefunden! Und auf welcher Seite steht Ihr wohl diesmal und wer hat Euch freigegeben? Hier, tragt diese Pfähle, wenn Ihr Euch schon nützlich machen wollt.«

»Die Frauen müssen fortgeschafft werden«, drängte Elis verzweifelt. »Es ist noch nicht zu spät, wenn sie sofort aufbrechen... Gebt mir die Erlaubnis, mit ihnen zu sprechen, sie werden gewiß zuhören. Wenn *sie* in Sicherheit sind, dann können wir sogar einer Kriegstruppe Widerstand leisten. Ich bin gekommen, um sie zu warnen...«

»Oh, sie wissen schon Bescheid. Wir haben seit dem letztenmal gut acht gegeben. Doch die Frauen werden nicht weichen, also könnt Ihr Euch den Atem sparen und unsere Seite um einen Mann ergänzen. Wenn das Eure Absicht ist, dann seid willkommen. Mutter Mariana hält es für ein Schwanken im Glauben, auch nur eine Handbreit nachzugeben, und Schwester Magdalena meint, daß sie dort, wo sie nun einmal sind, den größeren Nutzen bringen, und die meisten Menschen hier in der Gegend würden sagen, daß das ganz einfach die Wahrheit ist. Kommt, laßt uns die Pfähle einsetzen – die Furt ist schon ausgehoben.«

Elis lief schwerbeladen neben dem großen Mann her. Der flachste Teil des Baches befand sich hinter der Kapellenmauer des Hofes, und als er auf Geheiß des Müllers die Pfähle dort einsetzte, bemerkte er, daß zwischen den Büschen und dem Krüppelholz auf beiden Seiten des Wassers viel Bewegung war. Die Waldleute waren sich der Bedrohung wohl bewußt und hatten ihre Vorbereitungen getroffen, und nach ihrem letzten Auftreten war Schwester Magdalena gewiß ebenfalls für die Schlacht bereit. Mutter Marianas Glaube an den göttlichen Schutz mochte gut sein, aber es war gewiß besser, ihn durch den praktischen Beistand zu stärken, den der Himmel mit Recht von vernünftigen Sterblichen erwartet. Aber konnten sie einer Kriegertruppe von über hundert Männern standhalten, die sich zudem für eine schmähliche Niederlage rächen wollten? Wußten sie überhaupt, mit wem sie es da aufzunehmen hatten?

»Ich brauche eine Waffe«, sagte Elis, als er breitbeinig hoch auf dem Ufer stand und nach Nordwesten blickte, woher die Gefahr kommen mußte. »Ich kann mit Schwert, Lanze und Bogen umgehen, was immer man mir gibt ... Dieses Beil, das Ihr da habt, mit einem langen Stiel versehen ...« Und dann hatte er noch eine andere gute Waffe, wie ihm gerade einfiel. Wenn er die Feinde nur rechtzeitig bemerkte und sich ihnen als erster entgegenstellte, wenn sie kamen, dann konnte er ihnen mit lauten walisischen Worten begegnen, wo sie mit erschrockenen Engländern rechneten. Er besaß die Zungenfertigkeit seiner bardischen Ahnen, kannte all die Schmähungen und den angsteinflößenden Hohn, die er in einem Sturzbach über die feigen Räuber ausschütten konnte, die fromme Frauen angreifen wollten. Eine Zunge wie ein Peitschenschlag! Vielleicht sollte er sich sogar betrinken, um die wahren Höhen sengender Beleidigungen zu erreichen, aber selbst in diesem Zustand verzweifelter Nüchternheit mochte es ausreichen, um sie zu entnerven und aufzuhalten.

Elis watete ins Wasser und suchte eine passende Stelle, wo er einen Pfahl zwischen den Wasserpflanzen mit schräg nach oben geneigter Spitze einsetzen konnte, so daß sich jeder aufspießte, der voreilig den Bach durchqueren wollte. Nach der Vorsicht zu schließen, mit der John Miller sich bewegte, war die Furt in der Mitte des Stromes ausgehoben worden. Wenn die Angreifer beritten waren, reichte ein Fehltritt in eines dieser Löcher, und das Pferd würde straucheln und den Reiter nach vorn in die Pfähle schleudern. Wenn sie zu Fuß kamen, würden wenigstens einige in den Löchern versinken und ihre Gefährten mit sich reißen, so daß genug Verwirrung entstand, die sich die Bogenschützen zunutze machen konnten.

Der Müller stand mitten im knietiefen Bach und sah Elis kritisch zu, als dieser seinen mörderischen Pfahl in den Boden trieb und ihn durch die zähe Decke der Wasserpflanzen ins Erdreich unter dem Ufer drückte. »Gute Arbeit!« sagte er mit mildem Wohlwollen. »Wir werden Euch eine Hippe geben; vielleicht haben die Waldleute auch eine Axt für Euch übrig. Wenn Ihr guten Willens seid, dann sollt Ihr nicht waffenlos in den Kampf ziehen.«

Schwester Magdalena war wie die anderen Mitglieder des Haushaltes seit dem Morgengrauen auf den Beinen und legte Leinen, Scheren, Messer, Tinkturen, Salben und Stärkungstränke und alles andere bereit, was in wenigen Stunden gebraucht würde. Währenddessen überlegte sie, wie viele Betten wo mit Anstand bereitgestellt werden konnten, wenn einer der Männer aus ihrer Waldarmee zu schwer verletzt wurde, um transportiert zu werden. Magdalena hatte ernsthaft erwogen, die beiden jungen Postulantinnen nach Beistan im Osten zu schicken, doch sie hatte sich dagegen entschieden, da sie überzeugt war, daß die beiden am Ende hier sicherer waren. Vielleicht kam der Angriff überhaupt nicht. Und wenn er kam, dann war man wenigstens bereit, und die beherzten Waldleute waren auf die Verteidigung vorbereitet. Wenn die Räuber aber direkt nach Shrewsbury zogen und einer Truppe begegneten, mit der sie sich nicht messen konnten, dann würden sie zurückweichen, sich verstreuen und nach Hause fliehen; zwei Mädchen, die durch die Wälder nach Osten eilten, waren dann eine leichte Beute für sie. Nein, es war besser, sie hier zu behalten. Und überhaupt überzeugte sie ein Blick auf Melicents gerötetes und empörtes Gesicht, daß zumindest dieses Mädchen nicht gehen würde, selbst wenn man es ihr befahl.

»Ich habe keine Angst«, sagte Melicent verächtlich.

»Um so dümmer«, erwiderte Schwester Magdalena einfach. »Es sei denn natürlich, Ihr lügt. Und wer von uns täte das nicht, wenn ihm seine Angst vorgehalten wird! Aber nachdem sich Generationen mit gutem Grund fürchteten, haben wir begonnen, über Verteidigungsanlagen nachzudenken.«

Sie hatte bereits alle Vorkehrungen getroffen und stieg jetzt die Holztreppe in den kleinen Glockenturm hinauf. Von dort blickte sie über das offene Stück des Bachs zum steil ansteigenden Ufer dahinter, das dicht mit Büschen bewachsen war und weiter zu einem Abhang anstieg, auf dem einmal ein gepflegter junger Wald gestanden hatte, der jetzt aber verwildert war. Landbewohner, die die Tagesstunden gut ausnützen müssen, um sich ihren Lebensunterhalt zu verdienen, können nicht außerdem auch noch Tag und Nacht Wache halten. Sollten sie lieber heute kommen, wenn sie überhaupt kommen wollen, dachte Schwester Magdalena, denn nun sind wir aufs äußerste entschlossen und bereit und können nichts weiter tun; wenn wir zu lange warten müssen, werden wir nur achtlos.

Ihr Blick wanderte vom gegenüberliegenden Ufer zum Bach selbst, zum tiefeingeschnittenen und felsigen Bachbett, das unter den Mauern breiter wurde und in der Furt ruhiger strömte. Und dort watete gerade John Miller vorsichtig ans Ufer. Hinter ihm wirbelte das Wasser auf, als ein anderer Mann, ein junger Bursche mit einer dichten Mähne schwarzer Locken, sich über den letzten Pfahl beugte und ihn mit kräftigen Armen und Schultern in den Grund hieb, tief unter das Ufer, wo er von Gräsern bedeckt war. Als er sich mit gerötetem Gesicht aufrichtete, erkannte sie ihn.

Sie ging nachdenklich zur Kapelle hinunter. Melicent war gerade damit beschäftigt, die wenigen wertvollen Schmuckgegenstände des Altars und des Hauses in einem Kasten zu verstauen, der mit starken Klammern und Bändern an der Wand verankert war. Es sollte den Angreifern wenigstens so schwer wie möglich gemacht werden, diese bescheidene Kirche zu plündern.

»Habt Ihr nicht hinausgesehen, um die Männer beim Arbeiten zu beobachten?« fragte Schwester Magdalena freundlich. »Wie es scheint, haben wir einen neuen Verbündeten gefunden. Der junge Waliser, den wir beide kennengelernt haben, arbeitet dort draußen mit John Miller. Er hat die Seiten gewechselt, und

wie es aussieht, ist er lieber auf unserer als auf der Seite der
Männer, mit denen er beim erstenmal kam.«

Melicent fuhr herum und starrte sie mit weiten, traurigen
Augen an. »Er?« fragte sie mit spröder, leiser Stimme. »Er war
Gefangener im Schloß. Wie kann er hier sein?«

»Anscheinend hat er den Kopf aus der Schlinge gezogen. Und
wie seine Stiefel und Hosen aussehen, ist er auf dem Weg hierher durch einige Schlammlöcher gewatet«, entgegnete Schwester Magdalena sanftmütig. »Nach seinem schmutzigen Gesicht
zu schließen, ist er auch mindestens in eines hineingefallen.«

»Aber warum ist er hergekommen? Wenn er geflohen ist ...
was tut er hier?« fragte Melicent gespannt.

»Wie es aussieht, bereitet er sich darauf vor, gegen seine eigenen Landsleute zu kämpfen. Und da ich bezweifle, daß er sich
an mich mit genug Wärme erinnert, um aus dem Gefängnis aus-
zubrechen und für mich zu kämpfen«, erwiderte Schwester
Magdalena mit einem kleinen, wehmütigen Lächeln, »gehe ich
davon aus, daß es ihm um *Eure* Sicherheit geht. Aber Ihr könnt
ihn selbst fragen, wenn Ihr Euch über den Zaun lehnt.«

»Nein!« rief Melicent, wich abrupt zurück und ließ den
Deckel der Kiste mit einem Knall zufallen. »Ich habe ihm nichts
zu sagen.« Und sie verschränkte die Arme und umklammerte
sich selbst, als wäre es kalt und als könnte ein verräterischer Teil
von ihr ausbrechen und sich eilig in den Garten stehlen.

»Nun, wenn Ihr mir die Erlaubnis geben wollt«, sagte Schwester Magdalena heiter, »ich habe ihm etwas zu sagen.« Sie ging
hinaus, zwischen frisch umgegrabenen Beeten und der ersten
Salataussaat im umfriedeten Garten hindurch, um auf den
Steinblock zu klettern, auf dem sie hoch genug stand, um über
den Zaun zu blicken. Und plötzlich hatte sie Elis ap Cynan fast
Nase an Nase vor sich, der sich begierig reckte, um hereinzu-
blicken. Verschmutzt und erschöpft und verzweifelt ernst wie er
war, kam er ihr so jung vor, daß sie, die nie ein Kind geboren
hatte, für ihn eher großmütterliche als mütterliche Gefühle verspürte. Der Junge wich erschrocken zurück und blinzelte, als er
sie erkannte. Er errötete unter dem grünlichen Schmutz, der

sich ihm über Wangen und Stirn gelegt hatte, und streckte flehend eine Hand zum Zaun zwischen ihnen aus.

»Schwester, ist sie ... ist Melicent da drin?«

»Das ist sie, und sie ist gesund und munter«, entgegnete Schwester Magdalena, »und mit Gottes und Eurer Hilfe und der Hilfe aller anderen unbeirrbaren Seelen, die so eifrig für uns sorgen wie Ihr, wird sie dort auch sicher sein. Ich will nicht weiter fragen, wie Ihr hergekommen seid, Junge, aber ob Ihr nun ausgebrochen seid oder nicht, Ihr seid sehr willkommen.«

»Ich wünschte bei Gott«, sagte Elis fiebrig, »daß sie in diesem Augenblick in Shrewsbury wäre.«

»Das wünschte ich auch, aber immer noch besser hier als irgendwo dazwischen. Und außerdem würde sie auch nicht von hier weggehen.«

»Weiß sie denn«, fragte er demütig, »daß ich hier bin?«

»Das weiß sie, und sie weiß auch, was Ihr wollt.«

»Will sie nicht ... Könntet Ihr sie nicht bitten ..., daß sie mit mir spricht?«

»Dazu ist sie nicht bereit. Aber sie denkt sich sicher ihren Teil«, meinte Schwester Magdalena aufmunternd. »Wenn ich an Eurer Stelle wäre, dann würde ich sie eine Weile in Ruhe lassen, damit sie nachdenken kann. Sie weiß, daß Ihr hier seid, um mit uns zu kämpfen – darüber kann sie nachdenken. Aber jetzt bleibt besser auf festem Boden und in Deckung. Geht und schärft die Klinge, die man Euch geben mag, und schützt Eure Haut. Diese Verwirrungen dauern nie sehr lange«, sagte sie resigniert, »aber was danach kommt, währt ein Leben lang, Eures und ihres. Nun achtet also auf Elis ap Cynan, und ich gebe acht auf Melicent.«

Hugh und seine zwanzig Männer hatten die Breidden Hills schon vor der Morgenandacht umrundet und diese gewaltigen, geduckten Erhebungen auf dem Weg nach Westbury rechts liegengelassen. In Westbury bekamen sie einige neue Pferde, doch nicht genug, um alle müden Tiere zu ersetzen. Aus diesem Grund hatte Hugh eine erträgliche Reisegeschwindigkeit eingeschlagen und legte eine Rast ein, damit Männer und Pferde Atem schöpfen könnten. Es war die erste Gelegenheit, ein Wort zu wechseln, doch nun, da sie da war, hatte kein Mann viel zu sagen. Erst wenn das Geschäft, in dem sie unterwegs waren, abgeschlossen und erledigt wäre, würden sich die Zungen wieder frei bewegen. Selbst Hugh, der sich unter den knospenden Bäumen flach auf dem Rücken liegend neben Cadfael ausruhte, fragte diesen nicht nach seinen Aufträgen in Wales.

»Ich reite mit Euch, wenn ich meine Aufgabe hier abschließen kann«, hatte Cadfael gesagt. Hugh hatte ihn nicht weiter gefragt, und er fragte auch jetzt nicht; vielleicht, weil seine Gedanken ausschließlich um das kreisten, was getan werden mußte – nämlich die Waliser von Powys nach Caus und noch weiter zurückzutreiben. Vielleicht auch, weil er diese andere Angelegenheit hauptsächlich für Cadfaels Sache hielt und bereit war zu warten, bis dieser ihm die endgültige Aufklärung geben konnte.

Cadfael lehnte den schmerzenden Rücken gegen den Stamm einer Eiche, die gerade die ersten festen Blattknospen ausbildete, bewegte die wunden Füße in den Stiefeln und spürte seine einundsechzig Jahre. Er fühlte sich um so älter, da all die bejammernswerten Geschöpfe, die in diesem Gewirr von Liebe und Schuld und Schmerz hierhin und dorthin gezogen wurden, so jung und verletzlich waren. Alle bis auf das Opfer, Gilbert Prestcote, der in hilfloser Schwäche gestorben war und für den Hugh, weil es es mußte, Vergeltung fordern würde. Es konnte keine Milde geben, dafür war kein Raum. Hughs Herr war getötet worden, und Hugh wollte die Schuld beglichen sehen. Es war seine Pflicht, er hatte keine Wahl.

»Auf!« sagte Hugh, der schon über ihm stand und jenes abwesende, doch wohlmeinende Lächeln zeigte, das wie ein Reflex an der Oberfläche seines Bewußtseins aufblitzte, während seine ganze Sorge etwas anderem galt. »Die Augen auf! Wir reiten weiter.« Und er streckte eine Hand aus, um Cadfaels Handgelenk zu packen und ihn auf die Beine zu ziehen, so sanft und vorsichtig, daß Cadfael beinahe beleidigt war. So alt und so steif war er doch noch gar nicht! Aber er vergaß seinen kleinen Kummer, als Hugh sagte: »Ein Schafhirte aus Pontesbury hat eine Nachricht gebracht. Sie haben ihr Nachtlager abgebrochen und ziehen weiter.«

Cadfael war sofort hellwach. »Was wollt Ihr nun tun?«

»Zwischen ihnen und Shrewsbury zur Straße vorstoßen und sie zurückschlagen. Alan wird schon alarmiert sein, vielleicht treffen wir ihn unterwegs.«

»Wagen sie es etwa, die Stadt anzugreifen?« fragte Cadfael verwundert.

»Wer weiß? Sie sind von ihrem Erfolg berauscht, und sie glauben, ich sei weit entfernt. Unser Mann sagt, sie wären Minsterley ausgewichen und hätten die Männer des Nachts um den Ort herumgeführt. Anscheinend planen sie wenigstens einen Überfall auf die Vororte, auch wenn sie sich danach wieder zurückziehen. Es gefällt ihnen, Städte auszurauben, aber wir werden schneller sein. Wir reiten nach Hanwood oder in die Nähe und schneiden ihnen den Weg ab.«

Hugh machte sich einen milden Scherz daraus, Cadfael in den Sattel zu helfen, aber trotzdem gab Cadfael für die nächste Meile die Geschwindigkeit vor, denn er war etwas mürrisch, da man so mit ihm umging und ihn für einen alten Mann hielt. Mit einundsechzig war er noch nicht alt, höchstens ein wenig über die Blütejahre hinaus. Schließlich war er in den letzten paar Tagen viel und schwer geritten und hatte das Recht, steif und wund zu sein.

Hinter einer Hügelkuppe konnten sie die Straße nach Shrewsbury überblicken und sahen, schmal und träge in der Luft über einer fernen Baumgruppe, eine kleine Rauchsäule aufsteigen. »Von ihren gelöschten Lagerfeuern«, sagte Hugh, während er sein Pferd zügelte, um sich zu orientieren. »Und ich kann noch andere Brände riechen. Irgendwo in der Nähe des Waldrandes sind Scheunen in Flammen aufgegangen.«

»Älter als einen Tag, und der Qualm hat sich verzogen«, sagte Cadfael, während er in der Luft schnüffelte. »Wir sollten sie besser direkt angehen, solange wir wissen, wo sie sind, denn man kann nicht ahnen, wo sie als nächstes zuschlagen werden.«

Hugh führte seine Gruppe zur Straße hinunter und hinüber auf die andere Seite, wo sie am Saum des Waldes ausschwärmen und auf festem Waldboden schnell, aber leise vordringen konnten. Sie hielten sich eine Weile in Sichtweite der Straße, ohne jedoch eine Spur von den walisischen Räubern zu sehen. Anscheinend zielte ihr augenblicklicher Vorstoß gar nicht auf die Stadt und auch nicht auf die Vororte. Hugh führte seine Streitmacht tiefer ins Waldland und hielt geradewegs auf das verlassene Nachtlager zu. Hinter dem zertrampelten Platz gab es genug Spuren für Augen, die es gewohnt waren, in Büschen und Gräsern zu lesen. Eine große Anzahl von Männern war hier zu Fuß durchgekommen, und zwar vor gar nicht so langer Zeit; sie hatten einige Ponys bei sich gehabt, die kleine Äste und knospende Zweige von den Büschen abgerissen hatten. Die aschgrauen, geschwärzten Trümmer einer Kate und der angebauten Ställe verrieten, wo das letzte Opfer Heim, Lebensgrundlage und alles, womöglich auch sein Leben, verloren hatte; auf dem Boden sah man einen getrockneten Blutfleck, wo ein Schwein geschlachtet worden war. Sie folgten rasch der Spur, die die Waliser hinterlassen hatten, denn nun waren sie sicher, wohin es ging: Der Weg führte tiefer ins nördliche Hochland des großen Waldes, und Godric's Ford war kaum zwei Meilen entfernt.

Die schändliche Niederlage, die ihnen durch Schwester Magdalena und ihre Bauernarmee beigebracht worden war, hatte tatsächlich an ihnen genagt. Die Männer aus Caus waren nicht abgeneigt, ein paar Stück Vieh wegzutreiben und unterwegs die eine oder andere Farm niederzubrennen, aber was sie vor allem wollten, was sie vor allem hierher geführt hatte, war der Wunsch nach Rache.

Hugh gab seinem Pferd die Sporen und suchte sich im Galopp einen Weg durchs offene Waldland; sein Reitertrupp folgte ihm eilig. Sie hatten etwa eine weitere Meile zurückgelegt, als sie voraus, fern und verschwommen, eine trotzig erhobene Stimme brüllen hörten.

Die Stunde des Hochamtes war schon fast gekommen, als Alan Herbard sein Aufgebot aus den Burgmauern führte. Er war im Zweifel was tun, weil er keinen klaren Hinweis darauf hatte, in welche Richtung sich die Räuber bewegen wollten; es hatte wohl wenig Sinn, ziellos an der westlichen Grenze herumzurennen, um sie dort zu jagen. Wenn er mehr wissen wollte, mußte er sich auf seinen Verstand verlassen. Als die Truppe aus der Stadt ritt, hielt sie sich also zunächst direkt nach Pontesbury bereit, entweder nach Norden abzuschwenken, um den Räubern den Weg nach Shrewsbury abzuschneiden, oder nach Südwesten zu reiten, nach Godric's Ford – je nachdem, welche Nachrichten unterwegs von den Boten kamen, die vor Tagesanbruch ausgesandt worden waren. Die erste Meile legten sie sehr schnell zurück, bis ein atemloser Landmann aus den Büschen stürzte und sie kurz hinter dem Dörfchen Beistan aufhielt.

»Mein Herr, sie sind von der Straße abgeschwenkt. Sie sind von Pontesbury nach Osten in den Wald in Richtung Hochland gezogen. Sie haben der Stadt den Rücken gekehrt, um eine andere Beute aufzuspüren. Haltet Euch an der Gabelung nach Süden!«

»Wie viele sind es?« fragte Herbard, während er schon sein Pferd in die neue Richtung lenkte.

»Mindestens hundert. Sie halten eng zusammen und erlauben es nicht, daß Nachzügler hinterdrein schlendern. Sie rechnen wohl mit einem Kampf.«

»Den sollen sie bekommen!« versprach Herbard, führte seine Männer auf den Weg nach Süden und ritt, wo immer das Gelände einigermaßen offen war, im Galopp.

Eliud trabte in der Vorhut mit und fand selbst deren Geschwindigkeit zu gering. Er trug den Makel eines schweren Verdachtes und der Schande, wie er es gewünscht hatte: Das Seil hing zusammengerollt an seinem Hals, so daß jeder es sehen konnte, und der Bogenschütze, der ihn niederschießen würde, wenn er zu flüchten versuchte, hielt sich dicht hinter ihm; doch er trug auch ein geborgtes Schwert an der Hüfte, hatte ein Pferd unter sich und war unterwegs. Er sorgte sich, und trotz der

Kälte des Märzmorgens war ihm siedendheiß. Elis hatte wenigstens den Vorteil, schon einmal über diese Pfade geritten und in dieses Waldland vorgedrungen zu sein. Eliud war noch nie südlich von Shrewsbury gewesen, und obwohl die Schnelligkeit, mit der sie ritten, seinem ängstlichen Herzen viel zu gering erschien, konnte er nichts gewinnen, wenn er ausbrach, denn er wußte nicht genau, wo Godric's Ford lag. Der Bogenschütze, der ihm folgte, mochte ein guter Schütze sein, aber er war gewiß kein guter Reiter; sicher wäre es möglich gewesen, etwas Geschwindigkeit zuzulegen, vorzustürmen und ihm zu entkommen – aber was hätte das genützt? Die Zeit, die er damit gewann, würde er unweigerlich wieder verlieren, wenn er sich in diesem Wald verlief. Er hatte keine Wahl, als sich von den anderen führen zu lassen, zumindest nahe genug, um die Richtung mit Auge oder Ohr zu finden. Es würde schon Anzeichen geben. Er lauschte beim Reiten angestrengt auf jedes verräterische Geräusch, aber da war nichts zu hören außer dem Rauschen und Knacken der abgestreiften Äste, dem Donnern der Hufe auf dem tiefen Boden und hin und wieder dem einsamen Ruf eines Vogels, der ungestört von dieser Invasion verblüffend laut klang.

Es konnte nicht mehr weit sein. Sie ritten jetzt über ansteigende Heide, die danach wieder zu dichtem Waldland und feuchtem Morast absank. Elis mußte den ganzen Weg in der Nacht zu Fuß gerannt sein, er mußte durch diese Löcher mit dem stehenden grünen Wasser geplatscht sein und sich die plötzlichen Anstiege voller Heide und Buschwerk und einzelner Felsen hinaufgequält haben.

Mitten auf der Heide zügelte Herbard plötzlich sein Pferd und gebot den Männern Schweigen. »Hört! Da vorn zu unserer Rechten – da ziehen Männer.«

Sie strengten ihre Ohren an und hielten den Atem an. Es war nur ein leises, beständiges Raunen von Geräuschen, zusammengesetzt aus dem Rauschen von Zweigen, dem Rascheln der Blätter des letzten Herbstes unter vielen Füßen, dem Knacken eines toten Astes, einem kurzen und leisen Wortwechsel, einem schrillen und empörten Vogelschrei. Deutliche Anzeichen dafür, daß sich eine große Gruppe von Männern fast geräuschlos und ohne Hast durch den Wald bewegte.

»Jenseits des Baches und ganz nahe an der Furt«, sagte Herbard scharf. Und er schüttelte den Zügel, gab dem Pferd die Sporen und stürmte, die Männer dicht auf seinen Fersen, voran. Vor ihnen öffnete sich ein schmaler Reitweg zwischen hohen Bäumen, eine lange Allee, an deren fernem Ende sie flache, verwitterte, dunkelbraune Holzbauten erkannten und dahinter, zwischen den Bäumen, ein Flechtwerk aus Tageslicht, wo der Einschnitt des Baches ihren Weg kreuzte.

Sie hatten den Reitweg halb durchmessen, als das brodelnde Gemurmel aufgeregter Männer, die aus ihrer Deckung brachen, am unsichtbaren Wasserlauf aufbrandete; dann erhob sich eine einzige Stimme laut über die Geräusche und ließ eine trotzige Herausforderung erschallen. Und noch seltsamer war der Augenblick absoluter Stille nach dem Schrei.

Herbard hatte die Herausforderung nicht verstanden. Eliud aber desto besser. Denn es waren walisische Worte, und die Stimme gehörte Elis, der sich in einem von Verzweiflung geschärften Ton an seine Landsleute wandte: »Bleibt stehen und macht kehrt! Schande über Eure Väter, daß Ihr Euch die Zähne an frommen Frauen wetzen wollt! Geht zurück, dorthin, wo ihr hergekommen seid, und sucht Euch einen Gegner, der Euch zur Ehre gereicht!« Und noch überheblicher und anmaßender fuhr er fort: »Den ersten Mann, der den Fuß auf dieses Ufer setzt, werde ich mit dieser Pike aufspießen, denn ob Waliser oder nicht, er ist nicht mein Landsmann.«

Und das rief er einer Kriegertruppe zu, die gut ausgerüstet war und nach Blut gierte!

»Elis!« rief Eliud zornig und entsetzt und beugte sich über den Hals des Pferdes vor. Er gab ihm die Sporen und klatschte wild mit dem Zügel. Der Bogenschütze hinter ihm befahl ihm anzuhalten, er hörte und spürte das Vibrieren des Pfeilschaftes, der an seiner rechten Schulter vorbeifuhr und ein Stück Tuch wegriß, doch kümmerte er sich nicht darum, sondern stürmte wildentschlossen weiter, den steilen grünen Reitweg hinunter zum Bachufer hin.

Sie waren durch die dichtere Deckung ein Stück stromab gekommen, um sich dem Hof und der Furt zu nähern, ohne entdeckt zu werden, und um den Verteidigern, die womöglich an der Mühle, wo Bogenschützen ein gutes Schußfeld hatten, aufgestellt worden waren, kein Ziel zu bieten. Die kleine Brücke war noch nicht repariert, aber da der Fluß nach dem Winterhochwasser so weit gefallen war, brauchten sie auch keine Brücke. Man konnte an zwei oder drei Stellen das Wasser von Stein zu Stein überspringen, aber die Angreifer bevorzugten die Furt, weil dort viele Männer gleichzeitig Schulter an Schulter den Fluß überqueren und einen Wald von Lanzen auf das andere Ufer bringen konnten. Die Bogenschützen der Waldleute lagen in Gräsern und Büschen am Ufer verteilt, aber eine solche Flut von Speeren mit genug Männern und Wucht dahinter konnte durchbrechen und binnen Sekunden an ihnen vorbei in den Hof stürmen.

Sie täuschten sich, wenn sie glaubten, die Waldleute hätten ihren Aufmarsch nicht bemerkt, aber als die Angreifer sich leise einen Weg durch die Bäume suchten, um sich am Ufer für die Überquerung zu sammeln, war nichts von den Verteidigern zu sehen gewesen. Etwa zwanzig Bauern, Waldleute und Holzhacker von verschiedenen Anwesen aus dem Wald lagen gegen mehr als hundert Waliser in Deckung, und jeder der zwanzig spannte sich an und wußte nur allzu gut, welch großer Bedrohung er entgegensah. Sie wußten, wie man sich still verhielt, bis der richtige Augenblick gekommen war. Doch als die Angreifer in den Bäumen auf ein Signal hin sich plötzlich zusammenschlossen, um am Rande der Furt ins Freie zu stürzen, erhob sich auf der anderen Seite ein Mann aus dem Gebüsch und stellte sich auf die grasbewachsene Uferkante. Er schwenkte eine lange Pike mit zwei Spitzen, die an einer sechs Fuß langen Stange befestigt war, in Brusthöhe über die Furt.

Das reichte aus, um sie vor schierer Überraschung einen Augenblick aufzuhalten, doch was sie mitten im Schritt wirklich innehalten und einen Schritt zurückweichen ließ, war die empörte Stimme, die sie auf Walisisch anbrüllte: »Bleibt stehen und macht kehrt! Schande über Eure Väter, daß Ihr Euch die Zähne an frommen Frauen wetzen wollt.«

Und der Mann war noch nicht fertig, er verfügte über noch mehr Worte, die unablässig über seine beflügelte Zunge strömten – vielleicht hatte er nur Angst, eine Pause zu machen, oder sie kamen mit solcher Gewalt, daß er unfähig war, innezuhalten. »Feiglinge aus Powys, habt Ihr etwa Angst, nach Norden zu ziehen und Euch mit Männern anzulegen? Man wird in Gwynedd von diesem Eurem edlen Wagnis singen – wie Ihr über einen Bach gesprungen seid und Euch gegen Frauen als Helden erwiesen habt, die älter sind als Eure Mütter und unendlich viel ehrbarer. Selbst Eure Schlampen von Müttern werden Euch dafür enterben. Ihr und Eure Bastarde von Abkömmlingen sollt ewig geschmäht werden in den Liedern, die von Euren Schandtaten berichten werden ...«

Die Angreifer begannen erstaunt einander anzustoßen, sie runzelten finster die Stirn und grinsten verlegen. Immer noch hielten sich die in den Büschen versteckten Bogenschützen zurück und warteten aufmerksam, die Pfeile schon angelegt und die Bogen teilweise gespannt, den richtigen Augenblick ab, um den Pfeil fliegen zu lassen. Warum sollten sie Pfeile verschwenden oder Klingen stumpf schlagen, wenn dieses Unheil durch ein Wunder aufgelöst werden konnte und die Feinde sich zurückzogen?

»Bist *du* es?« rief schließlich ein Waliser verächtlich. »Cynans kleiner Junge, den wir wasserspuckend zurückließen und den die Nonnen leerpumpten? Ausgerechnet der will uns aufhalten! Ein Speichellecker der Engländer!«

»Ein Gegner für dich und für bessere«, fauchte Elis zurück und schwenkte die Pike in Richtung der Stimme. »Und jedenfalls mit Ehre genug im Leibe, um die Schwestern hier in Frieden zu lassen und ihnen dankbar zu sein für ein Leben, das so leicht hätte im Strom beendet werden können. Und für alles andere, was sie mir Gutes getan haben. Was wollt Ihr hier? Was gibt es hier zu plündern, hier unter den armen Leuten? Und, um Himmels willen und beim Namen Eurer walisischen Väter, welchen Ruhm gibt es hier zu erwerben?«

Er hatte alles getan, was er tun konnte, und vielleicht ein paar Minuten herausgeschunden, aber mehr vermochte er nicht. Es reichte nicht, das wußte er. Er sah sogar den Bogenschützen auf der anderen Seite des Baches am Waldrand, der ohne Eile den Pfeil einlegte und ihn gleichmütig und ruhig aufs Korn nahm. Er sah es aus dem Augenwinkel, während er sich den gegen ihn gerichteten Lanzen entgegenstellte, aber er konnte nichts tun, um den Pfeil abzuwehren oder um ihm auszuweichen, er mußte stehenbleiben und Widerstand leisten, solange er konnte, ohne einen Fuß zu rühren oder das Auge abzuwenden.

Da hörte er hinter sich Hufe trommeln und jemand schwang sich mit einem gewaltigen Sprung schluchzend aus dem Sattel und rannte am Ufer über dem Wasser entlang, wo jetzt die Bogenschützen der Waldleute die Sehnen spannten und die ersten Pfeile abschossen. Der Bogenschütze auf der anderen Seite hatte sein Ziel gefunden und hielt voll auf Elis' Brust. Waliser aus Powys waren es, die jetzt ungerührt Waliser aus Gwynedd niederschossen. Eliud stieß einen zornigen und trotzigen Schrei aus, warf sich dazwischen, umklammerte Elis Brust an Brust und deckte ihn mit dem eigenen Körper; sein Schwung riß sie beide halb um und ließ sie einen Schritt zurücktaumeln, bis sie an eine Ecke des Gartenzaunes der Schwestern prallten. Elis wurde die Pike aus der Hand gerissen, sie klatschte in den Strom, daß das Wasser spritzte. Der Pfeil des Walisers steckte unter Eliuds rechtem Schulterblatt, er hatte seinen Körper durchdrungen, war im Fleisch von Elis' Oberarm steckengeblieben und nagelte die beiden untrennbar zusammen. Sie rutschten, die Arme umeinandergelegt, am Zaun herunter und blieben im Gras liegen. Ihr Blut vermischte sich und vereinte sie, enger noch als jede Bruderschaft.

Und dann kamen die Waliser auf das andere Ufer herüber. Einige strauchelten zwar in den Fallgruben der Furt oder rissen sich an den Pfählen im Schilf die Haut auf, doch die meisten trampelten über die beiden gestürzten Körper hinweg, und die Schlacht auf den Ufern des Baches begann.

Fast im gleichen Augenblick ließ Alan Herbard seine Männer auf dem östlichen Ufer ausschwärmen und watete dem Kampf entgegen, während Hugh Beringar am westlichen Ufer durch die Bäume herankam und die walisischen Posten in die aufgewühlte, schlammige Furt trieb.

Es war wie ein Hammer auf dem Amboß, und sie selbst waren dazwischen eingeklemmt, die demoralisierten Waliser aus Powys. Die Schlacht um Godric's Ford dauerte nicht lange. Der Lärm und die Wut waren größer als der angerichtete Schaden, wenn man erst die Muße fand, ihn einzuschätzen. Die Waliser standen am Ufer, als der Feind von beiden Seiten zuschlug, und mußten heftig und erbittert kämpfen, um sich aus der Falle zu befreien und Mann um Mann in der Deckung zu verschwinden wie die kleinen Raubtiere des Waldes. Als Beringar die Nachhut der Räuber aufgerieben hatte, trieb er die Männer wie Schafe vor sich her, doch sobald sie flohen, untersagte er unnötiges Töten. Alan Herbard, der jünger und weniger erfahren war, knirschte mit den Zähnen und stieß mit voller Wucht nach, fest entschlossen, bei seinem ersten Kommando einen großen Sieg zu erringen; so ließ er vielleicht aus reiner Angst mehr Männer töten, als nötig gewesen wäre.

Doch wie dem auch war, in einer halben Stunde war alles vorbei.

Bruder Cadfaels deutlichste Erinnerung in all dem Durcheinander war die Erscheinung eines großgewachsenen Mädchens, das über den Zaun des Hofes herüberblickte, die Haube vom Kopf gerissen und das schöne Haar im plötzlichen Sonnenlicht silbern glänzend. Sie stieß einen langen und trotzigen Schrei aus, als sie sich einer gierigen walisischen Hand entzog, die nach ihr griff, und sich neben den geprellten und blutenden Körpern von Elis und Eliud, die immer noch in verkrampfter Umarmung am blutverschmierten Zaun lehnten, auf die Knie warf.

Es war vollbracht, sie waren fort und verschwanden schnell und still. Nur noch das Rascheln der Büsche am Ufer war zu hören; sie flohen zu einer Stelle, wo sie ungesehen und unverfolgt den Bach überqueren konnten. Auf der anderen Seite ließen die Geräusche ihrer Flucht dann langsam nach, als die Männer in den Tiefen des Waldes verschwanden, wo sie sich verstreuen und unsichtbar machen konnten. Hugh hatte es nicht eilig; er ließ sie ihre Verletzten aufheben und mit sich fortschleppen, einige mochten auch schon tot sein. Auch bei den Verteidigern hatte es einige Schnitte und Kratzer und Wunden gegeben, und so sollten die Waliser ihre Gefährten selbst versorgen oder begraben. Aber er schickte seine Männer und etwa ein Dutzend Krieger aus Herbards Truppe wie Treiber aus, um die Waliser methodisch in ihr eigenes Land zurückzuscheuchen. Er hatte nicht die Absicht, mit Madog ap Meredith eine erbitterte Blutfehde vom Zaun zu brechen und hoffte, daß diese Lektion verstanden worden war.

Die Verteidiger des Hofes kamen aus ihren Verstecken, die Nonnen verließen die Kapelle, und alle waren ein wenig benommen, ebenso von der plötzlichen Stille wie von der Gewalt, die sie vorher erlebt hatten. Die, die nicht verletzt worden waren, legten Bogen und Mistgabeln und Äxte weg und kamen denen zu Hilfe, die verwundet waren. Bruder Cadfael kehrte der verschlammten Furt und den blutigen Pfählen den Rücken und kniete sich neben Melicent ins Gras.

»Ich war im Glockenturm«, sagte sie mit einem heiseren Flüstern. »Ich sah, wie edelmütig er kämpfen wollte ... er für uns und sein Freund für ihn. Sie werden überleben, sie *müssen* leben... alle beide, wir dürfen sie nicht verlieren. Sagt mir, was ich tun soll.«

Sie hatte sich gut gehalten, keine Tränen, kein Zittern, kein weiterer Aufschrei nach jenem ersten. Vorsichtig hatte sie einen Arm um Elis' Schultern gelegt, um ihn aufzurichten und zu verhindern, daß die beiden umstürzten und den Pfeil, der sie zusammengenagelt hatte, noch tiefer hineindrückten. Das linderte zumindest die Schmerzen und verringerte die Gefahr, daß die Verletzungen schlimmer wurden. Auch hatte sie ihre Leinenhaube unter Elis' Arm um den Pfeilschaft gewickelt, um so gut wie möglich die Blutung zu stillen.

»Die Spitze ist glatt durchgeschlagen«, sagte sie. »Wenn Ihr den Schaft erreichen könnt...«

Schwester Magdalena stand jetzt an Cadfaels Seite, entschlossen und praktisch wie immer, doch nachdem sie einen verstohlenen Blick auf Melicents gespanntes und resolutes Gesicht geworfen hatte, überließ sie dem Mädchen den Platz und ging sanftmütig davon, um anderen zu helfen. Es wäre dumm, Melicent oder die beiden jungen Männer, die sie mit den Armen und einem hochgestellten Knie stützte, zu stören, wo doch jede Bewegung die Schmerzen nur verschlimmern konnte. Statt dessen rannte sie ins Haus, um eine kleine Säge und das schärfste Messer zu suchen und genug Leinen, um den ersten Blutschwall aufzuhalten, wenn der Schaft herausgezogen wurde. Melicent hielt dann Elis und Eliud, während Cadfael sich zum Pfeilschaft vortastete und das Holz tief einsägte, um die Spitze danach mit einer raschen Bewegung abzubrechen. Sie war trotz ihres Weges durch Fleisch und Knochen kaum verformt, und er ließ sie ins Gras fallen.

»Legt sie jetzt nieder – so! Laßt sie einen Moment liegen.« Der feste, mit Gras gepolsterte Abhang nahm das Gewicht sanft auf, als Melicent ihre Last senkte. »Gut gemacht«, sagte Cadfael. Sie hatte die blutverschmierte Haube zusammengeknüllt und drückte sie unter die Wunde, während sie zurückwich und ihren verkrampften und schmerzenden Arm löste. »Und nun ruht auch Ihr. Bei dem einen hier ist nur das Fleisch des Armes getroffen, und er hat eine Menge Blut verloren, aber sein Körper ist gesund und sein Leben sicher. Der andere – da gibt es keinen Irrtum, er ist schwer verletzt.«

»Ich weiß«, sagte sie und starrte zu den beiden hinunter, die sich immer noch eng umarmten. »Er hat ihn mit dem eigenen Leib geschützt«, sagte sie leise und bewundernd. »So sehr liebte er ihn!«

Und so sehr liebt *sie* ihn, dachte Cadfael, daß sie auf ganz ähnliche Weise aus der Deckung gestürmt war und trotzig und zornig geschrien hatte. Um den Mörder ihres Vaters zu verteidigen? Oder glaubte sie das schon lange nicht mehr, egal, welch drückende Beweise gegen Elis sprachen? Vielleicht hatte sie auch ganz einfach alles andere vergessen, als sie Elis so mutig am Ufer stehen sah. Alles bis auf die drohende Gefahr und ihre Angst um ihn.

Es war nicht nötig, daß sie das, was jetzt kam, noch weiter miterleben mußte. »Geht und holt mir meinen Ranzen vom Sattel da drüben«, sagte Cadfael, »und bringt mir noch mehr Tuch, damit wir die Wunden der beiden abdecken und verbinden können; wir brauchen viel Verbandszeug.«

Sie blieb lange genug aus, damit er den Pfeilschaft fest packen und schnell und kraftvoll aus der Wunde ziehen konnte, während er eine Hand gegen Eliuds Rücken stemmte. Trotz Cadfaels Vorsicht stieß Eliud einen scharfen, schmerzerfüllten Schrei aus. Der Blutschwall, der darauf folgte, ließ rasch nach. Es war eine saubere, glatte Wunde, und gesundes Fleisch schließt sich rasch über Rissen; aber man konnte nicht sicher sagen, welcher Schaden im Innern des Körpers angerichtet worden war. Cadfael hob Eliud vorsichtig zur Seite, damit die beiden besser atmen konnten. Ihre ineinander verflochtenen Arme gaben nur widerstrebend nach. Er drückte ein sauberes Tuch auf die Wunde Eliuds und legte ihn vorsichtig auf den Rücken. Melicent kam mit den Dingen zurück, um die er gebeten hatte; wild und verschmutzt sah sie aus, mit bleichem, entschlossenem Gesicht. An ihren Händen und Handgelenken klebte getrocknetes Blut, ihre Tracht war am Saum und am Knie hart und krustig und ihre Haube lag, ein gefleckter roter Ball, im Gras. Es spielte keine Rolle. Sie würde niemals diese oder irgendeine andere Haube mehr tragen.

»Wir schaffen die beiden am besten hinein, wo ich sie ausziehen und die Wunden richtig reinigen kann«, sagte Cadfael, als er sicher war, daß die heftigste Blutung gestillt war. »Geht und fragt Schwester Magdalena, wohin wir sie legen können, und ich suche unterdessen ein paar kräftige Männer, die mir beim Tragen helfen.«

Schwester Magdalena hatte mehrere Zellen in der Klause räumen lassen, und nun, da Furcht und Kampf vorbei waren, hielten sich Mutter Mariana und die Nonnen des Hauses bereit, um alles Nötige herbeizuholen, um Wasser aufzuwärmen und kleinere Verletzungen zu verbinden. Man trug Elis und Eliud ins Haus und legte sie in benachbarte Zellen, denn wenn man die beiden Liegen nebeneinandergestellt hätte, wäre für Cadfael und seine Helfer zu wenig Platz geblieben, um sich frei zu bewegen. Dies galt um so mehr, als auch John Miller, der die Schlacht ohne Kratzer überstanden hatte, zu den Helfern zählte. Der sanfte Riese konnte nicht nur kräftige junge Männer wie Kinder hochheben, er hatte auch bei Verletzungen eine zupackende, sichere Hand.

Sie kleideten Eliud zu zweit aus, indem sie die Kleider aufschnitten, um ihm schlimmere Schmerzen zu ersparen. Dann wuschen und versorgten sie die Wunden auf Rücken und Brust und legten ihn mit gepolstertem und ruhiggestelltem rechtem Arm auf die Liege. Beim Vorsturm der Waliser ans Ufer war er niedergetrampelt worden, und nun zeichneten sich überall schwarze Blutergüsse ab, doch hatten die trampelnden Füße anscheinend keine Knochen gebrochen. Die Pfeilspitze war auf der rechten Brustseite unterhalb der Schulter wieder ausgetreten und hatte dann Elis' Oberarm durchbohrt. Cadfael überlegte, welche Organe der Pfeil verletzt haben könnte und schüttelte angesichts der Chancen von Leben oder Tod zweifelnd, aber nicht ganz hoffnungslos den Kopf. Er würde bei Eliud bleiben und den ganzen Abend bei ihm sitzen – wenn nötig auch die Nacht –, um die Rückkehr von Bewußtsein und Verstand abzuwarten. Ob der Junge nun lebte oder starb, es gab Dinge, die sie einander zu sagen hatten.

Elis war ein anderes Kapitel. Er würde überleben, sein Arm würde heilen, seine Ehre würde gerettet und sein Name von jedem Makel rein sein, und soweit Cadfael sehen konnte, gab es keinen Grund dafür, daß er Melicent nicht bekommen sollte. Kein Vater, der es ihm verweigern konnte, kein Oberherr, der ein Vorrecht auf das Mädchen besaß, und Lady Prestcote würde gewiß nicht im Wege stehen. Und wenn Melicent schon an seine Seite geeilt war, bevor der Schatten von ihm genommen war, wieviel freudiger würde sie ihn dann akzeptieren, wenn er wieder von Kopf bis Fuß in Sonnenlicht getaucht wäre. Ein glücklicher junger Mann also mit keinen schlimmeren Sorgen als einem verletzten Arm, einer kleinen Schwäche durch den Blutverlust, einem verstauchten Knie, das bei unbedachten Bewegungen schmerzte, und einer Rippe, die unter trampelnden Füßen gebrochen war. Diese Blessuren mochten ihn eine Weile am Reiten hindern, aber es waren kleine Kümmernisse. Er öffnete gerade die benommenen dunklen Augen und blickte überrascht in ein bleiches, schönes Gesicht, das dicht über seines gebeugt war. Und er hörte eine Stimme, an die er sich so gut erinnerte, die einst hart und kalt wie Eis gewesen war, die nun aber weiche und zärtliche Worte sprach: »Elis ... still, lieg still! Ich bin hier, und ich werde dich nicht wieder verlassen.«

Es dauerte noch länger als eine Stunde, bis auch Eliud die Augen öffnete. Sein Blick war fiebrig und seine Augen funkelten grünlich im Licht der Lampe neben dem Bett, denn in der Zelle war es sehr dunkel. Er schien so verzweifelt, daß Cadfael ihn mit einem Schluck Mohnsirup beruhigte. Die tiefen Linien des Schmerzes glätteten sich langsam in seinem schmalen, angespannten Gesicht, und die Augenlider schlossen sich über dem verzweifelten Glanz. Einem Menschen, der an Seele und Körper so verletzt war, durfte man keinen weiteren Schmerz zufügen. Seine Zeit würde kommen, wenn er wieder soweit bei sich war, daß er das Gewand seiner eigenen Würde um sich legen konnte.

Andere kamen herein, um ihn einen Augenblick zu betrachten und um still wieder zu gehen. Schwester Magdalena brachte Cadfael Essen und Dünnbier und blieb eine Weile stehen, um das flache, schmerzvolle Heben und Senken von Eliuds Brust und das nervöse Flattern der Nasenflügel bei jedem pfeifenden Atemzug zu beobachten. Die Rekruten ihrer Freiwilligenarmee gingen wieder ihren eigenen Geschäften nach, alle Wunden waren versorgt, die Pfähle aus der Furt genommen, das Bachbett wieder glatt geharkt, das Tagewerk war vollbracht. Wenn sie müde war, dann ließ sie es nicht erkennen. Morgen war eine ganze Reihe von Verletzten zu besuchen, doch es hatte nur wenige Schwerverletzte und keine Toten gegeben. Noch nicht! Es sei denn, dieser Junge entglitt ihrer Fürsorge.

Hugh kam gegen Abend zurück und suchte Cadfael in der stillen Zelle auf. »Ich breche jetzt wieder in die Stadt auf«, flüsterte er in Cadfaels Ohr. »Wir haben sie mehr als den halben Weg nach Hause gescheucht, von denen werdet Ihr nichts mehr sehen. Bleibt Ihr hier?«

Cadfael nickte zum Bett hin.

»Ja – eine Schande ist es! Ich lasse Euch ein paar Männer da, über die Ihr nach Belieben verfügen könnt. Und danach«, sagte Hugh grimmig, »werden wir sie aus Caus vertreiben. Sie sollen wissen, daß es noch einen Sheriff in der Grafschaft gibt.« Er drehte sich zum Bett herum und betrachtete düster den Schläfer. »Ich habe gesehen, was er tat. Ja, es ist eine Schande...«

Eliuds verschmutzte und zerfetzte Kleidung war entfernt worden; er hatte nun nichts mehr als den Körper, mit dem er in diese Welt geboren worden war. Das Seil, das er um den Hals getragen hatte, hing zusammengerollt an der Wandklammer, die die Lampe hielt. »Was ist das?« fragte Hugh, als sein Blick darauf fiel, und verstand dann sofort. »Ah! Alan hat es mir erzählt. Ich will es fortnehmen; soll er es als Zeichen auffassen. Wir werden es nicht brauchen. Sagt es ihm, wenn er aufwacht.«

»Ich bete zu Gott!« sagte Cadfael so leise, daß Hugh es nicht mehr hörte.

Melicent kam aus der Zelle, in der Elis lag. Er hatte Schmerzen und war doch übervoll von unerwartetem Glück. Sie sollte auf seinen Wunsch hin nach Eliud sehen und fand Cadfael vor, wie

er an die Wand gelehnt döste. Stumm segnete sie Eliuds reglo-
sen Körper und bückte sich plötzlich, um seine Stirn und die
eingefallenen Wangen zu küssen, bevor sie sich schweigend zu
ihrer eigenen Nachtwache davonstahl.

Bruder Cadfael öffnete nachdenklich ein Auge und sah zu,
wie sie leise die Tür schloß. Er fand keinen Trost, aber er hoffte
von ganzem Herzen und betete, daß Gott mit ihm wachte.

Im ersten bleichen Licht vor der Dämmerung regte Eliud sich
und zitterte. Seine Augenlider begannen gequält zu flattern, als
müßte er schwer darum kämpfen, sie zu öffnen und sich dem
Tag zu stellen, besäße aber noch nicht die nötige Kraft. Cadfael
zog seinen Hocker näher und beugte sich vor, um die faltige
Stirn und die zitternden Lippen abzuwischen, während er den
Wasserkrug im Auge behielt, der bereitstand, falls der gequälte
Körper eine Erfrischung brauchte. Eliud schlug die Augen weit
auf, starrte die hölzerne Decke der Zelle an und durch sie hindurch und bemerkte seine Umgebung erst wieder, als Cadfael
sich, zum Sprechen bereit, über ihn beugte und die Verzweiflung in den haselnußbraunen Augen entdeckte, hinter denen
etwas heranreifte, das unbedingt ausgesprochen werden mußte.

»Ich habe meinen Tod gefunden«, flüsterte die hauchdünne
Stimme, die Eliuds trockenen Lippen entfloh. »Holt mir einen
Priester. Ich habe gesündigt – ich muß all jene erlösen, die an
Zweifeln leiden.«

Nicht seine eigene Erlösung kam an erster Stelle, sondern die
all jener, die unter einer schweren Last litten.

Cadfael beugte sich näher über ihn. Eliud hatte ihn noch
immer nicht erkannt. Doch nun richteten sich seine Augen auf
ihn und blickten ihn verwundert an. »Ihr seid der Bruder, der
nach Tregeiriog kam. Waliser?« Ein sorgenvolles Lächeln glättete sein verzweifeltes Gesicht. »Ich erinnere mich. Ihr habt
Nachrichten von ihm gebracht … Bruder, ich schmecke den Tod
im Munde, ob er mich nun aus diesem Kummer erlöst oder
mich noch Schlimmerem ausliefert … eine Schuld. Ich habe
mich verpflichtet …« Er versuchte einen Augenblick, die rechte

Hand zu heben, doch gab er den Versuch mit einem keuchenden Atemzug des Schmerzes wieder auf und benutzte die Linke, um den Hals abzutasten, wo das zusammengerollte Seil liegen sollte. Cadfael legte ihm eine Hand aufs erhobene Handgelenk und drückte den Arm auf die Bettdecke zurück.

»Still, bleibt ruhig! Ich wache über Euch, und es gibt keinen Grund zur Eile. Ruht aus, denkt nach und fragt mich, was Ihr wollt, und bittet mich um alles, was Ihr braucht. Ich bin da, und ich werde Euch nicht verlassen.«

Der junge Mann glaubte ihm. Der schlanke Körper unter den Tüchern schien nach einem langen Seufzer zu erschlaffen. Ein kleines Schweigen folgte. Die nußbraunen Augen ruhten vertrauensvoll und bekümmert, doch ohne Angst auf ihm. Cadfael bot ihm einen Schluck mit Honig gesüßten Wein an, doch Eliud wandte den Kopf ab. »Ich will beichten«, sagte er schwach, aber deutlich. »Ich will meine Todsünde beichten. Hört mich an!«

»Ich bin kein Priester«, sagte Cadfael. »Wartet, es soll einer gerufen werden.«

»Ich kann nicht warten. Weiß ich, wieviel Zeit mir bleibt? Wenn ich überlebe«, sagte er einfach, »dann werde ich es immer und immer wieder sagen – solange es nötig ist –, denn ich bin fertig mit der Heimlichtuerei.«

Keiner der beiden hatte bemerkt, wie sich die Tür der Zelle langsam öffnete. Sie wurde zögernd und vorsichtig aufgeschoben wie von jemand, der sich über Stimmen in der Morgendämmerung sorgt und einerseits niemand stören will, der vertraulich redet, andererseits aber nicht jene vernachlässigen möchte, die Hilfe brauchen. Melicent kam herein, als würde sie von einer himmlischen Inspiration geführt, demütig und bereit, zu dienen. Sie hatte das blutige Gewand abgelegt und trug ein einfaches Wollkleid. Schweigend und wie gebannt stand sie da, weil die Stimme des Kranken so drängend und beunruhigt klang.

»Ich habe getötet«, sagte Eliud deutlich. »Gott weiß, daß ich es bereue! Ich bin mit dem Sheriff geritten, habe ihn umsorgt, sah ihn stürzen … Wußte, daß Elis frei sein würde, wenn Prestcote lebend heimkäme…, und daß Elis dann Cristina heiraten konnte…« Ein Schauder durchlief ihn von Kopf bis Fuß und ein schmerzvolles Stöhnen entrang sich ihm. »Cristina… ich habe sie schon immer geliebt… seit wir Kinder waren. Aber ich habe niemals, niemals darüber gesprochen… Sie war ihm schon versprochen, bevor ich sie kennenlernte, von der Wiege an. Wie konnte ich berühren, wie konnte ich begehren, was ihm gehörte?«

»Sie liebt Euch auch«, sagte Cadfael, um ihm weiterzuhelfen. »Sie ließ es Euch wissen…«

»Ich wollte nicht zuhören, ich wagte es nicht, ich hatte kein Recht… Und trotzdem war sie so liebreizend, ich konnte es nicht ertragen. Und als die Männer ohne Elis zurückkamen und wir glaubten, daß wir ihn verloren hätten… o Gott, könnt Ihr Euch meine Sorge vorstellen, als ich um seine sichere Rückkehr betete und ihm gleichzeitig den Tod wünschte? Denn trotzdem liebte ich ihn, und ich konnte endlich ohne Ehrverlust aufrichtig für meine Liebe eintreten… und dann – Ihr wißt es, Ihr selbst überbrachtet die Nachricht. Und ich wurde hergeschickt, mein Mund verschlossen, wo er doch so voller Worte war… und die ganze Zeit kamen mir Gedanken, die ich nicht verdrängen konnte, nämlich daß der alte Mann so krank war, so hinfällig, und wenn er starb, dann gab es keinen Austausch gegen Elis… wenn er starb, dann konnte ich zurückkehren und Elis mußte bleiben… und nach einer Weile würde ich sprechen können… ich brauchte nur etwas Zeit, nun, da ich entschlossen war. Und am letzten Tag, als sein Pferd strauchelte… ich tat alles, was ich konnte, ich hielt den Mann am Leben, und die ganze Zeit, die ganze Zeit tobte es in mir: Laß ihn sterben! Doch wir brachten ihn lebend heim…«

Er lag eine Minute still und schöpfte Atem. Cadfael wischte ihm die Mundwinkel ab, die vor Erschöpfung zitterten. »Ruht Euch etwas aus. Ihr überfordert Euch.«

»Nein, laßt es mich vollenden. Elis… ich liebte ihn, aber Cristina liebte ich mehr. Und er hätte sie geheiratet und wäre zufrieden gewesen, aber sie… er wußte nichts von dem Feuer, das wir spürten. Jetzt weiß er davon. Ich wollte nicht, daß er es erfuhr... was ich tat, war nicht geplant. Ich erinnerte mich an den Mantel des Herrn Einon und ging, um ihn zu holen. Ich hatte seine Satteldecke über den Arm gelegt...« Er schloß die Augen, als die Erinnerung allzu deutlich wurde, und unter den gequälten Lidern quollen Tränen hervor und rannen die Wangen herab. »Er war so still, er atmete kaum – als wäre er schon tot. Und in einer Stunde würde Elis nach Hause aufbrechen, und ich würde an seiner Stelle zurückbleiben. Ein so kurzer Schritt war es! Ich wünsche bei Gott, ich hätte mir lieber die Hände abgeschnitten, als das zu tun, was ich dann tat. Ich hielt ihm das Satteltuch über das Gesicht. Ich habe in jedem wachen Augenblick gewünscht, ich hätte es nicht getan«, flüsterte Eliud, »aber etwas ungeschehen zu machen ist nicht so leicht, wie etwas zu tun. Sobald ich das Ausmaß meiner Missetat begriff, riß ich die Hände fort, aber er war tot. Und ich hatte schreckliche Angst und ließ das Tuch liegen, denn wenn ich es genommen hätte, dann wäre bekanntgeworden, daß ich dort gewesen war. Es war zu dieser Stunde still, niemand sah mich kommen oder gehen.«

Abermals wartete er und sammelte mit einer schrecklichen, ernsten Geduld seine Kräfte, um auch das Ende zu berichten. »Und das alles für nichts und wieder nichts! Ich wurde für nichts zum Mörder. Denn Elis kam zu mir und erzählte mir, wie sehr er des Herrn Gilberts Tochter liebte, weshalb er sich aus seiner Bindung mit Cristina befreien wolle, und er wollte das ebenso dringend wie sie und ich. Und er wollte sich ihrem Vater vorstellen... ich versuchte ihn aufzuhalten... es mußte jemand hingehen und den Toten finden und es herausschreien, aber nicht Elis, nein, nicht Elis. Aber er wollte gehen. Und selbst da dachte man, der Herr Gilbert lebte noch und schliefe nur. So mußte ich später den Mantel holen, wenn noch niemand seinen Tod bemerkt hatte – aber nicht allein... ein Zeuge mußte da sein, mit dem ich die Entdeckung machen wollte. Ich dachte immer noch, Elis sollte festgehalten werden, während man mich nach Hause schickte. Er wollte auch bleiben, und ich wollte gehen... Ein Teufel hat diesen Knoten geknüpft«, seufzte Eliud,

»und ich habe es verdient. Alle leiden wir jetzt meinetwegen. Und Ihr, Bruder, ich habe Euch Unrecht getan...«

»Indem Ihr mich zum Zeugen wähltet?« fragte Cadfael sanft. »Und trotzdem mußtet Ihr den Schemel umwerfen, damit ich genauer hinsah. Euer Teufel hatte Euch immer noch in der Hand, denn hättet Ihr einen anderen gewählt, dann wäre nie von Mord die Rede gewesen und Ihr zwei wäret nie festgehalten worden.«

»Da war es mein Engel, nicht mein Teufel. Denn ich bin froh, nun alle Lügen aufgedeckt zu haben und als das erkannt zu werden, was ich bin. Ich konnte nicht zulassen, daß Elis die Schuld zugewiesen wurde – ihm nicht und keinem anderen Mann. Aber ich bin ein Mensch, und ich hatte Angst, und ich hoffte davonzukommen. Nun ist alles erklärt. Auf die eine oder andere Weise werde ich ein Leben für ein Leben geben. Ich wollte nicht, daß Elis beschuldigt wurde... Sagt es Melicent.«

Es war nicht nötig, sie wußte es bereits. Aber das Kopfende der Liege zeigte zur Tür, und Eliud hatte nichts außer der groben Decke der Zelle und Cadfaels herabgebeugtem Gesicht gesehen. Die Flamme der Lampe hatte nicht geflackert, und auch jetzt flackerte sie nicht, als Melicent sich leise und vorsichtig von der Schwelle zurückzog und sachte die Tür hinter sich schloß. »Man hat meinen Strick abgenommen«, sagte Eliud, während seine Augen forschend durch den kleinen Raum wanderten. »Jetzt müssen sie einen neuen für mich finden.«

Als alles erzählt war, lag er ausgezehrt, schwach und bejammernswert im Bett, jeder Hoffnung beraubt und nur noch auf die Buße wartend. Er ließ sich willig behandeln, wenn auch mit einem trostlosen Lächeln, das Cadfael sagte, daß er seine Heilkunst auf einen Toten verschwendete. Er half nach Kräften bei der Behandlung und ertrug die Schmerzen, als seine Wunden untersucht und gereinigt und neu verbunden wurden, ohne Klagen. Er versuchte, die Tränke zu schlucken, die ihm an die Lippen gehalten wurden, und bedankte sich auch für die kleinste Handreichung.

Nachdem er in einen unruhigen Schlaf gesunken war, suchte Cadfael die beiden Männer, die Hugh ihm für Botengänge zurückgelassen hatte, und schickte einen der beiden nach Shrewsbury, um die Neuigkeit zu überbringen, die Hugh in großer Hast wieder hertreiben würde. Als er in die Klause zurückkehrte, erwartete Melicent ihn in der Tür. Sie erkannte die Mischung aus Abscheu und Resignation in seinem Gesicht, als er daran dachte, daß er alles noch einmal erzählen mußte, nachdem es bereits schlimm genug gewesen war, es anzuhören, und bot ihm augenblicklich Trost an.

»Ich weiß es. Ich habe es gehört. Ich habe Euch und ihn reden gehört ... ich dachte, Ihr braucht vielleicht jemanden, der Euch einige Handreichungen abnimmt, und deshalb kam ich herüber. Ich hörte, was Eliud sagte. Was soll jetzt geschehen?« Trotz ihrer Ruhe war sie verwirrt und verloren bei den Gedanken an den ermordeten Vater und den geretteten Geliebten und dem Wissen um die leidenschaftliche Liebe der Ziehbrüder füreinander. Überall war nur Unheil zu sehen, und jede Ausflucht war versperrt. »Ich habe es Elis erzählt«, sagte sie. »Es ist besser, wenn alle wissen, woran wir sind. Gott weiß, wie verwirrt ich bin; ich kann nicht mehr Recht von Unrecht unterscheiden. Wollt Ihr zu Elis kommen? Er macht sich Sorgen um Eliud.«

Cadfael ging ebenso verwirrt mit ihr. Ein Mord ist ein Mord, aber mußte denn noch ein Leben ausgelöscht werden? War ein weiterer Tod zu rechtfertigen? Er setzte sich mit ihr ans Bett, in dem Elis hellwach im vollen Besitz seiner Sinne auf sie wartete und sie fiebrig anredete.

»Melicent hat es mir erzählt«, sagte Elis, während er aufgeregt an Cadfaels Ärmel zerrte. »Aber ist es wahr? Ihr kennt ihn nicht, wie ich ihn kenne! Seid Ihr sicher, daß er die Geschichte nicht erfindet, weil er fürchtet, ich könnte doch noch angeklagt werden? Glaubt er vielleicht sogar noch, daß ich es war? Es sähe ihm ähnlich, alles auf seine Kappe zu nehmen, um mich zu decken. So hat er es früher oft getan, als wir noch Kinder waren, und er mag es heute noch tun. Ihr habt gesehen, Ihr habt selbst gesehen, was er schon für mich getan hat! Soll ich denn auf

Eliuds Kosten weiterleben? Ich kann das nicht so einfach hinnehmen...«

Cadfael brachte ihn auf die einfachste Weise zum Schweigen, indem er den Verband am Arm untersuchte und ihn in Ordnung und den Patienten fast schmerzfrei fand. Für den Augenblick war er gut versorgt. Der feste Verband um die angeschlagene Rippe hatte ihm einiges Unbehagen und Atemnot beschert und konnte etwas gelockert werden, um ihm Erleichterung zu verschaffen. Die Medikamente, die ihm gegeben wurden, schluckte er fast abwesend, während er den Blick nicht von Cadfaels Gesicht wandte und Antworten auf verzweifelte Fragen verlangte. Die nackte Wahrheit würde ihm kaum Trost bieten.

»Sohn«, sagte Cadfael, »es ist keine Tugend, die Wahrheit zu verleugnen. Die Geschichte, die Eliud erzählt hat, paßt zu allen Details und ist wahr. Ich muß es leider sagen, aber sie ist wahr. Schiebt alle Zweifel beiseite.«

Sie nahmen dies mit gespannter Ruhe auf und protestierten nicht weiter. Nach langem Schweigen sagte Melicent: »Ich glaube, Ihr wußtet es schon lange.«

»Ich wußte es von dem Augenblick an, als ich Einon ab Ithels besticktes Satteltuch sah. Das und nichts anderes brachte Gilbert den Tod, und es war Eliuds Pflicht, Einons Pferd und Gerät zu versorgen. Ja, ich wußte es. Aber er machte sein Geständnis von sich aus und bereitwillig, bevor ich ihn fragen oder anklagen konnte. Das müssen wir ihm zugute halten und ihm hoch anrechnen.«

»Gott weiß«, sagte Melicent, während sie die Hände vor das bleiche Gesicht schlug, als wollte sie ihren Verstand beisammen halten, »für welche Seite ich sprechen soll, da ich so zerrissen bin. Alles, was ich weiß, ist, daß Eliud nicht allein die Schuld trägt. Wer von uns ist in dieser Angelegenheit schon unschuldig?«

»*Du* bist es!« sagte Elis grimmig. »Wo hättest du gefehlt? Aber wenn ich etwas nachgedacht und wenn ich gesehen hätte, wie die Dinge zwischen ihm und Cristina standen... Ich war zu oberflächlich, zu unbekümmert, zu sehr in mich selbst verliebt, um darauf zu achten. Ich hatte nicht einmal von einer solchen Liebe geträumt, ich wußte es nicht... Ich habe so viel zu lernen.«

»Wenn ich nur stärker an mich selbst und meinen Vater geglaubt hätte«, sagte Melicent, »dann hätten wir in aller Ehrlichkeit eine Nachricht nach Wales zu Owain Gwynedd und zu meinem Vater schicken können, daß wir uns liebten und die Erlaubnis zur Heirat erbaten...«

»Wenn ich nur genauso rasch erkannt hätte, was Eliud Kummer machte, während er stets versuchte, alle Sorgen von mir fernzuhalten...«

»Wenn wir alle niemals versagten oder vom rechten Weg abkämen«, meinte Cadfael traurig, »dann wäre in dieser großartigen Welt alles gut, aber wir straucheln und fallen, jeder von uns. Wir müssen uns mit dem abfinden, was wir haben. Er tat es, und wir alle müssen die Bitterkeit teilen.«

Nach einem ängstlichen Schweigen fragte Elis: »Was wird aus ihm werden? Wird es Gnade geben? Er muß doch nicht sterben?«

»Das liegt beim Gesetz, und vor dem Gesetz hat mein Wort kein Gewicht.«

»Melicent erbarmte sich meiner«, sagte Elis, »bevor sie noch erfuhr, daß ich nicht das Blut ihres Vaters an den Händen habe...«

»Ah, aber ich wußte es!« sagte sie rasch. »Mein Geist war verwirrt, als ich zweifelte.«

»Und ich liebte sie um so mehr dafür. Und Eliud hat gestanden, als kein Mensch ihn anklagte, und das muß ihm hoch angerechnet werden, wie Ihr sagtet, und es spricht für ihn.«

»Das und alles andere, was für ihn spricht«, erwiderte Cadfael energisch, »soll zu seiner Verteidigung vorgebracht werden. Dafür werde ich sorgen.«

»Aber Ihr habt keine Hoffnung«, sagte Elis unverblümt, während er mit scharfen Augen den Mönch beobachtete.

Er hätte es gern geleugnet, aber es war sinnlos, nachdem

Eliud selbst resigniert und demütig den unausweichlichen Tod hingenommen und begrüßt hatte. Cadfael tröstete sie, soweit er konnte, ohne zu lügen, und ließ sie dann allein. Sein letzter Blick, bevor er die Tür schloß, fiel auf die beiden gefaßten, besorgten Gesichter, die ihm mit ruhigem, verschleiertem Blick nachsahen, die Gedanken verschlossen und verriegelt. Nur die grimmige Allianz zweier Hände, die auf dem Tuch verschränkt waren, verriet sie.

Hugh Beringar kam am nächsten Tag in großer Eile und lauschte in düsterem Schweigen, während Eliud sich mit verzweifelter Geduld ein zweites Mal durch die Geschichte kämpfte, wie er es bereits für den alten Priester getan hatte, der für die Schwestern die Messe las. Während Eliuds Seele demütig auf den Rückzug aus der Welt gerichtet war, bemerkte Cadfael, wie der zerschundene Körper zu heilen begann und sehr langsam zur Ruhe kam, obwohl der Junge jenseits jeden Zweifels war. Sein Geist hatte sich aufs Sterben eingestellt, sein Körper war entschlossen zu leben. Die Wunden waren gesäubert, seine Jugend und seine großartige Gesundheit kämpften schwer, und wer konnte sagen, ob sie für oder gegen ihn kämpften.

»Nun, ich höre«, sagte Hugh besorgt, während er mit Cadfael am Bachufer entlangschritt. »Sagt, was Ihr zu sagen habt.« Cadfael hatte sein Gesicht noch nie so bekümmert gesehen.

»Er hat, sobald er sich dem Tode nahe glaubte, freiwillig ein volles Geständnis abgelegt«, sagte Cadfael. »Er wollte in verzweifelter Eile allen Gerechtigkeit antun, nicht nur Elis, die seinetwegen unter dem Schatten eines Verdachtes leben könnten. Ihr kennt mich, ich kenne Euch. Ich sage Euch aufrichtig, daß ich drauf und dran war, ihm zu sagen, daß ich wußte, daß er getötet hatte. Ich schwöre Euch, daß er mir die Worte geradezu aus dem Munde nahm. Er wollte gestehen, er wollte Buße und Absolution. Und vor allem wollte er die Bedrohung von Elis und jedem anderen nehmen, der verdächtigt werden mochte.«

»Ich nehme Euch beim Wort«, entgegnete Hugh, »und das

will etwas heißen. Aber reicht das? Es war kein heißblütiger Streit, der ausbrach, bevor die Vernunft siegte – ein alter Mann, verwundet und krank, der in seinem Bett schlief, wurde ermordet.«

»Es war nicht geplant. Er ging hin, um den Mantel seines Herrn zu holen. Ich bin sicher, daß zumindest dies die Wahrheit ist. Wenn Ihr glaubt, er sei kaltblütig gewesen, guter Gott, wie Ihr Euch irrt! Der Junge war halb wahnsinnig vom langen Aderlaß einer hoffnungslosen Liebe und soweit gekommen, daß er aufbegehren wollte. Der dünne Faden des Lebens – das er zuvor so pflichtbewußt geschützt hatte! – trennte ihn von der Erlösung, nach der er nun mutig verlangte. Gott vergebe ihm, der hatte gehofft, Gilbert würde sterben! Er hat dies aufrichtig gesagt. Der Zufall bot ihm einen Faden, der so dünn war, daß er durch einen bloßen Atemhauch durchtrennt werden konnte, und bevor die Vernunft obsiegte, tat er es! Er sagt, er hätte die Tat seitdem in jedem Augenblick bereut, und das glaube ich ihm. Seid Ihr, Hugh, denn nie einem blinden, unwürdigen Antrieb gefolgt, der Euch danach beschämte und bekümmerte?«

»Nicht so weit, daß ich einen alten Mann in seinem Bett getötet hätte«, sagte Hugh erbarmungslos.

»Nein! So weit gewiß nicht«, erwiderte Cadfael mit einem tiefen Seufzen und einem kurzen Lächeln. »Verzeiht mir, Hugh! Ich bin Waliser und Ihr seid Engländer. Wir Waliser kennen gewisse Abstufungen. Diebstahl, und nur der Diebstahl ist bei uns eine Todsünde, wenn keine guten Gründe dafür vorliegen. Und deshalb gibt es bei uns Abstufungen, Dinge, die man nicht direkt Diebstahl nennt – wenn man etwas offen mit Gewalt nimmt, zum Beispiel, wenn man es aus Unwissenheit nimmt, ohne Erlaubnis nimmt und davon ausgeht, daß der Besitzer einverstanden sei; wenn man etwas nimmt, um zu überleben, nachdem etwa ein Bettler drei Tage gehungert hat – dafür wird in Wales kein Mann gehängt. Und selbst bei Mord, selbst beim Töten erkennen wir Abstufungen an. Wir unterscheiden zwischen Totschlag und Mord, und selbst der schlimmste Übeltäter kann manchmal zu einer geringeren Strafe als dem Hängen verurteilt werden.«

»So könnte ich denn auch Unterschiede machen«, sagte Hugh, während er brütend zur stillen Furt hinüberblickte. »Aber dies war mein Herr, in dessen Fußstapfen ich nun trete, da mein König keine anderen Befehle geben kann. Er war nicht mein engster Freund, aber er war immer gerecht mit mir und hatte stets ein offenes Ohr, wenn ich auch mit manchen seiner strengen Urteile nicht glücklich war. Er war ein Ehrenmann und tat in dieser Grafschaft, die jetzt die meine ist, so gut er konnte seine Pflicht. Sein Tod macht mir zu schaffen.«

Cadfael schwieg respektvoll. Dies war eine Pflicht, von der er jetzt entbunden war, aber einst hatte er solche Bande, solche Gefolgschaft gekannt, und als er sich daran erinnerte, konnte er Hugh verstehen.

»Gott verhüte«, sagte Hugh, »daß ich jemals andere aus der Welt schaffe als jene, die zu gemein sind, um in ihr zu leben. Und dieser hier ist kein solches Ungeheuer. Ein tödlicher Irrtum, eine einzige Sünde… Und dabei ist er kaum ein Mann… Wie alt ist er? Einundzwanzig? Und er stand unter schweren Zwängen, aber wem von uns geht es nicht so? Er soll seine Verhandlung bekommen, und ich werde tun, was ich tun muß. Aber ich bete zu Gott, daß mir die Verantwortung aus den Händen genommen wird!«

15

Bevor Hugh am gleichen Abend aufbrach, erläuterte er seinen Willen. »Owain mag in Schwierigkeiten kommen, wenn Chester wieder vorstößt; er wird seine Männer zurückhaben wollen. Ich habe Befehl gegeben, daß alle, die jetzt unverdächtig sind, übermorgen abreisen können. Ich habe sechs gute Krieger von ihm in Shrewsbury. Sie sind frei, und ich werde sie für die Heimreise ausrüsten. Übermorgen zur Morgendämmerung, so früh sie wollen, werden sie hier sein, um Elis ap Cynan mit sich nach Tregeiriog zu nehmen.«

»Unmöglich«, sagte Cadfael gleichmütig. »Er kann noch nicht reiten. Außer der Armwunde, die allerdings gut abheilt, hat er ein verrenktes Knie und einen Rippenbruch. Er kann in den nächsten drei oder vier Wochen noch nicht reiten. Und er wird weit längere Zeit nicht wieder in den Kampf ziehen können.«

»Das braucht er auch nicht«, entgegnete Hugh knapp. »Ihr vergeßt, daß wir von Tudur ap Rhys Pferde geborgt haben, die inzwischen ausgeruht und einsatzfähig sind; Elis kann auf einer Bahre transportiert werden, wie es mit Gilbert in einem erheblich schlimmeren Zustand möglich war. Ich will alle Männer aus Gwynedd sicher hier heraushaben, bevor ich, wie ich es beabsichtige, gegen Powys ziehe. Wir wollen erst die eine Schwierigkeit ausräumen, bevor wir uns der anderen stellen.«

Also war es unwiderruflich bestimmt. Cadfael hatte erwartet, daß Elis den Befehl mit Entsetzen aufnahm, sowohl wegen Eliuds Schicksal als auch wegen seines eigenen, doch nach einem kurzen, empörten Aufschrei hielt er plötzlich inne, dachte eine Weile nach und bestätigte schließlich mit einem harten, nachdenklichen Blick, daß kaum eine Hoffnung bestehe, daß Eliud der Mordanklage und dem zwangsläufig folgenden Todesurteil entgehen könne. Es war schwer zu akzeptieren, aber am Ende hatte Elis keine Wahl als dies hinzunehmen. Eine seltsame, tiefe Ruhe hatte sich der Liebenden bemächtigt; sie betrachteten einander, als teilten sie Gedanken, die nicht durch Worte mitgeteilt werden mußten, sondern in einer verschlüsselten Sprache ausgetauscht wurden, die kein anderer Mensch verstand. Höchstens Schwester Magdalena mochte diese Sprache verstehen. Auch sie ging in nachdenklichem Schweigen umher und behielt die beiden unauffällig im Auge.

»Also soll ich übermorgen ganz früh fortgebracht werden«, sagte Elis. Er warf einen kurzen Blick zu Melicent, und sie erwiderte den Blick. »Nun, ich kann und ich werde in angemessener Form von Gwynedd aus um sie anhalten, denn es ist nur gut, wenn alles offen und ehrbar geschieht, wenn ich Melicent einen Antrag mache. Und in Tregeiriog gibt es noch einiges richtigzustellen, ehe ich frei bin.« Er erwähnte Cristina nicht, doch der

Gedanke an sie hing traurig und bedrückend über ihnen. Vielleicht hatte sie die Schlacht nur gewonnen, um zu sehen, daß der Sieg zu Asche zerfiel und ihr durch die Finger rann. »Ich schlafe tief«, sagte Elis mit einem düsteren Lächeln, »möglicherweise müssen sie mich in meine Decken gerollt und schnarchend hinaustragen, wenn sie zu früh kommen.« Und er fuhr, plötzlich ernst werdend, fort: »Wollt Ihr Hugh Beringar fragen, ob ich für die letzten beiden Nächte, die ich hier verbringe, mein Bett in Eliuds Zelle stellen darf? Das ist gewiß nicht viel verlangt.«

»Ich will ihn fragen«, sagte Cadfael nach einer kurzen Pause, die er brauchte, um die wahre Bedeutung der Bitte zu erfassen, denn sie schien in mehr als einer Hinsicht sinnvoll. Und er ging sogleich hinaus, um die Bitte weiterzugeben. Hugh wollte gerade aufs Pferd steigen und in die Stadt zurückreiten, und Schwester Magdalena war im Hof, um ihn zu verabschieden. Zweifellos hatte sie auf ihre eigene Art all die Gründe für Gnade noch einmal wiederholt, die auch Cadfael vorgebracht hatte, und vielleicht noch andere, an die er nicht gedacht hatte. Es war zu bezweifeln, ob aus diesem wohlgepflanzten Samen je eine Blüte knospen würde, aber wenn man nicht sät, wird man gewiß nicht ernten.

»Laßt sie nur zusammen«, sagte Hugh mit einem wehmütigen Schulterzucken, »wenn sie das tröstet. Sobald der andere bereit ist, fortgebracht zu werden, werde ich ihn aus Euren Händen nehmen, aber bis dahin laßt ihn ruhen. Wer weiß, vielleicht schenkt uns dieser walisische Pfeil doch noch die Lösung – wenn Gott ihm gnädig ist.«

Schwester Magdalena sah ihm nach, bis der letzte Reiter der Eskorte in der Allee verschwunden war.

»Wenigstens«, sagte sie dann, »macht es ihm keinen Spaß. Es ist eine Schande, dort richten zu müssen, wo niemand der Gewinner ist und alle leiden.«

»Eine große Schande! Das sagte er selbst«, erwiderte Cadfael ähnlich gedankenverloren. »Er flehte zu Gott, es würde aus seinen Händen genommen.« Und er blickte über die Schulter zu

Schwester Magdalena und begegnete ihrem arglosen Blick. Einen Augenblick gab er sich erstaunt der kleinen Illusion hin, daß sie einander ähnlich sähen und auf ähnliche Weise stumme Blicke wechselten wie Elis und Melicent.

»Hat er das gesagt?« fragte Schwester Magdalena unschuldig und mitfühlend. »Darum lohnt es sich zu beten. Ich will bei jeder Andacht morgen in der Kapelle ein Gebet für ihn sprechen lassen. Wenn man um nichts bittet, bekommt man auch nichts.«

Sie gingen zusammen hinein, und das Gefühl eines beiderseitigen Einverständnisses zwischen ihnen war so stark – wenn auch eines, das besser nicht in Worte gekleidet wurde –, daß er sogar so weit ging, sie in einem Punkt um Rat zu bitten, der ihm Sorgen machte. In den Unruhen des Kampfes und der Belastung, als er die Verwundeten pflegte, hatte er keine Gelegenheit gefunden, die Botschaft zu überbringen, die Cristina ihm anvertraut hatte. Jetzt, nach Eliuds Geständnis, war er unschlüssig, ob er es überhaupt noch tun sollte, oder ob das nicht der grausamste Schlag wäre, der Eliud überhaupt versetzt werden konnte.

»Dieses Mädchen in Tregeiriog – das Mädchen, dessentwegen er sich so verrannt hat – trug mir eine Botschaft für ihn auf, und ich versprach ihr, sie ihm zu übermitteln. Aber nun, mit dieser Bedrohung, die über ihm schwebt... Ist es recht, ihm einen Grund zum Leben zu geben, nachdem er sein Leben verwirkt hat? Sollen wir ihm die Welt, aus der er zu scheiden bereit ist, tausendmal erstrebenswerter machen?«

Er erzählte ihr Wort für Wort, welcher Art die Botschaft war. Sie dachte nach, aber nicht sehr lange. »Ihr habt kaum eine Wahl, wenn Ihr es dem Mädchen versprochen habt. Und die Wahrheit sollte nie als schädlich gefürchtet werden. Außerdem ist er nach allem, was ich sehe, zum Sterben bereit, während sein Körper zum Leben entschlossen ist, und ohne einen rechten Antrieb mag er den Kampf über seinen Körper gewinnen, das Gesicht zur Wand drehen und davongleiten. Was vielleicht nicht schlecht ist, wenn die einzige Wahl der Galgen ist. Aber wenn – ich sage *wenn!* – es Milde gibt und er leben darf, dann wäre es eine Schande, ihm nicht jedes Rüstzeug und jede Waffe zu verschaffen, damit er überleben kann.« Sie wandte den Kopf und sah ihn wieder mit dem tiefen, seltsamen Blick an, den er schon zuvor bemerkt hatte. Dann lächelte sie. »Es ist das Risiko wert«, sagte sie.

»Das beginne ich auch zu glauben«, meinte Cadfael und ging hinein, um seinen Einsatz zu wagen.

Man hatte Elis' Liege noch nicht in die Nachbarzelle gebracht; Eliud war noch allein. Manchmal, wenn Cadfael bedachte, welchen Weg der Pfeil durch die rechte Schulter genommen hatte, bezweifelte er, ob Eliud je wieder einen Bogen spannen oder in ferner Zukunft ein Schwert halten konnte. Aber das war im Augenblick seine kleinste Sorge. Sollte er zum Ausgleich ein Versprechen auf das höchste Glück erhalten.

Cadfael setzte sich neben das Bett und erzählte ihm, daß Elis um Erlaubnis gebeten hatte, in seine Kammer verlegt zu werden und daß dem Wunsch entsprochen worden sei. Das brachte eine seltsame, verlorene Freude in Eliuds schmales, verletzliches Gesicht. Cadfael vermied es jedoch, ein Wort über Elis' unmittelbar bevorstehende Abreise zu verlieren und überlegte einen Augenblick, warum er diese Angelegenheit für sich behielt; doch sogleich erkannte er, daß es besser war, sich nicht zu wundern und noch weniger zu fragen. Unschuld ist ein unendlich zerbrechliches Ding, und Gedanken können sie manchmal verletzen und sogar zerstören.

»Es gibt eine Botschaft, die ich Euch zu übermitteln versprach und zu der ich bis jetzt noch nicht die richtige Gelegenheit fand. Sie kommt von Cristina, die sie mir auftrug, als ich Tregeiriog verließ.« Bei ihrem Namen wurde Eliuds Gesicht zu einer bleichen, besorgten Maske, während seine Augen sich plötzlich erweiterten. »Cristina läßt Euch durch mich sagen, daß sie mit ihrem eigenen und Eurem Vater gesprochen hat und übereingekommen ist, daß sie in Kürze eine freie Frau sein wird, die sich dem schenken kann, den sie will. Und sie will sich niemand anderem als Euch geben.«

Ein Sturzbach überspülte das Funkeln in Eliuds Augen. Seine gesunde linke Hand tastete lahm nach irgend etwas Menschlichem, das er zum Trost festhalten konnte, und schloß sich gierig um die Hand, die Cadfael ihm reichte. Er zog sie an sein zitterndes Gesicht und tiefer hinunter auf sein aufgeregt schlagendes Herz. Cadfael gab ihm eine Weile Zeit, bis der Sturm abgeflaut war. Als der Junge wieder ruhig war, zog er sanft die Hand zurück.

»Aber sie weiß doch nicht«, flüsterte Eliud elend, »was ich... was ich getan habe...«

»Was sie von Euch weiß ist alles, was sie wissen muß: nämlich, daß sie Euch liebt wie Ihr sie liebt, und daß es niemals einen anderen geben kann. Ich glaube nicht, daß Schuld oder Unschuld, Gut oder Böse Cristinas Gefühle für Euch verändern können. Mein Junge, nach der üblichen Lebenserwartung eines Mannes habt Ihr mindestens noch dreißig Jahre vor Euch, und das ist genug Raum für Ehe, Kinder, Ruhm, Sühne und Heiligkeit. Was getan ist, spielt eine Rolle, aber was noch zu tun wäre, ist weit wichtiger. Cristina weiß um diese Wahrheit. Wenn sie alles erfährt, wird sie bekümmert sein, aber nicht verändert.«

»Meine Lebenserwartung«, sagte Eliud schwach durch die Decken, die sein aufgeregtes Gesicht bedeckten, »zählt nach Wochen oder höchstens Monaten, und nicht dreißig Jahre.«

»Gott allein bestimmt die Zeit«, sagte Cadfael, »nicht die Menschen, nicht die Könige und auch nicht die Richter. Ein Mann muß bereit sein, sich dem Leben genauso zu stellen wie dem Tod, denn beidem kann er nicht entkommen. Wer kennt schon die Länge der Strafe oder die Größe der Wiedergutmachung, die von Euch gefordert wird?«

Dann erhob er sich von seinem Platz, weil John Miller und einige andere Nachbarn, deren kleine Kratzer aus der Schlacht schon fast verheilt waren, Elis auf der Liege aus der Nachbarzelle hereintrugen und ihn neben Eliuds Lager absetzten. Es war ein guter Augenblick, um das Gespräch abzubrechen, denn der Funke der Hoffnung glomm bereits in dem Jungen, wie sehr auch immer die Resignation verlangte, daß er ihn auslöschte;

die Vereinigung mit der zweiten Hälfte seiner Seele kam also in einem sehr passenden Augenblick. Cadfael wartete noch einen Augenblick, bis alles eingerichtet war und John Miller Eliud die Verbände abgenommen und durch neue ersetzt hatte; mit Händen, die zart waren wie die eines Kindes und zugleich fest wie die einer Mutter. John war Elis und Melicent nahegekommen und hatte Elis als einen kühnen und vielversprechenden Jungen von seiner eigenen Art schätzen gelernt. Er war mit seiner großen und ausgeglichenen Kraft ein nützlicher Mann, der fähig war, einen schlafenden Kranken – vorausgesetzt er mochte den Mann! – aufzuheben und fortzutragen, ohne dessen Ruhe zu stören. Und er war Schwester Magdalena ergeben, deren Wort hier so viel galt wie das des Königs.

Ja, ein nützlicher Verbündeter.

Nun...

Der nächste Tag verging in einer Art gespanntem Schweigen. Jeder Mann und jede Frau schien nur vorsichtig und mit angehaltenem Atem aufzutreten und dem Tagesablauf des Hauses mit besonderer Ehrfurcht und Verehrung zu folgen, als ob man dadurch alles Unglück vom Haus fernhalten könne. Noch nie war der Stundenplan des Ordens in Godric's Ford gewissenhafter befolgt worden. Mutter Mariana, die kleine, verwitterte alte Frau, herrschte über eine so musterhafte Schwesternschaft, daß der Himmel entzückt sein mußte. Ihre erzwungenen Gäste in der Zelle lagen still und innig beisammen, und sogar Melicent, die nun ein weltlicher Gast des Hauses und keine Postulantin mehr war, ging den Tagesgeschäften mit reinem, stillem Gesicht nach und überließ die beiden jungen Männer sich selbst.

Bruder Cadfael besuchte die Gottesdienste, sprach einige ganz persönliche Gebete und ging dann hinaus, um Schwester Magdalena bei der Pflege der wenigen Verletzten zu helfen, die in der Umgebung versorgt werden mußten.

»Ihr seid erschöpft«, sagte Schwester Magdalena mitfühlend, als sie zu einem späten Abendbrot und zur Abendmesse zurückkehrten. »Ihr solltet morgen bis zum Morgengebet schlafen, denn Ihr hattet seit drei Nächten keine richtige Ruhe mehr. Verabschiedet Euch heute abend von Elis, denn die Männer werden im Morgengrauen hier sein. Und nun, da ich daran denke«, sagte sie, »ich könnte noch eine Flasche von Eurem Mohnsirup gebrauchen. Meine Flasche ist leer, und ich muß morgen einen Patienten aufsuchen, der vor Schmerzen kaum Schlaf findet. Wollt Ihr mir die Flasche auffüllen, wenn ich sie Euch bringe?«

»Aber gern«, sagte Cadfael und holte den Krug, den er nach der Schlacht von Bruder Oswin aus Shrewsbury hatte schicken lassen. Sie brachte eine große grüne Glasflasche, und er füllte sie ohne Kommentar bis zum Rand.

Am nächsten Morgen stand er nicht früh auf, wenn er auch beizeiten aufwachte. Doch er hörte die Reiter, als sie kamen, und die Stimme der Pförtnerin und andere Stimmen, walisische und englische, und darunter plötzlich die Stimme von John Miller. Aber er ging nicht hinaus, um sich von ihnen zu verabschieden.

Als er wirklich erst zur Prim, zum Morgengebet aufstand, waren die Reisenden schon seit zwei Stunden auf dem Weg nach Wales, gut beritten und ausgerüstet. Die Pförtnerin hatte den Begleitschutz zu der Zelle gebracht, in der ihr Schutzbefohlener Elis ap Cynan im vorderen Bett schlief, und John Miller hatte den dick eingerollten Kranken auf den Armen hinausgetragen und ihn auf die Bahre gelegt, auf der man ihn heimbringen wollte. Mutter Mariana war selbst aufgestanden, um am Abschied teilzunehmen und einen Segen zu sprechen.

Cadfael kümmerte sich nach der Prim um seinen verbliebenen Patienten. Es war nur gut, genauso weiterzumachen wie in den vergangenen Tagen. Zwei Stunden sollten ein guter Vorsprung sein, und irgend jemand mußte als erster hinein – nein, nicht als erster, denn gewiß war Melicent vor ihm dagewesen; doch einer mußte der erste der möglichen Feinde sein – derer, die nicht eingeweiht waren.

Er öffnete die Tür der Zelle und blieb auf der Schwelle stehen. Im düsteren Licht blickten ihm zwei bleiche Gesichter fast

Wange an Wange entgegen. Melicent saß auf der Bettkante und stützte den Benutzer des Bettes mit dem Arm, denn dieser hatte sich erhoben und sich einen Mantel um die nackten Schultern gelegt, weil er diesem Augenblick aufrecht entgegensehen wollte. Unter dem Verband auf der gebrochenen Rippe mußte ein aufgeregtes, freudiges Herz schlagen, und die Augen, die Cadfael entgegenstarrten, waren nicht nußbraun, sondern fast so dunkel wie das schwarze Lockengewirr auf dem Kopf.

»Wollt Ihr dem Herr Beringar mitteilen«, sagte Elis ap Cynan, »daß ich meinen Ziehbruder aus seinen Händen genommen habe und hiergeblieben bin, um alles anzunehmen, was gegen ihn vorgebracht werden mag? Er hat für mich den Hals in die Schlinge gesteckt, und ich tue jetzt dasselbe für ihn. Was immer das Gesetz gegen ihn vorbringt, soll mir an seiner Statt geschehen.«

Es war gesagt. Er holte tief Luft und zuckte zusammen, als die Rippe stach, aber in Erwartung seines Schicksals war er nun, da der erste Schritt getan war und es nichts weiter zu verbergen gab, ganz ruhig.

»Es tut mir leid, daß ich Mutter Mariana täuschen mußte«, erklärte er. »Sagt ihr, daß ich sie um Vergebung bitte, aber es gab keinen anderen Weg, der allen hier gerecht geworden wäre. Ich will nicht, daß irgend jemand anders das vorgeworfen wird, was ich getan habe.« Und mit einer plötzlichen impulsiven Schlichtheit fuhr er fort: »Ich bin froh, daß Ihr es wart, der kam. Schickt rasch nach Shrewsbury, denn ich werde froh sein, wenn dies vorbei ist. Und Eliud ist jetzt in Sicherheit.«

»Ich werde Eure Botschaften überbringen«, entgegnete Cadfael ernst. »Beide Botschaften. Und ich werde keine Fragen stellen.« Nicht, ob Eliud in den Plan eingeweiht gewesen war, denn er kannte die Antwort bereits. Für alle, die es nötig gefunden hatten, ihre Augen zu schließen und ihre Ohren taub zu stellen, war Eliud glücklich seiner verzweifelten Lage und seiner erbärmlichen Schuld entronnen. Einer der Träger auf der Straße nach Wales würde sich einem aufgeregten, verwirrten Kranken gegenübersehen, wenn der lange, tiefe Schlaf endete. Aber am

Ende dieser erzwungenen Flucht wartete Cristina, egal, welche Maßnahmen Owain Gwynedd ergriff.

»Ich habe so gut wie möglich vorgesorgt«, sagte Elis ernst. »Man hat eine Botschaft vorausgeschickt, sie wird ihm entgegenkommen, um ihn zu treffen. Es wird ein schwerer Weg werden, aber er wird leben.«

Seit jenem Überfall auf Godric's Ford schien Elis ap Cynan sehr gereift zu sein. Dies war nicht mehr der Junge, der seine nervöse Angst in der Gefangenschaft überwinden wollte, indem er seinen Häschern mit unschuldigem Gesicht walisische Beleidigungen entgegenschleuderte. So wie sie nicht mehr das Mädchen war, das ahnungslos dem Traum gehuldigt hatte, den Schleier zu nehmen, bevor sie überhaupt wußte, was Ehe oder Berufung bedeuteten.

»Anscheinend war die Sache gut organisiert«, sagte Cadfael beifällig. »Nun denn, ich muß gehen und sie bekanntmachen – hier und in Shrewsbury.«

Er hatte die Tür hinter sich schon halb geschlossen, als Elis ihm nachrief: »Und würdet Ihr dann zurückkommen und mir helfen, meine Kleider anzulegen? Ich möchte Hugh Beringar anständig bekleidet und auf meinen eigenen Füßen entgegentreten.«

Und das tat er auch, als Hugh am Nachmittag mit grimmigem Gesicht und gefurchter Stirn eintraf, um den Verlust seines Übeltäters zu untersuchen. In Mutter Marianas winzigem, schlichtem, mit dunklem Holz verkleideten Sprechzimmer standen Elis und Melicent Seite an Seite und erwarteten ihn. Cadfael hatte den Jungen in Hosen und Hemd und Jacke gesteckt, und Melicent hatte sein Haargewirr für ihn durchgekämmt, da er es noch nicht ohne Schmerzen selbst tun konnte. Nach einem abschätzenden Blick auf seine ersten unsicheren Schritte hatte Schwester Magdalena ihm noch einen Stab gegeben, mit dem er sein angeschlagenes Knie stützen konnte, das ihn noch nicht ganz tragen wollte. Als er bereit war, sah er sehr jung, sauber und feierlich aus und verständlicherweise verängstigt. Er hielt sich etwas verkrümmt, um die gebrochene Rippe zu entlasten, die ihm den Atem nahm. Melicent stand dicht an seiner Seite, jedoch ohne ihn zu berühren.

»Ich habe Eliud an meiner Stelle nach Wales zurückgeschickt«, sagte Elis, ebenso sehr vor Entschlossenheit wie vor Furcht stocksteif. »Denn ich schulde ihm mein Leben. Aber hier bin ich, ich stehe Euch nach Eurem Belieben zur Verfügung, damit ihr mit mir verfahren könnt, wie Ihr es für angemessen haltet. Erlegt mir auf, was immer Ihr für ihn für richtig haltet.«

»Um Himmels willen, so setzt Euch doch«, sagte Hugh knapp und fassungslos. »Ich verabscheue es, der Grund Eures selbstauferlegten Leidens zu sein. Es soll mir reichen, wenn Ihr mir Euren Hals anbietet; Eure augenblicklichen Schmerzen brauche ich nicht. Setzt Euch und beruhigt Euch. Ich habe kein Interesse an Helden.«

Elis errötete, zuckte zusammen und setzte sich gehorsam, doch er ließ Hughs grimmiges Gesicht keinen Augenblick aus den Augen. »Wer hat Euch geholfen?« fragte Hugh kalt und ruhig.

»Niemand. Ich entwarf diesen Plan allein. Owains Männer taten, was ich ihnen befahl.« Dies konnte er kühn behaupten, da sie schon lange in ihrem eigenen Land waren.

»*Wir* entwarfen den Plan«, sagte Melicent fest.

Hugh ignorierte sie, oder jedenfalls tat er so. »Wer hat Euch geholfen?« wiederholte er etwas lauter.

»Niemand. Melicent wußte es, aber sie war nicht beteiligt. Die ganze Schuld trifft mich. Befaßt Euch mit mir!«

»Dann habt Ihr also ganz allein Euren Vetter in das andere Bett gelegt! Das allein ist schon ein Wunder, da Ihr verletzt seid und nicht gehen könnt, ganz zu schweigen davon, daß es Euch unmöglich ist, einen anderen Mann zu heben. Wie ich hörte, trug ein gewisser Müller aus dieser Gegend Eliud ap Griffiths Bahre.«

»Es war dunkel in der Kammer, und auch draußen war kaum Licht«, erwiderte Elis gleichmütig, »und ich ...«

»*Wir*«, unterbrach Melicent.

»...ich hatte Eliud gut eingewickelt, es war so gut wie nichts von ihm zu sehen. John tat nichts weiter, als seine starken Arme zur Verfügung zu stellen, um mir zu Gefallen zu sein.«

»War Eliud an diesem Austausch beteiligt?«

»*Nein!*« sagten sie gleichzeitig laut und entschieden.

»Nein!« wiederholte Elis so heftig, daß seine Stimme zitterte. »Er wußte nichts. Ich gab ihm in seinen letzten Trank einen großen Schuß von dem Mohnsirup, den Bruder Cadfael am ersten Tag benutzte, um den Schmerz zu lindern. Er bringt tiefen Schlaf. Eliud schlief die ganze Zeit. Er wußte nichts davon! Er wäre nie einverstanden gewesen.«

»Und wie seid Ihr, ans Bett gefesselt, wie Ihr wart, an den Sirup gekommen?«

»*Ich* habe die Flasche von Schwester Magdalena gestohlen«, sagte Melicent. »Fragt sie! Sie wird Euch sagen, wieviel aus der Flasche fehlt.« Und das würde sie, mit allem Ernst und aller Sorge. Hugh zweifelte nicht daran, und er wollte ihr die Notwendigkeit des Antwortens ersparen. Auch Cadfael zweifelte nicht daran. Beide hatten sich umsichtig von dieser Verhandlung entfernt und überließen es Richter und Angeklagtem, die Angelegenheit zu klären.

Es folgte ein kurzes, drückendes Schweigen, das schwer auf Elis lastete, während Hugh die beiden mit zusammengezogenen Augenbrauen betrachtete. Schließlich wandte er sich stirnrunzelnd an Melicent.

»Von allen Menschen«, sagte Hugh, »hattet Ihr das größte Recht, von Eliud eine Wiedergutmachung zu verlangen. Habt Ihr ihm so schnell vergeben?«

»Ich bin nicht einmal sicher«, sagte Melicent langsam, »daß ich weiß, was Vergebung ist. Es scheint mir nur eine traurige Verschwendung, daß alle guten Taten eines Mannes nicht die eine böse Tat, wie schlimm sie auch ist, aufwiegen sollen. Das ist ein Makel dieser Welt. Und ich wollte nicht, daß noch jemand stirbt Ein Toter war Kummer genug, und der zweite würde nichts heilen.«

Wieder gab es ein Schweigen, länger als das erste. In Elis war alles in Aufruhr, er erschauerte, er wollte seine Strafe hören, wie immer sie ausfiel, und Gewißheit haben. Zittern überfiel ihn, als Hugh sich abrupt erhob.

»Elis ap Cynan, ich habe von Rechts wegen keine Anklage gegen Euch vorzubringen. Ich will keine Wiedergutmachung von Euch. Ihr sollt Euch eine Weile hier ausruhen; Euer Pferd steht noch in den Ställen der Abtei. Wenn Ihr bereit seid zu reiten, dann mögt Ihr Eurem Ziehbruder nach Hause folgen.« Und bevor sie noch den Atem fanden zu antworten, hatte er den Raum verlassen und die Tür hinter sich geschlossen.

Bruder Cadfael ging ein kurzes Stück mit seinem Freund, als Hugh am frühen Abend nach Shrewsbury zurückritt. Die letzten Tage waren mild gewesen, und die Äste der Bäume trugen den ersten grünen Schleier der Frühjahrsknospen. Auch der Gesang der Vögel hatte den aufgeregt drängenden, unruhigen Klang angenommen wie jedes Jahr vor der Paarung und dem Nestbau und der Aufzucht der Jungen. Dies war die Zeit für alle Arten von Geburten und Anfängen und dafür, den Tod aus den Gedanken zu bannen.

»Was sonst hätte ich tun können?« sagte Hugh. »Dieser hier hat keinen Mord begangen und ist mir den hübschen Hals, den er mir so artig anbietet, nicht schuldig. Und wenn ich ihn hänge, dann müßte ich beide hängen. Gott allein weiß, ob selbst ein so resolutes Mädchen wie Melicent – oder jene, die nach Eurem Bericht in Tregeiriog wartet – fähig ist, diese beiden Unzertrennlichen zu trennen. Zwei Leben für eines, das ist kein gerechter Tausch.« Er betrachtete sinnend seinen Sattel und den grobknochigen Grauen, sein Lieblingspferd, auf dem er ritt, und lächelte Cadfael an. Es war das erstemal seit mehreren Tagen, daß er so lächelte, ohne Ironie oder Vorbehalte zu zeigen. »Wieviel wußtet Ihr?«

»Nichts«, sagte Cadfael einfach. »Ich habe einiges vermutet, aber ich kann guten Gewissens sagen, daß ich nichts wußte und keinen Finger dazu gerührt habe.« Mit Schweigen und Taubheit und Blindheit hatte er getäuscht, aber das brauchte er nicht zu sagen. Hugh wußte es ohnehin. Und es war nicht nötig, daß Hugh jemals aussprach, mit welcher heimlichen Dankbarkeit er das Urteil begrüßte, das er aus eigenem Willen nie hätte sprechen können.

»Was soll nun aus ihnen allen werden?« fragte Hugh sich. »Elis wird heimkehren, sobald es ihm gut genug geht, und in aller Form um die Hand des Mädchens anhalten. In ihrer eigenen Sippe gibt es außer dem Bruder ihrer Mutter keinen Mann, der diese Aufgabe übernehmen könnte; und der ist mit der Königin in Kent und außer Reichweite. Ich nehme an, Schwester Magdalena wird dem Mädchen raten, für die Zwischenzeit zu ihrer Stiefmutter zurückzugehen, damit alles in angemessener Form vorbereitet werden kann. Sie hat Verstand genug, auf einen solchen Rat zu hören, und die Geduld, um auf das zu warten, was sie haben will. Nun hat sie ja die Sicherheit, daß sie es am Ende auch bekommen wird. Aber was ist mit den anderen beiden?«

Eliud und seine Gefährten waren inzwischen sicher schon weit in Wales und brauchten sich nicht zu beeilen und den Verletzten nicht über Gebühr zu quälen. Der Trank des Vergessens, den sie ihm gegeben hatten, mochte auch nach dem Aufwachen noch eine Weile seine Sinne trüben, und seine Kameraden würden nach Kräften versuchen, seine Reue und seinen Kummer und seine Angst um Elis zu lindern. Aber würde dieser unruhige und leidenschaftliche Geist jemals ganz zur Ruhe kommen?

»Was wird Owain mit ihm tun?«

»Er wird ihn weder töten noch verkommen lassen«, sagte Cadfael, »vorausgesetzt, Ihr gebt Eure Rechte an ihm auf. Eliud wird leben, er wird seine Cristina heiraten – es wird für Prinz und Priester und die Eltern keinen Frieden geben, solange sie nicht ihren Willen bekommt. Und seine Buße trägt er bereits in sich, er wird lebenslang daran tragen. Außer dem Tod selbst gibt es nichts, was Ihr oder irgendein anderer Mann ihm auferlegen könnte, das er sich nicht selbst auferlegen wird. Aber mit Gottes Willen wird er es nicht alleine tragen müssen. Kein Verbrechen und keine Schuld wird Cristina von seiner Seite weichen lassen.«

Am Ende des Reitweges trennten sie sich. Hinter den Bäumen dämmerte der Abend, doch die Vögel sangen immer noch mit soviel Freude in der Stimme, daß es einem leicht ums Herz wurde. Die Buschwindröschen zitterten im Gras.

»Ich gehe leichteren Sinnes als ich kam«, sagte Hugh, indem er noch einen Augenblick sein Pferd zügelte.

»Und ich werde Euch folgen, sobald der Junge wieder aufrecht gehen und durchatmen kann. Ich freue mich darauf, heimzukehren.« Cadfael blickte zu den niedrigen Holzdächern von Mutter Marianas Hof zurück, und zu den glitzernden Wellen des Baches, in denen sich silbrige, hauchzarte Äste spiegelten. »Ich hoffe, wir alle haben aus einer großen Sünde das Beste gemacht. Wer könnte mehr verlangen? Erinnere ich mich doch daran, wie der Vater Abt einmal sagte, daß es unsere Aufgabe sei, Gerechtigkeit zu finden, während das Privileg der Gnade bei Gott liege. Aber selbst Gott muß, wenn er gnädig sein will, uns als seine Werkzeuge benutzen.«

Pilger
des Hasses

1

Am Nachmittag des fünfundzwanzigsten Tages im Mai trafen sie sich in Bruder Cadfaels Hütte im Herbarium, und das Gespräch drehte sich um wichtige Staatsangelegenheiten, um Könige und Kaiserinnen und um das wechselhafte Glück der beiden unversöhnlichen Konkurrenten um den Thron.

»Nun, noch ist die Dame nicht gekrönt!« sagte Hugh Beringar so entschieden, als sähe er einen Weg, es zu verhindern.

»Und sie ist noch nicht einmal in London«, stimmte Cadfael zu, während er behutsam in dem Topf herumrührte, der in die Glut seiner Kohlenpfanne eingebettet war. Das Gebräu durfte nicht an den Seiten hochkochen und anbrennen. »Sie kann erst gekrönt werden, wenn man sie nach Westminster einläßt. Und damit hat man es, wie ich hörte, nicht besonders eilig.«

»Wo die Sonne scheint«, versetzte Hugh traurig, »da sammeln sich die Frierenden. Meine Aufgabe jedoch, alter Freund, führt mich in den Schatten. Wenn Henry von Blois das Lager wechselt, dann folgen ihm die Männer wie im Gänsemarsch. Wenn er einen Schritt tut, gehen sie mit ihm und heften sich an seine Fersen.«

»Nicht alle«, wandte Cadfael ein. Er lächelte einen Augenblick, während er sein Gebräu umrührte. »Ihr nicht. Und Ihr seid gewiß nicht der einzige.«

»Gott verhüte!« sagte Hugh. Er mußte lachen und schüttelte seine trübselige Stimmung ab. Er hatte in der offenen Tür gestanden, wo die strahlende Frühlingssonne einen weichen, goldenen Schein über die Büsche und Beete des Kräutergartens warf. Die feuchte Mittagsluft war schwer von würzigen, üppigen Düften. Hugh trat ins Innere der Hütte, ließ sich auf die Bank an der hölzernen Rückwand fallen und setzte die Hacken seiner Stiefel weit gespreizt auf den Boden. Er war klein gewachsen, doch ebenmäßig gebaut. Seine kleine Statur und sein geringes Gewicht hatten schon manchen Mann getäuscht, und die meisten hatten es bereut.

Das Sonnenlicht, das durch die Böen, die an den Büschen zerrten, etwas abgekühlt war, spiegelte sich in einer von Cadfaels bauchigen Glasflaschen und beleuchtete flackernd Hughs schmales, gebräuntes und sauber rasiertes Gesicht, den fein geschwungenen Mund, die beweglichen schwarzen Augenbrauen, die sich skeptisch heben konnten, und das kurz geschnittene schwarze Haar. Ein Gesicht, das zugleich beredt und undurchdringlich war. Bruder Cadfael war einer der wenigen Menschen, die darin zu lesen verstanden; nicht einmal Hughs Frau Aline vermochte es besser.

Cadfael stand in seinem zweiundsechzigsten Jahr, während Hugh noch ein oder zwei Jahre an seinem dreißigsten Geburtstag fehlten, aber wenn die beiden in Cadfaels Hütte behaglich zwischen den Kräutern beisammensaßen, fühlten sie sich wie Gleichaltrige.

»Nein«, sagte Hugh vorsichtig, nachdem er die Umstände sorgfältig bedacht hatte, »nicht alle. Wir sind noch ein paar, und wir stehen nicht so schlecht da und können halten, was wir haben. Die Königin ist mit ihrer Armee in Kent, und Robert von Gloucester wird es kaum wagen, uns anzugreifen, solange sie sich so nahe im Süden von London aufhält. Und da uns die Waliser aus Gwynedd gegen den Grafen von Chester den Rücken freihalten, können wir unsere Grafschaft für König Stephen behaupten und die Zeit abwarten. Wenn sich das Glück einmal gewendet hat, dann kann es sich auch ein zweites Mal wenden. Und die Kaiserin ist noch nicht die Königin von England.«

Trotzdem, dachte Cadfael, während er schweigend das Gebräu für Bruder Aylwins wunde Knie umrührte, es sah ganz danach aus, als würde sie es bald sein. Nach drei Jahren Bürgerkrieg zwischen Cousin und Cousine, die um die englische Krone kämpften, stritten die Parteien erbitterter denn je, und das Volk litt unter Unsicherheit, Plünderungen und Mord und Totschlag. Der Handwerker in der Stadt, der Pächter im Dorf, der Leibeigene auf dem Gutshof, sie alle würden sich von Herzen über einen Monarchen freuen, egal wer es war, der für Ruhe und Ordnung im Land sorgte, damit sie ihren bescheidenen Geschäften nachgehen konnten. Aber für einen Mann wie Hugh ging es um mehr. Er war König Stephens Lehnsmann und inzwischen Sheriff von Shropshire, und er hatte geschworen, die Grafschaft für seinen König zu verteidigen. Der König wurde in der Burg von Bristol gefangengehalten, seit er die Schlacht von Lincoln verloren hatte. Ein einziger Tag im Februar nur, und das Glück der beiden Thronanwärter hatte sich gewendet. Die Kaiserin Maud schwebte droben in den Wolken, während Stephen, der gekrönte und gesalbte Herrscher, eingesperrt und bewacht drunten im Kerker saß. Sein Bruder, Henry von Blois, der Bischof von Winchester und päpstlicher Legat, bei weitem der einflußreichste Kirchenmann und bislang ein Unterstützer seines Bruders, steckte in der Klemme. Er konnte ein Held sein und sich vernehmbar und entschlossen zum König bekennen, wodurch er sich die Feindschaft einer nicht ungefährlichen Dame zuziehen würde, deren Stern rasch stieg, oder er konnte sein Mäntelchen nach dem Wind hängen, sich mit dem wechselhaften Glück abfinden und sich auf ihre Seite schlagen. In aller Stille natürlich und mit guten Argumenten versehen, um nicht das Gesicht zu verlieren. Allerdings war es möglich, dachte Cadfael, der nicht einmal einem Bischof lautere Motive absprechen wollte, daß Henry in erster Linie Recht und Ordnung am Herzen lagen, so daß er bereit war, jeden zu unterstützen, der sie gewährleisten konnte.

»Was mir Sorgen macht«, sagte Hugh beunruhigt, »ist der Mangel an verläßlichen Nachrichten. Gerüchte höre ich mehr als genug, und jedes neue widerspricht dem letzten, aber nichts, worauf ich wirklich bauen könnte. Ich werde froh sein, wenn Abt Radulfus zurück ist.«

»Nicht nur Ihr, sondern alle Brüder hier im Haus werden sich freuen«, stimmte Cadfael inbrünstig zu. »Ausgenommen vielleicht Jerome; der plustert sich immer auf, wenn Prior Robert die Verantwortung für das Kloster innehat, und die Wochen, seit der Abt nach Winchester gerufen wurde, hat er sichtlich genossen. Aber Roberts Regiment gefällt uns anderen gar nicht gut, das kann ich Euch versichern.«

»Wie lange ist der Abt jetzt fort?« überlegte Hugh. »Sieben oder acht Wochen! Der Legat liebt es anscheinend, Würdenträger um sich zu versammeln. Mit dieser Unterstützung fällt es ihm zweifellos leichter, sich der Kaiserin entgegenzustellen. Henry ist kein Mann, der sich ohne weiteres vor einem Prinzen verneigt, und er braucht jeden Rückhalt, den er bekommen kann.«

»Er läßt allerdings einige Würdenträger ziehen«, sagte Cadfael. »Das könnte ein Anzeichen dafür sein, daß er eine Art Abkommen getroffen hat. Oder man hat ihn glauben gemacht, daß er eines getroffen hätte. Der Vater Abt hat eine Nachricht aus Reading geschickt; er müßte in einer Woche wieder hier sein. Ihr werdet kaum einen besseren Augenzeugen finden als ihn.«

Bischof Henry hatte sich alle Mühe gegeben, den Verlauf der Ereignisse selbst zu bestimmen. Indem er Anfang April alle Prälaten und Äbte im Bischofsrang nach Winchester einberufen und die Versammlung von einer gewöhnlichen Kirchenversammlung zu einem Bischofskonzil aufgewertet hatte, konnte er sich für die folgenden Verhandlungen eine gute Ausgangsposition sichern und sogar vor dem Erzbischof Theobald von Canterbury, der in rein englischen Kirchenangelegenheiten sein Vorgesetzter war, seine Vorrangstellung behaupten. Letzteres spielte allerdings keine große Rolle, denn Cadfael bezweifelte, daß Theobald sich daran gestoßen habe, daß er ausgebootet worden sei. Angesichts der Umstände war der stille, ängstliche Mann wahrscheinlich froh, sich unbemerkt im Schatten halten zu können und dem Legaten die Hitze der Sonne zu überlassen.

»Ich weiß. Wenn ich seinen Bericht über die Dinge, die drunten im Süden vor sich gegangen sind, erst angehört habe, kann ich meine Vorkehrungen treffen. Wir sind hier weit genug entfernt, und Stephens Königin, Gott schütze sie, hat eine recht ansehnliche Streitmacht aufgestellt. Die Flamen, die in Lincoln entkamen, sind zu ihrer Truppe gestoßen. Sie wird Himmel und Erde in Bewegung setzen, um Stephen aus der Gefangenschaft zu befreien, und ihr wird jedes Mittel dazu recht sein. Sie ist«, sagte Hugh überzeugt, »ein besserer Soldat als ihr Herr. Keine bessere Kämpferin auf dem Schlachtfeld – ihr könntet in ganz Europa keinen Kämpfer finden wie ihn, ich sah ihn in Lincoln – es war ein Wunder! Aber die bessere Befehlshaberin, das ist sie. Sie hält an ihren Zielen fest, wo er ermüdet und einer anderen Beute nachjagt. Man sagte mir, und ich glaube es, daß sie südlich des Flusses ihren Kordon immer enger um London zieht. Je näher die Rivalin an Westminster herankommt, desto enger wird die Schlinge gezogen.«

»Ist es denn sicher, daß die Londoner bereit sind, die Kaiserin einzulassen? Wir haben gehört, daß sie spät zum Konzil gekommen sind und halbherzig für Stephen gesprochen haben, bevor sie klein beigaben. Man muß gewiß sehr beherzt sein, um Henry von Winchester Aug' in Auge gegenüberzustehen und ihm etwas abzuschlagen«, räumte Cadfael seufzend ein.

»Sie haben beschlossen, sie einzulassen, und das ist fast so gut, als hätten sie sie anerkannt. Aber wie ich hörte, verhandeln sie noch über die Bedingungen für ihren Einzug in die Stadt, und jede Verzögerung ist für Stephen und mich ein kostbarer Zeitgewinn. Wenn ich nur«, sagte Hugh, und das tanzende Licht vertiefte plötzlich die Linien seines gespannten, ausdrucksvollen Gesichts, »wenn ich nur einen guten Mann nach Bristol hineinbekommen könnte! Es gibt immer einen Weg, in eine Burg zu gelangen, und sogar in den Kerker. Zwei oder drei gute, verschwiegene Männer könnten schon ausreichen. Eine Handvoll Gold für einen unzufriedenen Wärter … es wäre nicht das erstemal, daß ein König befreit würde; selbst Ketten wären kein Hindernis, aber er ist nicht einmal angekettet. So weit ist sie nicht gegangen, noch nicht. Cadfael, ich träume! Meine Aufgabe ist hier und ich bin ihr kaum gewachsen. Ich habe nicht die Mittel, in Bristol etwas zu versuchen.«

»Wenn Euer König freikommt«, sagte Cadfael, »dann braucht er diese Grafschaft dringender denn je.«

Er nahm den Topf vom Feuer, wandte sich von der Kohlenpfanne ab und setzte ihn zum Abkühlen auf einen flachen Stein, den er zu diesem Zweck bereitgelegt hatte. Sein Rücken knackte ein wenig, als er sich wieder aufrichtete. Hin und wieder spürte er seine Jahre, aber wenn er aufrecht stand, besaß er noch die alte Spannkraft.

»Ich bin hier für den Augenblick fertig«, sagte er, während er sich die Hände rieb, um die Dellen zu entfernen, die ihm der Henkel in die Haut gedrückt hatte. »Kommt hinaus ins Tageslicht und seht Euch die Blumen an, die wir für den Feiertag der heiligen Winifred gezogen haben. Der Vater Abt wird gerade rechtzeitig heimkommen, um den Zug von St. Giles anzuführen. Wir werden dann das Haus voller Pilger haben.«

Sie hatten den Reliquienschrein der walisischen Heiligen vor vier Jahren aus Gwytherin geholt, wo sie begraben lag, und auf dem Altar der Hospitalkapelle von St. Giles aufgestellt. Das Hospital lag am Rande der Vorstadt von Shrewsbury; dort wurden die Kranken, die Infizierten, die Behinderten und Aussätzigen, die die Stadt nicht betreten durften, beherbergt und gepflegt. Und dann hatten sie den Schrein feierlich zum Altar der Heiligen in die Abteikirche getragen, wo er in vollem Schmuck Wunder wirken und all jene heilen und segnen sollte, die in Not geraten waren und zur Andacht kamen. Auch in diesem Jahr sollte diese letzte Reise wiederholt werden, auf welcher der Schrein in einer Prozession von St. Giles herübergebracht wurde, und der Altar der Heiligen würde allen zugänglich sein, die ihr Gebete und Opfer darbringen wollten. Sie hatte jedes Jahr viele Pilger angezogen, und auch in diesem Jahr würden sie in Scharen kommen.

»Man fragt sich fast«, sagte Hugh, der breitbeinig zwischen den Blumenbeeten stand und die Blüten betrachtete, deren blasse Frühlingsfarben dem prächtigen Glanz des Sommers wichen, »ob Ihr Euch nicht vielmehr auf eine Hochzeitsfeier vorbereitet.«

Die Haselnuß- und Weißdornhecken verstreuten ihre silbernen Blütenblätter und ließen silbrig-grüne Weidenkätzchen in den Kräutergarten fallen. In der Wiese hinter dem Garten reckten sich Schlüsselblumen, und die Iris hatten feste, pralle Knospen. In Cadfaels umfriedetem Kräutergarten standen dichte Büsche von Pfingstrosen, deren Knospen gerade aufbrachen. Cadfael benutzte die Samen zu medizinischen Zwecken, und Bruder Petrus, der Koch der Abtei, benutzte sie als Küchengewürze.

»Vielleicht ist der Mann gar nicht weit«, erwiderte Cadfael, während er zufrieden die Früchte seiner Arbeit betrachtete. »Eine unaufhörliche und reine Hochzeitsfeier. Dieses walisische Mädchen blieb bis zum Tage ihres Todes unschuldig.«

»Habt Ihr sie denn inzwischen unter die Haube gebracht?«

Das müßige Geplauder war nach dem Grübeln über die Staatsangelegenheiten eine Erleichterung. In einem solchen Garten konnte man an den Frieden, an ein gedeihliches Leben und an Freundschaft glauben. Aber auf seine Worte folgte ein so tiefes und lastendes Schweigen, daß Hugh die Ohren spitzte und sich fast verstohlen zu seinem Freund umdrehte, noch bevor die unbedachte Antwort kam. Ob unbedacht aus Geistesabwesenheit oder aus Absicht, das konnte man nicht sagen.

»Nicht vermählt«, erwiderte Cadfael, »aber gewiß gut gebettet. Und zwar mit einem guten Mann, der ihrer würdig ist. Er hat diese Belohnung verdient.«

Hugh hob fragend die Augenbrauen und warf einen Blick über die Schulter zum langgestreckten Dach der großen Abteikirche, wo, wie jedermann wußte, die fragliche Dame in einem versiegelten Reliquienschrein auf einem eigenen Altar ruhte. Es war ein zierlicher, kleiner Sarg; gerade groß genug, um die schmächtige heilige Waliserin aufzunehmen.

»Da drinnen ist kein Platz für zwei«, wandte Hugh freundlich ein.

»Nicht für zwei von unserem Wuchs, nein, nicht da drin. Aber dort, wo wir sie hingelegt haben, war genug Platz.« Er wußte, daß Hugh ihm jetzt aufmerksam zuhörte, wenn er ihn auch noch nicht verstand.

»Wollt Ihr mir damit sagen«, fragte Hugh immer noch freundlich, »daß sie *nicht* dort drüben in ihrem prächtigen Schrein liegt, wo doch jeder *weiß*, daß sie da drinnen liegt?«

»Wer weiß? Wie oft habe ich mir gewünscht, an zwei Orten gleichzeitig sein zu können. Vielleicht vermag eine Heilige, was mir verwehrt ist? Sie war drei Tage und drei Nächte dort drinnen, das weiß ich. Sie mag ein wenig von ihrer Heiligkeit zurückgelassen haben – und wenn auch nur, um uns zu danken, die wir sie wieder herausgeholt haben, um sie dorthin zurückzubringen, wo sie, wie ich sicher glaube, sein wollte. Aber trotz allem«, räumte Cadfael kopfschüttelnd ein, »nagt in mir ein kleiner Zweifel. Was ist, wenn ich sie falsch verstanden habe?«

»Dann müßt Ihr Euer Heil in Beichte und Buße suchen«, sagte Hugh unbeschwert.

»Aber erst, wenn Bruder Mark zum Priester geweiht ist!« Der junge Mark hatte sein Mutterhaus und seine Schäfchen in St. Giles verlassen und sich dem Bischof von Lichfield angeschlossen. Leoric Aspleys Stiftung ermöglichte ihm das Studium, und das Ziel seiner Wünsche lag fern, aber deutlich vor ihm: Das Priesteramt, für welches Gott ihn bestimmt hatte. »Ich spare mir für ihn alle Sünden auf, die ich, vielleicht irrtümlich, nicht für Sünden halte«, sagte Cadfael. »Er war drei Jahre meine rechte Hand und meine Herzensfreude, und er kennt mich besser als jeder andere. Euch vielleicht ausgenommen.« Er warf seinem Freund einen arglosen Blick zu. »Er wird die Wahrheit von mir erfahren, und nach seinem Urteilsspruch und seiner Absolution nehme ich jede Buße auf mich. Ihr könnt das Urteil sprechen, Hugh, aber Ihr könnt mir nicht die Absolution erteilen.«

»Und auch nicht die Buße auferlegen«, erwiderte Hugh und lachte unbefangen. »Nun sagt es mir schon, und Ihr sollt ohne Buße davonkommen.«

Die Vorstellung, sich endlich einem Menschen anzuvertrauen, gefiel Cadfael sehr. »Das ist eine lange Geschichte«*, warnte er.

»Dann erzählt nur, denn was ich hier tun konnte, ist getan, und Ihr erwartet nichts weiter als Aufmerksamkeit und Geduld; und warum sollte ich mir eine gute Geschichte entgehen lassen? Ihr seid bis zur Vesper frei, und vielleicht erntet Ihr sogar Lob«,

---

* Vgl. Im Namen der Heiligen, Heyne 6475

sagte Hugh, während er ein priesterlich-ernstes Gesicht aufsetzte, »wenn Ihr Euer Herz den weltlichen Mächten ausschüttet. Und ich bin verschwiegen wie ein Beichtvater.«

»Dann wartet«, sagte Cadfael. »Ich will uns einen Schluck vom neuen Wein holen, und dann können wir uns auf die Bank an der Nordmauer in die Nachmittagssonne setzen. Wenn ich erzähle, wollen wir es gemütlich haben.«

»Es geschah etwa ein Jahr, bevor wir uns kennenlernten«, begann Cadfael, als sie bequem an den erwärmten rauhen Steinen der Gartenmauer lehnten. »Wir hatten damals noch keine Hausheilige und waren etwas neidisch auf die Kluniazenser in Wenlock, die das Grab ihrer sächsischen Gründerin Milburga entdeckt hatten und groß zur Schau stellten. Wir bekamen gewisse Zeichen, und ein erkrankter Bruder machte sich auf den Weg nach Wales, um in Holywell zu baden, wo das Mädchen Winifred zum erstenmal starb, worauf die Heilquelle aufbrach. Ihr eigener Patron, der heilige Beuno, konnte sie ins Leben zurückholen, aber die Quelle blieb und wirkte Wunder. Prior Robert kam auf die Idee, daß man die Dame bewegen könnte, Gwytherin zu verlassen, wo sie zum zweitenmal gestorben war und begraben lag, um ihre Herrlichkeit hierher nach Shrewsbury zu bringen. Ich war bei der Gruppe, die mit ihm reiste, um mit der dortigen Pfarrei zu verhandeln und sie zu überreden, die Gebeine der Heiligen herauszugeben.«

»Das alles«, warf Hugh ein, der gewärmt und aufmerksam neben ihm saß, »weiß ich so gut wie jeder andere.«

»Gewiß! Aber Ihr wißt nicht, was darauf folgte. In Gwytherin gab es einen walisischen Herren, der nicht zulassen wollte, daß die Ruhe des Mädchens gestört würde. Er ließ sich weder durch Drohungen noch durch Bestechung überreden, sie gehen zu lassen. Und dann starb er, Hugh – er wurde ermordet. Von einem der unseren, von einem ehrgeizigen Bruder, der schon die Bischofsmütze im Auge hatte. Aber als wir ihn anklagen wollten, kämpfte er um sein Leben. An jenem Ort gab es zwei junge Leute, die Tochter des toten Herren und ihren Geliebten, die durch ihn in Gefahr geraten waren. Der Junge schlug zornig und mit gutem Grunde zu, als er sein Mädchen verletzt und blutend sah. Er war stärker, als er gedacht hatte. Er brach dem Mörder den Hals.«

»Wie viele Menschen haben davon gewußt?« fragte Hugh. Er zog die Augen zusammen und betrachtete nachdenklich die glänzenden Blätter der Rosenbüsche.

»Nur die Liebenden, der Tote und ich. Und die heilige Winifred, die aus ihrem Grab geholt und in den Sarg gelegt worden war, den jedermann hier kennt. Sie wußte davon. Sie war dabei. Von dem Augenblick an, als ich sie heraufholte«, sagte Cadfael, »denn ich selbst war es, der sie aus der Erde hob, und ich war es, der sie wieder hineinsenkte – ich bin heute noch froh darüber –; von dem Augenblick an, als ich ihre zarten Gebeine freilegte, hatte ich das Gefühl, daß sie nichts weiter wollte, als in Frieden gelassen zu werden. Es war ein kleiner, verwilderter und stiller Friedhof mit einer kleinen Kapelle, die schon lange nicht mehr benutzt wurde; überall üppig blühende Wiesenblumen und weiche grüne Grabhügel. Und der walisische Boden! Das Mädchen war Waliserin, von der gleichen Abstammung wie ich, ihre Kirche war von der alten Art, und was wußte sie schon von einer fernen englischen Grafschaft? Und ich hatte diese jungen Leute in meiner Obhut. Wer hätte ihrem oder meinem Wort geglaubt, wo auf der anderen Seite die ganze Macht der Kirche stand? Man hätte die Reihen geschlossen, um den Skandal zu begraben und den Jungen dazu, dabei hatte er sich nichts weiter zuschulden kommen lassen, als seine Liebste zu verteidigen. Also ergriff ich gewisse Maßnahmen.«

Hughs bewegliche Lippen zuckten. »Nun versetzt Ihr mich aber in Erstaunen! Welche Maßnahmen waren das wohl? Ein Bruder, für dessen Tod Erklärungen gefunden werden mußten, Prior Robert, der bei Laune gehalten werden mußte...«

»Na ja, Robert ist eine schlichtere Seele, als er selbst annimmt, und der tote Bruder half mir sehr. Er hatte sich bemüht, seine Frömmigkeit herauszustellen. Er hatte Botschaften von der Heiligen übermittelt – er sagte uns auch, sie wollte das Grab, aus dem sie gehoben worden war, dem Ermordeten überlassen –, und er fiel in einen Trancezustand und betete darum, diese Welt lebendig verlassen und ein Leben im göttlichen Segen führen zu dürfen … so taten wir ihm diesen kleinen Gefallen. Er hatte allein in der alten Kirche Nachtwache gehalten, und am Morgen nach seiner Wache fand man seine Kutte und die Sandalen zusammengefallen in einem Gebetsstuhl, und sein Körper hatte sich offenbar daraus emporgehoben. Es duftete süß, und überall lagen Weißdornblüten. Er hatte zuvor behauptet, die Heilige sei ihm erschienen, und warum sollte Robert sich nicht daran erinnern und ihm glauben? Er war gewiß fort. Warum sollte man ihn suchen? Würde denn ein Bruder aus unserem Hause splitternackt durch die walisischen Wälder laufen?«

»Wollt Ihr mir etwa sagen«, fragte Hugh vorsichtig, »daß das, was Ihr hier im Reliquienschrein habt, gar nicht … dann war der Sarg noch nicht versiegelt?« Seine Augenbrauen hoben sich bis zu der Haarsträhne in seiner Stirn, aber seine Stimme blieb leise und gleichmütig.

»Nun …« Cadfael rieb sich verlegen die braune Knollennase. »Versiegelt war er schon, aber es gibt viele Möglichkeiten, ein Siegel so zu öffnen, daß es unverletzt scheint. Das ist eine der eher zweifelhaften Fähigkeiten, die ich erworben habe, aber damals war ich froh darüber.«

»Und Ihr legtet die Dame mit ihrem Verehrer an den Ort zurück, an dem sie gewesen war?«

»Er war ein anständiger, guter Mann, und er hatte edel für sie gesprochen. Sie würde ihm den Platz nicht neiden. Ich habe fest geglaubt«, gab Cadfael zu, »daß sie keine Einwände dagegen hatte. Sie hat danach in Gwytherin durch viele Wunder ihre Kraft bewiesen, also kann ich nicht glauben, daß sie zornig ist. Aber was mir Sorgen macht, ist, daß sie uns hier bisher noch nicht ihre Gunst erwiesen hat, so daß Robert glücklich sein könnte und mein Gewissen zur Ruhe käme. Oh, ein paar kleine Dinge sind geschehen, aber kein eindeutiges Zeichen. Was ist, wenn ich nun doch ihren Unmut erregt habe? Mir selbst, der ich weiß, was wir dort drinnen auf dem Altar haben, geschieht das nur recht – die Schuld trifft mich allein, wenn ich gefehlt habe. Aber was ist mit den Unschuldigen, die es nicht wissen und in gutem Glauben kommen und auf ihre Gnade hoffen? Was ist, wenn ich die Schuld an ihrer Enttäuschung und ihrer Not trage?«

»Ich sehe ein«, erwiderte Hugh mitfühlend, »daß Bruder Mark sich mit der Priesterweihe beeilen und rasch zurückkommen muß, um Euch diese Last von den Schultern zu nehmen. Es sei denn«, setzte er mit einem kurzen, etwas schrägen Lächeln hinzu, »die heilige Winifred erbarmt sich Euer und sendet Euch bald ein Zeichen.«

»Ich weiß bis heute nicht«, grübelte Cadfael, »was ich sonst hätte tun sollen. Es war eine Lösung, die alle zufriedenstellte, sowohl hier bei uns als auch dort. Die Kinder waren frei und konnten heiraten und glücklich werden, das Dorf behielt seine Heilige, und die Heilige hatte ihr Volk um sich. Robert hatte bekommen, was er wollte – jedenfalls glaubte er es, was beinahe dasselbe ist. Und die Abtei von Shrewsbury hat nun ihre alljährliche Feier und kann auf ein volles Gästehaus hoffen, auf reichlich Ruhm und Gewinn. Wenn die Heilige nur einen nachsichtigen Blick in meine Richtung werfen oder mit dem Auge zwinkern würde, damit ich erkenne, daß ich sie richtig verstanden habe.«

»Und Ihr habt mit niemandem darüber gesprochen?«

»Kein Wort. Aber das ganze Dorf Gwytherin weiß Bescheid«, räumte Cadfael mit einem schuldbewußten Grinsen ein. »Niemand hat es ausgesprochen, das war nicht nötig, aber jeder weiß es. Das ganze Dorf war auf den Beinen, als wir den Schrein aufluden und uns auf den Heimweg machten. Sie halfen sogar beim Tragen und stellten uns einen kleinen Karren zur Verfügung. Robert glaubte, er hätte sie gebändigt, sogar jene, die am Anfang so widerstrebend gewesen waren. Er freute sich sehr. Was er doch für eine schlichte Seele ist! Es würde ihn sehr schmerzen, wenn er es jetzt erführe, wo er doch ein Buch über das Leben der Heiligen schreibt und darin schildert, wie er sie nach Shrewsbury holte.«

»Ich könnte es nicht übers Herz bringen, ihm einen solchen Kummer zu bereiten«, sagte Hugh. »Je weniger gesagt wird, desto besser für alle. Gott sei Dank habe ich nichts mit dem kanonischen Recht zu tun; das weltliche Gesetz eines Landes, in dem das Gesetz nicht viel gilt, macht mir schon genug Kopfschmerzen.«

Natürlich konnte Cadfael sich seiner Verschwiegenheit sicher sein; das wurde auf beiden Seiten stillschweigend vorausgesetzt. »Nun, Ihr sprecht die Muttersprache der Dame, und zweifellos hat sie Euch, mit oder ohne Worte, gut verstanden. Wer weiß? Wenn Eure Feier stattfindet – es ist doch der zweiundzwanzigste Juni, nicht wahr? –, dann mag sie Mitleid für Euch empfinden und für Euch ein großes Wunder tun, damit Euer Gewissen zur Ruhe kommt.«

Vielleicht würde sie das tun, dachte Cadfael eine Stunde später, als er dem Ruf der Glocke folgte, die zur Vesperandacht läutete. Nicht, daß er selbst ein solches Zeichen verdient hätte, aber unter dem unablässigen Strom der Pilger war doch gewiß einer, der es verdient hatte und billigerweise nicht abgewiesen werden konnte. Er würde sich damit demütig und freudig zufriedengeben. Und wenn sie nun achtzig Meilen entfernt war, an dem Ort, an dem die Überreste ihres Körpers lagen? Schon zu Lebzeiten war mit diesem Körper ein Wunder geschehen, denn sie war brutal getötet und dann wiedererweckt worden – und konnten Zeit und Raum einem solchen Geschöpf Grenzen setzen? Wenn es ihr gefiel, konnte sie still und zufrieden mit Rhisiart im Grab liegen, dem Vogelgesang in den Weißdornhecken lauschen und zugleich körperlos hier sein, eine kleine Flamme ihres Geistes im Sarg des unwürdigen Columbanus, der nicht für ihre Erhöhung, sondern für seine eigene getötet hatte.

Bruder Cadfael ging seltsam erleichtert zur Vesper, nachdem er seinem Freund ein Geheimnis aus der Zeit anvertraut hatte, als sie sich noch nicht kannten. Nach ihrer ersten Begegnung waren sie zunächst potentielle Gegenspieler gewesen, die versuchten, sich gegenseitig an Gewitztheit zu übertrumpfen, doch nach und nach hatten sie entdeckt, wieviel sie beide gemeinsam hatten, der alte Mann – Cadfael räumte höchstens ein, daß er die Mannesblüte ein wenig überschritten hatte – und der junge, dessen Leben gerade begann und der einen so außergewöhnlich wachen Geist und große Klugheit besaß. Alles Glück des Lebens lag vor ihm, und er hatte es gefunden, denn nun war er der unumstrittene Sheriff von Shropshire, wenn auch unter einem machtlosen, gefangenen König, und droben in der Stadt, in der Nähe der Kirche St. Marien, hatte er ein Nest, in dem seine Frau und sein einjähriger Sohn auf ihn warteten, wenn er nach getaner Arbeit die Haustüre zuzog.

Cadfael dachte an sein Patenkind, den stämmigen kleinen Kobold, der munter durch die Zimmer von Hughs Stadthaus krabbelte, seinem Paten ohne Hilfe auf den Schoß kletterte und bereits menschliche Geräusche der Zustimmung, Verwunderung, Empörung und Zuneigung zu äußern begann. Jeder Mann bittet den Himmel um einen Sohn, und Hugh hatte seinen bekommen, einen vielversprechenden Sprößling. Und so hatte auch Cadfael durch die Patenschaft vor Gott einen Sohn.

Die Menschen konnten in dieser Welt glücklich sein, so zerrissen und umkämpft sie auch war, trotz aller Grausamkeit und Gier. So war es immer gewesen, und so würde es immer sein. So würde es bleiben, solange der unbezwingbare Funke der Freude nicht erlosch.

Als sie nach dem Abendessen und dem Tischgebet im Refektorium in der wohligen Wärme und dem späten Licht des Maitages die Bänke zurückschoben, um sich von der Tafel zu erheben, war Prior Robert Pennant als erster auf den Beinen und richtete sich, mit silberner Tonsur und bleichem Gesicht ganz der strenge Prälat, zu seiner vollen Größe von mehr als sechs Fuß auf.

»Brüder, ich habe eine weitere Nachricht vom Vater Abt erhalten. Er ist bereits auf dem Heimweg und hat inzwischen Warwick erreicht. Er hofft, am vierten Juni oder sogar eher wieder bei uns zu sein. Er bittet uns, voller Eifer die Vorbereitungen zur Feier von St. Winifreds Überführung zu treffen und unserer barmherzigen Schutzherrin die gebührende Ehre zu erweisen.«

Vielleicht hatte der Abt ihn pflichtgemäß in dieser Weise instruiert, doch der Nachdruck kam von Robert selbst, der sich als Patron der Patronin sah. Er musterte die treu ergebenen Brüder an den Tischen des Refektoriums wie ein Adliger, der seine Leibeigenen betrachtet, und richtete sich an die ergebensten unter ihnen. »Bruder Anselm, habt Ihr die Musik vorbereitet?«

Bruder Anselm, der Vorsänger, der selten an etwas anderes als an seine Neumen* und seine Instrumente dachte, hob zögernd den Kopf, bemerkte, daß er gemeint war, und starrte den Prior großäugig an. »Der Ablauf der Prozession und des Gottesdienstes ist vorbereitet«, sagte er, etwas überrascht, daß es jemand für nötig hielt, danach zu fragen.

»Und Ihr, Bruder Denis, habt Ihr alles vorbereitet und die Vorratskammern aufgefüllt, damit wir eine große Zahl von Gästen bewirten können? Wir werden sicher jeden Schlafplatz und jeden Teller brauchen, den wir nur finden können.«

Bruder Denis, der für die Gäste verantwortlich war, an äußere Unruhe gewöhnt und in seiner Domäne ein selbstsicherer Herrscher, erklärte gelassen, daß er alle nötige Vorsorge getroffen habe und außerdem Reserven bereitständen, auf die er, wenn nötig, zurückgreifen könne.

»Wir werden auch viele Kranke versorgen müssen, die ja gerade zu uns kommen, weil sie krank sind.«

Bruder Edmund, der Krankenwärter, wartete nicht ab, bis er aufgerufen wurde, sondern erhob sich und erklärte lebhaft, daß er diesen Umstand berücksichtigt habe und auf die erhöhte Nachfrage nach Krankenlagern und Medikamenten eingestellt sei. Weiterhin wies er darauf hin, daß Bruder Cadfael bereits Vorräte von all jenen Medizinen geliefert habe, die höchstwahrscheinlich gebraucht würden, und bereit sei, jede Not zu lindern, die sonst noch entstehen mochte.

»Gut denn«, sagte Prior Robert. »Der Vater Abt hat noch ein weiteres Anliegen. Er bittet uns, bei jedem Hochamt für den Seelenfrieden eines guten Mannes zu beten, der heimtückisch in

---

* Mittelalterliche Notenzeichen (Anm. d. Übers.)

Winchester erschlagen worden ist, als er, wie es seine Christenpflicht verlangte, versuchte Frieden zu halten und die beiden Parteien zu versöhnen.«

Einen Augenblick schien es Bruder Cadfael und wahrscheinlich auch den meisten anderen Brüdern, als sei der Tod eines einzigen Mannes, noch dazu weit entfernt im Süden eines Landes, in dem der Tod seit langem zum Alltag gehörte, kein Anlaß zu einer so feierlichen Erwähnung und Ehrung; das Schlachtfeld bei Lincoln war mit Toten übersät gewesen, in den Straßen von Worcester floß Blut, Grafen kämpften allenthalben um Land, und Räuberbanden beherrschten Dörfer, in denen das Gesetz nicht mehr galt. Dann betrachtete er es von einer anderen Seite, nämlich mit den weltklugen Augen des Abtes. Da war ein guter Mann in eben jener Stadt, in der Prälaten und Barone über Frieden und Königswürde verhandelten, niedergestochen worden, als er versuchte, die Parteien daran zu hindern, sich gegenseitig die Kehlen durchzuschneiden. Direkt unter der Nase des päpstlichen Legaten. Das war ein so schlimmes Sakrileg, als hätte man ihn auf den Altarstufen niedergemacht. Es war nicht der Tod eines einzelnen Mannes, es war ein bitteres Symbol für die Schwäche des Gesetzes und das Fehlen von Hoffnung und Trost. So hatte Radulfus es gesehen und so wollte er die Erwähnung des Mannes in den Gottesdiensten seines Hauses verstanden wissen. Der tote Mann sollte feierlich geehrt und dem Himmel empfohlen werden.

»Der Vater Abt bittet uns«, sagte Prior Robert, »für sein ehrenhaftes Einschreiten zu danken und für die Seele von Rainald Bossard zu beten, eines Ritters, der in den Diensten der Kaiserin Maud stand.«

»Einer aus den Feindesreihen«, bemerkte ein junger Novize zweifelnd, als sie danach im Kreuzgang darüber sprachen. Sie waren in dieser Grafschaft daran gewöhnt, die Sache des Königs für ihre eigene zu halten, denn sein Erlaß hatte es ihnen ermöglicht, in den letzten vier Jahren ein geruhsames Klosterleben zu führen und hatte ihnen den größten Teil des Aufruhrs, der ganz England in Unruhe versetzte, erspart.

»Gewiß nicht«, erwiderte Bruder Paul, der Novizenmeister, mit sanftem Tadel. »Kein guter und ehrbarer Mann ist unser Feind, nur weil er in diesem Streit für die andere Seite eintritt. Die Lehnspflicht dieser Welt gilt nicht für uns, aber wir müssen sie als wertvolles Gut achten, als eine Verpflichtung, die ebenso schwer wiegt wie unsere Gelübde. Die Ansprüche beider Thronbewerber sind in gewisser Weise berechtigt, und es ist kein Makel, wenn man seinem Herrn die Treue hält, ob es nun der König ist oder die Kaiserin. Und dieser Mann war gewiß ehrbar, denn sonst hätte der Vater Abt uns nicht aufgetragen, für ihn zu beten.«

Bruder Anselm, der grübelnd die Silben des Namens nachsprach, klopfte den Rhythmus auf die Steinbank, auf der er saß, und wiederholte leise den Namen: »Rainald Bossard, Rainald Bossard...«

Der jambische Rhythmus klang in Bruder Cadfaels Ohren nach und kroch in sein Bewußtsein. Es war ein Name, der niemand hier etwas bedeutete. Man konnte keine Gestalt und kein Gesicht, kein Alter und keinen Charakter damit verbinden. Es war nichts weiter als ein Name, also entweder eine Seele ohne Körper oder ein Körper ohne Seele. Der Name begleitete Cadfael in seine Zelle im Dormitorium, wo er die letzten Gebete sprach und die Sandalen abstreifte, bevor er sich zum Schlafen niederlegte. Der Rhythmus setzte sich sogar in seinem traumlosen Schlaf fort, denn als ein Gewitter aufkam, erwachte Cadfael von einem lautlosen doppelten Blitz, der diesem Rhythmus folgte. Cadfael fuhr mit geschlossenen Augen auf und wartete auf den Donner. Der ließ so lange auf sich warten, daß Cadfael glaubte, nur geträumt zu haben. Doch dann hörte er ihn, weit entfernt und leise und dennoch seltsam bedrohlich. Hinter Cadfaels geschlossenen Lidern zuckten und erstarben die stummen Blitze, und das Echo kam so spät und so leise, aus so großer Ferne...

So fern vielleicht wie die märchenhafte Stadt Winchester, in der wichtige Entscheidungen gefallen waren. Cadfael hatte die Stadt noch nie gesehen, und wahrscheinlich würde er sie niemals sehen. Eine Bedrohung aus einer so fernen Stadt konnte hier ebensowenig Grundmauern und Herzen erschüttern, wie der weit entfernte Donner die Stadtwälle von Shrewsbury niederreißen konnte. Doch das beunruhigende Murmeln klang in Cadfaels Ohren nach, als er wieder einschlief.

2

Abt Radulfus ritt am dritten Juni, von seinem Kaplan und Sekretär, Bruder Vitalis, eskortiert, in die Abtei von St. Peter und St. Paul ein und wurde von allen dreiundfünfzig Brüdern, den sieben Novizen und sechs Klosterschülern und von allen Laienbrüdern und Dienern wärmstens begrüßt.

Der Abt war ein hochgewachsener, schlanker und harter Mann von etwa fünfzig Jahren. Er hatte ein hageres Asketengesicht und die klugen Augen eines Gelehrten, und er war so energiegeladen und robust, daß er abstieg und sofort das Hochamt zelebrierte, bevor er sich zurückzog, um den Straßenstaub abzuwaschen und nach dem langen Ritt eine Erfrischung zu sich zu nehmen. Ebensowenig vergaß er das Gebet, das er seiner Herde auferlegt hatte und das dem Seelenfrieden von Rainald Bossard diente, der am Mittwoch, dem neunten April, im Jahre des Herrn 1141 in Winchester ermordet worden war. Er war seit acht Wochen tot und in einem ganz anderen Teil Englands ermordet worden – welche Bedeutung hatte Rainald Bossard für die unbedeutende Stadt Shrewsbury oder die Bewohner dieses entlegenen Benediktinerklosters?

Die Brüder sollten erst am nächsten Morgen beim Kapitel den Bericht des Abtes über das wichtige Konzil im Süden hören, auf dem über die Zukunft Englands entschieden werden sollte; doch als Hugh Beringar am Nachmittag Abt Radulfus seine Aufwartung machte und um eine Audienz bat, mußte er nicht warten. Die wichtigen Angelegenheiten erforderten die enge Zusammenarbeit der weltlichen und kirchlichen Mächte, um das bißchen Ordnung und Gesetz zu verteidigen, das in England überlebt hatte.

Das private Sprechzimmer des Abtes, das zu seiner Wohnung gehörte, war ebenso streng wie der Vater, der in ihm wohnte; es war spärlich möbliert, doch nun, um die Mittagsstunde, fiel das volle Sonnenlicht durch zwei geöffnete Läden auf den gefliesten Boden. Draußen, im kleinen, umfriedeten Garten, sah man üppiges Grün und Blumen in strahlenden Farben. Bunte Tupfer, ein Widerschein des frisch erblühten Lebens draußen, flammten auf der dunklen Holzvertäfelung des Raumes auf, erzitterten, zuckten hin und her und verschwanden. Hugh saß im Schatten und betrachtete das scharfgeschnittene Profil des Abtes, das sich kantig und dunkel vor dem beweglichen, hellen Hintergrund abhob.

»Meine Verpflichtung ist Euch ebenso bekannt, Ehrwürdiger Vater«, sagte Hugh, während er das ruhige, edle Gesicht betrachtete, »wie mir die Eure. Aber wir haben vieles gemeinsam. Was immer Ihr mir über den Gang der Dinge in Winchester sagen könnt, wird mir sehr von Nutzen sein.«

»Das kann ich verstehen«, sagte Radulfus mit einem schmalen, traurigen Lächeln. »Ich ging, weil ich von dem gerufen wurde, der das Recht hat, mich zu rufen. Ich wußte, wie die Dinge standen – der König gefangen, die Kaiserin über den größten Teil des Südens herrschend und durch das Recht des Eroberers in der Position, die Königskrone zu beanspruchen. Wir beide, Ihr und ich, wir wußten, was dort unten verhandelt werden würde. Ich kann Euch nur das berichten, was ich selbst sah. Am ersten Tag unserer Versammlung, es war Montag, der siebte April, geschah weiter nichts außer der feierlichen Begrüßung aller Teilnehmer und der Verlesung der Briefe – es gab eine ganze Menge davon! –, der Briefe all jener, die ihr Fernbleiben entschuldigten. Die Kaiserin hatte in der Stadt Unterkunft genommen, doch sie zog mehrmals ins Land hinaus, nach Reading und zu anderen Orten, während wir verhandelten. Sie nahm an den Verhandlungen nicht teil; soviel Diskretion besitzt sie.« Er sprach mit trockener Stimme und es war nicht zu erkennen, ob er das Ausmaß ihrer Rücksichtnahme für ausreichend oder unzureichend hielt. »Am zweiten Tag...« Er unterbrach sich und versuchte, sich zu erinnern, was er gesehen hatte. Hugh wartete aufmerksam, ohne sich zu rühren.

»Am zweiten Tag, es war der achte April, hielt der Legat seine große Rede...«

Es war nicht schwer, sich ihn vorzustellen. Henry von Blois, Bischof von Winchester und päpstlicher Legat, der jüngere Bruder und deshalb Gefolgsmann des Königs, unanfechtbar im Kapitelhaus seiner eigenen Kathedrale eingerichtet, der klügste Drahtzieher des Königreichs, daheim auf seinem eigenen Grund und Boden – und doch in die Defensive gedrängt, soweit dies jedenfalls bei einem so rührigen Mann möglich war. Hugh war ihm noch nie begegnet und hatte sich nicht einmal dem Gebiet genähert, über das er herrschte. Er hatte nur von ihm gehört, und doch konnte er ihn jetzt vor sich sehen, wie er mit kaiserlicher Haltung seiner unwilligen Versammlung vorsaß. Er hatte eine schwierige Rolle zu spielen, denn er mußte sich von seiner bekannten Verbundenheit mit seinem Bruder lossagen und doch Gesicht, Ansehen und Einfluß bei jenen wahren, die auf seiner Seite gestanden hatten. Dazu als Gegenspielerin eine harte, erfahrene Frau, die genau auf jedes seiner Worte achtete, ausgestattet mit neuer Machtfülle, mit welcher sie zerstören oder bewahren konnte, je nachdem, wie gut er seinen disziplinlosen Haufen bei der Stange hielt.

»Er sprach ermüdend lange«, berichtete der Abt offen, »aber er ist ein sehr begabter Redner. Er erinnerte uns daran, daß wir zusammengekommen waren, um zu versuchen, England aus Chaos und Zerstörung zu retten. Er sprach von der Zeit des verstorbenen Königs Henry, als im ganzen Land Ordnung und Frieden gehalten wurden. Und er erinnerte uns daran, wie der alte König, der keinen Sohn hatte, seine Barone zu sich rief und sie einen Treueid auf sein einziges Kind schwören ließ, auf seine Tochter, die Kaiserin Maud, die verwitwet ist und sich mit dem Grafen von Anjou wiederverheiratet hat.«

Die Barone hatten den Eid geschworen, fast alle jedenfalls, und nicht zuletzt auch Henry von Winchester. Hugh Beringar, der erst vor eine solche Prüfung gestellt worden war, als er für sich selbst entscheiden konnte, schürzte halb geringschätzig und halb mitleidig die Lippen. Er nickte verständnisvoll. »Seine Lordschaft hatten einiges zu erklären.«

Der Abt versagte es sich, durch ein Wort oder einen Blick der versteckten Kritik an seinem Kirchenbruder zuzustimmen. »Er erklärte, die lange Abwesenheit der Kaiserin, die in der Normandie gewesen sei, habe natürlich einige Sorge um das Wohl des Staates hervorgerufen. Eine Interimszeit ohne Herrscher wäre gefährlich gewesen. Und so, sagte er, wurde sein Bruder, Graf Stephen, als er sich erbot, akzeptiert und einmütig zum König erklärt. Er räumte seinen eigenen Anteil an der Krönung offen ein, denn er selbst war es gewesen, der vor Gott und den Menschen sein Wort dafür verpfändet hatte, daß Stephen die Heilige Kirche ehren und achten werde und die guten, gerechten Gesetze des Landes wahren. Bei diesem Unterfangen, sagte Henry, habe der König jedoch schändlich versagt. Zu seinem großen Kummer und Schmerz müsse er dies zugeben.«

Das war also der Vorwand für die niederträchtige Fahnenflucht, dachte Hugh. Stephen sollte die ganze Schuld auferlegt werden, da er doch seinen treuen Bruder so enttäuscht und alle seine Versprechen gebrochen hatte, so daß ein Mann Gottes wohl die Geduld verlieren mußte und sich gezwungen sehen konnte, einen Wechsel des Monarchen erleichtert zu begrüßen.

»Ganz besonders«, fuhr Radulfus fort, »erinnerte er daran, wie der König einige seiner Bischöfe in Ruin und Tod getrieben habe.«

Darin lag mehr als nur ein Körnchen Wahrheit, wenn auch der einzige Tote, Robert von Salisbury, an Alter, Verbitterung und Verzweiflung gestorben war, nachdem man ihn entmachtet hatte.

»Deshalb, so sagte er«, fuhr der Abt mit genau berechneter Betonung fort, »habe Gott über den König gerichtet, indem er ihn den Feinden als Gefangenen auslieferte. Und er selbst, im Dienst der Heiligen Kirche treu ergeben, mußte wählen zwischen seiner Hingabe an den sterblichen Bruder und der an seinen unsterblichen Vater und konnte nicht anders, als sich dem himmlischen Richterspruch zu beugen. Deshalb habe er uns zusammengerufen: um sicherzustellen, daß ein Königreich, das seines Königs beraubt war, nicht in Schutt und Asche fiel. Und diese Angelegenheit, erklärte er der Versammlung, diese Angelegenheit sei unter dem englischen Klerus ernsthaft erörtert worden, denn der Klerus – so sagte er – habe das Vorrecht vor jedem anderen, einen König zu wählen und zu weihen.«

In den trockenen, gemessenen Worten lag ein Unterton, der Hugh aufmerken ließ. Denn dies war ein gewaltiger und beispielloser Anspruch, den Abt Radulfus allem Anschein nach mehr als verdächtig fand. Der Legat hatte sein Gesicht zu wahren, und er besaß eine gut geschmierte Zunge, mit der er ein Schutzgitter aus Worten schmieden konnte.

»Hat es denn eine solche Kirchenversammlung gegeben? Und wart Ihr dabei, Ehrwürdiger Vater?«

»Es gab eine Versammlung«, sagte Radulfus. »Sie dauerte nicht lange und zeitigte keinesfalls eindeutige Ergebnisse. Den größten Teil der Unterhaltung bestritt der Legat. Die Kaiserin hatte ihre Vasallen geschickt.« Der Abt sprach ruhig und sachlich, aber er war gewiß keiner der Vasallen gewesen. »Ich erinnere mich nicht daran, daß er bei dieser Gelegenheit unser Vorrecht formuliert hätte. Aber da war auch noch kein König gefangengenommen.«

»Und noch kein neuer ausgerufen. Er wollte wohl eine Abstimmung vermeiden.« Es war leicht, einen Gegenherrscher zu ernennen und alle Rechnungen durcheinanderzubringen.

»Er fuhr fort«, sagte Radulfus kühl und trocken, »und erklärte, wir hätten die Tochter des verstorbenen Königs von England zur Herrscherin gewählt, die Erbin seines Edelmutes und Friedenswillens. Wie der Herr zu Lebzeiten an Verdiensten unübertroffen war, so mochte auch seine Tochter gekrönt werden und diesem unruhigen Land den Frieden bringen, wie er es getan hat. Wir bieten ihr – *sagte er* – aus ganzem Herzen unsere Treue an.«

Damit hatte sich der Legat äußerst geschickt aus der Affäre gezogen. Dennoch würde eine so resolute, mutige und rachsüchtige Dame wie die Kaiserin eine aus ganzem Herzen zugesicherte Treue mit Mißtrauen betrachten, eine Treue, die ihr schon einmal geschworen und, unter Druck geraten, wieder entzogen worden war. Dies konnte leicht noch einmal geschehen. Wenn sie klug war, behielt sie ihre Vorbehalte für sich und den Legaten, der sich vorsichtig auf ihre Seite schlug, genau im Auge; aber vergessen oder vergeben würde sie nie.

»Und da war niemand, der dem widersprach?« fragte Hugh leise.

»Niemand. Es mangelte an Gelegenheit und noch mehr an Veranlassung. Und dann verkündete der Bischof, daß er eine Abordnung der Stadt London eingeladen habe, die noch am gleichen Tage eintreffen sollte. Deshalb sei es notwendig, unsere Diskussion bis zum nächsten Morgen zu vertagen. Doch die Londoner kamen erst am nächsten Tag, und wir trafen uns etwas später als an den vorangegangenen Tagen. Wie dem auch sei, sie kamen. Mit recht sauren Gesichtern und steifen Hälsen. Sie sagten, sie repräsentierten die ganze Stadt London, in die aus Lincoln viele Barone als Bürger gekommen seien, und sie wollten, ohne die Rechtmäßigkeit unserer Versammlung in Frage zu stellen, den einstimmigen Wunsch vortragen, daß der König freigelassen werden sollte.«

»Das war kühn«, sagte Hugh mit erhobenen Augenbrauen. »Wie hat seine Lordschaft es aufgenommen? Verlor er die Fassung?«

»Ich glaube, es hat ihn getroffen, aber nicht vernichtend. Er hielt eine lange Rede – das ist eine gute Art, andere wenigstens eine Zeitlang zum Schweigen zu bringen – und hielt der Stadt vor, daß sie Männer als Bürger aufgenommen habe, die ihren König im Krieg im Stich gelassen hätten, nachdem sie selbst ihn mit ihrem schlechten Rat so schrecklich in die Irre geschickt hatten, daß er hoffnungslos verloren war und Niederlage und Gefangenschaft erdulden mußte, woraus ihn auch die Gebete besagter falscher Freunde nicht retten konnten. Diese Männer, sagte er, schmeichelten und unterstützten nur um des eigenen Vorteils willen.«

»Wenn er die Flamen meinte, die aus Lincoln fortgerannt sind«, räumte Hugh ein, »dann hat er nicht mehr als die Wahrheit gesprochen. Aber aus welchem anderen Grunde wurde die Stadt je unterstützt? Was geschah dann? Hatten sie denn den Mut, sich gegen ihn zu behaupten?«

»Sie waren zunächst unsicher, was sie erwidern sollten, und zogen sich zurück, um sich zu beraten. Und während es still war, trat plötzlich ein Schreiber vor und überreichte Bischof Henry ein Pergament und bat ihn, es laut zu verlesen. Der Bote sprach so selbstbewußt, daß ich mich frage, warum der Bischof nicht sogleich begann. Doch statt dessen öffnete er das Schreiben und las es schweigend, und einen Augenblick später schrie er in höchstem Zorn, das Pergament sei eine Beleidigung für die geehrten Anwesenden, es sei entwürdigend und die Unterzeichner Feinde der Heiligen Kirche. Er werde an einem so heiligen Ort wie dem Kapitelhaus kein einziges Wort laut verlesen. Und darauf«, sagte der Abt grimmig, »entriß der Schreiber ihm das Papier und las es selbst mit lauter Stimme vor und übertönte den Bischof, der ihn zum Schweigen bringen wollte. Es war eine Bitte von Stephens Königin an alle Anwesenden und besonders an den Legaten, den Bruder des Königs, sich auf seinen Treueid zu besinnen und den König aus der Gefangenschaft zu befreien, in die er durch Verrat gekommen war. Und ich, sagte der tapfere Mann, der das Pergament verlas, bin ein Schreiber und stehe in den Diensten der Königin Matilda. Und wer meinen Namen wissen will, er ist Christian, und ein wahrer Christ bin ich wie andere auch und stehe treu zu meinem Wort.«

»Das war wirklich tapfer!« sagte Hugh und pfiff leise. »Aber ich bezweifle, daß es ihm gut ergangen ist.«

»Der Legat antwortete mit einem Wortschwall, etwa des gleichen Inhalts wie am Vortag, aber leidenschaftlicher, und schüchterte die Männer aus London so ein, daß sie die Köpfe einzogen und sich mürrisch bereiterklärten, den Bürgern von der Wahl des Konzils zu berichten und die Entscheidung nach Kräften zu unterstützen. Christian, der den Bischof so erzürnt hatte, wurde noch am gleichen Abend auf der Straße angegriffen, als er unbewaffnet auf dem Rückweg zur Königin war. Ein paar Strolche lauerten ihm in der Dunkelheit auf und flohen unerkannt, als ein Ritter der Kaiserin mit seinen Männern zu Hilfe kam. Eine Schande war es, Mord als Gegenwehr in einem Streit zu verwenden, nachdem der ehrliche Mann so furchtlos und offen gesprochen hatte. Der Schreiber kam mit ein paar Kratzern davon, aber der Ritter bekam ein Messer von hinten zwischen die Rippen. Es drang ihm bis ins Herz, und er starb in einer Gosse in Winchester. Eine Schande für uns alle, die behaupten, Frieden schaffen zu wollen und Feinde zu Freunden zu machen.«

Seinem düsteren Zorn nach zu urteilen, hatte ihn diese mutwillige Tat, die alle Vorspiegelungen von gutem Willen, von Gerechtigkeit und Versöhnung zerstörte, sehr bekümmert. Einen Mann zu erschlagen, weil er offen für die andere Seite eintrat und dann auch noch den Ehrbaren und Ritterlichen zu töten, der versucht hatte, das Unheil zu verhüten – das waren in der Tat böse Vorzeichen für die Friedensabsichten des Legaten.

»Und der Mörder wurde nicht gefaßt?« fragte Hugh stirnrunzelnd.

»Nein. Die Strolche flohen in der Dunkelheit. Niemand schien ihre Namen oder ihren Unterschlupf zu kennen. Der Tod kommt heute so oft, sogar heimtückisch und durch Verrat im Dunkeln, daß dieser Mord wie alle anderen vergessen werden wird. Und am nächsten Tag schloß unser Konzil mit dem Spruch, eine große Zahl von Stephens Männern zu exkommunizieren. Der Legat erklärte all jene für gesegnet, die die Kaiserin segneten, und verfluchte jeden, der sie verfluchte. Damit entließ er uns«, sagte Radulfus. »Nur wir Mönche wurden nicht entlassen, sondern blieben noch einige Wochen bei ihm.«

»Und die Kaiserin?«

»Sie zog sich nach Oxford zurück, während in London langatmig verhandelt wurde, wann und wie und unter welchen Bedingungen sie in die Stadt eingelassen werden sollte und wie viele Männer sie nach Westminster mitbringen dürfte. Wie es schien, stritt man sich um jeden Einzelpunkt. Aber in neun oder zehn Tagen wird sie einziehen, und kurz darauf wird sie gekrönt werden.« Er hob eine große, kräftige Hand und ließ sie in den Schoß seiner Kutte fallen. »So scheint es wenigstens. Was sonst soll ich Euch von ihr erzählen?«

»Ich möchte wissen, wie sie diese zögernde Anerkennung erträgt«, erwiderte Hugh. »Wie verfährt sie mit den gerade erst übergelaufenen Baronen? Und wie verstehen die sich untereinander? Es ist keine Kleinigkeit, die alten und die neuen Vasallen beisammen zu halten und zu verhindern, daß sie sich gegenseitig an die Kehle gehen. Hier und dort ein umstrittenes Anwesen, ein paar Felder, die dem einen genommen und dem anderen gegeben werden... ich glaube, Ehrwürdiger Vater, Ihr wißt so gut wie ich, wie so etwas verläuft.«

»Ich würde nicht unbedingt sagen, daß sie weise ist«, antwortete Radulfus vorsichtig. »Sie weiß nur zu gut, wie viele ihr auf Befehl ihres Vaters den Treueid geschworen haben und dann zu König Stephen übergelaufen sind, um jetzt ebenso schnell auf ihre Seite zu wechseln, weil ihr Stern aufsteigt. Ich kann gut verstehen, daß sie keine Gelegenheit ungenutzt läßt, hier und dort zu sticheln. Das ist nicht weise, aber es ist menschlich. Aber daß sie überheblich und kühl mit denen umgeht, die nie geschwankt haben – denn es gibt einige, die ihr zu ihrem eigenen Schaden immer die Treue hielten«, sagte der Abt respektvoll und verwundert, »und die treu bleiben werden, was immer sie tun mag. Es ist eine große Dummheit und sehr ungerecht, sie so überheblich zu behandeln, nachdem sie ihr die ganze Zeit zur Seite gestanden haben.«

Ihr beruhigt mich, dachte Hugh, während er das schmale, ruhige Gesicht betrachtete. Die Frau muß von Sinnen sein, wenn sie sogar Männer wie Robert von Gloucester verhöhnt, da sie sich nun dem Thron so nahe glaubt.

»Sie hat den Legaten grob beleidigt«, sagte der Abt, »als sie es Stephens Sohn verwehrte, nun, da der Vater gefangen ist, in dessen Rechte als Graf von Boulogne und Mortain einzutreten. Das wäre nur gerecht gewesen. Aber nein, sie wollte es nicht dulden. Bischof Henry verließ ihren Hof für eine Weile, und sie hatte große Mühe, ihn zurückzulocken.«

Das wird immer besser, dachte Hugh, während er umsichtig seine Position bedachte. Wenn sie so stur ist, daß sogar Henry die Flucht ergreift, dann kann sie alles zunichte machen, was er und andere für sie getan haben. Wenn sie die Krone erst in der Hand hat, könnte sie sie sogar voller Zorn gegen jemanden schleudern, mit dem sie eine Rechnung zu begleichen hat. Er ließ sich Zeit, jedes Detail ihres Verhaltens zu bedenken, und faßte langsam Mut. Sie hatte einigen ihr Land genommen und es anderen gegeben. Sie hatte ihre natürlich etwas zögernden neuen Verbündeten arrogant behandelt und sie drohend an ihre frühere Feindschaft erinnert. Einige hatte sie sogar in der Erinnerung an alte Beleidigungen zornig abgewiesen. Anwärter auf einen umstrittenen Thron sollten etwas nachsichtiger sein. Man mußte Maud in Ruhe lassen und beten. Sie würde sich selbst ins Verderben stürzen.

Nach dem langen Gespräch stand er auf und verabschiedete sich. Er hatte ein sehr klares Bild von den möglichen Entwicklungen gewonnen, mit denen er rechnen mußte. Selbst Kaiserin Maud war lernfähig, und es war immer noch möglich, daß sie sich in Westminster einschmeichelte und ihr die Krone aufgesetzt würde. Es wäre ein Fehler, die Enkelin Williams von der Normandie und die Tochter Henry des Ersten zu unterschätzen. Und doch könnte sie an ihrer eigenen Unnachsichtigkeit zu Grunde gehen.

Er konnte sich später nicht erklären, warum er sich im letzten Augenblick noch einmal umdrehte und fragte: »Ehrwürdiger Vater, dieser Rainald Bossard, der gestorben ist... Ihr sagtet, er sei Ritter der Kaiserin gewesen. Zu wessen Gefolge gehörte er?«

In der Hütte im Kräutergarten vertraute er Bruder Cadfael alles an, was er erfahren hatte, und forderte die unerschütterliche Ruhe des Freundes mit seinen Eindrücken und Zweifeln heraus, wie ein Mann, der seine Sense an einem Gedenkstein schleift. Cadfael war mit einem allzu süffig geratenen Wein beschäftigt und schien kaum zuzuhören, aber Hugh ließ sich nicht täuschen. Sein Freund hatte ein scharfes Ohr, das jeden Unterton wahrnahm, und Cadfael warf sogar hin und wieder einen raschen Blick in Hughs Richtung, um mit dem Auge Bestätigung für das zu finden, was er mit dem Ohr vernommen hatte.

»Macht es Euch nur bequem und wartet ab, was kommt«, sagte Cadfael schließlich. »Ihr wollt sicher auch einen guten Mann nach Bristol schicken? Der König ist ihre einzige Geisel. Wenn der König befreit wird, oder Robert oder Brian FitzCount oder ein anderer bedeutender Mann gefangen wird, dann habt Ihr einen guten Stand gegen sie. Gott vergib mir, was für einen Rat gebe ich Euch, der ich doch keinen Prinzen in dieser Welt habe!« Aber ganz sicher war er nicht, denn er hatte schon einmal mit Stephen zu tun gehabt, und er mochte den Mann, obwohl dieser, nachdem er schlecht beraten worden war, die Garnison von Shrewsbury niedergemetzelt hatte; danach aber hatte er die Tat bereut, solange seine flatterhafte Erinnerung es zuließ. Inzwischen, da er in Bristol im Kerker saß, mochte er die für ihn untypische Greueltat vergessen haben.

»Und wißt Ihr«, fragte Hugh behutsam, »wessen Mann dieser Ritter Rainald Bossard war, der in den Straßen von Winchester verblutet ist? Der, für den Ihr beten solltet?«

Cadfael wandte sich von seinem munter blubbernden Krug ab und musterte mit schmalen Augen das Gesicht seines Freundes. »Wir wissen nur, daß es ein Mann der Kaiserin war. Aber wie ich sehe, seid Ihr bereit, mich aufzuklären.«

»Er gehörte zum Gefolge von Laurence d'Angers.«

Cadfael richtete sich ungewöhnlich hastig auf und grunzte, als sein alter Rücken krachte. Es war der Name eines Mannes, den sie beide noch nie gesehen hatten, der aber für sie beide mit lebhaften Erinnerungen verbunden war.

»Ja, *dieser* Laurence! Ein Baron aus Gloucestershire und Lehnsmann der Kaiserin. Einer der wenigen, die in diesem Wechselspiel noch nie das Fähnchen nach dem Wind gehängt haben, und der Onkel jener beiden Kinder, denen Ihr aus Bromfield herausgeholfen habt, damit sie sich ihm anschließen konnten, als sie sich nach der Eroberung von Worcester verirrt hatten. Erinnert Ihr euch noch an jenen harten Winter? An den Wind, der wahre

Berge von Schnee fortwehte, um sie über Nacht an einer anderen Stelle neu aufzutürmen? Ich spüre heute noch die Kälte, die wie ein Messer durch Haut und Knochen schnitt ...«

Auch Cadfael würde diese Winterreise nie vergessen.* Seit dem Angriff auf Worcester waren knapp anderthalb Jahre vergangen. Bruder und Schwester waren gen Norden nach Shrewsbury geflohen, durch den schlimmsten Winter seit vielen Jahren. Laurence d'Angers war damals nur ein Name wie viele andere gewesen, und nun tauchte er wieder auf. Als Gefolgsmann der Kaiserin Maud war es ihm nicht gestattet worden, König Stephens Herrschaftsgebiet zu betreten, um nach seinen jungen Verwandten zu suchen, aber er hatte insgeheim einen Knappen geschickt, der sie suchen und holen sollte. Cadfael würde nie vergessen, wie er diesen dreien zur Flucht verholfen hatte. Er sah sie deutlich vor seinem inneren Auge: Der Junge Yves, der damals dreizehn Jahre alt war, scharfsinnig, galant und tapfer und jeder Gefahr mit trotzig vorgeschobenem normannischen Kinn begegnend, seine ältere Schwester Ermina, deren Weiblichkeit gerade erblühte, und die entschlossen die Konsequenzen ihrer Torheiten auf sich nahm. Und der dritte ...

»Ich habe mich oft gefragt«, grübelte Hugh, »wie es ihnen danach ergangen ist. Ich wußte, daß Ihr sie in Sicherheit bringen würdet, wenn ich es Euch überließ, aber sie hatten noch einen gefährlichen Weg vor sich. Ich fragte mich, ob wir noch einmal von ihnen hören würden. Eines Tages, dachte ich, würde die Welt von Yves Hugonin hören.« Beim Gedanken an den Jungen lächelte er liebevoll und belustigt. »Und der dunkle Bursche, der sie holen kam, der gekleidet war wie ein Wäldler und kämpfte wie ein Ritter ... ich glaube, Ihr wußtet mehr über ihn, als ich je erfuhr.«

Cadfael betrachtete lächelnd die glühenden Kohlen. Er stritt es nicht ab. »Also gehört sein Herr zum Gefolge der Kaiserin. Und der Ritter, der getötet wurde, stand in den Diensten von d'Angers? Das war eine üble Sache, Hugh.«

---

* Vgl. Die Jungfrau im Eis, Heyne 6629

»Das denkt auch Abt Radulfus«, sagte Hugh düster.

»Im Schutze der Dunkelheit – und alle spurlos entkommen, sogar der Mann, der das Messer benutzt hat. Eine üble Sache, denn das war gewiß kein Zufall. Der Schreiber Christian entkam ihnen, doch einer von ihnen wandte sich gegen den Retter, bevor er floh. Es spricht für großen Haß, so etwas noch im letzten Moment vor der Flucht zu tun, nachdem der Plan vereitelt ist. Blieb es denn dabei? Gibt es denn in Winchester keine Leute, die für das Gesetz eintreten?«

»Nun, einige Bürger wären sicher erfreut gewesen, wenn der kühne Schreiber ebenso wie der Ritter in der Gosse verblutet wäre. Einige mögen sogar gegen ihn zur Jagd geblasen haben.«

»Wie gut für die Kaiserin«, erwiderte Cadfael, »daß wenigstens einer ihrer Männer aufrecht genug war, einen offen auftretenden Gegner zu respektieren und ihm im Tode beizustehen. Es wäre eine Schande, wenn dieser Mord ungesühnt bliebe.«

»Alter Freund«, sagte Hugh traurig, indem er sich erhob, um sich zu verabschieden, »England hatte in den letzten Jahren viele solcher Schandtaten zu schlucken. Es wird zur Gewohnheit zu seufzen, die Achsel zu zucken und zu vergessen. Ich weiß natürlich, daß Euch das sehr schwerfällt. Ich habe mehr als einmal gesehen, wie Ihr alle Sitten über den Haufen geworfen habt, und ich habe mich sehr darüber gefreut. Aber nicht einmal Ihr könnt jetzt, abgesehen von den Gebeten für seine Seele, noch etwas für Rainald Bossard tun. Es ist ein weiter Weg nach Winchester.«

»So weit ist es gar nicht«, sagte Cadfael mehr zu sich selbst als zu seinem Freund, »und um viele Meilen näher als noch vor einer Stunde.«

Er ging zum Vespergottesdienst und nahm im Refektorium das Abendbrot ein. Dann mußte er zur Schriftlesung und zur Komplet, und die ganze Zeit hatte er ein Gesicht vor dem inneren Auge, so daß er kaum auf die Lesung achtete und Mühe hatte, sich auf das Gebet zu konzentrieren. Und doch sprach er die ganze Zeit eine Art Gebet, voller Dankbarkeit, Lob und Demut.

Ein so freundliches, junges, dunkles und lebendiges Gesicht – verblüffend schön, als er es zum erstenmal über die Schulter des Mädchens gesehen hatte: das Gesicht des jungen Knappen, der geschickt worden war, um die Hugonin-Kinder zu ihrem Onkel und Vormund zu bringen. Ein ovales, zurückhaltendes Gesicht mit hoher Stirn, fein geschwungener Nase und einem anmutigen Mund, mit den feurigen, furchtlosen Goldaugen eines Falken. Ein Kopf, der von dichtem blauschwarzen Haar bedeckt war, das sich an den Schläfen frech kringelte und die Wangen umrahmte wie angelegte Flügel. Jung und doch gut ausgebildet war das Gesicht, Ost und West waren in ihm vereint. Glattrasiert war der Junge wie ein Normanne und olivenfarben wie ein Syrer – Cadfaels Erinnerungen an das Heilige Land verschmolzen in diesem einen Gesicht. Der Lieblingsknappe von Laurence d'Angers, mit dem er vom Kreuzzug heimgekehrt war. Olivier de Bretagne.

Wenn sein Herr mitsamt Gefolge bei der Kaiserin war, wo mochte dann Olivier sein? Der Abt war ihm vielleicht sogar begegnet, natürlich ohne ihn zu erkennen, oder er hatte ihn neben seinem Herrn reiten sehen und einen Moment lang seine Schönheit bewundert. Nur wenige Gesichter heben sich so von der Masse ab, dachte Cadfael; Gottes Finger kann sie nicht erwählen, aber er kann sie zeichnen, damit sie bemerkt werden, und seine Vertreter auf Erden sind die ersten, die es bemerken.

Und dieser Rainald Bossard, der nun tot ist, ein Ehrenmann, der einem ehrenhaften Gegner geholfen hat, war Oliviers Kamerad, der dem gleichen Herrn diente und sich zum gleichen Dienst verpflichtet hatte. Sein Tod mußte Olivier bekümmern. Ein Kummer für Olivier ist auch ein Kummer für mich, eine Missetat an Olivier ist eine Missetat an mir. So weit Winchester auch entfernt ist, ich muß den Mord in dieser dunklen Straße beklagen, weil ein Mann für eine edelmütige Tat gestorben ist, und er starb nicht vergebens, weil der Schreiber Christian überlebte und zu seiner Herrin, der Königin, zurückkehren konnte, nachdem er seinen Auftrag ausgeführt hatte.

Das leise Rascheln und Rühren hinter den leichten Trennwänden von Cadfaels Zelle war schon lange verstummt, als er sich von den Knien erhob und die Sandalen abstreifte. Die kleine Lampe an der Nachttreppe warf einen trüben Schein zu den Deckenbalken hinauf, die gräulich über seiner dunklen Zelle verliefen. Wie lange war diese Zelle jetzt sein Heim? Achtzehn oder neunzehn Jahre schon? Er konnte sich nicht genau erinnern. Es war, als hätte ein Teil von ihm, sein Herz, sein Verstand oder seine Seele, was auch immer es war, sich nicht so sehr hierher zurückgezogen, sondern sei vielmehr heimgekommen, um von einem Erbe Besitz zu ergreifen, das ihm von Geburt an gehört hatte. Und doch erinnerte er sich voller Dankbarkeit und Freude an die Jahre, als er durch die Welt gereist war, an die glückliche Kindheit und die unbeschwerte Jugend, an das Kreuz und die Leidenschaft der Kreuzfahrten, an die Frauen, die er gekannt und geliebt hatte, an seine Jahre als Seemann vor der Küste des Heiligen Königreichs von Jerusalem, an die Pilgerschaft, die ihn schließlich hier zu seiner letzten Zuflucht geführt hatte. Nichts war vergebens gewesen, wie dumm und schlimm es auch damals ausgesehen hatte, nichts war verloren, nichts sinnlos, denn irgendwie hatte es ihn auf die kleine Kammer vorbereitet, in der er jetzt diente und ruhte. Gott hatte ihm ein Zeichen geschickt: Er mußte nichts bereuen, sondern nur alles offenlegen und dazu stehen. Vor Gott, nicht vor den Menschen.

Er lag still in der Dunkelheit, ausgestreckt und reglos wie ein Toter im Sarg, doch er war entspannt, die Arme lagen locker an seinen Seiten, und mit halbgeschlossenen Augen träumte er, über sich die Decke, zwischen deren Balken das schwache Licht spielte.

In dieser Nacht gab es keine Blitze, nur ein beruhigend gleichmäßiges Donnergrollen vor und nach der Morgenmette und den Laudes; es war so harmlos, daß viele Brüder es überhaupt nicht bemerkten. Cadfael hörte es, als er aufstand, und er hörte es, als er sich wieder zur Ruhe legte. Es schien wie eine Erinnerung und Bekräftigung, daß Winchester tatsächlich näher an Shrewsbury gerückt war, und es schenkte ihm Trost. Sein Kummer wurde im Himmel nicht übersehen, sondern beachtet, und er konnte sich darauf freuen, seinen Teil zum Eintreiben der Schuld an Rainald Bossard beizutragen. Derart beruhigt schlief er endlich ein.

3

Am siebzehnten Juni wurde St. Winifreds mit kostbaren Silberornamenten geschmückter und mit Blei verkleideter Eichensarg von seinem Ehrenplatz gehoben und mit feierlichem Ernst zu seinem vorübergehenden Ruheplatz in der Kapelle des Hospizes von St. Giles getragen, wo er wie schon mehrmals bis zum Feiertag am zweiundzwanzigsten Juni bleiben sollte. Das Wetter hielt sich, es war sonnig und schön, fast wolkenlos und doch kühl genug für einen Fußmarsch. Ein ideales Wetter für die Pilger, die vom achtzehnten Juni an eintrafen; zunächst kamen einige Vorboten, die den Hauptstrom ankündigten.

Bruder Cadfael hatte trotz seiner aufrichtigen Erklärung, er hätte in jener Sommernacht in Gwytherin gar nicht anders handeln können, als er gehandelt hatte, etwas schuldbewußt zugesehen, als der Reliquienschrein seine Reise antrat. Damals hatte er vor allem ihre walisische Abstammung gespürt; das Gefühl, das sie für die vertraute Sprache der Gegend haben mußte, für den stillen Wechsel der Jahreszeiten und die Einsamkeit, in der sie so lange in ihrer Schönheit geruht hatte, die vielen köstlichen kleinen Wunder, die sie für ihr Volk gewirkt hatte. Nein, er konnte nicht glauben, daß er gefehlt hatte. Wenn sie ihm nur einen Blick schenken würde und lächeln und ihm sagen: Gut gemacht!

Der allererste Pilger kam, nachdem Bruder Denis ihm den Weg beschrieben hatte, am Spätnachmittag zögernd in den Kräutergarten, um den Gefährten aufzusuchen, der seine Leidenschaft teilte. Cadfael jätete gerade die dicht bepflanzten Minze-, Thymian- und Salbeibeete, was in der Wärme eines schönen Junitages eine anstrengende, ermüdende Arbeit war; Frühlingssonne und Regenschauer hatten einander lebhaft abgewechselt, und das Grün glich einem Schlachtfeld. Er trat gebückt aus einem gejäteten Beet heraus und prallte rücklings gegen einen Menschen, der hinter ihm stand. Er fuhr erschrocken auf, drehte sich um und sah sich einem rostfarben gekleideten Bruder gegenüber, der, wenn auch etwa fünfzehn Jahre jünger, von einer ähnlichen Statur war wie er selbst. Sie sahen sich groß an, die beiden stämmigen, untersetzten Ordensbrüder, und fanden auf den ersten Blick Gefallen aneinander.

»Ihr müßt Bruder Cadfael sein«, sagte der fremde Bruder mit einer vollen, melodiösen Baßstimme. »Bruder Denis erklärte mir, wo ich Euch finden konnte. Mein Name ist Adam, und ich komme aus Reading. Ich habe dort genau die gleiche Aufgabe wie Ihr sie hier erfüllt, und ich habe sogar so weit im Süden in meinem Haus noch von Euch gehört.«

Während er sprach, wanderte sein Blick zu einigen von Cadfaels besonderen Schätzen: Zum Mohn, den er aus dem Heiligen Land mitgebracht und wie seinen Augapfel behütet hatte, zu dem empfindlichen Feigenbaum, der beharrlich im Schutze der Nordwand gedieh, wo die Sonne ihn hegte. Cadfael erwärmte sich rasch für seinen Bruder und freute sich über den milden Neid, der durch das runde, rasierte Gesicht zog. Er war ein kräftiger, handfester Mann, der sich selbstbewußt bewegte; wenn man ihn reizte, würde man schnell bemerken, wie er zupacken konnte. Und gebräunt war er; ein Mann, der im Freien arbeitete.

»Ihr seid mehr als willkommen, Bruder«, sagte Cadfael herzlich. »Seid Ihr zur Feier der Heiligen gekommen? Und hat man Euch einen Platz im Dormitorium gegeben? Ein paar Zellen sind frei und stehen unseren Mitbrüdern zur Verfügung.«

»Mein Abt schickte mich aus Reading mit einem Auftrag zu unserem Schwesterhaus in Leominster«, erwiderte Bruder Adam, während er prüfend eine Zehe in den reichen, fruchtbaren Lehm von Bruder Cadfaels Minzebeet steckte und angesichts seiner Qualität anerkennend die Augenbrauen hob. »Ich bat um Erlaubnis, meinen Botengang etwas auszudehnen, um an der Überführung von St. Winifred teilnehmen zu können, und die Erlaubnis wurde gewährt. Ich komme nur selten so weit in den Norden, und es wäre schade gewesen, wenn ich eine solche Gelegenheit verpaßt hätte.«

»Und Ihr habt das Bett eines Bruders bekommen?« Ein solcher Mann, ein Benediktiner und Gärtner und Kräuterkundiger dazu, durfte nicht mit einem Lager im Gästehaus abgespeist werden. Cadfael hatte ihn sofort ins Herz geschlossen, als er bemerkte, wie der Neuankömmling mit strahlenden Augen die Schätze des Gartens auf den ersten Blick erkannte.

»Bruder Denis war so freundlich. Ich schlafe in einer Zelle neben den Novizen.«

»Dann sind wir fast Nachbarn«, sagte Cadfael zufrieden. »Nun kommt, ich will Euch zeigen, was es hier zu sehen gibt. Der Hauptgarten ist auf der anderen Seite der Vorstadt am Flußufer, aber hier ziehe ich meine Kräuter. Und wenn es etwas gibt, das man sicher nach Reading transportieren kann, dann sollt Ihr Ableger mitnehmen, wenn Ihr uns wieder verlaßt.«

Darauf begann eine angenehme, wortreiche Unterhaltung, während sie über die Wege des umfriedeten Gartens wanderten und ihre Erfahrungen in Anbau und Gebrauch der Kräuter austauschten. Bruder Adam aus Reading hatte ein gutes Auge für Raritäten und würde wahrscheinlich mit Ablegern beladen heimkehren. Er bewunderte die Sauberkeit und Ordnung in Cadfaels Werkstatt, die raschelnden Büschel getrockneter Kräuter, die an den Deckenbalken und unter der Traufe hingen, und die Sammlung von Flaschen, Krügen und Kannen auf den Regalen. Er hatte einige Hinweise und Ratschläge zu geben, und sie verbrachten einen glücklichen Nachmittag in freundschaftlichem Wettstreit. Als sie vor der Vesper zum großen Hof zurückkehrten, betraten sie eine lebhafte Szenerie, als hätte das Getümmel der Feier schon begonnen. Pferde wurden in die Stallungen geführt, Bündel wurden ins Gästehaus getragen. Ein beleibter älterer Mann, der wie ein Reiter gekleidet war, schritt, von einem Diener gefolgt, rasch zur Kirche hinüber, um direkt nach seiner Ankunft seine Aufwartung zu machen.

Die jüngsten von Bruder Pauls Schutzbefohlenen umringten neugierig und mit aufgerissenen Augen das Torhaus und begafften die Neuankömmlinge, bis Bruder Jerome, der wie immer emsig mit den Aufträgen des Priors beschäftigt war, sie fortscheuchte. Doch die Jungen entfernten sich nicht sehr weit, und kaum war Jerome außer Sicht, da waren sie wieder zur Stelle. Einige Bewohner der Vorstadt hatten sich auf der Straße versammelt, um zuzusehen, und zwischen ihren Beinen tollten Hunde aufgeregt herum.

»Morgen«, sagte Cadfael, der die Szene betrachtete, »werden es noch viel mehr sein. Das hier ist erst der Anfang. Wenn sich das Wetter hält, wird es ein sehr schönes Fest zu Ehren unserer Heiligen.«

Und sie wird verstehen, daß es zu ihren Ehren abgehalten wird, dachte er bei sich, obwohl sie so weit entfernt ist. Und wer weiß, ob sie uns nicht in ihrer Herzensgüte doch einen Besuch abstattet? Was ist Entfernung schon für eine Heilige, die im Nu überall sein kann, wo sie sein will?

Das Gästehaus füllte sich am nächsten Tag weiter. Ständig kamen neue Pilger, einige allein, andere in Gruppen, die sich auf der Straße zusammengefunden hatten, einige zu Fuß, einige auf Ponys, einige in bester Ferienstimmung, einige, die nur wenige Meilen gereist waren, und einige, die aus großer Entfernung kamen. Und unter ihnen waren viele, die auf Krücken gingen oder von besser sehenden Freunden geführt wurden; manche hatten schlimme Verwachsungen oder Hautkrankheiten oder waren hinfällig; und alle hofften auf Linderung.

Cadfael ging seinen Alltagspflichten nach und teilte seine Zeit zwischen Kirche und Herbarium, doch er warf, wann immer er den großen Hof durchquerte, auf dem es jetzt förmlich wimmelte, ein interessiertes Auge auf alles, was es da zu sehen gab. Jeder Ankömmling, jedes Gesicht erregte seine Aufmerksamkeit, aber er wußte zu keinem einen Namen und erkannte niemand. Wer seine lindernden Dienste brauchte, würde zu ihm gewiesen werden, und auch wer zufällig seinen Weg kreuzte, genoß seine ungeteilte Aufmerksamkeit.

Als erstes fiel ihm die Frau auf, die mit einem Korb unter dem

Arm vom Tor über den Hof zum Gästehaus eilte. Sie kam, es war kurz nach der Prim, mit frischem Brot und kleinen Kuchen vom Markt aus der Vorstadt. Eine umsichtige Hausfrau, die sogar an einem Feiertag früh zum Markt ging und besorgte, was sie brauchte; anscheinend vertraute sie nicht darauf, daß die Bäckerei der Abtei ihr liefern konnte, was sie haben wollte. Sie war eine kräftige, selbstbewußte Frau, etwa fünfzig Jahre alt, aber in voller, rosiger Blüte stehend. Ihr Kleid war schlicht und schmucklos, aber aus gutem Tuch gewirkt und saubergehalten, und unter dem braunen Kopftuch leuchtete ihre weiße Haube. Sie war nicht groß, hielt sich aber so aufrecht, daß sie größer wirkte, und ihr Gesicht war jung, großäugig und flächig und hatte ein energisches Kinn.

Sie verschwand eilig im Gästehaus; er hatte sie nur einen kurzen Moment lang gesehen, aber sie hatte ihm genug Eindruck gemacht, um ihn den Morgen über durch Gottesdienst und Andachten zu begleiten, und als die Gläubigen nach der Messe die Kirche verließen, sah er sie wieder. Sie hatte die Arme ausgebreitet wie eine Henne, die ihre Vögelchen vor sich herscheuchte; die beiden Küken verschwanden fast hinter ihrer Leibesfülle und den weiten Röcken. Sie vermittelte ganz allgemein einen Eindruck von Weitläufigkeit; ihr Kopfputz war gewiß höher und breiter als nötig, die Hüften waren von Unterröcken gebauscht, und die Aura von Geschäftigkeit und Befehlsgewalt, die sie verbreitete, wirkte ebenso ausschweifend und überschwenglich. Sein Herz flog der energischen, kraftvollen Frau entgegen, während er sich etwas Mitgefühl für ihre behüteten Küken erlaubte, die derart unter den weiten, erstickenden Schwingen verstaut wurden.

Als er am Nachmittag in seinem kleinen Königreich damit beschäftigt war, die Medikamente zusammenzustellen, die er am nächsten Morgen durch die Vorstadt nach St. Giles mitnehmen mußte, um sicherzustellen, daß während des Festes genügend Vorräte dort wären, dachte er weder an sie noch an einen anderen Bewohner des Gästehauses, denn bislang hatte niemand einen Anlaß gefunden, seine Hilfe zu erbitten. Er packte gerade

Pastillen in ein kleines Kästchen – Tabletten für wunde, trockene Kehlen –, als ein massiger Schatten in die offene Tür seines Verschlages fiel, und eine frische helle Stimme sagte: »Ich bitte um Verzeihung, Bruder, aber Bruder Denis riet mir, zu Euch zu kommen, und er schickte mich her.«

Und da stand sie, füllte breitschultrig die Tür aus, hatte die Hände vor dem Bauch verschränkt, den Kopf erhoben und den Blick voll auf ihn gerichtet. Ihre großen, weit auseinanderstehenden Augen waren hellblau und nur von wenigen bleichen Wimpern gerahmt, doch sie blickten fest und frei heraus.

»Ihr müßt wissen, Bruder, daß es um meinen jungen Neffen geht«, fuhr sie selbstbewußt fort. »Um den Sohn meiner Schwester, die so dumm war, sich davonzumachen und einen walisischen Tunichtgut aus Builth zu heiraten. Nun ist ihr Mann tot und sie selber auch, das arme Mädchen, und ihre beiden Kinder blieben verwaist zurück, mit niemandem außer mir, der sich um sie kümmern kann. Und da auch mein Mann gestorben ist, mußte ich das Handwerk weiterführen und durfte nie ein Kind mein eigen nennen. Nicht, daß ich nicht mit der Arbeit und den fahrenden Händlern zurechtkäme, denn in den letzten zwanzig Jahren habe ich wohl gelernt, was es als Tuchmacherin zu lernen gibt, aber ich hätte doch gern einen eigenen Sohn gehabt. Nun, es sollte nicht sein, und der Sohn meiner Schwester ist mir herzlich willkommen, ob er nun gesund ist oder nicht, denn er ist der liebste Junge, den Ihr je gesehen habt. Wißt Ihr, Bruder, er hat solche Schmerzen. Ich sehe ihn nicht gern so leiden, wenn er sich auch nie beklagt. Deshalb komme ich zu Euch.«

Cadfael ergriff sofort die Gelegenheit, als sie die erste Lücke in ihrem Wortschall ließ, um einige Worte einzuwerfen.

»Kommt herein, meine Dame, und seid willkommen. Sagt mir, von welcher Art die Schmerzen Eures Jungen sind, und ich will sehen, was ich für Euch und ihn tun kann. Aber am besten sollte ich ihn wohl selbst sehen und mit ihm reden, denn er weiß ja am besten, was ihm wehtut. Setzt Euch, macht es Euch bequem, und erzählt mir von ihm.«

Sie trat selbstbewußt ein und setzte sich, indem sie energisch die weiten Röcke ausbreitete, auf die Bank an der Wand. Sie musterte interessiert und neugierig die vollen Regale, die herabbaumelnden, getrockneten Kräuter, die Kohlenpfanne, die Töpfe und Flaschen, schien aber in keiner Weise von Cadfael und seinen Geheimnissen eingeschüchtert.

»Ich komme aus dem Tuchmacherland unten in Campden, Bruder. Mein Gatte hieß Weaver und war Tuchmacher wie vor ihm sein Vater und sein Großvater, und mein Name ist Alice Weaver, und ich führe die Arbeit fort, wie er sie getan hat. Aber meine junge Schwester brannte mit einem Waliser durch, und die beiden sind jetzt tot, und ich habe die Kinder zu mir genommen. Das Mädchen ist achtzehn Jahre alt, eine brave, hart arbeitende Jungfer, und ich glaube doch, daß wir bald einen anständigen Mann für sie finden werden, wenn ich auch ihre Hilfe sehr vermissen werde, denn sie ist mittlerweile recht geschickt und stark und gesund, ganz anders als der Junge. Sie ist nach einer ausländischen walisischen Heiligen benannt, Melangell, wenn Ihr den Namen je gehört habt!«

»Ich bin selbst Waliser«, erwiderte Cadfael fröhlich. »Ich weiß, unsere walisischen Namen machen Euren englischen Zungen schwer zu schaffen.«

»Ah, nun, der Junge bekam jedenfalls einen Namen, der kurz und einfach ist. Rhun heißt er. Er ist jetzt sechzehn, zwei Jahre jünger als seine Schwester, aber ihm fehlt ihre Lebhaftigkeit, dem armen Kerl. Er ist gut gewachsen und hübsch anzusehen, aber in seiner Kindheit geschah etwas mit seinem rechten Bein; es ist verwachsen und schwach, so daß er nur den großen Zeh aufsetzen kann, und auch den nur zur Seite gedreht. Er kann ihn nicht belasten, nur gerade eben aufsetzen. Er geht auf zwei Krücken. Ich habe ihn hergebracht, weil ich hoffe, daß die heilige Winifred etwas für ihn tun kann. Aber der Weg hierher ist ihm schwergefallen, obwohl wir schon vor drei Wochen aufgebrochen sind und nur kleine Etappen zurückgelegt haben.«

»Er ist den ganzen Weg zu Fuß gegangen?« fragte Cadfael entsetzt.

»Ich bin nicht so wohlhabend, daß ich mir noch ein Pferd leisten könnte neben dem, das ich für die Arbeit daheim brauche. Zweimal nahm ihn unterwegs ein freundlicher Fuhrmann mit, so weit es ging, aber den Rest ist er auf seinen Krücken gehumpelt.

Viele andere, die zu diesem Fest gekommen sind, hatten es genauso schwer oder sogar noch schwerer. Aber nun ist er wohlbehalten hier und sicher im Gästehaus untergebracht, und wenn meine Gebete etwas nützen, dann wird er auf zwei kerngesunden Beinen nach Hause gehen. Aber seit ein paar Tagen ist es so schlimm wie noch nie.«

»Ihr hättet ihn gleich mitbringen sollen«, sagte Cadfael. »Von welcher Art sind nun seine Schmerzen? Schmerzt es, wenn er sich bewegt, oder wenn er still liegt? Sind es die Beinknochen, die ihm wehtun?«

»Am schlimmsten ist es, wenn er nachts im Bett liegt. Daheim hörte ich ihn nachts oft vor Schmerzen weinen, wenn er auch versucht, es so leise wie möglich zu tun, um uns nicht zu stören. Oft schläft er wenig oder gar nicht. Seine Knochen schmerzen, aber auch die Sehnen in seiner Wade verknoten sich in solchen Krämpfen, daß er stöhnen muß.«

»Da können wir etwas tun«, sagte Cadfael nachdenklich. »Zumindest können wir es versuchen. Es gibt Tränke, die den Schmerz lindern und ihm wenigstens helfen, des Nachts zu schlafen.«

»Nicht, daß ich der Heiligen nicht vertraue«, erklärte Alice Weaver eilig. »Aber er soll doch wenigstens ohne Schmerzen auf sie warten können. Warum sollte ein leidender Bursche nicht auch Hilfe bei gewöhnlichen Sterblichen suchen, bei einem guten Mann wie Euch, der sowohl den Glauben als auch das Wissen hat?«

»Wirklich, warum nicht!« stimmte Cadfael zu. »Auch der geringste unter uns kann ein Werkzeug der göttlichen Gnade sein, wenn auch unverdientermaßen. Laßt den Jungen besser zu mir kommen, damit wir uns ungestört unterhalten können. Das Gästehaus ist überfüllt und laut, aber hier haben wir unsere Ruhe.«

Sie erhob sich zufrieden, um zu gehen, aber sie hatte auch

beim Abschied noch viel über die lange, beschwerliche Reise zu sagen, über die kleinen Freundlichkeiten, die sie unterwegs erfahren hatten, über die anderen Pilger, von denen einige sie überholt hatten und vor ihnen eingetroffen waren.

»Da drinnen ist mehr als einer«, sagte sie, indem sie ihren Kopf in Richtung der hohen Rückwand des Gästehauses neigte, »der wie mein Rhun Eure Hilfe braucht. In den letzten Tagen reisten wir mit zwei jungen Burschen, mit denen wir gut Schritt halten konnten, denn sie waren ebenso behindert wie wir. Oh, einer der beiden war gesund und munter, aber er wollte seinem Freund keinen Schritt vorauseilen; der arme Kerl ist barfuß einen noch längeren Weg gelaufen, als Rhun mit seinen Krücken gehumpelt ist. Seine Füße waren schrecklich anzusehen, aber er wollte sie nicht einmal mit Lumpen verbinden! Er sagte, er hätte ein Gelübde abgelegt, seine Reise unbeschuht zu Ende zu bringen. Er trug ein großes, schweres Kreuz an einem Band um den Hals, und das Band hatte seine Haut aufgescheuert und wundgerieben, aber das war auch ein Teil seines Gelübdes. Ich kann gar nicht verstehen, wie ein braver junger Bursche aus freiem Willen eine solche Folter auf sich nimmt, aber die Leute tun so seltsame Dinge. Ich würde sagen, daß er hofft, mit dieser Strenge gegen sich selbst eine große Gnade zu erlangen. Dennoch glaube ich, er sollte wenigstens ein wenig Balsam für seine Füße bekommen, solange er hier ruht. Soll ich ihn bitten, zu Euch zu kommen? Ich will den beiden gern einen kleinen Dienst erweisen. Der zweite, Matthew heißt er, das ist der Gesunde, brachte mein Mädchen in Sicherheit, als ein paar verrückte Reiter uns in ihrer Eile fast über den Haufen geritten hätten. Er trug ihre Bündel, denn sie war schwer beladen, und ich mußte Rhun helfen.

Um die Wahrheit zu sagen, ich glaube, der junge Mann war ganz von unserer Melangell eingenommen, denn er behandelte sie mit großer Aufmerksamkeit, während wir zusammen reisten. Er kümmerte sich um sie sogar besser als um seinen Freund, wenn er auch keinen Schritt von dessen Seite wich. Aber ein Gelübde ist ein Gelübde, und wenn ein Mann aus freien Stücken eine solche Qual auf sich nimmt, dann kann ein anderer wohl nicht viel tun, um es zu verhindern. Er kann ihm nur Gesellschaft leisten, und das tut der Junge hingebungsvoll, denn er weicht nie von seiner Seite.«

Sie stand jetzt vor der Tür und atmete genießerisch den Duft der sonnenbeschienenen Kräuter ein. Dann blickte sie noch einmal zurück und fügte hinzu: »Da sind auch noch einige, die können sich so oft und so laut, wie sie wollen, Pilger nennen – aber ich würde ihnen keine zwei Schritte weit trauen. Ich glaube, Strolche gibt es überall, sogar unter Heiligen.«

»Solange die Heiligen Geld in der Börse haben oder etwas bei sich tragen, das zu stehlen sich lohnt«, stimmte Cadfael traurig zu, »sind die Schurken nicht weit.«

Ob Alice Weaver nun mit ihrem seltsamen Reisegefährten gesprochen hatte oder nicht, auf jeden Fall kam dieser eine halbe Stunde später zu Cadfaels Hütte, noch bevor der junge Rhun aufgetaucht war. Cadfael war wieder beim Jäten, als er die beiden kommen hörte; oder besser, er hörte die langsamen, geduldigen Schritte des Gesunden, unter denen der Kies auf dem Weg knirschte. Der andere ging geräuschlos; er trat vorsichtig und sachte auf den Grassaum, der unter seinen mißhandelten Füßen kühl und lindernd war. Das einzige Geräusch, das sein Kommen ankündigte, war das lange, mühevolle Seufzen und das schwache Zischen, mit dem der Atem schmerzhaft eingezogen wurde. Noch bevor Cadfael sich aufrichtete und herumdrehte, wußte er, wer da kam.

Sie waren etwa im gleichen Alter und ähnelten sich auch in Knochenbau und Hautfarbe; etwas mehr als mittelgroß waren sie, doch der eine, der so mühsam schritt, war etwas gebeugt. Sie hatten braune Haare und dunkle Augen und waren etwa fünfundzwanzig Jahre alt. Doch sie waren einander nicht so ähnlich, daß man sie für Brüder oder Verwandte halten konnte. Der Gesunde hatte eine etwas dunklere Haut, als hätte er sich mehr in Luft und Sonne aufgehalten, und breitere Wangen- und Kieferknochen; er hatte ein stolzes, verschlossenes Gesicht, das beunruhigend still blieb und nichts verriet. Das Gesicht des Leidenden war länglich, beweglich und leidenschaftlich. Seine Wangenknochen waren hoch, die Wangen darunter eingefallen, die Lippen vor Schmerz oder in unbändiger Leidenschaft zusammengepreßt. Zorn mochte einer seiner ständigen Gefährten sein, und brennende Inbrunst ein anderer. Der junge Matthew folgte ihm stumm und in eifersüchtiger Aufmerksamkeit.

Cadfael dachte an Alice Weavers wortreiche Vertraulichkeiten und betrachtete die vernarbten, geschwollenen Füße und den aufgescheuerten Hals. Der Pilger hatte sich ein Stück Leinentuch unter den Kragen seines einfachen dunklen Mantels gelegt, um die Reibung der dünnen Schnur zu mildern, an der ein schweres Eisenkreuz hing. Das Kreuz trug eine blattähnliche Auflage, wahrscheinlich aus Gold, und hing schwer vor seiner Brust. Nach der roten Linie auf dem Leinentuch zu urteilen, war das Polster neu oder es hatte nicht viel geholfen. Die Schnur war schneidend dünn und das Kreuz sehr schwer. Woran konnte ein junger Mann so sehr verzweifeln, daß er beschloß, sich selbst zu foltern? Glaubte er denn, Gott oder St. Winifred seien erfreut, wenn sie sein Leiden sähen?

Fiebrig glänzende Augen musterten ihn. Dann fragte eine leise Stimme: »Seid Ihr Bruder Cadfael? Das ist der Name, den Bruder Denis mir nannte. Er sagte, Ihr hättet Tinkturen und Salben, die mir helfen könnten. So weit jedenfalls«, setzte er hinzu, während er Cadfael wie gebannt betrachtete, »wie man mir überhaupt helfen kann.«

Cadfael betrachtete ihn nachdenklich, doch bevor er Fragen stellte, dirigierte er die beiden in seine Hütte und ließ den Leidenden niedersitzen, um die Wunden sorgfältig zu untersuchen. Der junge Matthew baute sich neben der offenen Tür auf; er achtete darauf, nicht das Licht zu versperren, aber er wollte nicht eintreten.

»Ihr seid recht weit ohne Schuhe gelaufen«, sagte Cadfael, der niederkniete, um die Wunden zu begutachten. »War eine solche Grausamkeit denn nötig?«

»Das war sie. Ich hasse mich nicht so sehr, um dies ohne Grund auf mich zu nehmen.« Der schweigsame Bursche an der Tür regte sich, ohne aber sein Schweigen zu brechen. »Ich habe ein Gelübde abgelegt«, fuhr der Verletzte fort, »das ich nicht brechen werde.« Anscheinend hatte er das Bedürfnis, sich zu erklären, um weiteren Fragen zuvorzukommen. »Mein Name ist Ciaran. Ich bin der Sohn einer walisischen Mutter, und ich kehre dorthin zurück, wo ich geboren wurde, um mein Leben zu beenden, wie es begonnen hat. Ihr seht die Wunden an meinen Füßen, Bruder, aber was mich am meisten schmerzt, ist nirgends an mir zu sehen. Ich habe eine tödliche Krankheit, die für andere keine Bedrohung ist, die meinem Leben aber bald ein Ende setzen wird.«

Das konnte wahr sein, dachte Cadfael, während er die geschwollenen Fußsohlen und die von Kies und Steinen zerschnittenen Zehen mit Öl reinigte. Das fiebrige Feuer in den tiefliegenden Augen konnte bedeuten, daß im Innern ein noch grimmigeres Feuer wütete. Zwar schien der junge Körper, der jetzt entspannt dasaß, gut gebaut und nicht ausgemergelt, aber das war kein Beweis für eine makellose Gesundheit. Ciarans Stimme blieb leise, gleichmäßig und fest. Wenn er wußte, daß er sterben mußte, dann hatte er sich damit abgefunden.

»Ich habe mir eine Bußpilgerschaft auferlegt und bitte um Heil für meine Seele, was von größter Bedeutung ist. Ich will barfuß und mit einer Bürde beladen zum Stiftsherren von Aberdaron pilgern, damit ich nach meinem Tode auf der heiligen Insel Ynys Enlli begraben werden kann, deren Erdboden aus den Gebeinen und dem Staub von Tausenden und Abertausenden von Heiligen besteht.«

»Ich hatte gedacht«, erwiderte Cadfael nachsichtig, »daß man eine solche Gunst auch erwerben kann, wenn man beschuht und gemächlich und demütig wie jeder andere Mann dorthin geht.« Trotzdem, es war für einen gläubigen Waliser, der sein Ende nahe wußte, ein verständlicher Wunsch. Aberdaron, an der Spitze der Halbinsel von Lleyn gegenüber der heiligsten Insel der walisischen Kirche gelegen, war die letzte Ruhestatt vieler Menschen, und die Gastfreundschaft der Stiftsleute dort wurde keinem Menschen verweigert. »Ich will Euer Opfer nicht in Zweifel ziehen, aber ein selbstauferlegtes Leiden scheint mir etwas überheblich und nicht gerade demütig.«

»So mag es sein«, sagte Ciaran zurückhaltend, »aber das nützt mir jetzt nichts. Ich bin gebunden.«

»Das ist wahr«, warf Matthew von der Tür her ein. Gemessen und doch heftig ertönte seine Stimme, etwas tiefer als die seines Gefährten. »Unwiderruflich gebunden! Das sind wir beide, ich nicht weniger als er.«

»Aber wohl kaum durch dasselbe Gelübde«, entgegnete Cadfael trocken. Denn Matthew trug gute, stabile Schuhe, die etwas ausgetreten waren, aber immer noch einen Schutz vor den Steinen auf der Straße boten.

»Nein, nicht durch dasselbe Gelübde. Aber dennoch gebunden. Und ich vergesse meine Gelübde ebensowenig, wie er die seinen vergißt.«

Cadfael legte den Fuß, den er eingesalbt hatte, nieder, schob ein gefaltetes Tuch darunter, und hob den zweiten Fuß auf seinen Schoß. »Gott verhüte, daß ich je einen Mann in Versuchung bringe, seinen Eid zu brechen. Ihr zwei müßt tun, was ihr geschworen habt. Aber Ihr könnt wenigstens Eure Füße etwas ausruhen, bis die Feier vorbei ist. Damit hätten sie drei Tage Zeit zum Verheilen, und hier im Kloster ist der Boden eben. Und wenn die Wunden verheilt sind und Ihr weiterziehen wollt, gebe ich Euch eine Tinktur mit, die Eure Fußsohlen abhärtet. Warum nicht, wenn Ihr nicht geschworen habt, auf jegliche Hilfe von anderen Menschen zu verzichten? Und da Ihr zu mir gekommen seid, nehme ich an, daß ihr nicht so weit gegangen seid. So, bleibt noch ein wenig sitzen und laßt die Tinktur trocknen.« Er erhob sich von den Knien, begutachtete kritisch seine Arbeit und wandte sich dem Leinentuch zu, das Ciaran um den Hals trug. Er legte beide Hände sanft auf die Kordel, an der das Kreuz hing, und wollte sie ihm über den Kopf ziehen.

»Nein, laßt das!« Es war ein leiser, aber wilder Ausbruch, und Ciaran hielt Kreuz und Kordel fest und drückte seine Last heftig an sich. »Rührt es nicht an! Laßt das!«

»Aber Ihr«, sagte Cadfael erschrocken, »könnt es doch gewiß

selbst abnehmen, während ich die Wunde versorge, die es Euch zugefügt hat? Es dauert nicht lange. Warum also nicht?«

»Nein!« Ciaran packte das Kreuz mit beiden Händen und drückte es an sich. »Keinen Augenblick will ich es abnehmen, ich will es Tag und Nacht tragen! Nein! Laßt mich!«

»Dann hebt es etwas an«, sagte Cadfael resigniert, »und haltet es hoch, während ich den Schnitt versorge. Nein, keine Angst, ich will Euch nicht hintergehen. Laßt mich nur das Tuch abnehmen und sehen, wie groß die Wunde darunter ist.«

»Ich habe ihn immer wieder gebeten, es abzulegen«, sagte Matthew leise. »Wie sonst könnte er seine Schmerzen wirklich loswerden?«

Cadfael wickelte das Tuch ab und betrachtete die tiefe Furche und das angetrocknete Blut. Er begann mit einer brennenden Lotion, um die Wunde von Staub und abgestorbenen Hautfetzen zu säubern, und legte dann eine Heilsalbe aus Klebkraut auf. Er faltete das Tuch neu zusammen und wickelte es vorsichtig unter der Kordel um den Hals. »Seht Ihr, Ihr habt Euren Schwur nicht gebrochen. Ihr könnt Eure Last wieder anlegen. Wenn Ihr das Kreuz beim Laufen in den Händen haltet und es im Bett etwas lockert, wird die Wunde verheilt sein, noch bevor Ihr wieder aufbrecht.«

Es schien ihm, als hätten es die beiden sehr eilig, ihn wieder zu verlassen, denn der eine setzte vorsichtig den Fuß auf den Boden, sobald er entlassen war, das Kreuz gehorsam mit beiden Händen haltend, während der andere sofort durch die Tür in den sonnenbeschienenen Garten hinaustrat und auf seinen Freund wartete. Der eine war ihm keinen Dank schuldig, der andere zollte ihm nur die allernotwendigste Anerkennung.

»Ich möchte Euch noch darauf hinweisen«, erklärte Cadfael, indem er die beiden nachdenklich betrachtete, »daß Ihr der Feier zu Ehren einer Heiligen beiwohnen werdet, die schon viele Wunder gewirkt hat und sogar dem Tode trotzte. Sogar einem Mann, der dem Tode geweiht ist«, fuhr er energisch fort, »vermag sie das Leben zu schenken. Vergeßt dies nicht, denn vielleicht hört sie zu!«

Sie gaben keine Antwort und wechselten keinen Blick. Sie starrten ihn nur erschrocken und besorgt aus der duftigen Helligkeit des Gartens an. Dann drehten sie sich gleichzeitig um und entfernten sich, einer humpelnd, der andere festen Schrittes.

4

Der Abstand war so kurz und das Jäten war so wenig vorangekommen, bis die nächsten zwei eintrafen, daß Cadfael sofort glaubte, die beiden Paare hätten sich vor seinem Kräutergarten getroffen und zumindest ein freundliches Wort gewechselt, nachdem sie die letzten Meilen gemeinsam gereist waren.

Das Mädchen ging hilfsbereit neben ihrem Bruder und überließ ihm den ebensten Teil des Pfades, während sie sich, eine Hand leicht und unaufdringlich unter seinen Ellbogen gelegt, bereithielt, ihn, wenn nötig, zu stützen. Ihr Gesicht war ihm voller Aufmerksamkeit und Liebe zugewandt. Wenn er der verhätschelte Liebling und sie das gesunde Arbeitstier war, dann hatte sie anscheinend keine Probleme mit dieser Einteilung. Ein einziges Mal nur schaute sie über die Schulter zurück und zeigte ein anderes, schüchterneres Lächeln. Sie war mit ihrem selbstgewirkten Kleid sauber und einfach gekleidet, das Haar war zu strengen Zöpfen geflochten, aber ihr Gesicht war lebhaft und strahlte wie eine Rose, und ihre Bewegungen waren trotz der Langsamkeit ihres Bruders von einer Spannkraft und Anmut, die einen hochfliegenden, strebsamen Geist verrieten. Für ein walisisches Mädchen war sie recht hell; ihr Haar hatte die Farbe von Altgold, und die Brauen, die sich hoffnungsfroh über den großen blauen Augen hoben, waren etwas dunkler. Alice Weaver ging nicht fehl in der Annahme, daß ein junger Mann, der diese hübsche kleine Frau einmal aus dem Straßengraben gehoben und in die Arme genommen hatte, sich freudig an das Erlebnis erinnern würde und nicht abgeneigt wäre, es zu wiederholen. Wenn er nur die Augen lange genug von seinem Reisegefährten wenden könnte, um es zu versuchen!

Der Junge stützte sich schwer auf seine Krücken. Sein rechtes Bein hing, die Zehe nach innen gedreht, schlaff herab und berührte kaum den Boden. Wenn er aufrecht gestanden hätte, wäre er eine Handbreit größer als seine Schwester gewesen, aber so zusammengekauert wirkte er kleiner als sie. Und doch war sein junger Körper anmutig geformt, dachte Cadfael, während er ihn nachdenklich betrachtete. Er hatte breite Schultern und schmale Hüften, und das gesunde Bein war lang, kräftig und gut gewachsen. Er hatte nicht viel Fleisch auf den Knochen; er hätte ruhig etwas mehr Gewicht haben können, aber wenn er den ganzen Tag Schmerzen litt, hatte er wohl keinen großen Appetit.

Cadfaels Blick, der zuerst auf den verdrehten Fuß gefallen war, wanderte langsam höher und fand schließlich das Gesicht des Jungen. Er war heller als das Mädchen; Haare und Augenbrauen waren weizengelb, sein schmales, glattes Gesicht glänzte wie Elfenbein, und die Augen, die Cadfaels Blick begegneten, waren von einem hellen Graublau, das kristallklar zwischen langen Wimpern funkelte. Es war das ruhige, stille Gesicht eines Menschen, der in geduldiger Hinnahme geübt und darauf gefaßt war, sein Leben lang diese Tugend üben zu müssen. Cadfael war beim ersten Blick klar, daß Rhun keineswegs eine Wunderheilung erwartete, so sehr Alice Weaver dies auch hoffen mochte.

»Bitte«, sagte das Mädchen schüchtern, »ich bringe meinen Bruder, wie meine Tante es mir aufgetragen hat. Sein Name ist Rhun, und ich heiße Melangell.«

»Sie hat mir von Euch erzählt«, erwiderte Cadfael, indem er sie zur Hütte heranwinkte. »Ihr habt eine lange Reise hinter Euch. Kommt herein und macht es Euch bequem, und ich will mir das Bein ansehen. Ist es durch eine Verletzung so geworden? Ein Sturz vom Pferd oder ein Huftritt? Oder ist es etwa das Knochenfieber?« Er bot dem Jungen einen Platz auf der langen Bank an, nahm ihm die Krücken ab und legte sie beiseite und drehte ihn so herum, daß er die Beine entspannt ausstrecken konnte.

Der Junge, der Cadfaels Blick ernst erwiderte, schüttelte langsam den Kopf. »Es war kein Unfall«, sagte er mit tiefer Männerstimme. »Es kam einfach. Es kam langsam, und ich erinnere mich nicht mehr an die Zeit davor. Man sagte mir, daß ich im Alter von drei oder vier Jahren zu straucheln und zu humpeln begann.«

Melangell, die in der Türe zögernd stehengeblieben war – seltsam, genau wie Ciarans Gefährte, dachte Bruder Cadfael –, warf beinahe hastig ein: »Rhun wird Euch die ganze Geschichte erzählen. Ich lasse Euch jetzt lieber allein; ich werde später zurückkommen und draußen auf der Bank warten, bis Ihr mich braucht.«

Rhuns helle, klare Augen, durchscheinend wie Eis in der Sonne, strahlten sie über Cadfaels Schulter hinweg an. »Geh nur«, sagte er. »Es ist ein so schöner, sonniger Tag; du solltest ihn besser nutzen, als mit mir herumzuhumpeln.«

Sie sah ihn lange und ängstlich an, aber in Gedanken war sie bereits fort; zufrieden, daß er in guten Händen war, empfahl sie sich hastig und entschwand. Dann waren sie allein und sahen sich an, Fremde noch, die sich zögernd näherkamen.

»Sie wird Matthew suchen«, sagte Rhun nur. Er schien völlig sicher, daß er verstanden wurde. »Er war gut zu ihr. Und zu mir auch – einmal hat er mich das letzte Stück bis zu unserer Nachtunterkunft auf dem Rücken getragen. Sie mag ihn, und er würde auch sie mögen, wenn er sie nur richtig ansähe; aber er hat nur Augen für Ciaran.«

Diese unverblümte Einfachheit könnte ihm den Ruf eintragen, ein Einfaltspinsel zu sein, aber das wäre eine grobe Fehleinschätzung. Was er sah, sagte er auch – vorausgesetzt, hoffte Cadfael, er hatte den Menschen, mit dem er sprach, genau eingeschätzt –, und er sah mehr als die meisten Menschen, da er mehr als die anderen darauf angewiesen war, seine eintönigen Tage mit Beobachten und Wahrnehmungen zu verbringen.

»Waren sie schon hier?« fragte Rhun, der sich gehorsam bewegte, damit Cadfael ihm die lange Hose von der Hüfte und dem verwachsenen Bein streifen konnte.

»Sie waren hier. Ja, ich weiß es.«

»Ich würde sie gern glücklich sehen.«

»Sie hat es in sich, glücklich zu sein«, sagte Cadfael freundlich und fast gegen seinen Willen. Der Junge hatte eine Art an sich, daß die Antworten unbedacht und ganz von selbst herauskamen, als wäre es die natürlichste Sache der Welt. Der Junge hatte, dachte Cadfael, das Wort ›sie‹ ganz leicht betont; Rhun hatte kaum Hoffnung, selbst je glücklich zu werden, aber er wünschte seiner Schwester alles Glück. »Jetzt paßt auf«, sagte Cadfael, sich seinen Aufgaben widmend, »denn jetzt kommt die Hauptsache. Schließt die Augen und entspannt Euch so weit wie möglich und sagt es mir, sobald ich auf eine Stelle stoße, die schmerzt. Wie ist es jetzt im Ruhen? Tut Euch jetzt etwas weh?«

Rhun schloß folgsam die Augen. Er atmete gleichmäßig und wartete einen Augenblick. »Nein, ich bin ziemlich entspannt.«

Gut. Seine Sehnen schienen locker und kräftig, und in dieser Haltung hatte er keine Schmerzen. Cadfael tastete vorsichtig, sehr sanft und beruhigend, den Schenkel und den Unterschenkel des verwachsenen Beins ab und forschte und prüfte. Derart in Ruhe ausgestreckt schien das Bein beinahe wieder in der richtigen Stellung und wohlgeformt, wenn es auch dem Vergleich mit dem linken nicht standhielt. Außerdem wurde es durch die nach innen gedrehte Zehe und mehrere feste Knoten in der Wade entstellt. Cadfael tastete die Knoten ab und drang mit den Fingern tief ins verhärtete Gewebe ein.

»Da spüre ich etwas«, sagte Rhun. Er atmete tiefer. »Es fühlt sich nicht wie der andere Schmerz an – es tut etwas weh, aber es ist kein Schmerz, bei dem ich weinen müßte. Ein guter Schmerz ...« Bruder Cadfael ölte sich die Hände ein, fuhr mit der Handfläche über die verkümmerte Wade und machte sich mit energischen Bewegungen ans Werk. Er bearbeitete Sehnen, die seit Jahren nicht belastet worden waren, abgesehen einmal von der Zehe, die nur unter starker Anspannung den Boden berühren konnte. Cadfael ging sanft und langsam vor und tastete nach den hartnäckigen Knoten. Dort waren unnatürliche Verspannungen, die sich noch nicht lösen wollten. Er arbeitete sanft mit den Fingern und forschte mit dem Geist an anderer Stelle.

»Ihr wurdet früh verwaist. Wie lange seid Ihr schon bei Eurer Tante Alice?«

»Seit sieben Jahren«, sagte Rhun, fast eingeschläfert von den kreisenden Fingern. »Ich weiß, daß wir ihr eine Last sind, aber sie verliert kein Wort darüber, und sie läßt nicht zu, daß ein anderer etwas sagt. Sie hat ein gutgehendes, kleines Geschäft, das für ihre Bedürfnisse genug hergibt. Sie beschäftigt dort zwei Männer, aber reich ist sie nicht. Melangell arbeitet schwer in Haus und Küche und verdient sich ihren Lebensunterhalt. Ich habe das Weben gelernt, aber ich bin sehr langsam. Ich kann nicht lange stehen und nicht lange sitzen, und so bin ich ihr keine Hilfe. Aber sie verliert kein Wort darüber, obwohl sie eine scharfe Zunge haben kann, wenn sie dazu aufgelegt ist.«

»Das kann ich mir vorstellen«, sagte Cadfael friedfertig. »Eine Frau, die so viele Pflichten hat, mag ab und zu die Geduld verlieren, ohne daß es böse gemeint wäre. Sie hat Euch hergebracht, weil sie auf ein Wunder hofft. Wußtet Ihr das? Warum sonst solltet ihr drei so weit wandern und Tag um Tag die Etappen an Eurer Geschwindigkeit messen? Und doch glaube ich, daß Ihr nicht mit einem Gnadenbeweis rechnet. Oder bezweifelt Ihr gar, daß St. Winifred Wunder tun kann?«

»Ich?« Der Junge erschrak. Er schlug die Augen auf, die klarer waren als der östliche Teil des Mittelländischen Meeres, in dem Cadfael vor langer Zeit gefahren war. »Oh, da irrt Ihr Euch. Ich glaube es schon. Aber warum sollte sie es gerade für mich tun? Menschen wie ich kommen zu Tausenden. Wie darf ich da erwarten, zu den Glücklichen zu gehören? Außerdem kann ich mein Los ertragen. Es gibt viele, die nicht ertragen können, was ihnen auferlegt wurde. Die Heilige wird schon wissen, wen sie auserwählt. Es gibt keinen Grund anzunehmen, daß ihre Wahl auf mich fällt.«

»Warum wart Ihr dann bereit, herzukommen?« fragte Cadfael.

Rhun wandte den Kopf ab, und blau geäderte Augenlider

verhüllten gleich einer Anemonenblüte seine Augen. »Man wünschte es, und ich tat, was sie verlangten. Und dann war da Melangell...«

Ja, die hübsche, dem Auge so gefällige Melangell, dachte Cadfael. Ihr Bruder wußte um ihre Armut und wünschte ihr ein wenig Freude und eine gute Partie; denn daheim, wo sie in Haus und Küche hart arbeiten mußte und als mittellose Nichte bekannt war, gab es keine Freier. Aber auf einer so weiten Reise, auf der man vielerlei Gesellschaft fand, mochten sich Gelegenheiten ergeben.

Rhun hatte sich bewegt und einen Muskel angespannt, der ihn zwickte, und nun lehnte er sich unter Schmerzen vorsichtig zurück. Cadfael zog dem Jungen die selbstgewirkte Hose über die Blöße, knotete sie fest zu und zog ihn sanft auf die Füße, auf den gesunden und den verkrüppelten, bis er auf dem Boden aus gestampfter Erde stand.

»Kommt morgen nach dem Hochamt noch einmal zu mir, denn ich glaube, daß ich Euch helfen kann, wenn auch nicht viel. Und nun bleibt hier sitzen. Ich will sehen, ob Eure Schwester schon zurück ist, und wenn nicht, könnt Ihr bleiben, bis sie kommt. Ich werde Euch auch einen Trank geben, den Ihr heute abend vor dem Einschlafen zu Euch nehmen könnt. Er wird Eure Schmerzen lindern und Euch zu Schlaf verhelfen.«

Das Mädchen wartete schon draußen, still und allein gegen die sonnengewärmte Mauer gelehnt, und ihr strahlendes Gesicht war verdüstert, als hätte sich etwas freudig Erwartetes als böse Enttäuschung erwiesen; doch als sie Rhun aus der Hütte kommen sah, erhob sie sich und begrüßte ihn mit einem resoluten Lächeln, und als die beiden sich langsam entfernten, klang ihre Stimme so fröhlich und warm wie immer.

Cadfael hatte Gelegenheit, sie alle am nächsten Tag beim Hochamt zu beobachten; natürlich hätte er seine Gedanken auf höhere Dinge richten müssen, aber sie weigerten sich störrisch, sich höher als bis zu Alice Weavers Kopfhaube und Matthews dichter Lockenpracht zu erheben. Fast alle Bewohner des Gästehauses, die vornehmen, die eigene Kammern hatten, ebenso wie die gewöhnlichen Pilger und Pilgerinnen, die in den beiden Schlafsälen untergebracht waren, kamen in ihrer besten Kleidung zu diesem Gottesdienst. Alice Weaver verfolgte andächtig jedes Wort der Messe und stieß Melangell mehrmals fest in die Rippen, um sie an ihre Pflichten zu erinnern, denn das Mädchen drehte den Kopf oft zur Seite, und ihr Blick galt eher Matthew als dem Altar. Zweifellos hatte der junge Mann ihr Wohlgefallen, wenn nicht sogar ihr ganzes Herz gewonnen. Matthew stand Schulter an Schulter neben Ciaran, aber er sah sich mindestens zweimal um und richtete seine verhangenen Augen, ohne daß sich sein Gesichtsausdruck veränderte, auf Melangell. Doch als sich ihre Blicke einmal trafen, wandte Matthew den Kopf rasch wieder ab.

Dieser junge Mann, dachte Cadfael, der den unterbrochenen Blickkontakt bemerkt hatte, hat etwas im Sinn, an dem ihn kein Mädchen hindern darf: Er muß seinen Gefährten sicher zum Ziel der Reise, nach Aberdaron, führen.

Ciaran war inzwischen überall in der Enklave bekannt. Er hatte nichts Geheimnisvolles, er sprach offen und demütig über sich selbst. Er war für das Priesteramt bestimmt worden, doch er war nicht über den ersten Schritt, den Rang eines Subdiakons, hinausgekommen. Er würde nie die Tonsur erhalten. Bruder Jerome, der immer gern bereit war, sich auf jedes Anzeichen von übernatürlicher Tugend und Heiligkeit einzulassen, hatte ihn unter seine Fittiche genommen und ausgefragt, und er erzählte freimütig jedem Bruder, der es hören wollte, was er erfahren hatte. Die Geschichte von Ciarans tödlicher Krankheit und seiner Bußpilgerschaft nach Aberdaron war inzwischen allen bekannt. Die Strenge, mit der er sich selbst behandelte, machte einen großen Eindruck. Bruder Jerome hielt es für eine Ehre, daß das Haus einen solchen Mann beherbergen durfte. Und tatsächlich zeigte das schlanke, leidenschaftliche Gesicht mit den brennenden Augen und dem widerspenstigen braunen Haar eine große Kraft und Entschlossenheit.

Rhun konnte nicht knien; er blieb den ganzen Gottesdienst

steif und reglos auf seinen Krücken stehen, die großen, strahlenden Augen wie gebannt auf den Altar gerichtet. Im weichen, trüben Licht der Kirche, wo die Steinflächen gedämpft die Helligkeit eines wolkenlosen Sommertages reflektierten, sah Cadfael, daß der Junge schön war. Seine Gesichtszüge waren ebenmäßig und anmutig wie die eines Mädchens, der Schwung seines hellen Haars um Ohren und Wangen war engelhaft klar und züchtig. Wer konnte es der Frau, die keinen eigenen Sohn besaß, verdenken, wenn sie in ihn vernarrt war und ihm einige Wochen ihres Lebens schenken wollte, damit er durch ein wenn auch unwahrscheinliches Wunder geheilt würde?

Da mittlerweile nicht nur seine Aufmerksamkeit, sondern auch seine Augen abirrten, gab Cadfael den Kampf auf und ließ sie über die andächtigen Gläubigen wandern, die eng aneinandergedrängt das Hauptschiff der Kirche füllten. Eine wichtige Pilgerfahrt hatte viel von der Atmosphäre eines Jahrmarktes und zog all die Mitläufer an, die bei solchen Gelegenheiten auftauchten: Taschendiebe, gewandte Händler, die Reliquien, Süßigkeiten und Medizin feilboten, Wahrsager, Spieler, Schwindler und Betrüger aller Art. Und einige der letztgenannten erschienen in höchst respektabler Aufmachung und arbeiteten lieber im Klosterbezirk als auf dem Markt der Vorstadt. Es lohnte sicher die Mühe, die Leute hier drinnen gut im Auge zu behalten, während Hughs Wachtmeister draußen aufpaßten, um mögliche Störenfriede zu erkennen, bevor sie Unruhe stiften konnten.

Die Versammlung sah genauso aus wie das, was sie sein sollte. Dennoch waren einige Anwesende einen zweiten Blick wert. Drei bescheidene, unauffällige Handwerker, die kurz nacheinander gekommen waren und sich einander rasch und in aller Offenheit vorgestellt hatten und die sich anscheinend vorher nicht gekannt hatten: Walter Bagot, Handschuhmacher, John Shure, Schneider, und William Hales, Hufschmied. Kleine Handwerker, die das Fest mit ihrem Sommerurlaub verbanden und die Zeit genießen wollten. Warum auch nicht? Allerdings hatte Cadfael die andächtig gefalteten Hände des Schneiders bemerkt; der Mann hatte die langen, gut gepflegten Fingernägel eines Jahrmarktsgauners, die einen Schneider bei der Arbeit sehr gestört hätten. Cadfael prägte sich die Gesichter ein: Das des Handschuhmachers war rund und glänzend, als hätte er es mit dem Fett eingerieben, mit dem er sonst das Leder behandelte; das des Schneiders war länglich und triefäugig mit langem Haar, das die Augen halb verdeckte; das des Hufschmieds war braungebrannt und zwinkernd, das Sinnbild eines gutmütigen Menschen.

Vielleicht waren sie, was sie zu sein vorgaben. Vielleicht auch nicht. Hugh würde aufpassen, und ebenso die vorsichtigen Wirte der Vorstadt und der Stadt, denn sie brannten nicht gerade darauf, Betrüger und Halsabschneider in ihren Schenken zu bewirten, die den Ortsansässigen das Fell über die Ohren zogen.

Als Cadfael nach dem Hochamt die Kirche mit seinen Brüdern sehr nachdenklich verließ, erwartete Rhun ihn schon im Herbarium.

Der Junge ließ Cadfaels Behandlung schweigend und ergeben über sich ergehen und sagte, von der respektvollen Begrüßung abgesehen, kein Wort. Der Rhythmus von Cadfaels forschenden Fingern, die geduldig die Muskelverhärtungen lockerten, die die Lähmung verursachten, hatte eine beruhigende Wirkung, auch wenn sie einmal so tief griffen, daß der Patient vor Schmerz zusammenzuckte. Der Junge hatte den Kopf an die Balken der Rückwand gelehnt und die Augen halb geschlossen. Die Spannung seiner Wangen und Lippen verriet, daß er nicht schlief, aber Cadfael konnte das Gesicht des Jungen genau mustern, während er ihn behandelte. Er bemerkte die Blässe und die dunklen Ringe um die Augen.

»Habt Ihr den Schlaftrunk genommen, den ich Euch gestern gab?« fragte Cadfael, doch er wußte die Antwort bereits.

»Nein.« Rhun öffnete besorgt die Augen, da er einen Vorwurf erwartete, doch Cadfaels Gesicht zeigte weder Überraschung noch Vorwurf.

»Warum denn nicht?«

»Ich weiß nicht. Ich hatte plötzlich das Gefühl, daß es nicht nötig wäre«, erwiderte Rhun. Er hatte die Augen wieder geschlossen, um sein Verhalten und seine Motive genau zu betrachten. »Ich habe gebetet. Nicht, daß ich an der Kraft der Heiligen zweifle. Aber es schien mir plötzlich so, als brauchte ich gar nicht zu wünschen, geheilt zu werden ... sondern eher, als könnte ich meine Lahmheit und meinen Schmerz aus freien Stücken aufgeben, nicht als Preis für eine Gunst. Die Leute bringen Opfer, aber ich habe nichts anderes anzubieten. Glaubt Ihr, daß das annehmbar wäre? Ich meine es in aller Demut.«

Kaum einer ihrer vielen Anbeter, dachte Cadfael, vermochte ein kostbareres Opfer darzubringen. Er ist einen langen, schweren Weg gegangen und hat schließlich erkannt, daß Entbehrung, Schmerz und Lahmheit gegen die innere Hinwendung zur Gnade und gegen einen tiefen Seelenfrieden nichts zählen. Diese Ergebenheit kann jeder Mensch nur für sein eigenes Schicksal empfinden, niemals für das eines anderen. Der Kummer eines anderen darf nicht schweigend hingenommen werden, wenn es eine Möglichkeit gibt, ihn zu lindern.

»Und habt Ihr gut geschlafen?«

»Nein. Aber das spielt keine Rolle. Ich lag die ganze Nacht wach und versuchte, mein Schicksal freudig anzunehmen. Ich war nicht der einzige, der keinen Schlaf fand.« Er war im Schlafsaal der Männer untergebracht, und unter seinen Gefährten mußte es, abgesehen von den Patienten mit ansteckenden Krankheiten, die Bruder Edmund isoliert hatte, noch einige andere geben, die auf die eine oder andere Weise ein schweres Los trugen. »Ciaran fand auch keine Ruhe«, sagte Rhun nachdenklich. »Als nach den Laudes alles still war, erhob er sich leise, um niemand zu stören, von seinem Lager und wollte zur Tür. Ich fand es seltsam, daß er Gürtel und Ranzen an sich nahm ...«

Cadfael hörte gespannt zu. Warum nahm ein Mann, der sich des Nachts erleichtern mußte, sein ganzes Gepäck mit? Allerdings gab es in solchen Gemeinschaftsunterkünften, auch wenn sie von Mönchen betrieben wurden, immer wieder Diebstähle, und Ciaran mochte auch im Halbschlaf daran gedacht haben.

»Wirklich? Und was geschah dann?«

»Matthew hatte sein Lager dicht neben Ciarans gezogen, und selbst in der Nacht hat er immer eine Hand zu ihm ausgestreckt. Außerdem scheint er es instinktiv zu bemerken, wenn Ciaran etwas quält. Er erwachte sofort und faßte Ciaran am Arm. Ciaran erschrak und keuchte und blinzelte wie jemand, der plötzlich aus dem Schlaf gerissen worden ist. Er flüsterte, daß er geträumt habe, es sei Zeit, sich wieder auf den Weg zu machen. Matthew nahm ihm den Ranzen ab und stellte ihn beiseite, und dann lagen sie wieder still. Aber ich glaube nicht, daß Ciaran danach gut geschlafen hat. Sein Traum hatte ihn wohl sehr verstört, denn ich hörte, wie er sich noch lange wand und herumwarf.«

»Wußten die beiden«, fragte Cadfael, »daß auch Ihr wach wart und alles hören konntet?«

»Das weiß ich nicht. Ich verstellte mich nicht, ich hatte böse Schmerzen, und sie müssen wohl gehört haben, wie ich mich regte ... ich konnte nichts dagegen tun. Aber natürlich redete ich sie nicht an; das wäre unhöflich gewesen.«

Also ein Traum; vielleicht eine vorgeschobene Erklärung, um Rhun und jeden anderen, der außer ihm wach gelegen hatte, zu täuschen. Natürlich, ein Kranker, der des Nachts Schmerzen hat, mochte sich aus Rücksichtnahme und um seinen Freund in Frieden schlafen zu lassen, verstohlen erheben. Aber andererseits hätte er sich erklären können, wenn er sich erleichtern mußte, und wäre dennoch gegangen, auch nachdem sein Freund erwacht war und ihn zurückgehalten hatte. Doch statt dessen hatte er sich auf einen Alptraum berufen und sich wieder hingelegt. Männer, die sich im Traum erheben, bewegen sich tatsächlich leise und fast verstohlen. Es konnte, es mußte so sein, wie es schien.

»Ihr seid einige Meilen mit den beiden zusammen gereist, Rhun. Wie habt Ihr Euch dabei verstanden? Ihr habt sie sicher ganz gut kennengelernt.«

»Sie waren genauso langsam wie wir, das hielt uns zusammen, nachdem meine Schwester fast über den Haufen geritten worden war. Matthew rannte los und fing sie auf und sprang mit ihr über den Graben. Die beiden wollten uns gerade überholen, aber danach blieben wir zusammen. Ich würde allerdings nicht behaupten, daß wir sie gut kennengelernt haben – sie sind immer so ineinander versunken. Außerdem hatte Ciaran Schmerzen, die ihn wortkarg machten. Er erklärte uns nur, wohin er wollte und aus welchem Grund er die Reise angetreten habe. Melangell und Matthew gingen eine Zeitlang hinter uns, und er hatte ihr ein paar Sachen abgenommen, da er selbst so wenig zu tragen hatte. Ich fand es nicht absonderlich, daß Ciaran so schweigsam war, denn ich wußte, was er zu leiden hatte. Und meine Tante Alice kann für zwei reden«, schloß er ohne Bosheit.

Das konnte sie, und das hatte sie zweifellos auf dem letzten Wegstück bis Shrewsbury getan.

»Diese beiden, Ciaran und Matthew«, forschte Cadfael vorsichtig weiter, »haben sie Euch nicht gesagt, wie sie zusammengekommen sind? Ob sie Verwandte oder Freunde sind oder ob sie sich erst auf der Reise kennengelernt haben? Sie sind etwa im gleichen Alter, sie sind einander recht ähnlich, sie sind junge, gebildete Männer. Ich glaube, sie wurden zu Schreibern oder Schildknappen ausgebildet; sie sind wohl nicht verwandt und nach ihrem Äußeren ganz unterschiedlich erzogen. Und nun frage ich mich, wie die beiden zu dieser Reise zusammengefunden haben. Ihr seid ihnen südlich von Warwick begegnet? Ich frage mich, woher sie kommen.«

»Sie haben nicht darüber gesprochen«, sagte Rhun, der erst jetzt darüber nachzudenken begann. »Es war angenehm, sie als Weggefährten zu haben; so war wenigstens ein kräftiger junger Mann bei uns. Die Straßen können für zwei Frauen, die nur einen Krüppel wie mich bei sich haben, gefährlich sein. Aber nun, da Ihr es erwähnt – nein, sie haben uns weder verraten, woher sie kommen, noch was sie verbindet. Vielleicht weiß meine Schwester mehr«, sagte Rhun. Er rutschte etwas herum, damit Bruder Cadfael die Sehnen seines Oberschenkels bearbeiten konnte. »An manchen Tagen wurde sie mit Matthew warm, und die beiden plauderten recht munter hinter uns.«

Cadfael bezweifelte, daß sich die Gespräche um etwas anderes als um sie selbst gedreht hatten; sie waren wohl Seite an Seite nebeneinander gewandert: Das Mädchen in Gedanken an den Augenblick, als sie umgerissen und über den Graben geschleudert worden war, bis sie direkt an Matthews Brust lag; er mit den Gedanken bei dem zauberhaften Wesen, das neben ihm lief, und bei der Erinnerung an ihren schlanken, warmen, erschreckten Körper in seinen Armen.

»Aber jetzt sieht er sie kaum noch an«, sagte Rhun bedauernd. »Er kümmert sich nur um Ciaran, und Melangell stört ihn nur. Aber er muß sich sehr bemühen, um sie zu übersehen.«

Cadfael strich von oben nach unten über das verwachsene Bein und stand auf, um sich die öligen Hände abzureiben. »So, das reicht für heute. Aber bleibt noch eine Weile ruhig sitzen, bevor Ihr geht. Und nehmt heute nacht den Trank. Oder behaltet ihn wenigstens und tut dann, was Euch richtig erscheint. Aber vergeßt nicht, daß es manchmal auch barmherzig ist, eine Hilfe anzunehmen; es ist dem Helfenden gegenüber barmherzig. Wollt Ihr Euch denn wirklich willentlich eine Folter auferlegen, wie Ciaran es tut? Nein, Ihr sicher nicht, Ihr seid viel zu bescheiden, um Euch als tapferer und verehrungswürdiger Märtyrer aufzuspielen. Haltet es also nicht für einen Fehler, Euch Schmerzen zu ersparen. Aber die Wahl liegt bei Euch; tut, was Euch beliebt.«

Als der Junge seine Krücken aufnahm und über den Pfad zum Hof tappte, folgte Cadfael ihm in einiger Entfernung, um seine Bewegungen zu beobachten, ohne ihn in Verlegenheit zu bringen. Bis jetzt sah er noch keine Veränderung. Die ausgestreckte Zehe berührte kaum den Boden und war immer noch nach innen gedreht. Aber die Sehnen, so verkrampft sie auch waren, besaßen noch etwas Kraft. Sie waren nicht so verfallen und geschrumpft, wie Cadfael es erwartet hatte. Wenn ich ihn lange genug hierbehalten könnte, dachte er, dann würde sich das Bein wohl so weit lockern, daß er es wieder benutzen kann. Aber er wird gehen, wie er kam. In drei Tagen wird alles vorbei sein, dann sind die Feierlichkeiten für dieses Jahr beendet, und das Gästehaus wird sich wieder leeren. Ciaran und sein Hüter werden gen Norden und Westen nach Wales ziehen, und Alice Weaver wird ihre Küken nach Campden heimführen. Und die beiden, die ein schönes Paar abgegeben hätten, wenn die Dinge anders stünden, werden ihrer Wege gehen und sich nie wieder-sehen. Es lag in der Natur solcher Anlässe, daß die Menschen, die in großer Zahl zu den Kirchenfeiern zusammenkamen, sich danach in alle Himmelsrichtungen zerstreuten, um wieder ihren jeweiligen Pflichten nachzugehen. Aber nicht alle mußten un-verändert gehen.

5

Bruder Adam aus Reading, der bei den Mönchen des Hauses im Dormitorium untergebracht war, hatte nur bei den Gottesdien-sten und bei zufälligen Begegnungen im Hof Gelegenheit ge-funden, die anderen Pilger, die im Gästehaus wohnten, zu be-obachten; eines Nachmittags kam er gerade mit Cadfael aus dem Garten, als Ciaran und Matthew den großen Hof überquer-ten und zum Klostergarten gingen, wo sie vor der Vesper noch eine oder zwei Stunden in der Sonne sitzen wollten. Es waren noch viele andere Menschen unterwegs – Mönche, Laienbrüder und Gäste, die ihren Geschäften nachgingen –, doch Ciarans auffällige Gestalt und sein schmerzhaft langsamer, vorsichtiger Gang fielen sofort auf.

»Die beiden da habe ich schon einmal gesehen«, sagte Bruder Adam und blieb stehen. »In Abingdon, wo ich die erste Nacht verbrachte, nachdem ich Reading verlassen hatte. Sie stiegen in derselben Nacht dort ab.«

»In Abingdon!« wiederholte Cadfael nachdenklich. »So weit aus dem Süden kommen sie also. Seid Ihr ihnen auf dem Weg von Abingdon hierher noch einmal begegnet?«

»Nein, aber das war auch nicht zu erwarten, da ich beritten

war. Außerdem war ich im Auftrag meines Abtes nach Leominster unterwegs, und ich nahm den kürzesten Weg. Nein, ich sah sie danach nicht wieder. Aber wenn man sie einmal gesehen hat, kann man sie nicht verwechseln.«

»Welchen Eindruck hattet Ihr von ihnen in Abingdon?« fragte Cadfael, dessen Blicke den Unzertrennlichen folgten, bis sie im Kreuzgang verschwunden waren. »Würdet Ihr sagen, daß sie schon lange unterwegs waren, bevor sie dort übernachteten? Der Mann hat geschworen, barfuß bis Aberdaron zu pilgern, und es brauchte nicht viele Meilen, um ihn so zu zeichnen.«

»Er ging auch da schon etwas lahm. Sie hatten beide Straßenstaub auf ihren Kleidern. Vielleicht waren sie erst einen Tag unterwegs, aber ich bezweifle es.«

»Er kam gestern zu mir, um seine Füße versorgen zu lassen«, erklärte Cadfael, »und ich muß ihn vor der Nachtruhe noch einmal behandeln. Wenn er zwei oder drei Tage Ruhe hält, ist er für die nächste Etappe seiner Reise bereit.« Von Abingdon, das mehr als einen Tagesmarsch entfernt im Süden lag, bis zur äußersten Spitze von Wales; ein langer, langer Weg. »Es scheint mir eine seltsame, sogar falsch verstandene Frömmigkeit, wenn man prahlerisch Schmerzen auf sich nimmt, wo es doch genug arme Kerle in der Welt gibt, die mit Schmerzen geboren wurden, die sie sich nicht selbst ausgesucht haben, die sie aber mit Demut tragen.«

»Die schlichten Gemüter glauben, daß man sich so Verdienste erwerben kann«, wandte Bruder Adam mitfühlend ein. »Vielleicht sieht er darin die einzige Möglichkeit, für seine Tugend gelobt zu werden, und darum klammert er sich daran.«

»Aber er ist keine schlichte Seele«, widersprach Cadfael mit Überzeugung, »was auch immer er sonst sein mag. Er hat eine tödliche Krankheit, sagte er mir, und will seine letzten Tage in gesegnetem Frieden in Aberdaron verbringen. Er will auf Ynys Enlli begraben werden, was für einen Mann von walisischem Blut eine edle Absicht ist. Wenn er sich freiwillig Schmerzen auferlegt, die sein Leiden noch vergrößern, dann mag dies auch ein Zeichen des Trotzes sein, ein Erheben der Hand gegen den

Tod. Das könnte ich verstehen, wenn ich es auch nicht billigen würde.«

»Es ist nur natürlich, daß Ihr ihn mißbilligend betrachtet«, stimmte Adam zu, während er nachsichtig über seinen Gefährten und sich selbst lächelte. »Denn schließlich seid Ihr zur Linderung von Schmerzen ausgebildet, die Ihr für Gewalttäter und Feinde haltet, und Ihr benutzt dazu die Pflanzen, in deren Gebrauch wir unterwiesen sind.« Er klopfte auf den Lederranzen an seinem Gürtel, und die Samen darin antworteten mit leisem Rascheln. Sie hatten Cadfaels Tonschalen nach den Samen der letzten Ernte durchgesehen, und Adam hatte zwei oder drei Sorten mitgenommen, die in seinem Herbarium noch nicht vertreten waren. »Schmerz ist nur einer von vielen Drachen, gegen die wir in dieser Welt kämpfen müssen.«

Sie waren müßig zur Steintreppe geschlendert, die zum Haupteingang des Gästehauses hinaufführte, und erfreuten sich inmitten der vielen Geschäftigkeit und Bewegung ihrer Ruhe; doch plötzlich blieb Bruder Adam stehen und starrte über den Hof.

»Soso, wie ich sehe, habt Ihr nicht nur Besuch von Heiligen, sondern auch von einigen unserer Sünder aus dem Süden.«

Cadfael folgte Adams Blick und blieb stehen, um abzuwarten, was der Bruder noch zu sagen hatte, denn der betreffende Mann schien auf den ersten Blick völlig unauffällig. Er stand nahe am Torhaus in einer kleinen Gruppe, die sich dort immer aufhielt, um die Neuankömmlinge und das Getriebe auf dem Hof zu beobachten. Er war hochgewachsen, aber so füllig und rund gebaut, daß seine Größe nicht sofort auffiel. Er hatte die Daumen hinter den Gürtel seines schlichten, weiten Gewandes gehakt; der Rock war gut geschnitten und zeigte, daß er zwar kein Adliger, aber auch kein gewöhnlicher Mann war, sondern eher ein braver, ehrbarer und einigermaßen wohlhabender Bursche, vielleicht ein Händler oder Handwerker. Einer jener Männer, die das Rückgrat vieler Städte Englands bildeten und die es sich leisten konnten, eine Pilgerfahrt mit einem wohlverdienten Urlaub zu verbinden. Er betrachtete wohlwollend das Getriebe um ihn herum, während die Lippen in seinem fülligen, klugen und gut rasierten Gesicht ein breites, zufriedenes Lächeln formten.

»Das ist«, sagte Cadfael, indem er seinen Gefährten neugierig ansah, »ein gewisser Simeon Poer, ein Händler aus Guildford, der sich für sein Seelenheil auf die Pilgerfahrt begeben hat, und weil der Sommer so schön und einladend zu werden verspricht. Warum auch nicht? Könnt Ihr mir einen Grund dafür nennen?«

»Simeon Poer mag sein Name sein«, sagte Bruder Adam, »aber wenn nötig, zieht er ein halbes Dutzend andere aus dem Hut. Ich habe nie seinen Namen gehört, aber sein Gesicht und seine Gestalt kenne ich. Der Vater Abt schickt mich oft zu Erledigungen außerhalb des Klosters, so daß ich die meisten Jahrmärkte und Märkte in unserer Grafschaft und darüber hinaus kenne. Ich habe diesen Burschen auf jedem Jahrmarkt gesehen, und zwar nicht wie ein Stadtvorsteher gekleidet wie jetzt – anscheinend ist es ihm in der letzten Zeit recht gut gegangen. Er hielt sich stets in der Nähe der Grünschnäbel und Großmäuler auf, die sich immer bei solchen Gelegenheiten einfinden. Natürlich um seine Taschen zu füllen. Höchstwahrscheinlich mit Würfelspielen. Noch wahrscheinlicher mit gezinkten Würfeln. Ich würde aber nicht ausschließen, daß er hier und dort in fremde Taschen greift, wenn die Geschäfte schlecht gehen. Ein rascherer Weg, der zum gleichen Ziel führt, wenn er auch gefährlicher ist.«

Bruder Cadfael hatte unter den Unschuldigen schon lange keinen so weltklugen und praktisch veranlagten Bruder mehr getroffen. Die häufigen Botengänge für den Abt hatten Bruder Adams Horizont offenbar beträchtlich erweitert. Cadfael betrachtete ihn mit Respekt und Wärme. Dann wandte er sich wieder um und musterte den lächelnden, wohlwollenden Händler genauer.

»Habt Ihr ihn auch sicher erkannt?«

»Sicher, daß es derselbe Mann ist, ja. So sicher, daß ich ihn offen anschuldigen könnte, nein, das nicht, denn er wurde nur einmal erwischt, und da wand er sich wie ein Fisch und schlüpfte dem Wachtmeister durch die Finger. Aber behaltet ihn genau im Auge, denn vielleicht ereilt ihn hier das Schicksal, das jeden Schurken früher oder später ereilt, auf daß er endlich seine gerechte Strafe bekomme.«

»Wenn Ihr recht habt«, sagte Cadfael, »dann hat er sich weit von seinen Jagdgründen entfernt. Meiner Erfahrung nach, denn ich bin selbst nicht unerfahren in solchen Dingen, verlassen solche Vögel nur selten ihr Heimatrevier, in dem sie sich meist besser auskennen als die Wachtmeister. Ist ihm der Süden des Landes so heiß unter den Füßen geworden, daß er verschwinden mußte? Das spricht für Schlimmeres als für Betrug beim Würfeln.«

Bruder Adam hob zweifelnd die Schulter. »Mag sein. Einige unserer Gauner fanden die Unordnung, die der Thronstreit der beiden Parteien gebracht hat, auf ihre Weise sehr gewinnbringend, genau wie gewisse Adlige ihren Nutzen daraus gezogen haben. Schlachten sind nichts für sie – sie sind viel zu gefährlich für ihre Haut. Aber die Streitereien, die in Städten entstehen, wo Anhänger der Parteien aufeinandertreffen, sind eine Goldgrube für sie. Da gibt es Taschen, in die man greifen kann, Tumulte, die man unauffällig aus dem Hintergrund anstacheln kann, harmlose Alte, die wohlhabend aussehen und unversehens einen Schlag auf den Kopf oder ein Messer in den Rücken bekommen oder denen im Getümmel die Börse vom Riemen geschnitten wird … das ist sicherer und leichter, als im Wald nach Beute zu jagen, wie es manche Männer auf dem Lande tun.«

Solche Versammlungen, dachte Cadfael, wie jene in Winchester, wo mindestens ein Mann ein Messer in den Rücken bekommen hatte und gestorben war. Ob dieser hier sich so weit von seinen gewohnten Jagdgründen entfernt hatte, weil die Gesetzeshüter im Süden nach ihm suchten? Weil er etwas Schlimmeres getan hatte, als unerfahrene junge Männer beim Würfeln um ihr Geld zu betrügen? War er sogar ein Mörder?

»Im Gästehaus sind noch zwei oder drei andere, bei denen ich meine Zweifel habe«, sagte Cadfael, »aber soweit ich gesehen habe, hat dieser Mann nichts mit ihnen zu tun. Ich will Eure Warnung beherzigen und ihn im Auge behalten, und ich werde

Bruder Denis dasselbe raten. Und ich werde es noch heute Hugh Beringar erzählen. Er und der Stadtvorsteher sind froh über jede begründete Warnung.«

Da Ciaran so bequem im Klostergarten saß, schien es eine Zumutung, ihn durch die Gärten zum Herbarium humpeln zu lassen, während Cadfaels große braune Füße in ausgezeichneter Verfassung waren und noch dazu in stabilen Sandalen steckten. So holte Cadfael die Salbe, die er auf Ciarans Wunden und Schrammen gelegt hatte, und die Essenz, die seine empfindlichen Fußsohlen straffen und glätten sollte, und brachte alles in den Kreuzgang. Es war angenehm in der Nachmittagssonne, und das dichte Gras federte kühl unter nackten Füßen. Die Rosen blühten gerade auf, und ihr Duft hing wie ein Segensspruch in der warmen Luft. Aber zwei so verschlossene und bleiche Gesichter! War der eine wirklich verdammt, früh den Tod zu finden, und der andere, einen so engen Freund zu verlieren und zu betrauern?

Ciaran sprach gerade, als Cadfael sich näherte; zunächst bemerkte er ihn nicht, und als er den Besucher sah, der sich ihnen näherte, brachte er dennoch seinen Satz unbeirrt zu Ende: »...du verschwendest nur deine Zeit, denn es wird nicht dazu kommen. Nichts wird sich verändern, also erwarte es auch nicht. Nie! Du läßt mich besser allein und gehst heim.«

Glaubte der eine an St. Winifreds Kraft und betete für ein Wunder? Und war der andere, der Kranke, vom gleichen Geist wie Rhun und gab seinen frühen Tod bereitwillig als gerechtes Opfer hin, statt um Heilung zu beten?

Matthew hatte noch nicht bemerkt, daß Cadfael gekommen war. Mit tiefer, gemessener und energischer Stimme sagte er leise: »Spar dir die Worte! Denn ich werde Schritt für Schritt bis zum Ende mit dir gehen.«

Dann stand Cadfael so nahe vor ihnen, daß sich die Aufmerksamkeit der beiden jungen Männer auf ihn richtete. Sie lösten sich zögernd aus ihrem Streitgespräch, atmeten tief ein und glätteten ihre Gesichter, um der Außenwelt gesittet entgegenzutreten. Sie rückten auf der Steinbank ein wenig auseinander und begrüßten Cadfael mit etwas gezwungenem Lächeln.

»Ich sah keinen Grund, Euch zu mir kommen zu lassen«, sagte Cadfael, indem er niederkniete und seinen Ranzen auf den Rasen setzte, »wo ich doch viel leichter zu Euch kommen kann. Sitzt also bequem und laßt mich sehen, was noch zu tun ist, ehe Ihr frohen Herzens weiterreisen könnt.«

»Das ist sehr freundlich von Euch, Bruder«, sagte Ciaran mit einem tiefen Seufzen. »Seid gewiß, daß ich frohen Herzens reisen werde, denn meine Pilgerschaft ist kurz und meine Ankunft steht nicht in Zweifel.«

Matthew am anderen Ende der Bank sagte leise: »Amen!«

Danach war es still, während Cadfael die geschwollenen Fußsohlen einsalbte und die Essenz kräftig in die mißhandelte Haut massierte, die es bislang sicher gewohnt war, gut beschuht zu laufen. Zum Abschluß rieb Cadfael die Salbe aus Klebkraut in die abheilenden Risse.

»So! Bewegt Euch morgen möglichst wenig und besucht nur die Gottesdienste, an denen Ihr teilnehmen müßt. Hier im Kloster habt Ihr keine weiten Wege. Morgen werde ich noch einmal zu Euch kommen, und übermorgen, wenn die Heilige überführt wird, werdet Ihr schon etwas länger auf den Füßen stehen können.« Als er so von ihr sprach, wußte er nicht recht, ob er St. Winifreds sterbliche Überreste meinte, von denen man allgemein glaubte, daß sie in dem mit Silber beschlagenen Reliquienschrein ruhten, oder eine Ausstrahlung ihres Geistes, der sogar einen leeren Sarg mit ihrer Heiligkeit füllen konnte; sogar einen Sarg, der armselige, sündige Menschenknochen enthielt, die ihrer Barmherzigkeit unwürdig waren, die aber wie alle Sterblichen der unberechenbaren, wohlwollenden Gnade jener ausgeliefert waren, die über jeden Zweifel erhaben waren. Wenn man aufgrund der reinen Logik auf Wunder rechnen könnte, dann wären es keine Wunder, nicht wahr?

Er rieb sich die Hände mit einer Handvoll Wolle ab und richtete sich auf. In knapp zwanzig Minuten begann die Vesper. Er hatte sich verabschiedet und wollte gerade durch den Bogengang in den großen Hof treten, da hörte er rasche Schritte hinter sich, und eine Hand zupfte ihn entschuldigend am Ärmel. Es war Matthew, der ihm ins Ohr raunte: »Bruder Cadfael, Ihr habt dies hier vergessen.«

Es war sein Salbentopf aus grobem, grünlichem Ton, der im Gras fast unsichtbar war. Der junge Mann hielt ihn in einer breiten, kräftigen Arbeiterhand, die lange, elegante Finger hatte. Dunkle Augen musterten Cadfaels Gesicht reserviert, aber sehr neugierig.

Cadfael nahm den Topf dankbar entgegen und verwahrte ihn in seinem Ranzen, Ciaran saß dort, wo Matthew ihn verlassen hatte, und richtete sein Gesicht und brennende Blicke auf sie; sie waren ein gutes Stück von ihm entfernt, und Cadfael sah ihn einen Moment lang als arme Seele, die in einer dichtbevölkerten Welt zu vollkommener Einsamkeit verdammt war.

Cadfael und Matthew sahen sich abschätzend und unsicher an. Da war der kräftige, muntere junge Mann, der zugepackt hatte, als es nötig war, dem Melangell daraufhin ihr junges, unerfahrenes Herz geschenkt hatte und den Rhun als Hoffnung für seine Schwester betrachtete, ohne sich darum zu kümmern, was aus ihm selbst wurde. Aus gutem Hause war er und wohlerzogen, gewiß der Abkömmling eines niederen Adligen, der die lateinische Sprache ebensogut beherrschte wie das Waffenhandwerk. Wie, wenn nicht aus ergebener Liebe, war er dazu gekommen, als mittelloser Vagabund, ohne Heim und nur einem sterbenden Mann verpflichtet, durchs Land zu ziehen?

»Sagt mir die Wahrheit«, begann Cadfael. »Ist es wirklich wahr – ist es *sicher* –, daß Ciaran dem Tod geweiht ist?«

Es gab ein kurzes Schweigen, und Matthews weit auseinanderliegende Augen wurden größer und dunkler. Dann sagte er leise und nachdrücklich: »Es ist wahr. Er ist vom Tod gezeichnet. Wenn Eure Heilige kein Wunder wirkt, dann ist er nicht zu retten. Und ich auch nicht!« Er drehte sich abrupt um und kehrte zu seinem Schutzbefohlenen zurück.

Cadfael ließ das Abendessen im Refektorium aus und wanderte statt dessen durch die Klostersiedlung in Richtung Stadt. Er ging über die Brücke, die den Severn überspannte, durch das Tor in den Ort und über die gewundene Wyle zu Hugh Beringars Stadthaus hinauf. Dort setzte er sich hin und spielte mit seinem Patenkind Giles, einem großen, hübschen und eigensinnigen Jungen, der hell war wie seine Mutter und so lange Gliedmaßen besaß, daß er eines Tages seinem kleinen, dunklen Vater über den Kopf wachsen würde. Aline brachte für ihren Gatten und seinen Freund Essen und Wein und setzte sich wieder an ihre Näharbeit. Ab und zu blickte sie auf und schenkte den Männern einen heiteren, zufriedenen Blick. Als ihr Sohn in Cadfaels Armen eingeschlafen war, stand sie auf und trug den Jungen behutsam hinaus. Er war schwer, aber sie hatte gelernt, ihn mühelos auf Arm und Schulter zu tragen. Cadfael beobachtete sie liebevoll, als sie den Jungen im Nebenzimmer zu Bett brachte und die Türe schloß.

»Wie ist es nur möglich, daß das Mädchen von Tag zu Tag hübscher und strahlender wird? Ich habe schon viele hübsche Mädchen gesehen, denen die Ehe das Blühen ausgetrieben hat. Aber ihr scheint sie zu bekommen wie der Heiligenschein einem Heiligen.«

»Oh, es spricht schon einiges für die Ehe«, erwiderte Hugh bedächtig. »Ich jedenfalls halte viel davon. Aber für einen Mann in Eurer Tracht, nach so vielen Jahren des Zölibats ... und nachdem Ihr so lange in der Welt herumgestreift seid! Ihr habt gewiß nicht viel vom Ehestand gehalten, denn sonst hättet Ihr es selbst versucht. Ihr habt die Gelübde erst mit vierzig Jahren abgelegt, nachdem Ihr als schmucker junger Mann einen Kreuzzug unternommen hattet. Wie kann ich wissen, ob Ihr in Eurer Erinnerung nicht irgendwo auch eine Aline besitzt, die Euch so teuer ist wie mir die meine? Vielleicht nennt Ihr sogar einen Giles Euer eigen«, fuhr er verschmitzt fort, »einen Giles, der inzwischen Gott weiß wo zum Manne gereift ist ...«

Cadfaels Schweigen, so behaglich und zufrieden es auch wirkte, ließ in Hughs sehr empfänglichen Sinnen jedoch sofort eine Warnglocke anschlagen. Nach einem arbeitsreichen Tag am Rande des Schlummers gemütlich in die Kissen geschmiegt, betrachtete er nachdenklich das gedankenverlorene Gesicht seines Freundes und kam rücksichtsvoll auf praktische Dinge zu sprechen.

»So, dann ist dieser Simeon Poer also im Süden bekannt. Ich bin Euch und Bruder Adam für den Hinweis dankbar, wenn sich der Mann bisher auch nichts hat zuschulden kommen lassen. Aber diese anderen, die Ihr mir beschrieben habt… in Wats Schenke in der Vorstadt steigen gern Fremde ab, die zu einem Jahrmarkt oder Fest kommen und sich in der Stadt umtun wollen. Wat hat mir erzählt, daß er etliche sehr fröhliche Gäste aufgenommen hat, darunter auch einige Fremde. Es könnten die sein, die Ihr beschrieben habt. Einige sind natürlich die üblichen jungen Burschen aus der Stadt und der Klostersiedlung, die mehr Geld als Verstand haben. Sie haben viel getrunken und gewürfelt. Wat war nicht begeistert, als er sah, wie die Würfel fielen.«

»Wie ich es mir gedacht habe«, sagte Cadfael nickend. »Für jede Messe, die wir feiern, findet woanders eine Würfelmesse statt. Sollen die Narren doch ihr Geld zum Fenster hinauswerfen, wenn sie eine faire Chance haben. Aber Wat erkennt einen gezinkten Würfel, wenn er ihn sieht.«

»Er weiß auch, wie er die Bande aus dem Haus bekommt. Er hat einem der Fremden ins Ohr geflüstert, daß seine Schenke überwacht wird und daß sie sich besser aus dem Staube machen sollten. Heute abend stellt er einen Jungen als Wachtposten auf, um herauszufinden, wo sie sich treffen. Und morgen abend schnappen wir sie, und wenn alles gutgeht, seid Ihr sie für den größten Teil des Festes los.«

Das wäre eine sehr willkommene Reinigung, dachte Cadfael, als er in der beginnenden Dämmerung über die Brücke zurückging. Der Fluß rauschte wirbelnd unter ihm und das letzte Tageslicht spiegelte sich in seinem Wasser; im Niedrigwasser des Sommers hoben sich kleine Inseln, umgeben von vertrocknetem braunen

Tang, deutlich hervor. Aber kein Licht, nicht einmal ein Reflex, erhellte den Mord, der weit im Süden des Landes geschehen war, aus dem der Händler Simeon Poer gekommen war. Auf Pilgerschaft für sein Seelenheil? Oder auf der Flucht vor dem Gesetz, nachdem er Schlimmeres getan hatte, als Narren zu betrügen? Cadfael sah sich selbst zu nahe am Rande der Narrheit, um andere Narren überheblich zu betrachten, wenn man auch einwenden konnte, daß Spieler nur bekamen, was sie verdienten.

Das Tor der Abtei war schon geschlossen, aber die Pforte stand noch auf und ließ das letzte Sonnenlicht auf die Straße fallen. Im milden Glanz stieß Cadfael mit einem Mann zusammen, der gleichzeitig mit ihm eintreten wollte. Zu seiner Überraschung wurde er ehrerbietig von einer festen Hand durch die Pforte geleitet.

»Ich wünsche eine gute Nacht, Bruder«, summte ihm eine melodische Stimme ins Ohr, als der heimkehrende Gast ihm auf den Fersen folgte. Und dann eilte der stämmige, kraftvolle, in Wolle gekleidete Simeon Poer, der angebliche Händler aus Guildford, mit energischen Schritten an ihm vorbei, überquerte den großen Hof und stieg die Steintreppe zum Gästehaus hinauf.

6

Als sie am einundzwanzigsten Tag des Juni, dem Vortag von St. Winifreds Überführung, nach dem Hochamt in einen strahlenden Morgen hinaustraten, wurden die bedächtigen Schritte des Abtes, der zu seiner Wohnung zurückging, abrupt von einem Entsetzensschrei unterbrochen. Der Schrei breitete sich unter den auseinanderstrebenden Kirchgängern aus und trieb einen Keil in die Menge, so daß ein Weg für eine auf unbeholfenen, nackten Füßen vorwärtsstolpernde Gestalt geöffnet wurde. Der junge Mann packte die Robe des Abtes und rief laut und empört: »Ehrwürdiger Vater, hört mich an und übt Gerechtigkeit, denn ich bin beraubt worden! Unter uns ist ein Dieb!«

Der Abt betrachtete erstaunt und besorgt Ciarans Gesicht, das vor Entsetzen und Verzweiflung verzerrt war.

»Ehrwürdiger Vater, ich bitte Euch, sorgt für Gerechtigkeit! Ich bin verloren, wenn Ihr mir nicht helft!«

Dann bemerkte Ciaran mit einiger Verspätung, wie ungebührlich heftig er sich gegen den Abt benommen hatte, und fiel vor ihm auf die Knie. »Entschuldigt! Entschuldigt! Ich war zu laut und aufgeregt, ich wußte nicht, was ich sagte!«

Die fröhlich schwatzenden Kirchgänger, die gerade aus der Messe gekommen waren, verstummten auf einen Schlag, und statt sich weiter zu zerstreuen, kamen sie näher heran, um neugierig zu lauschen und zu gaffen. Die Mönche des Hauses, die sich derart aufgehalten sahen, verharrten in stiller Mißbilligung. Cadfael löste den Blick von dem knienden, flehenden Ciaran und suchte den unentbehrlichen Gefährten. Matthew drängte sich gerade völlig bestürzt, mit offenem Mund und aufgerissenen Augen, durch die Menge, blieb ein paar Schritte vor dem Abt und Ciaran stehen, sah hilflos zwischen den beiden hin und her und forschte nach der Ursache dieses plötzlichen Aufruhrs. War es denn möglich, daß dem einen etwas geschehen war, was der andere dieses unzertrennlichen Paares nicht wußte?

»Steht auf«, sagte Radulfus ruhig. »Ihr braucht nicht zu knien. Sagt mir, was Ihr zu sagen habt, und Ihr sollt Euer Recht bekommen.«

Die Stille breitete sich weiter aus, bis sie sogar die fernsten Ecken des großen Hofes erfüllte. Die Kirchgänger, die schon bis zum Rande des Hofes gekommen waren, machten kehrt und strebten unauffällig zurück, die Augen aufgerissen und die Ohren aufgestellt, um sich in die Menschentraube zu mischen, die sich inzwischen gebildet hatte.

Ciaran erhob sich und begann zu reden, bevor er aufrecht stand. »Ehrwürdiger Vater, ich hatte einen Ring, die Kopie eines Ringes, den der Herr Bischof von Winchester bei besonderen Anlässen trägt; der Ring war mit seinem Wappen und einer Inschrift geschmückt. Er benutzt diese Kopien, um denen, die mit Aufträgen ausschickt oder die mit seinem Segen gehen, sicheres Geleit zu gewähren und ihnen einige Türen zu öffnen, damit sie auf der Reise Schutz finden. Ehrwürdiger Vater, der Ring ist verschwunden!«

»Bekamt Ihr diesen Ring von Henry von Blois selbst?« fragte Radulfus.

»Nein, Ehrwürdiger Vater, nicht von ihm persönlich. Ich stand als Laiendiener im Dienst des Priors der Abtei von Hyde, als diese tödliche Krankheit über mich kam. Ich legte ein Gelübde ab, meine letzten Tage in der Stiftspfründe von Aberdaron zu verbringen. Mein Prior – Ihr wißt ja sicher, daß Hyde schon seit einigen Jahren keinen Abt hat – bat den Herrn Bischof um die Güte, mir Schutz auf meiner Reise zu gewähren.«

Also das war der Ausgangspunkt dieser barfüßigen Reise gewesen, dachte Cadfael. Winchester selbst oder so nahe daran, daß die Entfernung keine Rolle spielte. Das neue Münster der Stadt, stets ein eifersüchtiger Rivale des alten, wo Bischof Henry residierte, hatte vor dreißig Jahren sein altes Heim in der Stadt verlassen müssen und war nach Hyde Mead an den nordwestlichen Stadtrand verbannt worden. Zwischen Henry und der Gemeinde von Hyde stand es nicht zum Besten, denn der Bischof selbst hatte dafür gesorgt, daß dort kein neuer Abt eingesetzt wurde; er hatte die Absicht, Hyde in ein Bischofskloster zu verwandeln. Der Streit hatte sich eine Weile hingezogen, der Bischof hatte verschiedene Pläne entworfen, um das Haus in seine Hände zu bekommen, und der Prior hatte sich nach Kräften gegen diese Manipulationen gewehrt. Anscheinend besaß Henry aber noch genug Anstand, um auch dem Diener eines feindlichen Hauses, wenn dieser von Krankheit und Tod bedroht war, seinen Schutz zu gewähren. Der Reisende, über den der Legat seine schützende Hand hielt, konnte sich ungehindert bewegen, wo immer das Gesetz noch galt. Nur jene, die unwiderruflich außerhalb des Gesetzes standen, würden es wagen, einen so Geschützten anzugreifen.

»Ehrwürdiger Vater, der Ring ist fort, er wurde mir heute morgen gestohlen. Seht hier, die zerschnittenen Bänder, die ihn hielten!« Ciaran hob den dunklen Leinenbeutel, der an seinem

Gürtel hing, und zeigte dem Abt die sauber durchtrennten Bänder. »Ein scharfes Messer – irgend jemand hier hat ein Messer. Und mein Ring ist weg!«

Prior Robert stand neben dem Abt, sichtlich aus seiner gewohnten Gelassenheit gerissen. »Ehrwürdiger Vater, dieser Mann sagt die Wahrheit. Er hat mir den Ring gezeigt. Er wurde ihm übergeben, damit er auf seiner Reise, die eine traurige, ernste Bedeutung hat, Hilfe und Gastfreundschaft fände. Wenn der Ring abhanden gekommen ist, sollten wir dann nicht das Tor schließen, solange wir nach ihm suchen?«

»So sei es«, sagte Radulfus und sah schweigend Bruder Jerome nach, der sich dienstbeflissen hinter dem Prior gehalten hatte und nun zum Tor lief, um den Befehl weiterzugeben. »Und jetzt verschnauft und besinnt Euch, denn der verlorene Ring kann nicht weit sein. Ihr habt ihn also nicht getragen, sondern sicher verknotet in Eurem Beutel aufbewahrt?«

»Ja, Vater. Er war für mich von unersetzlichem Wert.«

»Und wann habt Ihr Euch das letztemal vergewissert, ob er noch da war?«

»Vater, heute morgen hatte ich ihn noch. Ich besitze nur die wenigen Dinge, die Ihr hier seht. Hätte ich es übersehen können, wenn das Band in der Nacht, während ich schlief, durchgeschnitten worden wäre? Gewiß nicht. Heute morgen war alles noch genauso in Ordnung wie gestern abend. Ich sollte viel ruhen, um meine Füße zu schonen. Heute ging ich nur zur Messe hinaus. Und hier, in dieser Kirche, unter diesen vielen Gläubigen, hat ein Bösewicht gesündigt und mir den Ring abgeschnitten.«

Und wirklich, dachte Cadfael, während er nachdenklich die neugierigen Gesichter betrachtete, es wäre nicht schwer, in einem solchen Gedränge die Bänder zu entdecken, die den versteckten Ring hielten, ihn aus dem Versteck zu reißen, die Bänder durchzuschneiden und gut verborgen im Gedränge das Weite zu suchen, von niemand bemerkt, nicht einmal vom Opfer selbst. Ein geschickter Diebstahl und so verstohlen und gekonnt ausgeführt, daß nicht einmal Matthew, der doch sonst alles spürte, was seinem Freund widerfuhr, die gemeine Tat bemerkt hatte. Matthew starrte Ciaran an, offenbar völlig überrascht und anscheinend unsicher, wie er auf diese Wendung reagieren sollte. Sein Gesicht verriet nichts, es blieb undurchdringlich und ruhig, die Augen wanderten verengt und funkelnd von einem Gesicht zu anderem, als Ciaran, der Abt oder der Prior sprachen. Cadfael bemerkte, daß Melangell sich in seine Nähe gestohlen hatte und zögernd an seinem Ärmel zupfte. Er schüttelte sie nicht ab. Die leichte Drehung seines Kopfes und ein kurzer Blick ließen erkennen, daß er wußte, wer ihn berührte. Er tastete nach Melangells Hand und ergriff sie, während seine Aufmerksamkeit ausschließlich Ciaran zu gelten schien. Irgendwo nicht weit hinter ihnen stützte sich Rhun auf seine Krücken und beobachtete die Ereignisse stirnrunzelnd und entsetzt. Seine Tante Alice stand wachsam und äußerst neugierig hinter ihm. Da stehen wir alle, dachte Cadfael, und niemand weiß, was der andere denkt oder wer getan hat, was getan wurde oder was für die herauskommen wird, die jetzt noch zuschauen und sich wundern.

»Könnt Ihr Euch vielleicht erinnern«, fragte Prior Robert aufgeregt und bekümmert, »wer beim Gottesdienst neben Euch stand? Wenn tatsächlich ein Missetäter den heiligen Gottesdienst entweiht hat und während der heiligen Messe einen Diebstahl beging …«

»Ehrwürdiger Vater, meine Aufmerksamkeit galt nur dem Altar.« Ciaran schüttelte heftig den Kopf und hob noch einmal den beraubten Beutel mit seinen wenigen Besitztümern hoch. »Wir standen so dicht gedrängt, es waren so viele Menschen … wie es auch bei einem solchen Anlaß nicht anders zu erwarten ist … Matthew stand wie immer dicht hinter mir. Ich weiß nicht, wer dort sonst noch war. Alle, die am Gottesdienst teilgenommen haben, litten unter der Enge.«

»Wohl wahr«, sagte Prior Robert, der sich über das große Publikum freute. »Vater, das Tor ist versperrt, und es sind noch alle hier, die an der Messe teilnahmen. Wir haben alle den Wunsch, diese Missetat gesühnt zu sehen.«

»Alle bis auf einen«, erwiderte Radulfus trocken. »Bis auf den, der mit einem scharfen Messer oder Dolch kam und die Bänder durchschnitt. Wer weiß, mit welcher Absicht er die Waffe mitgebracht hatte; ich kann ihn nur bitten, in sich zu gehen und für seine Seele zu beten. Robert, dieser Ring muß gefunden werden. Alle, die guten Willens sind, werden gewiß ihre Hilfe anbieten und freiwillig zeigen, was sie bei sich haben. Ebenso jeder Gast, der keinen Diebstahl und kein Sakrileg zu verbergen hat. Vergewissert Euch unterdessen, ob nicht noch andere Wertgegenstände fehlen. Denn ein Diebstahl bedeutet, daß wir einen Dieb unter uns haben.«

»Ich werde mich darum kümmern, Ehrwürdiger Vater«, sagte Robert eifrig. »Kein ehrbarer, ergebener Pilger wird sich weigern, uns zu helfen. Wie könnte er wünschen, seine Unterkunft hier mit einem Dieb zu teilen?«

Die Leute regten sich zustimmend, wenn auch mit einiger Verzögerung, denn jeder beäugte zunächst seinen Nachbarn, bevor er sich entschied, als erster zu sprechen. Sie waren aus allen Richtungen gekommen und hatten, obwohl sie einander nicht kannten, in Festtagsstimmung neue Freundschaften geschlossen. Aber wie konnten sie wissen, wer unschuldig und wer verdächtig war, nachdem die Welt nun mit erbarmungslosem Finger auf die Gläubigen zeigte?

»Vater«, flehte Ciaran, der vor Verzweiflung schwitzte und zitterte, »hier habt Ihr meinen Beutel, in dem alles ist, was ich in die Enklave mitgebracht habe. Untersucht ihn und zeigt allen, daß ich tatsächlich beraubt worden bin. Ich hatte nicht einmal Schuhe an den Füßen, als ich kam, und Ihr haltet nun meinen ganzen Besitz in Euren Händen. Mein Gefährte Matthew wird Euch seinen Beutel ebenso bereitwillig übergeben und all den anderen ein Beispiel sein, die sich vom Verdacht befreien wollen. Sie werden sich gewiß genauso freiwillig anbieten wie wir.«

Matthew hatte seine Hand abrupt aus Melangells Hand gerissen und hob seinen ungebleichten Leinenbeutel, der Ciarans Beutel sehr ähnlich war. Ciarans spärliche Reiseausrüstung lag inzwischen offen in den Händen des Priors. Robert legte alles in den Beutel zurück, was er daraus genommen hatte, und folgte Ciarans verzweifeltem Blick.

»Ich gebe es gern in Eure Hände, Ehrwürdiger Vater«, sagte Matthew, indem er den Beutel vom Gürtel löste und dem Prior übergab.

Robert nahm ihn mit einer Verbeugung an, öffnete ihn und untersuchte gründlich seinen Inhalt. Den größten Teil des Inhalts erforschte er, ohne ihn herauszunehmen; ein sauberes Hemd und eine Leinenunterhose, die im Beutel verknittert waren, nachdem sie unterwegs wahrscheinlich mehr als einmal gewaschen worden waren. Die wenigen Toilettenartikel eines Mannes: ein Rasiermesser, ein Stückchen Seife, ein ledergebundenes Brevier, eine fast leere Geldbörse, ein Stückchen zusammengefaltetes, besticktes Band. Robert nahm den einzigen Gegenstand, den er glaubte zeigen zu müssen, heraus: einen Dolch in einer Scheide, wie ihn feine Herren an der rechten Hüfte trugen, kaum länger als eine Männerhand.

»Ja, der gehört mir«, sagte Matthew, indem er Abt Radulfus offen anblickte. »Er ist nicht dazu benutzt worden, um die Bänder zu durchschneiden. Er hat meinen Beutel nicht verlassen, seit ich in Eure Enklave gekommen bin, Vater Abt.«

Radulfus blickte vom Dolch zu seinem Besitzer und nickte kurz. »Ich kann gut verstehen, daß ein junger Mann sich heute nicht völlig wehrlos auf die Straße begibt, und das um so mehr, als er noch einen Gefährten zu verteidigen hat, der keine Waffe trägt. Ja, ich kann Euch verstehen, mein Sohn. Dennoch dürft Ihr in diesen Mauern keine Waffen tragen.«

»Was hätte ich denn tun sollen?« fragte Matthew laut und mit einem Unterton, der beinahe trotzig war.

»Das, was Ihr jetzt tun müßt«, sagte Radulfus fest. »Ihr müßt den Dolch der Obhut des Bruders Pförtner im Torhaus übergeben, wie es auch die anderen mit ihren Waffen getan haben. Wenn Ihr aufbrecht, könnt Ihr ihn zurückbekommen.«

Es blieb Matthew nichts anderes übrig, als den Kopf zu neigen und demütig nachzugeben, was ihm mit einigem Anstand gelang, wenn er auch nicht erfreut war. »Ich will es tun, Ehrwürdiger Vater, und ich bitte Euch um Verzeihung, weil ich Euch nicht vorher gefragt habe.«

»Aber Ehrwürdiger Vater«, flehte Ciaran aufgeregt, »mein Ring ... wie soll ich den Weg überstehen, wenn ich nicht das Unterpfand für sicheres Geleit vorweisen kann?«

»Euer Ring soll in der ganzen Enklave gesucht werden«, erwiderte der Abt, indem er die Stimme hob, damit ihn die ganze schweigende Menge hören konnte, »und jeder Mann, der keine Schuld an seinem Verschwinden trägt, wird bereitwillig seinen Besitz durchsuchen lassen. Kümmert Euch darum, Robert!«

Damit setzte er seinen Weg fort, und nachdem ihm die Menge einen Augenblick schweigend nachgesehen hatte, begannen die Leute aufgeregt zu murmeln. Prior Robert nahm Ciaran unter seine Fittiche und führte ihn zum Gästehaus, um sich der Hilfe von Bruder Denis zu versichern, der bei der Suche nach dem bischöflichen Ring helfen sollte. Matthew zögerte einen Augenblick, warf Melangell einen raschen Blick zu und folgte den beiden hastig ins Haus.

Es wäre unmöglich gewesen, eine unschuldigere und bereitwilligere Gesellschaft zu finden als die Gäste der Abtei von Shrewsbury an jenem Tag. Jedermann öffnete fast begierig sein Bündel oder seine Schachtel, um eilig zu zeigen, daß er unschuldig war. Die Suche, die so diskret wie möglich durchgeführt wurde, zog sich über den ganzen Nachmittag hin, doch der Ring wurde nicht gefunden. Zu allem Überfluß machten einige der wohlhabenderen Bewohner des Schlafsaales, die bislang noch keinen Anlaß gehabt hatten, ihr Gepäck gründlich zu durchforschen, schmerzliche Entdeckungen, als sie nun dazu gezwungen wurden. Ein Freisasse aus Lichfield fand seine Reservebörse um die Hälfte erleichtert. Herr Simeon Poer, der unter den ersten war, die ihre Besitztümer offenlegten und der am lautesten ein so schändliches Verbrechen verdammte, behauptete, ihm sei eine Silberkette gestohlen worden, die er am nächsten Tag hatte auf den Altar legen wollen. Ein armer Gemeindepriester, der sich mit dieser Pilgerfahrt einen Lebenstraum erfüllt hatte, beklagte den Verlust eines kleinen Kästchens, das er in einjähriger Arbeit selbst geschnitzt und mit Einlegearbeiten aus Silber und Glas verziert hatte; er hatte gehofft, in diesem Kästchen eine Erinnerung an die Reise mitzunehmen, vielleicht eine Blume aus dem Garten, vielleicht sogar einen Faden aus dem Saum des Altartuches unter St. Winifreds Schrein. Ein Händler aus Worcester konnte den Ledergürtel nicht mehr finden, den er am nächsten Tag zu seinem besten Kleid hatte anlegen wollen. Einer oder zwei andere äußerten den Verdacht, ihre Habseligkeiten seien durchwühlt und als zu wertlos verworfen worden, was das Schlimmste überhaupt schien.

Als Cadfael sich schließlich in seine Hütte zurückzog, um Rhun zu erwarten, war alles vorbei, und es war vergebens gewesen. Der Junge kam zur verabredeten Stunde mit großen Augen und nachdenklich und ließ Cadfaels Behandlung stumm über sich ergehen. Cadfael arbeitete sich jeden Tag ein wenig tiefer in das verknotete, störrische Gewebe hinein.

»Bruder«, sagte Rhun schließlich, indem er aufblickte. »Ihr habt sonst keinen Dolch gefunden, nicht wahr?«

»Nein, nichts dergleichen.« Natürlich hatte man einige kleine, einfache Messer gefunden, wie man sie benutzt, um Brot und Fleisch in einer Herberge oder auf freiem Feld zu schneiden. Viele Messer waren scharf genug, um für alle möglichen Zwecke benutzt zu werden, aber nicht scharf genug, um stabile Bänder mit einem Schnitt zu durchtrennen, ohne daß der Träger aufmerksam wurde. »Aber Männer, die rasiert sind, besitzen auch Rasiermesser, und ein stumpfes Rasiermesser wäre abscheulich. Wenn ein Dieb in die Abtei kommt, mein Junge, dann fällt es einem ehrlichen Mann schwer, sich zur Wehr zu setzen. Wer keine Skrupel kennt, ist immer jenen gegenüber im Vorteil, die sich an die Gebote halten. Aber Ihr braucht Euch nicht zu sorgen, Ihr habt Euch nichts zuschulden kommen lassen. Laßt Euch durch diese Missetat nicht den morgigen Tag verderben.«

»Nein«, stimmte der Junge zu, doch er schien tief in Gedanken versunken. »Aber, Bruder, es *gibt* einen weiteren Dolch – wenigstens einen. Mit Scheide und allem, was dazugehört, und recht lang. Ich weiß es, weil ich gestern bei der Messe gegen ihn gedrückt wurde. Ihr wißt ja, ich muß meine Krücken sehr fest halten, wenn ich lange stehen will, und der Mann hatte einen großen Leinensack am Gürtel, den er gegen meine Hand und meinen Arm preßte, als wir im Gedränge standen. Ich konnte den Umriß genau spüren, den Griff und alles. Ich weiß es genau! Aber Ihr habt ihn nicht gefunden.«

»Und wer war es?« fragte Cadfael, der immer noch vorsichtig das verhärtete Fleisch bearbeitete. »Wer trug diese Waffe bei der Messe?«

»Es war der große Händler mit dem guten Kleid, das aus Hochlandwolle gewirkt ist. Ich habe gelernt, wie man die Tuch-arten unterscheidet. Der Mann heißt Simeon Poer. Aber Ihr habt das Messer nicht gefunden. Vielleicht hat er es wie Matthew dem Bruder Pförtner übergeben.«

»Vielleicht«, sagte Cadfael. »Wann habt Ihr das Messer bemerkt? Gestern? Aber was war heute? Stand er wieder in Eurer Nähe?«

»Nein, heute nicht.«

Nein, heute hatte er gelassen das Schauspiel beobachtet und sich bereitgehalten, als erster seinen Beutel vorzuzeigen, um zufrieden zu lächeln, als der Abt die Entwaffnung eines anderen Mannes befahl. Er hatte gewiß keinen Dolch bei sich gehabt, denn er hatte ihn in der Zwischenzeit versteckt. Es gab in diesen Mauern genug Verstecke für einen Dolch und einen kleinen Haufen gestohlener Wertgegenstände. Die Suche war im Grunde vergebens, solange man nicht bereit war, die Tore geschlossen und die Gäste gefangen zu halten, bis jedes Fleckchen des Gartens umgegraben und jedes Bett und jede Bank in Dormitorium und Gästehaus zerlegt waren. Die Sünder sind den Gerechten immer eine Nasenlänge voraus.

»Es war nicht recht, daß Matthew seinen Dolch abgeben mußte«, sagte Rhun, »während ein anderer Mann seinen noch bei sich trug. Und Ciaran, der sich kaum bewegen kann, vermißt nun seinen Ring. Er wird bis morgen das Dormitorium nicht verlassen, er ist ganz krank wegen des Verlustes.«

Ja, so war es wohl. Und wie seltsam, dachte Cadfael, daß ein Mann, der sich als todgeweiht erklärt hatte, vor Furcht schwitzte. Was sollte er noch fürchten? Die Furcht sollte vor allem anderen sterben.

Aber die Menschen sind seltsam, dachte er, indem er sich besann. Und ein gesegneter, stiller Tod in Aberdaron, gut vorbereitet und umgeben von den Gebeten und dem Mitgefühl gleichgesinnter Gläubiger, war wohl etwas ganz anderes als ein gewaltsamer Tod durch einen Fremden oder einen Wegelagerer irgendwo in der Wildnis.

Aber dieser Simeon Poer – angenommen, er hatte gestern einen Dolch; dann trug er ihn auch heute noch bei sich, im Gedränge der Messe. Was hatte er so rasch damit getan, bevor Ciaran den Verlust entdeckte? Und wie konnte er wissen, daß er sich der Waffe so schnell entledigen mußte? Wer außer dem Dieb selbst wußte von dieser Notwendigkeit?

»Zerbrecht Euch nicht weiter den Kopf«, sagte Cadfael, während er das schöne zarte Gesicht des Jungen betrachtete. »Weder um Matthew noch um Ciaran. Denkt nur an morgen, wenn Ihr Euch der Heiligen nähern werdet. Sie und Gott sehen alles, und man muß ihnen nicht eigens sagen, welche Not man leidet. Ihr braucht nur still auf das zu warten, was kommen wird. Denn was auch immer geschieht, es wird nicht willkürlich sein. Habt Ihr gestern abend Eure Medizin genommen?«

Rhun riß verblüfft die hellen, strahlenden Augen auf. Sie sahen aus wie Sonnenlicht und Eis, blendend hell. »Nein. Es ging mir gestern gut, und ich wollte mich bedanken. Nicht, daß ich nicht schätze, was Ihr für mich tut. Ich wünschte nur, ich könnte auch etwas geben. Und ich habe gut geschlafen, ich habe wirklich gut geschlafen…«

»Dann macht es heute abend genauso«, sagte Cadfael sanft und schob einen Arm um den Jungen, um ihm aufzuhelfen. »Sprecht Eure Gebete, überlegt Euch im Stillen, was Ihr tun müßt, tut es und schlaft. Kein Mensch, kein König und kein Kaiser, kann mehr für Euch tun als Ihr selbst.«

Ciaran verließ das Gästehaus an diesem Tag nicht mehr. Nur Matthew ließ sich blicken und erschien, ganz im Gegensatz zu allen früheren Auftritten, ohne seinen Gefährten in der Tür des Gästehauses. Er stand oben auf der steinernen Treppe, die in den großen Hof hinunterführte, hatte die Hände in den Türrahmen gestemmt und den Kopf zurückgeworfen, um tief die Abendluft einzuatmen. Das Abendessen war vorbei, und im kühlen, satten Dahindämmern vor der Komplet war es recht ruhig im großen Hof.

Bruder Cadfael hatte den Kapitelsaal schon vor dem Ende der Bibellesung verlassen, denn er hatte im Herbarium noch einige Dinge zu erledigen. Er wollte sich gerade zum Garten wenden, als er den jungen Mann oben auf der Treppe stehen sah, tief atmend und mit offensichtlichem Wohlbehagen. Aus irgendeinem Grund wirkte Matthew allein größer und jünger; sein Gesicht war im weichen Abendlicht verschlossen, aber ruhig. Als er die Treppe herunterkam, suchte Cadfael instinktiv nach der zweiten Gestalt, die ihm dichtauf hätte folgen müssen, wenn sie nicht gerade einen Schritt vor ihm ging, aber kein Ciaran tauchte auf. Nun, er war gedrängt worden, sich auszuruhen, und hatte wahrscheinlich bereitwillig gehorcht, aber Matthew hatte ihn, ob Tag, ob Nacht, ob im Ruhen oder auf der Wanderung, noch nie allein gelassen. Nicht einmal, um bei Melangell zu sein, außer mit verhangenen Augen und gegen seinen Willen.

Die Menschen, dachte Cadfael, als er gemächlich seinen Weg fortsetzte, sind ein ewiges Geheimnis, und ich bin ewig neugierig. Zweifellos eine Sünde, die gebeichtet werden mußte, die aber eine Buße wert war. Solange ein Mensch auf seine Mitmenschen neugierig ist, hält ihn allein schon dieser Appetit am Leben. Warum tun die Menschen die Dinge, die sie tun? Warum, wenn man doch weiß, daß man krank ist und sterben muß und nur den Wunsch hat, vor dem Ende einen sicheren Hafen anzulaufen, verurteilt man sich selbst zu einer langen, barfüßigen Reise und belastet sich mit einem Gewicht um den Hals? Wie kann man damit vor Gott besser dastehen als einer, der unterwegs einem Krüppel die Hand reicht, der nicht durch eine Marotte, sondern von Geburt an behindert ist wie der junge Rhun? Und warum verschwendet einer seine Jugend und seine Kraft darauf, einem anderen Schritt um Schritt durchs Land zu folgen, und warum duldet der andere diese Gesellschaft, wo er doch besser seinen Frieden finden und sich anständig von seinen Freunden verabschieden sollte, statt ihnen die eigene Last aufzubürden?

Als er um die Ecke der Eibenhecke bog und den Rosengarten betrat, blieb er überrascht stehen. Jenseits der Blumenbeete saß eine Frau im Gras und blickte über die abschüssigen Erbsenfelder zum flachen, silbernen Wasser des Meole-Bachs hinunter. Sie saß einsam und reglos, hatte die Knie zum Kinn hochgezogen und die Arme darumgelegt. Da Tante Alice Weaver gewiß mit einem halben Dutzend würdevoller gleichaltriger Matronen in ein Gespräch vertieft war, und Rhun schon schlief, hatte Melangell sich allein fortgestohlen, um im stillen Garten zu sitzen und ihren traurigen Träumen und unbezähmbaren Hoffnungen nachzuhängen. Sie war ein kleiner, dunkler Umriß, der vor dem hellen Westhimmel einen goldenen Heiligenschein bekam. Nach diesem Himmel zu urteilen, würde der nächste Tag, St. Winifreds Tag, schön und wolkenlos werden.

Die ganze Weite des Rosengartens lag zwischen ihnen, und sie hörte ihn nicht, als er über den Grasweg zu seiner Hütte ging, um sich den letzten Pflichten des Tages zu widmen. Er mußte alles ordentlich verwahren, die Stöpsel seiner Flaschen und Gefäße prüfen und sich vergewissern, ob die Kohlenpfanne, die er tagsüber benutzt hatte, gelöscht und abgekühlt war. Bruder Oswin, sein junger begeisterter und ergebener Helfer, neigte manchmal dazu, solche Kleinigkeiten zu übersehen, wenn er auch lange nicht mehr so viel zerbrach wie früher. Cadfael sah sich gründlich um und fand alles in bester Ordnung. Er hatte es nicht eilig; bis zur Komplet war noch etwas Zeit, und er konnte sich in der düsteren, nach Holz duftenden Hütte niedersetzen und nachdenken. Es war die Zeit für andere, einander zu verlieren oder zu finden und diese letzten Augenblicke des Tages zu nutzen oder zu verschwenden. Walter Bagot, Handschuhmacher; John Shure, Schneider; William Hales, Hufschmied; sie wollten sich heute abend zum Würfelspiel treffen und würden Hugh in die Falle laufen. Zeit für den zwielichtigen Simeon Poer, der gleichen Falle auszuweichen oder hineinzutappen oder ganz eigenen nächtlichen Geschäften nachzugehen. Cadfael hatte zwei von dreien zum Tor hinausgehen gesehen, und der dritte war etwas später gefolgt. Er war sicher, daß der selbsternannte Händler aus Guildford ihnen kurz darauf gefolgt war. Zeit auch für den seltsamen einsamen jungen Mann, der sich irgendwie von seinen Ketten befreit hatte, die ganze Enklave zu durchstreifen, die ihm plötzlich offenstand, und das einsame Mädchen zu treffen.

Cadfael legte die Füße auf die Holzbank und schloß die Augen, um ein wenig zu ruhen.

Matthew war plötzlich hinter ihr, ohne daß sie ihn kommen gehört hatte. Als er auf das von der Sonne getrocknete Gras am Rande der Wiese trat, wurde sie durch das Rascheln erschreckt, und sie fuhr hastig herum, erhob sich auf die Knie und starrte ihn an, halb geblendet vom grellen Sonnenuntergang, in den sie die ganze Zeit geblickt hatte. Ihr Gesicht war offen, verletzlich und kindlich. Sie sah aus wie damals, als er sie vor den herangaloppierenden Pferden von der Straße gerissen hatte, um mit ihr über den Graben zu springen. Genau wie damals riß sie die Augen auf und blickte benommen und erschrocken zu ihm auf, und genau wie damals wich ihre Furcht einem Ausdruck von Verwunderung und Freude, da sie in ihm nichts als Trost, Freundlichkeit und Bewunderung fand.

Der offene Blickwechsel war nicht von Dauer. Sie blinzelte und schüttelte leicht den Kopf, um die Verschwommenheit aus ihren Augen zu treiben. Sie sah suchend an ihm vorbei und konnte nicht glauben, daß er allein gekommen war.

»Ciaran … suchst du etwas für ihn?«

»Nein«, sagte Matthew kurz angebunden und wandte einen Moment den Kopf ab. »Er ist im Bett.«

»Aber du weichst doch nie von seiner Seite.« Sie sagte es in aller Unschuld, sogar besorgt. Sie mochte Vorbehalte gegen Ciaran haben, aber sie hatte Mitleid mit ihm und verstand ihn dennoch.

»Wie du siehst, habe ich es getan«, sagte Matthew barsch. »Auch ich habe Bedürfnisse ... ich mußte an die Luft. Er ist dort drinnen gut aufgehoben, er wird es nicht einmal bemerken.«

»Ich wußte ja«, sagte sie resigniert und verbittert, »daß du nicht meinetwegen gekommen bist.« Sie wollte in einer raschen, anmutigen Bewegung aufstehen, aber er kam ihr zuvor und streckte, wie es schien, fast gegen seinen Willen, eine Hand aus, um ihr Handgelenk zu fassen und ihr aufzuhelfen. Als sie der Berührung auswich, zog er die Hand abrupt zurück, und sie erhob sich ohne seine Hilfe. »Aber wenigstens«, sagte sie kühl, »bist du nicht gleich weggerannt, als du mich gesehen hast. Ich sollte dankbar dafür sein.«

»Ich bin nicht frei«, erwiderte er verletzt. »Das weißt du so gut wie ich.«

»Dann warst du auch nicht frei, als wir zusammen die Straße entlang gewandert sind«, versetzte Melangell heftig, »als du meine Last getragen hast und neben mir gegangen bist und Ciaran hast voraushumpeln lassen, so daß er nicht sehen konnte, wie du mich angelächelt hast, wie galant du warst und wie du mir geholfen hast, wenn der Weg uneben war, und wie zärtlich du gesprochen hast, als freutest du dich darüber, neben mir zu gehen. Warum hast du mich da nicht gewarnt, daß du nicht frei wärest? Oder besser, warum habt ihr nicht einen anderen Weg eingeschlagen und uns allein gelassen? Dann hätte ich die Zeit nutzen und dich vergessen können. Aber jetzt kann ich das nicht mehr! Nie mehr, bis ich sterbe!«

Die Haut auf seinen Lippen und Wangen spannte sich und erbleichte, und sie wußte nicht, ob es Zorn oder Schmerz war. Sie war zu nahe und zu betroffen, um klar sehen zu können. Er wandte abrupt den Kopf ab, um ihrem Blick auszuweichen.

»Dein Vorwurf ist berechtigt«, sagte er mit rauhem Flüstern. »Ich habe einen Fehler gemacht. Ich hätte nie glauben dürfen, daß ich ein so süßes Glück finden könnte. Ich hätte dich verlassen sollen, aber ich konnte nicht… mein Gott! Glaubst du denn, ich hätte ihn auf einen anderen Weg führen können? Er hat sich an dich, an deine Tante geklammert… und doch hätte ich stark genug sein müssen, von euch abzulassen und euch allein zu lassen…« So rasch, wie er sich umgedreht hatte, wandte er sich ihr wieder zu, legte ihr eine Hand auf die Wange und hielt ihr Gesicht nahe vor seines. Die Berührung war so unsanft, daß sie den Druck seiner Finger auf der Haut spürte. »Weißt du überhaupt, was du da verlangst? Nein! Du hast dein eigenes Gesicht nie gesehen, jedenfalls nicht durch die Augen eines anderen. Wer könnte dir einen Spiegel geben, damit du dich selbst siehst? Oder einen Teich, wenn du dir die Zeit nimmst, dich darüberzubeugen und zu schauen. Wie kannst du wissen, was dieses Gesicht bei einem Mann anrichtet, der verloren ist? Und du wunderst dich, daß ich durstig trank wie ein ausgetrockneter Schwamm, als du neben mir wandertest? Ich hätte besser sterben sollen, als bei dir zu bleiben und deinen Frieden zu stören. Gott vergib mir!«

Sie war fünf Jahre näher an der Kindheit als er, selbst wenn man die zwei Jahre berücksichtigt, die ein Mädchen einem gleichaltrigen Jungen voraus ist. Sie stand benommen da, von seiner Leidenschaft etwas erschreckt und vom Schmerz, der wie ein beißender, überwältigender Duft von ihm ausging, unsagbar bewegt. Die langfingrige Hand, die ihr Gesicht hielt, zitterte heftig; sein ganzer Körper zitterte. Sie legte ihre Hand sanft und schützend auf seine, durch seine größere, unerklärliche Verzweiflung aus ihrem eigenen Kummer gerissen.

»Ich darf nicht für Gott sprechen«, sagte sie fest, »aber ich kann vergeben, was ich selbst zu vergeben habe. Es ist nicht deine Schuld, daß ich dich liebe. Du hast nichts anderes getan, als freundlicher zu mir zu sein als jeder andere Mann, der mir bisher begegnet ist. Und ich wußte es, Geliebter, du hast es mir gesagt, wenn ich nur zugehört hätte, du hast mir gesagt, daß du ein Gelübde abgelegt hast. Du hast mir nicht gesagt, von welcher Art es war, aber mein Herz war noch nie so bekümmert…«

Während sie versunken beieinander standen, war das Licht

der untergehenden Sonne düsterer geworden und verbrannte
still zu glühender Asche, und die Dämmerung breitete sich aus
wie die Schwingen eines Mauerseglers, verdunkelte ihre Gesichter und schmolz zu einem perlmuttfarbenen Glanz dahin.
Tränen füllten ihrer beider Augen. Als er sich zu ihr hinunter-
beugte, konnte man nicht erkennen, wer den Kuß begonnen
hatte.

Die kleine Glocke, die zur Komplet rief, hallte an diesem stillen
Abend laut durch den Garten und weckte Bruder Cadfael sofort
aus seinem Schlummer. In den langen, kriegerischen Jahren seiner Jugend hatte er sich daran gewöhnt, aus jedem Schlaf er-
frischt und munter aufzuwachen, so daß er Tag und Nacht bereit war, und er hatte diese Gewohnheit im Refugium seines Alters beibehalten. Er stand auf und ging im Halbschatten des
Abends hinaus und schloß die Tür hinter sich.

Er brauchte nur wenige Minuten, um durch das Herbarium
und den Rosengarten zur Kirche zu gelangen. Er ging rasch und
freute sich über die Schönheit des Abends und auf den nächsten
Tag. Er wußte nicht genau, warum er im Gehen nach Westen
blickte – vielleicht nur, um den weiten Himmel zu betrachten,
der zarte, warme Farben trug wie ein errötendes Mädchen. Und
da standen die beiden, zwei Schatten in enger Umarmung, die
sich vor dem Feuer im Westen abhoben, auf dem Hang, der
zum unsichtbaren Bach hinunterführte. Matthew und Melangell
waren es, die sich innig umarmten und küßten und nicht auf-
merkten, als Bruder Cadfael kam und vorbeiging, um sich auf
seine Art hinzugeben. Doch ihr Abbild blieb selbst während der
Gebete vor seinem inneren Auge bestehen.

7

Der Vorbote des bischöflichen Gesandten – oder mußte man ihn
eher als Gesandten der Kaiserin betrachten? – traf am Abend
des einundzwanzigsten Tages im Juni in der Stadt ein und

wurde zum Torhaus der Burg geführt, wo er Hugh Beringar gemeldet wurde, der gerade ein halbes Dutzend Männer zusammenrief, um in den Plänen von Herrn Simeon Poer und seiner Genossen eine unerwartete Rolle zu spielen. Die Gauner waren aller Wahrscheinlichkeit nach bewaffnet, da sie so weit von zu Hause entfernt waren und auf bislang unerforschtem Territorium. Hugh empfand den Besucher als unwillkommene Störung, doch da ihm bewußt war, wie sehr die Seite des Königs im Hintertreffen war, wollte er den Boten nicht ohne standesgemäßen Empfang abweisen. Wie auch immer die Botschaft lautete, er mußte den Mann anhören und entsprechend reagieren.

Im Wachzimmer des Torhauses trat er dem stämmigen Knappen entgegen, der seine Botschaft wortgetreu übermittelte.

»Mein Herr Sheriff, die Herrscherin der Engländer und der Bischof von Winchester bitten Euch, ihren Gesandten in Frieden zu empfangen, denn er kommt in ihrem Namen mit einem Friedensangebot, um die Ordnung wiederherzustellen, und bittet Euch um Hilfe, das Leid des Königreichs zu lindern. Ich bin vorausgeritten, um ihn anzukündigen.«

Also hatte die Kaiserin noch vor der Krönung den Titel einer gewählten Herrscherin angenommen! Anscheinend war schon alles entschieden.

»Der Gesandte des Bischofs ist willkommen«, entgegnete Hugh, »und er soll mit allen Ehren in Shrewsbury aufgenommen werden. Ich will aufmerksam anhören, was immer er mir zu sagen hat. In diesem Augenblick jedoch habe ich eine Pflicht zu erledigen, die keinen Aufschub duldet. Wie weit seid Ihr Eurem Herrn vorausgeritten?«

»Etwa zwei Stunden«, erwiderte der Knappe nach kurzem Nachdenken.

»Nun gut, dann kann ich alles für seinen Empfang vorbereiten lassen und habe noch Zeit, mich um besagte Angelegenheit zu kümmern. Wieviele Männer zählen zu seinem Gefolge?«

»Nur zwei Bewaffnete, Herr, und ich selbst.«

»Dann will ich Euch meinem Stellvertreter überlassen, der

Euch und Euren beiden Gefährten hier in der Burg ein Quartier geben wird. Euer Herr soll in meinem Hause wohnen, und meine Frau wird ihn empfangen. Entschuldigt mich jetzt, wenn ich mich so unzeremoniell verabschiede, aber es geht um eine zwielichtige Angelegenheit, die nicht warten kann. Wir wollen später alles tun, um der Form zu genügen.«

Der Bote war es zufrieden, als sein Pferd in den Stall gebracht und versorgt wurde. Er selbst wurde von Alan Herbard zu einem bequemen Quartier geführt, wo er Stiefel und Ledermantel ablegen und sich bei Fleisch und Wein, die ihm sogleich serviert wurden, etwas ausruhen konnte. Hughs junger Stellvertreter würde sich als Gastgeber hervorragend machen. Er war noch neu in seinem Amt und erledigte jeden Auftrag mit großer Begeisterung. Hugh beließ es dabei und führte sein halbes Dutzend Männer rasch aus der Stadt.

Die Komplet war inzwischen vorbei, und das Licht zögerte zwischen Helligkeit und Dunkel. Als sie das High Cross erreichten und die steile, gekrümmte Wyle hinunterliefen, hatten ihre Augen sich an das Zwielicht gewöhnt. In tiefer Dunkelheit hätten ihnen die Männer leicht entkommen können, und bei Tageslicht wären sie selbst zu schnell bemerkt worden. Wenn diese Spieler erfahrene Männer waren, dann hatten sie einen Späher aufgestellt, der sie rechtzeitig warnen konnte.

Durch die Wyle, die sich in östlicher Richtung bergab wand, erreichten sie die Stadtmauer und das Englische Tor, und dort stürzte ein schmächtiger, langbeiniger Junge mit verfilztem Haar und hellen Augen aus dem Schatten und faßte Hugh am Ärmel. Wats Junge war es, ein ausgefuchster Straßenjunge aus der Vorstadt, der fast platzte, weil er einen wichtigen Auftrag zu erledigen hatte, bei dem sein Verstand gefragt war. Er hatte endlich den Mann gefunden, den er suchte, und wollte ihn informieren und aufklären.

»Mein Herr, sie haben sich getroffen – die vier aus der Abtei und ein Dutzend oder mehr aus dieser Gegend, die meisten aus der Stadt.« Sein verächtlicher Unterton verriet, daß man sich in der Vorstadt für klüger hielt. »Am besten, Ihr laßt die Pferde stehen und geht zu Fuß. Wenn sie um diese Stunde Reiter auf der Brücke hören, werden sie sich sofort auf und davon machen. Der Schall trägt weit.«

Das war vernünftig, wenn ihr Treffpunkt in der Nähe war. »Wo sind sie?« fragte Hugh, während er abstieg.

»Unter dem letzten Brückenbogen, Herr – dort ist es knochentrocken und gemütlich.« Allerdings, dank des sommerlich niedrigen Wasserstandes. Bei Hochwasser konnte man nicht unter den letzten Brückenbogen kommen, doch bei diesem schönen Wetter war dort ein Nest aus vertrocknetem Gras.

»Haben sie Licht?«

»Eine abgedunkelte Laterne. Man kann das Licht von den Seiten nicht sehen, solange man nicht zum Wasser hinuntergeht; es scheint nur auf den Steinbogen, unter dem sie würfeln.«

Beim ersten Anzeichen von Gefahr würden sie sofort die Laterne löschen und sich in alle Himmelsrichtungen verstreuen. Die Betrüger wären natürlich die ersten und schnellsten. Vielleicht ging eine Anzahl Betrogener ins Netz, aber ihre Verfehlung bestand nur darin, auf eigene Kosten eine Dummheit begangen zu haben; sie hatten nichts gestohlen und niemand etwas getan.

»Wir lassen die Pferde hier zurück«, befahl Hugh, als er sich entschlossen hatte. »Ihr habt den Jungen gehört. Sie sitzen unter der Brücke; wahrscheinlich sind sie über den Pfad gekommen, der am Flußufer entlang zur Gaye hinunterführt. Auf der anderen Seite des Bogens ist dichtes Gebüsch, dort werden sie wohl ausbrechen. Also drei Männer auf jede Seite, und ich schließe mich denen auf der Westseite an. Laßt die Narren aus der Stadt durch, wenn ihr sie erkennt, aber nehmt alle Fremden fest.«

So bereiteten sie sich auf den Angriff vor. Sie überquerten einzeln und zu zweit die Brücke, unter welcher der Severn grünlich durch verkrautete Untiefen floß, und bezogen zu beiden Seiten der Brücke Stellung. Sie verteilten sich auf der Uferböschung, und als sie an Ort und Stelle waren, war das Nachglühen des Sonnenuntergangs verschwunden, und die Nacht senkte sich wie eine samtene Hand herab. Hugh nahm den Weg nach Westen, bis er schließlich einen schwachen Lichtfunken unter dem Brückenbogen bemerkte. Da waren sie. Wenn sie so viele waren, hätte er vielleicht vorsichtiger sein und mehr Männer mitnehmen sollen. Aber es kam ihm ja nicht auf die Städter an. Sollten sie sich davonschleichen und ins Bett stehlen und sich überlegen, ob sie noch einmal Kühe melken wollten, die trockener waren als Sand. Hugh wollte nur die Betrüger haben. Mit seinen dummen Mitbürgern mochte sich der Stadtvorsteher beschäftigen.

Er wartete mit dem Angriff, bis es noch etwas dunkler wurde. Die mondlose Sommernacht senkte sich mit weichen, dunklen Schwingen. Auf seinen Pfiff griffen sie von beiden Seiten an.

Die dichtstehenden Büsche am Ufer, die trotz der Windstille raschelten, verrieten sie etwas zu früh. Wer immer dort unten Wache hielt, hatte scharfe Ohren. Ein schriller Pfiff ertönte und brach plötzlich ab. Die Laterne wurde sofort gelöscht, und unter dem massiven Stein der Brücke wurde es dunkel. Hugh und seine Männer stürmten hinab, gaben jede Vorsicht auf und beeilten sich. Körper wichen zurück, prallten zusammen, richteten sich auf und flohen, und außer ängstlichem Keuchen und Schnaufen war kein Laut zu hören. Einige der Männer, die unter der Brücke in der Falle saßen, brachen nach links aus, und einige nach rechts. Sie wagten es nicht, den gezückten Waffen entgegen nach oben zu klettern, sondern wateten durch die flachen Stellen des Flusses und stolperten an den tieferen. Ein paar wollten zum anderen Ufer; es waren junge Männer aus der Stadt, die den Fluß und seine Untiefen gut kannten und fast von Geburt an wie die Fische schwimmen konnten. Sollten sie fliehen, sie waren aus Shrewsbury. Wenn sie Geld verloren hatten, traf sie ihre eigene Dummheit. Sollten sie zu Bett gehen und in der Einsamkeit ihre Narrheit bereuen. Falls ihre Frauen sie in Ruhe ließen!

Aber unter dem Brückenbogen waren einige, die kein Severn-Wasser im Blut hatten und die nicht bereit waren, sich mehr als die Füße im Flachwasser benetzen zu lassen. Sie hatten plötzlich Stahl in den Händen, fuchtelten rücksichtslos damit herum und schlugen und stachen sich nach Kräften den Weg frei. Es dauerte nicht lange. Hughs sechs Männer, die sich im zertrampelten Gras am Fluß verteilt hatten, schnappten alle Männer, die sie packen konnten, und wischten sich das Blut aus Kratzern und Schnitten. Das Rascheln und Knistern der Büsche verriet den Weg jener, die in der Dunkelheit geflohen waren. Unsichtbar unter der Brücke lagen die einsame Laterne und die verstreuten Würfel, ein schwerer Verlust für einen Gauner, der nun neue zinken mußte.

Hugh schüttelte ein paar Blutstropfen von einem Kratzer am Arm und kletterte durch das hohe Gras zum Weg hinauf, der von der Gaye zur Hauptstraße und zur Brücke führte. Vor ihm floh ein fluchender Schatten. Hugh rief laut, um auf der Straße voraus gehört zu werden: »Haltet ihn! Das Gesetz will ihn haben!«

Vorstadt und Stadt mochten auf dem Weg ins Bett sein, aber es gab immer einige Nachtschwärmer, gesetzestreue und zwielichtige, die bereit waren, eine solche Einladung zu Gemeinheit oder Gerechtigkeit anzunehmen, je nachdem, welcher Richtung sie mehr zuneigten.

Über ihm in der tiefen, weichen Sommernacht, die im Westen nur noch einen safrangelben Saum trug, ertönte ein verblüffter, fröhlicher Antwortschrei, und einen Augenblick waren Kampfgeräusche zu hören. Hugh rannte zur Hauptstraße hinauf und sah drei Berittene vor der Brücke. Der erste hatte sich aus dem Sattel gebeugt und hielt einen keuchenden Mann am Kragen, der schwer atmend am Pferd lehnte und kaum noch die Kraft hatte, sich zu wehren.

»Ich glaube, Herr«, sagte der Häscher, als er Hugh näherkommen sah, »dieser hier ist der, den Ihr wolltet. Hat nicht das Gesetz nach ihm gerufen? Stehe ich also vor dem Gesetzeshüter dieser Stadt?«

Es war eine angenehme, wohlklingende Stimme, die nicht daran gewöhnt war, halblaut zu sprechen. Das schwache Licht verbarg sein Gesicht, zeigte aber einen aufrecht im Sattel sitzenden Mann von gutem Wuchs, der fraglos noch recht jung war.

Er lockerte den Griff um den Kragen des Flüchtigen, da er ihn nun dem Sheriff übergeben konnte. Der Freigegebene brach nicht etwa aus, um sein Heil in der Flucht zu suchen, sondern baute sich breitbeinig auf und musterte Hugh halb trotzig und halb unsicher.

»Anscheinend verdanke ich Euch einen kleinen Fisch«, sagte Hugh, als er den Mann erkannte, den er gejagt hatte. »Aber ich glaube nicht, daß uns die großen Fische flußaufwärts entkommen sind. Wir wollten ein paar Betrüger festnehmen, die hier nach Beute gesucht haben, aber der junge Mann, den Ihr da am Kragen habt, ist nur ein armer Einfaltspinsel, nämlich unser Goldschmied aus der Stadt. Meister Daniel, in der Gesellschaft, in der Ihr gerade wart, gibt es erheblich mehr Gold und Silber zu verlieren als zu gewinnen.«

»Es ist kein Verbrechen, mit Würfeln zu spielen«, murmelte der junge Mann, während er mit den Füßen im Straßenstaub herumkratzte. »Ich hätte schon noch Glück gehabt...«

»Nicht bei den Würfeln, die sie mitbrachten. Aber Ihr habt recht, es ist kein Verbrechen, den Abend zu verschwenden und mit leeren Taschen heimzugehen. Wenn Ihr jetzt gleich mit den anderen zu meinem Hauptmann geht, will ich Euch keinen Vorwurf machen. Benehmt Euch anständig, dann seid Ihr bis Mitternacht daheim.«

Meister Daniel Aurifaber nahm die Entlassung dankbar an und schlurfte über die Brücke, um sich zu den anderen Gefangenen zu gesellen. Der Klang von Hufen, die im Trab die Brücke überquerten, verriet, daß jemand zu den Pferden gerannt war, und daß die Jagd auf die Flüchtigen begonnen hatte. Die Gauner hatten höchstens eine Meile vor sich, dann konnten sie im Wald verschwinden, und man hätte Hunde gebraucht, um sie zu finden. Es war fast aussichtslos, sie nachts zu jagen. Vielleicht konnte man es am nächsten Morgen versuchen.

»Das ist kaum die Begrüßung, die ich Euch zugedacht hatte«, sagte Hugh, indem er zum beschatteten Gesicht des Reiters hinaufblickte. »Denn Ihr müßt der Gesandte der Kaiserin Maud und des Bischofs von Winchester sein. Euer Herold traf vor weniger als einer Stunde ein, und ich erwartete Euch noch nicht so bald. Ich hatte angenommen, ich könnte diese Sache noch vor Eurem Eintreffen erledigen. Mein Name ist Hugh Beringar, und ich stehe hier als Sheriff für König Stephen. Die Vorkehrungen für die Ankunft Eurer Männer in der Burg sind getroffen; ich werde einen Führer mitschicken. Ihr, Herr, sollt mein Gast sein, wenn Ihr meinem Haus diese Ehre erweisen wollt.«

»Ihr seid sehr freundlich«, erwiderte der Bote der Kaiserin gewandt, »und ich nehme Euer Angebot von Herzen gern an. Aber wollt Ihr Euch nicht zuerst um Eure Mitbürger kümmern, damit sie ins Bett kriechen können? Mein Anliegen kann noch eine Weile warten.«

»Nicht gerade der erfolgreichste Einsatz, den ich je organisiert habe«, räumte Hugh später Cadfael gegenüber ein. »Ich habe ihre Abgebrühtheit und die Menge kalten Stahls, die sie bei sich hatten, unterschätzt.«

An diesem Abend fehlten vier Gäste in Bruder Denis' Gästehaus: Herr Simeon Poer, Händler aus Guildford; Walter Bagot, Handschuhmacher; John Shure, Schneider, und William Hales, Hufschmied. Von diesen Vieren saß nur William Hales in einer steinernen Zelle in der Burg von Shrewsbury. Er teilte sich die Zelle mit einem reisenden Händler, der in der Stadt als Schlepper für die Bande gearbeitet hatte. Die anderen drei waren, bis auf ein paar Kratzer und Schürfwunden, unversehrt nach Westen in die Ausläufer des Großen Waldes entkommen, wo sie sich in der warmen Nacht niederließen und ihre Verletzungen und ihren Gewinn zählten; letzterer war gewiß beträchtlich. Sie konnten nun nicht mehr in die Abtei oder in die Stadt zurückkehren, aber die Gäste hätten ohnehin nicht mehr als eine weitere profitable Nacht versprochen. Sie konnten allgemein höchstens mit drei Nächten rechnen; danach wurde meist irgendein armer, betrogener Kerl mißtrauisch. Sie konnten auch nicht in den Süden zurückkehren. Aber ein Mann, der von seiner Gewitztheit leben will, muß einen klaren und anpassungsfähigen

Verstand haben, und es gibt mehr als eine Art, mit unehrlichen Mitteln seinen Lebensunterhalt zu verdienen.

Die jungen Burschen und die einfachen Händler, die mit der Vorstellung hergekommen waren, auf dem Heimweg zu ihren Frauen mit Münzen in der Tasche klimpern zu können, mußten sich im Torhaus versammeln. Sie wurden gescholten und verwarnt und durften niedergeschlagen, wie sie waren, nach Hause trotten. Sie hatten kaum noch etwas in den Taschen.

Und damit wäre die nächtliche Arbeit beendet gewesen, hätte sich nicht das Flackern der Fackel am Tor auf dem Metall eines Ringes an Daniel Aurifabers rechter Hand gespiegelt. Der Ring bestand aus getriebenem Silber und trug ein ovales Siegel, das einen Moment lang deutlich zu sehen war. Hugh bemerkte den Ring und legte dem Goldschmied eine Hand auf den Arm, um ihn zurückzuhalten.

»Dieser Ring – laßt ihn mich näher betrachten.«

Daniel übergab ihm den Ring mit leichtem Widerstreben, das aber eher aus Entrüstung als aus Schuldgefühl zu stammen schien. Der Ring saß ziemlich fest und ging nur mit Mühe über den Fingerknöchel, doch der Finger sah nicht aus, als hätte er den Ring ständig getragen.

»Woher habt Ihr den?« fragte Hugh, während er das Schmuckstück ins flackernde Licht hielt, um Wappen und Inschrift näher zu betrachten.

»Ich habe ihn ehrlich erworben«, sagte Daniel abwehrend.

»Das bezweifle ich nicht. Aber von wem? Von einem der Spieler? Von welchem!«

»Von dem Händler – Simeon Poer nannte er sich. Er bot ihn mir an und sagte, es sei ein gutes Stück Arbeit. Ich habe ordentlich dafür bezahlt.«

»Ihr habt doppelt dafür bezahlt, mein Freund«, erwiderte Hugh, »denn Ihr habt ein faires Angebot gemacht und werdet nun Ring und Geld verlieren. Ist Euch nicht in den Sinn gekommen, daß er gestohlen sein könnte?«

Das nervöse Zucken seines Augenlids verriet, daß er sehr wohl an diese Möglichkeit gedacht hatte, daß er sie aber schnell aus seinem Bewußtsein verbannt hatte. »Nein! Warum sollte ich an so etwas denken? Er kam mir vor wie ein wohlhabender Ehrenmann, nach allem, was er vorgab zu sein ...«

»Heute morgen«, entgegnete Hugh, »wurde einem Pilger ein solcher Ring während der Messe in der Abtei gestohlen. Nachdem man die Abtei gründlich durchsucht hatte, gab Abt Radulfus dem Stadtvorsteher Nachricht, darauf zu achten, ob der Ring auf dem Markt angeboten würde. Ich bekam die Beschreibung des Ringes meinerseits vom Stadtvorsteher. Dies sind Siegel und Inschrift des Bischofs von Winchester, und der Ring wurde dem Träger gegeben, um ihm sicheres Geleit auf seiner Reise zu garantieren.«

»Aber ich habe ihn in gutem Glauben gekauft«, protestierte Daniel entsetzt. »Ich habe dem Mann gezahlt, was er verlangte, und der Ring gehört mir. Ich habe ihn ehrlich erworben.«

»Von einem Dieb. Euer Pech, mein Junge, und das soll Euch eine Lehre sein, bei flüchtigen Bekannten, die Euch Ringe zum Kauf anbieten, in Zukunft vorsichtiger zu sein; vor allem – war es nicht so? – wenn Euch ein Ring ein wenig unter seinem Wert angeboten wird. Reisende Männer, die sich aufs Würfeln verstehen, haben nichts zu verschenken, und sie nehmen, was sie bekommen können. Wenn sie Euch die Tasche geleert haben, dann seid beim nächstenmal vorsichtiger. Dieser Ring muß gleich morgen früh zum Abt gebracht werden. Er soll sich dann mit dem Besitzer ins Benehmen setzen.« Als er sah, wie der Goldschmied ärgerlich Luft holte, um sich über die Beschlagnahme zu beschweren, schüttelte Hugh recht entschieden den Kopf, um ihn abzuwehren. »Ihr könnt nichts tun, verkneift Euch Euren Zorn, Daniel, und seht zu, wie Ihr mit Eurer Frau ins reine kommt.«

Der Gesandte der Kaiserin ritt in der tiefer werdenden Dunkelheit gemächlich die Wyle hinauf und folgte Hughs kleinerem Pferd. Der junge, groß und schlank gewachsene Mann ritt ein schönes, kräftiges Tier. Im Stehen, dachte Hugh, während er ihn von der Seite musterte, ist er sicher einen Kopf größer als ich.

Ungefähr in meinem Alter, vielleicht ein oder zwei Jahre älter, aber kaum mehr.

»Wart Ihr schon einmal in Shrewsbury?«

»Nein. Einmal war ich wohl schon in der Grafschaft; aber ich bin nicht sicher, wie die Grenze verläuft. Ich war in der Nähe von Ludlow. Auf dem Weg habe ich Eure Abtei bemerkt; ein großes, schönes Anwesen. Sind es Benediktiner?«

»Ja.« Hugh erwartete weitere Fragen, aber der Gesandte schwieg. »Habt Ihr Verwandte im Orden?«

Trotz der Dunkelheit bemerkte Hugh das ernste, nachdenkliche Lächeln seines Gastes. »In gewisser Weise, ja. Ich glaube, er würde mir erlauben, ihn so zu nennen, obwohl es keine Blutsverwandtschaft ist. Er behandelte mich wie einen Sohn, und um seinetwillen liebe ich die Benediktinertracht. Sagtet Ihr nicht, daß gerade Pilger dort seien? Um ein bestimmtes Fest zu feiern?«

»Die Überführung der heiligen Winifred, die vor vier Jahren aus Wales hergebracht wurde. Morgen wird der Tag ihrer Ankunft gefeiert.« Hugh hatte automatisch geantwortet und nicht an das gedacht, was Cadfael ihm anvertraut hatte, doch die Erwähnung der Heiligen ließ ihn wieder an die Geschichte seines Freundes denken. »Ich war damals nicht in Shrewsbury«, sagte er und vermied dabei jede Bewertung. »Ich stellte König Stephen mein Landgut als Unterstützung zur Verfügung. Mein Land liegt nördlich der Grafschaft.«

Sie hatten den Hügelkamm erreicht und wandten sich in Richtung Sankt Marien. Das große Hoftor neben Hughs Haus stand weit offen, und an den Pfählen waren Fackeln befestigt. Man erwartete sie; also war seine Nachricht an Aline getreulich übermittelt worden, und sie war bereit, sie mit der gebührenden Feierlichkeit zu empfangen. Die Schlafkammer war gerichtet, das Mahl zubereitet. Die Ordnung des Lebens mußte sich zu allen Zeiten der Ankunft eines Gastes beugen, wie es die Gastfreundschaft gebot.

Aline kam ihnen bis zur Tür entgegen und öffnete sie weit, um sie einzulassen. Sie traten in den Flur und in eine Lichtflut von Fackeln an den Wänden und Kerzen auf dem Tisch, und sie sahen einander unwillkürlich an, um sich ausgiebig zu betrachten. Ihre Blicke wurden intensiver, je länger sie sich ansahen. Es war nur noch die Frage, wem das Wiedererkennen zuerst dämmerte. Erinnerungen regten sich und schlichen fast verstohlen ins Bewußtsein. Aline stand lächelnd und verwundert dabei. Sie betrachtete schweigend erst den einen, dann den anderen und wartete darauf, daß sie sich rührten und das Wort ergriffen.

»Ich kenne Euch doch!« sagte Hugh. »Nun, da ich Euch richtig sehe, erkenne ich Euch.«

»Wir sind uns schon einmal begegnet«, stimmte der Gast zu. »Ich war erst einmal in dieser Grafschaft, aber trotzdem ...«

»Ich mußte Euch erst im Licht sehen«, sagte Hugh, »denn Eure Stimme habe ich nur ein einziges Mal gehört, und auch da spracht Ihr nur wenige Worte. Ich bezweifle, daß Ihr Euch daran erinnert, aber ich weiß den Wortlaut noch. Es waren nur fünf Worte: ›Jetzt kämpft mit einem Mann!‹ Und Euer richtiger Name wurde nie genannt; für mich wart Ihr nur Robert, der Sohn des Wäldlers, der Yves Hugonin aus der Räuberburg im Clee-Wald befreit hat. Ich glaube, Ihr habt ihn und seine Schwester mit Euch genommen.«

»Und Ihr seid der Offizier, der mir mit seiner Belagerung die Deckung gab, die ich brauchte«, rief der Gast strahlend. »Vergebt mir, daß ich mich damals vor Euch versteckte, aber ich hatte in Eurem Gebiet keine Garantie für freies Geleit. Wie froh bin ich, Euch jetzt in aller Offenheit wiederzusehen und nicht fliehen zu müssen.«

»Und Ihr braucht auch nicht mehr Robert, der Sohn des Wäldlers, zu sein«, sagte Hugh mit freudigem Lächeln. »Meinen Namen wißt ihr schon, und damit biete ich Euch die Gastfreundschaft meines Hauses an. Darf ich nun Euren Namen erfahren?«

»In Antiochien, wo ich geboren bin«, erwiderte der Gast, »nannte man mich Daoud. Doch mein Vater war ein Engländer, der zur Armee von Robert von der Normandie gehörte. Ich wurde christlich getauft und nahm den Namen des Priesters an, der mein Pate war. Jetzt trage ich den Namen Olivier de Bretagne.«

Sie saßen bis spät in die Nacht beisammen und betrachteten nun, nach anderthalb Jahren, verwundert und begierig ihre Gesichter. Doch zuerst sprachen sie, wie es sich gehörte, über Oliviers Auftrag.

»Man hat mich geschickt«, erklärte er, »um die Sheriffs aller Grafschaften aufzufordern, sich zu überlegen, ob sie nicht, egal, wem sie die Treue geschworen haben, bereit seien, den Frieden anzunehmen, den die Kaiserin Maud ihnen angeboten hat, und ihr den Treueid zu schwören. Dies ist die Botschaft des Bischofs und des Konzils: Dieses Land ist schon viel zu lange zwischen den Parteien zerrissen und hat durch die Feindseligkeit großen Schaden gelitten. An dieser Stelle möchte ich persönlich einfügen, daß ich keiner Partei die Schuld gebe, denn beider Ansprüche sind berechtigt, und beide trifft die gleiche Schuld, da sie es nicht vermochten, zu einer Übereinkunft zu kommen und die Not zu beenden. Die Würfel hätten in Lincoln auch anders fallen können, aber sie fielen, wie sie fielen, und nun hat England einen gefangenen König und eine gewählte Königin, deren Stern aufsteigt. Ist es nicht Zeit zum Innehalten? Um des Friedens und der Ordnung willen muß das Reich wieder von einer ordentlichen Regierung beherrscht werden, die fähig ist, das Unrecht und die Tyrannei niederzuschlagen, die sich, wie Ihr wißt, überall dort ausgebreitet haben, wo das Gesetz nicht gilt. Irgendein starker Herrscher ist gewiß besser als gar keiner. Um des Friedens und der Ordnung willen – wollt Ihr die Kaiserin akzeptieren und ein Bündnis mit ihr schließen? Sie ist bereits in Westminster, und die Vorbereitungen für ihre Krönung sind im Gange. Sie hat viel bessere Aussichten, wenn alle Sheriffs sie unterstützen.«

»Ihr fordert mich auf«, erwiderte Hugh leise, »meinen Treueid für König Stephen zu brechen.«

»Ja«, stimmte Olivier ehrlich zu. »Das tue ich. Aus gewichtigen Gründen und nicht um des Verrates willen. Ihr müßt nicht lieben, nur sollt Ihr nicht mehr hassen. Stellt es Euch so vor, daß Ihr damit den Menschen in dieser Grafschaft und diesem Land die Treue haltet.«

»Das kann ich genauso gut oder noch besser auf der Seite, auf der ich bisher stand«, erwiderte Hugh lächelnd. »Das tue ich nämlich gerade jetzt, soweit ich es vermag. Und ich werde damit fortfahren, solange ich noch atmen kann. Ich bin König Stephens Mann, und ich werde ihn nicht verraten.«

»Ah, gut!« sagte Olivier. Er lächelte und seufzte im gleichen Atemzug. »Um die Wahrheit zu sagen, nachdem ich Euch nun kenne, habe ich auch nichts anderes erwartet. Ich würde meinen Eid auch nicht brechen. Mein Herr ist ein Mann der Kaiserin, und ich bin ein Mann meines Herrn, und wenn unsere Positionen vertauscht wären, dann würde meine Antwort genauso lauten wie die Eure. Und doch habe ich die Wahrheit gesprochen. Wieviel kann ein Volk ertragen? Für Eure Feldarbeiter, für die Bürger in der Stadt, die immer wieder beraubt werden, für sie alle wäre irgendeine Entscheidung besser als gar keine. Und ich tue nach Kräften das, was man mir aufgetragen hat.«

»Ich kann daran keinen Makel finden«, entgegnete Hugh. »Wohin geht Ihr als nächstes? Ich hoffe allerdings, daß Ihr noch ein oder zwei Tage hierbleibt, denn ich würde Euch gern näher kennenlernen, und wir haben sicher eine Menge zu besprechen.«

»Ich will nach Nordosten, nach Stafford, Derby und Nottingham, und dann durch die östlichen Grafschaften zurück. Einige werden sich uns anschließen, einige haben es bereits getan. Einige werden wie Ihr ihrem König treu bleiben. Und einige werden das tun, was sie schon vorher getan haben – sie drehen sich wie ein Fähnchen im Wind und setzen bei jedem Wechsel ihren Preis höher. Aber das ist egal, damit sind wir fertig.«

Er beugte sich vor und stellte seinen Weinbecher auf den Tisch. »Ich habe noch etwas Persönliches zu erledigen, und ich bleibe gern ein paar Tage bei Euch, bis ich gefunden habe, was ich suche oder mich vergewissert habe, daß es hier nicht zu finden ist. Der Strom von Pilgern, den Ihr erwähntet, gibt mir ein wenig Hoffnung. Ein Mann, der verschwinden will, kann unter so vielen Menschen, die einander fremd sind, leicht Deckung finden. Ich suche einen jungen Mann mit Namen Luc Meverel. Habt Ihr von ihm gehört?«

»Den Namen kenne ich nicht«, antwortete Hugh interessiert und neugierig. »Aber ein Mann, der verschwinden will, wechselt vielleicht auch den Namen. Was wollt Ihr von ihm?«

»Nicht ich selbst suche ihn; eine Dame will ihn zurückhaben. Hier im Norden habt Ihr vielleicht nicht alles erfahren, was in Winchester beim Konzil geschehen ist. Es gab einen Todesfall, der mir sehr naheging. Habt Ihr davon gehört? König Stephens Königin schickte ihren Schreiber, der den Legaten kühn herausgefordert hat. Der Mann wurde wegen seines Wagemutes nachts auf der Straße angegriffen; er kam zwar unversehrt davon, doch hat es einen anderen das Leben gekostet.«

»Davon haben wir gehört«, erwiderte Hugh, der immer neugieriger wurde. »Abt Radulfus nahm an dem Konzil teil und berichtete uns. Ein Ritter mit Namen Rainald Bossard, der dem Schreiber zu Hilfe kam, als dieser angegriffen wurde. Soweit wir gehört haben, stand Bossard in den Diensten von Laurence d'Angers.«

»Der zugleich mein Herr ist.«

»Als Ihr in Bromfield seinen Verwandten einen Dienst erwiesen habt, wurde dies offensichtlich. Ich dachte sofort an Euch, als der Abt d'Angers erwähnte, wenn ich auch Euren Namen nicht kannte. Dann wart Ihr mit diesem Bossard gut bekannt?«

»Wir haben ein Jahr in Palästina gedient und sind zusammen nach Hause gereist. Er war ein guter Mann und ein guter Freund, und er wurde niedergemacht, als er einen ehrbaren Gegner verteidigte. Ich war in jener Nacht nicht bei ihm, aber ich wünschte, ich wäre dabei gewesen, denn dann wäre er vielleicht noch am Leben. Aber er hatte nur einen oder zwei seiner eigenen Männer dabei, die nicht bewaffnet waren. Sie fielen zu fünft oder sechst über den Schreiber her, es war eine Schandtat, die im Schutze der Dunkelheit verübt wurde. Der Mörder konnte entkommen und wurde nie gefaßt. Rainalds Frau ... Juliana… Ich lernte sie erst kennen, als wir mit unserem Herrn nach Winchester kamen; Rainalds Landsitz ist ganz in der Nähe. Ich habe sie«, sagte Olivier sehr ernst, »sehr schätzen gelernt. Sie war ihrem Herrn ebenbürtig, und man kann von einer Frau nichts Besseres sagen.«

»Gibt es einen Erben?« fragte Hugh. »Einen erwachsenen Mann oder einen Jungen?«

»Nein, sie hatten keine Kinder. Rainald war beinahe fünfzig, und sie kann nicht viel jünger sein. Schön ist sie«, ergänzte er nachdenklich, als wollte er nicht preisen, sondern nur erklären. »Nun ist sie verwitwet und muß hart darum kämpfen, nicht einfach wieder verheiratet zu werden – nach Rainald will sie keinen anderen mehr. Sie hat eigene Landgüter, um die sie sich kümmern muß. Die beiden hatten an die Erbschaftsfrage gedacht, und deshalb hatten sie den jungen Luc Meverel bei sich aufgenommen. Das war vor einem Jahr. Er ist ein entfernter Verwandter der Frau Juliana, etwa vierundzwanzig oder fünfundzwanzig Jahre alt und ohne Landbesitz. Sie wollten ihn als Erben einsetzen.«

Er schwieg eine Weile und blickte stirnrunzelnd in die flackernden Kerzen, das Kinn in die Hand gestützt. Hugh musterte ihn und wartete. Sein Gesicht war einen zweiten Blick wert: anmutig geschwungene Knochen, olivenfarbene Haut, die Züge von einer grimmigen Schönheit, obwohl die goldenen Falkenaugen so verhangen waren. Das üppige blauschwarze Haar, das sein Gesicht gleich gefalteten Schwingen umschloß, reflektierte die Kerzenflammen mit stumpfen bläulichen Blitzen. Daoud aus Antiochien, Sohn eines englischen Kreuzfahrers aus dem Gefolge von Robert von der Normandie, war in den Diensten eines angevinischen Barons durch die halbe Welt gereist und erschien hier fast normannischer als die Normannen… dann ist die Welt doch nicht so groß, dachte Hugh, denn ein Mann, der Mut genug hat, kann überall herumkommen.

»Ich war dreimal in ihrem Haus«, fuhr Olivier fort, »aber ich habe Luc Meverel nie gesehen. Alles, was ich über ihn weiß, habe ich von anderen erfahren, aber bei diesen anderen achte ich genau darauf, wem ich Glauben schenken kann. Kein Mann und keine Frau auf dem Anwesen, die nicht erklärt haben, daß er Frau Juliana äußerst ergeben gewesen wäre. Aber das Ausmaß seiner Ergebenheit... manche sagen, er liebte sie ein wenig zu sehr und ganz und gar nicht wie ein Sohn. Wieder andere sagen, er sei Rainald ebenso ergeben gewesen, aber diese Stimmen werden jetzt leiser. Luc war dabei, als sein Herr Rainald auf der Straße erstochen wurde. Und zwei Tage später verschwand er spurlos und ward seitdem nicht mehr gesehen.«

»Nun beginne ich zu verstehen«, schnaufte Hugh. »Ist man denn so weit gegangen, zu behaupten, er hätte seinen Herrn erschlagen, um die Dame zu gewinnen?«

»Seit seiner Flucht spricht man darüber. Man weiß nicht, wer mit dem Geflüster begonnen hat, aber inzwischen klingt es wie Hundegebell.«

»Warum sollte er vor dem Gewinn weglaufen, um den er gespielt hat? Das klingt widersinnig. Wenn er geblieben wäre, hätte es kein Geflüster gegeben.«

»Oh, das hätte es gegeben, ob er geblieben oder fortgegangen wäre. Es gab einige, die ihm sein Glück neideten und ihm jedes Unglück wünschten. Inzwischen gibt es zwei gute Gründe dafür, daß er fortgelaufen ist. Der erste ist Schuld und ein schlechtes Gewissen. Der zweite ist Furcht – die Furcht, daß jemand von seiner Tat erfahren hat und um jeden Preis die Wahrheit ans Licht bringen will. Wie auch immer, der Mann ist geflohen. Nachdem man getötet hat«, erklärte Olivier traurig und wissend, »ist einem das, wofür man tötete, oft weniger wert als zuvor.«

»Aber Ihr habt mir noch nicht verraten«, sagte Hugh, »was die Herrin von ihm sagt. Auf sie wird man doch gewiß hören.«

»Sie sagt, daß ein so böser Verdacht unberechtigt sei. Sie schätzt ihren jungen Vetter, aber es ist keine Liebe, und sie will auch nicht hören, daß er je auf diese Weise für sie empfunden habe. Sie sagt, daß er für seinen Herrn gestorben wäre, und daß er nach dem Tod seines Herrn krank vor Kummer und sogar ziemlich verwirrt fortgegangen sei – wer weiß schon, womit er sich selbst plagt? Denn er war in jener Nacht dabei und sah Rainald sterben. Sie ist sich seiner sicher. Sie will, daß er gefunden und zu ihr zurückgebracht wird. Sie betrachtet ihn als ihren Sohn, und nun braucht sie ihn mehr denn je.«

»Und nun sucht Ihr ihn. Aber warum hier im Norden? Er kann sich auch nach Süden gewandt haben, um sich in einem Hafen von Kent einzuschiffen. Warum im Norden?«

»Weil wir ein einziges Mal von ihm gehört haben, seit er verschwunden ist, und da reiste er gen Norden auf der Straße nach Newbury. Ich nahm denselben Weg, über Abingdon und Oxford, und ich habe überall nach ihm gefragt, nach einem jungen Mann, der allein reist. Aber ich kann ihn nur unter seinem eigenen Namen suchen, denn ich weiß keinen anderen. Wie Ihr richtig sagt, wer weiß, wie er sich jetzt nennt.«

»Und Ihr wißt nicht einmal, wie er aussieht – ihr kennt nur sein ungefähres Alter. Dann jagt Ihr ein Gespenst!«

»Was verloren ist, kann immer wiedergefunden werden, man braucht nur Geduld.« Oliviers Falkengesicht, spitz und leidenschaftlich, verriet keine große Geduld, aber die Lippen waren störrisch und entschlossen zusammengekniffen.

»Nun«, überlegte Hugh, »wir können immerhin morgen hinuntergehen und zusehen, wie St. Winifred zu ihrem Altar gebracht wird, und Bruder Denis kann für uns die Gästeliste durchsehen und uns die zeigen, die im richtigen Alter und von entsprechender Art sind, ob allein oder nicht. Was die Fremden in der Stadt angeht, so glaube ich, daß der Stadtvorsteher Corviser uns die meisten herauspicken kann. In Shrewsbury kennt jeder jeden. Aber wenn Euer Mann hier ist, dann ist er wahrscheinlich in der Abtei abgestiegen.«

Er nagte nachdenklich an der Unterlippe. »Ich muß gleich morgen früh den Ring zum Abt schicken und ihm erklären, was mit seinen betrügerischen Gästen geschehen ist. Bevor ich selbst zur Feier gehe, muß ich ein Dutzend Männer ausschicken, die im Westen am Waldrand nach unseren Galgenvögeln Ausschau halten. Wenn sie über die Grenze gegangen sind, werden die Waliser ihre Freude an ihnen haben, und ich kann nichts weiter tun. Aber ich bezweifle, daß sie länger als unbedingt nötig im Wald bleiben werden. Vielleicht sind sie gar nicht weit. Wie wäre es, wenn ich Euch beim Stadtvorsteher ließe, damit Ihr hier in der Stadt nach Eurer Beute suchen könnt, während ich meine jage? Danach können wir zusammen den Brüdern zusehen, wie sie ihre Heilige heimbringen und mit Bruder Denis die Gästeliste durchgehen.«

»Das würde mir gut passen«, erwiderte Olivier erfreut. »Ich würde auch gern dem Herrn Abt meine Aufwartung machen; ich erinnere mich, ihn in Winchester gesehen zu haben, wenn er mich auch wohl nicht bemerkt hat. Und damals im Clee-Wald war, wenn Ihr Euch erinnert, ein Bruder des Hauses dabei ... Ihr müßt ihn gut kennen. Ist er noch in der Abtei?«

»Das ist er. Jetzt, nach den Laudes, liegt er wohl im Bett. Und ich glaube, wir sollten uns auch zur Ruhe legen, denn wir haben morgen viel vor.«

»Er war gut zu den jungen Verwandten meines Herrn«, sagte Olivier. »Ich würde ihn gern wiedersehen.«

Es war nicht nötig, nach dem Namen zu fragen, dachte Hugh, während er ihn nachdenklich betrachtete. Woher sollte er den Namen auch wissen? Er hatte ihn nicht erwähnt, als er von dem sprach, der kein Blutsverwandter war, ihn aber wie einen Sohn behandelt hatte, weshalb er die Benediktinertracht liebte.

»Das werdet Ihr!« sagte Hugh und erhob sich äußerst zufrieden, um seinen Gast zur vorbereiteten Schlafkammer zu führen.

8

Abt Radulfus und seine Ordensbrüder waren am Feiertag schon lange vor der Prim auf den Beinen, denn jeder hatte für die Vorbereitung der Prozession wichtige Aufgaben übernommen. Als Hughs Bote sich in der Wohnung des Abtes einfand, dämmerte es gerade, Tau war gefallen und es war kühl, und das erste Licht ließ die Dächer erstrahlen, während der große Hof noch in violettem Schatten lag. Die Bäume und Büsche in den Gärten warfen lange Schattenbänder über die Blumenbeete, die wie gewaltige Pinselstriche aussahen.

Der Abt nahm den Ring erstaunt und freudig in Empfang und war erleichtert, einen Makel, der den Ehrentag hätte beflecken können, beseitigt zu wissen. »Und Ihr sagt, diese Übeltäter waren Gäste unserer Abtei? Alle vier? Nun sind wir sie los, aber wenn sie, wie Ihr sagt, bewaffnet sind und sich in der Nähe im Wald versteckt halten, dann müssen wir unsere Reisenden warnen, wenn sie uns verlassen wollen.«

»Mein Herr Beringar ist gerade mit einer Reitertruppe aufgebrochen, um den Waldrand abzusuchen«, erklärte der Bote. »Es war zwecklos, ihnen im Dunkeln zu folgen, nachdem sie Deckung gefunden hatten. Aber jetzt, im Tageslicht, können wir hoffen, sie aufzuspüren. Einen haben wir hinter Schloß und Riegel, und vielleicht verrät er uns etwas über die anderen; woher sie sind und wofür sie sich woanders verantworten müssen. Aber wenigstens können sie unser Fest jetzt nicht mehr stören.«

»Dafür bin ich äußerst dankbar. Und Ciaran wird gewiß ebenso dankbar sein, wenn er seinen Ring zurückbekommt.« Er warf einen raschen Blick zum Brevier auf seinem Schreibtisch und runzelte die Stirn, als er an die Feierlichkeiten dachte, die in den nächsten Stunden vor ihm lagen. »Wird der Herr Sheriff heute nicht zur Messe kommen?«

»Doch, Ehrwürdiger Vater, er hat die Absicht zu kommen, und er bringt einen Gast mit. Er mußte erst zur Jagd blasen, aber die Männer werden zur Messe zurück sein.«

»Er hat einen Gast?«

»Gestern abend kam ein Gesandter vom Hof der Kaiserin, Ehrwürdiger Vater. Ein Mann aus dem Hause von Laurence d'Angers mit Namen Olivier de Bretagne.«

Der Name des jungen Mannes, der Hugh nichts bedeutet hatte, sagte Radulfus ebenso wenig, doch er nickte, als der Name seines Herrn fiel. »Dann richtet Hugh Beringar aus, daß ich ihn und seinen Gast bitte, nach der Messe zu bleiben und mit mir zu speisen. Ich würde mich freuen, die Bekanntschaft des Messire de Bretagne zu machen und zu hören, was er zu berichten hat.«

»Ich will es ausrichten, Ehrwürdiger Vater«, sagte der Bote und empfahl sich.

Abt Radulfus betrachtete nachdenklich den Ring. Die schützende Hand des Legaten war ein mächtiger Schutz für jeden derart begünstigten Reisenden, wo immer Ordnung und Gesetzestreue existierten, ob in England oder Wales. Nur jene, die außerhalb des Gesetzes standen und Freiheit oder Leben verwirkt hatten, wenn sie gefaßt wurden, würden es wagen, einen solchen Schutz zu mißachten. Nach dem festlichen Höhepunkt würden viele Gäste wieder nach Hause reisen. Er durfte nicht vergessen, sie zu warnen, daß im Wald Richtung Westen Räuber lauerten, die bewaffnet waren und gern bereit, ihre Dolche zu gebrauchen. Am besten, die Pilger gingen in Gruppen, die stark genug waren, um jedem Angriff zu trotzen.

Inzwischen konnte er sich darauf freuen, einem Pilger seinen ganz persönlichen Talisman zurückzugeben. Der Abt läutete mit der kleinen Glocke auf seinem Tisch, und einige Augenblicke später trat Bruder Vitalis ein, um seine Befehle entgegenzunehmen.

»Bruder, könntet Ihr im Gästehaus einen gewissen Ciaran suchen und ihn zu mir bitten?«

Auch Bruder Cadfael war lange vor der Prim aufgestanden und in den Garten gegangen, um seine Hütte zu öffnen und seine Kohlenpfanne zu vorsichtigem, gedämpftem Leben zu erwecken, falls er sie später brauchen sollte, um Heiltränke für ekstatische Gläubige zu brauen, die von ihrer Begeisterung übermannt wurden, oder um warme Umschläge für schwächere Anbeter zu bereiten, die in der Menge Quetschungen erlitten. Er war, von der Versorgung von einfachen Prellungen bis zu schweren Verletzungen, an die Behandlung aller möglichen Wunden gewöhnt.

Er hatte einiges zu erledigen und war froh, damit allein zu sein. Der junge Oswin sollte seinen Schlaf genießen, bis die

Glocke ihn weckte. Er würde bald ins Hospiz von St. Giles versetzt werden, wo jetzt der Reliquienschrein der heiligen Winifred lag, und wo die Unglücklichen mit ihren ansteckenden Krankheiten, die die Stadt nicht betreten durften, Ruhe, Pflege und Unterschlupf fanden, solange sie ihn brauchten. Bruder Mark, sein Schüler, den er sehr vermißte, war inzwischen fort: Er war zum Diakon geweiht worden und hatte die Augen fest auf sein Ziel gerichtet, auf das Priesteramt. Wenn er je zurückblickte, sah er nichts als Ermutigung und Zuspruch, die rechte Ernte der Saat, die er gesät hatte. Oswin konnte ihm nicht das Wasser reichen, aber er war ein guter Junge und würde den Unglücklichen, die in seine Obhut kamen, viel Gutes tun.

Cadfael ging zum Ufer des Meole-Baches hinunter, der die östliche Grenze der Enklave bildete. Die Erbsenfelder am Hang reichten fast bis zum sommerlich niedrigen Wasser hinab. Von Osten her schossen die ersten Sonnenstrahlen wie Lanzen über die hohen Dächer der Klostergebäude und drangen in die verstreuten Büsche auf dem anderen Ufer und bis zum grasbewachsenen Hang auf der anderen Seite vor. Der Bach, von dem flußauf ein Kanal abzweigte, versorgte auch die Fischteiche des Klosters, die Mühle und den Mühlteich mit Wasser. Kurz bevor der Bach in den Severn mündete, vereinigte sich der Kanal wieder mit seinem Lauf. Er führte kaum Wasser, und überall ragten Sandbänke und Tanginseln aus dem Bach. Nach diesem schönen Wetter, dachte Cadfael, brauchen wir bald wieder reichlich Regen. Aber das hat noch ein oder zwei Tage Zeit.

Er wandte sich um und stieg den Hügel hinauf. Das erste Erbsenfeld war schon abgeerntet, das zweite wäre kurz nach der Feier an der Reihe. Noch ein paar Tage, und die ganze Aufregung wäre vorbei. Dann würden der Stundenplan des Hauses und der Kreis der Jahreszeiten wieder ihren unerschütterlichen Lauf nehmen, zwei unveränderliche Rhythmen im wechselhaften Leben der Menschheit. Er nahm den Pfad, der zu seiner Hütte führte, und sah Melangell vor der versperrten Türe warten.

Sie hörte seine Schritte auf dem Kies und drehte sich erfreut und erwartungsvoll um. Das perlmuttfarbene Morgenlicht schmeichelte ihr, indem es die Rauhheit ihres Leinenkleides glättete und kühle, violette Schatten um das kindlich runde Gesicht zeichnete. Sie hatte sich große Mühe gegeben, sich angemessen für den Feiertag herauszuputzen. Ihr Rock war makellos sauber und sorgfältig geglättet, ihr dunkelgoldenes Haar, das kupfern glänzte, war zu Zöpfen geflochten und auf dem Kopf zu einer Krone zusammengelegt. Die Strähnen waren so fest hochgezogen, daß ihre Augenbrauen schräg standen und die schmalen Augen mit den dunklen Wimpern einen geheimnisvollen Ausdruck bekamen. Aber das Strahlen in ihrem Gesicht war kein Widerschein der Sonne, sondern kam von innen. Ihre blauen Augen strahlten so hell wie das Blau des Enzians, den Cadfael vor langer Zeit in den Bergen Südfrankreichs gesehen hatte, als er auf dem Weg nach Osten war. Ihre Wangen glühten rötlich. Melangell war voller Hoffnung, Glück und Erwartung.

Sie erwies ihm anmutig die Ehre, errötete und lächelte und reichte ihm die kleine Phiole mit Mohnsirup, die er Rhun vor drei Tagen gegeben hatte. Sie war noch ungeöffnet!

»Bitte, Bruder Cadfael, ich bringe Euch dies zurück. Rhun betet darum, daß es einem anderen helfen möge, der es nötiger braucht, und er wünscht es um so mehr, als er selbst ohne diese Hilfe ausgekommen ist.«

Er nahm ihr die Phiole vorsichtig ab und hielt sie in der kupferfarbenen Hand. Es war eine ganz gewöhnliche Phiole mit einem Holzstöpsel und einer Membrane aus dünnem Pergament, das zusammen mit einem gewachsten Faden als Siegel diente. Das Siegel war intakt. Der Junge war jetzt drei Tage im Kloster, und er hatte sich freundlich und willfährig behandeln lassen, aber wenn er den Schlaftrunk selbst in der Hand hielt und nach Belieben benutzen konnte, versagte er ihn sich, wahrte damit einen Teil seiner Integrität und war sich des Preises dafür wohl bewußt. Gott verhüte, dachte Cadfael, daß ich mich da einmische. Diese Tür kann nur ein Heiliger aufbekommen.

»Ihr seid nicht böse auf ihn?« fragte Melangell ängstlich, aber immer noch lächelnd, da sie nicht glauben konnte, daß auf diesen Tag, nachdem ihr Geliebter sie umarmt und geküßt hatte, noch ein Schatten fallen sollte. »Ihr seid nicht böse, weil er es nicht getrunken hat? Es ist nicht so, daß er an Euch gezweifelt hätte. Das hat er mir gesagt. Er sagte – wenn ich ihn doch einmal wirklich verstehen könnte –, daß es Zeit für ein Opfer wäre, und er hätte sein Opfer vorbereitet.«

»Hat er geschlafen?« erkundigte sich Cadfael. Die Erlösung in der Hand zu halten, selbst wenn sie ungeöffnet blieb, mochte schon den Frieden bringen. »Still jetzt, wie könnte ich böse sein! Aber hat er geschlafen?«

»Er sagt, er hätte geschlafen. Ich glaube, es ist wahr, denn er sieht so frisch und jung aus. Ich habe inbrünstig für ihn gebetet.« Mit der ganzen Kraft ihres jungen Glücks, erfüllt von dem Segen, den sie allen schenken mußte, die ihr nahe waren. Cadfael glaubte fest daran, daß durch Zuneigung großer Segen gespendet werden konnte.

»Ihr habt gut daran getan zu beten«, sagte Cadfael. »Es hat ihm zweifellos geholfen. Ich werde dies hier für einen Menschen aufbewahren, der es nötiger braucht, wie Rhun sagte. Das Mittel ist durch die Kraft seines Glaubens sicher noch wirksamer geworden. Wir sehen uns später noch.«

Sie entfernte sich mit leichten, federnden Schritten und reckte den Kopf hoch, um den ganzen Himmel und das Tageslicht in sich aufzunehmen. Cadfael vergewisserte sich unterdessen, daß für den langen, anstrengenden Tag alles bereit war.

Rhun war also an der äußersten Grenze des Glaubens angelangt und in jenes Reich gestürzt oder geflogen oder geschwebt, in dem die Seele erkennt, daß der Schmerz keine Rolle spielt, sondern daß das höchste Wohlbefinden, für das auch die gewandteste Zunge keine Worte finden kann, aus der Vereinigung mit Gott entspringt. Den Schmerz als Geschenk anzunehmen, bedeutet ihn zu verwandeln und ihn in der Form eines segnenden Regens auf andere auszuschütten, die es noch nicht verstanden haben.

Wer bin ich, dachte Cadfael in der Einsamkeit seiner Hütte, daß ich es wage, um ein Zeichen zu bitten? Wenn er sein Los erträgt und um nichts bittet, sollte ich mich schämen, wenn ich zweifle.

Melangell schwebte mit tanzenden Schritten über den Weg, der vom Herbarium zum Kloster führte. Rechts spannte sich der Westhimmel, der das Sonnenlicht so hell reflektierte, daß sie den Kopf herumdrehen und hochsehen mußte. Von dort droben strömte eine Gegenflut von Licht herein, brandete den Abhang vom Bach herauf und schäumte über die Hügelkuppe in den Garten. Irgendwo jenseits der Mönchsenklave würden sich die beiden Flutwellen treffen, und dann würde das Licht im Westen unter dem Ansturm aus dem Osten erbleichen und ersterben; hier aber verbargen das große Gästehaus und die Kirche die gerade aufgehende Sonne und überließen dieser zögernden, weichen Vordämmerung das Feld.

Auf der anderen Seite des Blumenbeetes ging jemand auf leisen, vorsichtigen Sohlen und paßte genau auf, wohin er trat. Er war allein. Kein hilfreicher Schatten erschien in seinem Rücken; der Zauber des gestrigen Tages wirkte noch. Sie starrte Ciaran an, Ciaran ohne Matthew. Das allein war schon ein kleines Wunder an diesem Tag, der für Wunder geschaffen war.

Melangell beobachtete ihn, wie er den Hang zum Bach hinunterstieg, und als nur noch sein Kopf und die Schultern vor dem hellen Himmel zu sehen waren, machte sie plötzlich kehrt und folgte ihm. Der Weg zum Wasser hinunter führte am Erbsenfeld vorbei und verlief über dem Mühlteich an einer dichten Hecke. Auf halbem Weg den Hang hinunter blieb sie stehen; sie war unsicher, ob sie seine Einsamkeit stören durfte. Ciaran hatte unterdessen den Bach erreicht und betrachtete das, was wie sicherer grüner Boden aussah, der hier und dort mit gebleichten Sandinseln durchsetzt war. Einige Felsen erhoben sich nach drei Wochen schönem Wetter trocken aus dem Bachbett. Er blickte stromauf und stromab, trat sogar ins flache Wasser, das seine nackten Füße benetzte und sie erfrischte und umschmeichelte.

Aber wie seltsam, daß er allein gekommen war! Bis gestern hatte sie noch nie einen der beiden allein gesehen, und jetzt gingen sie getrennte Wege.

Sie wollte sich gerade davonstehlen, ohne ihn zu stören, als sie sah, was er tat. Er hatte ein winziges Ding in der Hand, an dem er ein schmales Band befestigte und mit einem Knoten sicherte. Als er die Hände hob, um das Ende des Bandes mit der Schnur zu verknüpfen, die das Kreuz um seinen Hals hielt, schwang der kleine Talisman frei durchs Licht und funkelte einen Moment lang silbern, ehe Ciaran ihn im Hemd verwahrte, so daß er unsichtbar an seiner Brust lag. Nun wußte sie, was es war, und sie regte sich und stieß einen kleinen, atemlosen Freudenschrei aus. Ciaran hatte seinen Ring wiederbekommen, seinen Geleitschutz, mit dem er unbesorgt sein Reiseziel erreichen konnte.

Er hatte sie gehört und fuhr besorgt und wachsam herum. Sie blieb einen Augenblick erschrocken und verwirrt stehen, doch da sie sich entdeckt wußte, rannte sie den Abhang zu ihm hinunter. »Man hat ihn wiedergefunden!« sagte sie atemlos, um das Schweigen zwischen ihnen zu füllen und ihr unbehagliches Gefühl zu verscheuchen, daß er glauben konnte, sie hätte ihn bespitzelt. »Oh, ich bin so froh! Ist der Dieb gefaßt?«

»Melangell!« sagte er. »Bist du auch schon so früh auf? Ja, wie du siehst, hatte ich doch noch Glück, ich habe ihn zurückbekommen. Der Ehrwürdige Vater hat ihn mir vor ein paar Minuten gegeben. Aber der Dieb ist nicht gefaßt; er ist mit ein paar Kumpanen in die Wälder geflohen. Aber jetzt kann ich ohne Angst weiterreisen.«

Seine dunklen, tiefliegenden Augen unter den buschigen Augenbrauen gingen weit auf, als sie plötzlich lächelte, da sie erkannt hatte, daß er trotz seiner Krankheit ein ansehnlicher junger Mann war, der vor Kraft nur so hätte strotzen sollen. Vielleicht bildete sie es sich nur ein, aber er schien sich wirklich etwas aufzurichten, er wirkte größer, als sie ihn je gesehen hatte, und sein leidenschaftlich gespanntes Gesicht war weicher geworden und zeigte menschlichere Züge, als hätte ihn eine Vorahnung der kommenden kirchlichen Feier mit neuer Hoffnung erfüllt.

»Melangell«, sprudelte er leise, aber heftig heraus, »du kannst dir gar nicht vorstellen, wie ich mich freue, dir hier zu begegnen. Gott muß dich hergeführt haben. Ich wollte dich schon lange einmal allein sprechen. Glaube nicht, daß ich, nur weil ich dem Tod geweiht bin, nicht sehe, was mit denen vorgeht, die mir teuer sind. Ich muß dich um etwas bitten, das mir sehr wichtig ist. Verrate Matthew nicht, daß ich meinen Ring wiederhabe!«

»Weiß er es denn noch nicht?« fragte sie irritiert.

»Nein, er war nicht da, als der Abt nach mir schickte. Er darf es nicht erfahren! Hüte mein Geheimnis, wenn du ihn liebst – und wenn du weißt, was Mitleid ist, dann tue es für mich. Ich habe es niemand gesagt, und auch du darfst es niemand erzählen. Der Ehrwürdige Vater wird es wohl niemand sonst sagen, warum sollte er auch? Das überläßt er mir. Wenn wir zwei schweigen, wird es niemand sonst erfahren.«

Melangell war bestürzt. Sie sah ihn durch einen Regenbogen hervorbrechender Tränen, und sie weinte aus Mitleid, als sie sein hohlwangiges Gesicht sah, in dem die Augen wie das stille, noch lebendige Herz eines gelöschten Feuers brannten.

»Aber warum? Warum darf er es nicht erfahren?«

»Um seinetwillen und um deinetwillen – ja, und meinetwegen! Glaubst du, ich hätte nicht schon vor langer Zeit erkannt, daß er dich liebt, und daß du genauso für ihn empfindest? Nur ich bin noch im Wege! Es ist bitter, damit zu leben, und ich möchte das ändern. Mein einziger Wunsch ist es, daß ihr zwei zusammen glücklich werdet. Wenn er mich so aufrichtig liebt, dann kann ich ihn genauso lieben. Du kennst ihn! Er würde sich opfern und dich und alles andere beiseite schieben, um zu vollenden, was er begonnen hat, und mich wohlbehalten nach Aberdaron zu bringen. Ich kann sein Opfer nicht annehmen, ich ertrage es nicht! Warum sollt ihr zwei unglücklich werden, wenn es mein einziger Wunsch ist, in Frieden zu ruhen und meinen Freund glücklich zu wissen? Nun, da er glaubt, ich würde ohne den Ring keinen Schritt mehr tun, kann ich ihn unschuldig zurücklassen. *Und ich werde gehen* und euch mit meinem Segen zurücklassen.«

Melangell zitterte im heftigen Wind seiner Worte wie ein Blatt. Sie wußte nicht, wie ihr zumute war. »Was soll ich denn tun? Was soll ich für dich tun?«

»Hüte mein Geheimnis«, erwiderte Ciaran, »und gehe mit Matthew zur Prozession. Er wird gern mit dir gehen. Er wird sich nicht weiter wundern, wenn ich zurückbleibe und warte, bis die Heilige in die Abtei getragen wird. Und während ihr unterwegs seid, werde ich aufbrechen. Meine Füße sind fast verheilt, ich habe meinen Ring zurückbekommen, und ich werde mein Glück finden. Mach dir keine Sorgen um mich. Sorge du nur dafür, daß er glücklich wird, und wenn er erfährt, daß ich gehen will, dann mußt du deine Künste einsetzen und ihn zurückhalten, du mußt ihn festhalten. Das ist alles, worum ich dich bitte.«

»Aber er wird es erfahren«, sagte sie, als ihr die Gefahren bewußt wurden. »Der Pförtner wird ihm sagen, daß du aufgebrochen bist, sobald er dich sucht und nach dir fragt.«

»Nein, denn ich werde diesen Weg hier nehmen – durch den Bach und geradewegs nach Westen, nach Wales. Der Pförtner wird mich nicht gehen sehen. Das Wasser ist um diese Jahreszeit kaum knöcheltief. Ich habe Verwandte in Wales, und die ersten Meilen sind nicht schwierig. Und wenn er in diesem Gedränge nach mir sucht, wird er sich nicht wundern, wenn er mich nicht gleich findet. Er wird einige Stunden nicht an mich denken, wenn du mir hilfst. Kümmere du dich um Matthew, und ich entbinde dich und ihn aller Sorge um mich, denn ich komme gut allein zurecht. Um so besser, wenn ich nun weiß, daß er bei dir in guten Händen ist. Denn du liebst ihn«, schloß Ciaran leise.

»Ja«, sagte Melangell mit einem schweren Seufzer.

»Dann nimm ihn und halte ihn, und ihr zwei sollt meinen Segen haben. Du kannst ihm sagen – aber erst danach! –, daß dies genau das ist, was ich beabsichtigt habe«, sagte er, und

lächelte plötzlich einen Augenblick über einen unausgesproche-
nen Gedanken, den er ihr nicht mitteilen wollte.

»Willst du das wirklich für ihn und mich tun? Wirklich? Du
ziehst allein weiter, damit er glücklich wird… Oh, wie gut du
bist!« sagte sie leidenschaftlich, während sie seine Hand nahm
und an ihr Herz drückte. Er hatte ihr auf seine Kosten und aus
selbstloser Liebe zu seinem Freund die ganze Welt geschenkt,
und vielleicht hatte sie nie mehr Gelegenheit, ihm zu danken.
»Ich werde dir deine Güte nie vergessen. Ich will mein Leben
lang für dich beten.«

»Nein«, sagte Ciaran, und um seine Lippen spielte wieder das
gewohnte düstere Lächeln, als sie seine Hand freigab. »Vergiß
mich und hilf ihm, mich zu vergessen. Das ist das größte Geschenk, das ihr mir machen könnt. Wir sollten auch nicht mehr
miteinander sprechen. Geh und suche ihn. Das ist dein Anteil.«

Sie wich ein paar Schritte vor ihm zurück, die Augen immer
noch dankbar und ehrfürchtig auf ihn gerichtet, machte mit
Händen und Kopf eine kleine Ehrenbezeugung und wandte
sich gehorsam ab, um durch das Feld zum Garten zurückzugehen. Als sie auf ebenem Boden war und sich einen Weg durch
den Rosengarten suchte, begann sie fröhlich zu rennen.

Sie versammelten sich im großen Hof, als alle, Mönche, Laiendiener, Gäste und Städter, das Frühstück beendet hatten. Selten
hatte der Klosterhof eine solche Menschenmenge gesehen, und
vor den Mauern summte die Vorstadt vor Stimmen, als die Gil-
demeister, der Stadtvorsteher, die Stadtältesten und alle Würdenträger versammelt waren, um sich der feierlichen Prozession
nach St. Giles anzuschließen. Die Hälfte der Chormönche würde
unter Leitung von Prior Robert an der Prozession teilnehmen
und den Reliquienschrein überführen, während der Abt und die
übrigen Brüder im Kloster blieben, um die Reliquie mit Musik
und Kerzen und Blumen zu empfangen. Die Gläubigen aus Stadt
und Vorstadt und die Pilger in den Klostermauern konnten sich
Prior Robert anschließen, wenn sie körperlich dazu fähig waren,
oder, wenn sie lahm und schwach waren, mit dem Abt warten

und ihre Ergebenheit unter Beweis stellen, indem sie sich ein kleines Stückchen hinauswagten und die Heilige empfingen.

»Ich würde so gern den ganzen Weg mitgehen«, sagte Melangell aufgeregt, die mit roten Wangen in der schwatzenden, drängenden Menge stand. »Es ist nicht weit. Aber zu weit für Rhun – er kann nicht Schritt halten.«

Er stand neben ihr, sehr still, sehr bleich und sehr hell, als wäre sogar sein Flachshaar unter der Wucht dieses Erlebnisses nachgebleicht. Er stand, auf die Krücken gestützt, zwischen seiner Schwester und Frau Alice, riß die Kristallaugen auf und blickte in die Ferne, als bemerkte er nicht einmal, daß sie ihn stützend in die Mitte genommen hatten. Doch er antwortete nur: »Ich würde gern ein Stückchen mitgehen, bis ich zurückfalle. Aber ihr braucht nicht auf mich zu warten.«

»Als ob ich dich allein lassen würde!« erwiderte Frau Weaver mit einem beruhigenden Glucksen. »Wir werden zusammenbleiben und aus der Pilgerfahrt das Beste machen, und der Himmel wird zufrieden sein. Aber das Mädchen hat junge Beine, sie soll nur den ganzen Weg mitgehen und ein paar Gebete für dich sprechen, und wir haben getan, was wir tun können.«

Sie beugte sich herunter, um den Ausschnitt seines Hemdes und seinen Mantelkragen ordentlich zurechtzuzupfen. Sie machte sich Sorgen über seine extreme Blässe und fürchtete, er könnte durch die große Aufregung krank werden. Doch er schien still wie Elfenbein und in Gedanken weit entfernt, an einem Ort, an den sie ihm nicht folgen konnte. Ihre vom Weben rauhen Hände glätteten sein gut gekämmtes Haar und strichen Strähnen aus seiner hohen Stirn.

»Nun lauf, Mädchen«, sagte sie zu Melangell, ohne sich vom Jungen abzuwenden. »Aber geselle dich zu jemand, den wir kennen. Es ist allerhand Lumpenpack unterwegs, man kann ihnen kaum ausweichen. Halte dich an Frau Glover oder die Apothekerwitwe …«

»Matthew geht auch mit«, sagte Melangell errötend und lächelnd. »Das hat er mir gesagt. Wir haben uns nach der Prim getroffen.«

Das war nur die halbe Wahrheit. Sie hatte ihm in Wirklichkeit kühn anvertraut, daß sie den ganzen Weg mitgehen und bei jedem Schritt für die Seelen beten wollte, die sie auf dieser Welt am meisten liebte. Es war nicht nötig, Namen zu nennen. Er dachte sicher sofort an ihren Bruder; sie aber dachte nicht weniger an die beiden gequälten jungen Männer, deren Schicksal jetzt in ihren zarten, ängstlichen Händen lag. Sie hatte sich sogar noch ein wenig weitergewagt und hinzugefügt: »Ciaran kann nicht Schritt halten, der Arme, er muß wie Rhun hier warten. Aber wir können unsere Schritte für sie mitzählen lassen.«

Trotzdem hatte Matthew sich umgesehen und einen Augenblick gezögert, ehe er sich ganz zu ihr wandte und sodann unvermittelt sagte: »Ja, wir können zusammen gehen, du und ich. Ja, laß uns den kurzen Weg zusammen gehen, dazu habe ich gewiß das Recht, dieses eine Mal... ich werde mit jedem Schritt für Rhun beten.«

»Nun, dann lauf und suche ihn«, sagte Frau Alice zufrieden. »Matthew wird schon auf dich aufpassen. Schau, sie formieren sich schon zur Prozession, also spute dich. Wir warten hier, bis ihr zurückkommt.«

Melangell floh begeistert. Prior Robert hatte seinen Chor mit Blick zum Tor und mit dem Vorsänger Bruder Anselm an der Spitze aufgestellt. Hinter den Mönchen sammelten sich die aufgeregt murmelnden, unruhigen Pilger wie ein Drachenschwanz zu einem langen, farbenfrohen, munteren Zug. Überall prangten Blumen, brennende Kerzen, Opfergaben, Kreuze und Banner. Matthew erwartete sie schon. Er streckte den Arm aus und zog sie neben sich. »Hast du die Erlaubnis bekommen? Sie vertraut dich mir an...?«

»Machst du dir keine Sorgen um Ciaran?« Sie konnte sich die ängstliche Frage nicht verkneifen. »Er muß ja hierbleiben, weil er den Weg nicht schafft.«

Die Chormönche vor ihnen begannen den Prozessionspsalm zu singen, und Prior Robert führte den Zug durch das Tor hinaus. Die Brüder gingen ordentlich immer zu zweit, danach folgten die Würdenträger der Stadt und danach die lange Reihe der

Pilger, die eifrig vorwärts drängten und in den Gesang einstimmten, soweit er ihnen bekannt war oder sie ein Ohr dafür hatten. Der Zug strömte durch das Torhaus und wandte sich auf der Straße nach rechts, nach St. Giles.

Bruder Cadfael ging in Prior Roberts Gruppe; neben ihm war Bruder Adam aus Reading. Es ging die breite Straße an der Mauer der Enklave entlang, am zertrampelten Gras des Pferdemarktes vorbei, und dann, der Straße folgend, nach rechts zwischen einzelnen Häusern und sonnengebleichten Weiden und Feldern zum Rand des Vorortes, wo sich der gedrungene Turm der Hospizkirche, das Dach des Hospizes und der lange geflochtene Zaun des Gartens dunkel vor dem hellen Osthimmel abhoben, gegenüber der Straße leicht erhöht auf einem sanft ansteigenden grünen Hügel gelegen. Unterwegs wurde der Zug immer länger und bunter, da die Leute aus der Vorstadt ihre Häuser verließen und sich in ihren Sonntagskleidern der Prozession anschlossen.

In der kleinen, dunklen Kirche war nur für die Brüder und die zivilen Würdenträger der Stadt Platz. Die anderen sammelten sich in der Tür und verrenkten die Hälse, um einen Blick auf die Ereignisse im Innern zu erhaschen. Während seine Lippen fast unhörbar Psalmen und Gebete murmelten, beobachtete Cadfael das Spiel des Kerzenlichts auf den Silberbeschlägen, die St. Winifreds eleganten Eichensarg verzierten. Der Sarg stand hoch auf dem Altar, genau wie damals vor vier Jahren, als er aus Gwytherin eingetroffen war. Cadfael fragte sich, ob seine Motive, als er sich zusammen mit sieben anderen Brüdern dazu gemeldet hatte, den Sarg in die Abtei zu tragen, wirklich so lauter gewesen waren, wie er gehofft hatte. Hatte er auf ein Vorrecht gebaut, da er zu denen gehörte, die sie hergebracht hatten? Oder hatte er es als demütige, büßende Geste gedacht? Schließlich war er über sechzig, erinnerte er sich, und der Eichensarg war schwer. Die Kanten schnitten scharf in die altersgebeugten Schultern, und der Rückweg war weit genug, um ihm einiges Unbehagen zu bereiten. Sie würde schon einen Weg finden, ihm zu zeigen, ob sie seine Entscheidung billigte oder nicht; zum Beispiel, indem sie ihm rheumatische Schmerzen schickte.

Der Gottesdienst war vorbei. Die acht auserwählten Brüder, die sich in Größe und Schrittweite ähnlich waren, hoben den Reliquienschrein und setzten ihn sich auf die Schultern. Der Prior steckte den vornehmen Kopf durch die niedrige Tür in den strahlenden Morgen hinaus, und die Menge, die sich um die Kirche gesammelt hatte, gab den Weg für ein Triumphzug der Heiligen frei. Der Prozessionszug stellte sich wieder auf, vorne Prior Robert mit den Brüdern, dann der Sarg mit den Trägern, flankiert von Bannern und Kerzen und eifrigen Frauen, die Blumengirlanden brachten. Dann wurde St. Winifred – oder das, was an ihrer Statt versiegelt dort drinnen lag – mit Musik und gemessener Freude gemächlichen Schrittes zu ihrem Altar in der Abteikirche zurückgebracht.

Seltsam, dachte Cadfael, während er sorgfältig die Schritte zählte. Der Sarg scheint leichter als damals. Konnte es denn sein? In nur vier Jahren? Er war mit den seltsamen Eigenschaften des menschlichen Körpers, ob tot oder lebendig, bestens vertraut. Einmal hatte man ihn in der Wüste in eine Höhlengalerie geführt, in welcher die alten Christen gelebt hatten und gestorben waren. Er wußte, was trockene Luft mit dem Fleisch tun konnte: die leichte verschrumpelte Hülle wurde konserviert, während der Lebenssaft verdunstete. Was auch immer im Schrein war, er ruhte sicher auf seiner Schulter wie eine leichte Hand, die ihn führte. Er war überhaupt nicht schwer!

9

Melangell und Matthew geschah unterwegs im Gedränge des wirbelnden, singenden, jubelnden Zuges etwas Wunderbares. Irgendwo auf der halben Meile zwischen Abtei und St. Giles stürzten sie sich in das Fieber und die Freude des Tages, ließen sich von den Wogen der Musik und der Frömmigkeit davontragen, vergaßen alle anderen, vergaßen sogar sich selbst und flogen ohne Worte oder Geste aufeinander zu. Als sie die Köpfe herumdrehten und sich wieder anblickten, sahen sie nur Augen und einen Heiligenschein aus Sonnenlicht. Sie sprachen auf dem ganzen Weg kein Wort. Sie brauchten nicht zu sprechen. Aber als sie die Ecke der Abteimauer am Pferdemarkt umrundeten und sich dem Torhaus näherten und sahen, daß der Abt, prächtig gewandet und unter seiner Mitra unglaublich groß erscheinend, seine eigene Gruppe herausführte, um ihnen entgegenzukommen; als die beiden singenden Gruppen einen gemeinsamen Takt fanden, während sie noch ein gutes Stück getrennt waren, und ihre Stimmen zu einem triumphierenden, hochfliegenden Schrei der Anbetung vereinten, und als die begeisterten Jünger erregt und keuchend atmeten, da hörte Melangell neben sich einen erstickten Seufzer, fast wie ein leises Schluchzen, das sich plötzlich in perlendes Gelächter verwandelte, das aus reiner, übermütiger Freude entsprang. Es war kein lautes Geräusch; es klang erstickt und atemlos, weil die Kehle, aus der es kam, vor Rührung verengt war, und weil der Geist und das Herz, aus denen das Lachen kam, nicht recht wußten, was sie da in die Welt setzten. Es war ein wundervolles Geräusch, dachte Melangell, als sie den Kopf hob und ihn in benommener Freude mit großen Augen und offenem Mund anstarrte. Sie hatte Matthew manchmal, sehr selten, spröde lächelnd gesehen und sich traurig über seine Verschlossenheit gewundert, aber sie hatte ihn noch nie lachen gehört.

Die beiden Prozessionen verschmolzen miteinander. Die Kreuzträger gingen voraus, ihnen folgten Abt Radulfus, der Prior und die Chormönche, dann kamen Cadfael und seine sieben Gefährten mit ihrer heiligen Last, zu beiden Seiten eingepfercht von Gläubigen, die die Arme ausstreckten, um wenigstens den Ärmel eines Trägers oder das polierte Eichenholz des Schreines zu berühren. Bruder Anselm, der in seinem Chor ein strenges Regiment führte, hob seine gut ausgebildete Stimme und übernahm die Führung, als sie ins Torhaus einbogen und St. Winifred heimbrachten.

Bruder Cadfael bewegte sich inzwischen wie ein Mann in einem doppelten Traum. Sein Körper hielt mit den Gefährten in einem gleichmäßigen Rhythmus Schritt, während sein Geist in ein anderes Reich schwebte, fortgetragen auf dem weichen Teppich der Klänge, der aus Schritten, begeistertem Gemurmel und schrillen Lobpreisungen Hunderter von Menschen gewoben war, und über allem lag der Gesang, der von Bruder Anselm angeführt wurde. Der große Hof war mit Menschen erfüllt, die ihren Einzug ins Kloster beobachten wollten, und sie mußten sich mit langsamen, schlurfenden Schritten den Weg in die Kirche bahnen und die Zuschauer beiseite drängen. Cadfael kam etwas verärgert wieder zu sich, als der Reliquienschrein im Hof Halt machen mußte, bis sich ein Weg öffnete. Er stemmte die Füße fast zornig auf den vertrauten Boden, und zum erstenmal sah er sich auf seinem Weg um. Hinter dem Gedränge, das sich gebildet hatte, verstreuten sich die Begleiter der Heiligen, weil sie einen Platz finden wollten, von dem aus sie alles sehen und hören konnten. Bei diesem kurzen Halt sah er auch Melangell und Matthew, die Hand in Hand außen um die Menge herumliefen und einen Platz zum Zuschauen suchten.

Sie blickten ein wenig benommen zu Cadfael hinüber, wie unerfahrene Trinker, die nicht an starken Wein gewöhnt sind. Warum auch nicht? Nach so langer Enthaltsamkeit spürte auch er, wie ihm der Rausch in die Füße ging, die dem hypnotischen Rhythmus folgten, und wie ihm die Kadenzen der Lieder in den Kopf stiegen. Diese Ekstase war ihm zugleich vertraut und fremd; er konnte sich hingeben und doch distanziert bleiben, mit den Füßen fest auf der vertrauten Erde das Gleichgewicht halten und aufrecht stehen.

Sie bewegten sich weiter ins Kirchenschiff hinein und wendeten sich nach rechts zum leeren, wartenden Altar. Der weite, verträumte, von der Sonne gewärmte Schoß der Kirche nahm sie mit Halbdunkel, Stille und Leere auf; niemand durfte ihnen folgen, ehe sie sich nicht ihrer Last entledigt hatten, ihre Patronin an ihren Platz gebracht und ihre eigenen unbedeutenden Plätze eingenommen hatten. Dann kam das Gefolge herein, angeführt von Abt und Prior: zuerst die Brüder, die im Chorgestühl Platz nahmen, dann der Stadtvorsteher, die Zunftmeister der Stadt und die Würdenträger der Grafschaft und dann die große Menge der Gläubigen. Sie strömten aus dem warmen Sommermorgen in die kühle, steinerne Dunkelheit, vom aufgeregten Getöse der Feier in die andächtige Stille, bis jeder Platz in der Kirche von einem farbenfroh gekleideten, warmen, atmenden Menschen besetzt war. Alle hielten sich still wie die Kerzenflammen auf dem Altar, und sogar die Lichtreflexe auf den Silberbeschlägen des Sarges standen still und reglos wie Juwelen.

Abt Radulfus trat vor. Die Messe begann mit ernüchterndem Ernst.

Trotz der Kraft der menschlichen Gefühle, die in diesen massiven Wänden und unter einem Dach versammelt waren, vermochte niemand auch nur einen Moment die Augen von der Andacht zu wenden, und keinen Augenblick irrten die Gedanken von der Liturgie ab. In den Jahren seit seiner Berufung hatte es immer wieder Zeiten gegeben, da Cadfaels Gedanken während der Messe abgeirrt und um andere Probleme gekreist waren, die verlangten eine Lösung. Heute kam es nicht dazu. Die ganze Zeit über bemerkte er kein einziges Gesicht in der Menge; er spürte nur die Gegenwart vieler Menschen, in denen sich seine Identität verlor; oder besser, seine Identität breitete sich aus wie Luft, bis sie jeden Teil des Ganzen erfüllte. Er vergaß Melangell und Matthew, er vergaß Ciaran und Rhun, er sah sich nicht einmal um, ob Hugh gekommen war. Wenn er vor seinem inneren Auge überhaupt ein Gesicht sah, dann war es eines, das er noch nie erblickt hatte, wenn er sich auch gut an die zarten, zerbrechlichen Knochen erinnerte, die er mit großer Vorsicht und Ehrfurcht aus der Erde gehoben hatte, und die er mit leichtem Herzen wieder unter dieselbe Erde gelegt hatte, damit sie ihren nach Weißdorn duftenden Schlaf unter den schützenden Bäumen wieder aufnehmen konnten. Aus irgendeinem Grund konnte er sie sich, obwohl sie recht alt geworden war, nicht älter als siebzehn oder achtzehn vorstellen; das Alter, in dem sie gewesen war, als der Königssohn Cradoc sie verfolgte. Die schmalen, kleinen Knochen bewiesen ihre Jugend, und das beschattete Gesicht, das er sich vorstellte, war frisch und eifrig und offen und wunderschön. Aber er sah es stets halb von sich abgewandt. Wenn überhaupt, dann mochte sie jetzt den Kopf zu ihm wenden und ihn beruhigen, indem sie ihm ihr Antlitz ganz zeigte.

Am Ende der Messe zog sich der Abt auf seinen Platz zurück, rechts neben dem Verbindungsgang zwischen Kirchenschiff und Chor, hinter dem Gemeindealtar, um die Pilger mit ausgebreiteten Armen und erhobener Stimme aufzufordern, sich dem Altar der Heiligen zu nähern. Jeder, der eine Bitte an die Heilige hatte, sollte sie auf den Knien aussprechen und die Reliquie mit Hand und Lippen berühren. Und die Pilger kamen ordentlich aufgereiht und in andächtigem Schweigen. Prior Robert baute sich am Fuße der drei Stufen auf, die zum Altar hinaufführten, und hielt sich bereit, jedem zu helfen, der nicht hinaufsteigen oder knien konnte. Die Gesunden, die keine dringenden Bitten an die Heilige hatten, kamen von der anderen Seite durchs Kirchenschiff und suchten sich Ecken, in denen sie stehen und zusehen konnten, damit sie ja keinen Moment dieses denkwürdigen Tages verpaßten. Nun hatten sie auch wieder Gesichter. Sie unterhielten sich flüsternd, und sie waren so zahlreich und verschieden, wie sie gerade noch ununterscheidbar gewesen waren.

Bruder Cadfael, der an seinem Platz kniete, sah dem Treiben zu und konnte nun einzelne Menschen unterscheiden, die herankamen, niederknieten und den Sarg berührten. Die lange Reihe der Bittsteller war schon fast vorbeigezogen, als er Rhun bemerkte. Frau Alice stützte ihn am linken Ellbogen, Melangell half ihm auf der rechten Seite, und Matthew folgte dichtauf, kaum weniger gespannt als sie. Der Junge kam mit seinem üblichen, schmerzhaften Gang, und seine herabhängende Zehe kratzte gerade eben über den Fußboden. Sein Gesicht war wachsbleich, aber es war eine strahlende Blässe, die das Auge des Beobachters beinahe blendete. Die großen Augen waren fest auf den Reliquienschrein gerichtet, und sie strahlten wie durchsichtiges Eis mit einem hellen, bläulichen Licht im Innern. Frau Alice flüsterte ihm leise, ermutigende Worte in das eine Ohr, und Melangell tuschelte ihm ins andere, aber er sah nichts als den Altar, auf den er zuschritt. Als er an der Reihe war, schüttelte er seine Helfer ab und schien einen Augenblick zu zögern, bevor er es wagte, allein weiterzuschreiten.

Prior Robert, der seine Verfassung bemerkte, streckte eine Hand aus. »Es soll Euch nicht in Verlegenheit bringen, wenn Ihr nicht knien könnt, mein Sohn. Gott und die Heilige werden Euren guten Willen anerkennen.«

Das leise, zitternde Wispern, mit dem er antwortete, war in der erwartungsvollen Stille deutlich zu vernehmen: »Aber Vater, ich kann! Und ich will!«

Rhun richtete sich auf und nahm die Hände von den Krücken, die ihm aus den Achseln glitten und umfielen. Die linke Krücke krachte erschreckend laut auf die Fliesen, die rechte wurde von Melangell mit einem schwachen Schrei abgefangen, indem sie vorstürzte und sich auf die Knie warf, um sie zu packen. Sie blieb in der Hocke und umarmte verzweifelt die Krücke, während Rhun seinen verdrehten Fuß aufsetzte und sich aufrichtete. Bis zu den Altarstufen hatte er nur noch zwei oder drei Schritte vor sich. Er ging langsam und gleichmäßig, die Augen auf den Reliquienschrein gerichtet. Einmal schwankte er etwas, und Frau Alice machte Anstalten, zu ihm zu eilen, doch sie blieb sofort verwundert und besorgt stehen, als Prior Robert die Hand ausstreckte, um Rhun zu helfen. Rhun aber achtete nicht auf die Helfer und auf keinen anderen Menschen, er schien außer seinem Ziel und der inneren Stimme, die ihn rief, nichts zu sehen und nichts zu hören. Er ging mit angehaltenem Atem wie ein Kind, das gerade lernt, über gefährlich weite Entfernungen in die offenen Arme der Mutter zu laufen und die Liebkosungen anzunehmen, die es zu der Heldentat verleitet hatten.

Er setzte den verdrehten Fuß auf die unterste Stufe, und nun war der verdrehte Fuß, wenn er sich auch linkisch und ungeübt bewegte, nicht mehr verdreht. Er konnte ihn und das verkümmerte Bein belasten, er legte sein ganzes Gewicht darauf, und das Bein schien seine schöne Form wiedergefunden zu haben und trug ihn sicher.

Erst jetzt bemerkte Cadfael das Schweigen und die Stille. Es war, als hielten alle Anwesenden wie der Junge den Atem an, vom Zauber gebannt, aber noch nicht bereit, noch nicht berechtigt, anzuerkennen, was sich vor ihren Augen abspielte. Selbst Prior Robert stand wie verzaubert als großes, strenges Standbild seiner selbst erstarrt vor dem Altar. Und Melangell, die immer noch kniete und die Krücke an ihre Brust preßte, konnte keinen Finger rühren, um dem Jungen zu helfen und den Bann zu brechen. Sie verfolgte mit gequälten Blicken jeden Schritt des Jungen, als läge ihr Herz unter seinen Füßen wie ein freiwilliges Opfer, um ihm sein Schicksal zu erleichtern.

Er hatte die dritte Stufe erreicht und sank vorsichtig auf die Knie, während er sich an der Altarplatte und dem goldenen Tuch unter dem Reliquienschrein festhielt. Er hob beide Hände und das entrückte Gesicht, das trotz der geschlossenen Augen weiß und hell war. Kein Laut war zu hören, aber alle sahen, wie er die Lippen bewegte und die Gebete sprach, die er der Heiligen zugedacht hatte. Gewiß enthielten sie keine Bitte um seine eigene Heilung. Er hatte sich einfach demütig und freudig in ihre Hände begeben, und was ihm geschehen war, hatte sie gewiß aus eigenem Willen getan.

Er mußte sich an den Tüchern von den Knien hochziehen wie ein Kind, das sich am mütterlichen Rockschoß festhält. Zweifellos stützte sie ihn unter den Achseln, um ihm aufzuhelfen. Er neigte den hellen Kopf und küßte den Saum ihrer Tücher, richtete sich auf und küßte den silbernen Rand des Reliquienschreins, in dem, ob sie nun darin lag oder nicht, sie allein herrschte und regierte. Dann zog er sich langsam zurück und tastete sich die drei Stufen hinunter. Der verdrehte Fuß und das verkümmerte Bein trugen ihn sicher. Am Fuß der Treppe machte er eine ernste Ehrenbezeugung, drehte sich um und ging rasch davon wie ein völlig gesunder sechzehnjähriger

Junge. Er lächelte die Frauen aufmunternd an, hob die Krücken auf, die er nun nicht mehr brauchte, und brachte sie nach vorn, um sie ordentlich unter den Altar zu legen.

Der Bann war gebrochen, denn das Wunder war geschehen und eindeutig bewiesen. Ein gewaltiger, schaudernder Seufzer lief durch das Kirchenschiff, durch den Chor, durch die Querschiffe und alle Nebenräume, wo immer Menschen zugesehen und gelauscht hatten. Und nach dem Seufzer erhob sich das Gemurmel zu einem bebenden Sturm, man konnte nicht sagen, ob ein Sturm von Tränen oder Lachen, aber die Luft erzitterte unter seiner Leidenschaft. Und dann kam der Aufschrei, und Tränen und Gelächter lösten sich zu einem verzauberten, ehrfürchtigen Wirbelsturm. Von den Steinwänden und dem hohen, gewölbten Dach, von der Lettnerempore und den Querschiffen hallten die Echos hin und her, und die Kerzen, die so still und hoch gebrannt hatten, erzitterten und spuckten in diesem Sturm. Melangell klammerte sich, schwach und vor Freude weinend, an Matthew. Frau Alice rannte glücklich von einer Freundin zur anderen. Prior Robert, der die Zeremonie leitete, hob die Hände und stimmte einen Dankespsalm an, und Bruder Anselm fiel sofort ein.

Ein Wunder, ein Wunder, ein Wunder ...

Und inmitten des Aufruhrs stand Rhun, aufrecht und still und sogar ein wenig verwirrt, fest auf seinen beiden langen, wohlgeformten Beinen und betrachtete die rufenden, weinenden, frohlockenden Gesichter und ließ die Wogen der bedeutungslosen Geräusche über sich ergehen. Er wollte nichts weiter als die Stille, die er gefunden hatte, als er an diesem heiligen Ort mit seiner Heiligen allein gewesen war, die ihm mit süßen, geheimen Worten gesagt hatte, was er tun mußte.

Bruder Cadfael und die anderen Brüder erhoben sich erst, als sich die Kirche geleert hatte, als die jubelnde, wirbelnde, aufgeregte Menge ihre fiebrige Erregung in die frische Sommerluft hinausgetragen hatte, um laut das Wunder zu verkünden und die Botschaft in die Vorstadt und die Stadt hinauszurufen. Die

Menschen kauten es beim Mittagessen im Gästehaus noch einmal durch und ließen sich mit dem Atem, den sie noch hatten, bei der Vesper von neuem darüber aus. Wenn sie die Abtei erst verlassen hatten, würden sie die Botschaft ins ganze Land tragen und St. Winifred preisen und andere Menschen anregen, sich auf den Weg zu machen und mit ihren Sorgen nach Shrewsbury zu kommen. Die Heilung war bewiesen und konnte von Hunderten bezeugt werden.

Die Brüder zogen sich zu ihrem wie üblich bescheidenen Essen ins Refektorium zurück und wahrten, wie auch immer ihre Gefühle waren, das Schweigegebot. Sie waren sehr müde, so daß ihnen das Schweigen willkommen war. Sie waren früh aufgestanden und hatten schwer gearbeitet, sie waren mit Körper und Seele durch Feuer und Flut gegangen, und so war es nicht erstaunlich, daß sie in demütigem und dankbarem Schweigen ihr Essen einnahmen.

10

Erst als das Essen im Gästehaus fast beendet war, dachte Matthew, der neben Melangell saß und nach dem Wunder des Morgens immer noch errötet und erregt war, an seine ernsten Pflichten und besann sich mit einem Stirnrunzeln, das den ungewohnten Glanz in seinem Gesicht jedoch nur leicht trüben konnte. In der Gesellschaft von Frau Weaver und ihren Schutzbefohlenen wurde ihm eine Zeitlang die ungetrübte Freude der Familie zuteil, die ihn alles andere vergessen ließ. Aber es konnte nicht von Dauer sein; nur Rhun saß immer noch halb verwundert, halb sprachlos da. Er wollte nicht essen und nicht trinken, während seine Gefährtinnen unbeachtet ihre Freude äußerten. Er war so weit entrückt gewesen, daß die Rückkehr eine Zeit dauerte.

»Ich habe Ciaran gar nicht gesehen«, sagte Matthew leise in Melangells Ohr. Er richtete sich etwas auf, um sich im vollen Speisesaal umzusehen. »Hast du ihn in der Kirche bemerkt?«

Auch sie hatte ihn vergessen, doch als sie Matthews Frage

hörte, kehrte die Erinnerung heftig zurück, und ihr Herz tat einen schmerzhaften Sprung. Doch sie wahrte ihre Fassung und legte ihm beruhigend eine Hand auf den Arm, um ihn herunterzuziehen. »Unter so vielen Menschen? Natürlich ist er da. Er muß einer der ersten gewesen sein, denn er ist hier geblieben und hat sich gewiß einen guten Platz gesichert. Wir haben ja nicht alle gesehen, die zum Altar gegangen sind – wir waren bei Rhun, weit hinten.« Es war eine Mischung aus Wahrheit und Lüge, aber sie sprach zuversichtlich und klammerte sich an die erschütterte Hoffnung.

»Aber wo ist er jetzt? Ich kann ihn hier drinnen nicht entdecken.« Aber im Speisesaal war es so unruhig, so viele Menschen gingen von Tisch zu Tisch, um mit Freunden zu sprechen, daß man leicht einen Mann übersehen konnte. »Ich muß ihn suchen«, sagte Matthew, der noch nicht sehr besorgt war, sich aber dennoch vergewissern wollte.

»Nein, setz dich! Du weißt doch, daß er hier irgendwo sein muß. Laß ihn in Ruhe, er wird schon kommen, wenn er will. Vielleicht hat er sich ins Bett gelegt, weil er morgen barfuß weiterziehen muß. Warum willst du ihn jetzt suchen? Kannst du nicht einmal einen Tag auf ihn verzichten? Noch dazu an einem solchen Tag?«

Matthew betrachtete sie mit einem Gesicht, aus dem alle Offenheit und Freude verschwunden waren, und löste sich sanft, aber entschlossen aus ihrem Griff. »Trotzdem, ich muß ihn finden. Bleib du hier bei Rhun, ich bin bald zurück. Ich will ihn nur sehen, um mich zu vergewissern...«

Und damit war er fort und glitt unauffällig zwischen den feierlich gedeckten Tischen hindurch und sah sich genau um. Sie war unsicher, ob sie ihm folgen sollte, doch dann entschied sie sich dagegen, denn während er suchte, verging langsam die Zeit, und Ciaran entfernte sich immer weiter, und sie konnte hoffen, daß nach und nach sogar die Erinnerung an ihn verblassen würde, bis er ganz vergessen war. So blieb sie in der fröhlichen Gesellschaft, ohne ganz dabei zu sein, und mit jedem Augenblick, der verstrich, wußte sie weniger, ob sie sich sicherer oder unbehaglicher fühlen sollte. Schließlich konnte sie das Warten nicht mehr ertragen. Sie stand leise auf und huschte davon. Frau Alice, zwischen Tränen und Freude hin- und hergerissen, saß überschwenglich neben ihrem Schutzbefohlenen inmitten von Nachbarn, die so glücklich und redselig waren wie sie selbst, während Rhun, der etwas entrückte Mittelpunkt der Gruppe, noch mit seiner Erlösung beschäftigt war. Zwar antwortete er, so gut er konnte, auf Fragen, doch die Antworten klangen recht lahm. Melangell wurde nicht gebraucht, man würde sie vorläufig nicht vermissen.

Als sie in die strahlende Mittagssonne hinaustrat, war es auf dem großen Hof völlig still; es war die ruhige Stunde nach dem Mahl. Der große Hof war so gut wie nie wirklich leer, immer kam und ging jemand durch das Torhaus, aber jetzt waren nur wenige Menschen zu sehen. Sie ging fast ängstlich in den Kreuzgang, wo ein einsamer Kopist seine Arbeit vom Vortag durchsah. Bruder Anselm stellte in seinem Arbeitszimmer die Musik für den Vespergottesdienst zusammen. Von dort aus ging sie in den Stall, wenn es auch keinen Grund gab, Matthew dort zu suchen, da er kein Pferd besaß und nicht zu erwarten war, daß sein Gefährte eines erworben hatte; dann in den Garten, wo einige Novizen allzu heftig wuchernde Triebe einer Hecke zurückschnitten; dann zum Bauernhof mit seinen Scheunen und Lagerhäusern, wo einige Laienbrüder ihre Pause genossen und wie alle anderen in der Enklave, wie alle in Shrewsbury und der Vorstadt, müßig über das Wunder des Morgens plauderten. Der gepflegte Garten des Abtes war menschenleer, die umsorgten Rosen strahlten in der Sonne. Die Wohnungstür des Abtes stand offen, und drinnen schienen einige Gäste zu sein.

Sie wandte sich ängstlich wieder zum Garten. Sie war keine gute Lügnerin, sie war in dieser Kunst nicht geübt, und selbst für einen guten Zweck mochten ihre Fähigkeiten zur Lüge nicht ausreichen. Und in all dem Getriebe der Alltagsverrichtungen in der Abtei, wo es immer etwas zu tun gab, hatte sie Matthew nicht entdecken können. Aber er war gewiß nicht verschwunden, nein, denn der Pförtner konnte ihm nichts verraten. Ciaran war nicht zum Tor hinausgegangen; und sie selbst würde, solange sie nicht mußte, nichts verraten – bis Matthews besorgtes Herz mit dem Verlust ausgesöhnt und für einen anderen Menschen offen und empfänglich war.

Sie machte kehrt, umrundete die Buchsbaumhecke, bis sie die eifrigen Novizen aus dem Blick verloren hatte, und prallte mit Matthew zusammen.

Sie begegneten sich in schrecklicher Abgeschiedenheit mitten in der Hecke. Sie fuhr schuldbewußt vor ihm zurück, denn er wirkte distanzierter und fremder als je zuvor. Er erkannte sie und bestätigte mit einem Zucken seines besorgten Gesichts, daß sie das Recht hatte, ihn zu suchen; doch fast im gleichen Moment schien er sie als unwichtig abzutun.

»Er ist fort!« sagte er mit kalter, knirschender Stimme. Er sah durch sie hindurch in weite Ferne. »Gott behüte dich, Melangell, denn nun mußt du auf dich selbst aufpassen, so leid es mir tut. Er ist fort – geflohen, als ich nicht da war. Ich habe ihn überall gesucht, aber ich konnte keine Spur von ihm finden. Auch der Pförtner hat ihn nicht durchs Tor gehen sehen, ich habe mich erkundigt. Aber er ist fort! Allein! Und ich muß ihm nachgehen. Gott behüte dich, Mädchen, denn ich kann es nun nicht mehr. Lebe wohl!«

Und so wollte er gehen, mit wenigen Worten und so wild entschlossenem Gesicht! Er hatte schon kehrt gemacht und zwei lange Schritte getan, bis sie ihn einholte und seinen Arm mit beiden Händen packte, um ihn festzuhalten.

»Nein, nein, *warum* denn? Was braucht er von dir, verglichen mit dem, was ich von dir brauche? Laß ihn gehen! Glaubst du denn, dein Leben gehört ihm? Er will es nicht! Er will, daß du frei bist, er will, daß du dein eigenes Leben lebst, statt mit ihm zusammen zu sterben. Er weiß, daß du mich liebst! Wagst du es zu leugnen? Er weiß, daß ich dich liebe. Er will, daß du glücklich bist! Warum soll ein Freund seinem Freund nicht wünschen, daß er glücklich wird? Wie kannst du ihm seinen letzten Wunsch abschlagen?«

Sie wußte im gleichen Augenblick, daß sie zuviel gesagt

hatte, aber sie wußte nicht, an welchem Punkt der Fehler zum Verhängnis geworden war. Er hatte sich ihr wieder ganz zugewandt und stand erstarrt, das Gesicht wie gemeißelter Marmor, vor ihr. Er riß sich los, diesmal alles andere als sanft.

»*Er will es!*« zischte er mit einer Stimme, die sie noch nie bei ihm gehört hatte. »Du hast mit ihm gesprochen! Du hast *für* ihn gesprochen! *Du hast es gewußt!* Du wußtest, daß er gehen wollte, und hast mich verzaubert und festgehalten und mich verführt, meinen Eid zu brechen. *Du hast es gewußt!* Seit wann? Wann hast du mit ihm gesprochen?«

Er packte ihre Handgelenke und schüttelte sie gnadenlos, und sie schrie auf und fiel auf die Knie.

»Du wußtest doch, daß er gehen wollte?« drängte Matthew, in kalter Wut über sie gebeugt.

»Ja, ja! Er hat es mir heute morgen gesagt… er wollte es so…«

»*Er wollte es!* Wie konnte er das wagen? Wie konnte er es wagen, nachdem man ihm den Ring des Bischofs geraubt hatte? Er wagte ohne den Ring keinen Schritt zu tun, er hatte Angst, den Fuß auf die Straße zu setzen…«

»Aber er hat den Ring«, rief sie, jede Täuschung aufgebend. »Der Herr Abt hat ihn ihm heute morgen zurückgegeben, du brauchst dir keine Sorgen mehr um ihn zu machen. Er ist sicher, er hat seinen Schutz zurückbekommen, er braucht dich nicht mehr!«

Matthew, immer noch über sie gebeugt, schwieg entsetzt. »*Er hat den Ring?* Und du wußtest es und hast kein Wort gesagt! Wenn du soviel weißt, dann weißt du sicher noch mehr. Sprich! *Wo ist er?*«

»Fort«, sagte sie mit zitterndem Flüstern, »und er wünscht uns beiden Glück… er will, daß wir glücklich werden… Oh, laß ihn gehen, laß ihn doch gehen, er gibt dich frei!«

Matthew wand sich unter einem Geräusch, das ein Lachen sein sollte. Sie hörte es mit ihren Ohren und spürte es durch ihren Körper zittern, aber es war anders als jedes Lachen, das sie bisher gehört hatte. Es ließ ihr das Blut gefrieren. »Er gibt *mich* frei! Und du mußtest seine Vertraute sein! Mein Gott! Er ist nicht durchs Tor gegangen. Wenn du alles weißt, dann sage mir, wie er gegangen ist.«

Sie sank weinend in sich zusammen. »Er liebt dich, er will, daß du weiterlebst und ihn vergißt und daß du glücklich wirst ...«

»*Wie ist er gegangen?*« wiederholte Matthew so atemlos, daß er fast an den Worten zu ersticken schien.

»Über den Bach«, entgegnete sie mit gebrochenem Flüstern, »auf dem kürzesten Wege nach Wales. Er sagte ... er hätte dort Verwandte ...«

Er holte zischend Luft und löste seinen Griff, und sie fiel vorwärts aufs Gesicht, als er ihre Handgelenke freigab. Er drehte sich um und floh vor ihr, vergaß alles, was sie geteilt hatten, nur seiner blinden Leidenschaft folgend. Sie verstand ihn nicht, sie konnte nicht begreifen, was da so schnell geschehen war, aber sie wußte, daß sie Gefahr lief, ihren Geliebten zu verlieren, denn er floh erbarmungslos vor ihr, um eine unverständliche Pflicht zu erfüllen, an der sie keinen Anteil hatte. Sie sprang auf und rannte ihm nach, faßte seinen Arm, schlang die Arme um ihn, sah ihm flehend ins versteinerte, verzerrte Gesicht, und bat ihn leidenschaftlich: »Laß ihn gehen! Oh, laß ihn doch gehen! Er will allein gehen und dich mir überlassen ...«

Fast tonlos erklang über ihr das schreckliche Lachen, das so sehr im Widerspruch zu dem lieblichen Geräusch stand, das sie gehört hatte, als er mit ihr dem Reliquienschrein gefolgt war. Das Lachen kochte wie dicker Sirup in seinem Hals. Er streifte ihre flehenden Hände ab, und als sie wieder auf die Knie fiel und sich mit ihrem ganzen verzweifelten Gewicht an ihn klammerte, riß er seine rechte Hand los und schlug ihr heftig ins Gesicht. Schluchzend und elend löste er sich und floh und ließ sie mit dem Gesicht auf dem Boden liegen.

In den Gemächern des Abtes saßen Radulfus und seine Gäste lange beim Mahl, denn sie hatten viel zu besprechen. Das Thema, das allen am Herzen lag, kam als erstes zur Sprache.

»Wie es scheint«, sagte der Abt, »durften wir heute morgen eine einzigartige Gunst genießen. Wir haben mitunter gewisse Gnadenerweise gesehen, aber noch nie einen so öffentlichen und überzeugenden und vor so vielen Augen. Was meint Ihr? Ich habe viele Wunder gesehen, die bei näherer Betrachtung gar nicht mehr wunderbar waren. Ich weiß, wie Menschen sich und andere täuschen können. Sie tun es nicht immer vorsätzlich, denn manchmal wird der Täuschende selbst getäuscht. Wenn Heilige Macht besitzen, dann besitzen auch Dämonen Macht. Aber dieser Junge kommt mir vor wie ein Kristall. Ich kann nicht glauben, daß er täuscht oder getäuscht wurde.«

»Ich habe gehört«, erwiderte Hugh, »daß manche Krüppel, die ihre Krücken fortgeworfen haben, um frei zu laufen, zusammengebrochen sind, als der Augenblick der Verzückung vorbei war. Die Zeit wird zeigen, ob der Junge seine Krücken wieder benutzen muß.«

»Ich will später mit ihm sprechen«, erklärte der Abt, »wenn er sich beruhigt hat. Bruder Edmund erzählte mir, daß Bruder Cadfael den Jungen in den drei Tagen, die er hier verbrachte, behandelt hat. Das mag seinen Zustand gelindert haben, aber eine so wundersame Heilung kann die Behandlung nicht bewirkt haben. Nein, ich muß einräumen, daß ich wirklich glaube, unser Haus ist der Schauplatz einer göttlichen Gnade geworden. Ich werde auch mit Cadfael sprechen, der den Zustand des Jungen genau kennt.«

Olivier saß in Gegenwart eines so hochstehenden Kirchenmannes ehrerbietig schweigend am Tisch, doch Hugh bemerkte, daß er, als Cadfaels Name fiel, die Augenbrauen hob. Seine Augen begannen zu strahlen. Nun wußte er, wer der Gesuchte war, und daß zwischen dem seltsamen Paar etwas mehr als eine flüchtige Begrüßung stattgefunden hatte.

»Und jetzt würde ich mich freuen«, fuhr der Abt fort, »wenn ich erfahren könnte, welche Neuigkeit Ihr uns aus dem Süden bringt. Wart Ihr in Westminster am Hof der Kaiserin? Ich hörte, daß sie sich jetzt dort eingerichtet hat.«

Olivier berichtete bereitwillig, wie die Dinge in London stan-

den, und beantwortete aufmerksam alle Fragen. »Mein Herr ist
in Oxford geblieben, ich habe diesen Botengang auf seinen aus-
drücklichen Wunsch unternommen. Ich war nicht in London,
sondern bin von Winchester aus aufgebrochen. Aber die Kaiserin ist tatsächlich im Schloß von Westminster, und die Vorbereitungen für ihre Krönung machen gute Fortschritte – wenn auch
sehr langsame. Die Stadt London ist sich ihrer Macht wohl bewußt und verlangt, daß ihre Rechte anerkannt werden; das ist
jedenfalls mein Eindruck.« Er wollte nicht weiter auf das Unbehagen eingehen, das er angesichts der Weisheit seiner Lehnsherrin – oder des Mangels daran – verspürte, doch er schob zweifelnd eine Unterlippe vor und runzelte einen Augenblick die
Stirn. »Vater, Ihr wart beim Konzil und wißt, was geschehen ist.
Mein Herr verlor dort einen braven Ritter und ich einen teuren
Freund. Er wurde auf der Straße niedergestreckt.«

»Rainald Bossard«, sagte Radulfus düster. »Ich habe es nicht
vergessen.«

»Ehrwürdiger Vater, ich habe dem Herrn Sheriff bereits erzählt, was ich nun auch Euch berichten will. Denn ich habe
noch einen zweiten Auftrag zu erfüllen, den ich mit meinem
Botengang für die Kaiserin verbinden kann, einen Auftrag von
Rainalds Witwe. Rainald hatte einen jungen Verwandten in sein
Haus aufgenommen, der bei ihm war, als er getötet wurde.
Nach seinem Tod verließ der junge Mann insgeheim, und ohne
ein Wort zu verlieren, das Haus der Dame. Sie sagt, er sei auch
schon vor seinem Verschwinden verschlossen und schweigsam
gewesen, und die einzige Nachricht, die wir von ihm erhielten,
war die, daß er auf der Straße nach Newbury gen Norden gereist sei. Danach haben wir nichts mehr von ihm gehört. Da ich
ohnehin nach Norden reise, bat sie mich, unterwegs nach ihm
zu fragen, denn sie schätzt ihn und vertraut ihm und will ihn
an ihrer Seite haben. Ich will euch nicht täuschen, Ehrwürdiger
Vater; es gibt einige, die behaupten, er sei geflohen, weil er die
Schuld an Rainalds Tod trägt. Sie behaupten, er hätte sich mit
der Frau Juliana eingelassen und in diesem Straßenkampf eine
Chance gesehen, sie zur Witwe zu machen und für sich zu ge-

winnen. Doch dann habe er es mit der Angst bekommen, weil der Verdacht allzu schnell auf ihn gefallen sei. Ich dagegen glaube, daß der Verdacht erst aufkam, nachdem er verschwunden war. Und Juliana, die ihn doch besser als jeder andere kennen muß, betrachtet ihn als Sohn, da sie keine eigenen Kinder hat, und sie vertraut ihm völlig. Sie will, daß er gerechtfertigt heimkehrt, egal, aus welchem Grund er sie verließ. Ich habe unterwegs in jeder Herberge und jedem Kloster nach dem jungen Mann gefragt. Darf ich nun auch hier fragen? Der Bruder, der für die Gäste verantwortlich ist, wird sicher alle Namen wissen. Leider«, fügte er traurig hinzu, »ist der Name alles, was ich habe, denn soweit ich weiß, habe ich den Mann noch nie gesehen. Und ein Name ist etwas, das man leicht ablegen kann.«

»Das ist nicht viel«, sagte Abt Radulfus lächelnd, »aber Ihr dürft Euch gern erkundigen. Wenn er sich nichts hat zuschulden kommen lassen, dann will ich Euch gern helfen, ihn zu finden, damit er entlastet mit Euch zurückkehren kann. Wie ist sein Name?«

»Luc Meverel. Er ist, wie man mir sagte, vierundzwanzig Jahre alt, mittelgroß und sieht sehr stattlich aus. Er hat dunkles Haar und dunkle Augen.«

»Das paßt auf Hunderte von jungen Männern«, erwiderte der Abt kopfschüttelnd. »Und den Namen wird er zweifellos abgelegt haben, wenn er etwas zu verbergen hat oder wenn er fürchtet, mit unberechtigten Anschuldigungen belastet zu werden. Aber versucht es nur. Ich kann Euch versichern, daß ein junger Mann, der verschwinden will, dies in einer Versammlung wie der unsrigen mit Leichtigkeit tun kann. Denis wird Euch sagen können, welcher Gast im richtigen Alter und von der entsprechenden Art ist. Euer Luc Meverel ist ja gewiß aus gutem Hause und wahrscheinlich gebildet und des Schreibens kundig.«

»Das ist er«, erwiderte Olivier.

»Dann geht mit meinem Segen zu Bruder Denis und bittet ihn, Euch nach Kräften zu helfen. Er hat ein ausgezeichnetes Gedächtnis, und er wird Euch sagen können, welcher der Männer im passenden Alter und von der richtigen Erscheinung ist. Ihr könnt es immerhin versuchen.«

Als sie die Gemächer des Abtes verließen, suchten sie jedoch zuerst Bruder Cadfael. Und der war nicht leicht zu finden. Hughs erste Idee war, in der Hütte im Herbarium nachzusehen, wo sie gewöhnlich ihre Angelegenheiten besprachen. Aber dort war kein Cadfael. Ebensowenig war er im Kreuzgang bei Bruder Anselm, mit dem er manchmal über die Musik für den Abend diskutierte. Er war auch nicht mit der Überprüfung des Medizinschrankes in der Krankenstation beschäftigt. Er hatte das Schränkchen, das sich in den letzten Tagen ziemlich geleert hatte, schon am Morgen dieses Freudentages wieder aufgefüllt. Bruder Edmund erklärte freundlich: »Er war schon da. Ich hatte einen Verletzten, der aus dem Mund blutete – wahrscheinlich hat er sich an seiner eigenen Begeisterung verschluckt. Der Kranke ist jetzt ruhig und schläft, die Blutung hat aufgehört. Cadfael ist schon eine ganze Weile wieder fort.«

Bruder Oswin, der heftig mit dem Unkraut im Küchengarten kämpfte, hatte seinen Vorgesetzten seit dem Mittagessen nicht mehr gesehen. »Aber ich glaube«, erklärte er, während er nachdenklich in die hochstehende Sonne blinzelte, »daß er in der Kirche ist.«

Cadfael kniete am Fuße der Treppe, die zu St. Winifreds Altar führte. Er hatte die Arme nicht im Gebet erhoben, sondern im Schoß seiner Kutte verschränkt, und seine Augen waren nicht in stillem Flehen geschlossen, sondern in Erwartung der Absolution weit geöffnet. Er kniete schon eine Weile dort; er, der sonst nur zu froh war, sich von den Knien erheben zu können, die langsam steif wurden. Er hatte keine Schmerzen und keinen Kummer irgendeiner Art, sondern verspürte nur eine unendliche Dankbarkeit, in der er dahinschwamm wie ein Fisch im Meer. Ein Meer, das so rein und blau und schwindelerregend tief und klar war wie das Meer im Osten, an das er sich so gut erinnerte: der östliche Ausläufer des gezeitenlosen, legendären Mittelländischen Meeres, an dem die heilige Stadt Jerusalem

lag, der Ruheplatz Unseres Herrn, ein hart erkämpftes Königreich. Die Heilige, die über die Abtei wachte, ob sie nun hier
lag oder nicht, hatte ihm eine unendliche, strahlende Hoffnung
geschenkt. Ihre Gnade mochte willkürlich sein, aber sie war
gewiß herrlich. Sie hatte einem Unschuldigen, der ihre Güte
verdiente, die Hand gereicht. Was beabsichtigte sie nun mit diesem weniger Unschuldigen, der ihrer Gnade dennoch nicht weniger bedurfte?

Hinter ihm sagte eine leise Stimme: »Betet Ihr um ein zweites
Wunder?«

Er löste den Blick widerstrebend von den silbernen Reflexen
auf dem Reliquienschrein und blickte zum Gemeindealtar, und
sah Hugh, dessen Stimme er sofort erkannt hatte. Sein schmales,
dunkles Gesicht lächelte ihn an. Aber hinter Hughs Schulter bemerkte er einen höheren Kopf und höhere Schultern. Aus der
Dunkelheit lösten sich langsam schöne, ebenmäßige Gesichtszüge, glänzende, hervorstehende Wangenknochen, oliv gefärbte, glatte Wangen, die Bernsteinaugen eines Falken unter
schwarzen, hoch geschwungenen Augenbrauen. Die schmalen,
feinen Lippen des Mannes lächelten zögernd.

Es war unmöglich. Und doch sah er es mit eigenen Augen.
Olivier de Bretagne trat aus dem Schatten ins Licht der Altar-
kerzen. Und dies war der Augenblick, in dem St. Winifred den
Kopf wandte und ihrem fehlbaren, aber treuen Diener lächelnd
ins Antlitz blickte.

Ein zweites Wunder! Warum auch nicht? Wenn sie etwas
schenkte, dann schenkte sie verschwenderisch mit beiden Händen.

11

Sie gingen zu dritt in den Kreuzgang hinaus, und das war an
sich schon bemerkenswert und gut, denn sie waren noch nie zusammen gewesen. Der vertrauensvolle Austausch, der einst in
einer Winternacht in der Priorei von Bromfield stattgefunden
hatte, war Hugh noch unbekannt, und Olivier wurde durch eine

seltsame Zurückhaltung daran gehindert, offen daran zu erinnern. Die Begrüßung fiel warm, aber kurz aus; doch das Schweigen sprach Bände, und Hugh verstand zweifellos genug und war bereit, auf die erklärenden Worte zu warten oder sich damit abzufinden, daß sie vielleicht nie gesprochen würden. Denn diese Angelegenheit drängte nicht; nur Luc Meverel mußte rasch gefunden werden.

»Unser Freund hier sucht jemand«, sagte Hugh, »und wir wollen Bruder Denis um Hilfe bitten, aber Eure Hilfe ist ebenso willkommen. Er sucht einen jungen Mann mit Namen Luc Meverel, der verschwunden ist und nach Norden gereist sein soll. Erklärt es ihm, Olivier.«

Olivier erzählte die Geschichte noch einmal, und Cadfael hörte aufmerksam zu. »Ich würde gern«, sagte Cadfael schließlich, »alles Menschenmögliche tun, um einen Unschuldigen aufzuspüren. Wir wissen von dem Mord, und es stößt gewiß jedem sauer auf, daß ein anständiger Mann, der einen ehrbaren Gegner beschützt hat, von einem aus seiner eigenen Partei ermordet worden sein soll...«

»Ist das denn sicher?« fragte Hugh scharf.

»So gut wie sicher. Wer sonst könnte so etwas tun außer einem Mann, der zu ihm gehörte? Alle, die im Herzen noch zu Stephen hielten, haben Rainalds Verhalten gewiß gebilligt, wenn sie vielleicht auch nicht offen zu applaudieren wagten. Und die Vermutung, daß es wirklich nur Straßenräuber waren – warum sollten sie über einen Schreiber herfallen, der außer dem, was er für die Reise brauchte, nichts Wertvolles bei sich hatte, während die Stadt voller Adliger, Kirchenbeamter und Händler war, bei denen ein Raub größere Beute versprochen hätte? Rainald starb einzig und allein, weil er dem Schreiber zu Hilfe kam. Nein, ein Anhänger der Kaiserin wie Rainald selbst, aber ihm völlig unähnlich, hat diese Schandtat begangen.«

»Das klingt einleuchtend«, stimmte Olivier zu. »Aber mein größtes Anliegen ist es jetzt, Luc zu finden und ihn, wenn ich es vermag, nach Hause zu schicken.«

»Heute müssen zwanzig oder mehr Burschen in diesem Alter

hier sein«, sagte Cadfael, während er sich die breite braune Nase rieb, »aber ich möchte wetten, daß die meisten sofort von der Liste gestrichen werden können, weil sie in der Gesellschaft von Gefährten sind, die ihren richtigen Namen kennen, oder weil sie nach Erscheinung oder Aussehen nicht in Frage kommen. Einzelgänger haben wir nur wenige. Die Pilger sind wie Stare, sie brauchen die Gesellschaft Gleichgesinnter. Am besten, wir sprechen mit Bruder Denis. Er wird die meisten inzwischen kennen.«

Bruder Denis besaß ein ausgezeichnetes Gedächtnis und zudem einen gesunden Appetit auf Neuigkeiten und Gerüchte, so daß er gewöhnlich der bestinformierte Mann in der Enklave war. Je voller das Gästehaus war, desto eifriger versuchte er, alles zu erfahren, was dort vorging, und meist kannte er Namen und Berufe aller Gäste. Außerdem führte er gewissenhaft Buch und trug alle Besucher ein.

Sie fanden ihn in seiner kleinen Zelle bei seinen Büchern. Er schätzte ab, was er brauchen würde, bezog dabei die Vorräte ein, die er noch hatte, und berücksichtigte, daß sie vom nächsten Tag an erheblich langsamer schrumpfen würden. Er erhob höflich den Kopf aus dem Lagerbuch und hörte sich an, was Bruder Cadfael und der Sheriff zu fragen hatten. Er antwortete prompt, als er gebeten wurde, unter seinen zahlreichen Gästen die zu benennen, die etwa fünfundzwanzig Jahre alt, von adliger Abstammung, des Schreibens kundig, von dunkler Hautfarbe und mittelgroß gebaut waren, die also der dürftigen Beschreibung von Luc Meverel entsprachen. Während sein Zeigefinger über die Gästeliste fuhr, sank die Anzahl der in Frage kommenden jungen Männer beträchtlich. Mehr als die Hälfte der Pilger waren Frauen, und unter den Männern war der größte Teil um die vierzig oder fünfzig Jahre alt, und unter den übrigen waren einige Brüder aus anderen Orden, einige Mönche oder Priester oder angehende Priester. Und Luc Meverel gehörte zu keiner dieser Gruppen.

»Sind denn viele hier«, sagte Hugh, während er die stark geschrumpfte endgültige Liste betrachtete, »die allein kamen?«

Bruder Denis legte den runden, rosigen Kopf mit der Tonsur

schräg und überblickte mit scharfen braunen Augen, denen eines Rotkehlchens nicht unähnlich, die Liste. »Kein einziger. Knappen in diesem Alter gehen selten auf Pilgerfahrt, es sei denn, sie haben einen großzügigen Herrn – oder eine großzügige Herrin. Bei einem Sommerfest wie dem unseren kommen viele junge Freunde zusammen, um die freie Zeit zu genießen, ehe sie sich ernsteren Pflichten widmen. Aber allein... wo soll da das Vergnügen liegen?«

»Da sind auf jeden Fall zwei«, sagte Cadfael, »die zwar zusammen hergekommen sind, die aber gewiß nicht das Vergnügen suchten. Ich habe mich schon über sie gewundert. Sie sind im richtigen Alter, und was wir über den Gesuchten wissen, würde auf beide passen. Ihr kennt sie, Denis – der Junge, der nach Aberdaron unterwegs ist, und sein Freund, der ihn begleitet. Sie sind beide gebildet und von guter Abstammung. Und sie kommen aus dem Süden, jenseits von Abingdon, wie Bruder Adam aus Reading mir erzählte, der dort mit ihnen übernachtete.«

»Ah, der barfüßige Reisende«, sagte Denis und legte den Finger auf Ciarans Namen, »und sein Hüter und Anbeter. Ja, die beiden sind im Alter höchstens ein halbes Jahr auseinander, und sie haben die richtige Statur und Hautfarbe; aber Ihr braucht nur einen.«

»Wir können uns die beiden wenigstens ansehen«, erwiderte Cadfael. »Wenn keiner von beiden der ist, den wir suchen, dann könnten sie doch, da sie aus dem Süden kommen, unterwegs einen einsamen Reisenden getroffen haben. Wir mögen nicht die Amtsgewalt haben, sie nach ihrer Herkunft und ihrem Namen zu befragen und wie und warum sie verbunden sind, aber der Vater Abt hat sie. Und wenn sie nichts zu verbergen haben, dann werden sie ihm gegenüber gewiß erklären, was sie uns vielleicht nicht sagen wollen.«

»Wir können es versuchen«, sagte Hugh lebhaft. »Es ist den Versuch wert, und wenn sie mit dem Mann, den wir suchen, nichts zu tun haben, dann haben wir nichts weiter als eine halbe Stunde verloren, die uns sicher nicht schmerzen wird.«

»Allerdings paßt das, was wir bisher über die beiden wissen, kaum zu dem Gesuchten«, wandte Cadfael zweifelnd ein. »Der eine soll todkrank sein und will nach Aberdaron gehen, um dort zu sterben, und der andere ist fest entschlossen, ihn bis zu seinem Ende zu begleiten. Aber ein junger Mann, der verschwinden will, kann sich ebenso leicht eine Tarngeschichte ausdenken, wie er sich einen neuen Namen geben kann. Und es ist auf jeden Fall möglich, daß sie zwischen Abingdon und Shrewsbury Luc Meverel allein und unter seinem richtigen Namen kennengelernt haben.«

»Aber wenn einer der beiden wirklich der Gesuchte ist«, sagte Olivier unsicher, »wer ist dann, in Gottes Namen, der andere?«

»Wir stellen uns Fragen«, schaltete sich der praktisch denkende Hugh ein, »die uns die beiden gleich selbst beantworten können. Kommt, wir wollen es Abt Radulfus überlassen, sie zu rufen, und dann werden wir ja sehen, was herauskommt.«

Es war nicht schwer, den Abt zu veranlassen, nach den beiden Männern zu schicken. Schwerer war es schon, sie zu finden und sie zum Sprechen zu bringen. Der Bote, der glaubte, seinen Auftrag in kürzester Zeit erledigt zu haben, kehrte viel später als erwartet zurück und berichtete bedauernd, daß keiner der beiden in der Abtei zu finden sei. Der Pförtner habe zwar keinen der beiden durchs Tor gehen sehen, doch da der junge Matthew nicht lange nach dem Mittagessen seinen Dolch zurückverlangt habe, dem Haus eine großzügige Spende hinterlassen und erklärt habe, daß er und sein Freund aufbrechen müßten und sich für die Beherbergung bedanken wollten, sei der Bruder Pförtner sicher, daß die beiden abgereist seien. War er – Cadfael stellte die Frage, ohne den genauen Grund dafür zu wissen –, als er seine Waffe holte und für sich und seinen Freund bezahlte, in irgendeiner Weise verstört oder erschreckt oder sonst fassungslos?

Doch der Bote schüttelte den Kopf, da er am Tor keine derartige Frage gestellt hatte. Als Cadfael sich selbst beim Pförtner erkundigte, erwiderte dieser bestimmt: »Er war sehr erregt. Oh, er sprach so leise und höflich wie immer, aber er war bleich und aufgeregt, und man könnte sagen, daß ihm die Haare zu Berge standen. Aber so geht es wohl jedem hier, denn jeder glaubt sich seit dem Wunder in einem Traum. Ich dachte mir nur, daß er darauf brannte, die Neuigkeit weiterzutragen.«

»Fort?« fragte Olivier entsetzt, als Cadfael ins Sprechzimmer des Abtes zurückgekehrt war. »Nun scheint es mir wahrscheinlicher, daß einer der beiden, die ein so seltsames Paar bilden und so seltsam über sich sprechen, der Mann ist, den ich suche. Denn wenn ich Luc Meverel auch selbst nicht kenne, so war ich doch zwei- oder dreimal bei seinem Herrn zu Gast, und er mag mich bemerkt haben. Vielleicht hat er mich heute gesehen und sich eilig verabschiedet, weil er mir nicht begegnen wollte. Er kann nicht wissen, daß ich ihn suchen soll, aber er könnte es dennoch vorziehen, rasch zu verschwinden. Und ein leidender Gefährte ist eine gute Deckung für einen Mann, der einen Vorwand für seine Reise braucht. Ich wünschte, ich könnte mit den beiden sprechen. Wie lange sind sie schon fort?«

»Matthew hat seinen Dolch etwa anderthalb Stunden nach dem Mittagsmahl zurückverlangt«, berichtete Cadfael.

»Und sie sind zu Fuß!« sagte Olivier begeistert. »Und einer von ihnen sogar barfuß! Es sollte nicht schwer sein, sie einzuholen, wenn bekannt ist, welche Straße sie genommen haben.«

»Der beste Weg ist die Straße nach Oswestry und von dort aus weiter über den Wall nach Wales. Bruder Denis sagte, das sei jedenfalls Ciarans Absicht gewesen.«

»Dann werde ich mit Eurer Erlaubnis, Ehrwürdiger Vater«, sagte Olivier begierig, »mein Pferd nehmen und ihnen nachreiten, denn sie können noch nicht weit sein. Es wäre schade, wenn ich diese Gelegenheit nicht ergriffe, und selbst wenn sie nicht die sind, die ich suche, haben weder sie noch ich etwas verloren. Aber mit oder ohne meinen Mann, ich werde hierher zurückkehren.«

»Ich reite mit Euch durch die Stadt«, bot Hugh sich an, »und zeige Euch den richtigen Weg, da Ihr Euch hier nicht auskennt. Aber dann muß ich mich um meine eigenen Angelegenheiten kümmern und sehen, was die Jagd heute morgen eingebracht

hat. Ich bezweifle, daß die Galgenvögel tief in den Wald einge-
drungen sind, denn sonst hätte ich inzwischen eine Nachricht
bekommen. Wir erwarten Euch am Abend zurück, Olivier.
Wenn möglich, wollen wir Euch wenigstens noch eine Nacht
oder länger hierbehalten.«

Olivier verabschiedete sich hastig, aber sehr höflich, machte
dem Abt eine Ehrenbezeugung und wandte sich mit einem kurzen, fröhlichen Lächeln, das seine Sorgen einen Moment lang
überstrahlte, als wäre die Sonne durch Regenwolken gebrochen,
an Bruder Cadfael. »Ich werde gewiß nicht abreisen«, erklärte er
beruhigend, »ohne unter vier Augen mit Euch gesprochen zu
haben. Aber zuerst muß ich mich um diese Angelegenheit kümmern.«

Sie wurden rasch zu den Ställen geführt, in denen sie vor der
Messe ihre Pferde untergebracht hatten. Abt Radulfus sah ihnen
nachdenklich nach.

»Findet Ihr es nicht überraschend, Bruder Cadfael, daß die
beiden jungen Pilger so früh und so plötzlich aufgebrochen
sind? Ist es möglich, daß sie durch die Ankunft des Messire de
Bretagne verscheucht wurden?«

Cadfael dachte nach und schüttelte schließlich den Kopf.
»Nein, ich glaube nicht. Warum sollten sie in dem Gedränge
heute morgen unter all den Menschen einen bemerkt haben, mit
dessen Gegenwart sie nicht gerechnet hatten? Allerdings muß
ich zugeben, daß mich ihre Abreise überraschte. Der eine sollte
sich eigentlich über ein oder zwei Tage Ruhe freuen, bevor er
sich wieder barfuß auf den Weg macht. Und der andere – Vater,
hier ist ein Mädchen, das er sehr bewundert und schätzt, ob er es
nun selbst ganz begriffen hat oder nicht, und er hat den Morgen
mit ihr verbracht und St. Winifred begleitet. Ich bin sicher, daß er
die ganze Zeit nur an sie und ihre Familie und an den schönen
Tag gedacht hat. Sie ist die Schwester des jungen Rhun, dem vor
unseren Augen eine so große Gnade zuteil wurde. Es brauchte
schon einen sehr starken Antrieb, um ihn so rasch fortzureißen.«

»Die Schwester des Jungen, sagt Ihr?« Abt Radulfus erinnerte
sich daran, daß er eine bestimmte Absicht zurückgestellt hatte,

um zunächst auf Oliviers Bitte einzugehen. »Bis zur Vesper ist noch mehr als eine Stunde Zeit. Ich würde gern mit diesem Jungen sprechen. Ihr habt ihn behandelt, Cadfael. Glaubt Ihr, Eure Behandlung hat etwas mit dem zu tun, was wir heute gesehen haben? Oder könnte er – wenn ich auch einem so jungen Menschen diese Falschheit nicht gern unterstellen möchte – seine Krankheit übertrieben haben, um sich gewisse Vorrechte zu verschaffen?«

»Nein«, sagte Cadfael entschieden. »Er hat uns nicht getäuscht. Meine bescheidene Kunst hätte nach langwieriger Behandlung die verkrampften Sehnen lockern können, die es ihm so schwer machten, das Bein zu benutzen, und er wäre vielleicht fähig gewesen, es etwas zu belasten – aber den Fuß gerade zu richten und die Sehnen im Bein derart zu dehnen – niemals! Das hätte der beste Arzt der Welt nicht vermocht. Ehrwürdiger Vater, gleich als er kam, habe ich ihm einen Trank gegeben, der seinen Schmerz lindern und ihm etwas Schlaf schenken sollte. Nach drei Nächten schickte er ihn mir unberührt zurück. Er sah keinen Grund dafür, daß ausgerechnet er geheilt werden sollte. Er erklärte mir, daß er, da er nichts anderes zu geben hatte, seinen Schmerz opfern wolle. Nicht, um sich eine Gnade zu erkaufen, sondern aus freiem Willen, weil er etwas geben wollte, für das er nichts zurückverlangte. Außerdem scheint es, als hätte ihn der Schmerz verlassen, nachdem er ihn auf diese Weise akzeptiert hatte. Nach der Messe sahen wir, daß die Erlösung vollkommen war.«

»Dann war sie auch verdient«, erwiderte Radulfus erfreut und bewegt. »Ich muß wirklich mit diesem Jungen sprechen. Wollt Ihr ihn für mich suchen, Cadfael, und ihn zu mir bringen?«

»Sehr gern, Ehrwürdiger Vater«, sagte Cadfael und machte sich auf den Weg.

Frau Alice saß im Kreise einiger redseliger Matronen im Klostergarten. Ihr Gesicht strahlte vor schierer Freude so hell, daß sogar die Luft wärmer wurde; aber Rhun war nicht bei ihr. Melangell hatte sich in den Schatten des Kreuzgangs zurückgezogen, als wäre ihr das Tageslicht zu grell. Sie saß mit gesenktem Kopf und flickte den ausgefransten Saum eines Leinenhemdes, das ihrem Bruder gehören mußte. Als Cadfael sie ansprach, hob sie nur kurz und schüchtern den Kopf, um ihn sofort wieder zu senken und sich ihrer Arbeit zu widmen. Doch der Blick war genug, um Cadfael merken zu lassen, daß die Freude, in der sie am Morgen wie eine aufgeblühte Rose gestrahlt hatte, jetzt am Nachmittag verdüstert und bleich war. Bildete er es sich nur ein, oder war da unter ihrem linken Auge wirklich ein bläulicher Fleck wie von einer Prellung? Doch als er nach Rhun fragte, lächelte sie, wenn auch eher in Erinnerung an das Glück als im Gefühl seiner Gegenwart.

»Er sagte, er sei müde. Es ist ins Dormitorium gegangen, um etwas zu ruhen. Tante Alice glaubt, daß er im Bett liegt; aber ich denke, daß er nur allein sein und seine Ruhe haben wollte. Er ist es müde, Dinge erklären zu müssen, die er selbst nicht versteht.«

»Seit heute spricht er in einer anderen Zunge als der Rest der Menschheit«, erwiderte Cadfael. »Es kann auch sein, daß wir es sind, die nichts verstehen und ihm Fragen stellen, die für ihn bedeutungslos sind.« Er nahm sanft ihr Kinn und zog ihren Kopf ins Licht hoch, aber sie machte sich nervös frei. »Habt Ihr Euch verletzt?« Doch, es war eine Prellung.

»Das ist nichts«, sagte sie. »Meine eigene Schuld. Ich war im Garten; ich bin zu schnell gelaufen und gestürzt. Ich weiß, daß es nicht schön aussieht, aber es tut nicht mehr weh.«

Ihre Augen waren ruhig und nicht gerötet; nur die Lider waren etwas geschwollen. Nun, Matthew war fort, hatte sie verlassen, um bei seinem Freund zu sein; er hatte sie grob fallengelassen, nachdem sie am Morgen noch im siebten Himmel geschwebt hatten. Das erklärte die Tränen, die jetzt versiegt waren. Aber erklärte das auch eine Prellung auf der Wange? Er überlegte, ob er nachfragen sollte, aber offenbar wünschte sie das nicht. Sie hatte sich wieder verbissen an die Arbeit gemacht und blickte nicht mehr auf.

Cadfael seufzte und ging über den großen Hof zum Gästehaus hinüber. Selbst ein prächtiger Tag wie dieser mußte seinen Wermutstropfen haben.

Rhun saß im Männerschlafsaal allein auf seinem Bett, sehr still und zufrieden in seinem glücklich wiederhergestellten Körper. Er war tief in Gedanken, doch er bemerkte Cadfael sofort, als dieser eintrat. Er drehte den Kopf und lächelte.

»Bruder, ich wünschte mir so, Euch zu treffen. Ihr wart dabei, Ihr wißt es. Vielleicht habt Ihr gehört... Seht, wie ich mich verändert habe!« Das einst verkümmerte Bein ließ sich mühelos strecken, und er stampfte auf die Dielenbretter. Er krümmte Fußgelenk und Zehen, zog das Knie bis ans Kinn, und alles bewegte sich ebenso mühelos wie seine flinke Zunge. »Ich bin wieder gesund! Ich habe nicht darum gebetet, wie hätte ich das wagen können? Ich habe nicht darum gebetet, und doch bekam ich...« Er trieb einen Moment lang in seinen benommenen Traum zurück.

Cadfael setzte sich neben ihn und betrachtete die reibungslos arbeitenden Gelenke, die zuvor krank und steif gewesen waren. Die Schönheit des Jungen war jetzt vollkommen.

»Ihr habt für Melangell gebetet«, sagte Cadfael.

»Ja. Und für Matthew. Ich dachte wirklich... Aber Ihr wißt ja selbst, daß er fort ist. Sie sind beide fort. Warum konnte ich nicht meiner Schwester das Glück schenken? Ich wäre dafür mein Leben lang auf Krücken gegangen, aber es sollte wohl nicht sein.«

»Das ist noch nicht entschieden«, erwiderte Cadfael fest. »Wer geht, kann auch zurückkehren. Und ich glaube, daß Eure Gebete viel Kraft haben, solange Ihr nicht zu zweifeln beginnt. Der Himmel braucht noch etwas Zeit. Selbst Wunder brauchen ihre Zeit. Die Hälfte unseres Lebens verbringen wir mit Warten. Es ist wichtig, ohne Zweifel warten zu können.«

Rhun hörte mit abwesendem Lächeln zu und sagte schließlich: »Ja, gewiß, und ich werde warten. Denn wißt Ihr, einer von ihnen hat dies hier in seiner Eile zurückgelassen.«

Er langte zwischen die eng stehenden Lager und hob einen

unförmigen, aber leichten Beutel aus ungebleichtem Leinen hoch, der mit kräftigen Lederbändern am Gürtel des Besitzers befestigt werden konnte. »Ich fand ihn zwischen ihren beiden Betten, die sie dicht nebeneinandergeschoben hatten. Ich weiß nicht, wem er gehört; die beiden hatten sehr ähnliche Beutel. Aber einer von ihnen rechnet nicht damit, noch einmal zurückzukommen, oder will es nicht. Vielleicht ist Matthew der andere, der dies als Unterpfand vergessen hat.«

Cadfael starrte ihn verwundert an, denn dies war eine schwerwiegende Angelegenheit, wenn auch nicht für ihn selbst. Er sagte ernst: »Ich glaube, Ihr solltet den Beutel mitnehmen und dem Vater Abt zur Verwahrung übergeben. Er hat mich geschickt, um Euch zu ihm zu bringen. Er will mit Euch reden.«

»Mit mir?« fragte Rhun unsicher; plötzlich war er wieder das ungehobelte Kind vom Lande. »Der Herr Abt selbst?«

»Gewiß, und warum auch nicht? Ihr seid wie er ein Christenmensch und könnt als Gleichgestellter mit ihm sprechen.«

Der Junge sagte zaghaft: »Aber ich habe Angst ...«

»Das braucht Ihr nicht. Ihr braucht keine Angst zu haben.«

Rhun packte einen Augenblick seine Bettdecke; dann hob er die klaren, eisblauen Augen und das bleiche, engelhafte Gesicht und strahlte Cadfael an. »Nein, ich brauche keine Angst zu haben. Ich komme.« Er hob den Leinenbeutel auf und stand fest auf seinen beiden langen, jungen Beinen und übernahm sofort die Führung.

»Bleibt bei uns«, sagte Abt Radulfus, als Cadfael den Jungen zu ihm geführt hatte und sich verabschieden wollte. »Ich glaube, er wird sich freuen, wenn Ihr dabei seid.« Und außerdem, sagte sein beredter, strenger Blick, brauche ich Euch als Zeugen. »Rhun kennt Euch. Mich dagegen kennt er noch nicht, aber ich hoffe, wir werden bald Freunde sein.« Er ließ den braunen Beutel, der ihm mit einer kurzen Erklärung übergeben worden war, auf dem Schreibtisch liegen, bis der Augenblick gekommen war, ihn näher zu untersuchen.

»Aber gern, Ehrwürdiger Vater«, willigte Cadfael freudig ein. Er setzte sich etwas abseits in eine Ecke, um die beiden strahlenden Augenpaare, die sich begegneten, nicht zu stören. Abt und Junge erforschten einander eine Weile schweigend. Draußen vor den Fenstern blühte der Garten in trunkener Fülle in den grellen Farben des Sommers. Der hellblaue Himmel, der jetzt, am Spätnachmittag, unendlich hoch schien, hatte die Farbe von Rhuns Augen, doch ohne deren kristallenen Glanz. Der Tag der Wunder näherte sich langsam seinem strahlenden Ende.

»Mein Sohn«, sagte Radulfus sanft, »Euch wurde heute eine große Gnade zuteil. Ich habe gesehen und gefühlt, was alle erlebt haben, die dabei waren. Aber ich würde auch gern erfahren, wie es Euch erging. Ich weiß, daß Ihr lange mit Schmerzen gelebt habt, ohne Euch zu beklagen. Ich glaube zu erraten, in welcher Verfassung Ihr Euch dem Altar der Heiligen genähert habt. Aber nun sagt mir, was geschah dann mit Euch?«

Rhun hatte die leeren Hände ruhig im Schoß gefaltet. Sein Blick, der zugleich entrückt und entspannt schien, drang durch die Wände des Zimmers hindurch. Seine Schüchternheit war vergessen.

»Ich machte mir Sorgen«, erklärte er vorsichtig, »weil meine Schwester und meine Tante Alice soviel für mich wollten, während ich wußte, daß ich nichts brauchte. Ich wollte herkommen, beten und zufrieden wieder abreisen. Aber dann hörte ich ihren Ruf.«

»Hat die heilige Winifred mit Euch gesprochen?« fragte Radulfus leise.

»Sie hat mich zu sich gerufen«, erklärte Rhun selbstbewußt.

»Mit welchen Worten?«

»Nicht mit Worten. Wozu braucht sie Worte? Sie rief mich zu sich, und ich ging. Sie sagte mir, da ist eine Stufe, dort ist noch eine, und dort die dritte, und nun komm, du kannst es. Und ich wußte, daß ich es konnte, und deshalb ging ich. Als sie mir sagte, knie nieder, denn du kannst es, da kniete ich nieder. Und ich konnte es. Ich tat einfach, was sie mir sagte. Und das werde ich auch in Zukunft tun«, sagte Rhun, während er mit Augen, vor denen die Sonne erbleicht wäre, die gegenüberliegende Wand anstarrte.

»Mein Junge«, sagte der Abt, der ihn mit ernster Verwunderung und Achtung betrachtete, »ich glaube Euch. Ich kann nicht sagen, welche Gaben Ihr besitzt und welche Fähigkeiten Ihr noch entwickeln werdet. Ich freue mich, daß Ihr jetzt einen gesunden Körper und einen reinen Geist und Verstand habt. Ich wünsche Euch für Eure Berufung alles Gute, und dazu die nötige Entschlossenheit. Wenn Ihr noch eine Bitte habt, die Euch dieses Haus erfüllen kann, dann soll sie erfüllt werden.«

»Ehrwürdiger Vater«, sagte Rhun gefaßt, während er den blendenden Blick auf Schatten und Sterblichkeit richtete und wieder das Kind wurde, das er war, »muß ich denn fortgehen? Sie rief mich zu sich, so zärtlich, daß ich keine Worte dafür finde. Ich wünsche, bis zum Ende meines Lebens hier bei ihr zu bleiben. Sie rief mich zu sich, und ich will sie nie wieder verlassen.«

12

»Und Ihr wollt ihn behalten?« fragte Cadfael, nachdem der Junge sich mit einer tiefen Verbeugung verabschiedet hatte und in seiner bezaubernden, unbewußten Vollkommenheit gegangen war.

»Wenn er bei seiner Absicht bleibt, gewiß. Er ist ein lebender Beweis für die göttliche Gnade. Aber ich will ihm nicht voreilig die Gelübde abnehmen, damit er später nichts zu bedauern hat. Er wird jetzt von Freude und Staunen getragen und würde Zölibat und Zurückgezogenheit freudig auf sich nehmen. Wenn er in einem Monat noch den gleichen Wunsch hat, werde ich ihm glauben und ihn freudig willkommen heißen. Aber er soll auf jeden Fall die volle Novizenzeit durchmachen. Er soll sich die Türe nicht selbst versperren, solange er nicht völlig sicher ist. Und nun«, sagte der Abt, während er nachdenklich den Leinenbeutel auf seinem Schreibtisch betrachtete, »ist die Frage, was wir damit tun. Ihr sagtet, der Beutel sei zwischen die Betten gefallen und könnte einem der beiden gehören?«

»Der Junge erzählte es mir. Aber Ehrwürdiger Vater, Ihr werdet Euch daran erinnern, daß die beiden jungen Männer, nachdem der Ring des Bischofs gestohlen worden war, ihre Beutel zur Untersuchung vorgezeigt haben. Was die beiden bei sich hatten, vom Messer abgesehen, das der eine im Torhaus abgab, kann ich nicht sagen. Aber der Vater Prior, der die Untersuchung vornahm, wird es sagen können.«

»Ja, das wird er können. Für den Augenblick«, entgegnete Radulfus, »glaube ich allerdings nicht, daß wir das Recht haben, den Besitz eines Mannes zu durchsuchen, und ich glaube auch nicht, daß es wichtig sein kann zu erfahren, welchem der beiden der Beutel gehört. Wenn Messire de Bretagne sie einholt, was ihm sicherlich gelingen wird, werden wir mehr erfahren. Vielleicht kann er sie sogar überzeugen, zurückzukehren. Wir werden warten, bis wir etwas von ihm gehört haben. Laßt den Beutel inzwischen hier bei mir. Wenn wir mehr wissen, können wir überlegen, wie wir ihn dem Besitzer zurückgeben.«

Der Tag der Wunder näherte sich mit klarem Himmel und weicher, süßer Luft so anmutig, wie er begonnen hatte, seinem Ende. Die Menschen in der Enklave gingen pflichtbewußt zur Vesper, und das Abendessen in Refektorium war ein andächtiges, stilles Fest. Die Stimmen, die beim Mittagessen noch aufgeregt und schrill gesprochen hatten, klangen nun in der dankbaren Stille der Erfüllung weicher und ruhiger.

Bruder Cadfael ließ die Bibellesung im Kapitelsaal aus und ging statt dessen in den Garten. Er stand lange auf dem sanften Hügel über den Erbsenfeldern und betrachtete den Himmel. Die untergehende Sonne hatte noch eine Stunde oder mehr vor sich, ehe ihr Rand die fedrigen Spitzen der Büsche auf der anderen Seite des Baches berührte. Der Westen, der am Morgen die Dämmerung reflektiert hatte, erstrahlte jetzt in triumphierendem, blassem Gold, ganz ohne Wolken, die ihn hätten dunkler färben oder seine Makellosigkeit schmälern können. Der Duft der Kräuter im umfriedeten Garten stieg als schwere, süß und würzig duftende Wolke auf. Ein schöner Ort, ein prächtiger Tag – warum hatte sich ein Mann fortgestohlen und war fortgelaufen?

Eine sinnlose Frage. Warum tat ein Mann die Dinge, die er tat? Warum erlegte Ciaran sich selbst eine solche Mühsal auf? Warum zeigte er solche Frömmigkeit und Hingabe und ging doch ohne Abschied und ohne Dank an einem so herrlichen Tag? Matthew hatte beim Abschied ein Geldgeschenk hinterlassen. Warum hatte Matthew seinen Freund nicht überredet, noch einen Tag zu bleiben? Und wie konnte er, der noch am Morgen aufgeregt und in heller Freude Hand in Hand mit Melangell gelaufen war, das Mädchen am Nachmittag ohne Bedauern verlassen und seine bittere Pilgerschaft mit Ciaran wieder aufnehmen, als wäre nichts geschehen?

Waren es zwei oder drei Männer? Ciaran, Matthew und Luc Meverel? Was wußte er von ihnen, von den dreien, falls es drei waren? Luc Meverel war zum letztenmal gesehen worden, als er allein nach Norden in Richtung Newbury wanderte. Ciaran und Matthew waren von Bruder Adam aus Reading gesehen worden; sie waren von Süden nach Abingdon gekommen, wo sie zusammen übernachteten. Wenn einer von ihnen Luc Meverel war, wo und warum hatte er dann seinen Gefährten aufgelesen, und vor allem, *wer war sein Gefährte?*

Olivier hatte die beiden inzwischen wohl eingeholt und die Antworten auf einige dieser Fragen bekommen. Und er hatte gesagt, daß er zurückkommen würde, daß er Shrewsbury nicht verlassen würde, ohne mit einem Mann gesprochen zu haben, der ihm ein guter Freund war. Cadfael nahm diese Versicherung ernst und freute sich darüber.

Es war nicht die Notwendigkeit, sein Kräutergebräu oder die blubbernden Weine zu versorgen, die ihn dazu brachte, zu seinem Verschlag zu gehen, denn Bruder Oswin, der jetzt mit den anderen Brüdern im Kapitelsaal war, hatte für die Nacht alles aufgeräumt und dafür gesorgt, daß die Kohlenpfanne gelöscht war. In einer Schachtel waren Feuerstein und Zunder, falls es nötig sein sollte, die Kohlenpfanne abends oder früh am Morgen neu zu entfachen. Es war eher so, daß Cadfael sich daran gewöhnt hatte, sich in die Einsamkeit seines Verschlages zurückzuziehen, um in Ruhe nachzudenken; und der vergangene Tag hatte ihm ebenso Grund zum Nachdenken wie zur Dankbarkeit gegeben. Denn wo waren seine Sorgen geblieben? Wunder wurden ebensooft dem Unwürdigen wie dem Würdigen zuteil. Welch ein Wunder, daß die Heilige den jungen Rhun ins Herz geschlossen und ihm eine helfende Hand gereicht hatte. Aber das zweite Wunder war in doppelter Hinsicht wunderbar und ging weit über die Bitten ihres demütigen Dieners hinaus und verblüffte ihn mit seiner Großzügigkeit. Ihm Olivier zurückzubringen, den er doch Gott und der großen weiten Welt überlassen hatte, nachdem er sich damit abgefunden hatte, daß er ihn nie wiedersehen würde! Und dann noch die Worte Hughs, der unwissentlich zum Herold eines Wunders wurde, als er sagte: »Betet Ihr um ein zweites Wunder?« Er hatte demütig und erstaunt für das eine Wunder gedankt und nichts mehr erwartet; doch dann hatte er sich umgedreht und Olivier gesehen.

Der Westhimmel war immer noch klar und hell wie flüssiges Gold, und die Sonne stand noch hoch über den Baumwipfeln, als er die Tür seiner Hütte öffnete und in das gemütliche, nach Kräutern duftende Halbdunkel trat. Er dachte und sagte später, daß er in diesem Augenblick die unzertrennliche Beziehung zwischen Ciaran und Matthew plötzlich umgekehrt sah, in ihr Gegenteil verkehrt, und daß er in einem noch verschlossenen, fernen Winkel seines Kopfes begann, die ganze Angelegenheit zu verstehen, so zweifelhaft und unschlüssig die Enthüllung auch schien. Aber er hatte keine Zeit, die Vision einzufangen und zu verfestigen, denn als er über die Schwelle trat, keuchte es irgendwo im Schatten der Hütte, und es raschelte, als wäre ein wildes Tier in seinem Bau aufgestört worden und machte sich bereit, sein Leben zu verteidigen.

Er blieb stehen und zog hinter sich die Tür weit auf, um anzudeuten, daß es einen Fluchtweg gab. »Nur ruhig!« sagte er freundlich. »Darf ich denn nicht mehr ohne Erlaubnis meine eigene Hütte betreten? Und sollte sich durch mein Eintreten jemand bedroht fühlen?«

Seine Augen, die sich rasch an die Dunkelheit gewöhnt hatten, denn es schien ihm nur im Vergleich zum Strahlen draußen dunkel, musterten die Regale, die blubbernden Weinflaschen, die in einer breiten Reihe standen, die pendelnden, raschelnden Kräuterbüschel, die unter den niedrigen Deckenbalken hingen. Die Dinge nahmen Formen an und wurden sichtbar. Auf der breiten Holzbank an der Rückwand regte sich ein Haufen wirrer Kleider und richtete sich auf, bis das weizengelbe Haar eines Mädchens und das tränenüberströmte, geschwollene Gesicht Melangells zu sehen waren.

Sie sprach kein Wort, aber sie sank auch nicht sofort wieder um. Sie war weit darüber hinaus und hatte schon lange keine Angst mehr, sich so, wie sie war, einem verschwiegenen Menschen, dem sie vertraute, zu zeigen. Sie steckte die Füße in die abgestoßenen Lederschuhe auf dem Boden und lehnte sich gegen die Balken der Wand, wie um sich durch die feste Berührung zu beruhigen. Sie gab einen schweren, gewaltigen Seufzer von sich, der aus großer Tiefe zu kommen schien, und sank kraftlos und ergeben zusammen. Als er über den Boden aus gestampfter Erde schritt und sich neben sie setzte, wich sie nicht zurück.

»Nun«, sagte Cadfael, während er sich umständlich setzte, um ihr Zeit zu geben, wenigstens ihre Stimme wieder in die Gewalt zu bekommen. »Nun, mein liebes Kind, hier ist niemand, der Euch erlösen oder verdammen könnte, und deshalb könnt Ihr frei heraus sprechen, denn alles, was Ihr sagt, wird unter uns beiden bleiben. Aber wir zwei wollen uns gründlich beraten. Was wißt Ihr nun, das ich nicht weiß?«

»Warum sollen wir uns beraten?« fragte sie mit leiser, tonloser Stimme. »Er ist fort.«

»Was fort ist, kann wiederkommen. Die Straßen führen immer zu anderen Straßen, in diese und in jene Richtung. Was tut Ihr allein hier draußen? Euer Bruder läuft auf zwei gesunden Beinen herum und hat alles, was er sich gewünscht hat; nur Ihr fehlt ihm wohl.«

Er sah sie nicht direkt an, aber er spürte, wie sich ihr warmer, weicher Körper regte; sie lächelte, wenn auch zaghaft. »Ich bin geflohen«, erwiderte sie, »um ihm nicht die Freude zu verderben. Ich habe es den größten Teil des Tages ertragen, und ich glaube, niemand außer Euch hat bemerkt, daß es mir fast das Herz zerrissen hat.« Sie sprach ohne Vorwurf; es klang eher resigniert.

»Ich habe Euch gesehen, als wir von St. Giles zurückkamen«, sagte Cadfael. »Euch und Matthew. Da war Euer Herz noch heil, und seines auch. Wenn das Eure jetzt zerrissen ist, glaubt Ihr dann, daß seines ohne Wunde ist? Nein! Aber was ist hernach geschehen? Welches Schwert hat die Bande zwischen Eurem und seinem Herzen zerschnitten? Ihr wißt es! Und Ihr könnt es mir jetzt sagen. Sie sind fort, es kann nichts mehr verdorben werden. Aber vielleicht gibt es noch etwas zu retten.«

Sie legte die Stirn an seine Schulter und weinte eine Weile lautlos. Nun, da sich seine Augen an die Dunkelheit gewöhnt hatten, wurde es in der Hütte sogar heller. Sie vergaß, ihr trostloses, verquollenes Gesicht zu verbergen, und er sah, daß die Prellung auf ihrer Wange purpurn angelaufen war. Er legte den Arm um sie und zog sie an sich, um die Schmerzen des Körpers zu lindern. Die der Seele würden mehr Zeit und Nachdenken erfordern.

»Hat er Euch geschlagen?«

»Ich habe ihn festgehalten«, sagte sie schnell, um ihn zu verteidigen. »Er konnte nicht freikommen.«

»Und er war so wild? Er *mußte* sich freimachen?«

»Ja, was immer es ihn oder mich kostete. Oh, Bruder Cadfael, warum nur? Ich dachte, ich glaubte, daß er mich liebt, wie ich ihn liebte. Aber seht, wie er mich in seinem Zorn behandelt hat!«

»Zorn?« fragte Cadfael scharf und drehte sie an den Schultern herum, um sie näher zu betrachten. »Was auch immer ihn zwang, mit seinem Freund zu gehen, erklärt nicht, warum er zornig auf Euch sein sollte. Der Verlust trifft Euch, aber gewiß kann man Euch nichts vorwerfen.«

»Er warf mir vor, daß ich es ihm nicht gesagt hätte«, erwiderte sie mutlos. »Aber ich tat nur das, worum Ciaran mich gebeten hatte. Zu seinem und zu deinem Wohl, hatte er gesagt, und auch zu meinem eigenen; laß mich gehen, aber halte ihn fest. Sage ihm nicht, daß ich den Ring wiederbekommen habe. Ich will gehen. Vergiß mich, sagte er, und hilf ihm, mich auch zu vergessen. Er wollte, daß wir zusammen glücklich werden...«

»Wollt Ihr damit sagen«, fragte Cadfael scharf, »*daß sie nicht zusammen gegangen sind? Daß Ciaran ohne ihn aufgebrochen ist?*«

»So war es nicht«, seufzte Melangell. »Er meinte es gut mit uns, deshalb hat er sich allein davongestohlen...«

»Wann war das? Wann? Wann habt Ihr mit ihm gesprochen? *Wann* ist er gegangen?«

»Ich war in der Morgendämmerung hier, Ihr werdet Euch erinnern. Ich traf Ciaran unten am Bach...« Sie tat einen tiefen, verzweifelten Atemzug und gab die ganze Sturzflut frei und berichtete, soweit sie sich erinnern konnte, jedes Wort, das bei der Begegnung am frühen Morgen gefallen war. Cadfael starrte sie fassungslos an, und die Vorahnung der Erleuchtung, die sich schon geregt hatte, erwachte von neuem und regte sich erheblich klarer in seinem Bewußtsein.

»Fahrt fort! Sagt mir, was dann zwischen Matthew und Euch geschah. Ich weiß, daß Ihr getan habt, was Ciaran von euch verlangte; ich bezweifle, daß Matthew am Morgen überhaupt einen Gedanken auf Ciaran verschwendet hat, denn er glaubte ihn gut aufgehoben im Gästehaus und viel zu ängstlich, um einen Schritt zu tun. Wann fand er es heraus?«

»Nach dem Mittagsmahl fiel ihm auf, daß er Ciaran noch nicht gesehen hatte. Er war sehr unruhig. Er suchte ihn überall... wir trafen uns hier im Garten. ›Gott behüte dich, Melangell, denn nun mußt du auf dich selbst aufpassen, so leid es mir tut...‹.« Sie konnte sich fast wörtlich an die Unterhaltung erinnern und berichtete alles wie ein müdes Kind, das eine Lektion wiederholt. »Ich habe zuviel verraten, denn ihm war sofort klar, daß ich mit Ciaran gesprochen hatte... er wußte, daß ich wußte, daß Ciaran heimlich aufbrechen wollte.«

»Und danach, als Ihr dies gestanden hattet?«

»Er lachte«, sagte sie, und ihre Stimme war nur noch ein verzweifeltes Flüstern. »Ich habe ihn bis zu diesem Morgen noch nie lachen gehört, und als ich ihn dann hörte, war es bitter und zornig.« Sie haspelte den Rest herunter, und jedes Wort fügte einen weiteren Strich zu dem verkehrten Bild, das Cadfael vor seinem inneren Auge sah und das seiner Erinnerung Hohn sprach. »›Er gibt *mich* frei! Und du mußt seine Vertraute sein!‹« Die Worte waren so tief in sie eingebrannt, daß sie sogar die Wildheit wiederholen konnte, mit der sie gesprochen worden waren. Wie wenige Worte es schließlich brauchte, um alles zu verändern, um ergebene Hingabe in erbarmungslose Verfolgung zu verdrehen, selbstlose Liebe in leidenschaftlichen Haß, ein edles Opfer in kalkulierte Flucht und die bewußte Peinigung des Fleisches in eine körperliche Tarnung, die nicht abgestreift werden durfte.

Er hörte wieder Ciarans wilden, durchdringenden Angstschrei, als er ihm das Kreuz abnehmen wollte, und Matthews leise Stimme: »Ich habe ihn immer wieder gebeten, es abzulegen. Wie sonst könnte er seine Schmerzen wirklich loswerden?«

Wie sonst! Cadfael fiel auch wieder ein, daß er die beiden daran erinnert hatte, daß sie am Fest einer Heiligen teilnehmen würden, die sicherlich auch die Gabe besaß, Leben zu schenken – ›sogar einem Mann, der dem Tode geweiht ist‹! Oh, heilige Winifred, steh mir bei, steh uns allen bei und wirke ein drittes Wunder, um die beiden ersten zu vervollkommnen!

Er faßte energisch Melangells Kinn und zog ihr Gesicht hoch. »Mädchen, Ihr müßt jetzt eine Weile selbst auf Euch aufpassen, denn ich muß Euch verlassen. Richtet Euer Haar und macht ein tapferes Gesicht und geht zu Euren Verwandten zurück, sobald Ihr ihre Blicke ertragen könnt. Geht eine Weile in die Kirche, dort ist es jetzt still; wen würde es verwundern, wenn Ihr lange Zeit im Gebet verbringt? Sie werden sich nicht einmal über Eure Tränen wundern, wenn Ihr dabei lächeln könnt. Tut, was Ihr könnt, denn ich habe etwas zu erledigen.«

Er konnte ihr nichts versprechen, er konnte ihr keine sichere Hoffnung zurücklassen. Er wandte sich ohne ein weiteres Wort von ihr ab, und sie starrte ihm nach, zwischen Furcht und Hoffnung schwankend, während er eilig durch den Garten und über den Hof zur Wohnung des Abtes schritt.

Wenn Radulfus überrascht war, daß Cadfael so bald schon wieder um eine Audienz bat, so zeigte er es nicht. Vielmehr ließ er ihn sofort ein und legte sein Buch beiseite, um Cadfaels Anliegen seine ungeteilte Aufmerksamkeit zu widmen. Offenbar hing es mit den jüngsten Ereignissen zusammen und war sehr dringend.

»Ehrwürdiger Vater«, sagte Cadfael, sich lange Erklärungen ersparend, »es hat eine neue Wendung gegeben. Messire de Bretagne ist auf einer falschen Fährte. Die jungen Männer haben nicht die Straße nach Oswestry genommen, sondern den Meole-Bach überquert und sich auf dem kürzesten Wege nach Wales gewandt. Und sie sind nicht zusammen aufgebrochen. Ciaran schlich am Morgen davon, während sein Gefährte ihm erst auf demselben Weg folgte, als er von seiner Abreise erfahren hatte. Und es gibt, Ehrwürdiger Vater, Grund zu der Annahme, daß es für einen und wahrscheinlich für beide gut ist, wenn sie möglichst bald eingeholt und aufgehalten werden. Ich bitte Euch, laßt mich ein Pferd nehmen und ihnen folgen. Und schickt eine Nachricht an Hugh Beringar in die Stadt, daß er uns auf demselben Weg folgen soll.«

Radulfus nahm die Erklärung mit ernstem, ruhigem Gesicht auf und fragte nicht weniger knapp: »Wie kommt Ihr darauf?«

»Ich weiß es von dem Mädchen, mit dem Ciaran vor seiner Abreise sprach. Es entspricht zweifellos der Wahrheit. Und bevor ich ausreite, ist noch etwas zu tun, Ehrwürdiger Vater. Ich bitte Euch um Erlaubnis, in dem Beutel, den sie zurückließen, nachsehen zu dürfen, ob wir dort einen weiteren Hinweis auf die beiden oder wenigstens auf einen von ihnen finden.«

Ohne ein weiteres Wort und ohne zu zögern zog Radulfus den Leinenbeutel ins Kerzenlicht und löste den Verschluß. Er schüttete den Inhalt auf die Schreibfläche; es war nicht viel, gerade genug für einen armen Pilger, der nur wenig besitzt und mit leichtem Gepäck reisen will.

»Anscheinend wißt Ihr jetzt«, sagte der Abt, indem er Cadfael scharf ansah, »welchem der beiden der Beutel gehört?«

»Ich weiß es nicht genau, aber ich habe eine Vermutung. Für mich selbst bin ich sicher, aber ich kann mich irren. Gebt mir die Erlaubnis!«

Der Abt breitete die wenigen Besitztümer auf der Schreibfläche aus. Die Börse, die schon schmal war, als Prior Robert sie untersuchte, war jetzt flach und leer. Das häufig benutzte, aber gut erhaltene ledergebundene Brevier war in das Ersatzhemd eingerollt, und als Cadfael es ergriff, rutschte das Hemd vom Schreibtisch und fiel auf den Boden. Er ließ es liegen und öffnete das Buch. Auf dem Einband stand, mit der zierlichen Schrift eines Schreibers geschrieben, der Name der Besitzerin: ›Juliana Bossard‹. Und darunter, mit frischer Tinte und einer wenig geübten Hand: *Zu Weihnachten 1140 für mich, Luc Meverel. Gott schütze uns alle!*

»So lautet auch mein Gebet«, sagte Cadfael, während er sich bückte, um das heruntergefallene Hemd aufzuheben. Er hielt es ins Licht und sah die Umrißlinien eines herausgewaschenen Flecks auf der linken Schulter. Er verfolgte den Verlauf der Linie über der Schulter und sah, daß sie die ganze linke Seite der Brust umschloß. Das Leinen war sonst völlig sauber, und das ursprüngliche Braun war vom vielen Waschen ausgebleicht. Er breitete es mit der Brust nach oben auf dem Tisch aus. Die dünne braune Linie, außen scharf umrissen und innen etwas verschwommen, umschloß den größten Teil der linken Brust und den linken Oberarm. Der Raum innerhalb der Linie war saubergewaschen, selbst der Rand war verblichen, aber er war noch gut erkennbar, und einige Farbtupfer verrieten, wie der Fleck entstanden war.

Auch wenn Radulfus sich nicht in der Welt herumgetrieben hatte wie Cadfael, hatte er dennoch einige Erfahrung. Er betrachtete das ausgebreitete Beweisstück und sagte gefaßt: »Das war Blut.«

»Allerdings«, sagte Cadfael und rollte das Hemd zusammen.

»Und der Besitzer des Hemdes kommt von einer Burg, deren

Herrin Juliana Bossard heißt.« Er sah Cadfael nachdenklich und ernst an. »Haben wir dann einen Mörder bei uns beherbergt?«

»Ich glaube schon«, erwiderte Cadfael, während er die Fragmente eines Lebens in ihr bescheidenes Behältnis schob, des Lebens eines Mannes, der keine Hoffnung mehr hatte; keine einzige Münze war mehr in der Börse. »Aber ich glaube, wir haben noch Zeit, einen zweiten Mord zu verhindern – wenn Ihr mir die Erlaubnis gebt, sofort aufzubrechen.«

»Nehmt das beste Pferd, das sich im Stall finden läßt«, sagte der Abt einfach, »und ich will Hugh Beringar Bescheid geben und ihm ausrichten lassen, daß er Euch mit einigen Männern folgen soll.«

13

Sieben Meilen nördlich auf der Straße nach Oswestry zügelte Olivier sein Pferd, als er einen drahtigen Jungen mit hellen Augen sah, der im üppigen Sommergrün, das langsam ins Kraut schoß, auf der breiten Böschung Ziegen weidete. Der Junge zog am langen Führungsseil einer Ziege, um sie sanft zu einer Stelle weiterzuziehen, an der das Licht des frühen Abends warm auf dem hohen Gras lag. Er blickte ohne Furcht zu dem Reiter hinauf; er war ein Halbwaliser, und Unterwürfigkeit war ihm fremd. Er lächelte leicht und begrüßte Olivier freundlich.

Der Junge war hübsch, tapfer und furchtlos; genau wie der Mann. Sie sahen sich an und fanden Gefallen aneinander.

»Gott sei mit dir!« sagte Olivier. »Wie lange weidest du deine Tiere schon hier? Und hast du während der Zeit einen Lahmen und einen Gesunden zu Fuß vorbeikommen gesehen, die etwa im gleichen Alter waren?«

»Gott sei mit Euch, Herr«, erwiderte der Junge fröhlich. »Ich war schon vor der Mittagszeit hier an der Straße, denn ich habe mein Mittagessen dabei. Aber ich sah niemand vorbeikommen, der Eurer Beschreibung entspricht. Und ich habe mit jedem, der nicht gerade im Galopp vorbeikam, ein paar Worte gewechselt.«

»Dann brauche ich mich nicht weiter zu beeilen«, sagte Olivier und wartete eine Weile, während sein Pferd an den Grasspitzen zupfte. »Sie können jetzt nicht mehr vor mir sein. Aber sage mir: Wenn sie früher nach Wales hinüber wollten, wo kann ich sie dann unterwegs treffen? Sie brachen vor mir von Shrewsbury auf, und ich habe eine Botschaft für sie. Wo kann ich mich nach Westen wenden und einen Bogen um die Stadt schlagen?«

Der junge Hirte ging bereitwillig auf jeden Wortwechsel ein, der ihm eine Ablenkung von seiner eintönigen Arbeit bot. Er überlegte, welches die beste Straße sei, und erklärte schließlich: »Reitet etwa eine Meile oder mehr zurück, bis über die Brücke bei Montford. Dort findet Ihr einen ausgefahrenen Weg, der nach Westen abgeht, für Euch also nach rechts. Reitet an der ersten Abzweigung nach Westen; das ist nicht der direkte Weg, aber er führt Euch in die gewünschte Richtung. Er umrundet Shrewsbury in etwa fünf Meilen Entfernung und verläuft am Wald entlang, aber er quert jeden Weg, der aus Shrewsbury herausführt. Vielleicht erwischt Ihr Eure Männer noch. Ich wünsche Euch Glück dabei!«

»Vielen Dank«, sagte Olivier, »und vielen Dank für den Rat.« Er beugte sich herunter und nahm die Hand, die der Junge gehoben hatte, um bewundernd und erfreut die walnußbraune Schulter des Pferdes zu streicheln, und nicht etwa, um ein Almosen zu erbitten. Er drückte dem Jungen eine Münze in die glatte Hand. »Gott sei mit dir!« sagte er. Er zog sein Pferd herum und ritt die Straße zurück, über die er gekommen war.

»Und mit Euch, Herr!« rief ihm der Junge nach. Er sah ihm nach, bis Pferd und Reiter hinter einer Baumgruppe verschwunden waren.

Die Ziegen drängten sich aneinander, denn der Abend rückte näher, und sie wollten in den Stall zurück, da sie die Stunde am Stand der Sonne ebenso gut ablesen konnten wie ihr Hirte. Der Junge nahm die Zügel, pfiff fröhlich und wanderte über die Straße bis zu dem Weg, der durch die Felder zu seinem Heim führte.

Olivier kam zum zweitenmal über die Brücke, die den Severn

überspannte. Das eine Ufer war eine steile, baumbestandene Böschung, das andere eine offene, flache Wiese. Hinter dem ersten Acker auf der anderen Seite zweigte rechts ein gewundener Pfad ab, der zwischen einzelnen Baumgruppen hindurch eher nach Süden als nach Westen führte, doch nach etwa einer Meile mündete er in eine bessere Straße, die den Weg kreuzte. Olivier ritt, den Anweisungen des Jungen folgend, der Sonne entgegen, und als er eine Weggabelung erreichte, wandte er sich nach links und hatte die Sonne, die gerade den Rand der Welt berührte und in plötzlich auftauchenden, blendenden Strahlen durch die Büsche lugte, zu seiner Rechten. Auf diese Weise umrundete er langsam die Stadt Shrewsbury. Die Wege wanden sich durch Baumgruppen, die die letzten Ausläufer der nördlichen Spitze des großen Waldes markierten. Manchmal ging es im Zwielicht durch dichten Wald, manchmal über offene Heide und durch Büsche, manchmal über Inseln bebauter Felder, und manchmal waren kleine Weiler zu sehen. Er lauschte auf alle Geräusche und hielt an jeder Kreuzung mit einem Weg, der aus Shrewsbury kam. Bei jeder Hütte und jedem Hof fragte er nach den beiden Reisenden. Aber niemand hatte ein solches Paar vorbeikommen sehen. Olivier faßte Mut. Sie hatten einige Stunden Vorsprung, aber wenn sie seinen Weg nicht gekreuzt hatten, dann waren sie vielleicht noch innerhalb des Kreises, den er um die Stadt schlug. Für den Barfüßigen waren diese Wege kein Kinderspiel, und er war vielleicht gezwungen, sich häufig auszuruhen. Im schlimmsten Fall, wenn er sie doch verpaßt hatte, würde ihn sein gewundener Weg zur Hauptstraße führen, auf der er sich Shrewsbury von Südosten genähert hatte; von dort aus konnte er in die Stadt zu Hugh Beringar zurückreiten und dessen Gastfreundschaft genießen, nachdem er sich an einem schönen Abend etwas Bewegung verschafft hatte.

Bruder Cadfael hatte sich sofort daran gemacht, seine Stiefel anzuziehen, seine Kutte zu schnüren und das beste Pferd zu satteln, das er in den Ställen fand. Er hatte nicht oft Gelegenheit, sich an einem solchen halb vergessenen Vergnügen zu erfreuen, aber daran dachte er jetzt nicht. Er hatte dem Boten, der schon über die Brücke zur Stadt eilte, um Hugh zu benachrichtigen, einige klare Anweisungen auf den Weg gegeben; Hugh würde ebensowenig wie der Abt lange Fragen stellen, sondern die Dringlichkeit erkennen und wissen, daß für Erklärungen keine Zeit blieb.

»Sagt Hugh Beringar«, lautete der Auftrag, »daß Ciaran auf dem kürzesten Wege zur walisischen Grenze unterwegs ist, daß er aber die offenen Straßen meidet. Ich glaube, er wird sich auf einem Nebenweg nach Süden halten, um die alte Heerstraße zu erreichen, die die Römer erbaut haben, nachdem wir dumm genug waren, sie hier eindringen zu lassen. Dieser Weg führt durch flaches Gelände in ziemlich gerader Linie nördlich von Caus zur Grenze.«

Cadfael wußte, daß es ein Schuß ins Blaue war. Ciaran war nicht aus dieser Gegend, aber er mochte, wenn er Verwandte in Wales hatte, das Grenzland recht gut kennen. Noch wichtiger aber war, daß er drei Tage in der Abtei verbracht hatte, und wenn er von Anfang an eine solche Flucht geplant hatte, dann war es ihm leichtgefallen, die Brüder und Gäste nach dem besten Weg auszuhorchen. Die Zeit drängte, und man mußte sich für die beste Möglichkeit entscheiden. Cadfael traf seine Wahl und machte sich auf den Weg.

Er verschwendete keine Zeit, indem er umständlich zum Tor hinausritt und die Straße nahm, um die Jagd gen Westen zu beginnen, sondern führte sein Pferd im Laufschritt durch die Gärten, sehr zum Erstaunen von Bruder Jerome, der gut zehn Minuten vor der Zeit durch den Kreuzgang zur Komplet ging. Zweifellos würde Jerome recht erzürnt Prior Robert Bericht erstatten. Cadfael vergaß ihn sofort wieder. Er führte das Pferd um das noch nicht abgeerntete Erbsenfeld zu den Wiesen am Bach hinunter. Unten auf der Wiese stieg er auf. Der Rand der Sonne war schon hinter den Baumwipfeln versunken. Cadfael ritt eilig in dieses Wechselspiel aus Licht und Schatten hinein und kam auf den Wegen, die ihm vertraut waren wie seine Handfläche, gut voran. Nach einer Weile traf er im Westen auf die Straße, der er eine halbe Meile im Handgalopp folgte, bis sie zu weit nach Süden abschwenkte; dann ging es wieder gen Westen, der untergehenden Sonne entgegen. Ciaran hatte sogar vor Matthew einen großen Vorsprung, ganz zu schweigen von denen, die jetzt erst die Verfolgung aufnahmen. Aber Ciaran war lahm, er trug eine Last und hatte Angst. Fast konnte man ihn bedauern.

Nach einer weiteren halben Meile bog Cadfael an einem kleinen Nebenweg, den er genau kannte, wieder nach Südwesten ab und ritt durch tiefen Schatten in die nördlichen Ausläufer des großen Waldes hinein. Es war nicht mehr als ein schmaler Waldweg. Es hatte sich nicht gelohnt, diesen Hain zu roden, denn aus dem Boden ragten hier und dort Felsen hervor. Dies war noch nicht das Grenzland, aber es war nahe daran, und der Boden erhob sich zu widerspenstigen Anhöhen, die felsig durch die dünne Krume brachen. Die Hügel waren mit Heidekraut und hartem Hochlandgras bewachsen, mit gedrungenen Büschen und einzelnen Bäumen, während in den feuchten Senken dicht an dicht uralte Bäume standen, unter denen sich vielfältiges Leben tummelte. Etwas weiter in dieser Richtung begann der dichte, dunkle Wald mit seinen hohen Baumkronen, schwer durchdringlichem Unterholz und einem Gewirr von Brombeerbüschen. Der Wald war unberührt; nur hier und dort hatte man helle, offene Inseln gerodet und bestellt, die jedesmal in Erstaunen versetzten.

Dann erreichte er die alte Straße, die wie ein Messer von Ost nach West durch den Wald schnitt. Er dachte an die Männer, die sie gebaut hatten. Die Straße war inzwischen keine Heerstraße mehr, sondern ein schmaler, mit dünnem Gras bedeckter Reitweg, der noch immer lanzengerade und fast ebenerdig durch den Wald führte und nur dort stieg und fiel, wo ein Hügel den Weg versperrte. Cadfael wandte sich nach Westen und ritt dem goldenen oberen Rand der Sonne entgegen, der zwischen den Ästen hervorschien.

In dem Stück des alten Waldes, das sich nördlich und westlich vom Weiler Hanwood erstreckte, gab es Haine, in denen Gesetzlose reichlich Deckung finden konnten, wenn sie den wenigen Siedlungen in der Nähe fernblieben. Die Menschen, die hier wohnten, sicherten ihr Land mit Zäunen und hielten zusammen, um sich gegenseitig zu schützen. In den Wald ging man nur, um zu plündern, zu wildern oder um die Schweine zu weiden, natürlich alles mit gebotener Vorsicht. Reisende, die zwar in Notlagen mit Hilfe und Gastfreundschaft rechnen konnten, waren im dichten Wald auf sich allein gestellt, wenn sie sich zu tief hineinwagten. Im großen und ganzen war man hier in Shropshire unter Hugh Beringar ebenso sicher wie irgendwo anders in England, und Vagabunden konnten sich nicht lange halten; doch die Deckung reichte aus, um vorübergehend zu verschwinden und bot denen Unterschlupf, die ihn nötig hatten.

Einige der kleineren Anwesen in diesem Grenzland waren wegen der gefährlichen Lage aufgegeben worden, einige waren verwahrlost, die Felder unbestellt. Bis zum April dieses Jahres war die Grenzfeste von Caus in walisischen Händen gewesen, was eine zusätzliche Bedrohung darstellte, und seit Hugh die Burg zurückerobert hatte, war noch nicht genug Zeit vergangen, um die verlassenen Dörfer wieder aufzubauen. Außerdem gab es in diesem prächtigen Sommer reichlich Wild, und hier und da ein gewildertes Tier und ein kleiner Diebstahl konnten zwei oder drei Männer über Wasser halten, während ihre Taten im Süden in Vergessenheit gerieten. Unterdessen konnten sie sich überlegen, wie sie am besten die Zeit verbrachten, bis sie sicher nach Hause zurückkehren konnten.

Herr Simeon Poer, selbsternannter Händler aus Guildford, war nicht unzufrieden über die Beute, die er in Shrewsbury gemacht hatte. An drei Abenden, länger konnten sie ohnehin kaum unerkannt arbeiten, hatten sie den hoffnungsfrohen Spielern aus Stadt und Vorstadt ein hübsches Sümmchen abgenommen. Außerdem hatte Daniel Aurifaber für den gestohlenen Ring einen guten Preis bezahlt, William Hales hatte einiges von den Marktständen mitgehen lassen, und John Shure hatte mit seinen langen glatt gewachsten Fingernägeln eine ganze Menge Münzen aus zahlreichen Taschen und Börsen geklaubt. Schade nur, daß sie William Hales zurücklassen mußten, der gefangen worden war, aber alles in allem waren sie noch recht gut davongekommen, wenn auch mit einigen Kratzern und um einen Mann vermindert. Pech für William, aber so spielte das Leben. Jeder wußte, daß ihm das passieren konnte.

Sie hatten die stark benutzten Wege gemieden und waren den Einwohnern, die ihren Geschäften nachgingen, aus dem Weg gegangen; sie hatten nachts unbemerkt geplündert, nachdem sie sich vergewissert hatten, wo es keine Hunde gab. Sie hatten sogar eine Art Dach über dem Kopf, denn in den Dickichten jenseits der alten Straße hatten sie, überwuchert und gut verborgen, die Überreste einer Hütte gefunden. Es waren die Überbleibsel eines Gehöfts, das schon vor langer Zeit verlassen worden war. Noch ein paar Tage dieses bequemen Lebens, wenn das Wetter umschlug vielleicht früher, und sie würden sich nach Süden durchschlagen, um sich zunächst von Shrewsbury zu entfernen, ehe sie sich nach Osten wandten und Grafschaften heimsuchten, in denen man sie noch nicht kannte.

Wenn einsame Reisende die Straße entlang kamen, die erkennbar aus dieser Gegend stammten, dann ließen sie sie in Ruhe, denn ein Ortsansässiger würde bald vermißt werden, und dann wäre man ihnen schnell auf den Fersen. Aber sie hatten nichts dagegen, jeden Wanderer zu überfallen, der eindeutig ein Fremder war und eine weite Reise vor sich hatte, denn man würde ihn so schnell nicht vermissen, und außerdem war er ein lohnenderes Ziel für einen Überfall, da er die Mittel für seine Reise bei sich haben mußte, wie bescheiden sie auch waren. In diesen Wäldern und Dickichten konnte ein Mann leicht auf Nimmerwiedersehen verschwinden.

Sie hatten sich vor ihrer Hütte bequem zur Nacht eingerichtet. Das Feuer war gut in dem mit Lehm verkleideten Loch versteckt, das sie eigens zu diesem Zweck ausgehoben hatten, und das Fett des gestohlenen Huhns klebte ihnen noch an den Fingern. Der Sonnenuntergang in der Außenwelt war hier nicht mehr als ein düsteres Zwielicht, aber ihre Augen hatten sich umgestellt, und sie waren ausgeruht und nach dem müßigen

Tag voller Tatendrang. Walter Bagot hielt Wache; er lag ein Stück entfernt an dem schmalen Weg in Deckung. Nun kam er hastig herangeschlichen, doch sein Ausdruck ließ eher auf Vorfreude denn auf Furcht schließen.

»Da kommt einer, den wir uns vornehmen können. Der barfüßige Wanderer aus der Abtei ... einigermaßen hergestellt, aber lahm wie eh und je. Kein Mensch wird wissen, wohin er gegangen ist.«

»Er allein?« fragte Simeon Poer überrascht. »Du Narr, er hatte doch immer seinen Schatten bei sich. Das heißt, daß wir es mit zweien zu tun haben, denn wenn einer davonkommt, haben wir den anderen auf den Fersen.«

»Er ist allein«, erwiderte Bagot lüstern. »Allein, ich sage es euch, er hat sich abgesetzt, oder sie haben sich im Einvernehmen getrennt. Wen kümmert es schon, was aus ihm wird?«

»Bei dem ist nichts zu holen«, entgegnete Shure verächtlich. »Laß ihn gehen. Der ist nicht mehr wert als sein Hemd und seine Hose; sonst hat er nichts.«

»Ah, aber er hat etwas! Geld, mein Freund!« sagte Bagot mit glitzernden Augen. »Täusche dich nicht in ihm, er ist gut gerüstet, wenn er sich auch bemüht, es niemand merken zu lassen. Ich weiß es! Ich habe ihn abgetastet, wann immer ich im Gedränge in der Kirche neben ihm stand. Er hat unter seinem Mantel, unter Hemd und Hose, eine gut gefüllte, schwere Börse an seinen Gürtel geknüpft; ich konnte nur nicht darankommen, ohne das Messer zu benutzen, und das war zu gefährlich. Er kann für sich zahlen, wo immer er übernachtet. Kommt, steht auf, er ist eine leichte Beute.«

Er war seiner Sache sicher, und sie waren nur zu gern bereit, sich eine fremde Börse anzueignen. Sie erhoben sich fröhlich, die Hände an die Dolche gelegt, und schlichen lautlos durch das Unterholz zur schmalen Straße, über der ein helles blaßblaues Band des Himmels schimmerte. Shure und Bagot verbargen sich auf der einen Seite des Weges und Simeon Poer auf der anderen hinter dichten grünen Büschen, die im vollen Licht blattreich und hoch gewachsen waren. In diesem Teil des Waldes standen sehr alte Bäume; gewaltige Buchen mit knorrigen und dicken Stämmen, die drei Männer kaum mit ausgestreckten Armen umfassen konnten. An vielen Orten wurde altes Waldland gerodet, umgepflügt und zur Jagd freigemacht, aber im großen Wald gab es noch weite Bereiche, in denen der Bewuchs unberührt und jungfräulich war. Im grünen Halbdunkel unter den Bäumen warteten die drei vogelfreien Männer reglos auf ihr Opfer.

Dann hörten sie ihn. Verbissene, gleichmäßige, mühsame Schritte, die durch das rauhe Gras stapften. Am grasbewachsenen Rand einer Hauptstraße wäre er mit weniger Schmerzen und erheblich schneller vorangekommen als auf diesem schwierigen Weg. Sie hörten seinen schweren Atem schon, als er noch zwanzig Meter entfernt war, und dann sahen sie seine große, dunkle Gestalt aus dem Zwielicht auftauchen. Er ging gebeugt und stützte sich auf einen langen, knorrigen Stab, den er irgendwo unter einem Baum aufgelesen hatte. Anscheinend schonte er den rechten Fuß, aber er setzte auch den linken vorsichtig auf, als wäre er auf eine scharfe Kante getreten und hätte sich die Fußsohle aufgeschnitten oder das Fußgelenk gezerrt. Er wäre bemitleidenswert gewesen, wenn diese drei so etwas wie Mitleid gekannt hätten.

Er lauschte aufmerksam, und die Haare standen ihm zu Berge, und er schien so vorsichtig wie die kleinen Nachttiere, die in seiner Nähe im Unterholz herumkrochen und quakten. Er hatte schon, als er noch in Gesellschaft wanderte, jeden Schritt der vielen Meilen voller Angst getan, und nun, da er sich losgesagt hatte und auf sich gestellt war, wurde seine Angst noch größer. Trotz seiner Flucht war er seiner Angst nicht entkommen.

Doch es war seine übergroße Angst, die ihn rettete. Die Räuber ließen ihn langsam an ihrem ersten verborgenen Gefährten vorbeigehen, so daß Bagot ihn von hinten angehen konnte, während Poer und Shure von beiden Seiten von vorn kamen. Es waren nicht so sehr seine angestrengt lauschenden Ohren, die ihm verrieten, daß hinter ihm ein Mensch lauerte, sondern eher ein prickelndes Gefühl auf der Haut, eine Bewegung der kühlen

Abendluft, das Heben des Armes, der fast lautlos auf ihn zielte. Er stieß einen erstickten Schrei aus, wirbelte herum und schwang den Stab, und das Messer, das ihn durchbohren sollte, schlug nur einen Span aus dem Holz. Bagot wollte mit der linken Hand den Ärmel oder den Mantel packen und rasch wie eine Schlange ein zweitesmal zustoßen, doch er lief ins Leere, als Ciaran ungestüm zurücksprang und durch die Angst über sich selbst hinauswuchs. Er machte kehrt und stürmte auf seinen mißhandelten Füßen vom Weg herunter in die dichten Schatten unter den engstehenden Bäumen. Er schnaufte und stöhnte bei jedem Schritt, aber er rannte wie ein aufgescheuchter Hase.

Wer hätte gedacht, daß er sich so schnell bewegen konnte, wenn es um sein Leben ging? Aber er hielt das Tempo nicht lange durch, und der Antrieb brachte ihn nicht sehr weit. Die Männer stürmten hinterher und schwärmten aus, um ihn von drei Seiten einzukreisen, sobald er müde wurde. Sie kicherten, während sie ihn suchten, und ließen sich Zeit. Der Lärm, mit dem er durch die Büsche brach, und dazu seine unkontrollierten Schmerzensschreie, hallten gespenstisch durch den düsteren Wald.

Äste und Brombeerranken schlugen Ciaran ins Gesicht. Er rannte blind drauflos, schwenkte vor sich den Stab und bahnte sich geräuschvoll einen Weg durch die Büsche. Er stolperte immer wieder schmerzhaft über die toten Äste und die trügerischen Löcher, in denen sich über viele Jahre Blätter gesammelt hatten. Die Räuber folgten ihm gemächlich, da sie bemerkt hatten, daß er langsamer wurde. Der schlanke, bewegliche Schneider war schon auf einer Höhe mit ihm und schwenkte ab, um ihm den Weg abzuschneiden. Er hatte sogar noch genug Luft, um seine Kumpane heranzupfeifen, die gemächlich den Kreis schlossen wie Hirtenhunde, die ein verirrtes Schaf zur Herde zurücktreiben.

Ciaran betrat eine Lichtung, die von einer gewaltigen, uralten Buche beherrscht wurde, und versuchte in einer letzten Anstrengung, hinüberzulaufen und im Dickicht auf der anderen

Seite zu verschwinden. Doch die glitschigen Blätter und die Wurzeln darunter vereitelten seine Hoffnung. Er rutschte aus und schlug schwer gegen den Baumstamm. Er hatte gerade noch Zeit, sich aufzurichten und sich an den breiten Stamm zu lehnen, dann waren sie über ihm.

Er schlug mit dem Stab, schrie um Hilfe und wußte nicht einmal, welchen Namen er in seiner Angst schrie.

»Hilfe! Mörder! Matthew, Matthew, hilf mir!«

Kein Ruf antwortete ihm, aber plötzlich krachten Äste, und irgend etwas schoß so rasch aus der Deckung über das Gras, daß Bagot beiseite geworfen wurde und auf die Knie fiel. Ein langer Arm drückte Ciaran gegen den massiven Baumstamm, und dann stand Matthew breitbeinig neben ihm, den blanken Dolch in der Hand. Das letzte Abendlicht fiel auf sein gerötetes, wutverzerrtes Gesicht und flimmerte auf der Messerklinge.

»Oh, nein!« rief er laut und deutlich und zog die Lippen zurück, bis die Zähne zu sehen waren. »Laßt ihn in Ruhe. Dieser Mann gehört mir!«

14

Die drei Angreifer hatten sich instinktiv zurückgezogen, bevor sie noch erkannt hatten, daß ein Mann in ihre Mitte vorgedrungen war, doch sie begriffen rasch und liefen nicht sehr weit. Sie blieben, vorsichtig wie jagende Tiere, aber unerschrocken, stehen und umkreisten die Beute, ohne sich zurückzuziehen. Sie beobachteten und dachten nach und berechneten die veränderten Chancen. Zwei Männer und ein Messer, und den zweiten kannten sie so gut wie den ersten. Sie hatten einige Tage in der gleichen Enklave gewohnt und das gleiche Dormitorium und Refektorium geteilt. Sie überlegten ohne große Sorge, daß sie ebenso erkannt worden waren, wie sie ihre Opfer erkannt hatten. Das Zwielicht entstellte die Gesichter, aber ein Mann ist nicht nur an seinem Gesicht zu erkennen.

»Ich habe es doch gesagt, oder?« knurrte Simeon Poer, indem er mit seinen Kumpanen einige Blicke wechselte, die trotz der

Dunkelheit verstanden wurden. »Ich sagte doch, daß er nicht weit sein konnte. Aber egal, zwei können so flach liegen wie einer.«

Nachdem Matthew seine Absicht und sein Recht kundgetan hatte, schwieg er. Der Baum, den sie im Rücken hatten, war so gewachsen, daß sie von hinten nicht angegriffen werden konnten. Er umrundete ihn ständig, während Bagot sich am Rand der Lichtung zeigte und ihn beobachtete. Die Räuber waren zu dritt, und der erschütterte und lahme Ciaran war für keinen der drei ein Gegner, falls es zum Kampf kam; allerdings hielt er sich mit aufgestelltem Stab am Baumstamm bereit, um mit Klauen und Zähnen um sein elendes Leben zu kämpfen, wenn es sein mußte. Matthew verzog die Lippen zu einem bitteren Lächeln, als er daran dachte, daß er für einen so großen Lebenshunger sogar noch dankbar sein mußte.

Auf der anderen Seite des Stammes sagte Ciaran, der die Wange gegen die Borke gelegt hatte, leise: »Du wärst mir besser nicht gefolgt.«

»Habe ich nicht geschworen, bis zum Ende bei dir zu bleiben?« erwiderte Matthew genauso leise. »Ich halte meine Schwüre. Ganz besonders diesen.«

»Und doch hättest du dich still davonschleichen können. Jetzt sind wir beide dem Tod geweiht.«

»Noch nicht! Und wenn du mich nicht wolltest, warum hast du mich dann gerufen?«

Ciaran schwieg verwirrt. Er hatte nicht bemerkt, daß er einen Namen gerufen hatte.

»Wir haben uns aneinander gewöhnt«, sagte Matthew grimmig. »Du beanspruchst mich, wie ich dich beanspruche. Glaubst du denn, ich überließe dich einem anderen Mann?«

Die drei Beobachter hatten sich zu einer dunklen Gruppe gesammelt und steckten beratend die Köpfe zusammen, die Gesichter stets auf die Beute gerichtet.

»Sie kommen gleich«, sagte Ciaran mit verzweifelter, tonloser Stimme.

»Nein. Sie warten, bis es dunkel ist.«

Sie hatten es nicht eilig. Sie drohten nicht, sie verschwendeten ihren Atem nicht auf Worte. Sie warteten geduldig wie Raubtiere auf den richtigen Augenblick. Sie trennten sich wortlos, verteilten sich auf der Lichtung und gingen gerade weit genug in Deckung, um eben sichtbar zu bleiben und die Opfer durch ihre Gegenwart und ihr Zögern zu beunruhigen. Gerade so, wie eine Katze reglos, erbarmungslos und aufmerksam stundenlang vor einem Mauseloch sitzen kann.

»Ich ertrage es nicht«, flüsterte Ciaran leise und schluchzte.

»Daran läßt sich leicht etwas ändern«, erwiderte Matthew mit zusammengebissenen Zähnen. »Du mußt nur das Kreuz vom Hals nehmen, dann bist du alle Sorgen los.«

Das Licht verblaßte. Ihre Augen, die die düsteren Büsche absuchten, begannen Bewegungen zu sehen, wo keine waren, und strengten sich doppelt an, um von neuem getäuscht zu werden. Sie mußten nicht mehr lange warten. Die Angreifer umkreisten sie in guter Deckung und warteten darauf, daß eines ihrer Opfer nicht achtgab und in die falsche Richtung blickte. Fraglos erwarteten sie diesen Fehler zuerst von Ciaran, der schon sehr geschwächt war. Bald, sehr bald schon.

Bruder Cadfael war etwa eine halbe Meile entfernt, als er den Schrei vor sich rechts vom Weg hörte. Es war ein lauter, wilder und verzweifelter Schrei. Die Worte waren nicht zu verstehen, aber die Angst konnte man nicht verkennen. Im schweigenden Wald, wo nicht einmal ein Lufthauch die Äste regte oder in den Blättern raschelte, trug jedes Geräusch sehr weit. Cadfael ritt eilig weiter, schon fast traurig sicher, was ihn erwartete, wenn er den Ursprung des Angstschreies erreichte. Die viele Meilen lange, geduldige, stetige Verfolgungsjagd durch halb England mochte jetzt, knapp eine Viertelstunde zu früh, beendet sein. Er konnte nichts mehr tun. Matthew hatte Ciaran eingeholt, einen Ciaran, der seiner strengen Buße müde war, da ihn nun niemand mehr sah. Er hatte selbst ganz richtig gesagt, daß er sich nicht so sehr haßte, um sich eine solche Mühsal grundlos aufzuerlegen. Nun, da er allein war, mochte er sich in Sicherheit gewiegt haben, vielleicht hatte er das schwere Kreuz abgelegt und war sogar schon auf der Suche nach Schuhen für seine Füße. Wenn Matthew ihn nur nicht derart abtrünnig und schutzlos gefunden hatte.

Das zweite Geräusch, das die Stille durchbrach, ging in dem Lärm, den Cadfael beim Reiten selbst erzeugte, beinahe unter, doch er bemerkte die Unruhe im Wald und zügelte sein Pferd, um zu lauschen. Da rauschte und krachte es, als hastete jemand schnell und pfeilgerade durch den Wald. Dann hörte er einen Moment lang mehrere Schreie gleichzeitig, nicht sehr laut, aber scharf und besorgt, und dann erhob sich eine Männerstimme lauter als die anderen. Es war Matthews Stimme, die nicht triumphierend oder beängstigt rief, sondern eher knapp und trotzig. Da vorn waren nicht nur die beiden Pilger, und es war nicht mehr weit.

Er stieg ab und führte sein Pferd vorsichtig, so weit er es wagte, auf dem Weg weiter bis zu der Stelle, von der die Geräusche gekommen waren. Hugh konnte sich sehr schnell bewegen, wenn es nötig war, und Cadfaels knappe Botschaft gab ihm Grund genug dazu. Er hatte sicher die Stadt auf dem kürzesten Weg verlassen, über die Westbrücke und über eine gute Straße nach Südwesten, um zwei Meilen zurück auf diesen alten Weg zu stoßen. In diesem Augenblick war er vielleicht nicht weiter als eine Meile hinter ihm. Cadfael band sein Pferd am Wegrand fest, um ein deutliches Zeichen zu geben, daß er einen Grund gefunden hatte, hier Halt zu machen, und daß er in der Nähe war.

Es war wieder still. Cadfael suchte die Büsche nach einer Stelle ab, an der er ohne verräterische Geräusche in den Wald eindringen konnte, und arbeitete sich instinktiv und mit dem Tastsinn in die Richtung vor, aus der die Schreie gekommen waren. Es war fast unnatürlich still. Nach einer Weile bemerkte er den schwachen Schein des letzten Tageslichts zwischen den Ästen. Dort vor ihm war eine Lichtung.

Er erstarrte und blieb reglos stehen, als zwischen ihm und dem schwachen Lichtschein ein Schatten vorüberglitt. Ein großer und schlanker Mann, der sich wie eine Schlange durch die Büsche schob. Cadfael wartete, bis er das Licht wieder sah, dann schlich er vorsichtig weiter, bis er die Lichtung überblicken konnte.

In der Mitte stand eine Buche mit einem gewaltigen Stamm, der schwarz und mächtig die weit gespannten Äste trug. In der Dunkelheit regte sich etwas. Nicht einer, sondern zwei Männer preßten sich an den Stamm. Stahl reflektierte das Licht gerade lange genug, um als das erkannt zu werden, was er war: ein gezückter, blanker Dolch. Zwei hielten dort die Stellung, und mindestens zwei andere hatten sie eingekreist und warteten, bis sie die Hilflosen gefahrlos niedermachen konnten. Cadfael nahm sich Zeit, die ganze dunkler werdende Lichtung abzusuchen und bemerkte wie erwartet zitternde Blätter, die den Standort eines Mannes verrieten; und auf der anderen Seite lauerte noch einer. Also drei, und wahrscheinlich alle bewaffnet und gewiß nicht mit lauteren Absichten, wenn sie so verstohlen des Nachts durch den Wald schlichen, ohne ein Ziel zu haben. Sie warteten auf den richtigen Augenblick zum Morden. Drei waren in Shrewsbury unter der Brücke entkommen und in diese Richtung geflohen. Drei tauchten hier im Wald wieder auf und gingen immer noch ihrem schändlichen Gewerbe nach.

Cadfael zögerte und überlegte, wie er am besten verfahren sollte; ob er zum Weg zurückschleichen und auf Hughs Eintreffen warten und hoffen sollte, oder ob es besser wäre, allein etwas zu unternehmen, um die Räuber abzulenken und zu erschrecken und das Morden hinauszuzögern, bis Hilfe kam. Er hatte sich gerade entschlossen, zu seinem Pferd zurückzugehen und mit soviel Lärm und Aufhebens wie möglich in den Wald zu reiten, um die Räuber glauben zu machen, da kämen sechs und nicht nur einer, als ihm mit erschreckender Plötzlichkeit die Entscheidung abgenommen wurde.

Einer der drei Belagerer brach mit einem kriegerischen Schrei aus der Deckung und rannte zu der Seite des Baumes, wo das kurze Aufblitzen des Stahls gezeigt hatte, daß mindestens einer der Belagerten bewaffnet war. Aus der Dunkelheit unter den

Ästen kam eine dunkle Gestalt hervor, um dem Angriff zu begegnen, und Cadfael erkannte Matthew. Der Angreifer wich aus und hielt sich außer Reichweite; es war eine gut berechnete Finte, denn im gleichen Augenblick schossen die beiden anderen lauernden Schatten aus der Deckung und stürmten zur anderen Seite des Baumes, um gemeinsam über den schwächeren Verteidiger herzufallen. Es gab ein Handgemenge, dann ertönte ein wilder, gequälter Schrei, und Matthew fuhr herum, schlug um sich und streckte den Arm nach seinem Gefährten aus, um ihn gegen den Baum zurückzuziehen. Ciaran hing halb bewußtlos zwischen den dicken, glatten Wurzeln des Baumes, und Matthew baute sich, den Dolch schwenkend, breitbeinig vor ihm auf.

Cadfael sah es und beobachtete stumm und atemlos diesen ergebenen Feind. Er holte erst wieder Luft, als die drei Räuber gemeinsam ihre Beute angingen und versuchten, sie schlagend und prügelnd durch ihre schiere Übermacht unter sich zu begraben.

Cadfael füllte seine Lungen und schrie in die Nacht hinaus: »Haltet sie! Auf sie, haltet die drei! Das sind unsere Schurken!« Er machte soviel Lärm, daß er sich nicht über die Echos wunderte, die er in seiner Rage zwar hörte, aber nicht beachtete. Sie kamen aus zwei Richtungen gleichzeitig, vom Weg, den er verlassen hatte, und von Norden, aus der entgegengesetzten Richtung. Irgendein Winkel seines Verstandes begriff, daß er Echos erzeugt hatte, aber er fühlte sich recht allein, als er weiterbrüllte und die Arme wie Fledermausflügel ausbreitete, um sich in das Handgemenge unter dem Baum zu stürzen.

Er hatte vor langer Zeit allen Waffen abgeschworen, aber das kümmerte ihn nicht; abgesehen von zwei kräftigen, wenn auch leicht rheumatischen Fäusten, war er unbewaffnet. Er stürzte sich in das Gewirr von Männern und Waffen unter dem Baum, packte einen Umhang, zog ihn mitsamt Träger nach hinten und verdrehte das Tuch, um dem Träger, der Gift und Galle spie, die Luft abzudrücken. Doch seine Stimme hatte mehr getan, als nur seinen Ansturm zu begleiten. Das schwarze Menschenknäuel löste sich in Einzelwesen auf. Zwei sprangen heraus und sahen sich wild nach der Quelle der Unruhe um, während Cadfaels Gegner sich keuchend, mit ausgestrecktem Arm und einem gefährlichen Dolch, herumdrehte und einen Schlitz in die dunkle Kutte schnitt. Cadfael warf sich mit seinem ganzen Gewicht auf ihn, packte sein Haar und drückte sein Gesicht schamlos frohlockend in die Erde. Irgendwann würde er dafür Buße tun, doch jetzt hatte er seine helle Freude, und das Kreuzfahrerblut summte in seinen Adern.

Am Rande bemerkte er, daß noch etwas anderes geschah, und mehr, als er gehofft hatte. Er hörte und spürte das unverwechselbare Zittern und Donnern von Hufen auf der Erde und vernahm eine befehlsgewohnte Stimme, die Anordnungen gab, deren Sinn er jedoch nicht verstand, und die ihn nicht veranlaßten, den Griff zu lockern, um genauer zu lauschen. Die Lichtung war ebenso von Bewegungen wie von Dunkelheit erfüllt. Der Mann unter ihm gewann seine Fassung zurück, wand sich heftig und zog Cadfael seitlich herab. Die Falten des Tuches glitten aus Cadfaels Hand, und Simeon Poer riß sich frei und kroch davon. Überall rannten jetzt Menschen, aber die Flüchtigen würden nicht weit kommen.

Simeon Poer, der sich als letzter befreit hatte, tastete rachsüchtig zwischen den Baumwurzeln herum, berührte einen kauernden Körper, fand die Kordel eines baumelnden Talismans, der wahrscheinlich wertvoll war, und riß mit aller Kraft daran, bevor er sich aufrichtete, um in Deckung zu rennen. Es gab einen wilden Schmerzensschrei, die Kordel riß, und das Ding, was immer es war, lag in seiner Hand. Er stand auf und rannte geradewegs zu den nächsten Büschen und stürzte sich blind hinein, knapp einen Meter vor den Händen, die ihn von einem Pferderücken aus packen wollten.

Cadfael öffnete die Augen und holte Luft. Überall auf der Lichtung war Bewegung, die Dunkelheit bebte und zitterte, und die Gewalt folgte einer klaren Absicht und einem Ziel. Er setzte sich auf und sah sich in Ruhe um. Er saß unter der großen Buche, und irgendwo vor ihm, in Richtung des Weges, wo er sein Pferd zurückgelassen hatte, schlug jemand mit Feuerstein und Dolch und Zunder gelassen Funken, um eine Fackel zu entzünden. Der Zunder begann zu glühen und wurde sanft angeblasen, bis er aufflammte. Die gut mit Öl und Harz eingeriebene Fackel nahm den Funken auf und gebar eine kleine helle Flamme, die wuchs und heller wurde und dazu diente, eine zweite und dritte Fackel anzuzünden. Die Lichtung verwandelte sich in einen kleinen, runden Kessel, dessen Wände aus dichten Büschen bestanden, und der einen Baumwipfel als Deckel hatte.

Hugh kam lächelnd aus der Dunkelheit und reichte Cadfael eine Hand, um ihn auf die Beine zu ziehen. Jemand anders kam leichtfüßig von der anderen Seite gerannt und beugte sich herunter, um ihm ein wundervolles, fackelbeschienenes, hochwangiges, schmales Gesicht mit begierigen Goldaugen und schwarzem Haar zu zeigen, das sich gleich Rabenflügeln um die Wangen schloß.

»Olivier?« sagte Cadfael verwundert. »Ich glaubte Euch auf der Straße nach Oswestry. Wie habt Ihr uns hier gefunden?«

»Mit Hilfe Gottes und eines Ziegenhirten«, erwiderte die warme fröhliche Stimme, an die Cadfael sich gut erinnerte. »Und mit Hilfe Eures Stimmorgans. Kommt, seht Euch um! Ihr habt die Schlacht gewonnen.«

Sie waren auf die Flucht gegangen, die drei: Simeon Poer, Händler aus Guildford, Walter Bagot, Handschuhmacher und John Shure, Schneider; aber ein halbes Dutzend von Hughs Männern war ihnen auf den Fersen, und sie würden bald eingefangen sein und mußten sich für mehr verantworten als eine kleine Betrügerei auf dem Marktplatz. Die Nacht legte sich über eine enge Arena aus Fackellicht, auf der es jetzt sehr ruhig und still wurde. Cadfael stand auf. Sein aufgeschlitzter Ärmel baumelte herunter. Die drei standen im Halbkreis vor der Buche. Die Fackeln leuchteten grell und erzeugten scharfe Kontraste zwischen Licht und Schatten. Matthew riß sich aus dem Taumel zwischen Leben und Tod, als sie ihn ansahen. Er drückte sich vom Baum ab und trat vor wie ein Schläfer, der viel zu früh geweckt worden war. Er sah sich um, als suchte er etwas, an dem er sich festhalten und orientieren konnte. Als er hervortrat, regte sich zwischen seinen Füßen der zusammengesunkene Ciaran. Er hob langsam den Kopf von den verschränkten Armen.

»Steh auf!« sagte Matthew. Er entfernte sich noch weiter vom Baum, immer noch den blanken Dolch in der Hand, an dessen Spitze sich ein Blutstropfen sammelte. Von der Hand, die den Dolch hielt, fielen weitere Tropfen auf den Boden. Seine Knöchel waren aufgerissen. »Steh auf!« sagte er. »Dir ist nichts geschehen.«

Ciaran kam langsam zu sich, erhob sich auf die Knie und reckte sein schmutziges, bleiches Gesicht ins Licht. Er war jenseits von aller Erschöpfung und Furcht. Er sah weder Cadfael noch Hugh an, sondern starrte in hilfloser Verzweiflung in Matthews Gesicht. Hugh spürte, wie sich ihre Blicke trafen und wollte schon eingreifen, um die Spannung zu brechen, doch Cadfael legte ihm eine Hand auf den Arm und hielt ihn zurück. Hugh sah ihn scharf von der Seite an und fügte sich der Warnung. Cadfael hatte seine Gründe.

An Ciarans zerfetztem Hemdkragen klebte Blut; ein Fleck, der vor ihren Augen größer wurde. Ciaran hob seine Hände, die bleischwer schienen, und zog unbeholfen das Leinentuch von Kehle und Brust. Auf der linken Seite seines Halses verlief ein offener, blutender Schnitt, dünn wie von einem Messer. Simeon Poers letzter, blinder Raub hatte das Kreuz zum Ziel gehabt, an dem Ciaran so verzweifelt festgehalten hatte. Er kniete unterwürfig und elend und zeigte einen Hals, der symbolisch bereits aufgeschlitzt war.

»Hier bin ich«, flüsterte er tonlos. »Ich kann nicht mehr fortlaufen, mein Leben ist verwirkt. Nun kannst du mich haben!«

Matthew stand reglos vor ihm und betrachtete den bösen Schnitt, den ihm die Kordel beigebracht hatte, bevor sie gerissen war. Das Schweigen wurde unerträglich drückend, aber immer noch hatte er kein Wort zu sagen. Sein Gesicht war im flackernden Fackelschein eine verschlossene Maske.

»Er hat recht«, sagte Cadfael sehr leise und vernünftig. »Er gehört wirklich Euch. Die Bedingungen seiner Buße sind nicht mehr erfüllt, und sein Leben ist verwirkt. Nehmt ihn!«

Matthew gab nicht zu erkennen, daß er die Worte verstanden hatte; er verzog nur verkrampft, wie unter Schmerzen, die Lippen. Er wandte den Blick nicht von dem Elenden, der demütig vor ihm kniete.

»Ihr seid ihm unablässig gefolgt und habt Euch an die vereinbarten Bedingungen gehalten«, drängte Cadfael weiter. »Ihr steht unter Eid. Nun vollendet Euer Werk!«

Er befand sich auf sicherem Boden und wußte es. Mit der Unterwerfung war das Werk vollendet, es gab nichts weiter zu tun. Da der Feind nun seiner Gnade ausgeliefert war und er jedes Recht auf Rache hatte, war der Rächer hilflos, ein Gefangener seiner eigenen Natur. In ihm war nichts mehr außer leerer Trauer, Widerwillen und Ekel vor sich selbst. Wie konnte er einen elenden, gebrochenen Mann töten, der vor ihm kniete und keinen Widerstand leistete, sondern ergeben auf seinen Tod wartete? Es war nicht mehr wichtig, ob er starb.

»Es ist vorbei, Luc«, sagte Cadfael leise. »Tut, was Ihr tun müßt.«

Matthew schwieg noch einen Augenblick; wenn er verstanden hatte, daß er mit seinem richtigen Namen angesprochen worden war, so gab er es nicht zu erkennen. Auch das war nicht mehr wichtig. Nachdem das Ziel endlich erreicht war, kam ein schreckliches Gefühl von Leere und Verlust. Er öffnete die blutbefleckte Hand und ließ den Dolch aus seinen Fingern ins Gras gleiten. Er wandte sich ab wie ein Blinder, tastete mit den Zehen den Boden ab, bevor er den Fuß aufsetzte, und stolperte durch die dichten Büsche, um in der Dunkelheit zu verschwinden.

Olivier atmete scharf ein und riß sich aus seiner Benommenheit. Er zupfte Cadfael heftig am Ärmel. »Ist es wahr? Ihr habt ihn gefunden? *Er* ist Luc Meverel?« Er akzeptierte die Wahrheit, ohne daß ein weiteres Wort gesagt werden mußte, und sprang eilig zu der Stelle, an der sich nach Lucs Verschwinden die Büsche noch bewegten. Er wäre ihm nachgerannt, wenn Hugh ihn nicht am Ärmel festgehalten hätte.

»Wartet noch einen Augenblick! Wenn Cadfael recht hat, dann habt Ihr auch ein Anliegen hier. Dies ist gewiß der Mann, der Euren Freund ermordet hat. Er ist Euch einen Tod schuldig. Wenn Ihr ihn wollt, gehört er Euch.«

»Das ist die Wahrheit«, sagte Cadfael. »Fragt ihn! Er wird es Euch sagen.«

Ciaran hockte im Gras und ließ verwirrt und verloren den Kopf hängen. Er sah den Männern nicht mehr ins Gesicht, sondern wartete nur ohne Hoffnung oder Verstehen darauf, daß jemand entschied, ob und unter welchen elenden Bedingungen er leben oder sterben sollte. Olivier betrachtete ihn nachdenklich, schüttelte mitleidig und ablehnend den Kopf und ergriff das Zaumzeug seines Pferdes. »Wer bin ich«, sagte er, »daß ich vollstrecken könnte, was Luc Meverel abgeschlagen hat? Laßt ihn mit der Last auf seiner Seele gehen. Mein Auftrag gilt dem anderen.«

Damit entfernte er sich eilig und führte sein Pferd energisch durch die Büsche. Als er verschwunden war, wurde es langsam wieder still. Cadfael und Hugh blickten einander stumm an, und zwischen ihnen hockte der arme Sünder auf dem Boden.

Cadfael fand allmählich in die Welt zurück. Drei von Hughs Offizieren standen mit Pferden und Fackeln in der Nähe und sahen ihnen schweigend zu; irgendwo, nicht weit entfernt, gab es ein kurzes Handgemenge und einen Schrei, als einer der Flüchtigen überwältigt und gefangengenommen wurde. Simeon Poer war kaum fünfzig Meter entfernt im Gebüsch gefaßt worden und stand jetzt unter schwerer Bewachung. Seine Handgelenke waren an das Zaumzeug eines Wachtmeisters gefesselt. Auch der Dritte würde nicht lange auf freiem Fuß bleiben. Die nächtlichen Abenteuer waren vorbei. Dieses Waldstück war nun wieder sicher, und selbst barfüßige und unbewaffnete Pilger konnten es ungefährdet durchqueren.

»Was tun wir nun mit ihm?« fragte Hugh unvermittelt, während er mit einigem Widerwillen das menschliche Wrack zu ihren Füßen betrachtete.

»Da Luc auf seinen Anspruch verzichtet hat«, erwiderte Cad-

fael, »würde ich mich nicht einmischen. Und etwas gibt es immerhin zu seinen Gunsten zu sagen: Er hat nicht falsch gespielt,
und er hat die Bedingungen nicht absichtlich gebrochen, nicht
einmal dann, als niemand mehr da war, der ihn hätte anklagen
können. Nur ein kleiner Pluspunkt, den man zur Verteidigung
seines Lebens vorbringen könnte, aber immerhin. Wer sonst
hätte das Recht zu vollenden, was Luc unvollbracht ließ?«

Ciaran hob den Kopf und sah zweifelnd von einem Gesicht
zum anderen. Er konnte noch nicht recht verstehen, daß er verschont werden sollte, aber er begann zu glauben, daß er noch
lebte. Er weinte; ob vor Schmerzen, Erleichterung oder etwas
Dauerhafterem als diesen beiden Gefühlen, konnte man nicht
erkennen. Das Blut verkrustete auf seinem Hals zu einer
dunklen Linie.

»Sprecht und sagt mir die Wahrheit«, sagte Hugh leise. »Wart
Ihr es, der Bossard erstochen hat?«

Ciaran hob das bleiche, aufgelöste Gesicht und antwortete
mit schwankender Stimme. »Ja.«

»Warum habt Ihr das getan? Warum habt Ihr den Schreiber
der Königin angegriffen, der doch nichts weiter getan hatte, als
gewissenhaft seinen Auftrag auszuführen?«

Ciarans Augen flammten einen Augenblick auf, und ein
flüchtiger Funke seines früheren Stolzes, seiner Intoleranz und
seiner Wut leuchtete auf wie der letzte Funke eines ersterbenden Feuers. »Er kam hochmütig, brüllte den Herrn Bischof
nieder und trotzte dem Konzil. Mein Herr war zornig und beleidigt...«

»Euer Herr«, sagte Cadfael, »ist der Prior von Hyde Mead.
Das habt Ihr jedenfalls behauptet.«

»Wie könnte ich behaupten, einem zu dienen, der mich hin-
ausgeworfen hat? Ich habe gelogen! Es war der Herr Bischof
selbst – ich habe Bischof Henry gedient und seine Gunst genossen. Und jetzt bin ich verloren! Ich konnte nicht ertragen, wie
unverschämt dieser Christian zu ihm war... er stellte sich gegen
alles, was mein Herr beabsichtigt und geplant hatte. Ich haßte
ihn! Ich dachte damals, daß ich ihn haßte«, sagte Ciaran, der

sich traurig erinnerte. »Und ich dachte, es würde meinem Herrn gefallen!«

»Ein Gedanke, der sich als Trugschluß erwiesen hat«, erwiderte Cadfael, »denn was immer er sein mag, ein Mörder ist Henry von Blois gewiß nicht. Und Rainald Bossard verhinderte die Missetat, ein Mann Eurer eigenen Partei, der sehr geschätzt war. Wurde er damit in Euren Augen zum Verräter, als er einem ehrbaren Gegner half? Oder habt Ihr blind drauflosgeschlagen und ohne Absicht getötet?«

»Nein«, entgegnete die tonlose, kraftlose Stimme. »Er behinderte mich, und ich war zornig. Ich wußte, was ich tat. Ich war sogar froh... *damals!*« sagte er und atmete verbittert ein.

»Und wer hat Euch als Buße diese Reise auferlegt?« fragte Cadfael. »Und zu welchem Zweck? Euch wurde unter gewissen Bedingungen das Leben geschenkt. Welches waren diese Bedingungen? Ein Mann mit großer Macht legte schützend die Hand über Euch.«

»Es war mein Herr, der Bischof selbst«, erwiderte Ciaran und kämpfte einen Augenblick mit dem Schmerz, als er sich an seine Treue erinnerte, die abgewiesen worden war. »Niemand sonst wußte davon, ich habe es nur ihm gesagt. Er wollte mich nicht dem Gesetz übergeben, sondern die Sache anders beilegen, weil er fürchtete, daß seine Pläne für den Frieden unter Führung der Kaiserin gefährdet werden könnten. Aber er war unerbittlich. Ich stamme zur Hälfte aus dem dänischen Wikingerreich von Dublin und bin zur anderen Hälfte Waliser. Er bot mir freies Geleit nach Bangor an, daß der dortige Bischof mich nach Caergybi in Anglesey bringen und auf ein Schiff nach Dublin setzen könnte. Aber ich mußte barfuß reisen und das Kreuz um meinen Hals tragen, und wenn ich diese Bedingungen auch nur einen Augenblick bräche, gehörte mein Leben dem, der es nehmen wollte, ohne Vorwurf und ohne Strafe. Und mir wurde verboten, je wieder zurückzukehren.« Ein anderes Feuer von zurückgewiesener Liebe, zerstörtem Ehrgeiz und abgewiesener Hingabe flammte einen Augenblick durch sein gebrochenes Gesicht und starb verzweifelt.

»Aber er verkündete das Urteil nicht öffentlich«, sagte Hugh, auf etwas eingehend, das noch nicht geklärt war. »Wie kam es dann dazu, daß Luc Meverel davon erfuhr und Euch folgte?«

»Wie kann ich das wissen?« Seine Stimme war tonlos und leer vor Erschöpfung. »Ich weiß nur, daß ich von Winchester aufbrach, und an der Straßenkreuzung in der Nähe von Newbury erwartete er mich schon, schloß sich mir an und folgte mir auf Schritt und Tritt wie ein Dämon. Er wartete nur darauf, daß ich die Bedingungen brach – denn er kannte sie buchstabengenau! –, so daß er ohne Vorwurf mein Leben nehmen konnte. Er folgte mir, wohin auch immer ich ging, er ließ mich nie aus den Augen, er machte kein Geheimnis aus seinem Willen, er versuchte sogar, mich zu verleiten, Schuhe anzuziehen und das Kreuz abzulegen – und, meine Herren, es war schrecklich schwer! Er nannte sich Matthew... sagtet Ihr nicht, daß er Luc heißt? Dann kennt Ihr ihn? Ich wußte nicht... er sagte, ich hätte seinen Herrn getötet, den er sehr liebte, und er würde mir nach Bangor und nach Caergybi und sogar nach Dublin folgen, falls ich überhaupt an Bord eines Schiffes käme, ohne das Kreuz abzulegen oder Schuhe anzuziehen. Und am Ende würde er mich bekommen. Jetzt hat er mich bekommen – aber warum hat er sich abgewendet und mich verschont?« Die letzten Worte sprach er verständnislos und verwundert.

»Er fand Euch nicht des Tötens wert«, erwiderte Cadfael so sanft und nachsichtig er konnte, ohne die Wahrheit zu verschleiern. »Jetzt geht er verzweifelt und beschämt davon, weil er soviel Zeit auf Euch verwendet hat, die er besser hätte nutzen können. Es ist eine Frage der Werte. Lernt, was einen Wert besitzt und was nicht, und vielleicht werdet Ihr ihn eines Tages verstehen.«

»Ich bin schon zu Lebzeiten tot«, sagte Ciaran und wand sich. »Ich habe keinen Herrn, keine Freunde, keine Aufgabe.«

»Alle drei Dinge werdet Ihr finden, wenn Ihr danach sucht. Geht dorthin, wo Ihr hingeschickt worden seid und tragt die Bürde, die Ihr tragen müßt und sucht nach Eurer Aufgabe«, entgegnete Cadfael. »Denn das müssen wir alle tun.«

Er wandte sich seufzend ab. Man konnte nicht wissen, was gute Worte oder die Lektionen des Lebens bewirkten, man konnte nicht sagen, ob sich neben Ciarans Verzweiflung auch Reue rührte, oder ob seine Gefühle nur ihm selbst galten. Cadfael war plötzlich sehr müde. Er sah Hugh mit einem etwas schiefen Lächeln an. »Ich wünschte, ich wäre daheim. Was nun, Hugh? Sollen wir aufbrechen?«

Hugh starrte den geständigen Mörder stirnrunzelnd an. Der junge Mann lag wie eine Schlange mit gebrochenem Rückgrat im Gras, unterwürfig, in Tränen aufgelöst und leicht verletzt. Ein erbärmlicher Anblick, wenn auch Mitleid nicht angebracht schien. Und doch, er war höchstens fünfundzwanzig Jahre alt, von gutem Wuchs, gut gekleidet und kräftig, und die Fortsetzung seiner Reise mochte schmerzhaft und mühselig sein, aber sie ging nicht über seine Kräfte, und er hatte immer noch den Ring seines Bischofs, der ihm überall half, wo das Gesetz noch galt. Die drei Banditen, die inzwischen gefesselt und bewacht waren, würden ihn nicht mehr aufhalten. Ciaran würde sicher das Ziel seiner Reise erreichen, wie lange es auch dauern würde. Nicht das Reiseziel, das er in seiner falschen Geschichte genannt hatte; er würde nicht gesegnet in Aberdaron sterben und zwischen den Heiligen von Ynys Enlli begraben werden, sondern er würde zu seinem Geburtsort zurückkehren und ein neues Leben beginnen. Vielleicht würde er sich sogar verändern. Er würde sich wohl den ganzen Weg bis Caergybi, wo irische Schiffe anlegten, den harten Bedingungen unterwerfen; vielleicht sogar bis Dublin, vielleicht sogar bis ans Ende seines geschenkten Lebens. Wer konnte es wissen?

»Ihr könnt«, sagte Hugh, »Euch frei bewegen, wohin Ihr wollt. Ihr habt jetzt keine Räuber mehr zu fürchten, und die Grenze ist nicht weit. Was Ihr von Gott zu befürchten habt, sollt Ihr mit Gott ausmachen.«

Er drehte sich so entschlossen um, daß seine Männer sofort begriffen, daß alles vorbei war. Sie sammelten sich um die Gefangenen und die Pferde.

»Was ist mit den anderen beiden?« fragte Hugh. »Sollte ich

nicht einen Mann auf der Straße zurücklassen, der für Luc ein überzähliges Pferd bereithält? Er ist Ciaran zu Fuß gefolgt, aber es ist nicht nötig, daß er zu Fuß zurückkehrt. Oder sollte ich einige Männer hinterherschicken?«

»Das ist nicht nötig«, erwiderte Cadfael bestimmt. »Olivier kommt schon allein zurecht. Sie werden zusammen zurückkehren.«

Er hatte keine Gewissensbisse, sondern entspannte sich, gewärmt und zufrieden. Das Übel, das er gefürchtet hatte, war abgewendet, wenn auch um Haaresbreite und um einen hohen Preis. Olivier würde seinem Abtrünnigen folgen und ihn mitbringen oder ihm weiter folgen, wenn er verschwinden wollte, zornig und aufgelöst wie er war, nachdem ihm das Lebensziel, das er so verbissen verfolgt hatte, genommen war und ihm nur eine schmerzende Leere blieb, wo einst brennende Leidenschaft gewesen war. Olivier würde in dieser Leere den Sieg davontragen und das gequälte Herz erwärmen, bis es für eine andere Liebe bereit war. Er sollte eine tröstende Nachricht von Juliana Bossard bekommen, denn ihm wurden ein Heim und ein herzliches Willkommen versprochen. Es gab eine Zukunft. Wie hatte Matthew-Luc seine Zukunft gesehen, als er in der Abtei seine Börse bis auf die letzte Münze leerte, bevor er die Verfolgung seines Feindes aufnahm? Gewiß hatte er sich vorgestellt, daß die Person, die er bisher gewesen war, ihr Ende finden würde, und weiter konnte er nicht sehen. Nun war er wieder jung, er hatte noch das ganze Leben vor sich und brauchte nur ein wenig Zeit, um wieder zu sich zu kommen.

Olivier würde ihn zur Abtei zurückbringen, wenn die schlimmste Verzweiflung vorbei war. Denn Olivier hatte versprochen, nicht abzureisen, ohne einige Stunden mit Cadfael verbracht zu haben, und auf Oliviers Versprechungen konnte man sich beruhigt verlassen.

Und der andere... Cadfael drehte sich noch einmal im Sattel um, nachdem er aufgestiegen war. Er warf einen letzten Blick auf Ciaran, der auf den Knien unter dem Baum hockte, wie sie ihn zurückgelassen hatten. Sein Gesicht war in ihre Richtung gewandt, aber seine Augen waren geschlossen, und er preßte die Hände an die Brust. Vielleicht betete er, vielleicht spürte er auch nur in jeder Faser seines Fleisches das Leben, das ihm geschenkt worden war. Wenn wir alle fort sind, dachte Cadfael, wird er einschlafen, wo er liegt. Er kann nicht mehr, denn er ist in einem Zustand, der sogar jenseits aller Erschöpfung ist. Er wird einschlafen, wo er hätte sterben sollen. Aber wenn er aufwacht, wird er gewiß verstehen, daß er wiedergeboren ist.

Der langsamere Geleitzug, der die Gefangenen in die Stadt bringen sollte, begann sich zu sammeln, die Fesseln wurden überprüft, und die Fackelträger überquerten die Lichtung, um aufzusitzen. Die flackernden Lichter entfernten sich von der knienden Gestalt, und die Dunkelheit senkte sich über Ciaran, als wäre er vom Stamm der Buche verschluckt worden.

Hugh führte sie auf die Straße zurück und nahm die Richtung zur Stadt. »Oh, Hugh, ich werde alt!« sagte Cadfael mit einem gewaltigen Gähnen. »Ich will ins Bett.«

15

Es war schon nach Mitternacht, als sie durchs Torhaus in den großen, bleich im Mondlicht liegenden Hof einritten. In der Kirche hörten sie den Gesang der Frühmette. Sie hatten sich auf dem Rückweg nicht beeilt und kaum gesprochen; sie waren es zufrieden gewesen, wie schon manch anderes Mal, zusammen durch eine Sommernacht oder einen Wintertag zu reiten. Es würde noch eine weitere Stunde dauern, bis Hughs Offiziere die Gefangenen in der Burg von Shrewsbury untergebracht hatten, denn sie mußten sich der Geschwindigkeit der unberittenen Räuber anpassen. Aber Simeon Poer und seine Kumpane würden noch vor dem Morgengrauen sicher hinter Schloß und Riegel sitzen.

»Ich werde warten, bis die Laudes vorbei sind,« sagte Hugh, als sie am Torhaus von den Pferden stiegen. »Der Vater Abt wird wissen wollen, was geschehen ist. Allerdings hoffe ich, daß er nicht darauf bestehen wird, noch heute nacht die ganze Geschichte zu hören.«

»Dann kommt mit mir in die Ställe«, erwiderte Cadfael. »Ich will dafür sorgen, daß dieser treue Geselle abgesattelt und versorgt wird, solange meine Brüder noch in der Kirche sind. Ich habe gelernt, immer erst für mein Tier zu sorgen, ehe ich mich selbst ausruhe. Was man einmal gelernt hat, vergißt man sein Leben lang nicht mehr.«

Das Mondlicht war hell genug, um die Ställe ausreichend zu beleuchten. Die nächtliche Stille und die ruhige Luft trugen jeden Ton des Gottesdienstes leise und klar herüber. Cadfael sattelte sein Pferd ab und brachte es in den Verschlag. Er versorgte es mit Futter und legte ihm eine leichte Decke über den Rücken, damit es sich nicht erkältete; es waren Pflichten, die er jetzt nur noch selten erledigen durfte. Sie erinnerten ihn an andere Pferde und andere Reisen, an Schlachten, die weniger glücklich ausgegangen waren als das kleine aber verzweifelte Gefecht, das gerade gewonnen und verloren worden war.

Hugh stand mit dem Rücken zum großen Hof und hatte den Kopf schräg gelegt, um zu lauschen. Doch es waren nicht die Geräusche näherkommender Schritte, die ihn plötzlich herumfahren ließen, sondern der schlanke Schatten, der vor seinen Füßen auf das mondbeschienene Pflaster fiel. Melangell stand im Torbogen des Hofes, erschreckt und erschreckend, vom bleichen Mondlicht mit einem Heiligenschein versehen.

»Kind«, sagte Cadfael besorgt, »warum seid Ihr um diese Zeit nicht im Bett?«

»Wie könnte ich Ruhe finden?« erwiderte sie; doch es war keine Klage. »Niemand vermißt mich, alle schlafen.« Sie stand still und aufrecht, als hätte sie die langen Stunden, seit er aufgebrochen war, damit verbracht, jede Erinnerung an das tränenüberströmte, verzweifelte Mädchen, das die Einsamkeit seiner Hütte gesucht hatte, zu tilgen. Ihr üppiges Haar war zu einem Zopf geflochten und hochgesteckt, ihr Kleid war ordentlich und ihr Gesicht gefaßt, als sie fragte: »Habt Ihr ihn gefunden?«

Als Mädchen hatte er sie verlassen, als Frau traf er sie wieder.

»Ja«, erwiderte Cadfael, »wir haben beide gefunden. Keinem der beiden ist etwas zugestoßen. Sie haben sich getrennt. Ciaran reist alleine weiter.«

»Und Matthew?« fragte sie ruhig.

»Matthew ist bei einem guten Freund. Ihm wird nichts geschehen. Wir sind vor ihnen aufgebrochen, aber sie werden kommen.« Sie würde lernen müssen, ihn bei einem anderen Namen zu rufen, aber das sollte er ihr selbst erklären. Die Zukunft für sie und Luc Meverel würde nicht ganz einfach werden; zwei Menschen, die sich unter recht seltsamen Umständen gefunden hatten. Aber vielleicht hatte St. Winifred auch hier ihre Hand im Spiel? In dieser Nacht war Cadfael bereit, zu glauben und darauf zu vertrauen, daß die Heilige alles zu einem guten Ende bringen würde. »Er wird zurückkommen«, erklärte Cadfael, ihren offenen Blick erwidernd, in dem keine Spur von Tränen mehr zu entdecken war. »Ihr braucht keine Angst zu haben. Aber er hat große Aufregungen hinter sich, und er braucht Eure ganze Geduld und Klugheit. Fordert nichts von ihm. Wenn der richtige Augenblick gekommen ist, wird er Euch alles erklären. Macht ihm keine Vorwürfe…«

»Gott verhüte«, sagte sie, »daß ich ihm jemals einen Vorwurf machen werde. Ich habe mich schuldig gemacht.«

»Nein; wie könnt Ihr das wissen? Aber wundert Euch über nichts, wenn er kommt. Seid wie jemand, der durstig ist und trinkt. Er wird genauso sein.«

Sie hatte sich zu ihm hingewendet, und das Mondlicht streichelte bleich ihr Gesicht, als wäre in ihr eine Lampe entzündet worden. »Ich werde warten«, sagte sie.

»Geht nun und schlaft, denn das Warten kann länger dauern, als Ihr glaubt. Er ist sehr erschöpft. Aber er wird kommen.«

Aber sie schüttelte den Kopf. »Ich will wachen, bis er kommt«, erwiderte sie, und plötzlich lächelte sie ihn an, bleich und glänzend wie eine Perle. Dann drehte sie sich abrupt um und ging rasch und schweigend zum Kreuzgang.

»Ist das das Mädchen, von dem Ihr gesprochen habt?« fragte Hugh, der ihr stirnrunzelnd und interessiert nachsah. »Die

Schwester des lahmen Jungen? Das Mädchen, das der junge Mann liebt?«

»Ja, das ist sie«, sagte Cadfael, während er die untere Hälfte der Stalltür schloß.

»Die Nichte der Weberin?«

»Ja, genau die. Mittellos und von einfacher Herkunft«, erklärte Cadfael freimütig. »Nun, ich bin selbst von einfacher Herkunft. Ich bezweifle, daß ein Junge, der zerrissen und wieder zusammengesetzt wurde, wie es Luc heute Nacht geschehen ist, sich über solche Kleinigkeiten Gedanken macht. Allerdings möchte ich wetten, daß andere es tun werden! Ich hoffe, die Dame Juliana hat noch keine Heiratspläne für ihn – etwa eine Erbin von einem Nachbargut –, denn ich denke, die Dinge zwischen den beiden sind so weit gediehen, daß sie ihre Pläne ändern muß. Ein Anwesen oder ein Handwerk – wo liegt der Unterschied, wenn man stolz darauf ist und es gut beherrscht?«

»Eure einfache Herkunft«, erwiderte Hugh munter, »hat einen recht ungewöhnlichen Sprößling hervorgebracht! Und ich muß zugeben, daß diese junge Dame einem Rittersaal größere Ehre machen würde als manche adlige Dame, die ich gesehen habe. Aber hört, der Gottesdienst ist vorbei. Wir wollen unsere Aufwartung machen.«

Abt Radulfus kam wie immer mit festem, unerschütterlichem Schritt aus der Frühmette und den Laudes und begrüßte die beiden Männer, die ihn vor dem Kreuzgang erwarteten. Auf den Tag der Wunder war eine entsprechend prächtige Nacht gefolgt, funkelnd vor Sternen und in bleiches Mondlicht getaucht. Als der Abt aus der Dunkelheit in diese Lichtfülle trat, sah er überdeutlich den Ernst und die Müdigkeit in den Gesichtern der beiden Männer, die auf ihn warteten.

»Ihr seid zurück!« sagte er und blickte an ihnen vorbei. »Aber nicht alle! Messire de Bretagne – Ihr sagtet, er sei einen falschen Weg geritten. Er ist noch nicht zurückgekommen. Habt Ihr ihn getroffen?«

»Ja, Ehrwürdiger Vater, wir haben ihn getroffen«, antwortete

Hugh. »Ihm ist nichts zugestoßen, und er hat den jungen Mann gefunden, den er suchte. Sie werden bald zurückkommen.«

»Und das Übel, das Ihr befürchtet habt, Bruder Cadfael? Ihr spracht von einem weiteren Mord…«

»Ehrwürdiger Vater«, entgegnete Cadfael, »bis auf die vogelfreien Männer, die in den Wald geflohen waren, ist niemand zu Schaden gekommen. Die Räuber sind gefangen und werden unter Bewachung in die Burg geführt. Der Mord, den ich fürchtete, konnte verhindert werden, und in jenem Gebiet gibt es keine Gefahr mehr. Ich sagte, wenn die beiden jungen Männer überholt werden können, ist es sicher für einen von ihnen gut, vielleicht sogar für beide. Ehrwürdiger Vater, sie wurden rechtzeitig eingeholt, und dies war gewiß für beide das Beste.«

»Doch bleibt da noch«, wandte Radulfus grübelnd ein, »der Blutfleck, den wir gesehen haben. Ihr sagtet – Ihr werdet Euch erinnern –, daß wir in der Tat einen Mörder bei uns beherbergt haben. Sagt Ihr dies noch immer?«

»Ja, Ehrwürdiger Vater. Aber es ist nicht, wie Ihr vermutet. Wenn Olivier de Bretagne und Luc Meverel zurück sind, kann alles erklärt werden, denn im Augenblick«, erklärte Cadfael, »gibt es noch einiges, was wir nicht wissen. Aber wir wissen, daß die Dinge, die heute nacht geschehen sind, das Beste sind, was wir hätten erbitten können, und wir haben gewiß Anlaß, ein Dankgebet zu sprechen.«

»Dann ist alles gut?«

»Ja, es ist alles gut, Ehrwürdiger Vater.«

»Dann kann der Rest bis zum Morgen warten. Ihr braucht Ruhe. Aber wollt Ihr nicht mit mir kommen und etwas essen und einen Becher Wein trinken, ehe Ihr schlaft?«

»Meine Frau wartet sicher schon besorgt auf mich«, sagte Hugh, sich höflich entschuldigend. »Euer Angebot ist sehr freundlich, Ehrwürdiger Vater, aber sie soll sich nicht länger ängstigen, als unbedingt notwendig ist.«

Der Abt betrachtete die beiden und drängte nicht weiter.

»Gott segne Euch dafür!« seufzte Cadfael, als er über den leicht abschüssigen Hof zum Torhaus ging, wo Hugh sein Pferd angebunden hatte. »Ich schlafe fast im Stehen ein, und nicht einmal ein guter Wein könnte mich wiederbeleben.«

Das Mondlicht war verblaßt und die Sonne noch nicht aufgegangen, als Olivier de Bretagne und Luc Meverel langsam durch das Torhaus der Abtei in den Hof ritten. Sie wußten beide nicht mehr genau, wie lange sie durch die tiefe Nacht gewandert waren, denn sie waren beide Fremde in diesem Land. Selbst als Luc eingeholt und höflich angesprochen wurde, war er blind weitergelaufen; seine Hände hingen schlaff an den Seiten herab, und er hob sie höchstens einmal, um die Büsche zu teilen; er sprach kein Wort, er hörte nichts; nur ein winziger Teil in ihm bemerkte den ruhigen, unermüdlichen Verfolger, der ihm mitfühlend und unaufdringlich folgte. Als er endlich ins hohe Gras einer Wiese am Waldrand niedersank, band Olivier sein Pferd ein Stück entfernt fest und legte sich neben ihn, nicht zu nahe, aber doch so nahe, daß der Stumme wußte, daß er dort war und geduldig wartete. Nach Mitternacht war Luc eingeschlafen. Schlaf war sein dringendstes Bedürfnis. Er war des Antriebs beraubt, der ihn seit zwei Monaten am Leben hielt; ein toter Mann, der nur noch umging, weil er nicht sterben konnte. Schlaf war die Erlösung. Vielleicht konnte er endlich wirklich sterben und sein Verlustgefühl und die Bitterkeit vergessen, die schreckliche Leidenschaft, die ihn angetrieben hatte, den gräßlichen Kummer um seinen Herrn, der in seinen Armen, an seiner Schulter, an seinem Herzen gestorben war. Der Blutfleck, der sich nicht herauswaschen ließ, egal, wie lange er scheuerte, war sein Zeuge. Er hatte ihn im Hemd gelassen, um seinen Haß zur Weißglut anzufachen. Jetzt aber, im Schlaf, war er von allem befreit.

Er war von den frühesten Vögeln geweckt worden, die in der Stille vor der Dämmerung noch zögernd sangen. Er öffnete die Augen und sah in ein Gesicht, das sich über ihn beugte, ein Gesicht, das er nicht kannte, das er aber kennenlernen wollte, denn es blickte lebhaft, freundlich und ruhig und wartete höflich, bis er zu sich gekommen war. »Habe ich ihn getötet?« fragte Luc; irgendwie wußte er, daß der Mann, zu dem dieses Gesicht gehörte, die Antwort kannte.

»Nein«, sagte er ernst und leise. »Das war nicht nötig. Aber für Euch ist er tot. Ihr könnt ihn jetzt vergessen.«

Das verstand er nicht, aber er nahm es hin. Er setzte sich im kühlen, reifen Gras auf, und seine Sinne begannen sich wieder zu regen. Er nahm entfernt wahr, daß die Erde süßlich roch, daß im Himmel über ihm verblassende Sterne hingen, die wie verstreute Funken durch die Äste der Bäume lugten. Er starrte Olivier fragend an, und Olivier erwiderte den Blick mit einem leichten, ernsten Lächeln und schwieg.

»Kenne ich Euch?« fragte Luc schließlich verwundert.

»Nein, aber Ihr werdet mich kennenlernen. Mein Name ist Olivier de Bretagne. Ich stehe genau wie Euer Herr in den Diensten von Laurence d'Angers. Ich kannte Rainald Bossard gut, er war sogar mein Freund, denn wir kamen in Laurences Gefolge aus dem Heiligen Land zurück. Ich bin gekommen, um Luc Meverel, und das ist zweifellos Euer Name, eine Botschaft zu überbringen.«

»Eine Botschaft für mich?« Luc schüttelte den Kopf.

»Von Eurer Verwandten und Herrin Juliana Bossard. Die Botschaft lautet so: Sie bittet Euch, nach Hause zu kommen, denn sie braucht Euch, und es gibt niemand, der Euren Platz einnehmen könnte.«

Er fühlte sich immer noch betäubt und leer, und es fiel ihm schwer, den Worten zu glauben; aber er hatte kein Ziel mehr, er wußte nichts mehr, das er aus eigenem Willen tun konnte, und so fügte er sich gleichgültig in Oliviers Forderungen. »Wir sollten zur Abtei zurückkehren«, sagte Olivier und brachte damit zunächst das Naheliegende zur Sprache. Er erhob sich, und Luc reagierte sofort und stand ebenfalls auf. »Ihr nehmt das Pferd, ich kann laufen«, sagte Olivier, und wieder gehorchte Luc. Es war, als ließe sich ein einfältiger Mensch sanft an der Hand führen.

Nach einer Weile fanden sie den alten Römerweg und die beiden Pferde, die Hugh zurückgelassen hatte. Der Bursche, der sie bewachte, schlief selig neben ihnen im Gras. Olivier übernahm wieder sein eigenes Pferd, und Luc stieg mühelos und mit geübten Bewegungen auf das ausgeruhte Tier; endlich erwachten seine Instinkte wieder. Der gähnende Bursche führte sie, da er den Weg gut kannte. Erst als sie schon die Hälfte des Rückwegs zum Meole-Bach und der schmalen Brücke zurückgelegt hatten, ergriff Luc von sich aus das Wort.

»Ihr sagtet, sie will, daß ich zurückkomme«, fragte er unvermittelt, und in seiner Stimme mischten sich Schmerz und Hoffnung. »Ist das wahr? Ich verließ sie ohne Nachricht, denn was hätte ich tun sollen? Aber was denkt sie jetzt von mir?«

»Nun, sie denkt, daß Ihr Eure Gründe hattet, sie zu verlassen, genau wie sie ihre Gründe hat, Euch wieder bei sich haben zu wollen. Ich habe auf ihren Wunsch in halb England nach Euch gefragt. Was wollt Ihr noch?«

»Ich habe nicht gedacht, daß ich zurückkehren könnte«, erwiderte Luc, der verwundert und zweifelnd die lange, lange Straße anstarrte.

Nein, nicht einmal nach Shrewsbury, und erst recht nicht nach Hause in den Süden. Und doch ritt er nun im kühlen, morgendlichen Zwielicht eine Weile vor der Prim neben dem jungen Fremden über die Holzbrücke, die den Meole-Bach überspannte, statt durch den wasserarmen Strom ins Erbsenfeld zu waten und den Weg zu nehmen, auf dem er die Enklave verlassen hatte. Sie bogen auf die Hauptstraße ein, es ging an der Mühle und dem Mühlteich vorbei und zum Torhaus in den großen Hof hinein. Dort stiegen sie ab, und der Bursche machte sich mit den beiden Pferden sofort auf den Weg zur Stadt.

Luc sah sich benommen um, immer noch verwirrt von den unvertrauten Eindrücken, als wären seine Sinne noch benebelt und schwerfällig, nachdem er so mühsam ins Leben zurückgekommen war.

Um diese Stunde war der Hof leer. Nein, nicht ganz. Auf der Steintreppe, die zum Gästehaus hinaufführte, saß jemand allein und sehr ruhig, das Gesicht zum Tor gewendet. Als sein Blick auf sie fiel, stand sie auf und stieg die breite Treppe hinunter und kam mit raschen, federnden Schritten auf ihn zu. Da erkannte er Melangell.

Wenigstens an ihr war nichts Unvertrautes. Ihr Anblick schenkte sogar der Steinwand in ihrem Rücken und dem Pflaster unter ihren Füßen Farbe und Form und Wirklichkeit. Trotz des zartgrauen Zwielichts konnte er den Umriß ihres Kopfes und ihrer Hände und ihr helles Haar erkennen. Das Leben strömte wie ein schmerzhafter Stoß in Luc zurück wie das Gefühl in eine betäubte Wunde. Sie kam ihm mit erhobenem Gesicht und ausgestreckten Armen entgegen und lächelte ganz leicht mit Augen und Lippen. Und dann, als sie ein paar Schritte vor ihm zögerte, sah er den dunklen Bluterguß, der ihre Wange entstellte.

Der Fleck erschütterte ihn. Er krümmte sich vor Scham und Kummer und stolperte blind in ihre Arme, die ihn freudig aufnahmen. Er sank auf die Knie, legte die Arme um sie und barg sein Gesicht an ihrer Brust, dann begann er, haltlos zu weinen, so spontan und so heilsam wie St. Winifreds Wunderquelle.

Als sie sich später im Sprechzimmer des Abtes versammelten – Abt, Prior, Bruder Cadfael, Hugh Beringar, Olivier und Luc –, hatte er seine Stimme und sein Gesicht wieder in der Gewalt und konnte alles richtigstellen, was an Rainald Bossards Tod und den darauf folgenden Ereignissen noch zweifelhaft war.

»Ich habe Euch unwissentlich getäuscht, Ehrwürdiger Vater«, sagte Cadfael. Er bezog sich auf das Gespräch, nach dem er so hastig aufgebrochen war. »Als Ihr fragtet, ob wir, ohne es zu wissen, einen Mörder beherbergt hätten, antwortete ich Euch, daß ich das in der Tat glaubte, daß wir aber noch Zeit hätten, einen zweiten Mord zu verhindern. Mir ist erst später klargeworden, wie Ihr dies verstehen mußtet, nachdem wir gerade das blutbefleckte Hemd gesehen hatten. Aber Ihr müßt wissen, daß ein Mann, der einen anderen ersticht, das Blut auf Ärmel oder Kragen bekommen kann, aber keinen so großen Fleck auf Brust und Schulter über dem Herzen. Nein, dies war eher ein Hinweis darauf, daß der Träger des Hemdes einen Verletzten, einen tödlich Verletzten in den Armen gehalten hat. Und der Mörder hätte das blutbefleckte Hemd nach der Tat gewiß nicht behalten, sondern er hätte es verbrannt oder vergraben oder sonst irgendwie beseitigt. Aber dieses Hemd, wenn es auch sorgfältig gewaschen worden ist, trug noch deutlich den Umriß des Flecks, und es wurde als heiliges Relikt mitgenommen, vielleicht als Mahnung, Rache zu üben. So wußte ich, daß Luc, den wir als Matthew kannten und in dessen Beutel der Talisman gefunden wurde, nicht der Mörder war. Aber als ich mich an all die Worte erinnerte, die ich die beiden jungen Männer hatte sprechen hören, an all die Beweise ergebener Zuwendung, die der eine dem anderen erwies, sah ich plötzlich das Paar umgekehrt vor mir; ich sah es als Verfolgung. Und ich fürchtete, daß sie mit einem Tod enden würde.«

Der Abt sah Luc an und fragte knapp: »Ist das richtig vermutet?«

»Das ist es, Ehrwürdiger Vater.« Luc erklärte unmißverständlich, wie sich seine Besessenheit entwickelt hatte, als hätte er sie gerade erst entdeckt und könnte sie nur verstehen, wenn er darüber sprach. »Ich war an jenem Abend bei meinem Herrn, es war in der Nähe des alten Münsters. Plötzlich fielen vier oder fünf Männer über den Schreiber her, und mein Herr rannte los, wir hinterher, um sie abzuwehren. Und sie flohen, aber einer machte kehrt und stach. Ich sah die Tat, und sie wurde in voller Absicht begangen! Ich hielt meinen Herrn in den Armen – er war gut zu mir gewesen, und ich liebte ihn«, sagte Luc grimmig, doch beherrscht und mit brennenden Augen, als die Erinnerungen kamen. »Er war nach wenigen Augenblicken tot ... und ich hatte gesehen, wohin der Mörder floh; er verschwand im Durchgang hinter dem Kapitelhaus. Ich ging ihm nach und hörte Stimmen in der Sakristei – Bischof Henry war nach dem Ende des Konzils aus dem Kapitelhaus gekommen, und dort hatte Ciaran ihn gefunden. Er fiel vor ihm auf die Knie und sprudelte alles heraus. Ich lauschte in meinem Versteck und hörte jedes Wort. Ich glaube, er hoffte auf ein lobendes Wort«, sagte Luc bitter.

»Ist das möglich?« warf Prior Robert tief erschüttert ein. »Bischof Henry konnte doch nicht eine so üble Tat gutheißen oder billigen.«

»Nein, er billigte sie nicht. Aber er wollte auch keinen so vertrauten Diener als Mörder ausliefern. Er wollte ihn bestraft sehen«, erklärte Luc voller Abscheu, »aber er wollte weiteren Streit verhindern und alles verschleiern, was den Erfolg der Kaiserin und den Frieden, den er schließen wollte, gefährden konnte. Aber einen Mord decken – nein, das wollte er nicht. Ich hörte das Urteil, das er über Ciaran sprach – wenn ich da auch noch nicht wußte, wer er war oder daß er Ciaran hieß. Der Bischof verbannte ihn für immer in seine Heimat, nach Dublin, und verurteilte ihn dazu, jeden Schritt bis nach Bangor und zum Schiff in Caergybi barfuß zu tun und ein schweres Kreuz zu tragen. Und wenn er je Schuhe anzog oder das Kreuz vom Hals nahm, sollte sein Leben verwirkt sein, und jeder, der wollte, konnte ihn ohne Vorwurf oder Strafe töten. Aber Ihr müßt wissen«, ergänzte Luc, der erbarmungslos in seinem Urteil war, »daß der Bischof nicht ehrlich spielte. Denn er gab ihm nicht nur den Ring, der ihm den Schutz der Kirche bis Bangor sicherte, sondern ließ auch kein Wort von dieser Schuld und diesem Spruch verlauten. Wie sollte Ciaran also je Gefahr laufen, sein Leben zu verlieren? Die beiden wären allein gewesen, wenn Gott nicht dafür gesorgt hätte, daß ein Zeuge den Urteilsspruch hörte und es auf sich nahm, die erforderliche Rache zu üben.«

»Und das wart Ihr«, warf der Abt ruhig ein. Er enthielt sich jeder Bewertung.

»Das war ich, Ehrwürdiger Vater. Denn als Ciaran schwor, die auferlegten Bedingungen zu erfüllen, schwor ich einen ebenso feierlichen Eid, ihm durch das ganze Land zu folgen und sein Leben als Rache für meinen Herrn zu nehmen, wenn er je gegen die Bedingungen verstoßen sollte.«

»Und woher wußtet Ihr«, fragte Radulfus mit unverändert freundlicher Stimme, »welchen Mann Ihr zu Tode jagen mußtet? Denn Ihr hattet sein Gesicht nicht deutlich gesehen und kanntet auch seinen Namen nicht.«

»Ich wußte, in welche Richtung er reiste und wann er aufgebrochen war. Ich wartete an der Straße auf einen Mann, der bar-

fuß gen Norden ging – und es mußte einer sein, der nicht daran
gewöhnt war, barfuß zu laufen und der gut gekleidet war«, erklärte Luc mit einem kurzen, traurigen Lächeln. »Ich sah das
Kreuz an seinem Hals, ich schloß mich ihm an und sagte ihm
nicht, wer ich war, sondern was. Ich nahm einen anderen
Namen an, damit auf meine Herrin oder ihr Haus kein Makel
fiel. Ein Apostelname in Austausch für einen anderen! Schritt
für Schritt folgte ich ihm bis hierher und ließ ihn Tag und Nacht
nicht aus den Augen und ließ ihn nie vergessen, daß ich ihm
den Tod bringen würde. Er konnte nicht um Hilfe bitten und
sich von mir befreien, denn ich konnte ihm leicht die Pilgerver-
kleidung abreißen und zeigen, wer er wirklich war. Und ich
konnte ihn nicht anzeigen – teils aus Furcht vor Bischof Henry
und teils, weil ich keinen weiteren Streit zwischen den Parteien
wollte. Mir ging es nur um die Rache zwischen zwei Männern.
Hauptsächlich aber, weil er mein war, mein, und weil ich nicht
wollte, daß mir ein anderer Rächer oder eine Gefahr zuvorkam.
So blieben wir zusammen. Er versuchte, mir zu entkommen,
aber er war kurzatmig und schwach und nach so vielen Meilen
im Gehen behindert, und ich blieb bei ihm und wartete.«

Er blickte plötzlich auf und bemerkte den mitfühlenden, ruhigen Blick des Abtes. Er riß die dunklen, klaren Augen auf. »Ich
weiß, daß es nicht schön war. Aber auch ein Mord ist nicht
schön. Und dieser Makel trifft nur mich – mein Herr ging makellos ins Grab, nachdem er einen Gegner verteidigt hatte.«

Olivier, der bisher geschwiegen hatte, sagte: »*Und das habt Ihr
auch getan!*«

Das Grab, dachte Cadfael während der Messe, war Luc verschlossen geblieben, aber der ausgestreckte Arm, der seinen
Gegner vor den drei Räubern schützte, durfte nie vergessen
werden. Er hatte sich zurückgehalten und ihm das Leben geschenkt. Er war jung und trug keine Schuld, und nach einer Art
von Tod lebte er nun wieder. Ja, Olivier hatte die Wahrheit gesagt. Er hatte sein Leben riskiert und den Gegner verteidigt,
und so blieb zwischen Luc und seinem Herrn nichts weiter

zurück als der unglückliche, der sinnlose und zufällige Tod selbst.

Er erinnerte sich auch, während er in seine Gebete vertieft war, daß die wenigen Tage, in denen St. Winifred ihre Gunst gezeigt hatte, indem sie die verwirrten Lebensfäden eines halben Dutzends Menschen in Shrewsbury entwirrte, zugleich die Tage waren, in denen sich das Schicksal aller Engländer entschied, vielleicht nur mit weniger Mitgefühl und Weisheit. Denn inzwischen war wohl schon der Tag für die Krönung der Kaiserin festgelegt, und vielleicht war ihr sogar schon die Krone aufs Haupt gesetzt worden. Zweifellos hatten Gott und die Heiligen auch dies bedacht.

Matthew-Luc bat kurz vor der Vesper noch einmal um eine Audienz beim Abt. Radulfus ließ ihn ohne Nachfrage hereinbitten und versuchte, als sie allein waren, sein Bedürfnis zu ergründen.

»Ehrwürdiger Vater, wollt Ihr mir die Beichte abnehmen? Denn ich brauche für den Eid, den ich brechen mußte, eine Absolution. Ich wünsche aufrichtig, mich von der Vergangenheit zu reinigen, ehe ich der Zukunft entgegensehe.«

»Das ist ein guter, kluger Wunsch«, erwiderte Radulfus. »Aber sagt mir eines – erbittet Ihr die Absolution, weil es Euch nicht gelungen ist, den Schwur einzuhalten?«

Luc, der schon niedergekniet war, hob den Kopf und erwiderte den Blick des Abtes offen und ohne Hintergedanken. »Nein, Ehrwürdiger Vater. Ich bitte um Absolution, weil ich den Schwur überhaupt tat. Auch im Kummer liegt manchmal Überheblichkeit.«

»Dann habt Ihr begriffen, mein Sohn, daß Sühne allein die Angelegenheit Gottes ist?«

»Mehr als das, Vater«, entgegnete Luc. »Ich habe gelernt, daß die Sühne bei Gott in guten Händen ist. Wie groß auch die Verzögerung sein mag und auf welch seltsamem Wege sie kommt; es ist gewiß, daß nichts ungesühnt bleibt.«

Und als es getan war, als er mit gefaßter Stimme und langen, nachdenklichen Pausen jeden Funken von Rachsucht, Bitterkeit und Ungeduld, der noch an ihm nagte, aus seinem Herzen verbannt hatte, stand er mit einem gewaltigen Seufzer auf und hob sein geklärtes, erleichtertes und entschlossenes Gesicht.

»Und nun, Ehrwürdiger Vater, wenn ich Euch um eine letzte Gunst bitten darf, möchte ich den Wunsch äußern, daß Eure Priester mich mit einer Frau verbinden, bevor ich aufbreche. Hier, wo ich gereinigt und erneuert wurde, sollen auch meine Liebe und mein Leben beginnen.«

16

Am nächsten Morgen, es war der vierundzwanzigste Tag im Juni, begann die Abreise mit einiger Unruhe. Was man besaß, wurde eingepackt, Lebensmittel und Getränke wurden für die Reise eingekauft und verstaut, man nahm von neuen Freunden Abschied und fand sich zu Reisegesellschaften zusammen. Zweifellos wußte die Heilige ihren guten Ruf zu wahren und würde dafür sorgen, daß die Junisonne strahlte, bis ihre Anbeter sicher daheim waren und eine wundersame Geschichte erzählen konnten. Die meisten wußten zwar nur die Hälfte, aber auch die war schon wunderbar genug.

Unter den ersten, die sich auf den Weg machten, war Bruder Adam aus Reading, der gemächlich aufbrach. Er würde heute nicht weiter als bis zum Tochterhaus von Reading in Leominster reisen, wo Briefe auf ihn warteten, die er seinem Abt mitbringen sollte. Er ging mit einer prallen Tasche voller Samen von Sorten, die es in seinem Garten noch nicht gab, und er grübelte mit seinem geschulten Verstand über die Wunderheilung, deren Zeuge er geworden war, und beleuchtete die Angelegenheit aus jedem theologischen Blickwinkel, um ihre volle Bedeutung zu ergründen, bis er in sein Kloster zurückkehrte. Es war ein höchst lehrreiches und erbauliches Fest gewesen.

»Ich wollte eigentlich heute nach Hause aufbrechen«, sagte Frau Weaver zu ihren neuen Freundinnen, zu Frau Glover und

der Apothekerswitwe, mit denen sie während dieser denkwürdigen Tage eine starke mütterliche Allianz gebildet hatte,
»aber nun ist soviel Betrieb, und ich weiß kaum, ob ich wache
oder schlafe. Ich muß noch ein oder zwei Nächte bleiben.
Wer hätte schon gedacht, daß so etwas herauskommen würde?
Ich habe damals nur zu meinem Jungen gesagt, daß wir herkommen und unsere Gebete für die Heilige sprechen wollten
und darauf vertrauen, daß sie uns hörte. Nun scheint es, als
würde ich die beiden Kinder meiner armen Schwester verlieren; Rhun, Gott segne ihn, will unbedingt hierbleiben und die
Kutte anlegen, denn er hat die Absicht, das gesegnete
Mädchen, das ihn heilte, nie wieder zu verlassen. Und wirklich,
es verwundert mich nicht, und ich will ihm auch keine Steine
in den Weg legen, denn er ist viel zu gut für die böse Welt da
draußen! Und nun kommt noch der junge Matthew – ach nein,
wir müssen ihn wohl jetzt Luc nennen. Er ist von guter Abstammung, wenn auch aus einem armen, landlosen Seiten-
zweig der Familie, aber er wird schon beizeiten das eine oder
andere Landgut bekommen, weil sich doch seine liebe Verwandte so um ihn kümmert ...«

»Nun, und Ihr habt Euch um den Jungen und das Mädchen
gekümmert«, warf die Apothekerswitwe freundlich ein, »und
ihnen ein Dach über dem Kopf und ein Heim gegeben. Es ist
nur gerecht, daß es so kommt.«

»Nun ja, Matthew, ich meine Luc, kam zu mir und bat mich
um die Hand meines Mädchens, das war gestern abend, und als
ich ehrlich antwortete, denn ich bin immer ehrlich, daß meine
Melangell nur eine bescheidene Mitgift bekommt, obwohl ich
ihr gebe, was ich entbehren kann, was sagte er da? Er meinte,
daß er im Augenblick selbst keinen Heller besäße, sondern
sogar die Großzügigkeit des jungen Herrn bemühen mußte, der
ihn gesucht und gefunden hat; aber in Zukunft würde er gewiß
etwas mehr Glück haben, und wenn nicht, dann hätte er immer
noch zwei gesunde Hände und den festen Willen, für zwei den
Lebensunterhalt zu verdienen. Vorausgesetzt, die zweite wäre
mein Mädchen, meinte er, denn außer ihr gäbe es keine andere

für ihn. Nun, was sollte ich da sagen? Ich sagte, Gott segne euch beide, und ich will bleiben, bis ihr verheiratet seid.«

»Es ist die Pflicht einer Frau«, sagte Frau Glover munter, »dafür zu sorgen, daß alles mit rechten Dingen zugeht, wenn sie einem jungen Mann ihr Mädchen zur Frau gibt. Aber Ihr werdet die beiden natürlich vermissen.«

»Allerdings«, stimmte Frau Alice zu, während sie ein paar Tränen vergoß. Sie weinte eher aus Stolz und Freude als aus Kummer, denn der Junge war nun fast selbst ein Heiliger, und das Mädchen würde bald verheiratet sein, so daß die beiden mit allem Segen und ruhigem Gewissen auf ihre neuen Lebenswege entlassen werden konnten. »Das werde ich! Aber sie nun beide dort zu sehen, wo sie sein wollen ... und sie sind gute Kinder. Es wird mir schwerfallen, daß sie nicht bei mir sein werden, wenn ich sie einmal brauche, wie sie mich gebraucht haben.«

»Und sie werden morgen hier im Kloster heiraten?« fragte die Apothekerswitwe, die anscheinend überlegte, ob sie ihre Abreise nicht auch noch einen Tag hinausschieben konnte.

»Ganz recht, morgen früh vor dem Hochamt. Nun, dann muß ich wohl allein nach Hause reisen«, sagte Frau Alice, indem sie noch eine oder zwei stolze Tränen vergoß und den Abglanz des Ruhmes mit Anmut trug. »Aber übermorgen bricht eine größere Reisegruppe in den Süden auf. Ich werde mich ihr anschließen.«

»Ihr habt Eure Pflicht getan, meine Liebe«, erwiderte Frau Glover, während sie ihre Freundin in die dicken Arme schloß. »Wirklich, Ihr habt sie gut getan!«

Sie wurden von Bruder Paul in der Marienkapelle getraut. Bruder Paul war nicht nur Novizenmeister, sondern auch Beichtvater, und hatte Rhun bereits unter seine Fittiche genommen und begonnen, ein väterliches Interesse an ihm zu entwickeln, so daß er nur zu gern bereit war, seine Zuneigung zu dem Jungen auch auf die Schwester auszudehnen. Außer der Familie und den Trauzeugen nahm niemand an der Trauung teil, und das Brautpaar trug nicht einmal Festkleidung, weil sie beide keine besaßen. Luc trug den bequemen braunen Umhang und die

Hose, in denen er draußen in den Feldern geschlafen hatte, und sein gewohntes verknittertes Hemd, das er allerdings gewaschen und geglättet hatte. Melangell war in ihrem selbstgewirkten, einfachen Kleid schön anzusehen. Sie hatte sich das dunkelgoldene Haar zu Zöpfen geflochten und trug es stolz als Krone auf dem Kopf. Beide waren bleich wie Lilien, strahlend wie Sterne und ernst wie das Grab.

Nach all den bedeutenden und bewegenden Ereignissen mußte das Alltagsleben doch weitergehen. Cadfael machte sich am Nachmittag recht zufrieden an die Arbeit. Das Gras auf der Wiese schoß ins Kraut, außerdem stand die Ernte unmittelbar bevor, und so mußte er sich auf zwei jahreszeitlich bedingte Krankheiten vorbereiten, mit denen in jedem Jahr zu rechnen war. Einige Menschen bekamen Ausschläge auf den Händen, wenn sie bei der Ernte halfen, andere begannen zu schniefen, zu schnaufen und zu niesen, und die Augen begannen zu tränen. Sie alle brauchten Lotionen zur Linderung.

Er zerquetschte gerade frische Sauerampfer- und Alraunenblätter mit einem Mörser, um ein Linderungsmittel zuzubereiten, als er leichte, weit ausgreifende Schritte auf dem Kiesweg näherkommen hörte. Dann trat eine Gestalt in die weit geöffnete Tür der Hütte und blieb zögernd stehen. Cadfael wandte sich zur Tür um, den Mörser vor der Brust und den grünfleckigen hölzernen Stößel in der Hand, und sah Olivier dort stehen. Der hochgewachsene junge Mann mußte sich bücken, um nicht gegen die herabhängenden Kräuterbüschel zu stoßen. Er fragte mit der sanften, zuversichtlichen Stimme eines Menschen, der die Antwort schon kennt: »Darf ich hereinkommen?«

Er war bereits in der Hütte und sah sich mit der unverhohlenen Neugierde eines Jungen lächelnd um, denn er war noch nie hier gewesen. »Ich weiß, ich habe mir viel Zeit gelassen, aber da bis zu Lucs Heirat noch zwei Tage Zeit blieben, wollte ich zuerst meinen Auftrag beim Sheriff von Stafford erledigen, da ich schon in der Nähe war, und dann zurückkommen. Ich kam gerade rechtzeitig zur Trauung zurück; ich hatte erwartet, Euch dort zu finden.«

»Ich wäre gern dabei gewesen, aber ich wurde nach St. Giles gerufen. Ein armer Bettler war am Vorabend mit wunden Stellen übersät dort angekommen, und man hatte Angst vor Ansteckung, aber es war nichts zu befürchten. Wenn er früher behandelt worden wäre, hätte man ihn leicht heilen können; nun wird er eine Woche im Hospital bleiben müssen. Unsere jungen Leute hier brauchten mich nicht; ich bin ein Teil von dem, was für sie jetzt vergessen und vorbei ist, und Ihr seid ein Teil von dem, was nun beginnt.«

»Melangell sagte mir, wo ich Euch finden könnte; man hat Euch vermißt. Und hier bin ich nun.«

»Und so willkommen wie das Tageslicht«, sagte Cadfael, indem er den Mörser beiseite stellte. Lange, wohlgeformte Hände faßten die seinen, und Olivier beugte den Kopf zum Begrüßungskuß, wie er sich damals zum Abschiedskuß in Bromfield heruntergebeugt hatte. »Kommt, setzt Euch und trinkt einen Becher Wein – er ist aus eigener Herstellung. Ihr wußtet also schon, daß die beiden heiraten würden?«

»Ich sah, wie die beiden sich begrüßten, als ich ihn herbrachte. Es gab keinen Zweifel, wie es enden würde. Und danach erzählte er mir von seiner Absicht. Wenn zwei sich einig sind und wissen, was sie wollen«, fuhr Olivier munter fort, »dann räumen sie jedes Hindernis aus dem Weg. Ich werde dafür sorgen, daß sie für die Heimreise ordentlich ausgestattet sind, denn ich muß einen Umweg machen.«

Wenn zwei sich einig sind und wissen, was sie wollen! Cadfael erinnerte sich an Vertraulichkeiten, die jetzt anderthalb Jahre zurücklagen. Er schenkte vorsichtig Wein ein, da seine Hand ein wenig unruhiger war als sonst, und setzte sich neben seinen Gast, und die jungen, breiten Schultern lagen fest und lebendig an seinen älteren, steifen. Das klare, schöne Profil war eine Augenweide. »Erzählt mir von Ermina«, forderte er den jungen Mann auf; und er kannte die Antwort schon, ehe Olivier sich mit plötzlichem, strahlendem Lächeln zu ihm umwandte.

»Wenn ich gewußt hätte, daß meine Reise mich zu Euch führt, dann hätte ich Euch von beiden gewiß viele Neuigkeiten übermitteln müssen. Von Yves – und von meiner Frau!«

»Aaaah!« schnaufte Cadfael tief und erleichtert. »Dann ist es gekommen, wie ich hoffte! Dann habt Ihr wahrgemacht, was Ihr mir sagtet, und Erminas Familie erkannte Euch an und gab sie Euch zur Frau.« Das waren zwei gewesen, die ebenfalls wußten, was sie wollten, und sie waren unbesiegbar gewesen. »Wann wurde die Ehe geschlossen?«

»Letztes Jahr zu Weihnachten in Gloucester. Sie ist gerade mit dem Jungen dort. Er ist Laurences Erbe – er ist jetzt fünfzehn. Er wollte mit uns nach Winchester, aber Laurence wollte nicht, daß er in Gefahr geriete. Sie sind Gott sei Dank in Sicherheit. Wenn dieses Chaos je aufhört«, sagte Olivier feierlich, »dann will ich sie zu Euch bringen oder Euch zu ihr. Sie hat Euch nicht vergessen.«

»Und ich sie auch nicht, ich sie auch nicht! Und ebensowenig den Jungen. Er ist zweimal mit mir geritten und hat in meinen Armen geschlafen. Ich erinnere mich heute noch an seine Wärme und sein Gewicht. Ein guter Junge!«

»Er wäre Euch jetzt wohl etwas zu schwer«, sagte Olivier lachend. »Im vergangenen Jahr ist er aufgeschossen wie Gras; er wird bald größer sein als Ihr.«

»Ah, nun, ich beginne zu schrumpfen wie das Gras im Herbst. Und Ihr seid glücklich?« fragte Cadfael, den es nach noch mehr Glückseligkeit dürstete, als er bereits genossen hatte. »Sie und Ihr?«

»Mehr als ich mit Worten sagen kann«, erwiderte Olivier gemessen. »Wie froh bin ich, Euch wiederzusehen und Euch dies berichten zu können. Erinnert Ihr Euch noch an das letzte Mal? Als ich mit Euch in Bromfield gewartet habe, um Ermina und Yves heimzubringen? Wie Ihr mir Karten auf den Boden gezeichnet habt, damit ich den richtigen Weg fände?«

Es gibt einen Punkt, an dem die Freude kaum noch erträglich ist. Cadfael stand auf, um die Weinbecher nachzufüllen, und wandte das Gesicht einen Augenblick von einem Strahlen ab, das beinahe zu strahlend war. »Ah, nun, wenn dies ein Wettstreit der Erinnerungen sein soll, dann werden wir bis zur Vesper damit beschäftigt sein, denn ich habe nicht die kleinste Kleinigkeit vergessen. Also laßt uns die Flasche in Reichweite stellen und uns gemütlich setzen.«

Doch bis zur Vesper war noch mehr als eine Stunde Zeit, als Hugh den Austausch der Erinnerungen abrupt unterbrach. Er stürmte eilig und aufgeregt herein und platzte fast vor Neuigkeiten. Doch er nahm sich mit dem Berichten Zeit, denn er wollte nicht offen über etwas frohlocken, das Olivier erschrecken und entsetzen mußte.

»Es gibt Neuigkeiten. Gerade ist ein Kurier aus Warwick gekommen, und die Nachricht macht die Runde, so schnell ein Pferd galoppieren kann.« Cadfael und sein Gast waren aufgesprungen und warteten gespannt auf die guten oder schlechten Neuigkeiten, doch Hughs Gesicht war nichts anzumerken. Es war ein Gesicht, das keine Geheimnisse verriet und das nun aus höflicher Rücksicht fest unter Kontrolle war. »Ich fürchte«, fuhr Hugh fort, »die Neuigkeiten werden Euch bei weitem nicht so gut gefallen wie mir.«

»Aus dem Süden...« begann Olivier gefaßt und leise. »Aus London? Von der Kaiserin?«

»Ja, aus London. An einem einzigen Tag hat sich das Blatt völlig gewendet. Es wird keine Krönung geben. Als man gestern beim Mittagessen in Westminster saß, läuteten die Londoner plötzlich die Sturmglocken – alle Glocken in der Stadt wurden geschlagen. Die ganze Stadt lief bewaffnet zusammen und marschierte gegen Westminster. Sie sind geflohen, Olivier, die Kaiserin und ihr ganzer Hofstaat, in den Kleidern, die sie gerade trugen, und fast alles andere ließen sie zurück. Die Städter haben den Palast geplündert und die Nachzügler fortgetrieben. Sie hat sich nicht bemüht, sie für sich zu gewinnen; nur Drohungen und Vorwürfe und Geldforderungen, seit sie die Stadt betrat. Sie hat sich die Krone entgehen lassen, weil sie es versäumt hat, die Höflichkeit einer Königin zu zeigen und einige versöhnliche Worte zu sprechen. Was Euch angeht«, ergänzte Hugh mit echtem Mitgefühl, »so tut es mir leid! Aber für mich ist es eine große Erleichterung.«

»Ich kann es Euch nicht verdenken«, sagte Olivier einfach. »Warum solltet Ihr Euch nicht freuen? Aber sie... ist sie in Sicherheit? Hat man sie nicht gefangen genommen?«

»Nein; dem Boten zufolge ist sie wohlbehalten davongekommen, zusammen mit Robert von Gloucester und einigen anderen Getreuen. Die anderen aber haben sich, wie es scheint, verstreut und sind zu ihren Besitztümern zurückgekehrt, wo sie sich sicherer fühlen. So lautet die Botschaft, die ich erhielt, und sie ist kaum einen Tag alt. Die Stadt London wurde von Süden her schwer bedroht«, fuhr Hugh fort und minderte damit etwas das Gewicht des Versagens, das auf den Schultern der Kaiserin lastete, »denn König Stephens Königin hatte die Grenzen besetzt. Die einzige Möglichkeit, sich zu befreien, bestand darin, die Kaiserin zu vertreiben und die Königin einzulassen, und die Herzen waren fraglos auf ihrer Seite: die Königin ist ihnen von den beiden die liebere.«

»Ich wußte es«, sagte Olivier. »Sie war nicht klug – die Kaiserin Maud. Ich wußte, daß sie keinen Groll vergessen kann, und wenn es noch so wichtig gewesen wäre, Nachsicht zu zeigen. Ich habe oft gesehen, wie sie einem Mann, der unterwürfig zu ihr kam und seine Unterstützung anbot, die letzte Würde nahm... sie versteht sich besser darauf, sich Feinde zu machen, als Freunde zu gewinnen. Um so mehr braucht sie die wenigen, die sie hat«, schloß er. »Wohin ist sie gegangen? Wußte es Euer Bote?«

»Nach Westen, nach Oxford. Sie wird die Stadt sicher erreichen. Die Londoner werden ihr nicht weit folgen, denn sie wollten sie nur aus der Stadt vertreiben.«

»Und der Bischof? Ist er mit ihr gegangen?« Das ganze Unternehmen hatte auf den Schultern des Bischofs geruht, und er hatte sich nach Kräften für sie eingesetzt; nicht mit allen Kräften, aber es hatte ihn einiges gekostet, und sie hatte alles zunichte gemacht. Stephen war in Bristol gefangen, aber noch war er das gekrönte Haupt Englands. Kein Wunder, daß Hughs Augen leuchteten.

»Vom Bischof habe ich nichts gehört. Aber er wird ihr gewiß nach Oxford folgen. Wenn nicht ...«

»Wenn er nicht abermals die Seite wechselt«, beendete Olivier den Satz für ihn. Er lachte. »Anscheinend muß ich Euch eiliger verlassen, als ich vermutet hatte«, sagte er bedauernd. »Der eine hat Glück, der andere Pech. Mit dem Schicksal kann man nicht hadern.«

»Was werdet Ihr tun?« fragte Hugh, der ihn beobachtete. »Ich glaube, Ihr wißt, daß Euch gehört, was Ihr von uns erbittet. Die Entscheidung liegt bei Euch. Eure Pferde sind ausgeruht; Eure Männer haben die Nachricht wohl noch nicht bekommen, aber sie erwarten Eure Befehle. Wenn Ihr Vorräte für die Reise braucht, dann nehmt Euch, was Ihr für nötig haltet. Wenn Ihr aber bleiben wollt ...«

Olivier schüttelte den blauschwarzen Kopf, und die geschwungenen Haarsträhnen pendelten um seine Wangen. »Ich muß gehen. Nicht nach Norden, wohin ich geschickt worden bin. Was soll ich dort noch? Ich muß nach Süden, nach Oxford. Was immer sie sonst sein mag, sie ist die Lehnsherrin meines Lehnsherrn, und wo sie ist, da muß ich sein.«

Sie blickten einander schweigend an. Dann sagte Hugh freundlich: »Um ehrlich zu sein, ich hätte nichts anderes von Euch erwartet.«

»Ich will gehen und meine Männer suchen, und wir müssen losreiten. Folgt Ihr mir zu Eurem Haus? Ich muß mich von Eurer Frau verabschieden.«

»Ich werde Euch folgen«, erwiderte Hugh.

Olivier wandte sich wortlos an Bruder Cadfael. Sein Ernst wurde einen Augenblick lang von einem kurzen, golden aufblitzenden Lächeln durchbrochen, das sofort wieder verschwand. »Bruder ... bedenkt mich in Euren Gebeten!« Er beugte seine glatte Wange abermals zum Abschiedskuß, und als der Ältere ihm den Kuß gab, umarmte er Cadfael heftig. »Bis zu einer besseren Zeit!«

»Gott schütze Euch!« sagte Cadfael.

Und dann ging er mit raschen Schritten über den Kiesweg und lief immer schneller, aber er war weder entmutigt noch niedergeschlagen, sondern für Niederlage oder Sieg bereit. An der Ecke der Buchsbaumhecke wandte er sich kurz um und sah zurück und winkte, bevor er endgültig verschwand.

»Ich wünschte bei Gott«, sagte Hugh, der ihm nachsah, »daß er auf unserer Seite wäre! Es ist seltsam, Cadfael! Ob Ihr es glaubt oder nicht, aber als er sich gerade umdrehte, glaubte ich, in ihm etwas von Euch zu sehen. Die Art, wie er den Kopf hielt vielleicht ...«

Auch Cadfael stand in der offenen Tür und blickte zur Hecke, hinter der das glänzende, blauschwarze Haar aufblitzte. Man konnte gerade noch die leichten Schritte auf dem Kies hören, dann wurde es still. »Oh, nein«, sagte er abwesend, »er ist ganz nach der Mutter geschlagen.«

Eine unbedachte Äußerung. Unbedacht, aus Geistesabwesenheit oder aus Absicht?

Das darauf folgende Schweigen störte ihn nicht; er blickte weiter zur Hecke, schüttelte leicht den Kopf, als er wieder das Bild sah, das er seit Jahren ständig vor sich sah, und das, mit Gottes und der Heiligen Hilfe, ein drittes Mal in Fleisch und Blut vor ihm stehen würde. Es wäre mehr, als er verdient hätte, aber Wunder werden nicht bemessen oder abgewogen, sondern sind unberechenbar wie Blitze.

»Ich erinnere mich«, sagte Hugh vorsichtig und bedächtig, da er spürte, daß ihm die Spekulation gestattet war und er nur gehört hatte, was er hören sollte. »Ich erinnere mich, daß er von einem sprach, um dessentwillen ihm der Benediktinerorden besonders teuer ist ... von einem, der ihn wie einen Sohn behandelte ...«

Cadfael regte sich, wandte den Kopf dem Freund zu und lächelte ihn an, als er dessen nachdenklichen Blick sah. »Ich wollte es Euch immer schon sagen«, erwiderte er ruhig. »Er weiß es nicht, und wird es von mir nie erfahren. Er *ist* mein Sohn.«

Ellis Peters

Meisterin des historischen Kriminalromans

Ellis Peters hat in ihren erfolgreichsten Büchern, den historischen Kriminalromanen um Bruder Cadfael zwei ihrer Leidenschaften verbunden: das Schreiben und die Geschichte.

Mit der Geschichte verbindet die 1913 in England geborene Autorin ein lebenslanges Interesse. Auch das Schreiben hat Edith Pargeter, so der richtige Name von Ellis Peters, schon früh begonnen. Im Alter von 23 Jahren veröffentlichte sie 1936 ihren ersten Roman; zu dieser Zeit war sie noch als Apothekenhelferin beschäftigt. Während des Zweiten Weltkrieges war sie für den Women's Royal Naval Service tätig. Danach ging sie nicht mehr in ihren ursprünglichen Beruf zurück, sondern widmete sich ganz dem Schreiben. Nebenbei übersetzte sie Bücher aus dem Tschechischen ins Englische.

1951 begann sie eine Serie von Kriminalromanen um den Polizei-Inspektor George Felse, bis 1978 erschienen dreizehn Romane mit dieser Hauptfigur. Und für ihre neue Karriere als Krimiautorin änderte sie auch ihren Namen: Aus Edith Pargeter wurde Ellis Peters.

Der ganz große Erfolg für die bereits erfolgreiche Schriftstellerin kam 1977 mit ihrem ersten Roman um die Gestalt des Bruder Cadfael: *Im Namen des Heiligen*. 17 weitere historische Kriminalgeschichten, in deren Mittelpunkt Bruder Cadfael steht, sind inzwischen erschienen und auch das britische Fernsehen nimmt sich der Figur an. Wichtig ist der Autorin, deutlich zu machen, daß die Menschen des Mittelalters in vielem den Menschen des 20. Jahrhunderts gar nicht so fern stehen: "Ich denke, daß die menschliche Natur sehr ähnlich war, ebenso gut und ebenso schlecht. Ich habe versucht die Bücher aus der Sicht einer Person zu schreiben, die dort war und alles ganz normal fand."

Wie gut ihr das gelungen ist, zeigt die große Zahl von Lesern, die sie begeistert. Die Romane sind in rund 20 Ländern der Welt erschienen und wurden in mehr als 15 Sprachen übersetzt.

In ihrer Freizeit widmet sich Ellis Peters der Geschichte und schafft sich damit die Ausgangsbasis für weitere historische Romane.

Verzeichnis lieferbarer Titel
(Stand Dezember 1995)

Der Aufstand auf dem Jahrmarkt
(01/6820)
Bruder Cadfael und das fremde
Mädchen (01/8669)
Bruder Cadfael und das Geheimnis
der schönen Toten (01/9442)
Bruder Cadfael und der
Ketzerlehrling (01/8803)
Bruder Cadfael und die schwarze
Keltin
Ein ganz besonderer Fall (01/8004)
Ein Leichnam zuviel (01/6523)
Der geheimnisvolle Eremit (01/8230)
Der Hochzeitsmord (01/6908)
Im Namen der Heiligen (01/6475
oder 21/4)
Die Jungfrau im Eis (01/6629)
Lösegeld für einen Toten (01/7823)
Das Mönchskraut (01/6702)
Mörderische Weihnacht (01/8103)
Mord zur Gitarre
Pilger des Hasses (01/8382)
Die Primadonna lachte

Der Rosenmord (01/8188)
Des Teufels Novize (01/7710)
Der Tod und die lachende Jungfrau
Zuflucht im Kloster (01/7617)

2 bzw. 3 Romane in einem Band:
Bruder Cadfael – Im Namen der
Heiligen/Ein Leichnam zuviel/Das
Mönchskraut (23/92)
Cadfael – Das Mönchskraut/Der
Aufstand auf dem Jahrmarkt (23/104)
Cadfael, der Detektiv – Der Hochzeits-
mord/Die Jungfrau im Eis (23/110)
Cadfael, Mönch und Detektiv –
Zuflucht im Kloster/Des Teufels
Novize (23/114)

*Die Bandnummern der Heyne-
Taschenbücher sind jeweils in
Klammern angegeben.*